FLÜGEL

Christina Brudereck

Café Mandelplatz

Roman

FLÜGEL

MIX
Papier aus verantwortungsvollen Quellen
FSC® C083411
www.fsc.org

Oktober 2015
Zweite Auflage Januar 2016

Lektorat: Anja Lerz
Satz: Benjamin Seipel
Gesetzt aus der Antykwa Torunska und der Minion
Druck und Bindung: CPI – Clausen & Bosse, Leck
Printed in Germany
ISBN: 978-3-00-050698-7

www.2Flügel-Verlag.de

Für Khumo und Kezia.

Für die Menschen in Soweto,
denen ich so viele gute Geschichten verdanke.

Für Sanne und Thomas.
Mit Euch in New York.

Auch Dunkelheit verdunkelt nichts vor Dir,
und Nacht leuchtet wie der Tag,
gleich wie die Dunkelheit so ist das Licht für Dich.
(Psalm 139,12)

Prolog

Als Henrik Milton sah, wie der Wagen in hohem Tempo den Berg hinunter fuhr, dachte er nur, dass er heute Abend ungern ein paar Städter oder Touristen aus dem Graben ziehen würde. Er blickte über die Weiden und seufzte zufrieden. Die letzten Jahre hatten viele Veränderungen mit sich gebracht, aber am Ende zum Besseren. Nelson Mandela war ein freier Mann. Südafrika wagte es, eine echte Demokratie zu werden. Er sah, wie die Scheinwerfer viel zu schnell immer näher kamen. Seine Weiden gehörten noch immer ihm, jedenfalls zum größten Teil. Die Welt hatte wieder mehr Achtung vor ihrer Nation. Alles war gut. Er wandte sich Richtung Stallungen, um noch einmal nach dem jüngsten Fohlen zu sehen, als er die quietschenden Bremsen hörte.

Schlagartig drehte er sich wieder um und rannte zur Straße. Wie gebannt sah er, dass der Fahrer offensichtlich vollkommen die Kontrolle verloren hatte und jetzt im Zickzackkurs die abschüssige Straße herunter raste. Er konnte gerade noch sehen, dass es ein Jaguar war, als der Wagen in der Kurve ins Schleudern geriet, von der Fahrbahn abkam und mit hohem Tempo über den Abhang stürzte. Schockiert blieb Henrik stehen, für einen Moment nicht in der Lage, sich noch zu bewegen. Der junge Farmer hatte schon oft erlebt, wie Ortsfremde das Gefälle der Bergstraße unterschätzten, nur um im sicheren Graben neben seiner Weide zu landen. Aber was er soeben gesehen hatte, war etwas anderes.

Endlich rannte er los. Im Laufen rief er nach seiner Frau und hoffte, dass die Unfallgeräusche sie bereits alarmiert hatten. »Tilde, komm schnell!« Er blickte kaum nach rechts und links, als er die Straße überquerte, um die Stelle zu erreichen, wo der Wagen den Hang hinunter gestürzt war. Er beugte sich über den Rand und konnte nur noch erkennen, dass der Wagen sich ein letztes Mal überschlug, um dann tief unten liegen zu bleiben. Später schämte er sich dafür, dass sein erster Gedanke dem schönen alten Jaguar gegolten hatte.

Er konnte sich die Wucht nicht erklären. Jetzt in der regnerischen Jahreszeit war die Straße glatt, aber jeder schaffte es sonst, mit Bremsen und Lenken sein Fahrzeug zum Stehen zu bringen. Es sei denn, und diese Ahnung traf ihn wie eine harte Faust im Magen, man *wollte* gar nicht bremsen. War der Fahrer vielleicht absichtlich in die Schlucht gestürzt? Oder, auch dieser Gedanke kam ihm jetzt, hatte er gar nicht bremsen *können*? Hatten die Bremsen versagt? Hatten sie versagen sollen?

Er wischte diese Gedanken fort, als er hörte, wie seine Frau näher kam. Intuitiv streckte er seine Arme zur Seite, damit sie nicht zu nah an den Abgrund treten würde und griff ihre Hand, als sie ihn erreicht hatte. Fassungslos starrten sie beide in die Tiefe.

»Wir müssen da runter«, sagt er im selben Moment, als sie meinte: »Vielleicht lebt noch jemand!« Die Farmgegend war einsam, Hilfe zu holen würde lange dauern, und so nickten sie sich kurz zu, setzten sich energisch auf den Boden und rutschten langsam, nur mit etwas Halt an hohen Gräsern, den Abhang herunter.

»Kann es explodieren?«, fragte Tilde, als sie näher kamen.

»Nur im Film«, antwortete Henrik. Um kurz danach hinzuzufügen: »Glaube ich jedenfalls.«

Sie warf ihm einen unsicheren Blick zu. Er zuckte mit den Schultern. Was für eine Wahl hatten sie? Langsam näherten sie sich dem Fahrzeug. Es lag auf dem Dach, aus der zerquetschten Motorhaube kam Rauch, das zischende Geräusch klang bedrohlich, die Türen waren eingedrückt. Der beißende Geruch von verbranntem Gummi stieg ihnen in die Nase. Vorsichtig sahen sie in den Wagen. »Es sind zwei!«, raunte Tilde. Sie versuchten, die Türen zu öffnen, aber das Metall war so verzogen, dass sie schnell aufgaben. Henrik bedeutete ihr, zur Seite zu gehen. Dann trat er mit dem Stiefel seines rechten Beins heftig gegen die zerstörte Windschutzscheibe, bis sie beim dritten Tritt endlich ganz in sich zusammenfiel und den Weg frei machte zu den Insassen des Wagens.

Zuerst entdeckten sie eine weiße Frau. Sie war hinter dem Steuer eingeklemmt. Trotz des vielen Blutes und der Wunden und Prellungen konnte man sehen, wie schön und elegant sie war. Quer neben ihr lag ein schwarzer junger Mann. Henrik schätzte ihn auf Mitte Zwanzig.

Tilde musste plötzlich weinen. »So jung. Sie sind so jung. Jünger als wir.« Tilde riss sich zusammen und redete ihrem Mann gut zu, als der jetzt versuchte, die beiden aus dem Wagen zu befreien.

Über eine Stunde später saßen sie beide völlig erschöpft im Gras, neben sich zwei Tote. Ihre anfängliche Hoffnung war enttäuscht worden, sie wussten jetzt mit Sicherheit, dass sie nichts mehr für die Verunglückten tun konnten.

»Wie konnte das nur passieren?«, fragte Henrik und schüttelte zum wiederholten Mal den Kopf.

»Wer sie wohl sind?« fragte Tilde. »So ein ungleiches Paar.«

Henrik raffte sich auf und schlug jetzt einen nüchternen Ton an: »Schaffst Du es, hier zu bleiben? Bei den beiden?« Tilde nickte. Sie wusste, dass es das Beste war, wenn Henrik alleine den Abhang hoch klettern würde, um dann Hilfe zu organisieren. Den Arzt, Polizei, vielleicht einen Hubschrauber, der die beiden transportieren würde. Sie nickte noch einmal. Ja, sie würde sie bewachen.

Plötzlich zuckten sie beide zusammen. Ein unerwartetes Geräusch irritierte sie. Aufmerksam sah sich Henrik um und suchte mit seinem erfahrenen Blick den Boden nach einer Schlange ab. Da war es wieder, dasselbe Geräusch. Ein Schakal im Gebüsch?

Tilde begriff als erste. »Im Wagen. Es ist noch jemand im Wagen.«

Sie stürzten beide zu dem Fahrzeug und suchten das Innere nach einem Lebenszeichen ab. Henrik kletterte tief in das zerbeulte Fahrzeug hinein. Er konnte kaum etwas sehen und tastete sich vorsichtig vorwärts. Da berührte seine rechte Hand etwas Warmes. Das Gefühl, einen Menschen zu berühren, durch dessen Adern Blut floss, überwältigte ihn kurz.

Dann rief er aufgeregt: »Tilde! Hier ist noch jemand. Eine dritte Person. Ich glaube, sie lebt.« So ähnlich musste es sich anfühlen, die Geburt eines Kindes zu erleben. Mit aller Kraft und Vorsicht nahm er den leblosen Körper auf die Arme und brachte ihn nach draußen. Er war leichter als die beiden anderen.

»Ein Kind«, sagte Tilde. Sie suchte den Puls und nickte. Das Kind schlug kurz die Augen auf, sackte aber sofort zurück in seine Ohnmacht. »Schnell jetzt«, mahnte sie. »Beeil Dich!« Henrik drückte ihr einen kurzen Kuss auf die Stirn, sah noch einmal zu dem jungen Wesen, das in den Armen seiner Frau lag und begann, den Abhang zu erklimmen.

Henrik und Tilde sollten diese Nacht nie vergessen. Zwei Menschen waren in ihrer Nähe gestorben, der dritte sollte sich viele Jahre lang nicht an diese Nacht erinnern können.

1 Rosebank, Johannesburg
Dezember 1959

Rosebank wirkte an diesem Morgen lebendig und einladend. Kirschbäume tauchten den ganzen Stadtteil in ein zartes rosiges Weiß. Auf den Gehwegen vor den Cafés standen Tische und Stühle, die dazu aufforderten, einen Moment zu bleiben, einen Kaffee zu trinken und das milde Winterwetter zu genießen. Vor wenigen Tagen war das jüdische Neujahrfest gefeiert worden, und noch immer hörte man hier und da ein fröhliches ›Chana Tov!‹.

Das Café Mandelplatz lag an der belebten Dale Avenue im Zentrum von Rosebank. Neben der Eingangstür standen zwei auffällige große Blumentöpfe mit je einem buschig gewachsenen Mandelbaum. Als ›Shaked‹ wurde er bereits in der Bibel erwähnt und war das Wahrzeichen der Familie Mandelbaum, die dieses Café jetzt in der zweiten Generation führte. Es bot Platz für etwa fünfzig Gäste drinnen und für noch einmal etwa zehn draußen auf der kleinen Veranda. Seit eine Journalistin das Café in einem ihrer Reise-Artikel gelobt hatte, wurde es neuerdings als Geheimtipp unter Touristen gehandelt. Für Rosebank war es seit fast dreißig Jahren ein begehrter Ort der Gastfreundschaft, vor allem für die vielen jüdischen

Bewohner des Stadtteils. Sein Ansehen verdankte das Café vor allem einer Person, der jungen Miriam Mandelbaum, genannt Mima, deren Stil das Mandelplatz prägte und deren Geschmack man hier in jedem Detail entdecken konnte: Hellgraue Holzmöbel. Die Dielen in derselben Farbe. Strahlend pinkfarbene und zitronengelbe Kissen. Ein paar wenige Schwarz-Weiß-Fotografien mit afrikanischen Motiven. Eine großzügige Menge frischer Blumen. Und die Theke, die den Blick frei gab auf verschiedenste Sorten Bagels, Törtchen, Muffins, Gläser mit Desserts und eine exquisite Auswahl an Pralinen. Eine mächtige bronzene Menora in einem Fenster, ein siebenarmiger Leuchter. Und in dem anderen ein beeindruckender golden und rosa-rötlich schimmernder Granatapfel. Auch diese Frucht wurde in den heiligen Schriften genannt. ›Rimon‹, ein Symbol für Weisheit und Wohlstand. Das Geschirr, Teller, Tassen und Schüsseln in verschiedenen Größen, grau glasierte Keramik mit einem kleinen pinkfarbenen Granatapfel, war extra für das Mandelplatz entworfen worden. Am Kamin hing eine große Tafel, auf die Mima jeden Tag neu mit Kreide die drei Tagesgerichte schrieb. Sie war bekannt für ihre besonderen Bagels, die hausgemachte Ingwerbrause, gefüllte Tauben, ihre Saison-Gerichte und das Erfüllen von Extrawünschen. Denn Mima backte selbst, weckte Obst ein, kochte Marmelade und Gelees, und oft kamen die Blumen aus ihrem eigenen Garten. Um diese Uhrzeit kam man ins Café Mandelplatz, um zu frühstücken.

Sie hatte das Café erst vor wenigen Minuten geöffnet und noch war die Theke nicht vollständig eingeräumt, aber die ersten Gäste hatten schon Platz genommen. Mima beeilte sich wie jeden Morgen, holte das frische Brot aus dem Ofen, stellte einen Käsekuchen und eine große Platte mit verschiedenen Sorten Muffins in das Fenster der Kühltheke, lief zur Hintertür und kam mit einem dicken Bund Schlüsselblumen und Freesien zurück. Während sie die Blumen schnell in kleine Vasen verteilte, rief sie ihrem Mann Ezer ungeduldig zu, er möge doch bitte ein paar Gläser Apfelkraut und Orangenmarmelade aus dem Keller holen. Dann atmete sie tief durch, strich ihre weiße

Schürze glatt, setzte ihr Lächeln auf und wandte sich ihren Gästen zu. Vier Tische waren bereits besetzt, zwei im Lokal und zwei draußen auf der Veranda. Mima begrüßte alle persönlich, gönnte sich an jedem Tisch einen Moment Zeit zum Reden und nahm dann jeweils die Bestellungen auf. Sobald sie alles notiert hatte, begann sie, Kaffee aufzusetzen, Tee und Kakao zu kochen und servierte dann zuerst die gewünschten Getränke. Die Kaffeemaschine war ihre neueste Errungenschaft. Eine ›Rowenta Doppelfilter‹, mit der sie genau dosieren konnte und den Kaffee in zwei großen Glasbehältern warm hielt.

Immer mehr Gäste kamen jetzt. Mima grüßte freundlich und beeilte sich, frische Scheiben Roggenbrot dick mit Butter zu bestreichen und die Mohnbagels mit Frischkäse. Als Batya in den Laden eilte, atmete Mima erleichtert auf. Die Zwanzigjährige unterstützte sie zurzeit jeden Tag als Kellnerin und Küchenhilfe. Sie winkte Mima kurz zu und verschwand sofort in der Küche, bevor Mima ihr noch sagen konnte, dass sie Unpünktlichkeit nicht billigte. Kurz darauf kam sie ins Café zurück und band sich noch im Gehen ihre frische weiße Schütze um. Sie sah sich um, nahm an den neu besetzten Tischen die Getränkebestellungen auf und löste Mima dann beim Bestreichen der Brote ab. Nebenbei setzte sie eine weitere große Kanne frischen Kaffee auf. Mima zeigte ihr mit einem kurzen Blick auf die Wanduhr, dass sie ihre Verspätung bemerkt hatte.

Batya hatte als junge Aushilfe bei ihr angefangen. Solange sie Schülerin gewesen war, war sie nur unregelmäßig an Nachmittagen und an Wochenenden eingesprungen, so wie es jetzt Johi und Simson taten, zwei Siebzehnjährige, die sich schnell einen sicheren Platz auf dem Serviceplan und im Herzen der Gäste erobert hatten. Zurzeit wartete Batya auf einen Studienplatz und half Mima jeden Tag. Sie arbeitete eigenständig und umsichtig, und Mima war insgesamt sehr zufrieden mit ihr und mochte sie. Oft vergaß sie, dass sie selber nicht so viel älter als Batya war, gerade einmal fünfundzwanzig. Aber die Entscheidung, das Mandelplatz nach dem Tod ihrer Eltern weiterzuführen und die damit verbundene Verantwortung hatten sie wachsen lassen. »Ich bin frühzeitig gealtert«, bemerkte sie oft mit einem Augenzwinkern. In der Küche arbeitete außerdem Zanele, die aber, selbst wenn das Café voll belegt war, für die Gäste unsichtbar blieb und im Raum hinter dem Café gewissenhaft und still ihre Arbeit erledigte. Außerdem war Ezer da.

Mima hatte jetzt Frühstücks-Teller vorbereitet, Scones, Haferkekse, Bagels und Roggenbrot, dazu gab es Apfelkraut und dunklen Honig, Pfirsichkompott mit frischer Minze und Sahnequark, ein Extraschälchen mit Hummus, Oliven, kleine, runde Cheddarkäse und eine Portion Rote-Bete-Salat mit Nüssen. Sie brachte die schön angerichteten Teller mit den großzügigen Portionen zu ihren Gästen.

Als sie zurück zur Theke kam, sah sie erfreut, dass Gavriel seinen Stammplatz an der Theke eingenommen hatte. Die beiden begrüßten sich herzlich. Nur einen kleinen Moment später servierte Batya ihm ungefragt einen großen Becher schwarzen Kaffee und ein Feigen-Muffin mit Marzipanrand. Auch Mima kannte die Wünsche dieses Stammgastes, der jeden Morgen Kaffee und die Back-Spezialität des Tages bestellte und ärgerte sich kurz darüber, dass die junge Kellnerin schneller gewesen war als sie selbst. Sofort schämte sie sich für diese kleine eifersüchtige Regung und ließ Gavriel wissen, dass sie heute leider keine Zeit für ihn habe, weil das große Regal hinter der Theke dringend mit neuen Waren aufgefüllt werden musste. Sie wusste, dass sie schnippisch wirkte und sagte daher noch entschuldigend: »Es wirkt ja wie leer gekauft. Das darf nicht so bleiben.«

Gavriel winkte freundlich ab. »Mach nur. Aber bevor ich gehe, muss ich Dir unbedingt noch etwas erzählen.«

Neugierig sah Mima ihn an, entschied sich aber, zunächst die Arbeit zu erledigen und erst dann nachzufragen. Die Gespräche mit Gavriel gehörten mit zum Schönsten eines Tages, gestand sie sich ein. Als würden er und seine Geschichten, die alle mit Musik zu tun hatten, unaufhörlich Funken sprühen. Wie von einem Feuer, das er in sich hütete.

Gavriel blieb gelassen an der Theke sitzen. Es schien ihm Freude zu machen, Mima bei der Arbeit zu beobachten. Er sah sie genauer an. Der dunkle Bubikopf verlieh ihr etwas Burschikoses. Aber insgesamt wirkte sie eher weich, wenn sie bei der Arbeit auch immer einen etwas angespannten Eindruck machte. Ein kleines Muttermal unter ihrem linken Auge weckte immer wieder den Wunsch in ihm, ihr über die Wange zu streicheln, wie um zu beseitigen, was dort störte. Diese zarte Unregelmäßigkeit ließ sie verletzbar wirken. Aber ihr Auftreten war ansonsten selbstbewusst, nur ausgesprochen selten erlebte man sie hilfsbedürftig, wenn auch immer wieder äußerst ungeduldig. Sie wirkte jung und lebensfroh, eine Frau, die ihr Leben und ihre Arbeit liebte, den ganzen Tag auf den Beinen war und noch oft genug rege in ihrem Garten, was ihrer hellen Haut ein paar Sommersprossen einbrachte. Ihre Hände waren klein und kräftig und immer in Bewegung. Mima trug zu ihrer weißen Bluse einen passenden knielangen Rock in hellblauer Waschseide, dem die Schürze nichts von der Eleganz nahm, dazu flache weiße Sandalen. Der dezente hellblaue Lidschatten passte zu den Farben ihrer Kleidung, und die kleinen weißen Perlenohrringe rundeten ihre vornehme Erscheinung ab.

Gavriel überlegte, dass es Mima geschickt verstand, zweckmäßig gekleidet zu sein, aber gleichzeitig elegant zu wirken. Sie war nicht dünn, aber auch nicht mollig, vielleicht nannte man so eine Figur einfach weiblich. Geschmackvoll, dachte er anerkennend, ließ sich aber von den Äußerlichkeiten nicht täuschen. Wenn sie nur nicht immer so angestrengt wäre, schloss er seine Beobachtungen ab und nahm einen großen Schluck Kaffee.

»Misses Mandelbaum«, ein Gast rief durch das ganze Café, »das Pfirsichkompott ist heute ganz besonders vorzüglich!« Er sprach so laut, dass ihn alle hörten. Es war Ben Katz, ein Stammkunde, der Kinobesitzer des Stadtteils, ein junger Intellektueller, ein Freund des Hauses. Nur ein paar Jahre älter als sie. Einige Gäste äußerten ihre Zustimmung, indem sie laut bejahten, was er sagte oder mit Löffeln an ihre Gläser schlugen. Mima winkte kurz in Richtung ihrer Gäste und strahlte. »Danke, Ben Katz«, rief sie fröhlich zurück und nannte ihn, wie es alle hier taten, mit vollem Vor- und Nachnamen. Heimlich nannte Mima ihn den ›Erzähler‹, denn wie kein Zweiter konnte er fabulieren und eine merkwürdige Mischung aus Vergangenheit und Hoffnungen zu wahren Märchen verweben. Sie freute sich über sein Kompliment.

Auch Gavriel nickte ihr begeistert zu »Mima. Du bist großartig. Du verzauberst uns.« Sie lachte und freute sich, wie er Anteil nahm und ihr den Erfolg so offensichtlich gönnen konnte.

Sie kletterte auf die kleine Leiter, um das Regal hinter der Theke erreichen zu können und begann, die kleinen Gläser mit ihren Spezialitäten einzuräumen: Apfelkraut, Orangenmarmelade, Feigengelee mit Sherry, Pfirsichkompott, Nussnougatcreme mit Minze, heller Kleehonig, dunkler Waldhonig. Einen guten Teil ihres Einkommens verdiente sie mittlerweile mit dem Verkauf dieser Spezialitäten aus eigener Herstellung. Die Frauen aus Rosebank waren ihre besten Kundinnen, und auch Touristen kauften Mandelplatz-Spezialitäten zur Erinnerung an einen exotischen Urlaub. Aber Mima lieferte weit darüber hinaus. Ins benachbarte Namibia gingen monatlich einige Kisten weg. Sie hatte dann beim Packen immer heimwehkranke Menschen vor Augen, die Braai und Biltong nicht mehr riechen konnten und sich nach ihrem eigenen Essen sehnten. Sogar bis in die USA und nach Europa wurden regelmäßig Pakete mit ihrer Marmelade auf die Reise geschickt.

Wer sie hier auf der Leiter bei ihren Delikatessen sah, konnte wohl nur eine harmlose Feinschmeckerin entdecken. Und genau so hatte sich Mima auch selbst gesehen, als sie mit ihrem kleinen Handel angefangen hatte. Inzwischen aber hatte sich ihr Geschäft entwickelt. Es bot ihr, ganz überraschend und vollkommen abweichend von dem, was ursprünglich geplant war, die Gelegenheit, noch ganz andere Interessen zu verwirklichen. Sie sah sich kurz nervös um, als könne man ihr Geheimnis an ihr ablesen, als drohe Gefahr, zwang sich, tief durchzuatmen, unauffällig weiterzumachen und blickte stolz auf das neu gefüllte Regal mit den schön gestapelten Gläsern. Nein, hier war alles an seinem Platz, und von Unruhe und Heimlichkeit war nichts zu sehen. Sie kam die Leiter herunter, drehte sich um und wirkte ein bisschen wackelig auf den Beinen, als sie sich umdrehte und bemerkte, dass Gavriel sie wohl die ganze Zeit beobachtet haben musste. Irritiert bemerkte Mima, dass sie beinahe vergessen hatte, dass er da war. Seine Nähe war ihr so selbstverständlich geworden. Eine Gewissheit, die ihr gut tat. Sie strich sich die Haare aus dem Gesicht, pustete gegen ihren Pony, stützte die Hände in die Hüften und sagte energisch: »So. Das wäre mal wieder geschafft.« Wenn sie jemals jemanden einweihen würde in ihr Geheimnis, dann Gavriel, dachte sie. Er würde sie nicht verurteilen, da war sie sich sicher, als er es jetzt schaffte, sie mit seinem nächsten Kommentar wieder vollkommen in die Gegenwart zu holen.

»Wenn ich hier bin und Dir zusehe, bekomme ich Appetit«, sagte er charmant. Mima spürte, wie sie rot wurde, und sah ihn forschend an, unsicher, was sie erwidern sollte. Erleichtert bemerkte sie, dass einige Gäste sie zu sich riefen, und entschuldigte sich. Gavriel nickte nur und sah ihr hinterher.

Sie kassierte, räumte ab, nahm die Bestellungen der neuen Gäste entgegen und war vollkommen beschäftigt, alle Wünsche zu erfüllen. Wo bleibt Ezer denn bloß schon wieder?, fragte sie sich. Wir könnten noch etwas Unterstützung gebrauchen.

Als habe er sie gehört, kam Ezer einen Moment später aus der Küche in das Café, auf dem Arm ein großes Tablett voller Marmeladengläser. Er sah zuallererst Gavriel, entdeckte dann Mima und blieb im Rahmen der Küchentür stehen, als würde er mit dem Café feindliches Gebiet betreten.

Gavriel sah über seine abweisende Haltung hinweg und sagte betont herzlich: »Guten Morgen, Ezer.« Der aber nickte nur, stellte das Tablett ab, drehte sich hastig um und verschwand wieder. Mima schüttelte unwirsch den Kopf und begann, Ingwer zu schälen. Als sie ihn kennenlernte, war Ezer immer so liebenswürdig gewesen. Er hielt ihr die Tür auf, half ihr in den Mantel, brachte ihr Blumen mit. Äußerlich hatte er sich nicht verändert: seine dunklen Haare waren wie damals kurz geschnitten, und er trug auch im Alltag fast immer eine Kippa. Seine Haut war olivfarben, nicht weiß wie Sahne wie ihre, in der Sonne wurde er immer schnell und tief braun. Seine Augenbrauen und sein Bartwuchs waren ausgeprägt, sein Kinn auffallend breit. Seine Nase war schmal, seine grünen Augen verschwanden oft zur Hälfte hinter seinen dichten, langen Wimpern, die seinem Gesicht etwas Feines gaben. Er lachte viel. Zumindest war es einmal so gewesen. Zurzeit grübelte er oft. Mima versuchte, sich auf ihre Arbeit zu konzentrieren und rieb den Ingwer jetzt so heftig, als wolle sie ihn für ihre Stimmung bestrafen.

Irgendwann wandte sie sich Gavriel zu: »Und? Was gibt es denn nun zu erzählen?« Sie sah ihn aufmerksam an und presste dabei gleichzeitig Limetten aus, eine nach der anderen, alle per Hand in einer alten, gusseisernen Presse. Gavriel sah zu, wie ihr rechter Arm den Hebel immer wieder mit Kraft nach unten drückte, und nahm wahr, wie sich unter der Achsel der Stoff der weißen Seide dunkler färbte. Nur ein bisschen, aber die Vorstellung, dass sie schwitzte, erregte ihn. In großen Glaskrügen vermischte sie den frischen Ingwer jeweils mit Limettensaft und braunem Zucker und füllte die Krüge dann mit Wasser und Eiswürfeln auf.

»Ich bin jetzt volljährig. Einundzwanzig. Mein Lehrer am Konservatorium möchte, dass ich in die USA reise. Nach New York.« Er trank einen Schluck Kaffee.

Der muss inzwischen kalt sein, dachte Mima und stellte ein Glas Ingwerbrause vor ihn auf den Tresen, die erste Portion dieses Tages.

»Er ist der Ansicht, dass ich hier nicht genug lerne und dass ich andere Musiker treffen muss, die besser Cello spielen können als ich. Er meint außerdem, dass ich viel mehr Konzerte geben muss.«

»Und? Wirst Du gehen?« Es klang endgültiger als sie es meinte und Gavriel zögerte.

Dann sagte er, leiser jetzt: »Ich würde lieber bleiben.« Nach einem kleinen Zögern fügte er hinzu: »Hier.« Ihre Blicke trafen sich und blieben etwas länger aneinander hängen als üblich. Mimas Herz schlug bis zum Hals. Was meinte er mit ›hier‹? Sollte das bedeuten ›bei mir‹? Wie stellte er sich das denn vor? Sie war eine verheiratete Frau und er war einige Jahre jünger als sie.

Als habe er ihre Gedanken gelesen, sagte er: »Aber weil meine Wünsche unpassend sind, werde ich gehen.« Sie sah ihn an. »Für eine Weile. Ab Dezember«, ergänzte er.

Mima nickte und fragte sich beunruhigt, was für ein Leben sie führen würde ohne Gavriel, der an ihrer Seite war. Wie ein kleiner Bruder, mit dem sie ihre Kindheit verbracht hatte. Inzwischen ein erwachsener Mann, ein attraktiver, interessanter Mann, der immer noch treu an ihrer Seite war. Früher hatte er sie ›Mandelchen‹ genannt.

»Wie wäre es«, unterbrach er sie und sprach jetzt mit betont beschwingter Stimme, »mit einem kleinen Live-Konzert zum Abschied? ›Cello im Mandelplatz‹?«

Mima nahm die angebotene Leichtigkeit auf und stimmte zu: »Das ist eine ausgesprochen gute Idee. Warum sind wir bloß noch nicht früher darauf gekommen?«

»Am letzten Sonntag im November? Kurz bevor ich abreise? Würde das passen?«

»Einverstanden. Warum nicht?« Mima reichte Gavriel ihre Wange, damit er sie zum Abschied kurz küssen konnte. Er tat es und war im nächsten Moment verschwunden. Mima sah aus dem Fenster auf die Straße, sah ihm hinterher und schmunzelte, weil sie Gavriels tänzelnden Gang unter Tausend erkennen konnte. Dann heftete sie seinen Kassenzettel in einem kleinen Ordner ab. Stammgäste wie er ließen anschreiben und bekamen monatlich eine Rechnung zugeschickt. Bald würde es also eine letzte Rechnung geben.

Sie wusste, dass sie ihn nicht halten durfte. Er musste dem Rat seines Lehrers folgen, um nicht ein Leben lang zu bereuen, eine großartige Entwicklung verpasst zu haben. Aber ihr war, als wäre auf einmal weniger Energie im Café. Weniger Kraft, um die Arbeit dieses Tages zu schaffen. Weniger Luft zum Atmen. Sie wischte den Gedanken weg und ging, um sich abzulenken, zum Plattenspieler. Irgendwie fehlte mit dem Cellisten plötzlich die Musik in der Luft. Gereizt durchsuchte sie die Plattensammlung. Als sie ›Mahzel means good luck‹ entdeckte, wurde sie ruhiger und wusste, dass dies jetzt genau das Richtige war. Jüdische Musik konnte wie keine andere unglaublich melancholisch und doch beflügelnd leicht klingen. Als einen Moment später der Swing von Benny Goodman das Café erfüllte, hoben mehrere Gäste kurz den Kopf und nickten erfreut, anerkennend, dankbar in ihre Richtung.

»Schön!«, rief Ben Katz wieder laut von seinem Tisch aus und ergänzte ein fröhliches: »Bone farite!« Mima lachte, auch wenn sie ihn nicht ganz verstanden hatte. Ben Katz benutzte gerne einzelne Worte in Esperanto, seiner Lieblingssprache. Mima winkte ihm kurz zu. Sie drückte die Schultern durch, beschloss, nicht zu viel zu grübeln und ging in die Küche.

In der Mitte stand ein großer viereckiger Tisch, an dem von vier Seiten aus gearbeitet werden konnte. Auf der Seite zum Café hin waren zwei große Waschbecken. Im Mandelplatz war die Küche koscher. Fleisch und Milch wurden nicht miteinander gekocht, und auch die Geräte, Töpfe und Schüsseln wurden in zwei verschiedenen Becken gereinigt. Zanele hatte schon vor Stunden selbständig mit der Arbeit begonnen. Jetzt stand ein großer Korb mit Äpfeln vor ihr auf dem Tisch. Für den Nachmittag mussten drei Bleche Apfelkuchen gebacken werden. Mima hatte sehr genaue Vorstellungen, wie die Äpfel zugeschnitten werden sollten, aber als sie jetzt einen kritischen Blick auf die feinen Ringe warf, nickte sie zufrieden.

»Zanele. Guten Morgen.«

Zanele nickte ihr zu. »Guten Morgen, Misses Mandelbaum.«

»Richtest Du heute, bitte, das Gästezimmer her? Doron wird das Wochenende mit uns verbringen. Er soll es schön haben. Stell ihm auch eine Schale mit Mandarinen hin und ein paar Pralinen, ja? Um die Blumen kümmere ich mich aber selbst.«

Zanele nickte. »Ja, Misses. Ich werde es gleich erledigen. Sobald ich mit dem Äpfelschälen hier fertig bin.«

Mima wandte sich zum Gehen und sagte noch: »Vielleicht schaffst Du es ja auch noch, die Gardinen zu waschen.«

»Ja, Misses Mandelbaum.«

»Danke, Zanele.«

Mima dachte wieder einmal, dass sie ihre Arbeit ohne Zaneles Hilfe nie schaffen würde. Aber sie hatte nicht danach gefragt, wie es ihr heute ging. Ja, sie hatte sie nur kurz begrüßt und dann direkt Aufgaben verteilt. Sie beschloss, sich später mehr Zeit zu nehmen.

Sobald sie zurück im Café war, hatte sie Zanele vergessen. Sie verabschiedete eine Reihe von Gästen und begrüßte andere. Als ein Stammgast, den sie nicht mochte, das Café betrat, zwang sie sich, freundlich, zumindest höflich zu bleiben. Paolo, ein blasser Portugiese, der regelmäßig nach Arbeitskräften für eine Diamanten-Mine suchte, grinste sie an und wünschte ihr einen guten Tag.

Er weiß, dass ich ihn nicht leiden kann, dachte Mima und fragte sich, was eigentlich genau der Grund für ihre Abneigung war. Vielleicht lag es daran, dass weiße Minenvorsteher insgesamt einen schlechten Ruf genossen und Mima ihm unterstellte, sich brutal gegenüber seinen Arbeitern zu verhalten. Auch ihre Mutter hatte den Mann nicht ausstehen können. Und sie dachte an einen Tag zurück, als sie als junges Mädchen im Café ausgeholfen hatte. Sie hatte Paolo zwei Muffins serviert. Er hatte mit der flachen Hand auf den Tisch geschlagen, so dass sein Kaffee über den Tassenrand geschwappt war. Paolo hatte sie genau so verächtlich angegrinst wie heute, hatte ihr die offene Hand hingehalten und gezeigt, dass er eine Fliege getötet hatte. Mima hatte ihn verunsichert angesehen. Da hatte Paolo sich die Fliege in den offenen Mund geworfen und laut geschluckt. Mima hatte gemeint, sich übergeben zu müssen. Das war jetzt schon einige Jahre her, und sie hatte lange nicht mehr an diese Geschichte gedacht. Aber den Ekel hatte sie wohl nie vergessen. Mit erhobenem Haupt nahm sie jetzt seine Bestellung auf. Auch heute hatte sie wieder den Eindruck, dass etwas Bedrohliches von ihm ausging.

Die Frühstückszeit war vorbei, die Lunchzeit noch nicht gekommen. Mima atmete tief durch. Dann begann sie langsam, das Dressing für den Salat des Tages anzurühren. Olivenöl wurde in einer großen Karaffe mit Himbeeressig gemischt, dazu kamen einige Löffel Himbeergelee, drei Hände voll frischer Himbeeren, fein gehackter frischer Knoblauch, Petersilie und grober schwarzer Pfeffer. Konzentriert und sorgfältig machte sie einen Schritt nach dem anderen.

Als Ezer von hinten an sie herantrat, zuckte sie zusammen. »Schatz, Du hast mich erschrocken.«

Er wich sofort einen Schritt zurück und erzählte einsilbig, wie er mehrere Pakete mit Marmelade zur Post gebracht hatte. Mima hörte zu und arbeitete dabei ruhig weiter. Die Pakete trugen alle das Kennzeichen ›Zerbrechlich‹. Nur sie wusste, was genau in diesen Kisten steckte. Nur sie wusste, dass sie mit einigen Lieferungen gleich gegen mehrere Gesetze ihres Landes verstieß, allen voran das Zensurgesetz. Sie spürte Ezers Nähe neben sich. Ezer. Sein Name bedeutete Hilfe. Es wäre leicht, ihn kurz zu berühren, ihm die Hand zu reichen. Aber was nützte das, wenn es sie in zwei verschiedene Richtungen zog?

2 Rosebank, Johannesburg
1960

Batya stand in der Küchentür und rief Mima zu, sie habe soeben den Apfelkuchen aus dem Ofen geholt. Der Duft von Zimt, Zucker und warmem Obst kam mit ihr aus der Küche, so intensiv, als fordere er volle Aufmerksamkeit, als drängele er sich ins Café, um den Appetit der Gäste zu wecken.

Mima wirkte sehr zufrieden, und Batya schüttelte den Kopf und lachte sie an: »Jeden Nachmittag sind Sie wieder froh, wenn der Kuchen gelungen ist. Wird Ihnen das denn nie langweilig, Mima?«

Die aber schüttelte belustigt den Kopf. »Du weißt doch, dass ich kitschig bin. Ein Kuchen, der aufgegangen ist, der duftet und schmeckt, ist für mich ein großartiges Erlebnis. Niemals selbstverständlich. So wie die Teerosen. Oder dieser besondere Geruch der Luft am frühen Morgen. Das alles rührt mich immer wieder. Ich glaube nicht, dass ich diese Momente jemals leid werde.« Batya dachte, dass Mima etwas sehr Kindliches hatte, wenn sie ihre Strenge und Ungeduld einmal vergaß. Und dass sie dann viel jünger wirkte.

»Zanele schneidet die Stücke zurecht, ich serviere weiter«, meinte Batya. Mima nickte und sah sich um. Das Café war gut besucht.

Ben Katz betrat den Laden. Der Erzähler. Ein echter Lebenskünstler. Belesen, eigen, klug. Es gab Gerüchte, er würde Bücher schreiben. Geschichten, Legenden. Oder Reden, die er dann für sich alleine hielt. Seine Eltern waren eng mit Mimas Eltern befreundet gewesen, bis sie eines Tages überraschend ans Kap gezogen waren. Aber Ben war, als er volljährig war, zurückgekommen. Johannesburg war das kulturelle Zentrum des Landes. In seinem kleinen Kino im Stadtteil ließ er seit einigen Jahren ein eigenwilliges Programm laufen. Europäische Filme, experimentelle Autorenfilme, Avantgarde. Manchmal überraschte er aber auch alle mit einer Schnulze oder einem Kinderfilm. Er galt als freier Geist, als eigen. Mima mochte ihn sehr und beneidete ihn um seine offensichtliche Unabhängigkeit.

Er winkte kurz und setzte sich an einen kleinen Tisch in einer Nische. Ben Katz war gerne für sich. Nur hin und wieder passierte es, dass er eine kleine Beobachtung mit einem anderen Gast, mit Ezer oder Mima teilte, und dann plötzlich auch andere Anwesende an seinen Lippen klebten. Manchmal rief er auch laut durch das ganze Café, um sich zu bedanken, oder um eine Entdeckung zu teilen.

Ben machte kein Geheimnis daraus, dass er für Mima schwärmte. »Schöne Frau«, begrüßte er sie herzlich, als sie zu seinem Tisch kam und deutete eine Verneigung an. Obwohl er ein paar Jahre älter war als sie und mit seinem langen Bart noch älter wirkte, ließ seine charmante Art ihn in diesem Moment wie einen jungen Verehrer erscheinen.

»Guten Tag, Ben Katz.« Er überreichte ihr ein kleines Päckchen, eingewickelt in gelbes Seidenpapier. »Für mich?«

Er nickte strahlend. Sie packte es aus. »Ein Backbuch«, stellte sie erfreut fest.

»Ja. Ich habe es in einer Bücherkiste auf dem Dachboden gefunden. Es muss meiner Mutter gehört haben. Ich kann nichts damit anfangen. Aber ich dachte, Ihnen würde es vielleicht gefallen.«

»Ich danke Ihnen. Wirklich. Vielen Dank.« Sie reichte ihm die Hand.

»Donaco«, sagte er. »Geschenk.«

»Du gibst wohl nie auf, was? Einverstanden. Auch wenn ich mit Sicherheit nie Esperanto lernen werde, dieses Wort merke ich mir. ›Donaco.‹ Und was darf ich Ihnen servieren?«

»Einen Espresso. Und ein großes Stück Apfelkuchen, nein besser gleich zwei! Mit viel Sahne, bitte.«

Mima lachte: »Sehr gerne.«

Sie ging zurück zur Theke. Was für ein kauziger Typ. Aber ein echter Menschenfreund. Wie hieß noch das Wort, das sie sich hatte merken wollen? Donaco. Glaubte dieser Ben wirklich, dass sich durch eine gemeinsame Sprache die Konflikte von Familie Mensch lösen lassen würden? Sie schüttelte den Kopf, wie eine Mutter über ein Kind, das eigenwillig, aber liebenswert ist und legte das Buch zur Seite. Ben Katz hatte schon oft Geschenke mitgebracht. Kleinigkeiten. Oft Dinge, denen er mit einer Geschichte eine besondere Bedeutung verlieh: ein Schwarz-Weiß-Foto, das eine Bagel-Bäckerei in Krakau zeigte. Eine bunte Puppenküche, die in eine Streichholzkiste passte. Eine Frauenfigur aus Draht, geflochten von schwarzen Straßenkindern. Eine Spieluhr, die ›Mazel Tow‹ singen konnte. Einen besonderen Schneebesen mit verschnörkeltem Griff. Und heute ein altes Backbuch, das seiner Mutter gehört hatte.

Ihr wurde ganz plötzlich schwindelig. Mima stützte sich auf die Theke, als fürchte sie hinzufallen. Sie griff nach einem Glas Wasser und trank es in kleinen Schlucken leer. Sie selber war noch ein kleines Mädchen gewesen, als ihre Familie in dieses Haus eingezogen war. Auf ihre Weise hatte sie sich damals die neuen Räume erobert: Das Café, ihre private Wohnung in der zweiten Etage und den Garten. Sie hatte hinter jede Ecke geguckt. War die Treppe hoch und wieder herunter gelaufen. Den ganzen Umzugstag über hatte sie sich immer wieder versteckt, hatte gerufen, bis man sie suchte und fand. Sie hatte dieses Gebäude sofort gemocht und schnell als Zuhause empfunden. Irgendwann im Laufe dieses Tages damals hatte ihre Mutter dann die Kiste mit den Erinnerungen aus Deutschland ausgepackt. Mit großer Sorgfalt und ganz versonnen hatte sie ein Teil nach dem anderen ans Licht geholt: einen goldenen Leuchter, schwere Stoffservietten mit geklöppeltem Rand, sechs Kristallgläser, die kleine Porzellanfigur, Bilder, einige Bücher. So wenig hatten sie mitbringen können. Mima hatte aus einiger Entfernung zugesehen, und auch heute bekam sie wie damals eine Gänsehaut. Flucht bedeutete viele Abschiede. Warum dachte sie jetzt daran? Wohl, weil Ben ihr von einer Bücherkiste auf einem Dachboden erzählt hatte. Weil er seine Mutter erwähnt hatte.

Damals hatte ihre Mutter plötzlich ein Fotoalbum in der Hand gehalten, allen eine Pause verordnet, sie zu sich gerufen und um sich herum geschart: Mima, ihren Bruder Doron und Papa. Sie als Jüngste hatte sich auf Mamas Schoß gesetzt und neugierig in das eigenartige Buch geguckt, das selbstgebastelt und so alt aussah, als würde es gleich auseinanderfallen. Mama hatte ihnen Seite für Seite die Bilder ihrer Familie gezeigt. Eingeklebt, mit Fotoecken, schwarzweiße Figuren aus einer anderen Welt, mit gestärkten Blusen und Hemden, mit ernsten und scheuen Blicken, Kinder und Erwachsene, neben Chanukka-Leuchtern, vor dem Portal einer Synagoge oder auf einer Gartenbank. Mama hatte Namen genannt. Und sie, Mima, hatte nur gewusst, dass sie nicht einen dieser Menschen kannte. Tante Ella, Onkel Joshe, die kleine Hanna, die beiden Zwillinge der Nachbarin, Evi und »Wie hieß noch der Junge?«

Mamas Stimme hatte schrill geklungen, sie hatte suchend zu Papa geguckt und plötzlich Tränen in den Augen gehabt, das Album zugeklappt und gesagt: »Tot. Sie sind alle tot.« Ihr Atem war keuchend, als bekäme sie keine Luft. Langsam hatte sie weitergesprochen: »Was von ihnen übrig ist, sind nur noch diese Bilder und ein paar Erinnerungen. Nicht mal einen Grabstein haben sie. Keinen Ort, an dem wir sie jemals besuchen könnten. Tot. Und weit weg. Alle. Wie ausradiert. In Luft aufgelöst. Weg durch die Schornsteine. Alle.« Dann hatte sie sich die Tränen weggewischt, Mima an sich gedrückt und Doron kurz umarmt. »Aber ihre Geschichten, die wollen wir nie vergessen, hm?« und hatte sie alle aufmunternd angesehen. Mima hatte nur stumm nicken können.

Warum musste sie heute daran denken? Vielleicht, weil sie, immer wenn sie Ben Katz sah, daran denken musste, wie ihre Eltern früher davon gesprochen hatten, so genannte ›einzige Überlebende‹ zu sein. Sie streichelte zärtlich über das Backbuch. Später, wenn es hier ruhiger war, würde sie sich Zeit nehmen und ein wenig darin schmökern. Sie sah, wie Ben in eine Zeitschrift vertieft auf seinem Platz saß. Seine Lippen bewegten sich und seine Augen flogen über die Seiten. Ich müsste ihm auch einmal etwas schenken, dachte sie und nahm sich vor, nach etwas wirklich Originellem Ausschau zu halten und ihn damit zu überraschen. Ach, es gab so viel zu tun, so viel zu denken.

Mima fühlte sich müde. Sie war jetzt seit über zwölf Stunden auf den Beinen, die drei Bleche Apfelkuchen waren leer, nur ein paar Krümel und ein paar einzelne Rosinen erinnerten noch an die Back-Empfehlung des Tages. Mima merkte, dass sie dringend eine Pause brauchte. Sie hatte schon am Morgen leichte Kopfschmerzen gehabt, bat Batya, die Stellung zu halten, versprach, Ezer zu ihr zu schicken und ging nach oben in ihre Wohnung.

In der ersten Etage des Hauses gab es mehrere Zimmer. Das große Wohnzimmer wurde nur selten benutzt. Hier standen ein Klavier, auf dem lange nicht gespielt worden war, und zwei kleine Sofas, alt und bequem, Erbstücke von Mimas Eltern. Der braun-goldene Brokatstoff mit feinen Ornamenten und Blumen war an einigen Stellen verblichen. Auch der breite Teppich war abgetreten. Auf der Ecke eines Sofas lagen mehrere Ausgaben von ›The Guardian‹, der Tageszeitung, die Mima regelmäßig las. Im Bad fiel neben den hellgrünen Kacheln vor allem die große Zinkwanne auf, die in der Mitte des Raumes stand. Das Gästezimmer lud zum Ruhen ein, denn ein wuchtiges Einzelbett mit einem hohen, gepolsterten Kopfende beherrschte den Raum. Der Stoff, Kissen und Decken brachten einen schönen sonnengelben Akzent mit sich und setzten sich ab von dem dunklen Holz der Möbel. Unter dem Fenster standen ein Tisch mit Stuhl und eine kleine Lampe. Hinter einer Tür versteckte sich ein Einbauschrank. Über die gesamte Fläche der einen Wand zog sich ein schmales Bord. Doron, der häufiger hier unterkam, hatte einige Ausgaben des National Geographic hier abgelegt und ein Foto aufgestellt, das den Blick von seinem Haus auf die Tafelbucht zeigte. Ansonsten war es leer, nur ein schwarzer Panther, aus Holz geschnitzt, stand noch da und schien das Zimmer zu bewachen. Zwei weitere Zimmer am Ende des Flurs, gemütliche, kleine Kammern, standen vollkommen leer und warteten mit ihren Besitzern auf Nachwuchs.

»Ezer?« Mima rief schon auf der Treppe nach ihrem Mann. Als keine Antwort kam, klopfte sie an die Tür. Anfangs war das hier ihr gemeinsames Eheschlafzimmer gewesen, jetzt war es alleine sein Zimmer und Mima trat ein.

Ezer saß hinter seinem Schreibtisch. Alles war penibel geordnet: zwei Papierstapel, ein Taschenrechner, ein Quittungsblock, eine Mappe mit Buchungsbelegen und das große Kassenbuch. Auch ansonsten, bemerkte Mima mit einem schnellen Blick, war sein Zimmer sehr aufgeräumt. Das Bett war gemacht, auf ihrer Seite nur ein sauberes Laken und am Fußende eine gefaltete Decke. Am Kleiderschrank hing ein frischgewaschenes Hemd auf einem Bügel. Auf dem Lesepult lag ein offenes Buch in hebräischer Schrift, daneben im Regal standen weitere Bücher, die Thora, der Talmud, Kommentare zu biblischen Büchern, Tosefta, Siphra, Schriften, die das tägliche Leben regeln, als verbindlich anerkannte Rechtsvorschriften ihrer Religion. Beim Waschbecken lag ein Stück Seife, daneben hing ein Handtuch, auf einem Bord standen ein Rasierpinsel und -messer, eine alte Flasche Aftershave, ein Zahnputzbecher mit Zahnbürste und Zahnpaste. Ein leichter Geruch von Menthol und Kampfer lag in der Luft. Es war ein Herrenzimmer geworden. Die Gardinen waren halb zugezogen, so dass es düster wirkte.

»Ezer? Ich ruhe mich einen Moment lang aus«, sagte sie.

Er sah kurz auf, nickte ihr zu und arbeitete dann unbeirrt weiter.

Mima sagte knapp: »Batya könnte Hilfe gebrauchen.«

Als keine weitere Reaktion kam, seufzte sie einmal tief und ging.

Sie gab sich keine Mühe, die Tür leise ins Schloss fallen zu lassen und ging über den Gang in ihr Zimmer.

Mimas Zimmer war klein, aber ihr eigenes. Ezer schlief oft schlecht, wachte mitten in der Nacht auf und las in seinen Büchern. Sein angeschlagenes Herz kam abends schlecht zur Ruhe, sein Puls begann dann zu jagen, bis er irgendwann um Luft rang, als habe er einen Marathonlauf hinter sich. Seine nächtliche Unruhe hatte, nachdem die erste romantische Zeit ihrer Ehe vorbei gewesen war, schnell zu Auseinandersetzungen zwischen ihnen geführt. Mima war so oft müde und wie gerädert aufgewacht, dass sie irgendwann den Vorschlag gemacht hatte, ein eigenes Zimmer zu beziehen. Meistens gingen sie abends gemeinsam schlafen, und Mima huschte dann irgendwann, eingehüllt in ihre Bettdecke, über den Flur in ihr eigenes Bett. In letzter Zeit war sie allerdings häufiger direkt hierher gegangen. Manchmal war Ezer mitten in der Nacht zu ihr gekommen, aber auch das war seltener geworden.

Mimas Zimmer war das einzige im Haus, das keine schlichten weißen Wände hatte, sondern tapeziert war. Die Wand wirkte wie mit lichtblauem Stoff überzogen, auf dem silberne Pfauenfedern tanzten, und wäre das Zimmer nicht so klein gewesen, hätte es dadurch herrschaftlich wirken können. Ein alter Sekretär aus lackiertem Pinienholz mit vielen kleinen Schubladen und Türen war das auffälligste Möbelstück im Raum. Ein schlichter Stuhl aus demselben Holz verschwand fast vollständig unter Blusen, Jacken, Seidenstrümpfen und Röcken und ließ vermuten, dass er in letzter Zeit nicht zum Sitzen benutzt worden war und dass ihr ein Kleiderschrank fehlte. In einem schmalen Regal neben dem Arbeitsplatz standen ausgewählte Bücher, einige sehr alt, viele mit schönen Einbänden und eine ganze Reihe Tagebücher, alle mit rotem Seidenpapier umwickelt. Im Fenster fanden sich einige hohe Kerzenleuchter neben Laternen, Krügen und Blumenvasen. In eine Nische, an der Wand zum Badezimmer hin schmiegte sich ein einfaches Bett mit Metallrahmen, einer Patchwork-Decke aus hell- und dunkelblauen Seidenstoffresten und passenden Kissen, daneben ein Nachttischchen. Über einem Schaukelstuhl mit einer blauen Wolldecke hing ein großer Chagall-Druck. Es zeigte die typischen Farben und Symbole vieler Chagall-Bilder, leuchtendes Blau, ein Brautpaar, einen Engel, einen Mond, ein kleines Dorf, ein Schtetl unter einer Lichtkuppel, einen Vogel, einen Baum. Auffallend an diesem Gemälde aber war die Figur im Vordergrund, eine Frau mit rotem Kleid, weißem Spitzenkragen und einem Fächer in der Hand. Sie blickte aus dem Bild heraus in die Weite. Sah man genauer hin, entdeckte man, dass sie weinte. Das Bild war ein Erbstück, einer der wenigen ausgesuchten Gegenstände aus der Kiste aus Deutschland. Seit Mima denken konnte, hatte es immer seinen Platz über ihrem Bett gehabt.

Das Schönste an ihrem Zimmer war für Mima der kleine Balkon. Die Glastüren schenkten ihrem Zimmer Licht, und mit einem Schritt konnte sie in die friedliche Welt der Natur eintauchen. Hier nahm sie jetzt Platz und ließ sich vom Blick auf ihren Garten beruhigen.

Im Winter wirkte der Garten trocken und fast kahl und wie immer friedlich, unberührt vom politischen Geschehen. Das Gras war gelblich geworden. Einzige Farbtupfer waren die drei Büsche mit roten Pfefferbeeren, ein Beet mit widerständigen lila Veilchen und Lavendel und die rosafarbenen Teerosen, die am Haus entlang rankten.

Mima zog ihre Strickjacke enger um die Schultern, lehnte sich zurück und schloss die Augen. Sie dachte an Ben Katz, an das Backbuch und an ihre Eltern und nahm sich vor, ihren Bruder bald einmal wieder anzurufen.

Sobald sie etwas zur Ruhe kam, störten die Erinnerungen an eine Begegnung vor einigen Tagen sie wieder auf: Toni Kunzmann kam nicht oft ins Café. Als Mutter von vier Kindern, die außerdem Vorsitzende des Wohltätigkeitsvereins der jüdischen Gemeinde war, konnte sie es sich wohl nur selten erlauben, in aller Ruhe eine Tasse Kaffee zu genießen. Aber neulich war sie ins Café gekommen. Es waren nur wenige andere Gäste anwesend gewesen.

Anerkennend hatte Toni sich umgesehen und ihr Gespräch mit einem Kompliment eröffnet: »Du bist noch keine Dreißig und hast

Dir schon einen Namen gemacht mit Deinem Mandelplatz und den vielen besonderen Köstlichkeiten.«

Mima hatte sich für ihre freundlichen Worte bedankt, Batya im Vorbeigehen um zwei Tassen Kaffee gebeten, und als die dampfenden Tassen und zwei Kokos-Törtchen und kandierte Zitronenspalten vor ihnen gestanden hatten, hatte Toni angefangen zu erzählen. Zunächst langsam, aber dann, als wäre ein Damm gebrochen, hatte sie eine Flut von Gedanken geäußert und Mima hatte nur zugehört, hin und wieder genickt und sie aufmerksam angesehen.

»Unsere Kinder fühlen sich zuhause hier. Eben weil wir uns hier zuhause fühlen. So einfach ist das. Sie werden jüdisch erzogen. Natürlich. Sie lernen unsere Traditionen kennen, die Feste und Rituale. Und sie lieben es. Sie merken, dass es uns viel bedeutet und machen mit. Sie denken ja gar nicht viel darüber nach, dass sie in Afrika leben. Oder, dass sie auch in Israel leben könnten. Sie kennen ja nur diesen Stadtteil. Bisher zumindest.«

Mima hatte sich die Gesichter der vier kleinen Kunzmanns vor Augen gerufen: Das jüngste Kind, die kleine Tikva, war gerade erst ein halbes Jahr alt, dann folgten die Zwillingsbrüder Orli und Joel und die Älteste, die fünfjährige Channah. Sie hatte an Gottesdienste gedacht, an Veranstaltungen des Wohltätigkeitsvereins, an Chorkonzerte und an die Gruppe der Mütter, aber keine Nähe zu der Frau, die ihr gegenüber saß, empfunden. Trotzdem hatte sie weiter zugehört.

»Wie gesagt. Sie mögen Rosebank. Unser Haus, den Garten. Die Synagoge, den Spielplatz, den Kindergarten. Das Mandelplatz. Unser Glaube – er schenkt ihnen Wurzeln. Damit können sie doch überall aufwachsen. Oder etwa nicht?«

Sie hatte Mima angesehen, als würde sie um einen Gefallen bitten. Ein Flehen hatte in ihrem Gesicht gelesen, das Mima aber nicht verstanden hatte. Ja, sie hatte gar nicht begriffen, worum es der Frau ihr gegenüber eigentlich ging.

Da hatte Toni auch schon weitergesprochen: »Sie ließen sich ganz bestimmt an einen anderen Ort verpflanzen. Klar! Wenn es sein müsste! Aber meiner Meinung nach brauchen sie keine israelische

Erde, um wachsen zu können. Bestimmt nicht!« Ihre Stimme war immer schriller geworden, sie hatte Luft geholt und Mima verzweifelt angeschaut: »Sim fühlt sich als Weißer nicht wohl in seiner Haut.« Ihr Lächeln war schief. »Im wahrsten Sinne des Wortes. Gleichzeitig regt er sich aber auch über die Politik der israelischen Siedler auf. Und dann schimpft er wieder auf die Buren. Und jetzt spricht er neuerdings immer wieder darüber auszuwandern.« Sie hatte die Hände verzweifelt in die Luft geworfen: »Was verstehe ich schon von diesen Dingen? Von Politik! Was muss man sich überhaupt einmischen? Hm?« Mit einem scharfen Zischen hatte sie ausgeatmet.

Warum kommt sie damit zu mir?, hatte sich Mima die ganze Zeit über gefragt. Vielleicht, weil es allgemein bekannt war, dass sie eine Frau war, die sich um politische Entwicklungen Gedanken machte. Aber Toni hatte ja gar nicht über Politik sprechen wollen. Oder war sie vielleicht hier, weil auch Ezer manchmal die Idee äußerte auszuwandern? Aber woher hätte sie das wissen können? Selbst ihr, Mima, war diese Entwicklung ihres Mannes noch ganz neu. Oder nahm Toni sie als eine Freundin wahr? Der man sich anvertrauen konnte? Der Gedanke hatte sie fast erschreckt, denn sie empfand keine Vertrautheit. Nicht einmal den Wunsch danach. Ja, sie hatte Toni immer gemocht, diese ruhige, runde Frau, mütterlich und besonnen. Aber Toni und auch die meisten anderen Mitglieder der Gemeinde waren ihr fremd. Mima hielt sie heimlich für Menschen, die sich selbst die Nächsten waren. Sie hoffte nur, dass die anderen nichts von diesem harten Urteil wussten. Und ihr die Distanz nicht anmerkten. Sie fühlte sich nicht dazugehörig. Und auch an diesem Nachmittag mit Toni war sie innerlich immer auf der Hut gewesen. Die nächste Frage der anderen Frau hatte ihr dann auch bestätigt, dass sie allen Grund dazu hatte.

»Wohin fährst Du eigentlich, wenn Du sehr früh morgens das Haus verlässt?«, hatte Toni wissen wollen. »Immer donnerstags? Alleine, ohne Ezer? Kannst Du es mir sagen?«

Um Zeit zu gewinnen, hatte Mima mit einer Gegenfrage reagiert: »Du hast mich beobachtet?«

»So groß ist Rosebank nicht. Und so früh ist zwar kaum jemand wach. Aber eine stillende Mutter sieht manchmal auch schon um vier Uhr aus dem Fenster. Ich wollte Dich immer schon mal danach fragen.« Schnell fügte sie hinzu: »Denk nicht, dass ich Dir etwas Schlechtes unterstelle. Ich frage mich eher, ob es *mir* vielleicht helfen würde, etwas mehr von Dir zu wissen.« Toni hatte nervös mit ihrem Ehering gespielt, ihn an ihrem Finger hin und her gedreht und ihren letzten Satz dann um die Bemerkung ergänzt: »Das klingt für Dich vielleicht egozentrisch.«

Mima hatte gezögert und tatsächlich kurz überlegt, sich Toni anzuvertrauen. Aber etwas, das selbst Ezer nicht wusste, konnte sie unmöglich dieser Frau erzählen. Und wer konnte schon sagen, wem Toni es mitteilen würde?

Toni hatte sie forschend angeguckt und dann gemeint: »Lass nur, Mima. Vielleicht später irgendwann.« Obwohl ihr Blick verständnisvoll gewirkt hatte, war Mima innerlich beunruhigt und aufgewühlt gewesen und hatte den dringenden Wunsch gespürt, Toni abzulenken.

Wohl nur deshalb hatte sie dann von ihrem Kinderwunsch erzählt. Und mit dieser neuen Bemerkung sowohl Toni als auch sich selbst überrascht: »Wir sind jetzt seit drei Jahren verheiratet. Ich habe mir, seit ich Ezer kenne, Kinder mit ihm gewünscht. Das scheint mir natürlich, einfach ganz richtig zu sein. Aber bisher ist nichts daraus geworden.«

Toni hatte freudig überrascht gewirkt angesichts von Mimas unerwarteter Offenheit, sich aber schnell gefangen und die Rolle der mitfühlenden, erfahrenen Freundin angenommen: »Du kannst es mir erzählen«, hatte sie gesagt und beruhigend ihre Hand getätschelt.

Und Mima hatte innerlich gefroren, aber doch weitergesprochen: »Ja, weißt Du, seit ich gelegentlich erwähne, wie sehr ich mir wünsche, schwanger zu werden – seitdem deutet auch Ezer immer häufiger an, dass er überlegt auszuwandern. Nach Israel zu gehen. Er wünscht sich, dass sein Sohn in einem Land aufwächst, auf dass er stolz sein kann.« Sie hatte heftig den Kopf geschüttelt: »Da streiten wir uns also über das Zuhause eines Kindes, das es noch nicht einmal gibt! Und, wer weiß, vielleicht niemals geben wird?«

Toni hatte Mima mit großer Wärme angesehen: »Du musst geduldig sein. Ich habe über zwei Jahre auf unsere Channah gewartet.«

Und Mima hatte genickt. Sie war beruhigt, Toni abgelenkt zu haben. Und sie war sich außerdem sicher, dass diese es direkt den anderen Frauen der Gemeinde erzählen würde. Gut. Dann würden sie über ihren Kinderwunsch statt über Fahrten am Donnerstagmorgen sprechen.

Toni hatte es dann plötzlich eilig gehabt, und als sie angedeutet hatte zu bezahlen, hatte Mima ihr versichert, sie sei ihr Gast gewesen. Sie hatten sich kurz umarmt und Toni hatte das Café verlassen.

Mima richtete sich in ihrem Liegestuhl auf. »Was muss man sich einmischen?«, hatte Toni gefragt. »Was verstehe ich schon von Politik?« Mima fühlte sich unendlich müde. Tja. Was passierte denn schon? Außer dass Weiße und Schwarze getrennt gehalten wurden. Unter vollkommen unterschiedlichen Bedingungen lebten. Dass jetzt sogar alle, die nicht Weiße waren, jederzeit und überall einen Pass bei sich tragen mussten? Ein Papier, das ihre so genannte ›Rassenzugehörigkeit‹ dokumentierte. Was wussten sie hier in Rosebank schon von Pass-Kontrollen? Ihre Bewegungsfreiheit war ja nicht eingeschränkt worden.

Neulich war Zanele, ihre zuverlässige Zanele, zu spät zur Arbeit erschienen. Sie war in die Küche gestolpert, hatte Entschuldigungen gestammelt und dabei nach Luft geschnappt. Mima hatte nur einzelne Worte verstehen können. »Tut mir leid, Misses. Meinen Pass vergessen. Versäumt. Noch mal zurück gelaufen. Gefährlich. Township nicht verlassen. Weiße Polizisten. Angst. Strafe. Große Angst. Gefängnis. Meine Nachbarin sogar. Entschuldigung, bitte, Misses. Mein Pass.«

Zanele hatte gezittert und sich geschämt. Diese Scham war das Schlimmste für Mima. Und die Hilflosigkeit. Sie hatte sich den Pass zeigen lassen. Aus Neugier. Aus Interesse. ›Bewysboek‹ hieß das

Dokument offiziell. Bei dem Namen hatte Mima verächtlich den Kopf geschüttelt. Sie sah ein Foto, auf dem Zanele ernst in die Kamera starrte, Stempel, Unterschriften. Hier stand, dass Zanele eine Tswana war. Ihre Stammeszugehörigkeit. Eine Aufenthaltsgenehmigung für Rosebank. Die Anschrift des Cafés. Eine Menge Eintragungen, die Mima nicht verstand. Was für ein Aufwand. Reine Schikane. Um Schwarze jederzeit aus weißen Wohngebieten entfernen zu können. Sie hatte Zanele das Papier zurückgegeben. »Da können wir wohl nichts machen.«

»Nein, Misses. Nichts.« Zanele hatte den Kopf gesenkt und gemurmelt, sie würde jetzt besser mit der Arbeit beginnen und sich beeilen. Sie hatte besonders eifrig gearbeitet und die verlorene Zeit schnell wieder aufgeholt.

Und dann hatte Mima davon gehört, dass längst nicht alle dieses Gesetz einfach so hinnahmen. In den letzten Monaten hatte es immer wieder Massenkundgebungen gegeben, Proteste gegen die Pass-Gesetze. Schwarze hatten ihre Pässe sogar öffentlich verbrannt und damit gezeigt, dass sie sich nicht kontrollieren lassen würden. Schreckliche Bilder standen ihr vor Augen: Einige Tausend Schwarze hatten sich versammelt und waren ohne Pässe zur Polizeistation in Sharpeville gepilgert. Gewaltlos, von den Methoden Gandhis inspiriert, waren sie sehenden Auges ihrer Verhaftung entgegen gegangen. Mit der Aussicht, einige Wochen im Gefängnis verbringen zu müssen. Aber es war anders ausgegangen: Die Polizei hatte ohne jede Warnung zu den Waffen gegriffen und fast siebzig Menschen erschossen. Die meisten von ihnen im Wegrennen, von hinten. Auch im Nachhinein hatte es keine Entschuldigung gegeben, kein Zeichen der Reue oder der Einsicht, im Gegenteil: Der Polizeipräsident hatte seine Anweisung verteidigt, gegenüber den so genannten Terroristen das Feuer eröffnet zu haben. Sogar auf eine schwangere Frau hatten sie geschossen und sie mit ihrem Ungeborenen getötet. Kurz nach diesem Massaker war dann der African National Congress offiziell verboten worden.

In Mimas Kopf tanzten die Fernsehbilder. Kann man die Arbeit des ANC überhaupt verbieten? Ist er nicht weit mehr als eine Partei? Eine Bewegung? Sie dachte an das ernste Gesicht von Zaneles Passbild und massierte sich die Schläfen. Seit Sharpeville brodelte es. Und Misses Kunzmann fragte, warum man sich einmischen sollte.

»Pah!« Mima raffte sich auf. Ich darf mich nicht so isolieren. Das macht mich vielleicht verdächtig. Ich muss einen Weg finden, in Kontakt zu bleiben mit diesen Frauen hier.

Vielleicht würde sie in diesem Jahr einmal wieder den Basar des Wohltätigkeitsvereins besuchen. Sie könnte sogar selber ein paar Spezialitäten beisteuern. Die Idee gefiel ihr. Sie stand auf und ging die kleine Wendeltreppe am Rand des Balkons langsam hinunter in den Garten. Ein kleiner Spaziergang würde ihr gut tun. Besser noch, ein bisschen Gartenarbeit. Bei ihrem Pflanztisch zog sie ihre Handschuhe an und die Knieschoner, griff zu einer kleinen Harke und machte sich dann daran, das Unkraut zwischen den Veilchen zu entfernen. Genau so war es: Man konnte seinen Garten einfach zuwuchern lassen oder etwas dagegen unternehmen. Niemand musste einfach zusehen, jeder konnte etwas tun. Diese Einsicht verlieh ihr neue Energie. Vor ihrem Beet kniend, arbeitete sie konzentriert und eifrig.

Als sie sich nach einem großen Glas Wasser sehnte, bemerkte sie, dass sie ins Café zurückkehren musste. Gleich würden die ersten Abendgäste kommen. Beim Aufstehen knackten ihre Gelenke. Sie streckte sich und nahm Haltung an, als sie ihren Weg zurück zu ihrer Arbeit antrat. Mit einem erfahrenen Blick überschaute sie die Situation. Batya war sehr beschäftigt, Ezer nirgends zu sehen, und Zanele bereitete in der Küche die Salatteller für die Abendessen vor. Sie nickte der jungen Kellnerin zu und gab ihr zu verstehen, dass sie die nächsten Bestellungen übernehmen würde.

Die Unruhe im Café wuchs in diesem Moment, weil ein ganzer Schwung Gäste kam, einige von ihnen wirkten wie Touristen. Im Juli kamen eigentlich nur selten Europäer, die meisten flohen im Dezember vor ihren Wintertemperaturen oder vor dem Weihnachtsfest, um südafrikanische Sonne und Urlaub zu genießen.

Mima nahm die Bestellungen ihrer Gäste auf. Die Touristen stellten sich als Belgier heraus, die sich für Diamanten interessierten. Sie hatten die Premier-Mine besucht und sehnten sich nach einem guten Essen. Mima unterhielt sich eine Weile mit ihnen und gab ihnen ein paar Erklärungen zu den Tagesgerichten. Mit der Hilfe von Zanele, die in der Küche stoisch weiterhin Salatteller anrichtete, gelang es Mima, innerhalb kurzer Zeit und dank der überschaubaren Auswahl auf der Mandelplatz-Karte alle Gäste zu bewirten. Die meisten wählten das Tagesgericht: Kürbis-Bagel mit Thunfisch-Carpaccio, Sellerie-Meerrettich-Dip und frischen Blattsalaten. Dazu das berühmte Himbeer-Dressing.

Ben Katz saß noch immer auf seinem Stammplatz und las. Fast bestürzt wurde ihr klar, dass sie keine Ahnung hatte, welche politischen Ansichten ›der Erzähler‹ eigentlich vertrat. Aber, merkte sie, das stimmte so nicht. Denn mit seiner eigenwilligen Filmauswahl positionierte er sich durchaus. Sie ahnte, dass sie wohl auch ihn ins Vertrauen ziehen könnte, falls sie eines Tages Hilfe bräuchte. Ihn und Gavriel.

3 | Rosebank, Johannesburg
1960

Doron Mandelbaum war drei Jahre älter als seine Schwester und lebte als Juwelier in Kapstadt. Seine Frau Joela war Fotografin. Sie hatten keine eigenen Kinder, aber Joela wählte häufig Babys und Kleinkinder als Motive für ihre Bilder. Jedes Mal, wenn ihr Bruder zu Besuch kam, wünschte sich Mima, mehr Zeit mit ihm alleine verbringen zu können, aber dazu kam es selten. Wenn er in Rosebank war, sprach sich das im Stadtteil schnell herum und einige Männer, die es mochten, mit ihm zu diskutieren, kamen, um ihn zu treffen.

Drei Gäste hatten an diesem Abend neben Doron an der Theke Platz genommen. Mima kannte sie alle: Tonis Mann Sim Kunzmann, Noam Kirsch und Jakob Cremer lebten hier in Rosebank, Geschäftsleute wie sie und Mitglieder der jüdischen Gemeinde. Ezer übernahm die Bedienung und servierte jedem zuallererst ein Glas der beliebten Ingwer-Schorle.

Noam Kirsch, der bekannt dafür war, kein Blatt vor den Mund zu nehmen, kam auch an diesem Abend wieder direkt zur Sache. Er trank einen großen Schluck aus seinem Glas und breitete dann seine jüngsten Beobachtungen aus.

»Premier Verwoerd ist ein schlauer Fuchs. Nicht so plump wie seine Vorgänger. Das macht ihn meiner Meinung nach umso gefährlicher.« Er prostete den anderen zu und sprach sofort weiter: »Er ist ein Intellektueller. Er macht nicht nur Gesetze, er begründet sie! Der ist absolut überzeugt von der Überlegenheit der weißen Rasse. Wenn man ihn reden hört, klingt er ungemein überzeugend.« Noam nickte heftig und schaute die anderen an, als könne er Zustimmung verlangen. »Glaubt mir! Der Kerl hat sich seine Argumente gut zurechtgelegt.«

Jakob Cremer erwiderte: »Ich meine, Verwoerd sollte sich nicht vertun. Die Unruhe im Land wächst. Man spürt es überall. Selbst in einem ruhigen Stadtteil wie unserem. Sharpeville hätte auch in einem Bürgerkrieg enden können. Die Schwarzen werden diese Politik nicht einfach immer weiter hinnehmen. Sie werden sich wehren. Schon jetzt finden große Demonstrationen statt.«

»Da hast Du zwar Recht«, stimmte Noam ihm zu, »aber ich glaube, die da oben greifen zu drastischen Maßnahmen. Die hoffen, dass der Widerstand beendet werden kann.«

Sim warf ein: »Es könnte aber auch genau das Gegenteil geschehen: Der Frust nimmt immer mehr zu. Allen, die auf Gewaltlosigkeit gesetzt haben, schwimmen die Felle davon. Die Führungspersonen schaffen es vielleicht nicht mehr lange, die Gemüter immer wieder zu besänftigen. Es könnte zu einem bewaffneten Kampf kommen. Ich mache mir Sorgen.« Jakob verriet ihnen, dass er angefangen habe, etwas Geld in Sicherheit zu bringen.

Doron hörte interessiert zu. Sein Blick wanderte von einem zum anderen, aber er ließ sich nicht anmerken, was er selber dachte. Mima beobachtete ihn genau. Sie mochte es, zu versuchen, seine Gedanken und Empfindungen in seinem Gesicht zu lesen. Bedacht sagte er: »In Amerika wird die Bürgerrechtsbewegung immer selbstbewusster. Martin Luther King setzt auf Gewaltlosigkeit. Seine Ideen beeinflussen auch unsere Schwarzen. Aber am Kap hört man auch Gerüchte, dass im ANC über die Gründung einer bewaffneten Einheit diskutiert wird.«

Mima nickte innerlich. Ja, davon hatte sie auch schon gehört. Aus den Augenwinkeln sah sie zu Ezer, der neben ihr an der Theke eine Flasche Weißwein öffnete. Sie staunte, dass er einen edlen Zonnebloem Chardonnay spendierte. Und sie freute sich, dass die Männer anerkennend nickten, als er die beschlagenen Gläser mit der hellgelben Farbe und orangefarbenen Reflexen jeweils vor sie auf die Theke stellte.

»Zitronig, etwas Zedernholz und ein Hauch Aprikose«, murmelte Ezer und hob sein Glas.

»Le Chaim«, sagte Doron und die anderen stimmten ein »Le Chaim!« und tranken genüsslich einen ersten Schluck.

Warum wohl hatte er einen so teuren Wein gewählt? Es störte sie nicht, aber sie hätte sein Motiv gerne gekannt. Wieder einmal dachte sie, dass sie sich eigentlich nicht gut kannten. Ihre Seelen sprachen nicht miteinander. Er wusste nichts über ihren Zorn. Ihre größten Träume. Er wusste nicht, dass sie ihren Handel mit Marmeladen und Kuchen nutzte, um Briefe zu schmuggeln. Nichts über ihre Kontakte, ihren Zugang zu Informationen und Plänen. Er wusste wirklich nur sehr wenig von ihr. Und sie wusste nicht viel von ihm.

Sie hörte dem Männergespräch an der Theke weiter zu. »Nicht mehr zum Commonwealth zu gehören? Das hat Folgen für unsere wirtschaftlichen Beziehungen, die nicht zu unterschätzen sind«, führte Noam seine Gedanken weiter aus.

Und Jakob ergänzte: »Die Weltöffentlichkeit wird nicht einfach zusehen. Unternehmen und Investoren ziehen sich schon jetzt aus dem Land zurück. Sogar von Boykott ist schon die Rede.«

Aber Noam schüttelte wieder heftig den Kopf und sagte energisch: »An Boykott glaube ich nicht. Meinst Du wirklich, de Beers würde keine Diamanten mehr exportieren? Oder irgendein Deutscher würde auf den sonnengereiften Stellenbosch-Rotwein verzichten? Oder auf diesen köstlichen Zonnebloem? Schon Napoleon liebte unseren süßen Constantia. Der gesamte europäische Adel mag diesen Dessertwein seit vielen Generationen! Boykott. Ich lache!« Er schüttelt sich. »Nur weil hier ein paar schwarze Blagen nicht zur

Schule gehen können? Meint Ihr echt, die Welt würde auf unsere Orangen verzichten? Als würde die Konsumenten interessieren, wo ihr Obst herkommt.« Er lachte: »Oder der Tourismus?! Die Amis wollen unsere Nationalparks besuchen. Die wollen Löwen fotografieren, nicht mit Mandela Kaffee trinken. Ha! Nein, an Boykott glaube ich nicht. In dieser Welt ist sich noch immer jeder selbst der Nächste geblieben.«

Mima versuchte, was sie hörte, nicht zu nah an sich heran zu lassen. Ihr Herz schlug höher, und sie spürte, dass ihre Wangen warm geworden waren. Wie aufgeblasen und ekelhaft diese Leute waren. Da merkte sie, dass Noam sie anguckte. Er schien erst jetzt überhaupt realisiert zu haben, dass sie da war und ihrem Gespräch aufmerksam folgte. Er neigte sich zu ihr und sagte mit gönnerhaftem Ton: »Und was steht heute auf der Tageskarte, wenn ich fragen darf?«

»Tauben. Mit einer Sesamkruste und gefüllt mit Datteln. Dazu warmes Hefebrot und geschmorte Honig-Möhren.« Sie ärgerte sich, dass sie schneller sprach als gewöhnlich und seine Frage so gehorsam beantwortet hatte.

Er bestellte, nachdem die anderen zustimmend genickt hatten, eine Portion für jeden von ihnen und ließ sie dabei nicht aus den Augen. Auf dem Weg in die Küche, meinte sie, seinen Blick immer noch zu spüren und fragte sich, ob sie sich durch irgendetwas verraten hatte. Ob man ihr ihre Verachtung abspürte? Und ob man sie hatte loswerden wollen und daher in die Küche geschickt hatte?

Mima half Zanele in der Küche und blieb etwas länger bei ihr als nötig. Dann verließ sie das sichere Terrain wieder, begrüßte Gäste, nahm Bestellungen an und schenkte Wein aus. Sie blieb hier und da an einem Tisch stehen, um sich kurz zu unterhalten und zu fragen, ob alle zufrieden seien.

Als sie zurück zur Theke kam, merkte sie, dass die Stimmung sich verändert hatte. Sim Kunzmann räusperte sich mehrmals, um dann leise und schleppend zu sagen: »Ich weiß nicht, wo ich hingehöre.

Auf welcher Seite ich stehen soll. Sind wir nicht zuallererst Juden? Aber wir sind ja auch Weiße. Südafrikaner. Will ich mich hier überhaupt zuhause fühlen? Bleiben wir Emigranten? Ewig Zugezogene? Und...«

Er sprach nicht weiter. Wischte sich die Augen. Und dann flüsterte er: »Sind wir Opfer? Entkommene? Oder sind wir inzwischen nicht auch Täter?« Müde sah er von einem zu anderen. »Wenn ich diese Schilder sehe, die den Schwarzen den Zutritt verwehren. Im Park, am Bahnhof, auf den Ämtern. Neuerdings auch in öffentlichen Toiletten. Ich weiß nicht.« Er schüttelt den Kopf. »Das sind doch Nazi-Methoden.«

Das letzte Wort klang wie ein Stöhnen, erschöpft und entsetzt. Noam sah ihn verständnislos an und legte beruhigend seine Hand auf Sims Unterarm. Aber Sim schüttelte die Hand ab, so heftig, als sei Noams Berührung gefährlich für ihn und sprach weiter. »Wenn Ihr mich fragt: Was die Regierung tut, ist schlicht menschenverachtend.«

Und dann geschah etwas, das Mima an dieser Theke und mit diesen Gästen noch nie erlebt hatte: Sim begann zu weinen. Erst schluchzend, dann immer heftiger und wollte sich nicht beruhigen. Die anderen schwiegen hilflos.

Mima kamen unmittelbar selbst die Tränen. Sims breite Schultern hoben und senkten sich unter seinem lautlosen Weinen. Die Zeit erschien endlos. Sie dachte an Toni Kunzmann und fragte sich, ob das Ehepaar zuhause offen über diese Themen sprach. Sie hatte keine Ahnung. Neugierig sah sie zu Ezer. Der wandte sich ab und ging in die Küche, um nur einen Augenblick später mit vier großen Tellern wiederzukommen. »Gefüllte Tauben!«, sagte er leise.

Sim hob den Kopf und nickte, putzte sich die Nase und sagte: »Danke. Lasst uns später weitersprechen.« Langsam begannen alle zu essen.

Noam und Jakob sahen ihren Freund so verwundert an, als sei er ein Fremder. Als hörten sie ihm zum ersten Mal zu. Obwohl er doch ihr Freund war. Trotzdem schienen sie nicht zu verstehen, was ihn so erschütterte.

Noam versuchte noch einmal, auf Sim einzureden: »Sim. Hier geht es nicht um uns.«

Aber Sim, der die Versuche seines Freundes offensichtlich als unangenehm empfand, sah ihn direkt an und forderte mit bitterem Ton: »Dann erklär mir, verflucht nochmal, wo der Unterschied ist zwischen einem Schild, das Dir verbietet ein Klo zu benutzen und einem gelben Stern, der Dich öffentlich als Jude kennzeichnet?«

Mima hätte ihn am liebsten in den Arm genommen. Mehr noch, sie hätte ihn gerne von den anderen weggeführt und sich alleine mit ihm unterhalten. Dann hätte sie ihm vielleicht erzählt, dass aus ihrer Sicht die wenigsten Menschen immer und nur Opfer waren. Die allermeisten konnten sich entscheiden. Sie alle konnten sich informieren. Ihre Überzeugungen zu Taten werden lassen. Vielleicht hätte sie ihm auch erzählt, wie sie sich entschieden hatte.

Aber sie blieb hinter der Theke stehen. Weil ich feige bin, dachte sie. Oder, weil ich fürchte, meinen Zorn nicht länger kontrollieren zu können – sollte ich jemals anfangen, den Menschen in meiner Umgebung zu sagen, was ich wirklich denke.

Es fiel ihr schwer, still dabei zu sein und bloß zuzuhören, statt sich einzumischen. Umso mehr freute sie sich, als Doron das Wort ergriff und alle an ihren Vater erinnerte.

»Ihr wisst ja, unser Vater war ein gläubiger Jude. Und ein Händler wie ihr. Wie ich auch. Wisst Ihr auch noch, dass er sich immer geweigert hat, Afrikaans zu lernen? Er konnte die Buren nicht leiden.« Sein Blick traf sich mit Mimas. Stolz fuhr er fort: »Unser Vater, Moshe Mandelbaum ist seinen Mördern entkommen. Und hierher geflohen. Um dann festzustellen, dass es eine Einreisebedingung gab. Nämlich: eine europäische Sprache zu beherrschen. Und Jiddisch galt nicht als europäisch! Unser Vater wollte seine Muttersprache sprechen dürfen.« Dorons Stimme war lauter geworden: »Unser Vater und seine Generation von Einwanderern haben damals eine öffentliche Debatte mit der Regierung geführt. Bis Jiddisch schließlich doch als europäisch anerkannt wurde. Nur so konnte er seine Kontobücher weiterhin in *seiner* Muttersprache führen.«

Er nahm sein Weinglas zur Hand: »Auf unsere Väter!«

Noam erwiderte: »Auf unsere Väter!« Alle tranken sie einen Schluck. Noam fuhr fort: »Nun, ich spreche kein Jiddisch mehr. Ich kann gerade genug Hebräisch, um in der Synagoge mit Anstand einen Text der Torah vortragen zu können. Wir sprechen alle Englisch.« Feixend sah er in die Runde.

Aber Sim ergänzte: »Viele von uns sprechen Afrikaans. Und wollen alle anderen zwingen, es auch zu tun.«

Mima ergänzte für sich: »Noch mehr Menschen in diesem Land sprechen Tswana oder Zulu oder Sesotho oder...«

»Was sagst Du da?« Noam schrie sie fast an. Sie musste laut ausgesprochen haben, was sie dachte. Sie schrak kurz zusammen.

Aber diesmal hielt sie seinem Blick stand und wiederholte ruhig: »Ich sagte nur, dass noch mehr Menschen in diesem Land weder Englisch noch Afrikaans sprechen, sondern Tswana, Zulu oder Sesotho, isiXhosa, Setswana oder auch SiSwati oder Süd-Ndebele, Tshivenda.«

Man sah sie verblüfft an. »Was redest Du denn da?«, fragte Noam angewidert.

Und Doron meinte anerkennend: »Schwesterchen, Du überraschst mich! Was Du alles weißt!« Um die Stimmung zu retten, schlug er einen harmlosen Ton an. »Sie hat ja Recht. Wo ist der Unterschied zwischen meinem lieben Dad, der Jiddisch sprechen wollte, und einem Schwarzen, der in seiner Muttersprache reden möchte?«

Mima sah ihn dankbar an. Ja, dachte sie. Was ist mit einer schwarzen Schülerin, die ihre ersten Gedichte schreiben lernt? Oder mit einer schwarzen Mutter, die irgendeinen Antrag ausfüllen muss? Mit einem Lehrer in Soweto, der Kindern die Geschichten ihres Volkes in ihrer eigenen Sprache nahebringen möchte?

Da bat Ezer sie, doch in die Küche zu gehen. Um die Desserts zu dekorieren. Sie musste kurz lachen und wollte ihm zu gerne direkt ins Gesicht sagen: »Du willst mich loswerden? Bin ich Dir etwas peinlich?« Voller Verachtung sah sie ihn an und ging wortlos weg. Am Küchentisch verteilte sie routiniert einige Fäden türkischen Honig, karamellisierte Mandeln und Granatapfelkerne über die kleinen Quarkkuchen und bestreute jeden Teller abschließend am Rand mit dunklem Zucker. Ohne einen weiteren Kommentar servierte sie die vier Portionen.

Alle begannen sofort zu essen, nur Sim stand auf. Er baute sich vor Noam auf und sah ihn herausfordernd an: »Was wirst Du Deinen Kindern sagen, wenn sie Dich eines Tages nach diesen Zeiten fragen?«, fragte er ihn knurrend. »He?« Mit dem Zeigefinger stieß er so heftig auf seinen Brustkorb, dass Noam irritiert zurückwich, erschrocken von der plötzlichen Vehemenz seines Freundes.

Sim ging zur Garderobe, um seine Jacke zu holen. Niemand versuchte, ihn aufzuhalten. Mima eilte zur Tür, um ihn zu verabschieden. Sie hoffte, Sim würde irgendwie die Wärme spüren können, die sie in diesem Moment für ihn empfand. Sie nahm sich vor, eine Gelegenheit zu suchen, einmal unter vier Augen mit ihm zu sprechen, auch wenn sie wusste, dass das nicht so einfach sein würde. Sim nickte ihr zu und verließ das Café. Sie sah ihm nach. Langsam ging er am Fenster vorbei, betrachtete kurz die Menora und wischte sich zum wiederholten Mal die Augen.

Mima ging zurück ins Café und kümmerte sich um einige letzte Gäste. Sie wäre am liebsten sofort ins Bett gegangen. Aber das Gespräch nahm noch einmal eine weitere Wendung, die sie noch mehr aus der Fassung bringen sollte, als Sims Verzweiflung es bereits getan hatte. Denn jetzt bezog Noam Ezer in ihr Gespräch mit ein und fragte ganz direkt: »Ezer. Was sollen wir tun? Du bist ein junger Mann. Was denkst Du?«

Ezer sah erst Doron an, dann Mima. Sein Blick war eindringlich. Alle warteten ab, was er sagen würde. »Ich denke, dass ich nicht bleiben möchte«, war seine bedächtige Antwort. »Ich denke, dass dieses Land niemals unsere Heimat sein kann.«

Ja, dachte Mima. Ich verstehe. Es ist eine schwere Heimat. Allerspätestens seit dem Wahlsieg der Nationalisten. Auch diesmal sprach Doron aus, was sie dachte: »Ja, dieses Land ist eine komplizierte

Heimat. Die Rassentrennung wird so professionell und gnadenlos vorangetrieben. Das Ganze hatte unvorstellbare Ausmaße angenommen. Zwangsumsiedlungen, Pass-Gesetze, das drohende Verbot des ANC und der schwarzen Gewerkschaften...«

Aber Ezer unterbrach ihn: »Nein. Du verstehst nicht.« Und dann hörten sie, wie er voller Leidenschaft von Israel sprach. Die Situation der Schwarzen war nicht sein Thema. »1948 war ja nicht nur das Jahr des Regierungswechsels hier, sondern auch das Jahr der Gründung unseres Staates Israel.« Triumphierend, als wäre es tatsächlich sein eigener Verdienst, sah er in die Runde: »Fällt Euch nichts auf?«

Noam konnte auch diesmal seine Überraschung nicht verheimlichen. »Du überlegst tatsächlich, auszuwandern?« Er wandte sich um und zeigte auf das Café. »Aber Du hast Dir etwas aufgebaut. Könntest Du das so einfach zurücklassen?« Ohne Ezers Antwort abzuwarten, schüttelte er zum wiederholten Mal an diesem Abend heftig den Kopf. »Nein, das wäre überhaupt keine Lösung für mich. Ich werde nicht fliehen. Als die Bernsteins vor ein paar Jahren in die USA gingen, habe ich es schon nicht verstanden.« Gereizt sah er Ezer an: »Und ein Kibbuz-Typ bin ich ganz bestimmt nicht.« Ezer erwiderte nichts, sondern stand abwartend da.

Bis Jakob endlich aufstand, Noam beim Arm packte und meinte: »Komm. Lass uns gehen. Reden wir ein anderes Mal weiter.«

Die beiden verabschiedeten sich mit einem kurzen Nicken. Aber dann wandte sich Noam noch einmal Mima zu: »Mima? Was denkst Du denn? Auch Frauen haben ja manchmal eine Meinung zu diesen Dingen, oder?«

Sie rief sich innerlich zur Ruhe. Oh nein, nochmal provozierst Du mich nicht, dachte sie. Sie würde für sich behalten, was sie dachte. Was sie wusste. Und was sie sonst tat, wenn Noam Kirsch und Jakob Cremer unter sich waren und sie bei ihren Leuten.

Gelassen antwortete sie: »Entschuldige, Noam. Aber ich war in Gedanken ganz in meiner kleinen Hausfrauen-Welt. Wenn Doron zu Gast ist, möchte ich immer etwas Besonderes kochen. Ich dachte gerade an Lammeintopf mit Pastinaken.« Sie schenkte ihm ein

Lächeln, bat die beiden Männer, ihre Frauen herzlich von ihr zu grüßen und winkte ihnen zum Abschied.

Ezer verzog das Gesicht zu einem scheelen Grinsen. Vielleicht hatten sich Noam und Jakob von dieser gespielten Naivität täuschen lassen, aber er ganz sicher nicht. Er wusste zwar nicht genau, wo Mima mit ihren Gedanken war, aber mit Sicherheit war sie nicht mit Pastinaken beschäftigt gewesen. Kochen und Backen liefen bei ihr ohne Nachdenken ab, ganz intuitiv. Ihr Unterbewusstsein sorgte dafür, dass sie die richtigen Handgriffe tat. Jeder wusste, dass sie ihre eigenen Ansichten hatte. Und von Noams Kommentar über Frauen und ihre unabhängige Meinung hatte sie sich ganz bestimmt provoziert gefühlt. Warum hatte sie ihnen etwas vorgespielt? Er sah kurz unsicher zu Doron hinüber und beschloss, was im Raum stand, auszusprechen: »Ich möchte nicht, dass mein Sohn in diesem Land geboren wird. Ich will, dass er in einem Land aufwächst, das wirklich eine Heimat ist. Ein Land, auf das man stolz sein kann.«

»Was für ein Sohn?« Mima sah ihn mit großen Augen an. Doron lachte, als habe sie einen Witz gemacht.

Aber Ezer blieb ernst und erwiderte leise: »Unser Sohn. Du sagst doch immer, es ist Zeit.« Als Mima ihn nur abwartend ansah, machte er eine wegwerfende Handbewegung. »Ach. Lassen wir das.« Er drehte ihnen den Rücken zu und machte sich daran, die Kaffeemaschine zu reinigen.

»Vielleicht wird es ja ein Mädchen?«

Überrascht wandte er sich noch einmal um. »Was sagst Du? Ein Mädchen? Ach so. Ja, natürlich, meinetwegen. Aber dann gilt dasselbe. Ich möchte nicht, dass meine Kinder zu einer Minderheit gehören.« Er hob die Schultern. Mima sah, wie unwohl er sich fühlte. Nachdrücklich bat er sie: »Lass uns doch später darüber reden.«

Doron stand auf. »Ich lasse Euch vielleicht besser alleine.« Er kam hinter die Theke und nahm Mima in seine Arme. Er hielt sie länger fest als sonst und flüsterte in ihr Ohr: »Schwesterchen, Du wirst sehen, es wird alles gut.« Er gab ihr einen Kuss auf jede Wange. »Bis morgen früh. Ich komme zu einem späten Frühstück zu Dir in die Küche.« Damit verabschiedete er sich. Sie freute sich über seine Worte und über seine Art. Er verstand es immer, Zuneigung und Nähe zu zeigen. Die Aussicht, dass er morgen früh in ihrer Küche sitzen würde, machte sie glücklich. Als er die Treppe hinaufging, spürte sie, wie unwohl sie sich alleine mit ihrem Mann fühlte. Die Fragen, die der Abend ausgelöst hatte, waren immer noch da. Standen zwischen ihr und Ezer. Sie sah in das leere Café. Spürte ihn in ihrem Rücken.

»Geh doch schon mal nach oben. Bitte. Ich werde noch etwas aufräumen und abschließen.« Als sie hörte, dass er ebenfalls die Treppe hinaufging, atmete sie erleichtert auf.

»So habe ich Deinen Ezer noch nie erlebt«, sagte Doron am nächsten Morgen. Er saß am Küchentisch und rührte in seiner Tasse mit Milchkaffee. »Ich wollte Euch nicht belauschen. Aber Ihr wart so laut, dass ich zuhören musste.«

Mima sah ihm direkt in die Augen. »Glaub mir, auch ich habe Ezer kaum wiedererkannt.« Sie schüttelte den Kopf.

Sie verstand Ezer nicht. Laut geschrien hatte er. Das Echo seiner Worte klang noch immer nach. Wo man Zuhause ist, wolle man keiner Minderheit angehören. Kein Außenseiter sein. Sich sicher fühlen. Er wolle doch irgendwann einmal ankommen. Und so weiter.

Mima hatte sich keine Mühe gegeben, die Bitterkeit in ihrer Stimme zu verbergen und hatte ihn gefragt: »Du hast Dein Leben lang Zeit gehabt, hier anzukommen. Was macht Dich so sicher, dass es Dir in Israel besser gelingen würde?«

Aus Ezer, ihrem Mann, der sonst nur wenige Worte machte, waren Worte gesprudelt, als würde er platzen. »Weil wir dort nicht ein lächerlicher, verschwindender Teil der Bevölkerung sind. Weil unsere Religion geachtet wird und von vielen geteilt. Unsere Feste und Rituale. Weil wir eine Sprache sprechen, die uns verbindet. Weil wir bestimmen, welche Lieder gesungen werden. Weil der Boden uns seit Jahrhunderten heilig ist.« Und dann hatte er noch von Bestimmung gesprochen. Von Kultur, Werten und Kindererziehung.

Mima hatte am Türrahmen ihres Badezimmers gelehnt, sich kaum bewegt und war innerlich immer weiter von ihm abgerückt. Kühl hatte sie nur ganz kurz erwidert: »Ich kann mir aber gut vorstellen, unsere Kinder hier aufzuziehen.« Schließlich sorgte sie mit ihrem Restaurant doch dafür, dass ein wichtiger Teil ihrer Kultur gewürdigt wurde. Aber es hatte kein Verstehen zwischen ihnen gegeben.

Ezer war nur immer noch lauter geworden. Seine Stimme kalt und schneidend. Sie hatte ihn kaum wiedererkannt. Er hatte ihre jüdische Gemeinschaft eine »exotische Ausnahme« genannt. Den Wunsch geäußert, endlich dazuzugehören. So zu sein wie alle anderen. Ihren Einwand, dass ihre Gemeinschaft so einheitlich ja gar nicht sei, hatte er brüsk unterbrochen und ihr erklärt: »Ich werde mit jedem Juden, orthodox, liberal, säkular oder was auch immer, mehr gemeinsam haben als mit jedem Buren. Und mit jedem Schwarzen.«

Sie hatte nicht fassen können, was sie hörte. »Warum?«, hatte sie wissen wollen. Und es war eine echte Frage für sie.

Aber Ezer schien sich nicht ernstgenommen gefühlt zu haben. Er war nur noch zorniger geworden. Hatte Sätze gebrüllt wie »Du redest so einen Schwachsinn« und »Mach Dich doch nicht lächerlich«. Sie war so müde gewesen. Hatte sich hilflos gefühlt. Und als er abschließend meinte: »Ich möchte, dass mein Sohn in einem Land lebt, auf das er stolz sein kann«, hatte sie nicht mehr gewusst, was sie darauf jemals erwidern könnte. Schreiend hatte er ihr Zimmer verlassen und im Weggehen gerufen: »Hier jedenfalls, in Deinem verrückten Café, werde ich niemals glücklich sein.« Die Tür seines Zimmers war laut ins Schloss gefallen.

Erst als sie Doron am Morgen begrüßt und besorgt angesehen hatte, war ihr klar geworden, dass ihr Bruder alles mitangehört haben musste. »Wie soll so ein Gespräch denn weitergehen?«, fragte sie ihn. Doron war genau so hilflos wie sie. Sie setzte sich neben ihn und ließ zu, dass er seinen Arm um sie legte. Sie sprachen in aller Ruhe miteinander und aßen dabei einen ganzen Teller mit Mandelkeksen. Sie teilte mit Doron alle Fragen, die ihr so schwer auf dem Herzen lagen: Ob sie seinen Wunsch, zu gehen, zu ihrem machen musste? Was wäre wohl, wenn sie gar keine Kinder bekommen könnten? Oder wie würde es sein, wenn sie nicht den erwünschten Sohn, sondern eine Tochter hätten? Heimlich fragte sie sich außerdem, was passieren würde, wenn sie auffliegen sollte. Wenn sie Ezer gestehen müsste, ein zweites Lebens hinter seinem Rücken geführt zu haben. Was, wenn eine Durchsuchung stattfinden würde, weil jemand der Polizei einen Tipp gegeben hatte. Was dann?

Doron begann, mit ihr zu schunkeln. »Es wird alles gut. Du wirst sehen«, wiederholte er seine wohlmeinenden Worte immer wieder in einer Art Singsang. Sie wusste nicht, ob sie ihm glauben konnte. Sie wusste ja nicht einmal, ob sie es noch wollte.

4 Rosebank, Johannesburg
November 1960

Das Cello-Konzert war ein großer Erfolg gewesen. Das Mandelplatz war bis auf den letzten Platz besetzt, und die Gäste hatten begeistert zugehört, gegessen, getrunken und sich angeregt unterhalten. Mima und Batya hatten Unmengen an Fingerfood für die Gäste serviert: Mit Honig gefüllte Bliniys, Eierkuchen mit glasierter Petersilie, Datteln und Ziegenkäse, geschmortes Huhn mit kandierten Feigen, Apfel-Chutney und verschiedenste Bagels. Immer wieder war sie mit vollem Tablett durch die Menge gegangen.

Ben Katz hatte sie angestrahlt. »Ich habe viel zu viel gegessen. Das Chutney schmeckt so vorzüglich. Wie alles andere natürlich auch. Aber dieses Chutney. Wussten Sie, Mima, dass unser großer Artur Rubinstein, ein polnischer Jude wie ich, nach einem berühmten Cellisten benannt wurde?«

»Nein, Ben Katz, das wusste ich nicht.«

»Aber sie haben sich sicher auch schon gewundert, wie einer von uns ›Artur‹ heißen kann?« Aber auch das konnte Mima nur verneinen. »Artaios, ein Bär.« Ben Katz hatte verständnislos den Kopf geschüttelt. »Aber nun gut. ›Rubinstein‹ mag den Vornamen ausgleichen.« Und als habe er erst jetzt wieder begriffen, wo er war und dass Mima noch mehr zu tun hatte als mit ihm über jüdische Namen zu philosophieren, hatte er gesagt: »Es war ein herrliches Konzert. Admirianda. Grandiosa. Multan dankon! Vielen Dank.«

Das Mandelplatz hatte geschmaust. Johi und Simson hatten sie tatkräftig unterstützt und stundenlang dreckiges Geschirr und benutzte Gläser weggetragen. Obwohl es auch gegen Abend noch sehr warm gewesen war, hatte Mima Kerzen auf hohe Leuchter gestellt und das Mandelplatz in glühendes Licht getaucht. Erst um zwei Uhr waren die letzten Gäste gegangen.

Jetzt war das Café leer. Zanele, Batya und Ezer hatten noch geholfen, aufzuräumen und hatten sich dann einer nach dem anderen müde verabschiedet. Mima hatte ihnen jeweils dankbar nachgesehen. Immer wissend, dass der schlimmste Abschied des Abends ihr noch bevorstand.

Mima saß neben Gavriel auf der Veranda. Sein Cello stand eingepackt in seinem Koffer neben Gavriel. Fertig verpackt für die Reise. »Früher hattest Du eine andere Hülle, eine Tasche, oder?«, fragte sie.

»Mein neues Instrument brauchte mehr Schutz.«, erklärte Gavriel. Sie wünschte, sie könne wie ein Cello in seinen Armen liegen und sah seine Hände an. »Wie alt warst Du, als Du in diesem Land angekommen bist?«, fragte er sie leise.

Sie zündete sich ihre Pfeife an, eine schmale, lange Damenpfeife, die sie mit Kirschtabak füllte, und paffte ein bisschen, bevor sie antwortete: »Als meine Eltern ankamen, im Bauch eines großen Schiffes, war ich noch im Bauch meiner Mutter.« Sie lächelte schief, weil ihr auffiel, dass sie den Satz genauso zitierte, wie ihn ihre Mutter selbst immer und immer wiederholt hatte. Auch Gavriel lächelte und Mima ergänzte: »Ihr muss die ganze Überfahrt lang über übel gewesen sein, drei Wochen lang. Die Ärmste. Mein großer Bruder war gerade erst drei Jahre alt geworden. Es war sicher sehr anstrengend.« Mima seufzte. »Aber es war richtig, nicht wahr?«

Er nickte. »Zu gehen, ist manchmal richtig«, sagte er bedächtig. Mima wandte den Blick von ihm ab. Er sollte nicht sehen, dass ihr die Tränen kamen. Sie zog an ihrer Pfeife und sah den kleinen Rauchwölkchen nach. Von einer der Hotelbars in der Nähe wurde Jazz-Musik zu ihnen herübergetragen. Gavriel schloss die Augen.

Leise erzählte Mima langsam weiter: »Meine Eltern kamen 1934 hier an. Sie flohen von Köln aus nach Genua und von dort aus ging alle paar Monate ein Schiff weiter nach Kapstadt. Sie hatten das Glück, genau zur richtigen Zeit dort zu sein. Ich bewundere sie für ihren Mut, alles hinter sich zu lassen.« Sie hätte ihn gerne gefragt, ob er es genau so machen werde, aber sie hatte Angst vor der Antwort, und da er weiterhin die Augen zu hatte, beschloss sie, einfach weiter zu sprechen. »Sie traten die Flucht nach vorn an. Tapfer. Für viele ihrer Angehörigen war dieser Schritt damals wohl unverständlich. Aber sie wollten einfach nur noch weg, raus aus Deutschland, weg aus Europa. Mein Vater hat schon sehr früh geahnt, dass wir in Lebensgefahr waren.«

Gavriel unterbrach sie: »Ich werde zurückkommen, Mima. Es ist nur eine Reise. Eine Chance. Ich will eigentlich nirgendwo anders leben als hier.« Sie nickte und wollte ihm glauben. Sie nahm die Rotweinflasche und schüttete ihm unaufgefordert Wein in sein Glas und dann in ihr eigenes.

»Meine Eltern haben nicht einmal mehr ihr Haus verkaufen können, sondern haben einfach alles zurückgelassen. Trotzdem sprachen sie ihr Leben lang von ›der alter heym‹, ihrer ehemaligen Heimat.« Sie nahm einen großen Schluck Wein.

Gavriel sah ihr direkt in die Augen. Wie traurig sie aussehen konnte. Ihre Augen wie ein tiefes Meer, auf dessen Grund es dunkel war. Er wusste nicht, was er sagen sollte und wandte den Blick ab.

Mima zwinkerte ihre Tränen weg, streckte ihr Kinn ein wenig nach vorne und ihre Stimme war jetzt fester: »Stell Dir vor: Schon im Hafen hier sind meine Eltern von Leuten begrüßt worden, die hässliche Parolen schrien und die Einreise von Juden verhindern wollten. So war das damals. Man hat den Juden, die aus Europa flohen, die Einreise nicht leicht gemacht. Meine Eltern konnten kein Englisch und kein Afrikaans. Aber sie verstanden sehr wohl, dass sie längst nicht bei allen in ihrer neuen Wahlheimat willkommen waren.« Mima atmete tief durch. Leise ergänzte sie: »Viele Buren hegten Sympathien mit den Nazis. Wahrscheinlich tun sie es bis heute.« Als Gavriel nichts erwiderte, fragte sie ihn: »Kennst Du den schlimmsten Witz, den die Generation unserer Eltern zu erzählen wusste?« Gavriel sah sie erwartungsvoll an, so dass sie schnell weiter sprach. »Du musst ihn kennen. Du bist doch, Deine Familie ist doch auch...«

Sie ließ den Satz unvollendet und hob neu an: »Also. Ein Jude besucht einen anderen Juden in seiner neuen Wohnung in Amerika. Er sieht sich die Einrichtung an und bleibt dann entsetzt vor einem Bild stehen. Er kann nicht fassen, in der Wohnung seines Freundes ein Hitler-Porträt zu sehen. Als der andere sein Entsetzen merkt, sagt er erklärend: ›Das ist gegen das Heimweh.‹«

Gavriel reagierte mit einem ächzenden kleinen Atmer. Mima schnaufte leise durch die Nase aus. »Keine Sorge. Das ist nur eine Legende. Bei uns Zuhause gab es kein solches Bild. Meine Eltern schafften es auf ihre Art, sich hier einzurichten. Sie nahmen sich vor, die Vergangenheit hinter sich zu lassen.« Und als wäre die Geschichte damit abgeschlossen, fügte sie hinzu: »Ich wurde hier geboren, im November 1934, mitten im Sommer.«

»Und hast Du jemals überlegt, zu gehen? Du, Mima?« Er war näher gerückt, lehnte sich mit dem Oberkörper über den Tisch zwischen ihnen, und sein Gesicht kam ihrem näher. Sie sah seine jungen Augen, die feinen Lachfältchen, die dunklen Bartstoppeln am Kinn, seine Lippen.

Sie schüttelte den Kopf. »Nein. Ich wollte immer nur hier sein.« Sie zuckte mit den Schultern. »Ende der Vierziger, als die Nationalisten hier die neuen Gesetze erließen, haben meine Eltern überlegt, noch einmal alles zu verlassen. Und natürlich unter dem Eindruck der Neugründung. Da wurde kurz diskutiert, nach Eretz Israel zu gehen. Aber sie blieben. Ich glaube, uns Kindern zuliebe. Ich musste also nie erleben, wie das ist, wenn man irgendwo mit allem von vorne anfangen muss.« Sie sah ihn ruhig an. »Ich bin froh darüber.«

Gavriel gab seinem Impuls nach und strich über das Muttermal auf ihrer Wange. Mima ließ es zu und spürte ihr Herz, es schlug heftig. Langsam zog sie sich zurück, nicht erschrocken, aber entschlossen.

Ezer lag in diesem Haus, nur ein Stockwerk höher in seinem Bett. In einem eigenen Schlafzimmer, wie auch Gavriel wusste. Als habe er ihre Gedanken verfolgen können, fragte Gavriel direkt: »Und Ezer? Wann ist er angekommen?«

Mima sah ihn schweigend an. Sollte die Frage sie erschrecken oder amüsieren? Sie schüttelte den Kopf und zog scharf etwas Luft ein: »›Angekommen‹ fragst Du. Ich weiß nicht, ob er schon angekommen ist. Ob er jemals ankommen wird. Neuerdings zitiert er jeden Tag die Vorfahren und sagt ›Ein wandernder Aramäer war mein Vater‹. Er will weg von hier. Ins gelobte Land.« Sie sah ihn herausfordernd an. »Überrascht?«

Gavriel nickte. »Ja. Schon. Du hast das nie erwähnt. Ich habe neulich eher beiläufig mitbekommen, wie Ezer über Israel sprach. Aber ich habe es nicht wirklich ernst genommen.«

Mima nickte. Dann flüsterte sie: »Es macht mir Angst.« Weil Gavriel sie fragend ansah, erklärte sie: »Der Gedanke, von hier weg zu gehen, macht mir Angst.« Und schleppend fügte sie hinzu: »Ezer macht mir Angst, wenn er von Israel erzählt. Er wird dann so«, sie suchte das passende Wort, »so fanatisch. So hart. So rechthaberisch.« Und fügte hinzu: »Fast wirkt er ein bisschen irre.« Sie zog die Schultern zusammen, als würde sie sich selbst beschützen müssen.

Gavriel versuchte, die Schwere zu vertreiben: »Ich bin auch immer schon eine wandernde Seele gewesen. Wenn ich die weiße Spur eines Flugzeugs am blauen Himmel sehe, bekomme ich unweigerlich Fernweh, möchte sofort meine Sachen packen und für eine Zeit verreisen.«

Mima unterbrach ihn knapp: »Das ist etwas anderes. Und das weißt Du auch.« Gavriel machte ein Gesicht wie ein kleiner Junge, der bei einem Streich ertappt wird, so dass Mima schmunzeln musste. Erleichtert lächelte auch Gavriel.

»Für mich ist das hier Zuhause. Dieses Café, das Haus, mein Zimmer oben, der Garten. Es ist nicht nur irgendeine Arbeit, mit der ich Geld verdiene, es ist mein Leben. Das alles hier. Auch dieses widersprüchliche Land. Das alles ist mir ans Herz gewachsen. Trotz aller Herausforderungen. Ich weiß, dass ich hier gebraucht werde. Ich habe das Mandelplatz von meinen Eltern übernommen und möchte es eines Tages gerne an meine eigenen Kinder weitervererben.«

Gavriel sah sie neugierig an. »Deine Kinder?« fragte er nach.

»Ja«, lachte Mima, was ist daran so verwunderlich?

»Nichts«, gab Gavriel zu, »Du hast Recht. Es ist ganz natürlich.«

Er stand hastig auf, warf dabei einen Stuhl um und bückte sich, um ihn wieder hinzustellen. Er wandte sich zum Gehen, hielt aber noch einmal kurz in seinen Bewegungen inne. Sie sah ihn fragend, aufmerksam an. Er war ein großer schlanker Mann mit dunklem welligem Haar, sehr heller Haut, großen dunklen Augen, Dreitagebart. Er trug heute, wie so oft, ein weißes weitfallendes Hemd und Jeans. Er nahm sein Cello und drückte es eng an sich. »Ich dachte nur gerade, dass das etwas ist, was wir nie gemeinsam haben werden.« Sie sah ihn verwundert an. »Ein Kind meine ich.«

Sie spürte, wie ihr die Wärme in den Kopf stieg und spürte Wärme auch in ihrem Schoß. Es war gut, dass er verreiste, und es war schrecklich. Er würde ihr fehlen. Vielleicht ihr Leben lang. Sie legte die Hand auf ihren Mund und biss sich in den Mittelfinger, um nicht zu schreien, zu weinen oder das Falsche zu sagen.

»Ich packe dann mal meine Sachen zusammen«, sagte er, lässiger als ihnen beiden zumute war, und ging ins Café.

Als er ein paar Minuten später, beladen mit seinem Instrument und einer Tasche neben ihr stand, ging sie zu ihm und nahm ihn in den Arm. Er beugte sich etwas zu ihr und küsste sie auf den Kopf, die Stelle an ihrem Scheitel, wo die Haut fast frei liegt. »Mandelchen«, sagte er mit brüchiger Stimme, »weißt Du noch? So habe ich Dich genannt, als wir klein waren.« Sie nickte. Dann wandte er sich ab, winkte noch einmal und ging weg.

Sie setzte sich und sah ihm nach, bis er um die Ecke gebogen war. Sie schenkte sich Wein nach und leerte zügig ihr volles Glas, um gleich danach ein weiteres zu trinken. Nur langsam beruhigte sie sich. Aber das ziehende Verlangen blieb wie ein dumpfer Schmerz. Sie spürte diesem Gefühl von Abschied und Verlust nach. Versuchte, die Sehnsucht zu verwandeln und mit neuen Gedanken zu füllen. Ein Kind, dachte Mima. Noch nie hatte sie sich ihren Wunsch so offen eingestanden. Ein eigenes Kind. Sie spürte ihren eigenen Herzschlag pochend in ihrem Schoß. Wie wenn Ezer gerade aus ihr herausgeglitten war und sie ihn doch noch fühlte, eine Mischung aus Schmerz und Lust. Wie es sich wohl anfühlen würde, schwanger zu sein? Ein Kind in sich wachsen zu spüren. Ein eigenes Baby in den Armen zu halten. Sie würde überglücklich sein. Sie war bereit, einen Schwur abzulegen, ein heiliges Versprechen zu geben. Sie würde ein Kind kosen, verwöhnen und halten und nie wieder loslassen. Zumindest in den ersten Wochen nicht. Sie würde es ansehen und leise mit ihm reden. Mit ihr. Denn, so gestand sie sich ehrlich ein, sie wünschte sich eine Tochter.

Von der Hotelbar kamen jetzt einige letzte Gäste laut redend und wild gestikulierend über die Straße gelaufen, offensichtlich hatten sie viel getrunken. Die Musik hatte aufgehört. Und als die Gruppe der lärmenden Nachtschwärmer um die Ecke verschwunden war, breitete sich Ruhe aus.

Mima streckte sich und trank noch etwas Wein. Sie wusste, dass sie es am Morgen bereuen würde. Aber sie war noch nicht bereit, die Nacht, die Luft, den Platz, an dem sie zuletzt mit Gavriel gesessen hatte, aufzugeben. Sie gab sich ihren Gedanken hin. Ein Kind. Ein Mädchen. Ein Wunder. Alle sollen sie aufmüpfig nennen. Und sie würde so tun, als würde sie ihre Tochter wegen ihrer forschen, frechen Art ermahnen. Aber insgeheim würde sie sich freuen. Neugierig sollte sie sein und gerne lernen. Sie würde ihr Rosebank zeigen, Südafrika, ihr von Europa erzählen, vielleicht mit ihr reisen. Sie würde ihr Geschichten erzählen und Bücher vorlesen, sie würde Musik entdecken und Filme. Und sie würde natürlich kochen lernen.

Und die Gebete ihrer Erzählgemeinschaft. Und Hebräisch. Damit sie die Tora lesen konnte. Sie würden diskutieren. Auch über politische Fragen. Und sie würde ihr Kind auffordern, gut zu argumentieren. Keine Berührungsängste zu haben. Ja, sie würde, das war vielleicht das Wichtigste, ihre Tochter zur Toleranz erziehen. Sie sollte Respekt haben, um ihre eigene Würde wissen und um die aller anderen auch. Mima seufzte. In die Sehnsucht hatte sich eine kleine Ahnung von Glück gemischt. Sie meinte, jetzt gut schlafen zu können.

Müde und ein bisschen unsicher auf den Beinen stand sie auf und ging ins Café. Sie sah sich noch einmal aufmerksam um, schloss alle Türen und ging dann die Treppe hinauf nach oben. Ihre Schritte lenkten sie zu Ezers Schlafzimmer, aber sie konnte sich im letzten Moment dann doch nicht überwinden, zu ihm zu gehen. Gavriel war noch zu präsent. Sie ging allein in ihr eigenes Zimmer. So wird das nichts, dachte sie schmunzelnd. Noch nie war ihr klarer gewesen, dass man für seine Wünsche etwas tun musste. Sie sprach ihr Abendgebet:

Gib, dass wir uns hinlegen zum Frieden,
HaSchem, unser Gott,
und lass uns wieder aufstehen, unser König, zum Leben.
Breite über uns das Zelt Deines Shalom.
Schirme uns und wende von uns ab
Feind und böse Krankheit, Schwert und Not und Sorge.
Entferne jeden Hinderer
aus unserem Antlitze und unserem Rücken.
Im Schatten Deiner Fittiche birg uns!
Siehe, der Hüter Israels schläft und schlummert nicht.
Auf Deine Hilfe hoffe ich.

Als sie in ihrem Bett lag, die Decke bis zum Kinn gezogen, fühlte sie sich wie eine Blume, die sich gegen Abend verschlossen hat.

5 Rosebank, Johannesburg

7. August 1962

Es war noch keine fünf Uhr früh am Morgen, als Mima aus dem Schlaf schrak. Donnerstag, dachte sie. Der beste Tag der Woche. Sinnvoller als alle anderen. Sie seufzte. Und gefährlicher. Sie setzte sich auf den Bettrand. In diesem Moment klingelte der Wecker. Fünf Uhr. Donnerstags wurde sie immer ohne ihn wach. In der Nacht zum Donnerstag schlief sie immer unruhig, träumte oft davon, erwischt zu werden.

Mit einem Ruck stand sie auf, ging in das kleine Bad, das direkt von ihrem Zimmer aus zu erreichen war, und sah in den Spiegel. »Miriam Mandelbaum«, sagte sie leise zu sich selbst und sah, was alle anderen auch sahen: Dunkle kurzgeschnittene Haare, dunkle Augen, unter dem linken ein kleines Muttermal, Sommersprossen auf der ansonsten weißen Haut.

Vorsichtig nahm sie den Wasserkrug und übergoss drei Mal, jeweils abwechselnd die linke und die rechte Hand und sprach dabei einen kurzen Segen. In Erinnerung an den Propheten Elisa. So hatte sie es gelernt. Sie zog ein dunkelblaues Kleid über den Kopf, schlüpfte in die flachen Schuhe und zog eine einfache weiße Baumwolljacke über. Dann legte sie die kleinen Perlenohrringe an, Erinnerung an ihre Großmutter, trug etwas Rouge auf und Lippenstift und lächelte ihrem Spiegelbild aufmunternd zu. Hätte ich letzte Nacht Sex gehabt, wäre die Waschung ausgefallen. Diese Weisung hatte sie ebenso geerbt wie alle anderen, aber niemand hatte sie ihr je vernünftig erklären können.

Sie öffnete ihre Zimmertür und blieb einen Moment lang auf der Schwelle stehen. Direkt gegenüber war Ezers Zimmer. Die Tür stand einen Spalt weit offen. Sie konnte ihren Mann atmen hören. Ein Ziehen, das sie sich nicht erklären konnte, ging durch ihren Körper. War es ihre Sehnsucht nach Nähe? Der ungestillte Wunsch? Oder das schlechte Gewissen, sich jeden Donnerstag wieder ohne sein Wissen aus dem Haus zu schleichen? Oder einfach die Unruhe, die sie erfasste, weil sie sich freiwillig in Gefahr brachte?

Leise ging sie die Treppe herunter und verließ damit die private Etage des Hauses. In der Küche lud sie sich zwei große Körbe mit Rosinenstuten und Roggenbrötchen auf die Arme und ging durch die hintere Tür der Küche in die Garage. Jeden Mittwoch ließ sie mehr davon backen, als gebraucht wurden und bis heute hatte es keine Nachfragen gegeben. Sie wusste nicht, ob es gänzlich unbemerkt blieb oder ob es Ezer, Zanele und den anderen einfach egal war.

Der Duft des Brotes vermischte sich mit dem Geruch von Benzin. Mima spürte ein Schwindelgefühl und leichte Übelkeit in sich aufsteigen. Meine Nase weiß nicht, was sie zuerst riechen soll, dachte sie und versuchte, sich zu konzentrieren. Geschickt bewegte sie sich in der kleinen Garage an Gartengeräten und Obstkisten vorbei, vorsichtig, um jedes Geräusch zu vermeiden. Sie öffnete den Kofferraum ihres alten Cadillacs, verstaute die beiden Körbe darin und setzte sich dann hinter das Steuer. Sie griff nach dem Seidentuch, das auf dem Sitz neben ihr lag und band es sich um den Kopf. Ihre Hände umfassten das Lenkrad fester als nötig. Die Vorstellung, Ezer könne sie hören und hier entdecken, verstärkte ihr flaues Gefühl im Magen.

Als das Garagentor sich öffnete, ließ sie den Wagen auf die Straße rollen und dankte zum wiederholten Mal für den kleinen Abhang, der es ihr erlaubte, den Motor erst nach einigen hundert Metern zu starten. Im Rückspiegel sah sie, dass das Tor sich wieder schloss, und einen kurzen Moment später befand sie sich außer Sichtweite ihres Hauses. Nur allmählich begann sie wieder normal zu atmen. Sollte sie jemand aus der Nachbarschaft fragen, wohin sie wollte, sie würde antworten: »Ich bin auf dem Weg nach Roodeport. Um eine Freundin zu besuchen« oder »Ich brauchte etwas frische Luft«.

Als sie von der Schnellstraße abbog, nahm ihre Anspannung wieder zu. Sie achtete jetzt darauf, nicht aufzufallen, weder zu schnell, noch zu langsam zu fahren und zog sich das Kopftuch intuitiv noch ein bisschen tiefer ins Gesicht. Was würde sie antworten, wenn die Polizei sie hier im Township anhalten würde? Schon oft war sie so ein Gespräch in Gedanken durchgangen und hatte sich vorgenommen, möglichst naiv zu tun und die dumme, unwissende weiße Lady zu mimen, die sich aus Versehen verfahren hatte. Die Baumeister der Apartheid waren schlau gewesen: Die Township waren von den weißen Städten aus nicht zu sehen, jeweils nur über lange Straßen zu erreichen, weit entfernt von der weißen Alltagswirklichkeit.

Emdeni, ja ganz Soweto lag an diesem Morgen unter einer dichten Decke. Aus den kleinen Hütten stieg Qualm auf und die Morgenluft roch nach Feuer. Sie wünschte, Ezer würde mit ansehen, was sie Woche für Woche sah: Die kleinen Ziegelhäuser. Die vielen Wellblechhütten. Die Straßen, die alle im Quadrat angelegt worden waren, so dass Zu- und Ausfahrten mit Leichtigkeit von Polizeipanzern abgesperrt werden konnten. Breite Straßen, die von hohen Straßenlaternen gesäumt wurden, die alles, auch noch jetzt am frühen Morgen, in ein künstliches Licht tauchten. Blumen fehlten. Grüner Rasen. Kirschbäume. Und jede Sicherheit. Und das Recht, sich politisch zu beteiligen.

Sie fuhr langsam. Die Schule links von ihr, ein rosafarbenes Gebäude, hatte keine Fensterscheiben. Ein zorniges Graffiti zog sich über die Länge der Mauer: ›Life is cheap in a township. Ein Leben ist nicht viel wert in diesen Siedlungen‹. Sie kam an einem Platz vorbei, wo eine Art Markt aufgebaut wurde. Hier hielten eine Menge Minibusse. Was würde Ezer denken, der jeden Morgen zum Markt fuhr? Wenn er sehen würde, wie die Frauen hier auf dem Boden saßen? Vor sich ein paar Avocados, Orangen und Zwiebeln, ein paar in Tüten eingepackte Erdnüsse, sorgfältig aufgebaut zu einer Pyramide. Zwischen Ratten, mageren Hunden und Babys. In einer Tonne brannte ein Feuer. Es roch nach Gummi und Mais.

Mima parkte neben der Kirche ›Church of Mercy‹. Cathy stand in der Tür der Sakristei und winkte aufgeregt. »Komm schnell. Dass Dich bloß niemand sieht.« Sie kam auf Mima zugelaufen und half ihr, das Auto auszuladen. Mima fragte sich, warum ihre Freundin heute so angespannt wirkte, beschloss aber, zunächst einfach zu tun, was Cathy ihr sagte.

Gemeinsam trugen sie zügig den großen Korb mit Rosinenbrötchen und eine Kiste mit Marmeladengläsern in die Sakristei der Kirche.

In dem kleinen Raum angekommen, umarmten die beiden sich. Jetzt sah Mima, dass Cathy geweint hatte. »Was ist passiert?«

»Mandela. Sie haben ihn verhaftet. Vorgestern.«

Mima erschrak. »Was bedeutet das?«

Cathy zuckte die Schultern. »Er war unterwegs zu einem geheimen Treffen. Mit einigen Genossen. Man weiß nicht genau, was sie planten. Jemand muss ihn verraten und der Polizei einen Tipp gegeben haben.«

»Und jetzt?«

»Ich weiß es nicht. Dies ist ja nicht die erste Verhaftung. Aber diesmal ist von lebenslanger Haft die Rede oder von Todesstrafe. Er scheint ihnen gefährlich zu werden. Die Nachricht hat sich wie ein Lauffeuer verbreitet. Aber wir wissen wenig, es gibt nur viele Gerüchte. Man hat ihn nach Johannesburg gebracht. Und man sagt, dass der ANC nicht mehr arbeiten darf. Dass viele andere Genossen unter Bann gestellt wurden. Oder auch verhaftet. Dass man Mandela seine Lizenz als Anwalt entzogen hat. Solche Dinge.« Sie sah Mima direkt an. »Ich habe Angst.«

Mima legte ihr die Hand auf den Arm. Sie fand keine Worte, um auszudrücken, was sie empfand und versuchte, Trost in ihren Blick zu legen.

Cathy sagte eindringlich: »Du musst vorsichtig sein, Mima. Sie werden die Kontrollen verschärfen. Und Dich vielleicht nicht mehr ohne Weiteres zu uns lassen.« Mima nickte nur. Sie wussten beide, wie wichtig es für Mima war, jede Woche hierher zu kommen. Es war wie eine innere Verpflichtung. Ein Erbe. Ausführung ihrer Familiengeschichte. Die beiden unterschiedlichen Frauen nahmen sich noch einmal kurz in den Arm und gingen in die Kirche.

Ein Dutzend Frauen war damit beschäftigt, die schlichte Kirche in eine Art große Kantine zu verwandeln. Mima wurde herzlich begrüßt und machte sich daran, die Rosinenbrötchen aufzuschneiden und mit Butter zu bestreichen. Die Frauen sprachen kaum ein Wort, nur das Nötigste. Sie arbeiteten zügig. Wie von einer unsichtbaren Dirigentin gelenkt. Jede an ihrem Platz. Innerhalb einer Stunde duftete die Kirche nach Kaffee, Maisbrei, süßem Kompott und frischgebackenem Brot. Die langen gedeckten Tafeln luden dazu ein, es sich gemütlich zu machen. Zufrieden betrachteten die Frauen ihr Werk. Im Altarraum standen ein großer Spiegel und eine Reihe von Garderobenständern voller gebrauchter Kleider. Auf den Stufen zur Kanzel stapelten sich Bücher und Zeitschriften. Jede zweite Kirchenbank hatte einem Tisch Platz gemacht. In einigen Minuten würde es losgehen, und dann kämen über zweihundert Bedürftige, vor allem alte Menschen und Frauen mit ihren Babys in die Kirche. Um hier Platz zu nehmen, zu essen, sich zu unterhalten und am Ende gegen Mittag Pakete mit Lebensmitteln mitzunehmen und dazu vielleicht noch ein Kleidungsstück oder etwas zu lesen.

Wie jede Woche stellten sich die Frauen, kurz bevor die große Eingangstür geöffnet wurde, feierlich in einem Kreis zusammen. Cathy begrüßte alle. »Es tut gut, Euch alle zu sehen. Gibt es irgendwelche Neuigkeiten? Bekanntmachungen, die für uns alle wichtig sind?« Wach sah sie in die Runde. Mima beobachtete die anderen Frauen.

Eine alte Frau sagte leise: »Madiba wurde verhaftet. Mein Herz ist schwer.« Die anderen nickten. Viele hatten Tränen in den Augen.

Cathy räusperte sich, aber man hörte ihrer Stimme die Traurigkeit an: »Was Thula gesagt hat«, und sie nickte in Richtung der alten Frau, »beschreibt wohl, was wir alle empfinden.« Sie schluckte. »Wer heute hierher kommt, braucht ganz sicher nicht nur Brot für den hungrigen Bauch, sondern auch Hoffnung. Mögen wir selbst, jede einzelne, ein Grund der Hoffnung sein.« Wieder nickten alle. Mima spürte, wie ein Ruck durch den Kreis ging. Einzelne streckten ihr Kinn nach vorne, stellten sich gerade hin, drückten ihren Rücken durch. Sie wirken mit einem Mal zuversichtlicher. Tapfer sind sie und entschlossen, dachte sie.

Ihr Blick blieb auf Gisela ruhen, der einzigen anderen Weißen hier. Alle anderen kamen aus dem Township, die meisten gehörten zu dieser Gemeinde, kannten sich gut und teilten ihren Alltag miteinander. Sie war gern gesehen, aber ein Gast. »Noch etwas?« Cathy sah sie alle fragend an.

Sukisa, die einzige der Frauen hier, die offiziell von der Polizei gesucht wurde und deren Fahndungsfoto an allen Polizeistationen hing, sagte: »Wir müssen vorsichtiger werden, aber gleichzeitig noch hartnäckiger.« Ihr kurzer Beitrag erntete Beifall. Sie sah erst zu Gisela, dann sah sie Mima an. »Wir werden Eure Hilfe brauchen. Wenn Ihr bereit seid.« Gisela und Mima nickten beide entschlossen.

Cathy sagte jetzt abschließend: »Gott segne uns alle.« Dann hob sie die rechte Hand zur Faust geballt und rief: »Amandla!« Fäuste wirbelten in die Luft und die Frauen riefen zurück: »Awethu!«

Ja, wiederholte Mima die Worte für sich: Die Kraft, die Macht – sie gehört dem Volk, sie ist bei uns. Mit großen Schritten eilten sie alle an ihre Plätze, hinter die Tische mit den großen Töpfen voller Milli-Pap, den Körben mit Brot, den Bottichen mit Kaffee und Kakao, zu den Kleidern und Büchern.

Mima würde wie jede Woche nach Hause fahren noch bevor der Ansturm richtig losging und verabschiedete sich. Es tat ihr leid, nie erleben zu können, wie die Gäste kamen. Aber sie musste sich beeilen, um unbemerkt nach Hause zurückzukehren und pünktlich ihr Café öffnen zu können. Cathy und die anderen hatten ihre Gründe, warum sie Angst um Mima hatten, sie hatte ihre eigenen. Sie verabschiedete sich von Cathy. »Wir sehen uns nächste Woche.« Sie gab Cathy einen schnellen Kuss auf die Wange, winkte den anderen noch einmal zu und verließ die Kirche auf der Rückseite durch die Sakristei.

Die Winterluft ließ sie kurz schaudern. »Lies die Zeitung. Hör Nachrichten!« rief Cathy ihr hinterher. Mima nickte und setzte sich schnell in ihr Auto. Als sie gerade losfahren wollte, klopfte jemand an ihr Fenster. Vor Schreck würgte sie den Wagen ab. Dann öffnete sie hastig das Fenster und erkannte Sukisa, die ihr ein kleines Päckchen mit Briefen reichte. »Die Adressen erreichen Dich auf dem üblichen Weg. Danke. Sei vorsichtig.«

Dann war sie auch schon wieder verschwunden. Mima verstaute die Briefe in ihrer Handtasche und startete erneut den Wagen. Sie lenkte den Cadillac auf die Hauptstraße und beeilte sich, nach Rosebank zurück zu kommen. Während der Fahrt sprach sie ein Morgengebet, jahrhundertealte Worte ihrer Tradition:

Barukh atah Adonaj Elohejnu Melekh haOlam.
Gelobt Du, Ewiger, unser Gott, König der Welt.
Du hast regiert ehe etwas geschaffen war.
Zu der Zeit, da durch Deinen Willen das All entstand,
da wurde Dein Name schon König genannt
und nachdem das All aufhören wird, wirst Du allein,
Du, der Ehrfurchtbare, regieren.
Du warst, bist und wirst sein in Herrlichkeit.

Als sie etwa eine halbe Stunde später in die Dale Avenue einbog, sah sie Zanele bereits vor der Ladentür stehen. Wie sollte sie ihr erklären, wo sie um diese Uhrzeit gewesen war? War es an der Zeit, Zanele einzuweihen? Sie fuhr in die Garage und einen Moment später öffnete sie Zanele von innen die Tür.

»Guten Morgen, Misses Mandelbaum.«

»Guten Morgen, Zanele.« Die beiden standen sich einen Moment lang unsicher gegenüber. Dann drehte Zanele sich um und ging voran in die Küche, offensichtlich bereit, zur Tagesordnung überzugehen. Mima beschloss, sich von ihrer Entscheidung mitziehen zu lassen und folgte ihr. Sie überlegte noch für einen Moment, ob sie die schwarze Frau auf die Verhaftung Mandelas ansprechen sollte. Aber sie legte dann auch diesen Gedanken zur Seite, wie auf einen Stapel mit Büchern, die irgendwann einmal gelesen werden würden, in einer anderen Zeit. Die Routine half ihnen beiden, ihre Arbeit zu tun. Mima knetete den Hefeteig durch, der über Nacht aufgegangen war. Es gab eben Menschen, die lieber keine Fragen stellten. Es war ein Donnerstag wie jeder andere.

6 Brooklyn, New York
Januar 2009

Es war kalt. Ester zog ihre Schultern zusammen, wie, um sich kleiner zu machen, um mehr Platz in ihrem Mantel zu finden und kuschelte sich von innen in die wollene Hülle. Sie sah ihren Atem und sehnte sich nach einer Zigarette, einem Kaffee und einem Bagel. Aber noch kannte sie sich in der neuen Stadt nicht aus. An diesem besonderen Tag wollte sie nicht in irgendeinem Café landen, sondern suchte den perfekten Platz. Sie wusste, dass sie eine große Portion Glück brauchte, um ihre Pläne verwirklichen zu können, angefangen bei so kleinen Wünschen wie dem, den passenden Ort für ein Mittagessen zu finden.

Ihre Finger tasteten nach dem kleinen Samtbeutel in ihrer Manteltasche. Außer einem Stapel Bücher, einer Kiste mit Back-Utensilien, die sie von Mima geerbt hatte, und einem Koffer voller Kleider, altmodische aus Südafrika und ein paar wenige, neue aus San Francisco, war sein Inhalt alles, was sie besaß. Alles, was ihre Eltern ihr hinterlassen hatten. Es war das Wertvollste, was sie mitgebracht hatte. Wie viel dieses Erbe ganz genau wert war, wusste sie nicht. Sie würde es aber hoffentlich innerhalb der nächsten Tage herausfinden.

Brooklyn Heights wirkte wie leergefegt. Selbst hier auf der Promenade waren nur wenige Menschen unterwegs. Einzelne, die ihre Hunde ausführten. Wer alleine unterwegs war, hatte es eilig. Ester aber schlenderte. Links lag Manhattan mit seiner einmaligen Skyline. Vor ihr die Brooklyn-Bridge. Und wenn sie den Kopf noch etwas mehr zurück wandte, konnte sie die Freiheitsstatue sehen. Sie kannte diese Orte und Bilder eigentlich nur aus Filmen, von Postkarten, aus Träumen. Jetzt waren sie Wirklichkeit geworden.

Die Freiheitsstatue. Ester dachte an Mima. Wie oft hatte ihre Großmutter zitiert, was hier, im breiten Sockel, eingraviert war? Zeilen aus einem Gedicht der von ihr so verehrten Emma Lazarus. Ester sagte einzelne Worte vor sich hin:

A mighty woman with a torch.
Mother of exiles.
World-wide welcome.
Eine mächtige Frau mit einer Fackel.
Mutter aller, die im Exil leben müssen.
Weltweites Willkommen.

Ja, seit einigen Tagen war sie jetzt selber hier. Ester blieb stehen und lehnte sich auf das Geländer am Rand des Spazierweges. Ellis Island war mittlerweile eine Museumsinsel geworden. Wie es wohl gewesen war, als damals ganze Schiffe voller Menschen hier ankamen? Einreisewillige, die wochenlang eng zusammengepfercht in der dritten Klasse über das weite Meer gefahren waren? Alle unterwegs mit der Hoffnung auf ein besseres Leben. Sie malte es sich vor Augen: Endlich Land in Sicht. Die Unruhe wächst. Jeder packt seine wenigen Habseligkeiten zusammen. Hunderte Menschen setzen sich mit einem Mal in Bewegung. Drängeln. Wollen runter von diesem Schiff. In die Freiheit. Sehnen sich danach, endlich festen Boden unter den Füßen zu spüren. Den ersten Schritt aufs Neuland zu setzen.

Wie hatte sich das angefühlt? War es möglich gewesen, diesen besonderen Moment bewusst zu erleben? Sie ahnte, dass neben der Hoffnung die Angst eine stete Reisebegleiterin gewesen sein musste.

Gerüchte hatten sich verbreitet, von Ärzten, die aussortierten, einen ganz genau untersuchten, die Kopfhaut, die Zähne, die Hände, und dass sie den Kranken die Einreise verweigerten. Auch Vorbestrafte und Analphabeten sollten keine Chance haben. Man sagte, es würden Schreibe- und Lesetests durchgeführt werden und man müsse eine steile Treppe hochsteigen; wer dabei langsamer würde, ziehe sofort Misstrauen auf sich. Esther wusste aus Erzählungen, dass dieser Teil der Einreise für die gläubigen Jüdinnen und Juden besonders schwierig war, denn auf den meisten Schiffen hatte es keine koscheren Mahlzeiten gegeben und sie waren deshalb geschwächt und abgemagert hier angekommen. Aber viele hatten es trotz allem geschafft. Was war das für ein Gefühl gewesen, wenn man schließlich am Ziel angekommen war, die Tür mit der Aufschrift ›Push to New York‹ vor Augen, der offene Eingang in die Zukunft? In Rekordzeiten waren hier über dreitausend Passagiere an einem Tag abgefertigt worden, alle mit derselben Frage: Würde das Leben halten, was die Traumbilder versprochen hatten?

Ester schüttelte sich. Sie selber war letzte Woche in Newark gelandet, mit dem Flugzeug aus San Francisco angereist. Die Zeit im ›Chez Panisse‹ hatte sie sehr genossen. Sie war zwar nur eine Aushilfskraft gewesen, hatte aber sehr viel gelernt. Irgendwann war ihr klar gewesen, dass die Zeit für etwas Anderes, etwas Eigenes gekommen war. Dass sie selbst jetzt soweit war. Hier war die Freiheit. Sie kannte die Fragen und die Ängste. Sie spürt die Furcht den Kragen hochsteigen, kalt und bedrohlich.

Nein, sagte sie trotzig, was ich gemeinsam habe mit meinen Vorgängerinnen, ist die Hoffnung. Sie wusste, dass sie versuchte, sich selbst zu ermutigen. Sie hatte gelesen, dass eine Fluggesellschaft einem jungen Araber Schadensersatz zahlen musste, weil sie verhindert hatte, dass er mitreiste, nur weil er ein T-Shirt mit arabischen Schriftzeichen getragen hatte. Auf allen Seiten gab es Angst. Trotz aller Sicherheitsmaßnahmen.

Und ja, sie erinnerte sich noch sehr gut: Als sie selber vor einiger Zeit in San Francisco gelandet war, zum ersten Mal in Amerika, war sie bei der Befragung am Flughafen plötzlich nervös geworden. Sie hatte sich ihre Fingerabdrücke abnehmen und sich fotografieren lassen müssen. Und ihr war in dem Moment klar geworden, dass sie als Farbige noch vor einhundert Jahren niemals in dieser Freiheit hätte einreisen können. Für einen kurzen Augenblick hatte sie tatsächlich damit gerechnet, dass man sie abweisen würde. Aber der Sicherheitsbeamte hatte ihr bedeutet weiterzugehen. Erst als sie realisiert hatte, wie groß das Gefühl von Erleichterung war, hatte sie das Ausmaß ihrer Anspannung wahrgenommen. Aber dann war sie am Ziel gewesen und hatte sich eingelebt. Der Eingang in die Zukunft stand ihr tatsächlich offen.

Ihre Tränen fühlten sich wie Eisperlen an und Ester wischte sie mit ihren nackten dünnen Fingern weg. Ich muss mir dringend Handschuhe kaufen, dachte sie. Ihre Finger waren lang, die Nägel rund gefeilt und dunkelrot lackiert, ihre Haut war braun, die Innenflächen etwas heller. Mit einer zärtlichen Geste berührte sie den Ring, den sie am Daumen der linken Hand trug, massierte sich dann einmal kurz die Schläfen, löste sich von dem Geländer und schlenderte gedankenversunken weiter.

Ein junger Mann auf einem Skateboard flitzte an ihr vorbei. Wie von seinem Sog mitgezogen, drehte sie sich um und sah ihm nach. In dem Moment fiel ihr das Schild in der Straße gegenüber auf. Ihre Neugier war sofort geweckt. Das ›Bejgl‹ war ein Café auf der Ecke zu einer kleinen Seitenstraße. Sie lief los und fand sich vor dem großen Fenster wieder. Der Duft von frischen Bagels erreichte sie auf der Straße. »Perfekt«, flüsterte sie und betrat das kleine Café.

Mehrere Leute sahen kurz auf, als sie eintrat, und manche Blicke blieben einen Augenblick länger auf ihr ruhen: Eine Farbige, mit einem Teint wie Vollmilchschokolade, eingehüllt in einen langen königsblauen Wollmantel, zusätzlich gewärmt von einem dicken Schal in der selben Farbe, hochgewachsen, stolz. Ihr wacher Blick wanderte durch das Café. Sie nahm ihre Mütze ab und ihre Haare kamen zum Vorschein, auffällig kurze dichte Locken, wie schwarze Merinowolle. Am linken Daumen trug sie einen außergewöhnlich breiten, aber schlichten Goldring. Ein Ring, der sicher ursprünglich für eine andere Hand gemacht worden war und der nur an ihrem dicksten Finger überhaupt Halt finden konnte; fast musste man Angst haben, sie könnte ihn verlieren. Am Auffälligsten aber waren ihre Augen: dunkle, tiefliegende, offene Augen. Wache Augen.

»Diese Farbige bringt eindeutig einen Hauch von Vanille mit«, raunte eine ältere Dame ihrem jungen Begleiter zu, der Ester ebenfalls fasziniert beobachtete.

Sie steuerte auf einen kleinen freien Tisch am Fenster zu und setzte sich, schlüpfte noch in der Bewegung geschickt aus ihrem Mantel, wickelte ihren Schal ab, hängte beides über ihre Stuhllehne und legte ihre Mütze vor sich auf den Tisch. Ein Kellner legte im Vorbeigehen die Karte darauf. Sie überflog sie zunächst nur oberflächlich und war dann schnell gefesselt von dem, was sie las. Die Karte schien ihr wie ein spannendes Buch, das sie lange verliehen und endlich wiederbekommen hatte. Wie sie liebte, was sie las, die verschiedenen Gerichte, die hier angeboten wurden: Kürbissuppe mit Ingwer, Selleriesuppe, Spinatlasagne, Rote-Beete-Salat mit Nüssen, Gefilte Fisch, Marmorkuchen, Brownies, Eierplätzchen und zu ihrem großen Vergnügen eine ganze Seite verschiedenster Sorten Bagels, Sesam, Mohn, Zwiebel, Parmesan-Oregano, Kürbiskern oder Zimt-Rosine, dazu verschiedene Sorten Frischkäse mit getrockneten oder frischen Tomaten, Lachs, Gurke und Dill, Cheddarkäse und Pfeffer, Rauke, Oliven, Erdnuss und Chilli oder mit Blaubeeren, Vanille, Honig und Mandeln oder braunem Zucker.

Ihr lief das Wasser im Mund zusammen. Die Karte zu lesen, verstärkte ihr Heimweh, aber sie wusste, dass es ihr gut tun würde, hier zu essen. Ihre Sehnsucht und ihr Appetit schienen Geschwister aus ein und derselben hungrigen, niemals satten Familie zu sein. Bagels würden sie beide für eine Weile ablenken und beruhigen. Sehr zufrieden stellte sie fest, dass auf der Karte des ›Bejgl‹ einige ihrer Lieblingsgerichte fehlten, gefüllte Tauben zum Beispiel, und sie witterte, dass es die von ihr erhoffte Marktlücke wirklich geben könnte.

Als der Kellner vor ihrem Tisch stand, bestellte sie einen doppelten Espresso, ein großes Glas hausgemachtes Gingerale und einen Bagel mit Lachs. Erst als sie es schon ausgesprochen hatte, merkte sie am Zögern des Kellners, einem Blinzeln in seinem Blick, dass etwas nicht stimmte. Sie hörte ihren eigenen Worten nach und realisierte, dass sie wie selbstverständlich ins Jiddische gefallen war und »Lox Bejgl« gesagt hatte. Er lächelte und sah sie dabei sehr direkt und fragend an. Ester erwiderte sein Lachen und antwortete mit einem Schulterzucken auf seine stille Frage: »Ich weiß, ich sehe nicht so aus, aber meine Großmutter ist Jüdin.« Er nickte, sah sie weiterhin neugierig an und als er merkte, dass Ester wohl nicht mehr sagen würde, versicherte er ihr, in wenigen Minuten mit ihren Getränken zurück zu sein.

Im Hintergrund lief leise Musik. ›From a distance‹. Ester summte leise mit und guckte kurz aus dem Fenster hoch zum Himmel. Bette Midler. Sie summte mit. Manche von uns haben rote Locken, dachte sie, die ganze Mischpoke ist bunt und sie musste schmunzeln.

Der freundliche Kellner brachte ihre Getränke und bat sie, noch einen Moment Geduld zu haben. »Wir bereiten das Essen frisch zu. Es dauert noch etwas.« Ester hatte den Eindruck, als suche er das Gespräch mit ihr, aber ihr war nicht nach Reden zumute, noch nicht. Also nickte sie nur abwesend, er ging zurück Richtung Theke und sie begann, an ihrem Kaffee zu nippen. Der Duft trieb ihr die Tränen in die Augen. Es war die Mischung aus Heimweh und Zuhause, die sie immer wieder überwältigte in diesen Tagen.

7 | Rosebank, Johannesburg

1963

»Was ist das?«, fragte Ezer unsicher und zeigte ihr ein kleines Päckchen, eingehüllt in Zeitungspapier, zusammengehalten von einem Gummiband. Mima versuchte, ihr Erschrecken nicht zu zeigen und wartete. »Was ist das?«, fragte er noch einmal, jetzt fordernder, offensichtlich sehr irritiert.

Er hat keine Ahnung, dachte sie und wusste nicht, ob diese Einsicht sie beruhigen sollte oder noch mehr alarmieren musste. In Gedanken spielte sie ihre Alternativen durch. Sie könnte alles zugeben und so tun, als würde sie es bereuen und versprechen, damit aufzuhören. Sie könnte ahnungslos tun. Er würde ihr wahrscheinlich sogar glauben, aber dann würde er das Päckchen vielleicht öffnen wollen, um mit ihr gemeinsam herauszufinden, was es beinhaltete. Sie könnte alles beichten und versuchen, ihn zu gewinnen.

Sie entschloss sich, zunächst Zeit zu gewinnen. »Wo hast Du das her? Woher kommt dieses Päckchen denn?«, fragte sie und hoffte, ihre Stimme verriet nicht ihre Anspannung.

Aber Ezer antwortete bereitwillig. »Es lag in einer der Kisten mit den Marmeladengläsern. Eine Zwölfer-Kiste Orangenmarmelade, die morgen früh nach Kapstadt verschickt werden soll.« Sie hatte immer befürchtet, dass so etwas eines Tages passieren würde. Wie hatte sie nur so naiv sein können, zu meinen, ihre Aktionen vor ihm verbergen zu können? »Ich wollte die Kiste gerade fertigmachen für die Post morgen, da habe ich das hier entdeckt«, erzählte er und hielt das Päckchen hoch, mit spitzen Fingern, als ahne er, dass sein Inhalt gefährlich war. »Sieht aus wie ein Packen Briefe.«

Sie wusste, dass er sie nie verstehen würde, niemals gutheißen könnte, was sie tat. Sonst hätte sie ihn ja von vorneherein eingeweiht. Noch immer stand Ezer Mima gegenüber, auch er abwartend. Es war spät, das Café war leer, die Türen bereits alle verschlossen. Warum packte er es nicht einfach aus?, fragte sie sich und die Antwort half ihr, eine Entscheidung zu treffen. Weil er es eigentlich nicht wissen will. Sie sah ihn an und meinte ruhig: »Ich glaube, das geht Dich nichts an.« Mit einer geschickten Bewegung riss sie ihm das Päckchen aus der Hand und hielt es an ihren Oberkörper gedrückt fest.

»Es geht mich nichts an?«, wiederholte er und sah sie fassungslos an.

»Ja, so ist es.« Sie drehte sich weg und verließ das Café, ging die Treppe hinauf in ihr Zimmer.

Mima saß auf ihrem Bett. Angespannt hörte sie, ob Ezer ihr folgte. Sie erwartete seine Schritte auf der Treppe, aber es blieb ruhig. Sie war alleine. Sie atmete tief durch und versuchte, sich zu beruhigen. Es war noch einmal gut gegangen. Er hatte ein Päckchen entdeckt, aber er wusste nichts über den Inhalt. Er hatte keine Informationen gelesen, die nicht für ihn bestimmt waren. Er hatte keine Ahnung. Und er hatte sie gehen lassen. Fürs Erste. Natürlich konnte es nicht so weitergehen.

Wie sollte sie ihm am Morgen gegenübertreten? Was sollte sie tun? »Er ist mein Mann!«, sagte sie leise für sich. Hat er nicht ein Recht zu erfahren, was sie bewegte? Was für eine Ehe ist das, in der es solche Geheimnisse geben muss? Unterschätzte sie ihn vielleicht? Würde er doch verstehen? Sie wusste es einfach nicht.

Sie könnte ihm von Sukisa erzählen, deren Sohn Kanelo von der Polizei verhaftet worden war, weil er ohne Pass unterwegs war. Sie könnte ihm erzählen, dass auf Kanelos Oberkörper Zigaretten ausgedrückt worden waren und er an über einhundert Stellen Narben hatte. Sie könnte ihm außerdem erzählen, dass Kanelo und seine Freunde Pläne schmiedeten, um die Regierung zu Verhandlungen zu zwingen. Dass sie ihre Nachrichten nicht mit der Post befördern konnten.

Sie könnte ihm von Soweto erzählen. Von dem Geruch von Kohlenfeuer, Müll und Kanalisation. Von Kindern, die die riesigen Abfallhalden nach irgendetwas Brauchbarem durchsuchten. Sie würde ihm gerne erklären, dass die Schulen keine Fensterscheiben hatten und zu wenig Stühle. Sie könnte ihm die zornigen Sprüche der Graffitis vor Augen malen. Sie könnte versuchen zu beschreiben, wie die mehrstimmigen Gesänge klangen, die Gleichberechtigung forderten. Sie könnte ihm ausmalen, was Staub bedeutet. Angst. Gewalt. Autowracks. Brennende Hoffnungslosigkeit. Alkohol. Verzweiflung. Demütigung.

Sie könnte ihm von Khanya erzählen, die in einem weißen Vorort als Kindermädchen arbeitete, auch noch als sie hochschwanger war. Die es nicht geschafft hatte, rechtzeitig zur Geburt nach Hause zu kommen, um ihr Kind mit Hilfe ihrer Hebamme und ihrer Mutter oder in einem Krankenhaus für Schwarze zur Welt zu bringen. Als die Wehen einsetzten, hatte die Mutter, deren Kinder sie hütete, sie zu einem kleinen weißen Krankenhaus gebracht. Vor der Tür abgesetzt. Man hatte Khanya nicht aufgenommen. Sie hatte geschrien vor Schmerzen und vor Panik. Es war ihre erste Schwangerschaft. Sie hatte gebettelt, man möge ihr helfen, aber man hatte sie mit Fußtritten auf die Straße getrieben. Eine der Küchenfrauen hatte sie entdeckt, wie sie gekrümmt und halb ohnmächtig auf dem Bürgersteig lag und sie zu den Baracken der schwarzen Angestellten geschleppt. Khanya wäre fast verblutet. Ihr Kind, eine Tochter, hatte sie Khulelaphi genannt, und dieser Zulu-Name, so hatte sie selbst es Mima erklärt, war eine Frage, die hieß ›Wo soll sie aufwachsen?‹

Oder sie könnte ihm einfach erzählen, wie es eigentlich kam, dass ausgerechnet sie alle diese Geschichten kannte. Wie alles angefangen hatte. Mima legte sich ihr Kopfkissen in den Rücken, lehnte sich an die Wand, schloss die Augen und träumte sich zurück in eine andere Zeit.

Ben Katz. Sein Kino hatte sich in den letzten Jahren ebenso gut entwickelt wie ihr Café. Er galt mittlerweile als sagenhafte Persönlichkeit in Rosebank. Der Erzähler. Der Denker. Filme, Bilder, Worte, Geschichten und Sprachen waren sein Leben. Viele hier bewunderten ihn, einige belächelten ihn aber auch. Er sprach mehrere Sprachen fließend, Englisch, Hebräisch, Polnisch, Französisch und Deutsch. Und er war der einzige Weiße, den sie kannte, der sich bemüht hatte, Tswana, eine der vielen südafrikanischen Sprachen, zu lernen. Aber eigentlich hatte er seine ganz eigene Art zu sprechen entwickelt, was es manchmal mühsam machte, ihm zu folgen. Esperanto wurde von ihm so leidenschaftlich beworben, als glaube er, dass die Zukunft der Menschheit von einer einheitlichen Weltsprache abhinge. Und sein eigenes Leben ebenso. Sein kleines Programmkino, das Arthouse, sorgte für ein inspirierendes Angebot von Filmen. Vor allem die polnischen Regisseure der alten Heimat seiner Familie, Kieślowski, Wajda und Polański hatten es ihm angetan. Daneben zeigte er Antonioni und Bergman. Europäisches Kino, wenig Hollywood. Zurzeit veranstaltete er zum wiederholten Mal Filmnächte mit den Werken von Charlie Chaplin. Ben lebte zurückgezogen und verließ seine selbstgeschaffene Festung nur selten. Aber er kam regelmäßig ins Mandelplatz. Fast so, als würde er sich hier verstecken. Als wäre er nur abends, während der Vorstellungen, in der Dunkelheit gerne in seinem Kino.

Am Abend ihres einundzwanzigsten Geburtstages, am 29. November 1955, sie konnte sich erinnern, als wäre es erst gestern gewesen, überraschten ihre Eltern sie mit einem besonderen Geschenk: Zwei Karten für eine Lesung im neuen Kino von Ben Katz. Der junge Intellektuelle hatte es geschafft, rund um die Eröffnung seines Kinos eine Reihe ganz erstaunlicher Veranstaltungen zu organisieren. Es war kompliziert gewesen, die Karten zu besorgen. Erst im letzten Moment war es geglückt. Ihre Eltern waren stolz und sie selber überglücklich. Ihre Mutter hatte ihr die Karten überreicht und erst da war Mima aufgefallen, dass sie ihr schönstes Kleid trug. Für sie selbst hatte ihr Vater ein königsblaues Seidenkleid hinter seinem Rücken hervorgezaubert und ihr überreicht. Sie war sprachlos gewesen. Ihre Eltern wollten ganz offensichtlich feiern, dass sie ihre Volljährigkeit erreicht hatte.

Sie hatte sich schnell umgezogen, beim Verlassen des Hauses noch etwas Lippenstift aufgelegt und dann waren sie losgezogen, Mutter und Tochter, Arm in Arm, ein bisschen albern und aufgeregt. Sie waren empfangen worden von bunten Lichterketten und Unmengen duftender Lilien, chic gekleideten Gästen in Abendkleidern und -anzügen, Zigaretten und Sekt in hohen Kelchen. Mima hatte so etwas noch nie erlebt. Sie hatten ihre Plätze aufgesucht und gespannt gewartet.

Erst als das Licht im Saal gedämmt worden war und ein Strahler die Bühne beleuchtete, hatte sie den weißen Ledersessel vor der Leinwand entdeckt. Und dann war Nadine Gordimer in den Lichtkegel getreten. Auf Mima hatte sie sehr zart und gleichzeitig stark gewirkt. Ihre dunklen Haare trug sie kunstvoll aufgetürmt, ein cremefarbenes Wollkleid mit Rollkragen, um den Hals eine auffällige orientalisch wirkende Kette. Sie hatte Platz genommen und begonnen, ihre Geschichte vorzulesen.

Mima war von ihrer Stimme und den Bildern der Erzählung wie elektrisiert gewesen. Es ging um die Entwicklung eines weißen Mädchens, das behütet aufwächst, hier in diesem Land, etwa in ihrer Nachbarschaft, aber allmählich die Welt der Schwarzen entdeckt, so dass ein schmerzhafter Weg beginnt. Weg von Lügen, Täuschung und bewusstem Wegsehen, eine Entzauberung. Mima hatte sich sofort wiederentdeckt in der jungen Heldin Helen. Wie so viele Mädchen ihres Alters wusste sie nicht viel über das Leben außerhalb ihrer Grenzen. Wie so viele ahnte sie aber, dass es weit mehr gab, als sie bisher gesehen hatte. Sie hatte die Blicke ihrer Mutter auf sich gespürt und sich gefragt, warum sie wohl hierher gebracht worden war. Ging es darum, sie vertraut zu machen mit dem gesellschaftlichen Leben ihres Stadtteils? Ging es um Literatur? Oder ging es um mehr?

Als nach der Lesung Gelegenheit für Rückfragen gewesen war, hatte sie sich kaum auf dem Sitz halten können, so neugierig, sehnsüchtig, gespannt war sie gewesen. »Frag doch, wenn Du etwas wissen möchtest«, hatte ihre Mutter ihr zugeraunt und da hatte sie gewusst, dass ihre Eltern mit ihrem Geschenk vor allem eine Absicht verfolgt hatten: Fragen zu wecken.

Sie hatte es sich nicht zwei Mal sagen lassen müssen, hatte ihre Hand in die Luft geworfen und war aufgefordert worden, ihre Frage zu stellen.

Sie war aufgestanden und ihr war intuitiv bewusst gewesen, was sie am Dringendsten wissen wollte: »Kann man denn etwas tun?« Um sich besser zu erklären, hatte sie ergänzt: »Als Weiße, meine ich. Als junge Frau. Kann man etwas ändern?«

Ein Lächeln war über das Gesicht der jungen Schriftstellerin gehuscht und sie hatte geantwortet: »Man kann nicht nur, man muss.« Vorsichtiger Applaus hatte sie unterbrochen. »Jeder einzelne.«

Und dann war es, als hätte sie sich allein mit Mima unterhalten, so persönlich waren der die nächsten Worte erschienen: »Helens Geschichte ähnelt meiner. Vielleicht ja auch Deiner? Ich habe sie mir selbst erzählt, damit ich nicht vergesse, was zu tun ist. Ich leihe sie Dir gerne. Ich teile sie mit Dir.« Und leidenschaftlich hatte sie abschließend gesagt: »Niemand ist dazu verdammt, immer nur zuzusehen.«

Ihre Mutter hatte ihr ohne viele Worte das Buch gekauft und es signieren lassen. Mima konnte noch jetzt den Blick von Nadine Gordimer spüren, als diese in ihr das junge Mädchen erkannte, das die erste Frage gestellt hatte. Zuspruch hatte darin gelegen und ein Funkeln, das ihr sagte, sie würde es ganz sicher nie bereuen, ihre Fragen weiterzuverfolgen.

Mit Schwung hatte sie ihren Namen in ihr Exemplar des Buches geschrieben und noch eine kleine Zeile dazu:

Truth is not always beauty, but the hunger for it is.
Die Wahrheit ist nicht immer schön,
aber der Hunger nach ihr ist es.

Ihre Mutter hatte sich mitgefreut, und so waren sie zum Mandelplatz zurückgeschlendert, fröhlich und gleichzeitig angespornt, erinnert an ihre Verantwortung. Mima hatte sich gefühlt wie eine Schülerin, die eine Bestnote bekommen hat und damit gleichzeitig die Verpflichtung eingegangen war, an einem Wettbewerb teilzunehmen und also in Zukunft richtig üben zu müssen.

Als sie an jenem besonderen Geburtstagabend alleine in ihrem Zimmer lag, dasselbe Zimmer, in dem sie jetzt auf dem Bett saß, hatte sie sofort angefangen, die Geschichte von Nadines und Helens Entzauberung zu lesen. Bevor sie eingeschlafen war, hatte sie gebetet und Gott für ihre Eltern gedankt, für den Abend und das neue Kleid. Und sie hatte Gott angefleht, Menschen wie Nadine Gordimer zu beschützen. Sie hatte das Buch immer wie einen Schatz gehütet.

Erst am nächsten Morgen, als sie ihr Abendkleid zurück in den Schrank gehängt hatte, hatte sie dann den Zettel entdeckt. Jemand musste ihn ihr unauffällig zugesteckt haben. So sicher sie gewesen war, dass die Zahlen nur eine Telefonnummer sein konnten, so sicher hatte sie sofort gewusst, dass sie sie auch wählen würde.

Und so hatte sie Kezia kennen gelernt. Eine jüdische Aktivistin. Damals war sie etwa doppelt so alt wie Mima. Sie hatten sich dann ein paarmal im Mandelplatz getroffen. Kezia hatte ihr von der Arbeit der Union of Jewish Women erzählt. Ein Verband jüdischer Frauen, die in Townships fuhren und in Schulen arbeiteten. Ihr Engagement wurde von der Regierung in jenen Jahren als Wohltätigkeit gebilligt, aber die Frauen waren trotzdem immer wieder Schikanen von Seiten der Polizei ausgesetzt. Mima war voller Tatendrang gewesen und gerne mitgekommen. Sie hatte sich schnell als zuverlässig, unabhängig und verschwiegen erwiesen. Genau in dieser Zeit hatte sie auch Ezer kennen gelernt, einen jungen charmanten Mann, nur ein paar Jahre älter als sie, dessen Eltern in Rosebank einen Zigarrenladen führten.

Als ihre Eltern innerhalb eines Jahres beide gestorben waren, war er treu an ihrer Seite gewesen. Als sie über die Zukunft des Cafés entscheiden musste, hatte er sie beraten und seine Unterstützung zugesagt. »Gemeinsam können wir es schaffen!«, hatte er gemeint. »Du liebst die Küche, ich kümmere mich um den Papierkram und die Bestellungen.« Er hatte ihr gestanden, einen Herzfehler zu haben, aber sie hatte ihm versichert, dass sie das nicht störe. Die gemeinsame Arbeit, das Mandelplatz, hatte sie anfangs einander schnell näher gebracht. Für ihr Engagement in der Frauengruppe hatte er Respekt, aber kein großes Interesse gezeigt und sie hatte es dabei belassen. Ezer wusste, dass Mima an der Gründung von ›Kosher Mobile Meals‹, einer neuen Initiative der UJW, beteiligt gewesen war. Von allen anderen politischen und sozialen Aktionen, die darüber hinausgingen, wusste er nichts. Sie hatte nie darüber gesprochen, hatte es eben nie gewagt und er hatte nie gefragt, schien keinen Verdacht zu hegen oder hatte es einfach nicht wissen wollen. Sie sah ihn vor sich, wie er heute Abend das Päckchen in der Hand gehalten hatte und gar nicht auf die Idee gekommen war, es aufzumachen. Sie selber wäre viel zu neugierig gewesen. Aber genau das war der Unterschied: In diesem Land gab es viele, die lieber nichts wissen wollten und ein paar Ausnahmen, die anders waren.

Es musste einen Zeitpunkt gegeben haben, an dem sie noch hätte aussteigen können. Aber der war lange vorbei. Sie hatte stattdessen immer wieder signalisiert, dass sie bereit war, mehr zu riskieren. Irgendwann war es nur noch eine Frage der Zeit gewesen, bis sie auch Aktivistinnen des ANC getroffen hatte.

Eines Tages hatte Kezia sie an den Zettel mit der Telefonnummer erinnert. »Das hat doch damals gut geklappt.« Und dann hatte sie ihr einen Plan vorgestellt: »Das Mandelplatz ist unverdächtig und belebt. Es ist wie gemacht als Handelsplatz für Nachrichten. Und

Deine Waren gehen von Rosebank aus in viele andere Städte des Landes und ins Ausland. Das ist perfekt! Genau, was wir brauchen.«

Mima war überglücklich gewesen, nun wirklich etwas Eigenes für die Widerstandsbewegung tun zu können und hatte ohne Zögern zugestimmt.

So war das Mandelplatz zunehmend zu einem Ort geworden, an dem heimlich Nachrichten weitergegeben wurden. Mima hatte angefangen, für politische Aktivisten zu schmuggeln. Sie hatte dabei zuerst an romantische Briefe gedacht, die ein einsamer Held im Untergrund von seiner Liebsten empfing. Aber im Laufe der Zeit war ihr klargeworden, dass die Nachrichten, die sie beförderte, längst nicht nur harmlose Grüße, sondern durchaus auch Dokumente, falsche Ausweise und Pläne für Sabotageakte oder andere Aktionen des Widerstandes enthalten konnten. Trotz scharfer Zensur waren mit den Jahren außerdem Mitschnitte von Martin Luther Kings Reden, sowjetische Samisdat-Texte und südafrikanischen Autoren und Journalistinnen, die unter Bann standen, in Umlauf gebracht worden. In letzter Zeit waren es mehr geworden. Ganze Packen von Briefen. Unter der Hand weitergereicht. In Obstkisten und Keksdosen weitergetragen und verschickt. Vom Mandelplatz aus zur Post gebracht. Adressiert an Personen, die Mima nicht kannte, hübsch eingepackt und deklariert als Feinkost. Sie wusste inzwischen, dass die kleine Damen-Gruppe, die sich regelmäßig in einer Nische zum Kaffeetrinken traf, ehemalige Journalistinnen des ›Guardian‹ waren, von denen einige unter Bann standen.

Einmal, als ein Sabotageakt der Eisenbahnlinie nach Pretoria Tagesthema gewesen war, hatte ein Gast ihr beim Abschied zugeraunt: »Und die Pläne dafür haben einmal zwischen köstlichen Marmeladengläsern gelegen.« Sie war erschrocken bei dem Gedanken, gleichzeitig hatte es ihr gut getan, dass einige ihrer Gäste ebensolche Geheimnisse mit sich trugen wie sie selbst.

Mima gähnte. Der lange Arbeitstag, die vielen Erinnerungen und die Angst, entdeckt worden zu sein, hatten sie erschöpft. Sie ging zu Bett und hoffte, schlafen zu können. Als sie das Päckchen mit den Briefen auf ihrem Nachttisch liegen sah, steckte sie es, einem Impuls folgend, unter ihr Kopfkissen.

Mitten in der Nacht wurde sie wach. Sie hörte Ezers Schritte auf dem Flur und zu ihrer Überraschung öffnete sich die Tür zu ihrem Zimmer. Sie stellte sich schlafend und seufzte nur kurz, als er zu ihr ins Bett kam, unter ihre Decke und nah an sie heranrückte. Sie ließ es zu und machte ihm Platz. Zärtlich streichelte seine rechte Hand ihre Beine entlang, er küsste sie in den Nacken und flüsterte leise: »Mima, mein Schatz.« Sie konnte kaum glauben, dass er tatsächlich diese Nähe zu ihr suchte, nach allem, was passiert war. Als sie merkte, dass er nackt war, lief ihr ein Schauer über den Rücken und sie hätte nicht sagen können, ob vor Lust oder vor Beklemmung. Seine Berührungen wurden fordernder, sein Atmen ging schneller und er drängte sich an ihren Rücken. Sie spürte ihn, seine Erregung und wusste immer noch nicht, was sie selbst empfinden sollte. Er fuhr ihr durch ihre Haare und über den Rücken und versuchte, ihr das kurze Nachthemd über den Kopf zu ziehen. Sie ließ es zu, bewegte sich, machte mit. »Mima, ich will Dich!«, flüsterte er und kniff sie in ihren Busen. Sie wehrte sich halbherzig und merkte, dass ihr Körper schneller reagierte als ihr Kopf. Er massierte sie weiter und sie warf ihren Kopf in den Nacken, um ihn anzusehen. Als seine Finger zwischen ihre Beine langten, stöhnte sie laut auf und drehte sich zu ihm um. In der Dunkelheit sahen sie sich an und küssten sich, erst vorsichtig, dann immer leidenschaftlicher. Es war lange her, dass er sie so berührte hatte. »Mima«, er sagte ihren Namen immer wieder und immer lauter, dass sie kurz lachen musste und dann legte er sich mit einer schnellen Bewegung auf sie und drang in sie ein. Er krallte sich an ihr fest und Mima schob sich ihm entgegen, passte sich seinem Rhythmus an und ging mit, als er schneller wurde, bis er ein letztes Mal zustieß und auf ihr zusammensank.

Sie lag unter ihm und hielt den Atem an. Als sie die Augen öffnete, sah sie seinen Hals, seinen hervorstehenden Adamsapfel, seine Bartstoppeln. Da spürte sie eine Bewegung unter ihrem Kopf. Ezer tastete mit seiner Hand nach dem Päckchen unter ihrem Kissen, setzte sich auf und zog es fast feierlich aus seinem Versteck. Triumphierend sah er sie an.

»Bist Du deshalb zu mir gekommen?«, fragte sie. Augenblicklich verändert sich sein Ausdruck.

»Denkst Du das wirklich?«, fragte er zurück. Er rollte sich von ihr weg und stieg aus dem Bett. Im Gehen warf er das Päckchen verächtlich zurück auf Mimas Bett. »Hier. Nimm es. Als Bezahlung«, sagte er und verließ das Zimmer.

8 Rosebank, Johannesburg
1963

Mima gab dem jungen Schwarzen ein Trinkgeld, drückte ihm zusätzlich eine Tüte mit Brötchen und Muffins in die Hand und dankte ihm für seine Hilfe. Er verschwand durch den Lieferanteneingang, die hintere Küchentür, und wäre dort fast mit Zanele zusammengeprallt. Er entschuldigte sich und rannte eilig weg. Die beiden Frauen begrüßten sich, und Mima begann, die Einkäufe auszupacken, die sie am Morgen auf dem Marktplatz besorgt hatte: Granatäpfel, Avocados, Minze, Blattpetersilie, Kirschtomaten, Frühlingszwiebeln, Radieschen, Chillischoten, Brunnenkresse, Pfifferlinge. Sie sortierte alles in die Kühlfächer ein.

»Misses?«, fragte Zanele unsicher und Mima merkte, dass sie ihrem Blick auswich.

»Was denn, Zanele? Was gibt es?« Aber Zanele kaute auf ihrer Unterlippe und schwieg. »Zanele«, sagte Mima mahnend und ungeduldig. Zanele war ihre Angestellte, und wenn es etwas gab, was sie beschäftigte, hatte sie ein Recht und auch die Pflicht, es zu erfahren. Zanele sah sie erschrocken an. Mima war angespannt. »Ist es wegen Ezer?« Zanele schüttelte den Kopf. »Möchtest Du wissen, wo er ist und wagst nicht, danach zu fragen?« Aber Zanele schüttelte wieder nur den Kopf und presste die Lippen aufeinander. »Nun gut«, sagte Mima müde, »ich weiß auch nicht, wo er ist.« Sie sah ihre Küchenfrau an und seufzte: »Ich nehme an, er ist bei seinen Eltern. Für ein paar Tage, ein paar Wochen, was weiß ich. Er ist beleidigt, weißt Du? Deshalb war *ich* heute Morgen beim Markt, an seiner Stelle. Um die Fischbestellung hat er sich freundlicherweise gekümmert, von irgendwoher aus.« Sie stockte und schwieg.

Zanele stand regungslos da und sagte nur leise: »Mister Ezer überlegt sich immer gut, was er tut.« In ihrer Stimme lagen Ehrfurcht und ja, was? Zärtlichkeit? Warum konnte die andere Frau ihr nicht wenigstens jetzt einmal eine Freundin sein? Warum zeigte sie nicht wenigstens eine kleine Geste, die Verstehen, Mitleid oder Trost ausdrückte? Solidarität? Warum musste sie immer so verdammt distanziert bleiben? Allmählich dämmerte Mima, dass es tatsächlich nicht um Ezer ging, auch nicht um das Café, sondern um etwas ganz anderes.

»Also, was ist denn dann?« fragte sie noch einmal, lauter als sonst, jetzt wirklich gereizt. Zaneles Schüchternheit machte sie wütend. Je unterwürfiger und zaghafter sie wurde, desto wütender wurde Mima. »Menschenskind, Zanele. Nun sag schon endlich.«

Und Zanele erklärte leise: »Es ist nur. Meine Mutter. Sie meinte. Aber ich weiß, dass sie Unrecht hat. Es kann ja nicht sein.«

Mima wurde unruhig, nicht länger gereizt, sondern vorsichtig und hakte nach: »Was meint Deine Mutter? Worum geht es denn?«

»Sie behauptet, Sie am Morgen gesehen zu haben.« Mima schwieg und Zanele fügte leise hinzu: »Aber nicht hier in Rosebank. Sondern bei uns. In Soweto.«

Mima fragte sich, ob es sein konnte, gestand sich aber sofort ein, dass es natürlich möglich war. Ma Msizi würde sie sofort erkennen. Sie hatte bereits einige Male hier im Haus geholfen. Hatte bei großen Festen ihre Tochter in der Küche unterstützt. Sie hatten Seite an Seite gearbeitet. Und Ma Msizi war eine bedachte Frau. So irritiert Zanele sein musste, wusste sie aber auch, dass ihre Mutter keine

Person war, die Klatsch verbreitete. Wenn Ma Msizi behauptete, Misses Mandelbaum bei sich im Township gesehen zu haben, dann musste es so gewesen sein.

Mima sah ihre Angestellte aufmerksam an. Zaneles Gesicht zeigte ihre Verwirrung. Was, wenn undenkbar war, was man denken musste? Dann saß man in der Klemme. Eine weiße Lady besuchte in diesen Zeiten kein Township.

Zaneles Verwirrung brachte Mima kurz zum Schmunzeln, aber dann wurde sie ernst. Sie fühlte sich so einsam wie lange nicht mehr. Sehnte sich danach, sich Zanele anzuvertrauen. Aber sie waren nie Freundinnen geworden. Mima hatte es sich gewünscht, aber ihre Angestellte war distanziert geblieben. Als wolle sie lieber alleine zurechtkommen. Als hielte sie Frauenfreundschaft für eine romantische Idee von Privilegierten, Reichen. Als glaube sie nicht an Solidarität, die stärker war als Unterschiede, Hautfarbe, Bildung, Religion. Das Ungleichgewicht in ihrer Beziehung schien Mima fast unerträglich.

Sie atmete tief durch: »Wie lange kennen wir uns jetzt? Seit wir selber denken können. Wir sind fast wie Schwestern aufgewachsen. Wir sehen uns jeden Tag. Meine Mutter hat Dir nie meine abgetragenen Sachen gegeben, sie hat, wenn sie mir etwas Neues kaufte, auch immer etwas für Dich gekauft. Aber wir kennen uns trotzdem nicht.« Mima zuckte mit den Schultern. »Ich fahre jede Woche ein Mal nach Soweto. Seit vielen Jahren. Ich bringe Brot zu einer Suppenküche, zu einer Lebensmittel-Ausgabe. Auch Brötchen und Kuchen.« Zanele nickte. »Vielleicht erinnerst Du Dich an meine Freundin Kezia? Kezia Weiss. Sie war eine Weile lang oft hier zu Gast.«

Zanele senkte den Kopf. »Ja, ich erinnere mich«, sagte sie leise.

»Sie hat mich damals gebeten zu helfen«, erklärte Mima und beschloss, dass sie genug erzählt hatte. Zanele sah sie abwartend an, aber Mima wollte jetzt lieber schweigen, der anderen nicht noch mehr offenbaren. Sie würde nichts von den Briefen sagen. Sie würde Kezia nicht noch einmal erwähnen. Ganz sicher wusste Zanele, dass die bekannte Aktivistin vor einigen Jahren verhaftet worden war und seitdem im Gefängnis saß. Sie würde nicht mit Zanele über Soweto reden, ihren Zorn, ihre Angst und die Scham. Und ganz bestimmt würde sie nicht noch mehr über Ezer sagen. Solange die andere nicht bereit war, wenigstens etwas Nähe zu zeigen. Stattdessen würde sie kochen. Sollten die Rollen klar verteilt bleiben.

Sie nickte Zanele zu, kühl und reserviert. »So, jetzt weißt Du es. Mach Dir keine Sorgen, ich weiß, was ich tue.« Zanele sah sie zweifelnd an.

»Und jetzt wird gearbeitet. Heute steht Couscous auf der Mittagskarte. Mit Granatapfel, getrockneten Datteln, Minze und Lamm-Hack. Du weißt ja, was Du zu tun hast.« Ihr Ton war nach außen hin wieder lockerer, innerlich brodelte sie. »Grüß Deine Mutter, wenn Du sie siehst. Ich hoffe, wir treffen uns bald einmal wieder.« Zanele blieb weiter stumm und ihr Schweigen brachte Mima innerlich zur Weißglut.

Sie verließ die Küche und knallte die Tür. Vielleicht würde sie sich einfach eine andere Küchenhilfe suchen? Der Gedanke hatte etwas Befreiendes. Sie brauchte jemanden, der mehr mit ihr teilte als Alltäglichkeit. Eine Frau, mit der sie mehr Übereinstimmungen fand als nur in schnöden, herkömmlichen Regeln. Sie hätte gerne gewusst, was Zanele von Sabotage hielt, vom bewaffneten Widerstand. Sie hätte gern geteilt, was ihr Gewissen belastete, die Bilder, die sie nachts manchmal wachhielten, ihre Fragen. Sollten Weiße überhaupt den schwarzen Kampf unterstützen? Rechtfertigte das große Ziel die Gewalt und den Terror? War das Leben eines Menschen nicht immer wertvoller als eine politische Idee, und sei es die Freiheit vieler Tausend? Aber wie sähe gewaltloser Widerstand aus? Wie viel musste man aushalten? Was für Möglichkeiten hatten die Armen, die Rechtlosen? Hungernde konnten nicht in den Hungerstreik treten. Sie hätte gerne Argumente ausgetauscht, zugehört, nachgefragt. Und sie hätte Zanele gerne die Geschichten ihrer Eltern und Großeltern erzählt. Aber das alles war nicht möglich. Es würde immer nur in ihrem Kopf stattfinden. Und, sie seufzte, sie kannte sich: Sie würde Zanele nie entlassen.

Sie dachte zurück an einen Tag vor vielen Jahren. Es war Zaneles Geburtstag. Mima hatte ihr ein Päckchen überreicht, ein Paar Ohrringe, kleine Perlen, einfach, aber echt. Zanele hatte ihr Geschenk ausgepackt, es dann aber zurückgegeben: »Danke. Aber mein Mann möchte nicht, dass ich so etwas trage.« Mima hatte erst gar nicht verstanden, dass Zanele ihr Geschenk tatsächlich nicht annehmen wollte. Sie hatte ihre Angestellte angesehen, als sähe sie sie zum ersten Mal. Die runde Figur, die dicken Beine, die in flachen, breiten Schuhen steckten, der schlichte blaue Rock und der geblümte blaue Kittel, unter dem Zanele meistens nur einen BH trug. Mima hatte ihr ein Geschenk machen wollen, das sie als Frau auszeichnete. Was genau hatte Zanele jetzt eigentlich zurückgewiesen? Die Freiheit, die Meinung ihres Mannes einmal zu vernachlässigen? Die Chance der Nähe zu Mima? Ein kleines Zeichen von Freundschaft? Am Ende vielleicht vor allem ein wertvolles, hübsches Geschenk für sich selbst.

Karen und Johi kamen lachend ins Café, grüßten kurz und verschwanden in der Küche. Toni ging am Café vorbeiging und winkte ins Fenster. Die Zwillingsbrüder hüpften vor ihr her und ließen kleine Steine springen. Mit einer Hand schob sie den Wagen, in dem wohl die kleine Tikva lag. Ihre Älteste, die fünfjährige Channah, folgte mit etwas Abstand, sie hüpfte, ganz versunken in ihr eigenes Spiel, winkte aber, als sie Mima im Fenster sah. Sie könnte ihre Fragen ja vielleicht mit Toni teilen. Eigentlich hatten sie beide doch viel gemeinsam. Sie sah, wie Channah immer wieder stehenblieb. ›Hinkekästchen‹ hatten sie das Spiel auf dem Schulhof genannt, oder ›Tempelhüpfen‹. Weil sie meistens kein Band für Gummitwist gehabt hatten. Mima dachte an Hilda. Die gesamte Schulzeit über waren sie befreundet gewesen. Ihr würde sie schreiben. Und ihr in den nächsten Tagen eine Kiste Wein nach Amerika schicken. Sechs Flaschen Pinotage, eine besondere neue Rebsorte. Im Austausch würde sie um ein Buch von Martin Luther King bitten. Sie und ihre Ideale brauchten dringend Unterstützung. Sie musste ihr Herz mit guten Gedanken füttern.

9 Rosebank, Johannesburg
1963

Der Bahnsteig ist voller Menschen. Kinder, Männer, Frauen, alte Leute, eng zusammengepfercht. Die einen sind panisch, nervös, die anderen lethargisch. Todmüde sind sie alle. Niemand spricht laut, aber leise Ahnungen gehen von Mund zu Mund. Sie flüstern von Arbeitslagern und Tod. Über der ganzen Szene liegt ein Geräusch wie das Zittern letzter Blätter im Herbst, vom Wind geschüttelt. Sie klammern sich mit letzter Kraft an den Baum und wissen schon, dass sie verloren haben. Eine Gruppe von alten Frauen steht zusammen. Sie sind alle merkwürdig gekleidet. Ein Rock über dem anderen. Mehrere Schichten aus Blusen, Jacken und Pullovern. Ein Mantel, der nicht mehr zugeht. Die Sachen sind dreckig, voller Flecken. Es riecht nach Schweiß. Nach Angst. Die Köpfe der Frauen ragen wie kleine nackte Kugeln aus den dicken wollenen Körpern. Jemand hat ihnen die Haare abgeschnitten, sie sind kahl geschoren. Eine Frau trägt ein Neugeborenes im Arm. Es wirkt wie eine Puppe, aus der die Füllung entwichen ist. Irgendetwas stimmt mit ihrer Hautfarbe nicht. Sie sind weiß, sehr blass, aber jetzt werden sie plötzlich alle dunkler, als würde von oben Tinte in ihre Köpfe gekippt und mit einem Mal sind alle schwarz. Sie bewegen sich, stampfen mit den Füßen auf und singen zornig. Die Frau mit dem Kind sieht in ihre Richtung, zeigt auf sie mit dem dünnen Finger und beginnt gellend zu schreien. »Nie wieder!«

Mima schreckte hoch. Der Schrei war ihr eigener, und hatte sie aus ihrem Mittagsschlaf geweckt. Der Albtraum war zu Ende. Ihr war, als zeigte eine riesig große Menge von Frauen auf sie und rufe ihr etwas zu, in einer Sprache, die Mima nicht verstand.

Sie stand auf, ging in ihr Badezimmer, beugte sich über das weiße Becken und trank etwas Wasser direkt aus dem Hahn. Ihr war übel. Nicht so schlimm wie am Morgen, aber ein flaues Gefühl im Magen schien sie seit Tagen nicht zu verlassen. Als sie sich neulich morgens nach dem Aufstehen direkt hatte übergeben müssen, hatte sie es sofort gewusst: Es war soweit. Sie erwartete ein Kind. Ein paar Wochen nach der letzten Nacht mit Ezer. Eine schreckliche Nacht. Sie wusch sich das Gesicht und sah sich im Spiegel an. Ihre Haut war weiß, das Muttermal war noch da und die Sommersprossen auch. Ezer war verschwunden. Ihre Haare waren dunkel und etwas zerzaust. Wahrscheinlich war er bei seinen Eltern, nicht weit weg und doch sehr weit weg; Eltern, die ihn verwöhnen würden. Sie erneuerte den Lidschatten, zog den Lippenstift nach und knetete die Haut über ihren Wangenknochen, um etwas Farbe zu bekommen. Er würde zurückkehren. Und wenn sie ihn darum bitten müsste. Sie straffte die Schultern, strich den Rock glatt und ging langsam die Treppe hinunter ins Mandelplatz.

Ihr war, als würden die Frauen aus ihrem Albtraum sie begleiten. Hatten sie eine Botschaft? »Nie wieder!« Zaghafter als sonst betrat sie die Küche. Ihr wurde schwindelig, sie lehnte sich an die Wand und sank dann auf einen Stuhl. Batya kam sofort zu ihr und reichte ihr ein Glas Wasser. Sie nahm es und trank einen großen Schluck. Dann lachte sie auf und merkte, sie klang hysterisch: »Ich fühle mich wie ein Dreidel bei Chanukka.« Batya und Zanele sahen sie beide fragend an, nicht daran gewöhnt, dass ihre Chefin krank war. Mima plauderte weiter: »So ein Dreidel wird den ganzen Tag immer wieder in die Hand genommen. Er kreiselt, fällt und muss wieder aufstehen. Als Kind habe ich das Spiel geliebt. Je nachdem, auf welcher der vier Seiten der Kreisel landete, durfte man sich eine Süßigkeit nehmen, musste einen Text aus der Tora zitieren, hatte einen Wunsch frei oder sollte ein Lied vortragen.« Sie leerte das Glas und stand auf. »Es geht schon wieder.« Zanele und Batya guckten sie immer noch schweigend an. Überrascht davon, dass Mima etwas über sich persönlich erzählt hatte. Unsicher, wie sie mit ihrem offensichtlichen Unwohlsein umgehen sollten.

Mima ließ die beiden anderen Frauen in der Küche zurück und ging ins Café. Nun, Gimel, He und Schin, seit jeher standen die vier hebräischen Buchstaben auf je einer Seite des viereckigen Kreisels. Die vier wurden auch als Anfangsbuchstaben für einen Satz genutzt und man sagte: ›Nes gadol haja scham. Ein großes Wunder hat sich dort ereignet.‹ Damit war man mitten drin in der Chanukka- Erzählung. Sie seufzte. Ginge es nach Ezer, sollte man den Buchstaben Schin endlich durch ein Pe ersetzen und besser sagen ›Nes gadol haja poh, ein großes Wunder hat sich hier ereignet.‹ Hier in Israel. Hier in der Heimat. Hier, endlich angekommen. Als würden sich ausschließlich in diesem *Hier*, in Israel noch Wunder ereignen können.

Wo war Ezer denn bloß? Wann würde er endlich wiederkommen? Sie brauchte ihn doch. Sie straffte die Schultern, drückte zum wiederholten Mal an diesem Tag den Rücken durch und machte die Kaffeemaschine an. Obwohl die Tür geschlossen war, spürte sie die irritierten Blicke von Zanele und Batya durch die Küchentür. »Machen wir weiter«, sagte sie und meinte nichts Bestimmtes, meinte einfach das ganze Leben.

›Kokosmilchreis mit Zimt, Pistazien und getrockneten Süßkirschen‹ schrieb sie auf die große Tafel. Aus den Augenwinkeln nahm sie wahr, dass ihr jemand von draußen zuwinkte. Als sie Gavriel erkannte, erschrak sie vor Glück, schloss die Tür auf , ließ ihn herein und schloss hinter ihm direkt wieder ab. Er umarmte sie stürmisch und Mima drehte sich schnell weg aus seiner Berührung. Wenn er irritiert war, ließ er es sich nicht anmerken. »Du bist wieder da!«, seufzte Mima glücklich.

Gavriel nahm ihr Gesicht in beide Hände und meinte: »Du bist ja noch schöner geworden.« Mima befreite sich wieder aus seiner Nähe und begann, die Kaffeemaschine wieder zu füllen. Die beiden sahen sich über die Theke hinweg an und sprachen eine Weile lang nur mit ihren Blicken, ohne jedes Wort. Sie hatten nichts voneinander gehört. Nur hin und wieder hatten seine Eltern ein paar Grüße übermittelt.

Mima reichte Gavriel seine Tasse und als ihre Finger sich kurz berührten, flüsterte Gavriel: »Du hast mir gefehlt. Du hast mir mehr gefehlt, als mein Cello mir jemals fehlen könnte.«

Mima schluckte. Sie nahm einen ersten Granatapfel aus einer Kiste und halbierte ihn mit einem Messer, ritzte die Schale ein und begann, die Frucht vorsichtig in kleine Teile zu zerbrechen, um die glasig roten Samen herauszulösen, ohne dass sie aufplatzten. Trotz ihrer Behutsamkeit waren ihre Finger nach einer Weile rot. Sie arbeitete konzentriert und schnell und zerbrach einen zweiten Granatapfel, sich immer bewusst, dass Gavriel sie beobachtete.

Als sie aufsah, brach sie das Schweigen: »Wie ist es Dir ergangen? Erzähl ein bisschen. Bitte.«

Gavriel räusperte sich. »Ich bin Musiker. Das ist die wichtigste Erkenntnis dieser Reise. Es klingt einfach, hm?«

Mima schüttelt den Kopf. »Nein. Es klingt bedeutend. Lebenswichtig.«

Gavriel lachte. »Ja, ganz genau. Du sagst es genau richtig. Es ist existentiell.« Er legte den Kopf schräg und sah sie bewundernd an. »Ich verdanke diesem Produzenten, mit dem ich arbeiten durfte, wirklich viel. Er hat mich in Berührung gebracht mit mir selbst. Mehr als jemals vorher konnte ich erleben«, er suchte nach Worten, »konnte ich spüren, warum ich lebe. *Dass* ich lebendig bin.«

Gavriel erzählte vor allem von den Studioaufnahmen. »Dieser Produzent ist eine ausgesprochen kreative Seele. Ich weiß nicht genau, wie er das gemacht hat. Was genau er tut. Aber er hat es jeden Tag wieder geschafft, mich zu motivieren. Es ist seine Musikalität. Aber dazu kommt bei ihm die Technik. Nicht Spieltechnik, Fingerfertigkeit, sondern technische Geräte. Effektgeräte. Besondere Mikros, die den Sound beeinflussen. Ehrlich, Mima, so etwas hast Du noch nicht gesehen. Und was er selbst mit seinen Synthesizern anstellt, hast Du noch nie gehört. Sein Studio ist eine andere Welt.« Gavriel schüttelte lachend den Kopf. »Die Klangqualität ist erstklassig. Ehrlich, Du wirst staunen. Du wirst es mögen.«

Mima freute sich mit ihm und sie wusste, dass er es ihr ansehen konnte. Sie hatte die Samen von zehn Granatäpfeln in einer großen Glasschüssel gesammelt. Am Abend würden sie verbraucht sein, als Dekoration für Salatteller, Desserts, Eis, Kuchen und Getränke. Mima sah auf die Uhr und beeilte sich, Limetten und Zitronen in dünne Scheiben zu schneiden.

Immer wieder sah sie dabei zwischendurch Gavriel an. »Möchtest Du irgendetwas essen?«, fragte sie ihn. »Irgendetwas anderes trinken als Kaffee?«

Er schüttelte den Kopf. »Später vielleicht. Danke. Milchreis klingt eigentlich gut.« Sie gab ihm eine weitere Tasse mit frischem Kaffee. »Und Du?«, wollte er wissen.

Aber sie reagierte mit einer Gegenfrage: »Hast Du ein paar nette Menschen kennen gelernt?« Meinte sie eine Frau? Oder meinte sie es so allgemein, wie die Frage klang?

Gavriel nickte und meinte begeistert: »Wir waren ein echtes Team. Mein Produzent und sein Toningenieur und noch ein Tonmeister. Bei den Aufnahmen waren sie immer ungemein konzentriert, aber abends benahmen sie sich wie kleine Jungs. Sie konnten Unmengen an Essen verschlingen. Einen großen Teller mit einem Berg voller Riesengarnelen, jeder ein halbes Baguette und eine ganze Schüssel Aioli. Als Vorspeise. Alles nicht ganz koscher.« Er zuckte mit den Schultern. »Danach noch Nudeln, Fleisch oder riesige Burger. Und trinken konnten sie erst!« Er sah sich um. »Ich war viel im Studio, aber ich habe auch ein paar Konzerthallen und Keller besucht und einige sehr schöne Restaurants und Cafés.« Leiser sagte er: »Ich habe oft an Dich gedacht. Ich habe mir gewünscht, es mit Dir zu teilen.«

Mima sah auf die Uhr. Als sie an Gavriel vorbei zur Tür ging, um für heute zu öffnen, berührten sie sich wieder, leicht nur, vielleicht zufällig. »Und wie geht es Dir?«, wollte Gavriel wissen. Sie schloss die Tür auf, trat auf den Gehsteig, sah sich das Café von außen an und traf ihr eigenes Spiegelbild im Fenster. Schnell ging ihr Blick an sich entlang. Sah man es schon? Sie glaubte, nicht und atmete tief durch.

»Ich fühle mich wie ein Chanukka-Dreidel«, rief sie Gavriel zu, als sie zurückkam. Der Satz klang weit fröhlicher als am Morgen. »Es geht auf und ab.« Dann schwieg sie.

Gavriel sah sie abwartend an. »Mehr kannst Du nicht sagen?«

Mima schüttelte den Kopf. »Gib mir etwas Zeit, bitte.« Er nickte. Sie war unberührbar geworden. Nicht mehr daran gewöhnt, dass jemand ihr zärtlich begegnete. Die Vertrautheit, die Gavriel in ihr auslöste, tat ihr weh. »Erzähl mir von Amerika«, bat sie ihn.

»Was möchtest Du wissen?«

Sie hielt inne und legte das Messer zur Seite. »Was anders ist als hier.«

Gavriel trank seine Tasse leer und begann zu erzählen. Erst zögerlich, dann immer begeisterter: »Die Frauen sind selbstbewusster. Irgendwie präsenter. Sie leben nicht so versteckt wie hier. Man erlebt sie auch in der Öffentlichkeit und nicht nur in festgelegten Rollen. Die Mode ist frech und oft witzig. Kurze Röcke, hohe Stiefel, weite Kleider. Es gibt eigentlich nichts, was es nicht gibt. Manche Frauen tragen Anzüge wie Männer, andere hüllen sich in fließende Stoffe. Manche Männer tragen grelle Farben, Hüte, Schals, Lackschuhe, die man hier höchstens als Tänzer anziehen würde.«

Er lachte und hatte offensichtlich konkrete Bilder vor Augen. »Am Sabbat hatte ich das Bedürfnis, in die Synagoge zu gehen und hatte eine riesige Auswahl. Du kannst selbst entscheiden: Hättest Du es gerne liberal, eher konservativ oder orthodox? Mit großem Chor, familiär mit gemeinsamem Essen oder vorbildlich mit hohem Touristenanteil?«

Er strahlte sie an. »Ich habe mich so wohlgefühlt. Ich muss Rabbi Seliger davon berichten.«

»Ja, tu das unbedingt!«

»New York steht immer unter Strom. Nie geht das Licht aus. Nie. Überall blinkt es. Die Taxis sind gelb und die Taxifahrer noch stolzer als alle anderen, die hier überleben. Die Stadt ist bunt. Sie hat es mal echt verdient ›Weltstadt‹ genannt zu werden. Johannesburg könnte ebenso aussehen – wenn es keine Rassengesetze gäbe. Vielleicht eines Tages...«

Mima sah ihn aufmerksam an. Gavriel hatte sich in ihrer Gegenwart bisher nur äußerst selten zu politischen Themen geäußert. Aber sie merkte, dass seine Reise ihn verändert hatte. Was er gesehen hatte, musste seinen Blick auf seine Heimat verändert haben.

»Weißt Du, man sieht Schwarze, die Mercedes fahren. Nicht als Chauffeure, sondern als Besitzer. Die Black Power-Bewegung ist unglaublich selbstbewusst. Was in Südafrika passiert, wird sehr aufmerksam wahrgenommen und mitverfolgt. Ich wusste das vorher so nicht. Es hat mich beruhigt. Manchmal war es mir unangenehm, weil sie mehr über mein Land zu erzählen wussten als ich. Sie wissen Dinge, von denen ich nie gehört habe. Sie benutzen manche Namen so selbstverständlich, Nelson Mandela, Joe Slovo, Arthur Goldreich, Winnie... Es ist sehr bewegend. Sie lieben die Musik von Miriam Makeba.«

Gavriel senkte seine Stimme, als Gäste ins Café kamen. Mima grüßte herzlich. »Ich nehme die Bestellungen auf. Bin gleich wieder da.« Gavriel nickte.

»Darf ich am Abend wiederkommen?«, fragte er, als sie die Frühstücksbestellungen in die Küche gerufen hatte und wieder hinter der Theke stand, denn er wusste, dass sie in den nächsten Stunden sehr emsig arbeiten würde und ihre ganze Aufmerksamkeit dem Café, dem Essen und den Gästen gelten würde.

»Natürlich kannst Du wiederkommen. Wir haben geöffnet!« Sie lachte, kam zu ihm und verabschiedete sich.

»Ich wüsste so gerne, wie es Dir geht«, flüsterte er.

Sie nickte. »Ich muss mich erst daran gewöhnen, dass Du wieder da bist«, gestand Mima. »Dass überhaupt jemand da ist.«

Er sah sie prüfend an. »Heute Abend komme ich wieder hierher. Später. Dann trinken wir Wein. Roten und weißen abwechselnd, um zu feiern, dass nach der dunklen Zeit immer eine hellere Zeit folgt. Ciao.«

»Ich trinke zurzeit keinen Wein«, sagte Mima, aber das konnte Gavriel schon nicht mehr hören. Mima hätte nicht sagen können, ob diese Zeit dunkel war oder hell.

10 | Rosebank, Johannesburg
1963

Mima parkte ihr Auto im Hinterhof der Mercy Church und huschte schnell durch die Tür der Sakristei in die Kirche. Cathy umarmte sie kurz, ein paar andere grüßten und winkten ihr. Bevor sie noch fragen konnte, was zu tun sei für sie, hatte sich Sukisa schon bei ihr untergehakt und zog sie mit sich. »Hast Du Deine Handtasche?« Als Mima nickte und sie selber die Tasche sah, schien sie zufrieden. »Ja. Gut.«

Sie gingen durch die ganze Kirche, an der Kanzel und am Altar vorbei. Sukisa genoss hohe Achtung bei den Frauen hier. Die hochgewachsene Xhosa-Frau war still, wirkte immer wachsam, ja misstrauisch, und arbeitete am liebsten alleine. Irgendein Gefühl, eine Erinnerung an ein paar Gesprächsfetzen, sagten Mima, dass die Soldatin sie persönlich nicht leiden konnte. Vielleicht waren sie aber einfach nur zu verschieden. Mima ihrerseits bewunderte Sukisa. Sie hatte gelernt, ihr keine vorschnellen Fragen zu stellen und wartete daher auch jetzt ab, was geschehen würde.

Sie gingen durch eine schmale Tür, die Mima noch nie vorher wahrgenommen hatte und dann eine steile Treppe hoch. »Zur

Orgel«, sagte Sukisa und ließ Mima vorgehen. Diese kurzen Sätze waren typisch für Sukisa, dachte Mima. So spricht eine Kämpferin, die es gewohnt ist, Befehle zu geben und Befehle zu befolgen. Oben angekommen bedeutete sie ihr, auf der Orgelbank Platz zu nehmen. Sie selber verschwand hinter dem Instrument und Mima hörte für eine Weile nur Klappern und Klirren. Was man wohl von ihr wollte? Vielleicht hatte Sukisa ein paar besonders wichtige Dokumente für sie?

Sie sah sich um, blätterte beiläufig durch ein Choralbuch und sah interessiert, dass man im Spiegel neben der Notenablage den Platz unten am Lesepult sehen konnte. »Praktisch«, dachte Mima. »So können Organist und Priester sich während der Messe verständigen.«

Ein klickendes Geräusch ließ sie in Sukisas Richtung gucken. Ihr blieb die Luft weg, als sie sah, dass Sukisa eine Waffe auf sie richtete. Sie stand seelenruhig da und zielte mit einer kleinen Pistole direkt auf Mimas Kopf.

»Was tust Du?«, fragte Mima. »Warum tust Du das?« Sie stellte verwundert fest, dass sie keine Panik empfand, sondern eine eigenartige Ruhe.

»Und weiter?« fragte Sukisa sie jetzt und kam noch etwas näher. Mima sah sie verwundert an.

»Was meinst Du? Was willst Du denn von mir wissen?« fragte sie und zuckte mit den Schultern.

»Sitzen bleiben«, drohte Sukisa. Sie kam immer näher und Mima konnte jetzt ihren Geruch wahrnehmen, eine Mischung aus Zigaretten, Seife und Schweiß.

»Los. Erzähl schon.« Sukisa stand da und sah sie an, wie eine Wildkatze auf der Lauer. Mima schüttelte verzweifelt den Kopf. »Wir wissen es. Sowieso. Aber ich will es von Dir selber hören.« Und dann schnaubte sie: »Verräterin.«

Mima traten Tränen in die Augen. »Ich bin keine Verräterin!«, schrie sie schrill. Und meinte ruhiger: »Ich weiß nicht, woher Du das hast. Das muss ein Irrtum sein.«

Sukisa sah sie verächtlich an. Mit langsamen Bewegungen rückte sie noch näher an Mima heran und hielt ihr den Lauf der Waffe gegen die rechte Schläfe. »Los, Blauauge. Ich zähle bis drei.« Mima schluchzte auf und spürte ihre Blase. Ihr warmer Urin lief ihre Beine herunter. »Eins«, sagte Sukisa. Mima weinte.

Sie hob den Kopf und suchte Sukisas Blick. »Ich habe nichts getan. Nichts verraten. Wirklich nicht«, beteuerte sie.

»Zwei«, zählte die Soldatin unerbittlich weiter.

»Halt!« schrie Mima jetzt. »Bitte! Lass uns Cathy holen. Dann können wir reden.«

Aber Sukisa schien vollkommen unbeeindruckt und verstärkte den Druck der Waffe. »Deine letzte Chance heißt Drei.«

Ein Moment der Stille trat ein, dann hörte Mima das leise Klicken, aber keinen Schuss. Sie atmete heftig ein und aus, unsicher, was passiert war und was wohl noch passieren würde. Sukisa zögerte noch einen Moment, ließ langsam die Waffe sinken und trat einen Schritt zurück.

»Du hast genau so reagiert wie ich damals«, sagte sie. Mima sah sie fassungslos an. »Als ich Mitglied des bewaffneten Kampfes wurde, hat mich mein Oberst genau so geprüft.«

»Was?«, fragte Mima und konnte kaum glauben, was sie hörte. »Du hast mich *geprüft*?« Sukisa nickte nur, ein kleines Lächeln umspielte ihren Mund, ihr Blick war weiterhin wachsam. »Warum denn?«

Aber Sukisa ging auf ihre Frage nicht ein. »Du hast so reagiert wie ich. Du hast nicht geschrien. Nicht Ausreden gebracht. Keinen Mist erzählt. Darum vertraue ich Dir.«

Nur allmählich erreichten diese Informationen Mima wirklich. Die Waffe war also ein Test gewesen. Und sie hatte ihn bestanden. Etwas in ihr bäumte sich auf. »Spinnst Du eigentlich? Warum tust Du so etwas?« Sie musste schluchzen und konnte sich nicht beruhigen. »Macht Dir das Spaß? Ja? Fühlst Du Dich gut dabei?« Sukisa stand da, mit verschränkten Armen und ließ sie reden. »Du hast mich noch nie leiden können, nicht wahr? Ich habe es mitbekommen. Du hast mit Cathy über mich geredet. Du nennst mich immer ›Blauauge‹. War das hier Deine Rache? Weil ich gegen Deinen Willen mit dabei bin? Und geht es Dir jetzt besser?« Diesmal war es an Mima, verächtlich auszuatmen.

Sukisa sprach sehr bedächtig: »Wie gesagt. Auch ich wurde geprüft. Das ist normal.«

Die beiden Frauen sahen sich an, abwartend. Sukisa schien zu merken, dass Mima mehr brauchte, um sich überzeugen zu lassen. »Ob ich Dich leiden kann, ist unwichtig. Es geht hier nur um den Kampf. Umkhonto We Sizwe.« Sie reichte ihr ein Handtuch. »Hier. Mach Dich trocken.«

Sie drehte sich weg und gab Mima einen Moment Zeit, sich die Beine zu trocknen. Dann sagte sie mit ungewöhnlich warmer Stimme. »Wir brauchen Dich. Bis Du bereit?« Mima nickte stumm. »Komm!«, wurde sie aufgefordert.

Sie rutschte von der Orgelbank und folgte der Soldatin hinter die Orgel. Hier kam kein Tageslicht hin und ihre Augen mussten sich erst an die Dunkelheit gewöhnen. Dann entdeckte sie die Waffen. Zwischen großen Pfeifen aus Holz und Zinn lagen ordentlich sortiert Gewehre, Maschinengewehre, Pistolen und Munition, Messer, Schlagstöcke und eine Reihe von Kanistern. Sukisa beobachtete sie.

»Bisher hast Du nur Papiere befördert. Briefe, Nachrichten. Ein paarmal Pässe und Geldscheine. Wenn Du bereit bist, wirst Du in Zukunft auch Waffen weiterversenden. Material für Landminen. Handgranaten. Wenn nicht...« Sie ließ den Satz unvollendet.

»Einverstanden. Ich mach das. Ich kann das«, sagte Mima. »Was muss ich wissen?« Sie merkte, dass es Sukisa gefiel, dass sie nicht zauderte und spürte, wie wohltuend der Stolz war.

»Es geht nur um kleine Mengen. Zunächst. Du wirst die Behälter in Deinen Kofferraum packen. Da hast Du ja immer auch andere Kisten. Lebensmittel und so. Die Du im Café brauchst. Waffen nimmst Du in der Handtasche mit. Wenn Dich die Polizei anhält und irgendwelche Fragen stellt, sagst Du, die Waffe ist Deine eigene. In diesem Land muss eine weiße Lady sich ja selbst verteidigen können, hm?«

Zum zweiten Mal an diesem Morgen lächelte Sukisa. Dann holte sie ein buntes Tuch aus einem Karton. »Dieses Tragetuch ist elastisch. Du kannst es so wickeln, dass es eng an Deinem Körper ist. Man könnte auch ein Baby darin tragen. Aber Du sollst Handfeuerwaffen darin verstecken. Wenn Du so eine Bluse und Jacke trägst wie heute, sieht man es nicht. Willst Du es probieren?« Sukisa war so in ihrem Element, dass sie nicht merkte, wie Mima in die Knie ging und sich auf den Boden hockte.

»Es ist über drei Meter lang und sechzig Zentimeter breit. An den Enden schmaler, damit Du es knoten kannst. Du wirst damit etwas fülliger aussehen. Man wird Dich vielleicht für schwanger halten. Nichts für den Alltag also, aber der Trick ist gut. Polizisten sind nachsichtig mit Schwangeren. Du könntest jeden Donnerstag etwas hierher transportieren.

»Mir ist schlecht«, stöhnte Mima jetzt und überrascht sah Sukisa, dass Mima, die bisher so gut in Form gewesen war, wohl einen Schwächeanfall bekommen hatte. Sie setzte sich neben sie.

»Sorry. War wohl etwas zu viel für Dich«, entschuldigte sich die Soldatin.

Mima sah sie an. »Ich bin schwanger. Du hast echt keine Ahnung.« Dann musste sie lachen.

Überraschenderweise strahlte Sukisa über das ganze Gesicht: »Glückwunsch!« Mima war innerlich auf der Hut, sah sich die Schwarze aber zum ersten Mal näher an: groß, zäh, mit kurz geschorenen Haaren mit ein paar einzelnen dünnen Rastazöpfen über der Stirn, die ihrem Gesicht etwas Grausames verliehen, verstärkt durch eine auffällige Narbe, die quer über ihre linke Wange lief. Mima traute ihr zu, dass sie sich den Schnitt absichtlich zugefügt hatte, um gefährlicher auszusehen. Sukisa fragte nach: »Du freust Dich doch?« Als Mima heftig nickte, stupste sie Mima in die Seite und meinte: »Molotowcocktails passen ganz gut unter einen Windelhintern. In so einem Tragetuch. Und Maschinengewehre passen sogar in Kinderwagen.« Sie klatschte in die Hände. »Großartig!«

»Sukisa?«, fragte Mima vorsichtig.

»Was ist?« Sofort war die Soldatin wieder auf der Hut.

»Werde ich selber schießen müssen?«

Sukisa schlug sich unwillkürlich auf die Schenkel und schüttelte sich vor Lachen. »Nein, Blauauge«, feixte sie. »Das überlass lieber anderen.«

Sie stand auf und half Mima mit einem Handgriff auf die Beine. Zögernd, ob sie mehr sagen sollte, sah sie Mima an. »Du bist weiß und natürlich naiv. Aber Du bist nicht blöd. Du bist okay.«

Mima lächelte, sich vollkommen im Klaren darüber, dass diese Worte aus Sukisas Mund ein riesiges Kompliment waren. »Danke. Aber diese Prüfung oder wie Du es nennst, die werd ich so schnell nicht vergessen «, sagte Mima und sah zu, wie Sukisa drei kleine Waffen in ihre Handtasche stopfte und das Tragetuch obenauf legte.

Sie sah Mima ernst an: »Mandela und die anderen sind freigesprochen worden. Man konnte ihnen keine Gewalttätigkeiten nachweisen. Jetzt sind sie im Untergrund. Irgendwann muss man entscheiden, ob man kuscht oder ob man kämpft. Zu kuschen ist ausgeschlossen. Wir wählen den Kampf.« Sukisas prüfender Blick kam wohl zu dem Ergebnis, dass Mima verstanden hatte. »Los! Gehen wir!« sagte die Soldatin, jetzt wieder in ihrem gewohnt knappen Befehlston, fügte aber noch ein lächelndes »Blauauage« an. Dieses Mal klang es fast zärtlich.

In der Kirche wurden die Frauen gerade mit ihren Vorbereitungen fertig. Cathy klatschte in die Hände und rief alle in den obligatorischen Kreis zusammen. Sukisa und Mima reihten sich ein. Wie jede Woche begrüßte Cathy noch einmal alle und fragte, ob es Neuigkeiten gäbe. Mima hatte sich schon die ganze Woche auf diesen Morgen gefreut. Seit sie selber es ahnte, hatte sie diesem Moment gespannt entgegen gesehen. Drei Monate und man konnte einigermaßen sicher sein, es nicht zu verlieren. Sie wusste, hier in dieser Kirche war der richtige Ort, ihre neueste Nachricht mitzuteilen. Oder sollte sie lieber warten, bis es offensichtlich wurde? Sie zögerte. Der Morgen war so anders verlaufen als erwartet. Sie würde mehr denn je Geheimnisse für sich behalten müssen. Beim Gedanken an Sukisa und ihre Waffe wurde ihr wieder schwindelig. Wütend war sie auch immer noch. Was bildete sich diese dicke Soldatin eigentlich ein? Sie riskierte doch jede Woche alles, um ihre Zuverlässigkeit zu beweisen.

Cathy, die ihr anzumerken schien, dass sie mit sich rang, sah sie aufmunternd an. »Mima. Was gibt es?« Mima sah in die Runde.

Sie legte ihre rechte Hand auf ihren Bauch und sagte bedacht: »Ich erwarte ein Kind.« Ein kleiner Satz. Es war leicht gewesen, ihn zu sagen. Leicht und schön. Sie freute sich, dass die Worte ein Lachen auf die Frauengesichter zauberten. »Ich weiß nicht, ob diese Neuigkeit heute hierher passt, aber ich wollte sie unbedingt mit Euch teilen.«

Sofort wurde sie unterbrochen von einem Chor aus fröhlichen Stimmen. »Herzlichen Glückwunsch! Ich freue mich mit Dir.« Cathy umarmte sie. Thula nahm sie ebenfalls in ihre Arme und flüsterte: »Möge Dein Kind ein Kind der Freiheit sein.« Eine nach der anderen kam zu ihr und sprach einen Wunsch aus, einen feierlichen Segen: »Möge die Liebe der Mutter das Herz des Kindes wachsen lassen« und »Dein Neugeborenes soll ein Licht sein, das diese dunkle Welt schöner macht« und »Dein Baby möge Glück bringen für Dich und unser Land«. Khanya nickte ihr zu mit Tränen in den Augen und drückte kurz ihre Hand. Auch Gisela schloss sich den Wünschen an und sagte: »Möge Dein Kind eine andere Zeit erleben.« Sukisa zwinkerte ihr verschwörerisch zu. Alle plapperten durcheinander. Und dann stimmte Nomvula, die Chorleiterin, ein Lied an:

A child is the future.
A child is the dawn.
New hope arrives when a child is born.
Ein Kind ist die Zukunft.
Ein Kind ist der Beginn eines neuen Tages.
Neue Hoffnung entsteht, wenn ein Kind zur Welt kommt.

Die Frauen sangen in unterschiedlichen Stimmen, stießen hohe Triller aus und klatschten. Dann bildeten sie einen Kreis um Mima herum und stampften zum Rhythmus des Liedes auf dem Steinboden der Kirche. Die Mischung aus den Absätzen von Stöckelschuhen und dem Klatschen nackter Füße klang in Mimas Ohren wie ein feierlicher Trommelwirbel. Wo würde eine weiße Frau so etwas sonst jemals erleben können?

Thula rief jubelnd: »Dank Mima sind wir alle guter Hoffnung!« Die Frauen lachten.

Als Cathy winkte, wurden die Stimmen langsam leiser. »Danke, Mima. Du hast uns an diesem schweren Morgen beschenkt. Die Nachricht, dass ein Kind erwartet wird, erinnert uns daran, warum wir hier sind, warum wir arbeiten und kämpfen. Wir tun es für die Kinder Afrikas.« Das zustimmende Gemurmel legte sich warm um Mimas Herz. Für die schwarzen und die weißen Kinder Afrikas, setzte sie Cathys Gedanken für sich fort.

Cathy sagte jetzt abschließend wie jede Woche: »Gott segne uns alle.« Dann hob sie die rechte Hand zur Faust geballt und rief: »Amandla! Die Macht.«

Fäuste wirbelten in die Luft und die Frauen riefen zurück: »Awethu! Sie ist bei uns.«

Dann eilten die Frauen an ihre Plätze, um Milli-Pap, Brot und Kaffee zu verteilen, Bücher und Kleidung. Und wie jede Woche verabschiedete sich Mima als Erste, um rechtzeitig nach Hause zu kommen und das Mandelplatz zu öffnen. Sie nahm ihre Handtasche, und das ungewohnte Gewicht erinnerte sie an ihre neue Aufgabe und an den Schrecken dieses Morgens. Sie verabschiedete sich von Sukisa. »Ciao.«, sagte sie. Sukisa nickte.

Als Mima nicht ging, zog sie eine Augenbraue hoch und fragte ungeduldig: »Ist noch was?«

»Was bedeutet dieses ›Umkhonto‹? Ich verstehe die Wörter nicht. Ich würde es gerne wissen.«

In Sukisas Blick lagen Anerkennung und Selbstbewusstsein. »Siswe. Das bedeutet Nation. Unser Land. Dieses Land. Südafrika. Zuhause. Und Umkhonto bedeutet Speer. Waffe. Spieß.« Sie lachte kurz laut auf. »Der Spieß wird rumgedreht, verstehst Du?«

Mima bestätigte mit ihrem Blick, dass sie sehr wohl verstand. Die Zeiten des gewaltlosen Widerstandes waren vorbei. Der Zorn war zu groß. Geduld und Appelle hatten zu nichts geführt. Bloße Hoffnung hatte keine Ergebnisse gebracht. Jetzt würden sie es mit Gewalt versuchen. Mima wusste nicht genau, was sie denken sollte. Reichte es, Verständnis zu haben für die Wut, auch wenn sie Gewalt, vor allem die Tötung von Menschen, eigentlich ablehnte? Wie konnte sie dann Waffen schmuggeln? Sukisa überließ sie diesen Gedanken, wandte sich ab und winkte ihr im Weggehen.

Mima suchte Cathy und entdeckte sie ganz in ihrer Nähe. »Wie weit bist Du?«, fragte die schwarze Frau und legte Mima vorsichtig die Hände auf den Unterleib.

»Im dritten Monat. Anfang Februar wird sie zur Welt kommen.«

»*Sie*? Bist Du Dir sicher?« Cathy lachte.

»Ja. Fast. Kann eine Mutter das nicht spüren? Ich bin mir irgendwie sicher.«

»Pass auf Dich auf. Wenn es Dir in nächster Zeit zu viel wird, hierherzukommen, lass es lieber.«

Aber Mima schüttelte energisch den Kopf. »Wir sehen uns nächste Woche.« Sie gab Cathy einen schnellen Kuss auf die Wange, winkte den anderen noch einmal zu und verließ die Kirche, so wie sie gekommen war, durch die Sakristei.

»Lies die Zeitung. Hör Nachrichten!« rief Cathy ihr wie jede Woche hinterher.

Mima nickte, setzte sich in ihr Auto und lenkte den Cadillac auf die Hauptstraße und ertappte sich dabei, wie sie hin und wieder auf den Sitz neben sich schielte, wo ihre Handtasche lag. Ganz bewusst versuchte sie, sich abzulenken und auf andere Gedanken zu bringen. Ich bin glücklich, sagte sie sich. Es war richtig gewesen, ihre Scheu zu überwinden und den anderen von ihrem Baby zu erzählen. Ihr Kind war jetzt diesen starken Frauen anvertraut. Es würde ihm gut tun, dass man in dieser Gruppe von ihm wusste. Die vielen Wünsche hatten sie berührt. Sie wollte glauben, dass hinter den schönen Worten eine Wirklichkeit war, die ihr Kind schützte. Die Frauen kamen ihr vor wie Engel, wie die Hüterinnen einer besseren Zukunft. Und noch ein Gedanke beseelte Mima: Zum ersten Mal hatte sie sich den anderen wirklich nah gefühlt. Rosebank und Soweto trennte weit mehr als eine Schnellstraße. Die Erfahrung, Verantwortung zu haben für ein Kind, vereinte sie. Mutter zu werden, machte die anderen Frauen für sie noch deutlicher zu ihren Vertrauten. Und diese Idee stärkte ihr Vertrauen in die Zukunft.

Dieses Mal war es ihr gelungen, vor Zanele in der Küche zu sein. Als diese ein paar Minuten später kam, wünschten sie sich kurz einen guten Morgen und begannen dann mit der Arbeit. Heute würde es Wassermelonen-Würfel mit Feta und Kapern geben. Zanele schnitt die Wassermelonen zurecht und höhlte sie aus, Mima bereitete die Füllung zu.

Sie arbeiteten schweigend wie üblich, bis Mima Zaneles Blick auf sich spürte. »Ich muss Ihnen etwas sagen, Misses«, sagte Zanele.

»Oh«, erwiderte Mima und erwiderte: »Ich denke, ich muss Dir auch etwas sagen.« Sie sah ihre Angestellte aufmunternd an. »Sollen wir einen Tee trinken?« Ohne eine Antwort abzuwarten, setzte sie Wasser auf.

Dann fragte sie fröhlich: »Nun? Wer beginnt?« Mima füllte Milch in einen Topf und setzte ihn auf den Herd. Sie verbrauchte drei Streichhölzer, bis die Gasflamme anblieb und merkte daran, wie nervös sie war. Sie wagte einen Vorstoß: »Hast Du vielleicht noch einmal mit Deiner Mutter über mich gesprochen?«

»Nein!«, sagte Zanele laut, als habe sie einen Vorwurf gehört und wies Mimas Vermutung weit von sich, und sagte leise: »Es geht um etwas ganz anderes. Nicht um meine Mutter. Ich werde selber wieder Mutter. Ich bin schwanger. Mit meinem dritten Kind. Das wollte ich Ihnen sagen.«

Mima sah sie überrascht an. »Oh«, sagte sie nun schon zum zweiten Mal, ging auf ihre Angestellte zu, strahlte sie an und umarmte sie kurz. Zanele wich zurück. »Das ist doch eine wunderbare Nachricht«, sagte Mima und sah Zanele forschend an.

»Ich weiß nicht. Ich werde vielleicht eine Weile lang nicht arbeiten können und dann fehlt das Geld. Und wenn es wieder kein Sohn ist, wird mein Mann ärgerlich sein. Vielleicht mich bestrafen. Oder sich von mir trennen. Wie können Sie da sagen, dass es wunderbar ist? Sie verstehen nicht.«

Mima spürte die Welle der Traurigkeit wie kalten Nebel über sich kommen. Sie wehrte sich innerlich, Zanele Recht zu geben. »Aber ein Kind bedeutet immer etwas Gutes. Ich meine, es bedeutet Leben. Zukunft. Hoffnung.«

Zanele schnaubte verächtlich. Als sie sah, dass sie Mima mit dieser Reaktion verletzte, riss sie sich zusammen und sagte vorsichtig: »Ich weiß, dass Sie sich ein Kind wünschen, Misses. Aber es ist etwas anderes, ein weißes Kind zur Welt zu bringen. Ein schwarzes Kind bedeutet nicht immer etwas Gutes, wie Sie sagen. Ein schwarzes Kind bedeutet nicht immer Hoffnung.«

Mima war unsicher. Aber sie gab sich einen Ruck: »Ich verrate Dir etwas, Zanele. Ich erwarte ebenfalls ein Kind.«

Erstaunt und verlegen sahen sich die beiden Frauen an und standen sich schweigend gegenüber. Keine wusste, wie der nächste Satz heißen sollte. Erst der Geruch von verbrannter Milch ließ sie beide aufschrecken. Hastig nahm Mima den Topf von der Flamme und verschüttete dabei die Hälfte. Zanele kam eilig mit einem Lappen. Gemeinsam säuberten sie den Herd. Mima gab Milch, einen Teebeutel und Wasser in zwei Tassen, Zanele holte zwei Löffel, Mima reichte Zanele eine der Tassen und ohne zu sprechen, tranken sie.

Zanele brach das Schweigen und stellte nüchtern fest: »Dann erwarten wir also beide ein Kind.«

»Ja!«, Mima lachte hell auf. »Wir werden tatsächlich die gleiche Erfahrung machen.«

»Nein. Es ist nicht das Gleiche. Hören Sie doch auf, das immer zu sagen. Sie bekommen ein Wunschkind. Aber ich bin einfach zum dritten Mal schwanger. Das ist etwas anderes.«

Mima versuchte zu verstehen. Dann war eine Schwangerschaft also für die eine Frau eine wunderbare persönliche Erfahrung und für die andere einfach nur der Lauf der Dinge. Sie entwickelte nur deshalb romantische Gefühle, weil sie es sich leisten konnte. Und Zanele musste auf diese Gefühle verzichten, weil sie schlicht und einfach ihr Leben zu organisieren hatte.

Zanele klang sehr müde, als sie sagte: »Ich hoffe nur, dass es diesmal ein Junge wird.«

»Tja«, sagte Mima ehrlich, aber auch ein wenig trotzig, »und ich hoffe auf eine Tochter.« Sie schwiegen und hörten den Worten nach, die gesagt worden waren bis Mima wieder anfing: »Aber trotzdem. Wir erwarten beide ein Kind. Das hat doch etwas Verbindendes. Wann rechnest Du mit Deinem?«

»Zum Jahresanfang.«

»Meins wird etwas später kommen, Mitte Februar.« Eifrig sprach Mima weiter: »Ehrlich, Zanele. Ich freue mich. Wir werden sehr viel gemeinsam erleben.«

Schrill stieß Zanele die nächsten Worte aus und traf Mima mit jedem einzelnen: »Wir haben nichts gemeinsam, Sie und ich. Das ist zu unterschiedlich. Sie wissen nichts von meinem Leben. Sie sind eine Weiße. Sie sind reich. Sie wissen nichts!«

Mimas Gesicht glühte, als hätte Zanele sie geschlagen.

Zanele schlug sich erschrocken mit der Hand auf den Mund, als merke sie erst jetzt, was sie gerade gesagt hatte und zu wem.

Mima streckte ihr Kinn nach vorne und sah ihre Angestellte herausfordernd an. »Echt? Schwarze und Weiße leben in verschiedenen Welten? Stell Dir vor: Das habe ich kapiert.« Sie schnaufte. Nein, sie würde sich die Freude nicht nehmen lassen. »Ich werde diese Schwangerschaft feiern«, sagte sie.

Zanele zuckte nur mit den Schultern. Und da nahm Mima plötzlich auch noch eine andere Bewegung wahr: Um die Mundwinkel herum sah sie ein leichtes Zittern. Zanele war den Tränen nah.

Mima entspannte sich und wagte es, Zanele die Hand auf den Unterarm zu legen: »Ich kann Dir jetzt schon versprechen, dass Du jederzeit ins Mandelplatz zurückkommen kannst. Nach einer angemessenen Pause. Wann immer Du willst und auch gerne mit Deinem

Kind.« Noch einmal gab sie einem inneren Impuls nach und schlug vor: »Wir könnten unsere Kinder ja gemeinsam hier aufziehen. Ich könnte eine Nanny anstellen, die sich auch um Dein Kind kümmert. Na, was sagst Du? Würde das nicht vieles einfacher machen?«

»Wo haben Sie bloß diese verrückten Ideen her?« Zanele verschränkte die Arme vor ihrem Oberkörper und schüttelte heftig den Kopf. »Wer würde ein weißes Kind gemeinsam mit einem schwarzen erziehen? Selbst wenn wir es wollten, es wäre verboten. Aber ich will es auch gar nicht. Wie sollte das jemals gut gehen? Wissen Sie denn gar nicht, wo wir leben?«

»Nein. Wo denn? Wo denn bloß?«, fragte Mima angriffslustig. »Sag es mir, Zanele. Ich weiß nämlich gar nicht, wo ich bin.« Zanele schwieg. Mima fürchtete, dass Ironie nicht bei ihr ankam und meinte: »Mensch Zanele! Mir ist doch klar, dass schwarze und weiße Kinder unter extrem anderen Bedingungen aufwachsen. Aber wenn es einen Ort gibt, wo es möglich ist, sie gemeinsam aufzuziehen, dann doch hier im Mandelplatz.«

In Mima Kopf tanzten die verschiedenen Bilder durcheinander und sie wusste nicht, welchem sie trauen konnte. Der Vorfreude? Der Aussicht auf zwei Kinder, die gemeinsam aufwuchsen? Die Härte und Ablehnung von Zanele? Das Gespräch war so vollkommen anders verlaufen, als sie gedacht hatte, dass sie nicht weiter wusste. Sie schätzte Zanele doch nicht nur als Arbeitskraft, sondern hatte sie im Laufe der letzten Jahre ins Herz geschlossen. Sie hätte erwartet, dass es ihrer Angestellten ebenso ging. Aber jetzt musste sie einsehen, dass Zanele viel mehr Distanz empfand, ja, nahezu Feindseligkeit. Sie würde sie jetzt wohl besser für eine Weile in Ruhe lassen. Aber auf Dauer würde es ihr schwer fallen, sich mit Zaneles Haltung abzufinden. Lieber würde sie sich etwas einfallen lassen, um die andere Frau zu gewinnen.

Munterer als sie sich fühlte, schlug sie vor: »Arbeiten wir doch erst einmal.« Zanele nickte und wartete auf weitere Anweisungen. »Mach mit den Wassermelonen weiter. Ich werde als erstes neue Blumen auf die Tische stellen.«

Zanele nickte nur und Mima drehte sich um und sagte im Weggehen: »Wir reden später weiter.«

Sorgsam schnitt sie pinkfarbene Alstromerien zurecht und freute sich, dass die Winterblumen in diesem Jahr so volle Blüten hatten. Sorgfältig stellte sie einzelne Stiele in kleine Vasen.

Vielleicht sollte sie Zanele von ihren Besuchen in Soweto erzählen. Auch wenn sie im Augenblick keine Lust dazu hatte. Sie konnte sich vorstellen, dass Zanele ihr Vertrauen würdigen oder sich über ihr Engagement freuen würde. Was ihre Beziehung zu dieser Frau betraf, musste sie sich ihre Ratlosigkeit eingestehen. Aber, dass dieser Tag wunderbar begonnen hatte, war sicher. Es war am Ende auch viel bedeutender. Die Erfahrung, von den anderen so gesegnet worden zu sein, würde sie nicht vergessen und sich von niemandem nehmen lassen. Überhaupt. Was waren die kleinlichen Gefühle einer Einzelperson wert im Vergleich zum großen Ziel der Freiheit?

Gleich würden die ersten Gäste kommen. Sie nutzte die letzten Minuten, um sich auszuruhen, setzte sich an einen der kleinen Tische und trank in Ruhe einen zweiten Tee.

»Ich möchte, dass meine Tochter diese großartigen schwarzen Frauen kennenlernt.« Sie legte beide Hände auf ihren Bauch und suchte nach einer Bewegung, einem Zeichen von Lebendigkeit unter ihrem Twinset. Leise sprach sie weiter: »Ich fühle mich verbunden mit diesen Frauen, mein kleiner Schatz. Ich fühle mich heute verbunden mit der ganzen Welt. Mit dem Leben. Mit etwas ganz Großem. Mit dem, was uns eigentlich allen heilig sein müsste. Ich weiß nicht, wie ich an diesen Punkt gekommen bin. Ich hatte nie eine Erleuchtung, keinen Moment der unbedingten Wahrheit. Ich habe keinen Ruf vernommen, der mir eindeutig gesagt hätte, was ich tun soll. Ich habe immer nur beobachtet. Wie die Welt sich immer mehr aufteilte in eine schwarze Welt voller Demütigungen und eine stolze weiße Welt. Ich habe immer mehr Angst bekommen. Die Erzählungen meiner Mutter, Deiner Bubba, haben sich mit meinen eigenen Erfahrungen vermischt. Die Vergangenheit, das ganze Grauen hat irgendwann ein Echo zu mir getragen. Einen Nachklang bis in die Gegenwart. Eine Kraft, die mich zieht. Chuzpe, würde Deine Bubba wohl sagen. Ich spüre, wie es immer kälter wird um uns herum. Aber dort in der Kirche bei den Frauen ist es warm.«

Mima atmete tief durch. »Ich bete für Nelson Mandela. Wo auch immer er jetzt gerade sein mag. Was auch immer er getan hat und vorhat. Gott, schütze ihn. Und Cathy. Thula und Khanya. Gisela. Sukisa, diese unverschämte Soldatin. Und die anderen, deren Namen ich nicht einmal weiß. Und Ezer, wo auch immer er gerade ist. Und unser Zuhause. Das Mandelplatz. Gavriel bei seinen Reisen und Konzerten, Ben Katz und sein Kino, Batya und Zanele. Und das Baby, das sie erwartet. Möge es ein Junge sein. Amen.«

Sie streichelte über ihren Bauch. »Ich kann Dir nicht sagen, wann genau ich wusste, dass ich meine Grenzen überschreiten würde. Es gibt keinen Moment, der das alles hier ausgelöst hat. Aber heute weiß ich so sicher wie nie zuvor, dass es richtig war. Ich wünsche mir sehr, dass Du das alles auch erlebst. Ich möchte, dass Du ein weißes Mädchen wirst, das die Welt der Schwarzen kennt. Du sollst ebenfalls jemand werden, die Grenzen überwindet.«

Als sie aufsah, stand Ezer vor ihr. »Du bist zurück«, stellte sie fest. Er nickte.

Mit einem Blick auf ihre Hände, fragte er: »Warum streichelst Du über Deinen Bauch?« Sie schluchzte und er kniete sich vor sie auf den Boden und umarmte sie.

»Ist es wahr?«, flüsterte er. Und sie nickte. »Jetzt wird alles gut«, murmelte er. »Jetzt haben wir endlich etwas gemeinsam.«

Mima schloss die Augen. In diesem Moment wollte sie es unbedingt glauben.

11 | Rosebank, Johannesburg
Jahresende 1963

Mima bewegte sich jetzt etwas langsamer als sonst, um mit ihrem runden Bauch nicht gegen die Tische zu stoßen, war aber nach wie vor den ganzen Tag über auf den Beinen. Sie bediente im Café, sprach mit den Gästen, arbeitete in der Küche und gab, wenn sie müder wurde, eine Menge Anweisungen. Sie nahm gerne Komplimente entgegen für ihr strahlendes Gesicht und beantwortete jede Frage zu ihrer Schwangerschaft bereitwillig.

»Ja, ein Mädchen« und »Im neuen Jahr. Im Februar« und »Nein, wir werden das Café nicht schließen« waren Sätze, die sie häufig sagte. Sie wurde nicht müde, sie zu wiederholen. Mima genoss es, ihre Vorfreude und Neugier mit ihren Gästen zu teilen. Auf die Frage nach einem Namen des Kindes antwortete sie nicht, denn sie wollte abwarten, wie ihre Tochter aussah. Ezer hatte vorgeschlagen, das Kind Berit zu nennen. Denn sie war verbindend, ein Zeichen des Bundes, der Treue. Mima mochte diesen Gedanken, hatte ihren Mann aber gebeten, sich noch zu gedulden.

Im oberen Teil des Hauses war ein Zimmer eingerichtet worden, lindgrün gestrichen, mit einem alten Stubenwagen und einer Kommode dürftig eingerichtet, aber doch mit dem Nötigsten. Es würde mir Spaß machen, schon jetzt Chanukka-Geschenke für die Kleine zu besorgen, dachte Mima. Aber sie würde wohl warten bis zum nächsten Jahr.

Überall im Stadtteil herrschte jetzt weihnachtliche Stimmung. ›Weihnukka‹ nannten einige der Einwohner diese Zeit, denn das jüdische Lichterfest und das christliche Weihnachtsfest fielen ungefähr in dieselbe Zeit. Die Straßen und Schaufenster wurden geschmückt und alle waren auf der Suche nach Geschenken. Während der Festtage öffnete das Café immer erst zur Mittagszeit und Mima lud zum Brunch. Ein Angebot, das eifrig genutzt wurde, so dass das Mandelplatz immer aus allen Nähten platzte.

Batya war inzwischen auf eigenen Wunsch eine Vollzeitkraft geworden, längst keine Aushilfe mehr, sondern eine Säule für das Café und für Mima. Johi und Simson würden helfen, die beiden beliebten jungen Kellner und außerdem würde Batyas jüngere Schwester Laila einspringen. In der Küche würde Ma Msizi sie unterstützen.

Mima dachte gerade über Fest-Spezialitäten nach, als Batya zu ihr kam: »Ich darf in diesem Jahr beim Chanukka-Fest das Essen kochen.« Sie grinste. »Zum ersten Mal!«

»Latkes mit Apfelmus und saurer Sahne?«, wollte Mima wissen.

»Ja, ganz traditionell.« Batyas Stolz rührte Mima. Wie wunderbar es sein würde, eine Tochter zu haben, ein Mädchen, dem sie alles weitergeben konnte, was sie selber von ihrer Mutter gelernt hatte: die Gebete für den Sabbat, die Lieder für Sukkot, Chanukka, Purim und Passah. Die Rezepte für eine Menge verschiedener Kuchen und für gefüllte Tauben. Wie man Brot backte. Die Tricks mit dem Schluck Sherry für die Marmelade und der Messerspitze Chili für den Kakao. Wann man die Apfelbäume beschnitt und was man tun konnte, um Rosen vor Läusen und vor Kälte zu schützen. Wie man die Jahreszeiten achtete, der Natur nicht etwas abrang, was sie nicht geben konnte und sich von ihr beschenken ließ, in jeder Saison jeweils anders. Wie man den Tisch deckte, Stoffe auswählte, Holz beizte, Farben kombinierte. Und wie der Lippenstift hielt. Ja, sie würde es ganz bestimmt sehr genießen.

Sie spürte, dass Batyas Blick auf ihr ruhte und meinte: »Chanukka ist ja schon bald.«

»Sie waren mit ihren Gedanken woanders, nicht wahr?« Mima nickte nur. »Ich will Sie mit meinen Fragen nicht nerven.«

Aber Mima widersprach ihr sofort: »Nein, Batya, Du nervst mich nicht. Im Gegenteil. Ich mag unsere Gespräche.« Sie legte den Kopf etwas schräg: »Wollen wir uns nicht endlich duzen? Nenn mich doch bitte Mima.«

Batya nickte mehrmals. »Ja. Gerne. Ich arbeite wirklich sehr gerne hier im Mandelplatz. Mit Dir zusammen.«

Sie lachte und Mima streichelte kurz über ihren Arm, bevor sie zu ihrem eigentlichen Thema zurückkehrte: »Also, lass uns über Chanukka reden. Du wirst also Latkes zubereiten. Weißt Du auch, warum es zu diesem Fest Latkes gibt?«

»Na, jedes Fest hat doch so seine typischen Speisen, oder?«, erwiderte Batya leichthin.

»Ja«, stimmte Mima zu. »Aber warum ausgerechnet Latkes oder Krapfen? Welche Bedeutung steckt denn dahinter? Du weißt doch: Bei uns hat alles eine Bedeutung. Bei uns gehört zu jedem Detail eine Geschichte!« Sie kicherte.

Batya zuckte mit den Schultern. »Meine Familie ist ja sehr liberal. Ich weiß nicht so viel über unsere Traditionen.«

Mima füllte zwei Tassen mit Kaffee und reichte eine an Batya: »Judas Makkabäus ist der Held dieser Geschichte. Makkabäus vom aramäischen Wort Makkaba, der Hammer.«

Und dann erzählte Mima Batya von der Bedeutung des Chanukka-Festes, immer wieder kurz unterbrochen von Wünschen ihrer Gäste, von Abräumen und Bedienen, Hin- und Herlaufen zwischen Theke und Tischen, Küche, Café und Terrasse. Nebenbei wurden außerdem ein paar Gläser gespült, Kerzenleuchter für den Abend geputzt und Möhren geschält für das Menu des Abends. Aber die beiden Frauen blieben im Gespräch, fanden sich immer wieder, nebeneinander hinter der Theke oder am Küchentisch.

»Wie alt ist diese Geschichte denn?«, wollte Batya wissen.

»Sie passierte im Jahr 165 vor der Zeitrechnung. Im Jahr 3597 unseres Kalenders«, antwortete Mima, ohne nachdenken zu müssen und begann zu erzählen: »König Antiochos aus der Dynastie der Seleukiden galt als mächtigster Herrscher seiner Zeit. Einer seiner großen Erfolge war die Eroberung von Jerusalem. Er versuchte, unser Volk zu zwingen, unsere eigenen Traditionen zu leugnen. Das Land sollte hellenisiert werden, also von der antiken griechischen Kultur durchdrungen.« Sie sah Batya eindringlich an: »Du weißt ja, diese Art von Druck haben wir über die Jahrhunderte immer wieder erlebt.« Als Batya nickte, fuhr sie fort: »Als Antiochos dann sogar den Tempel plünderte und ihn damit entweihte, reizte er unsere Leute so sehr, dass es zu einem Aufstand kam.«

»Das Fass war sozusagen übergelaufen«, formulierte Batya.

Und Mima stimmte ihr zu: »Genau! Wir ließen uns einiges gefallen, aber als es um den Tempel ging, den Ort der Gottesbegegnung, da war Schluss.«

Ezer, der gerade zur Theke kam, nur das letzte Wort gehört hatte und sah, wie Mima energisch Gläser abtrocknete, fragte besorgt, ob alles in Ordnung sei. Aber die beiden Frauen nickten nur verwundert. Lachend sahen sie sich an und Mima merkte, dass Batya über die Jahre wirklich zu einer Vertrauten geworden war.

»Und dann?«, wollte Batya wissen. »Wann kommt endlich der wunderbare Teil der Geschichte?«

»Der Priester Mattathias, seine Söhne und seine Vertrauten kämpften für unsere Freiheit. Das meint, für die Religionsfreiheit. Und es meint vor allem, für unsere Würde.« Mima atmete tief durch und blies sich die Haare aus der Stirn. »Als Mattathias starb, wurde sein ältester Sohn Judas Makkabäus der Kopf des Aufstandes. Ein Partisanenkampf begann. Kleine Kampfeinheiten, sie waren nicht als Soldaten zu erkennen, zermürbten ganz allmählich die seleukidische Armee. Du musst Dir vorstellen, die Anhänger des Makkabäus waren hoch motivierte Freiheitskämpfer.« Im Stillen dachte Mima, dass Judas Makkabäus große Ähnlichkeiten mit Nelson Mandela hatte. Auch für die schwarzen Freiheitskämpfer war der Punkt erreicht, wo die Geduld ausgereizt war. Laut sagte sie: »Unsere Leute waren eigentlich unterlegen. Ihre Gegner militärisch wesentlich erfahrener. Aber am Ende konnten Antiochos und seine Armee trotzdem aus Jerusalem vertrieben werden.«

Sie gab Milchschaum in vier große Becher und reichte sie an Batya, damit diese Kaffee zufügen konnte. Sie dachte an Sukisa, die Kämpferin. Die südafrikanische Polizei und Armee waren sehr gut organisiert, schnell und effektiv, brutal und menschenverachtend. Der Gegner wirkte auch heute unbesiegbar. Allgegenwärtig. Sie dachte an die Kisten im Kofferraum ihres Autos und wandte sich wieder Batya zu.

»Die Ausdauer von Freiheitskämpfern sollte nie unterschätzt werden«, sagte sie, ein wenig forscher als geplant.

Batya nickte wieder und sah sie neugierig von der Seite an. »Es muss eine große Erleichterung gewesen sein, als Jerusalem wieder frei war«, sagte die junge Frau.

»Ja«, stimmte Mima zu, »es war ein Triumph!«

Sie wandte sich einem Paar zu, das bezahlen wollte, wickelte auf seinen Wunsch noch zusätzlich drei Gläser Feigenmarmelade in Papier ein, bedankte sich und verabschiedete die beiden. Als wäre sie nie unterbrochen worden, erzählte sie weiter: »Und dann begann man den Tempel zu reinigen, um ihn wieder für unsere Gottesdienste zu nutzen und weihte den Tempel neu. Diese Erfahrung heißt Channukah, Wieder-Einweihung.«

Batya nickte und fragte: »Aber das eigentliche Wunder passierte erst jetzt, nicht wahr?«

»Ja. Es gab nämlich nicht genug Öl für die Menora.«

»Für den Leuchter«, warf Batya ein und zeigte zum Schaufenster, wo die bronzene Menora stand.

»Ja. Sie soll eigentlich immer brennen. Als ein ewiges Licht. Aber Antiochos hatte den Tempel leer geräumt, alle Vorräte gestohlen und man fand nur noch einen ganz kleinen Rest Öl, mit dem man höchstens für einen Tag auskommen würde. Es war ein Schock. Denn Licht ist ein Zeichen des Lebens. Doch dann passierte etwas Wunderbares: Auf unerklärliche Weise reichte das Öl für acht Tage, genau so lange, bis neues Öl geliefert werden konnte. Deshalb feiern wir acht Tage lang Chanukka. An jedem Tag wird das nächste Licht am Leuchter angezündet und am Ende strahlt er in vollem Licht, mit acht Flammen.«

Batya folgte Mima in die Küche. Zanele hatte am Vormittag Möhren geschält und Batya verteilte die Möhrenkringel jetzt auf drei Backbleche. Mima vermengte Olivenöl, Chili, Knoblauch, Salz und braunen Zucker, gab die Mischung über die Möhren und erzählte weiter: »Wir stellen unsere Leuchter in die Fenster, damit alle das Licht sehen und an das Wunder erinnert werden. Und«, sie hielt jetzt beim Reden den Zeigefinger hoch, wie eine Lehrerin, »wir essen in Öl gebackene Speisen. Krapfen, Pfannkuchen oder eben, wie hier bei uns üblich, Latkes, Kartoffelpuffer. Sie erinnern uns ebenfalls an das Öl, das wie durch ein Wunder ausreichte. Das ist kalorienreich. Überhaupt nicht gesund. Aber eben bedeutend.« Mima lachte Batya an. »Ich werde mir fürs Mandelplatz auch in diesem Jahr ein paar Varianten überlegen. Latkes mit Koriander, eine zweite Sorte mit Spinat und Pinienkernen, und den Klassiker mit Birnenmus und mit reichlich frischer Minze.«

»Und dann wird gesungen«, ergänzte Batya und zu ihrer eigenen Überraschung begannen sie beide zu singen, leise, für sich:

Ner li dakik. Ba chanukah neri adlik.
Mein kleines Licht!
Kommt Channukah, werde ich mein Licht anzünden.

Batya strahlte Mima an. »Eine schöne alte Geschichte.«

Einem plötzlichen Impuls folgend, sagte Mima: »Die Geschichte ist ja eigentlich sehr aktuell.«

»Was meinen Sie denn damit?«, fragte die Jüngere. Zuerst dachte Mima, sie sei ängstlich, aber da merkte sie, dass sie wachsam war.

»Nichts. Schon gut. Und wir wollten uns doch duzen«, winkte Mima ab, um Batya zu beschwichtigen. Um die Gedanken wegzuwischen, vom Tisch zu fegen wie Brotkrümel.

Da flüsterte Batya, fast nicht hörbar, aber eindringlich: »Mima. Sprichst Du etwa von Umkhonto We Sizwe? Was weißt Du denn darüber?« Sie wich einen Schritt zurück, diesmal offensichtlich erschrocken über sich selbst und über das, was sie gesagt hatte.

In Mimas Kopf wirbelten die Fragen durcheinander: Und was weißt *Du* darüber? Eine junge Frau wie Du? Wer hat Dir vom bewaffneten Kampf erzählt? Deine Eltern etwa? Sie kannte Batyas Familie seit Jahren. Traute sie den Zweigs zu, irgendetwas mit dem Widerstand zu tun zu haben? Die Fragen verwirrten sie. Hatte Batya in der Schule davon gehört? Von irgendeinem politisch engagierten Lehrer? Was wusste sie, Mima, schon über Batya? Über ihren Freundeskreis, ihre Interessen? Eben noch war ihr Batya so vertraut gewesen, jetzt merkte sie, dass sie sich nie die Mühe gemacht hatte, ihre Kellnerin kennenzulernen. Sie arbeiteten seit Jahren zusammen und Batya war längst mehr als nur irgendeine Jüdin aus der Nachbarschaft, aber trotzdem wurde sie plötzlich unruhig. Sie fühlte, wie ihre Knie weich wurden, setzte sich auf einen Küchenstuhl, legte ihre Hände auf den runden Bauch und versuchte, den rasenden Gedanken hinterher zu eilen. Batya stand da, trat von einem Bein aufs andere und spielte nervös mit einem Küchenmesser.

Wie einfach es war, die Vergangenheit zu verehren. ›Judas Makkabäus hatte gewonnen.‹ So ein Satz war schnell gesagt. Sukisa sagte dauernd, Partisanen, die an eine breite Befreiungsbewegung gekoppelt sind, würden auf lange Sicht gewinnen. Denn sie machen die Feinde müde. Sie sabotieren, zerstören, töten. Sie überraschen und verbreiten Angst. Mima war überzeugt: Die Freiheitskämpfer würden ihr Ziel erreichen. Batya sah sie nervös an. War sie eine Gleichgesinnte? Oder irrte Mima sich? Batya hatte nicht offenbart, woher *sie* von Umkhonto We Sizwe wusste.

Ezer winkte ihr zu. »Mima. Kannst Du bitte mal kommen? Ein Gast möchte mit Dir sprechen.«

Sie stand auf. »Wir unterhalten uns später weiter«, sagte sie zu Batya, die nur knapp nickte und hinter ihr her sah, wie sie wegeilte.

Vier Meter, um ein anderes Gesicht aufzusetzen. Sich wieder auf das Café zu konzentrieren. Wieder die Rolle der souveränen Gastgeberin einzunehmen. Vier Meter. Zu wenig Zeit, um die Gedanken zu sortieren, aber gerade genug, um sie wegzuschieben. In Gedanken hörte sie sich sagen: Im Februar. Ein Mädchen. Nein, wir wissen noch nicht, wie sie heißen soll. Batya blieb in der Küche. Ganz sicher wartete dieses Gespräch auf eine Fortsetzung. Wann würde es eine weitere Gelegenheit geben? Wer von beiden würde dieses Gespräch suchen? Mima wusste es nicht.

Ben Katz winkte ihr und als sie sah, dass er ein Geschenk mitgebracht hatte, wusste sie, dass es ihr mit diesem Gast leicht gelingen würde, auf andere Gedanken zu kommen.

»Für das Baby«, begrüßte er sie. Mima strahlte. Sie kannten sich seit so vielen Jahren. Er musste Mitte Dreißig sein, wirkte aber viel älter. Wegen seines Bartes, seiner Brille. Oder weil er sie immer so förmlich siezte. So viele Jahre und noch immer nannten sie sich nicht beim Vornamen.

»Darf ich es jetzt schon auspacken?«

»Bitte«, sagte Ben lächelnd. Mima war neugierig. Sie fühlte, dass etwas Weiches, wahrscheinlich Stoff in dem Papier verpackt war. Vielleicht etwas zum Anziehen? Ben beobachtete, wie sie das Band aufknotete. Ein Strahlen ging über Mimas Gesicht, als sie jetzt einen kleinen Wandbehang in den Händen hielt. Hebräische Buchstaben, gestickt mit goldenem Garn, auf weinrotem Stoff. Verziert mit kleinen, pinkfarbenen Granatäpfeln.

»Was steht denn da?«, fragte Mima.

»Yasimech Elohim keSarah, Rivka, Rachel, veLeah. Möge Gott Dich zu einer Frau machen wie Sarah, Rebekka, Rahel und Leah.« Über Jahrhunderte hatten jüdische Väter ihren Töchtern diesen Segen mitgegeben.

»Danke.« Mima konnte nicht mehr sagen.

Ben erklärte: »Der Granatapfel. Ein Symbol für Weisheit und

Wohlstand. Er hat 613 Kerne. Heißt es. Wie die Tora 613 Weisungen hat.«

»Haben Sie die nachgezählt?«, neckte Mima ihn.

»Sie etwa nicht?«, fragt er zurück. Sie mussten beide lachen. Sie sah, dass Ezer sie zu sich winkte. Sie musste weiter. Auch wenn sie gerne noch geblieben wäre. In diesem Gespräch. Bei Ben Katz. Sie bedankte sich noch einmal, versprach, dem Geschenk einen besonderen Platz im Kinderzimmer zu geben und verabschiedete sich.

Ben berührte sie kurz am Arm. »Mima. Ihr Hebräisch. Sie sind wohl etwas ungeübt. Es wäre sicher gut, wenn Sie wieder etwas häufiger in die Synagoge kämen.« Mima sah ihn fragend an. »Die Zeiten sind nicht ungefährlich. Insbesondere für Einzelgänger. Eine Gemeinschaft wie unsere bedeutet Schutz. Glauben Sie es mir.«

»Ist das eine Warnung?«

»Ein Rat.« Damit setzte er sich wieder in seine Nische. Mima nickte nur kurz und ging zurück in die Küche. Es brodelte.

12 | Rosebank, Johannesburg
Februar 1964

Der blaue weite Himmel gab Mima das Gefühl von Freiheit. Es war ihr vorläufig letzter Morgen bei den Frauen in der Mercy Church gewesen. Erst nach der Geburt würde sie die anderen wiedersehen. Sie hatte geweint beim Abschied und versprechen müssen, so schnell wie möglich mit ihrer kleinen Tochter zurückzukommen.

Cathy war nervös gewesen. Es hatte Verhaftungen gegeben. Bei einer Razzia war ein Waffenversteck entdeckt worden. Mehrere Aktivisten waren in den letzten Tagen zu hohen Freiheitsstrafen verurteilt worden. Sukisa war nicht anwesend gewesen, oder Mima hatte sie nicht gesehen. Als sie Cathy nach der Soldatin gefragt hatte, hatte diese nur ausweichend geantwortet. »Sie musste sich in Sicherheit bringen«, hatte sie gesagt und Mima gebeten, nicht weiter zu fragen.

Sie fuhr die Schnellstraße entlang. Rechts von ihr sah sie endlose Maisfelder. Ein paar Kinder in Schuluniform tanzten die Straße entlang. Sie waren früh unterwegs, denn sie hatten weite Wege vor sich und keine Mutter, die sie chauffierte. Links von ihr waren grüne Weiden zu sehen, darüber waldige Hügel und Himmel ohne Wolken. Im Rückspiegel sah sie nur Staub, von Soweto war nichts mehr zu sehen.

Wie war es möglich gewesen, dass eine weiße Minderheit das Land unter sich aufteilte? Und hunderttausende Schwarze ihre Siedlungen und Felder zurücklassen mussten, weil man sie gezwungen hatte, in dürre, abgelegene Gebiete zu ziehen. Weg von ihren Häusern, ihrem Land. In eine Gegend, in der die Möglichkeiten, für die eigene Existenz zu sorgen, kläglich waren. Sie schüttelte den Kopf.

Ein übervolles Sammeltaxi überholte sie mit lautem Hupen. Links tauchte jetzt eine Mine auf. Wurden hier Diamanten befördert, Gold oder Kupfer? Mima wusste es nicht. Sie sah die Dächer der Baracken, in denen die Minenarbeiter wohnten und überholte einen Moment später eine Gruppe von Arbeitern, die in Zweierreihen am Straßenrand entlang liefen, rhythmisch, wie im Trab. Ihr wurde mulmig, mit ihrem Cadillac musste sie auffallen. Sie gab Gas.

Zuerst nahm sie das Geheule der Sirenen gar nicht wahr. Dann erreichte das Geräusch sie, aber sie bezog es noch immer nicht auf sich. Erst als der Polizeiwagen fast an ihre Stoßstange stieß, sah sie wieder in den Rückspiegel und zuckte erschrocken zusammen. Man bedeutete ihr, anzuhalten und Mima trat so heftig auf die Bremse, dass der Polizeiwagen fast einen Auffahrunfall verursacht hätte. Sie wartete, bis man zu ihr kommen würde, zwang sich, ruhig zu atmen und kurbelte das Fenster herunter.

»Guten Morgen, Misses«, sagte der Polizist höflich, aber streng, beugte sich zu ihr und fragte: »Warum haben wir es denn so eilig?« Mima sah ihn an. Ein Weißer, der mehr ein Roter war. Sie sah seine dicke Nase, die von feinen blauen Äderchen durchzogen war, so nah war er, und seinen gelblichen Schnauzbart. Er trinkt und er raucht, dachte sie und zwang sich, zu antworten.

»Ich bin auf dem Weg nach Hause.«

»Und wo ist das, wenn ich fragen darf?«

»In Rosebank.«

»Und woher kommen Sie so früh am Morgen, Misses?« Mima suchte nach der Antwort, die sie sich vor langer Zeit zurechtgelegt und hoffte, man würde ihr glauben. »Ich brauchte etwas frische Luft«, sagte sie, deutete dabei auf ihren Bauch und ergänzte: »Ich habe zurzeit ein paar Launen und gönne es mir, ihnen nachzugeben.« Sie zwinkerte ihn charmant an.

Der Polizist nickte. »Und da fahren Sie hier so durch die Gegend? Wissen Sie denn überhaupt, wo Sie hier sind?«

Mima schüttelte den Kopf. »Nicht genau«, behauptete sie.

»Ihre Papiere, bitte«, forderte er sie jetzt auf. Mima griff in das Seitenfach ihrer Handtasche und reichte ihm ihren Ausweis und ihren Führerschein. »Und was ist da noch drin?« fragte er mit einem Nicken in Richtung ihrer Handtasche.

Sie merkte, wie ihr das Blut in den Kopf stieg und sagte, wie peinlich berührt: »Nur Frauenzeug, Sir.« Dann senkte sie den Kopf, als würde sie sich schämen und hoffte, er würde sich zufriedengeben.

»Bitte einmal aufschauen«, sagte er tadelnd. Er prüfte ihre Papiere, verglich den Ausweis mit dem Führerschein und die Fotos mit ihrem Gesicht. »Mandelbaum. Komischer Name. Jude?«

Mima nickte. »Ja, Sir«, sagte sie und dachte, dass das in diesem Land ja wohl kein Verbrechen war. Der Polizist ging ein Mal um ihren Wagen herum.

Als er wieder bei ihr war, fragte er: »Und im Kofferraum, Misses? Was ist da drin?«

»Nur eine Kiste mit Äpfeln. Ich betreibe ein kleines Café und werde gleich backen.« Um ihn abzulenken, gab sie sich forsch und beugte sich aus dem Fenster: »Wenn Sie einmal Zeit finden, sind Sie herzlich eingeladen. Meine Apfel-Zimt-Muffins sind berühmt in Rosebank.« Er grinste.

In diesem Moment spuckte sein Funkgerät Befehle aus und sein Kollege, der im Wagen geblieben war, rief ihm zu: »Los, komm!«

Er beugte sich noch einmal zu ihr: »Und jetzt halten wir uns schön an die Geschwindigkeitsbegrenzung und an alle anderen Gesetze dieses Landes, ja? Schönen Tag noch.« Er salutierte kurz, winkte und ging zurück zu seinem Wagen. Mit dreimaligem Hupen fuhren die beiden Beamten an ihr vorbei.

Mima sah ihnen hinterher, bis sie außer Sicht waren. Erst dann startete sie ihren Wagen und fuhr langsam zurück nach Hause.

Glück gehabt. Obwohl sie heute tatsächlich nur Äpfel und einen Packen Briefe beförderte.

Als sie in die Dale Avenue einbog, sehnte sie sich so sehr wie lange nicht mehr danach, von Ezer in den Arm genommen zu werden. Ihr war zum Heulen zumute. Ob wegen des Abschiedes oder wegen des Schocks oder auch wirklich wegen ihres Zustandes. Sie fuhr in die Garage und blieb noch einen Moment lang im Auto sitzen.

Als sie ausstieg, hörte sie ein Klopfen. Erschrocken blieb sie stehen und hielt angespannt inne. Sie versuchte, sich in der dunklen Garage zu orientieren und hörte, wie jemand ihren Namen rief, aus der Nähe und doch sehr dumpf. Sie konzentrierte sich. Das Klopfen wurde heftiger. Da merkte Mima, dass es nur aus dem Kofferraum kommen konnte, näherte sich langsam und öffnete ihn vorsichtig.

Ihr erster Gedanke war, dass sie ihren Spitznamen Blauauge verdient hatte, ahnungslos wie sie war. Sukisa grinste sie an, setzte sich auf, streckte ihre Arme und Beine und kletterte behände aus ihrem Versteck.

Mima umarmte sie spontan und heftig. »Woher? Warum? Wie?« fragte sie und starrte die Soldatin an. »Ich wusste ja nicht«, stotterte Mima.

»Zum Glück«, erwiderte Sukisa. »Sonst hättest Du in der Polizeikontrolle wohl kaum so cool reagiert, Blauauge.« Mima setzte sich neben Sukisa auf die Stoßstange, als ihr klar wurde, wie viel Glück sie tatsächlich gehabt hatte.

»Kannst Du mich für eine Weile bei Dir unterbringen? Nur für zwei, drei Tage. Mein altes Schlupfloch ist nicht mehr sicher.« Sukisa wirkte nervös und zum ersten Mal seit sie sich kannten auch niedergeschlagen. So hatte Mima die schwarze Kämpferin noch nie erlebt.

»Ja, sicher«, sagte Mima und sah an ihren Beinen herunter.

»Hast Du Dich etwa schon wieder nassgemacht?«, fragte Sukisa ungläubig.

Mima zwang sich, nicht in Panik zu geraten. »Ja. Aber diesmal war es die Fruchtblase.« Mit einem Ächzen stand sie auf. »Komm!«, sagte sie und lotste Sukisa durch die Garage in die Küche.

Zanele sah die beiden Frauen verwundert an. Sie eilte zu Mima und schob ihr einen Stuhl hin. Der kleine Thabo, in einem Tuch auf ihrem Rücken, wurde unruhig und begann zu weinen. Mima brach der Schweiß aus. »Es ist so weit. Unumgänglich.« Sie lachte kurz auf. Nur noch ein paar letzte Aufträge. Dann würde eine andere übernehmen, die Kraft einer Mutter, ihr Über-Ich. »Zanele. Tu einfach, was ich Dir sage. Bring unseren Gast hier in mein Zimmer. Erzähl niemandem von ihr. Und versorg sie mit allem, was sie braucht.« Zanele nickte. »Ruf Batya an und bitte sie, herzukommen. Sie soll auch ihre Mutter Salcia mitbringen. Sie werden sofort Bescheid wissen. Und jetzt geh zu Ezer ins Café und sag ihm, dass es soweit ist und wir ins Krankenhaus fahren sollten.«

Zanele sah ein paar Mal von ihrer Chefin zu Sukisa, versuchte durch schaukelnde Bewegungen ihr Neugeborenes zu beruhigen und nickte immer wieder. Was sie dachte oder fühlte, hätte Mima nicht sagen können. Sie wusste nur, dass sie in den nächsten Stunden ein Kind zur Welt bringen würde. Alles andere war jetzt wirklich unwichtig.

13 Brooklyn, New York
2009

Ester konnte ihr Glück kaum fassen. Das hier war ihre erste eigene Wohnung. Sie bestand nur aus einem Zimmer. Aber sie würde ihren Namen an den Briefkasten und die Klingel schreiben. Sie würde diese vierzig Quadratmeter nach ihren Vorstellungen einrichten und nutzen. Sie drehte sich ein paarmal um die eigene Achse, um alles sehen zu können: Dunkle, alte Holzbohlen, ein Einbauregal an der einen Wand, zwei kleine Fenster zur New Utrecht Avenue, die man selbst hier vom siebten Stock aus noch hörte, die Feuerleiter. In einer Nische befanden sich eine Spüle, ein kleineres Einbauregal, ein Kühlschrank und ein Zweiplattenherd auf einer Arbeitsplatte. Es war perfekt. Durch eine Tür ging es rechts zu einem kleinen Bad und links zum steilen Treppenhaus. Das Zimmer würde genug Platz bieten für ein Bett, einen kleinen Ess- und Arbeitstisch und einen Sessel. Noch besaß sie alle diese Möbel nicht, aber das würde sich finden. Zuallererst würde sie heute Nachmittag eine Matratze kaufen. Hilda und Rusty Bernstein hatten ihr geholfen, die Wohnung zu finden und würden ihr auch weiterhin unter die Arme greifen, wenn es nötig war. Ester mochte den Gedanken, zu einer großen verzweigten

Sippe zu gehören, auch wenn man ihr selbst auf den ersten Blick überhaupt nicht ansah, dass sie Mitglied dieser Familie war.

Ein paar Tage nach ihrer Ankunft in New York hatte sie sich endlich getraut, zu der einzigen Adresse zu gehen, die Mima ihr mitgegeben hatte, die Adresse ihrer besten Freundin. Sie hatte bei den Bernsteins geklingelt und sich vorgestellt. Hilda Bernstein hatte die Tür geöffnet und sie sprachlos angesehen, als sei sie eine Erscheinung oder ein Engel. »Du bist Mimas Enkelin?«, hatte sie mit belegter Stimme gefragt. Und als Ester es fröhlich bestätigt hatte, war ihr die kleine alte Frau um den Hals gefallen und hatte Ester so fest gedrückt, als habe sie ihr Leben lang auf ihren Besuch gewartet.

Ihr Mann Rusty war hinter Hilda in der Tür erschienen. Scherzhaft tadelnd hatte er gesagt: »Hildchen, Du erdrückst die junge Dame noch. Nun, gib sie mal frei.« Und dann hatte er Ester willkommen geheißen, offiziell, auf seine nüchterne Art und sie eingeladen, den Nachmittagstee mit ihnen zu trinken.

Als sie gemeinsam am Küchentisch gesessen hatten, bei selbst gebackenen Haferkeksen und starkem Tee, hatte Hilde immer wieder ihre Hand getätschelt, sie selig angestrahlt, mit Tränen in den Augen, offensichtlich überwältigt von dieser Erfahrung. Die beiden alten Leute hatten durcheinander geredet und dabei zunächst vor allem erzählt, was Ester schon wusste: Dass sie vor vielen Jahren von Rosebank nach Brooklyn gezogen waren. Dass Hilda und Mima gemeinsam zur Schule gegangen waren. Dass sie auch Ezer gekannt hatten. »Er war herzkrank«, hatte Hilda an dieser Stelle energisch gesagt, »herzkrank, das habe ich immer gesagt.« Es war klar, dass sie nicht nur über seine Gesundheit sprach, sondern auch über seinen Charakter. Von Ben Katz dagegen schwärmten sie. Und erzählten dann begeistert und ausführlich davon, dass Mima ihnen regelmäßig Pakete schickte mit Marmelade und Kuchen.

Rusty hatte ihr immer wieder Tee nachgeschenkt, und Hilda hatte sie angesehen und ein paarmal verwundert gesagt: »Sie sehen Ihrer Großmutter in irgendeiner Weise ähnlich, aber ich weiß noch nicht, warum. Vielleicht haben Sie ihre Augen, aber vielleicht ist es auch etwas Tieferliegendes.« Ester hatte sich wohl gefühlt bei den beiden und den Eindruck, fast wie eine eigene Enkelin behandelt zu werden.

Irgendwann hatte Hilda gefragt: »Wussten Sie, dass Mima politisch immer schon sehr interessiert war?«

Ester hatte genickt. »Ja. Und heutzutage weiß das jeder in Rosebank. Spätestens seitdem Helen Suzman das Mandelplatz ein paarmal zum Sonntagsfrühstück aufgesucht hat.«

Die beiden Alten nickten, offensichtlich erfreut. »Wir sind stolz auf sie. Auf ihren Zorn. Und ihren Mut. Und auf ihr Mitgefühl«, sagte Rusty und Hilda ergänzte: »Und auch ihre Treue zu Ezer hatte etwas Großes.« Dann lachte sie: »Auch wenn ich manches Mal kurz davor war, ihr zu raten, den Kerl vor die Tür zu setzen.« Rusty nickte zustimmend. Ihr Gespräch war sprunghaft weitergegangen und Ester hatte es genossen, sich von den beiden mitreißen zu lassen. Rusty hatte nach Mandela gefragt. Hilda hatte ihr Tipps gegeben, wo man günstig einkaufen konnte. Rezepte und Mietpreise und amerikanische Außenpolitik hatten sich abgewechselt.

Als Rusty nach ihrer Meinung zur Arbeit der Wahrheitskommission gefragt hatte, war Ester ausgewichen. »Sicher eine gute Idee. Irgend so etwas muss wohl passieren, damit es weitergehen kann.« Dann hatte sie erzählt: »Übrigens. Ich werde ein Café eröffnen. Wie meine Großmutter. Ein zweites Café Mandelplatz.« Das Leuchten auf ihrem Gesicht hatte sich in Hildas und Rustys Augen wiedergespiegelt. Ihr Vorhaben war mit schönen Erinnerungen verbunden und gleichzeitig geeignet, Pläne zu machen.

Als würden sie gemeinsam etwas aushecken, raunte Hilda ihr zu: »Das ist eine sehr gute Idee, mein Kind.« Und wieder hatte sie ihre Hand getätschelt. »Eine sehr gute Idee!« hatte sie noch einmal wiederholt und Rusty hatte fröhlich gemeint: »Wir werden Stammgäste werden. Versprochen!«

Hilda hatte sie liebevoll angesehen: »Ihre Großmutter ist eine feine Frau. Und auf Sie, mein Kind, war sie immer schon sehr stolz.« Ester musste jetzt schmunzeln bei der Erinnerung an die kindliche

Begeisterung der beiden. Irgendwann war Hilda müde geworden und hatte verkündet, sie würde sich hinlegen. »Kommen Sie gerne wieder, Kindchen!«, hatte sie gesagt.

Und Rusty hatte ihr die Telefonnummer eines Verwandten aufgeschrieben. »Hier. Rufen Sie diese Nummer an. Es meldet sich ein Mosche. Er wird eine Wohnung für Sie haben, ganz sicher.«

Ester hatte sich bedankt und Rusty hatte zum Abschied wissen wollen: »Kennen Sie außer uns noch andere Leute hier?«

»Ich kennen einen Herrn Bellbaum.«

»Meinen Sie Jehuda Bellbaum, den Diamantenhändler?«

»Ja, genau. Aber er ist kein persönlicher Freund wie Sie es sind. Er ist nur ein Kontakt.«

»Und sonst?«, hatte Rusty nachgehakt. Und Ester hatte zugeben müssen: »Niemanden. Ich habe nur diese zwei Adressen, Ihre und die des Diamantenladens. Und«, fügte sie zögernd hinzu, »ich weiß, dass eine Bekannte von Mima hierher gegangen ist, schon vor Jahren, eine Aktivistin.«

»Sie meinen sicher die Inderin«, hatte Rusty eifrig genickt. »Ja, ich erinnere mich an sie. Sie war doch mit einem unserer Leute befreundet, oder?« Ester hatte genickt und ihn hoffnungsvoll angesehen, aber der nächste Satz hatte ihre Erwartung enttäuscht. »Ich weiß leider nicht, wo sie jetzt lebt«, hatte Rusty gesagt.

Ester hatte ihn fröhlich angesehen: »Ich bin ja gerade erst angekommen. Wenn ich erst einmal mein Café habe, werde ich eine Menge Leute kennen lernen.« Sie hatten sich verabschiedet und versprochen, in Kontakt zu bleiben. Ester hatte die Nummer gewählt und drei Besichtigungstermine vereinbart. Die zweite Wohnung hatte sie direkt haben wollen und dank Mosches Vermittlung auch bekommen. Ja, sie hatte schon viel Glück gehabt in der neuen Welt.

Ihre Bücherkiste und die riesige Küchen-Kiste, vor langer Zeit in Rosebank gepackt, hatten im Hafen gelagert und waren an diesem Morgen in ihre neue Wohnung gebracht worden. Der Lieferant hatte unter dem Gewicht geächzt. Ester hätte ihm gerne erzählt, was die

Kisten enthielten und wo sie herkamen. Weil er aber in Eile gewesen zu sein schien und keine Fragen gestellt hatte, war sie zu schüchtern gewesen, hatte alles wortlos entgegengenommen, unterzeichnet und ihm ein Trinkgeld gegeben.

Sie hatte ein Konto eröffnet, einen Handyvertrag abgeschlossen und einen Internetzugang angefordert. Und dann hatte sie sich in einem Immobilienladen vorgestellt. Ester nickte stolz. Ja, sie hatte auch den nächsten Schritt gewagt, um ihren Traum zu verwirklichen. Sie war stolz auf das, was sie bisher geschafft hatte.

Eine freundliche Vierzigjährige hatte sich als Frau Gold vorgestellt, sie gebeten, Platz zu nehmen und gefragt: »Wissen Sie denn, was sie suchen? Haben sie schon genauere Vorstellungen?« und Ester hatte die Augen geschlossen, um sich das Mandelplatz vor Augen zu malen: »Ja«, hatte sie geantwortet, »ich suche einen Laden für etwa dreißig Gäste. Am liebsten in Brooklyn. Am besten in einem Viertel mit viel jüdischer Bevölkerung. Er muss Platz bieten für eine große Theke, denn ich möchte auch einige Produkte als Geschenkartikel verkaufen. Schön wäre, man könnte im Sommer auch draußen sitzen. Aber das ist nicht entscheidend. Die Küche muss groß genug sein, um koscher kochen zu können, also Platz bieten für zwei Öfen und zwei Spülbecken. Vielleicht. Ganz genau weiß ich das noch nicht. Ich könnte es tatsächlich davon abhängig machen, ob der Platz reicht. Außerdem brauche ich einen Keller.« Ester hatte die Augen geöffnet und in das aufmerksame Gesicht der Immobilienhändlerin gesehen. »Ein Holzboden wäre schön« hatte sie noch ergänzt und dann ihre Zweifel geäußert: »Ist es realistisch? Kann es so ein Objekt überhaupt geben?«

Ihr Gegenüber hatte anerkennend genickt. »Sie wissen, was Sie wollen. Es zu finden, werde ich zu meiner Aufgabe machen. Das verspreche ich Ihnen.« Ester hatte sie dankbar angesehen. Frau Gold hatte erklärt: »In Brooklyn gibt es Läden, die sich schon seit vielen Jahren halten und mindestens genau so viele neue. Ständig wird expandiert, geschlossen, aufgegeben, investiert, umgebaut, neu eröffnet.« Sie nickte zuversichtlich. »Ich werde beginnen, in Borough

Park zu suchen. Da gibt es das Café Shalva und die Bagel Bar. Aber ein Starbucks und ein Dunkin' Donuts haben sich nicht halten können. Die Leute dort mögen scheinbar keine Ketten. Es gibt mehrere jüdische Bäckereien und koschere Läden. Flatbush wäre auch möglich. Oder natürlich Brooklyn Heights, je nachdem, wie viel Sie investieren wollen.«

Sie hatte sich ein paar Notizen gemacht und Ester hatte noch einmal nachgehakt. »Sie glauben also, es ist möglich, so einen Laden zu finden?«

»Ja«, hatte die freundliche Geschäftsfrau bestätigt und dann lächelnd gesagt: »Letzten Endes ist alles eine Frage des Geldes. Willkommen in New York.«

Und dann hatte ihre nächste Frage ein längeres Gespräch eröffnet. »Sie kommen nicht von hier?«, hatte sie wissen wollen und Ester hatte erzählt. Zuerst zaghaft, dann immer lebendiger. Von ihrer Zeit in San Francisco. Von Rosebank. Vom blauen weiten Himmel Afrikas. Und vom Mandelplatz. Vom Garten hinter dem Haus. Sie hatte vom Himbeerdressing geschwärmt. Von Schlüsselblumen und Feigen-Muffins mit Marzipanrand. Gefüllten Tauben, Swingmusik, Kürbis-Bagels und Granatapfel-Gelee. Sie hatte erzählt, wie gefrühstückt wurde und gefeiert und dass hin und wieder kleine Konzerte veranstaltet worden waren. »Ach, das wäre schön. Cello-Musik, live, in meinem Laden«, hatte sie laut geträumt. Sie hatte versucht, zu beschreiben, dass Südafrika sich neu erfinden musste, als Regenbogen-Nation. Dass die Vergangenheit nicht leicht zu überwinden war. Und dann hatte sie der unbekannten Maklerin eingestanden, persönlich nie das Gefühl von Heimat empfunden zu haben. »Bei Mima habe ich mich sicher gefühlt. Vielleicht noch bei Ben. Ein Eigenbrötler, der ein Kino im Stadtteil hatte. Aber ich bin anders als sie. Jeder sieht das.«

Frau Gold hatte interessiert zugehört und ein paarmal nachgefragt. Ester hatte das Bedürfnis gehabt, sich noch besser zu erklären: »Wissen Sie, ich bin in einer weißen jüdischen Familie großgeworden. Aber meine Hautfarbe war immer anders als ihre. Mein

Leben hat sich falsch angefühlt. Unpassend. Es war eigentlich immer anstrengend. Ich mochte die Rituale, die Geschichten, die Rezepte. Sie gehören zu mir. Aber immer wenn ich in den Spiegel sah, dachte ich, eigentlich etwas anderes sehen zu müssen. Manchmal konnte ich es auch in Augen von anderen entdecken. Dieses irritierte Gefühl, dass mit mir etwas nicht stimmte.«

Die Immobilienhändlerin schenkte Kaffee in zwei Becher und stellte einen vor Ester hin. »Milch und Zucker?«

»Ja, beides, bitte.« Sie hatten für eine Weile geschwiegen und den heißen Kaffee genossen. Ester hatte der unbekannten Frau anvertraut, dass sie ihr Leben lang, schon als kleines Kind, viel Zeit im Mandelplatz verbracht hatte. »Für die Gäste gehörte ich wohl irgendwann einfach zur Einrichtung dazu. Ich habe meinen beiden Großmüttern bei der Arbeit zugesehen und irgendwann auch geholfen. Ich mochte die Stimmung im Café.« Und dann hatte Ester auch angedeutet, dass ihre Eltern nie viel Zeit für sie gehabt hatten und beide plötzlich und viel zu jung gestorben waren. »Und irgendwann wusste ich, dass ich dort kein Zuhause finden würde. Keinen Halt in Südafrika. Und merkte, dass ich frei war, um mir meinen eigenen Platz zu suchen. Ganz woanders.«

Sie hatte die Tränen kaum zurückhalten können und Frau Gold hatte ihr ein Taschentuch gereicht. Sie hatte sich die Nase geputzt und gemeint: »Ich weiß nicht, wie man mich hier nennt. Afro-Amerikanerin? Afro-Judäo-Amerikanerin? Hier scheint es nicht so wichtig zu sein, hm?« Sie sah ihr Gegenüber fragend an und beendete ihre Geschichte: »So, jetzt wissen Sie alles über mich.«

Frau Gold war offensichtlich berührt, hatte sich für ihr Vertrauen bedankt und ihr Glück gewünscht. »Meine Familie ist schon Ende der Zwanziger hierher gekommen. Aus Berlin. Amerika ist ein guter Ort für Leute wie uns. Besonders New York. Und ganz besonders Brooklyn.« Ester wollte ihr gerne glauben und nickte. »Kennen Sie vielleicht Salman Rushdie? Den Schriftsteller?«, hatte Frau Gold nachgefragt. Ester hatte zustimmend genickt und sie war fortgefahren: »Er hat einmal über diese Stadt gesagt: ›Jeder hier kommt von woanders her‹. Er hat Recht. Hier sind einfach alle fremd. Alle von irgendwoher eingewandert. Das macht die Stadt so bunt. So lebendig und tolerant. Sie werden sehen, sie passen hierher.« Dann hatte sie auf die Uhr gesehen. »Kommen Sie übermorgen wieder, am Nachmittag. Vielleicht habe ich dann bereits ein paar erste Tipps für Sie.« Sie war aufgestanden und hatte Ester die Hand gereicht. »Ich bin sicher, in einigen Wochen werde ich einen Kürbis-Bagel bei Ihnen essen. Ich freue mich schon darauf!«

Ester hatte sich mehrmals bedankt, die Visitenkarte von Frau Gold in ihrer Handtasche verstaut und den Laden verlassen. Es hatte sich angefühlt, als habe sie ein paar alte Spuren verlassen, um ein paar neuen nachgehen zu können.

Sie begann jetzt damit, die Küchenkiste auszuräumen. Sie hatte gewusst, dass sie alle diese Dinge auch hier würde kaufen können, besser oder neuer, aber sie waren Mimas Erbe, weit mehr als ein paar nützliche Gegenstände. Sie wickelte ein buntes Tuch auseinander und streichelte zärtlich über eine Sammlung von Messern. Sie räumte Mimas Schere aus, mit der sie in unglaublichem Tempo Schnittlauch geschnitten hatte. Einen Apfelsinenschäler. Drei verschiedene Schokoladenhobel. Eine Reibe. Die Nussmühle. Einen Fleischklopfer. Eine Kelle erinnerte sie an Mimas Suppen. Der Pinsel roch nach ranziger Butter, sie würde es trotzdem nicht übers Herz bringen, ihn wegzuwerfen. Ester nahm jedes einzelne Teil in die Hand: Quirl, Schneebesen, Knoblauchpresse. Und dachte dabei an die Rezepte und Speisen aus dem Mandelplatz. Das alte Waffeleisen brachte die Erinnerung an verregnete, gemütliche Nachmittage mit sich. Sie stellte den Schleifstein neben die Zitronenpresse ins Regal. Dazu einen Messbecher, eine Salatschleuder, eine kleine Waage. Alle Gegenstände waren eingewickelt in Schürzen, Topflappen oder Trockentücher, die schon einen beachtlichen Wäschestapel ergaben. Schüsseln, Töpfe, Bleche. Eine Crêpepfanne, ein Quiche-Blech. Mittlerweile war das Regal voll. Sie stellte die Espressomaschine auf eine Herdplatte und legte Thermometer, Nussknacker, Korkenzieher und

Dosenöffner in eine Dose. Unten am Boden der Kiste standen drei Backformen. Ester dachte an Mimas berühmte Muffins und spürte jetzt wirklich ein Gefühl von Vorfreude, ihr nachzueifern. Zuletzt nahm sie Mimas Teekanne und einen Becher aus der Kiste. Die einzigen beiden Gegenstände, die nicht ins Mandelplatz, sondern in Mimas Zimmer gehört hatten. Grau glasiert wie das Keramik-Geschirr im Mandelplatz, diese hier jedoch nicht mit einem Granatapfel, sondern jeweils mit einem pinkfarbenen großen »M« auf der Seite. Sie hatten immer auf dem Tischchen neben ihrem Sessel gestanden. So großzügig sie sonst sein konnte, sie wurde äußerst ungehalten, wenn jemand ihren Becher benutzte. Ein kleiner Jauchzer entfuhr ihr, als sie einen Becher mit einem »E« entdeckte. Mima musste ihn extra für sie angefertigt haben lassen und hatte ihn heimlich in ihrem Gepäck versteckt. Ester betrachtete ihre Habseligkeiten und sprach sich dann selber Mut zu: »Ja! Das hier kann ein Zuhause werden.«

Sie wandte sich ihrem Koffer zu und beschloss, ihn erst dann zu öffnen, wenn sie ein paar Kleiderhaken besäße. Nach den ersten Tagen in New York wusste sie, was sie schon in San Francisco geahnt hatte: Dass alle ihre Kleider hoffnungslos altmodisch waren. Entweder, sie erklärte das zu ihrem eigenen Stil, oder sie würde sich vollkommen neu einkleiden müssen. Noch hatte sie nicht entschieden, welchen Weg sie wählen würde. Vieles hing davon ab, wie viel Geld man ihr geben würde für das Abschiedsgeschenk ihrer Eltern. Ihr unerwartetes Erbe, das Zukunft für Sie bedeutete.

Sie öffnete die Bücherkiste. Es waren vor allem Mimas Bücher. Sie würde ihr direkt morgen eine Mail schreiben und ihr nochmal für ihre Großzügigkeit danken. Sie hatte sich von ein paar echten Schätzen getrennt. »Nimm«, hatte Mima gesagt, als Ester für die neue Welt packte. »Diese Gegenstände werden Dich erinnern. Sie sind Zeichen unserer Verbindung.« Ihr Leben lang war Ester an Mimas Regal gegangen, wenn sie etwas zu lesen gesucht hatte. Mit der Mischung, die sie dort vorgefunden hatte, war sie immer zufrieden gewesen. Mima hatte kein Deutsch gesprochen, nur manchmal, sehr selten, einzelne brüchige Sätze mit Ben Katz, aber sie hatte Deutsch gelesen. Ester hatte sich darüber gewundert, anfangs fast geärgert, als sie die vielen deutschen Autoren entdeckte, aber Mima hatte ihr beigebracht, diese Literatur zu schätzen. »Mein Vater hat mir abends Geschichten vorgelesen, Grimms Märchen zum Beispiel«, hatte Mima erzählt und ihre Stimme war dann immer ganz weich geworden. Ester hatte ihren Tonfall genau im Ohr, als sie jetzt Lessings ›Nathan der Weise‹ und verschiedene Bücher von Erich Kästner einsortierte, Gedichte von Gottfried Benn, Thomas Manns ›Zauberberg‹ und ›Siddharta‹ von Hermann Hesse. Daneben platzierte sie Lion Feuchtwanger, Zeruya Shalev, Ron Leshem, Mendele Sforim und Isaac Singer, von dem Mima alles gelesen hatte, was sie hatte finden können.

»Niemand beschreibt besser, woher wir kommen, wer wir sind«, hatte Ben Katz einmal gesagt. Ester nannte flüsternd die verschiedenen Buchtitel – mit dem festen Vorsatz, sie endlich alle zu lesen: ›Gimpel, der Narr‹. ›Die Mischpoche Moschkat‹. Sie fragte sich, ob Mima Jiddisch lesen konnte? Sie hätte es nicht sagen können. ›Jakob, der Knecht‹. ›Utzel and his daughter‹. ›Meschugge‹. ›Yentl‹. Diese Geschichte kannte sie immerhin als Verfilmung, mit Barbara Streisand in der Hauptrolle. Sie hatte den Film zusammen mit ihrer Mutter gesehen, einer der seltenen Momente, in denen sie etwas alleine miteinander unternommen hatten. Sie las weiter: ›Eine Kindheit in Warschau‹. ›Elijah the slave‹. Der nächste Titel kam ihr verrückt vor, ›Enemies, a love story‹. Wie konnte man eine Liebesgeschichte mit seinen Feinden erzählen? ›A little boy in search of God‹. ›Schoscha‹. Sie stellte eins nach dem anderen ins Regal. Das letzte Singer-Buch trug den Titel ›Lost in America‹, und dieser Zufall berührte sie so sehr, dass ihr schon wieder die Tränen kamen. ›Verloren in Amerika. Vom Schtetl in die neue Welt‹. War es Zufall, dass das Buch sie von seinem besonderen Platz am Ende des Regals aus ansehen konnte?

Sie entdeckte das Buch, das Mima immer so wichtig gewesen war, ›Entzauberung‹ von Nadine Gordimer. Ihre Großmutter besaß sogar ein signiertes Exemplar mit einer persönlichen Widmung. In ihrer Ausgabe dagegen stand ein Geburtstagsgruß von Mima für sie. Sie erinnerte sich noch, wie sie es an ihrem vierzehnten Geburtstag ausgepackt und noch am selben Abend mit dem Lesen begonnen hatte. Daneben passten die Werke von John Coetzee, der andere weiße, südafrikanische Schriftsteller, den Mima verehrte. Sie strich über die Gedichtbände von Nelly Sachs und Else Lasker-Schüler, stellte sie Rücken an Rücken mit einer Biografie über Winnie Mandela und lächelte zufrieden.

Zuletzt nahm sie einen Packen Tagebücher aus der Kiste. Die Tagebücher ihrer Mutter. Mima hatte sie ihr mit zitternden Händen überreicht. »Die sollten bei Dir sein.«

Ester war kurz überfordert gewesen und hatte ihre Großmutter umarmt. »Bubba!«, hatte sie geflüstert und sie waren eine Weile lange eng umschlungen stehen geblieben. Die Tagebücher waren alle in rotes Seidentuch gehüllt, einfache Notizbücher, durch den Umschlag aufgewertet. Ihr Inhalt machte sie für Ester unbezahlbar. Die Frau hinter den Worten, die diesen Seiten ihre Gefühle und Gedanken anvertraut hatte. Sie stellte sie nebeneinander auf das unterste Regalbrett. Dann griff sie ehrfürchtig nach dem ersten Tagebuch, setzte sich auf den Boden, mit dem Rücken an die Wand gelehnt, und begann zu lesen.

Deine Geburt war nicht das einzig Aufregende an diesem Tag, aber natürlich der glückliche Gipfel. Der Abschied von meinen Frauen am frühen Morgen. Meine erste Polizeikontrolle. Der überraschende Besuch von S. Ich hatte sie, ohne es zu wissen, in Cadis Kofferraum zu uns nach Rosebank geschmuggelt. Sie brauchte dringend ein Versteck. Das alles führte wohl dazu, dass die Wehen einsetzten, etwas früher als erwartet. Aber vielleicht hattest Du auch einfach keine Lust mehr, als Geheimnis zu leben und wolltest endlich ans Licht.

Ester verstand diese ersten Zeilen nicht. Die Abkürzungen der Namen sagten ihr gar nichts. Neugierig las sie weiter.

Ich merkte noch in der Garage, dass es losging. Z. organisierte alles Nötige, damit der Café-Betrieb weiterlaufen konnte. Dein Vater und ich fuhren ins Krankenhaus. Eva, eine junge Hebamme, kümmerte sich rührend um mich. Meine Ärztin, Doktor Goldberg, war großartig. Sie hatte schon immer eine beruhigende Wirkung auf mich ausgeübt. Dein Vater wird Dir eines Tages seine Sicht der Dinge erzählen. Er war die ganze Zeit an meiner Seite. Mein Muttermund öffnete sich angeblich schnell, ich weiß es nicht. Etwa neun Stunden lang hast Du Dir Deinen Weg erkämpft. Als Eva rief »Ich kann den Kopf sehen«, habe ich alle meine Kraft zusammengenommen, dazu die Kraft des Himmels angerufen, und dann warst Du da. Mehr wirst Du von mir über Wehen und Schmerzen nicht lesen. Wahrscheinlich wirst Du eines Tages Deine eigenen Erfahrungen machen. Ich wünsch es Dir sehr. Denn dieses Glück, Dich zu sehen, war überwältigend. Dich nicht mehr in mir, sondern endlich auf meinem Körper zu spüren. Du hattest Hunger und wolltest trinken. Es war aufregend.

Und dann, bei den nächsten Zeilen, verstand Ester: Das hier waren gar nicht die Tagebücher ihrer Mutter Berit, sondern die von Mima. Ihre Großmutter hatte ihr tatsächlich ihre eigenen Aufzeichnungen mitgegeben. Kurz fragte sie sich, ob es ein Irrtum sein könnte. Aber sie wusste: Das wäre Mima niemals passiert. Sie hätte ihr niemals die falschen Bücher mitgegeben. Sie wollte, dass Ester diese vertraulichen Zeilen las. Sie hatte bewusst entschieden, dass ihre Erinnerungen und Beschreibungen nicht erst nach ihrem Tod vererbt wurden, sondern jetzt schon. Ester bekam eine Gänsehaut. Ehrfürchtig las sie weiter.

Es ist aufregend. Alles ist neu. Ezer meint immer wieder, Du seist sehr hübsch, so glatt und so niedlich. Ich zähle immer wieder Deine kleinen Finger nach. Deine Zehen. Ich könnte stundenlang über den dunklen Flaum auf Deinem Kopf streicheln. Ich würde Dir gerne in die Augen sehen, aber die hältst

Du die meiste Zeit über geschlossen. Essen und schlafen, mehr interessiert Dich nicht. Und die Wärme, die mein Körper Dir gibt. Du bist mir sympathisch.
Du hast heute schon wieder eine Menge Dinge zum ersten Mal erlebt. Dass Dein Vater Dich wickelt. Dass Tante Toni Dich auf den Arm nimmt. Bauchschmerzen. Ich hatte Paprika gegessen, die mochtest Du wohl nicht. Ich vermisse mein eigenes Essen. Ich hoffe sehr, dass Du unser Zuhause magst.
Wir sind jetzt schon eine ganze Woche lang im Krankenhaus. Mir ist langweilig und ich vermisse das Mandelplatz. Du bist süß und hast viel Hunger. Alle haben Angst, ich würde, sobald ich entlassen bin, zu schnell wieder arbeiten. Niemand sagt mir das, aber ich spüre es. Ich wünsche Dir, dass Du Dein Leben lang gerne arbeiten wirst. Dass Deine Arbeit etwas Schöpferisches für Dich ist. Aber jetzt schlaf, ruh Dich erst einmal aus.
Du hast zum ersten Mal in Deinem eigenen Bett, in dem alten Stubenwagen gelegen. Aber Du mochtest es nicht. Ich habe das bunte Tuch, das S. mir einmal für andere Zwecke gegeben hatte, umgebunden und Dich nah an meinem Körper getragen. Toni meinte, ich sähe aus wie eine Afrikanerin. Ja – und das bin ich ja. Auch Du bist Afrikanerin. Afrikanerin und Jüdin.

Am Sabbat nahmen wir am Gottesdienst teil. Dein Vater wurde aufgerufen, einen Text aus der Schrift zu lesen. Er war sehr stolz. ›Simchat Hieb‹, die Feier für die Tochter, wurde von unserem Rabbi Brom Seliger sehr festlich und persönlich gestaltet. Er hat uns gesegnet und Deinen Namen ausgerufen. »Du sollst Berit heißen.« Berit bedeutet Bund. Dein Vater betonte, dass ein Kind verbindend ist, ein Zeichen der Treue. Ich denke noch etwas anderes: Dass unser Land viele braucht, die Verbindendes sehen statt Unterschiede. Die Gemeinde beglückwünschte uns.

Das hier ist unser Gebet: »Unsere Mütter, Sarah, Rivkah, Rachel und Leah, die Prophetin Miriam und die Königin Ester segnen dieses geliebte Mädchen. Möge ihr Name, Berit, mit Gutem verbunden werden. Möge sie aufwachsen mit Frieden, Gesundheit und Ruhe. Mögen ihr Vater und ihre Mutter ihre Hochzeit erleben, Nachkommen und Ehre. Möge sie als Kind Gottes leben. Amen.«

Ester las und dachte an ihr altes Zuhause, ihre Familie. Sie sah sich in einer Reihe mit ihrer Mutter und ihrer Großmutter stehen. Berit und Miriam Mandelbaum. Mima hatte sich offenbar sehr auf ihre Tochter gefreut. Was war passiert, dass diese Beziehung sich irgendwann so anders entwickelt hatte? Warum hatte sich diese Hoffnung nicht erfüllt? Warum war das schöne Gebet nicht erhört worden? War es Mimas Schuld gewesen oder Berits? Oder waren es die Umstände? Der Rassismus? Die Politik? Welche Rolle hatten ihr Vater und ihr Großvater gespielt? Und was bedeuteten diese Erinnerungen für sie und ihre Zukunft?

14 Rosebank, Johannesburg
1964

Mima entdeckte den Zettel zwischen zwei Geldscheinen unter einer Serviette. »Heute. 17 Uhr. East Rand. Khumalo-Street. Impangela Farm School. Code ›Hiobsbotschaft‹.« Seit Kezias Nachricht an ihrem Geburtstag vor vielen Jahren hatte sie keine solche persönliche Nachricht mehr erreicht. Sie sah sich um. Der Zettel hatte auf einem kleinen Serviertablett gelegen. Sie versuchte, sich an die Gäste zu erinnern, die an dem kleinen Tisch in der Ecke gesessen hatten. Ein freundliches älteres Ehepaar. Beide weißhaarig, unauffällig gekleidet, zurückhaltend. Sie hatte sie noch nie vorher hier gesehen. In Gedanken begann sie bereits, alles zu organisieren, um wegfahren zu können.

Ezer war unterwegs und kaufte ein. Er wollte Geld zur Bank bringen, neues Geschirr in der Töpferei abholen und die Tischwäsche aus der Reinigung. Er musste beim Metzger Bestellungen aufgeben und eine lange Liste mit Kleinigkeiten besorgen, die sie dringend brauchten: Alufolie, Gummibänder für Einweckgläser, Würfelzucker, Petroleum. Er würde eine Weile lang unterwegs sein.

Sie eilte in die Küche. Berit lag in ihrem Körbchen und schlief.

Bei ihrem Anblick wurde ihr warm. Wie einfach das Leben als Baby war, wenn man gefüttert wurde und schlafen konnte. Mit einem Blick versuchte sie, die Stimmung in der Küche zu überschauen. Zanele schälte Kartoffeln, Batya säuberte Feldsalat. Karen würde gleich kommen und das Team beim Servieren unterstützen. Außerdem war Simson anwesend. Sie hatte vergessen, dass sie ihm die Extra-Aufgabe gegeben hatte, den Kühlraum zu säubern und war erleichtert: Zu dritt würden sie es schaffen, für ein paar Stunden allein zu sein.

»Ich muss kurz weg.« Alle drei sahen sie überrascht an. »Werdet Ihr klar kommen? Simson, könntest Du mir den Gefallen tun und das Putzen verschieben und heute kellnern? Ich wäre abends wieder zurück.«

Zanele nickte nur. Batya sagte: »Kein Problem. Das kriegen wir hin.« Und Simson schien sich zu freuen, im Café statt in der Kühlkammer arbeiten zu dürfen.

Dankbar sah Mima in die Runde. »Ich danke Euch sehr.« Damit nahm sie den Korb mit Berit, Babytasche und Handtasche und ging Richtung Garage.

»Augenblick noch«, rief Ben Katz hinter ihr her.

»Jetzt nicht. Ich habe es eilig. Tut mir Leid«, rief Mima im Gehen. aber Ben war mit ein paar Schritten bei ihr.

»Nur ganz kurz. Bitte.« Mima sah, dass es ihm wichtig war, mit ihr zu sprechen. Was er wohl wollte? »Komm doch zum Sabbat in die Synagoge. Lass Dich etwas häufiger blicken«, bat er sie. Sie sah ihn fragend an. »Das war's schon. Shalom, schöne Frau. Paco.« Und damit verabschiedete er sich.

In ihrem Cadillac drehte sie zuerst das Radio an, ließ Rosebank zügig hinter sich, fuhr auf die Schnellstraße Richtung Flughafen. »Na gut. Gehe ich zum Abendgebet in die Synagoge. Sicher ein gut gemeinter Rat. Pffft. Okay.« Sie wäre gerne mit offenen Fenstern gefahren, fürchtete aber, der Wind wäre zu kühl für Berit. Sie drehte das Radio lauter, aber statt Nachrichten konnte sie nur Musik finden. In letzter Zeit war immer wieder gemeldet worden, dass Mitglieder der Kommunistischen Partei verhaftet wurden, Anhänger des ANC und des PAC, Mitglieder von Umkhonto We Siswe. Stolze, kalte Meldungen. Mehrere Journalisten standen unter Bann, durften nicht veröffentlichen und nicht zitiert werden. Immer mehr Aktivisten sahen sich gezwungen, ins Exil zu gehen. Nach England, in die USA. Sie hatte sich seit der Geburt von Berit erst ein einziges Mal wieder getraut, früh morgens nach Soweto zu fahren. Die Polizei war zurzeit sehr präsent, der Kurs der Regierung knallhart. Je einfallsreicher die Aktionen der Widerstandsbewegung wurden, desto eintöniger wiederholte Ministerpräsident Verwoerd seine Drohungen. Dass es ihm ernst war, bezweifelte niemand. Hunderte waren inzwischen im Gefängnis. Einzelne waren einfach über Nacht verschwunden, nicht auffindbar. Immer wieder gab es Tote. Es kam ständig zu Passkontrollen. Schwarze, die weißes Gebiet betraten, brauchten eine Arbeits- oder Aufenthaltsgenehmigung. Weiße, die in schwarzen Siedlungen angetroffen wurden, machten sich automatisch verdächtig, mit Aktivisten zusammenzuarbeiten und die Freiheitsbewegungen zu unterstützen. Das neue ›90-Tage-Gesetz‹ erlaubte es der Polizei, mutmaßliche Staatsfeinde zu verhaften und neunzig Tage lang ohne Rechtsbeistand gefangen zu halten. Rosebank galt als harmloses Pflaster und war wohl weder für Umkhonto noch für die Polizei von besonderem Interesse. So zumindest dachte Mima es sich, hätte aber nicht mit Sicherheit sagen können, worauf sich ihre Hoffnung, unbehelligt zu leben, eigentlich stützte.

Als Berit gerade einen Monat alt war, war Mima nach Soweto gefahren und hatte der Suppenküche Brötchen gebracht und Kuchen. Sie hatte geschmuggelt, was man ihr mitgab, ohne Fragen zu stellen, fast ohne Gewissenbisse, einen dicken Packen Papiere. Ein Kind zu haben, hatte sie nicht vorsichtiger werden lassen. Im Gegenteil, das Verlangen, etwas zu ändern, war nur noch größer geworden. Ihre Sehnsucht, die anderen Frauen zu treffen, Cathy, Gisela, Sukisa, war fast unerträglich gewesen. Noch mehr, da sie mit niemandem darüber sprechen konnte. Berit ließ sich leicht mitnehmen, in ihrem

Körbchen auf dem Beifahrersitz, in einem Tuch vor ihrer Brust. Sie hatte sie unterwegs gestillt und gewickelt. Die Kleine hatte sich alles gefallen lassen und die meiste Zeit über geschlafen.

An jenem Morgen vor einigen Wochen war Ma Msizi, Zaneles Mutter, so direkt auf sie zugekommen, dass es diesmal nicht möglich gewesen war, so zu tun, als hätten sie sich nicht gesehen. Die beiden Frauen hatten sich nicht mit langen Erklärungen aufgehalten. Es war klar, warum eine Weiße nach Soweto kam und eine Suppenküche besuchte. Jede weiße Person, die dabei war, riskierte viel. Sollte sie ein Spitzel sein, drohte ihr genauso Gefahr wie als Aktivistin. Mimas Motive waren nie in Frage gestellt worden, auch von Ma Msizi nicht. Mima hatte ihrerseits nicht gefragt, ob Ma Msizi nur als Gast zur Suppenküche kam und sich über preiswertes Essen freute, oder ob sie in engerer Verbindung zu den Organisatorinnen stand und politisch aktiv war.

Die alte runde Frau hatte Mima herzlich umarmt und sich dann zu der neugeborenen Berit gebeugt. Sie hatte ein paar Schnalzlaute gemacht, eine kleine Melodie gesummt, mit ihrem runzeligen Zeigefinger die Stupsnase berührt und dann zustimmend genickt. »Schön, dass Sie hier sind, Mima.«

Mima hätte weinen können, so wohltuend waren ihre Worte für sie. »Danke, Ma Msizi«, hatte sie nur gesagt und sie kurz umarmt.

Ein lautes Hupen riss Mima aus ihren Gedanken und mahnte sie, sich auf den Verkehr zu konzentrieren. Der Feierabendverkehr stadtauswärts war hektisch und hätte sie an anderen Tagen sicher angestrengt, aber heute war sie von Euphorie erfüllt, stolz darauf, dass man sie benachrichtigt hatte und brauchte. Sie wäre gerne aktiver gewesen, hätte sich gerne täglich mit Kameradinnen getroffen, irgendein Projekt unterstützt, sich eingemischt, wusste aber vor allem nicht, wie sie Ezer entkommen sollte. Seit der Geburt, seit sie eine Familie waren, hatte er sich zu einer Art allgegenwärtigem Wärter entwickelt. Wäre er Berits Mutter, würden ihn alle eine Glucke nennen. Nur manchmal, wenn er über Nacht verreist war, nutzte sie die Gelegenheit, um zu fliehen. Mima lachte ein trauriges Lachen. Stehe ich etwa unter Hausarrest?

Sie sah auf den Beifahrersitz und vergewisserte sich, dass Berit schlief. Der Debattierclub um Sonia Isaacman und Sarah Rubin traf sich weiterhin im Café. Sie saßen stundenlang an dem großen Familientisch, der Platz für zehn Gäste bot und Mima zeigte ihnen mit Kaffee und ihren Spezialitäten, dass sie jederzeit herzlich willkommen waren. Sie freute sich, dass das Mandelplatz als Marktplatz diente für Nachrichten, Pläne, Argumente, als Treffpunkt für Aktivistinnen und ihre Ideen. Ihr Angebot wurde dankbar angenommen. Mima war mit der Zeit immer deutlicher geworden, wie wichtig es war, dass Widerstandskämpfer sich treffen konnten. Nicht nur im Untergrund, versteckt, sondern in der Legalität. Auch, um nicht isoliert zu werden und nicht den Kontakt zur Wirklichkeit zu verlieren. Mima nutzte seit kurzem auch intensiver ihren Kontakt zu Hilda und Rusty Bernstein in New York und staunte, wie die beiden sich in ihrer neuen Heimat erfolgreich für Boykott-Maßnahmen gegen das Apartheid-Regime einsetzten.

Viertel vor fünf. Sie nahm die letzte Ausfahrt vor dem Flughafen und bog nach East Rand ab. Da sie keine genauere Wegbeschreibung hatte, rechnete sie damit, die Schule schnell finden zu können, wenn sie achtsam fuhr. Sie achtete darauf, nicht zu langsam zu fahren, um keinen Verdacht zu wecken und als ortsfremd entdeckt zu werden, durchquerte East Rand suchend und hoffte auf ihr Glück. Sie atmete auf, als sie ›Khumalo‹ an einem Haus las und hoffte, die richtige Straße gefunden zu haben. Als sie ein paar Minuten später das Schild ›Impangela Farm School‹ entdeckte, hätte sie heulen können und merkte erst jetzt, wie angespannt sie die ganze Zeit gewesen war. Begeistert von der Idee, etwas tun zu können, sich gleichzeitig im Klaren darüber, dass gefährlich war, was sie tat.

Sie parkte im Hof der Schule im Schatten einer Akazie und stieg aus. Während sie Berit aus dem Körbchen nahm, in ihr Tuch wickelte, sah sie sich vorsichtig um. Auf dem Parkplatz standen etwa zehn Autos, darunter drei Taxibusse. Es war kein Mensch zu sehen.

Sie näherte sich dem Schulgebäude und fragte sich jetzt zum ersten Mal, was sie eigentlich genau erwartete. Warum war sie hier? Plötzlich war sie unsicher. Könnte das Ganze auch eine Falle sein? Cathy hatte ihr erzählt, sie müsse damit rechnen, beschattet zu werden, sie müsse jederzeit auf eine Hausdurchsuchung vorbereitet sein. Sie gestand sich ein, dass sie zwar immer vorsichtig, aber nie argwöhnisch gewesen war. Sie dachte an Sukisa, deren Versteck verraten worden war. Sie wusste, dass Polizei und Geheimdienst versuchten, die Bewegung zu infiltrieren. Vielleicht waren auch die besten Kämpfer nicht immer verschwiegen genug. Wer müde war, stand in der Gefahr, dem Wunsch nachzugeben, sich jemandem anzuvertrauen. Aber jetzt war es zu spät für solche Vorwürfe. Jetzt war sie hier und ganz sicher schon gesehen worden. Ihr Blick ging an Fenstern und Türen entlang, suchte nach einer Bewegung, einem Zeichen, als ein Hund auf sie zugelaufen kam. Instinktiv blieb Mima stehen. Der Boerboel, ein typischer Farmershund, lief ein paarmal um sie herum und schien sie in eine bestimmte Richtung zu drängen und Mima beschloss intuitiv, sich von ihm führen zu lassen. Vor einer Tür blieb er stehen. Sie sah sich noch einmal um, konnte niemanden entdecken, versuchte Geräusche hinter der Tür wahrzunehmen, konnte aber nichts hören. Sie klopfte. Erst geschah nichts. Als sie gerade schon ein zweites Mal klopfen wollte, fragte jemand: »Codewort?«

»Hiobsbotschaft.«

»Bist Du alleine?«

»Ja«, sagte Mima. Um dann schnell zu ergänzen: »Ich habe mein Baby bei mir.« Die Tür öffnete sich einen Spalt weit. Als Mima Sukisa erkannte und das Grinsen auf ihrem Gesicht sah, wurde sie über die Schwelle gezogen, die Tür hinter ihr geschlossen.

Der Boerboel bellte kurz. »Blauauge! Schön, Dich zu sehen«, sagte Sukisa herzlich. Die beiden ungleichen Frauen standen sich gegenüber. Die Soldatin, deren Blicke auch hier nie still standen, immer auf der Hut, in ihrer dunkelgrünen Uniform und Mima, in weißer Bluse und blauem Faltenrock, weißen Sandalen, Perlenschmuck und Lippenstift, mit einem Baby. Sukisa warf einen kurzen Blick auf Berit und sagte trocken: »Schönes Tuch.« Mima lachte. »Komm, ich bringe Dich zu den anderen. Unser Treffen beginnt in ein paar Minuten.«

Das alte Klassenzimmer wirkte wie das Zentrum einer überfüllten Zeitungsredaktion. Tische mit Schreibmaschinen und Telefonen nahmen den kleinen Raum ein, in der Mitte standen zwei Kopiergeräte, die pausenlos Papier ausspuckten. Die Fenster waren verdunkelt. Neonröhren brummten. Überall wurde gearbeitet. Ein Schwarzer tippte energisch auf die Tasten seiner Schreibmaschine. Ein junger Schwarzer wurde gerade interviewt und kämpfte mit den Tränen, als er seine Geschichte in ein Mikro erzählte. Sein weißes Gegenüber wirkte sehr britisch auf Mima, er war auf jeden Fall nicht von hier. Zwei weiße Frauen lehnten über einem Tisch und wählten Fotos aus, bei deren Anblick Mima zusammenzuckte. Fast alle Bilder zeigten Schusswunden oder Foltermale. Zwei Männer brüteten über der Zeichnung eines elektrischen Schaltkreises.

Sukisa berührte sie kurz am Arm: »Keine echten Namen. Keine Details. Keine höfliche Vorstellungsrunde. Auch nicht im Zweiergespräch. Was man nicht gehört hat, kann man nicht weitersagen. Du bekommst einen Decknamen.« Mima nickte.

Berit jammerte jetzt, und als Mima nicht sofort reagierte, begann sie laut zu schreien. Alle sahen in ihre Richtung. »Gibt es vielleicht eine Ecke, einen freien Stuhl, damit ich sie stillen kann?«, fragte Mima und Sukisa zog sie mit sich. Eine ältere Lady räumte ihren Schreibtischstuhl, als Sukisa ihr ein Zeichen gab und Mima setzte sich. Sie schmiegte Berit an sich und legte sie so in ihren Arm, dass Berit ihr Gesicht sehen konnte und sich auf der Höhe ihrer Brustwarze fand. Sie öffnete eine Seite ihrer Bluse und ihres BHs und dankte Gott dafür, dass Sattwerden so leicht sein konnte.

Die Zeit für Berit gab ihr die Gelegenheit, ihre Umgebung noch etwas genauer zu beobachten. Es waren vierzehn Leute im Raum, genau so viele Schwarze wie Weiße, wobei eine der Frauen eher indisch wirkte und nach den Gesetzen dieses Landes wohl als Farbige galt, sechs Frauen insgesamt und acht Männer. Die meisten waren etwa in Mimas Alter oder jünger. Bis auf die Weiße, die ihren Platz für sie geräumt hatte, und den Ausländer, die beide über Fünfzig sein mussten. Sie arbeiteten leise und so, als wüssten sie alle genau, was sie taten. Wahrscheinlich wirkte sie selber genau so, wenn sie Granatäpfel teilte, Zimtzucker über Apfelbaisers streute oder Tauben mit Feigen füllte und mit Cognac übergoss. Was für eine andere Welt!

Sukisa klatschte ein paarmal in die Hände und es wurde sofort ganz ruhig im Raum. Das Tippen hörte auf, jedes Gespräch verstummte unmittelbar, der Kopierer machte Pause. Die Soldatin stand in der Tür und machte jetzt Platz für einen weiteren Schwarzen. Sein Gesicht kam Mima bekannt vor, aber sie hätte seinen Namen nicht nennen können. Er trug ein weites dunkles Hemd, Jeans und eine Che-Guevara-Kappe. Er lächelte, legte aber gleichzeitig seine Stirn in Falten, was ihm einen freundlichen, besorgten Anblick verlieh. Er sprach sie alle als ›Comrades, Genossen‹ an, dankte für Ihr Kommen und stellte sich als ›Luchs‹ vor.

Er erläuterte die aktuelle Lage. Umkhonto We Siswe, von ihm nur kurz MK genannt, war in einer äußerst schwierigen Situation. Die Entscheidung, vom gewaltlosen Widerstand zum bewaffneten Kampf überzugehen, war innerhalb nur weniger Monate gefallen. Weil Polizei und Armee bei friedlichen Demonstrationen immer wieder Waffen eingesetzt hatten, Hunde und Tränengas, war diese Wende nötig erschienen. Es war nur kaum Zeit gewesen, die Aktivisten auszubilden. MK war unerfahren, der Apparat aber gut organisiert. Mehrere hochkarätige Anführer waren verhaftet worden. Eine Reihe von ihnen war verraten worden. Der Rivonia-Prozess hatte mit lebenslanger Haft für die acht Verurteilten geendet. Mandela und seine schwarzen Mitangeklagten waren auf der Gefängnisinsel Robin Island eingesperrt worden. Noch immer wusste man nicht, wer ihr Versteck, eine abgelegene Farm in der Nähe von Johannesburg, verraten hatte. Der südafrikanische Geheimdienst, allen voran das CCB, das Civil Cooperation Bureau, schleuste offensichtlich Spitzel in alle Organisationen ein.

»Es gibt also mehrere Gründe, warum wir nicht schlagkräftig sind. Nicht gut organisiert. Eigeninitiativen sind üblich geworden. Aber die einheitliche Schlagkraft ist geschwächt.« Er räusperte sich und sah in die Runde. Mima mochte ihn auf Anhieb. »Trotzdem«, seine Stimme hob sich, »sind wir überzeugt davon, dass unsere Aktionen von hoher moralischer Bedeutung für die Freiheitsbewegung sind. Für das politische Selbstbewusstsein der Schwarzen. Für den Widerstand allgemein. Wir werden den Apparat zwingen, sein ganzes Geld auszugeben. Seine Energie zu verschwenden. Alle Ressourcen auszuschöpfen. Bis wir ihn in die Knie zwingen können.« Zustimmung wurde geäußert. »Zoé, bitte.« Mit einem Nicken in Richtung der Lady, übergab er das Wort an sie.

Zoé stand auf: »Als Leiterin dieser Zelle ist es meine traurige Aufgabe, Euch darüber zu informieren, dass Kezia Stern vor einigen Tagen verstorben ist.« Sie wartete einen Moment, bis alle die Nachricht aufgenommen hatten. Eine der jungen Frauen schluchzte.

Mima konnte nicht glauben, was sie hörte. Kezia, die ihr den allerersten Zettel mit einer Nachricht zugesteckt hatte, war tot? Und der zweite Zettel, den sie jemals bekommen hatte, hatte sie zu diesem Treffen gelotst. Kezia, die kluge elegante Aktivistin. Sie musste etwas über fünfzig Jahre alt gewesen sein. Noch viel zu jung, um zu sterben. Berit war satt und sah sie mit offenen Augen an. Sie küsste sie, legte sie über ihre Schulter, tätschelte ihren Rücken und versuchte, weiter zuzuhören.

»Kezia saß im Zentralgefängnis von Pretoria. Das ist der Ort, wohin sie weiße politische Gefangene derzeit bringen. Anfang letzter Woche wurde sie entlassen. Überraschend für viele. Sie hat sich sofort wieder in die Arbeit gestürzt und auch ihr Engagement als Lehrerin in Alexandra aufgenommen. Eine Briefbombe hat sie aus dem Leben gerissen.«

Sie rang selber um Fassung und machte eine Pause. Dann sprach sie schleppend weiter: »Kezias Eltern sind Gründungsmitglieder der Kommunistischen Partei dieses Landes. Sie sind untröstlich. Aber sie lassen Euch grüßen. Auch in ihrem Namen bitte ich Euch, weiterzukämpfen. Ich weiß, einige von Euch kannten sie auch persönlich sehr gut. Es tut mir leid. Ich danke Euch.«

Mima erinnerte sich, dass Kezias Eltern aus Litauen stammten. Genau wie ihre eigenen Eltern waren sie Anfang der 30er-Jahre nach Südafrika gekommen, geflohen vor anti-jüdischen Pogromen in ihrer ursprünglichen Heimat. Sie hatten einiges gemeinsam gehabt, aber Kezia war immer mutiger gewesen, konsequenter als sie. Jetzt hatte sie dafür mit dem Leben bezahlt. Zoé setzte sich auf die Ecke eines Schreibtisches und schwieg. Dann sah sie auf: »Gibt es Fragen? Möchte jemand etwas sagen?«

In diesem Moment klopfte es an der Tür. Alle zuckten zusammen und sahen sich überrascht an. Wer konnte das sein? Waren auch sie verraten worden? War es einer von ihnen oder nicht? Ein Mitglied, das noch fehlte? Oder die Polizei? Der Geheimdienst? Mima spürte Blicke auf sich ruhen, spürte Angst und Misstrauen. Natürlich. Sie war neu hier. Wer konnte ihr trauen? Der Mann, der sich Luchs nannte, hatte sich flach an die Wand gelehnt und eine Waffe gezogen. Jetzt, wo sie ihn von der Seite sah, dachte sie, dass er tatsächlich etwas von einem Luchs hatte, sein rundlicher breiter Kopf, die spitzen Ohren und die mandelförmigen Augen erinnerten an eine Raubkatze und der Backenbart ließ tatsächlich an einen Luchs denken. Sicher konnte er gefährlich werden. Aber wenn vor der Tür wirklich die Sicherheitspolizei stand, wäre wohl auch er verloren und säße in der Falle.

Mima hielt Berit eng an sich gedrückt. Es klopfte wieder. Niemand hatte in den letzten Minuten aus dem Fenster gesehen und den Parkplatz beobachtet. Für diese Nachlässigkeit wurde jetzt bezahlt. Mima merkte, dass ihr noch nie vorher ernsthaft der Gedanke an eine Verhaftung gekommen war. Sie hatte sich immer sicher gefühlt. Sie war eben doch ein Blauauge.

Alle schienen die Luft anzuhalten, als Sukisa zur Tür ging und nach dem Codewort fragte. Als ein dumpfes »Hiobsbotschaft« zu vernehmen war, ließ die Anspannung nach. Sukisa kam mit einem jungen, harmlos aussehenden Weißen in den Raum. Als der Brite sagte: »Er gehört zu mir, er ist sauber« fegte ein erfrischender Wind der Erleichterung durch den Raum.

Mima sah zur Tür. Dort stand Gavriel und guckte sich unsicher um. Ganz so wie sie selbst etwas früher am Nachmittag dort gestanden hatte. Zoé nickte dem Neuen zu, der sich direkt an seinen weißen Fürsprecher wandte. Er schien Mima noch nicht entdeckt zu haben. Oder wusste er, dass er sie hier treffen würde? Was machte er hier? War es auch sein erstes Treffen oder gab es diese Verbindung schon länger? Sie wäre am liebsten direkt zu ihm gegangen, aber sie scheute die Überraschung und außerdem schien er vollkommen vertieft in sein Gespräch zu sein. Sie atmete tief durch. Warum kann es nicht Ezer sein, der mich hier überrascht, fragte sie sich.

Sukisa sorgte erneut für Ruhe und Zoé ergriff noch einmal das Wort: »›Hiobsbotschaft‹ ist unser Codewort. Kezia ist eine der Töchter des biblischen Hiob. Eine schöne und kluge Frau. Operation Hiobsbotschaft wird ein neuer journalistischer Feldzug, der die ausländische Presse in den USA und Europa mit Material versorgen wird. Mit O-Tönen, Fotos, Originalmaterial, Berichten, Geheimdienstunterlagen. Wir werden noch strategischer arbeiten. Einige werden mit der Beschaffung beauftragt, andere mit der Vervielfältigung und Verbreitung. Wir planen Einbrüche, Diebstähle, erzwungene Verhöre und neue Kanäle, um die Wahrheit aus dem Land zu bringen. Das Regime steht unter Druck, auch unsere sporadischen Anschläge haben die weiße Bevölkerung stark verunsichert. Viele von ihnen fordern noch effizientere Gegenmaßnahmen. Außerdem fürchtet das Regime sich vor Boykottmaßnahmen und einem Waffenembargo. Die Polizei ist also nervöser als sonst und steht unter großem Erfolgsdruck. Das Interesse der ausländischen freien Presse ist riesig. Das ist unsere Chance und wir werden sie nutzen. Besonders die Stimmung in den USA gibt uns Rückenwind. Martin Luther King ist vom Time Magazin gerade zum Mann des Jahres ernannt worden und wird im Dezember den Friedensnobelpreis entgegennehmen. Das neueste Bürgerrechtsgesetz in Amerika erklärt die Rassentrennung auch in öffentlichen Gebäuden endgültig für illegal. Das Selbstbewusstsein der Schwarzen dort ist ansteckend. Diese Aufbruchsstimmung hilft uns sehr.«

Sie sah in die Runde, blieb an einigen Gesichtern etwas länger hängen und fuhr fort: »Unsere Zelle wird sich weiterhin regelmäßig hier treffen. Wenn es Änderungen gibt, werden wir Euch jeweils rechtzeitig informieren. Ihr seid selber dafür verantwortlich, das Risiko abzuwägen.

Wir haben einige neue Mitglieder. Willkommen. Ich werde Euch gleich eure Aufgaben erklären. Wenn es keine weiteren Fragen gibt, treffen wir uns jetzt in unseren Kleinzellen.«

Der Mann, der sich Luchs nannte, hob die rechte Hand zur Faust geballt und sagte nicht laut, aber mit Kraft: »Amandla!«

Alle anderen warfen ihre Fäuste in die Luft und erwiderten: Awethu!« Auch Mima hatte automatisch auf den Kampf-Ruf reagiert und mitgemacht, so wie sie es bei der Frauengruppe in Soweto immer getan hatte.

In diesem Moment entdeckte Gavriel sie. Sein Gesicht zeigte pure Überraschung und Mima entdeckte noch etwas anderes darin: Anerkennung, ja Bewunderung. Sie schickte ein unsicheres Lächeln in seine Richtung und überlegte, wie ihr Bild auf ihn wirkte: Mima Mandelbaum aus Rosebank, Besitzerin eines gut laufenden Cafés, liberale Jüdin, saß bei einem Geheimtreffen in einer Schule in East Rand, ihr Neugeborenes auf dem Schoß und eine Faust in der Luft. Er winkte ihr zu. Sie nickte. Berit wurde wieder unruhig und sie legte sie schnell an die zweite Brust, um sie abzulenken.

Aus den Augenwinkeln sah sie, dass die Inderin auf sie zukam. Sie deutete eine kurze Verneigung an, die Mima als fremd, zugleich als respektvoll empfand. Sie legte dazu die Innenflächen ihrer Hände aneinander, in der Nähe des Herzens und neigte den Kopf in ihre Richtung. Dann stellte sie sich als ›Kleopatra‹ vor. Mima musste innerlich lachen und hoffte, dass ihr Codename nicht so albern ausfallen würde. Vielleicht würde sie ja auch einfach weiterhin ›Blauauge‹ bleiben? Sie dankte Mima ausführlich für ihre Bereitschaft, die Bewegung zu unterstützen. Ihr Akzent wies sie als Amerikanerin aus. Aber vielleicht hatte sie auch nur dort studiert. Mima hätte ihr gerne ein paar Fragen gestellt. Woher kommst Du? Wie bist Du hierhergekommen? Bist Du Inderin oder Amerikanerin oder Südafrikanerin? Wie fühlt man sich als Farbige, die Gleichheit erlebt hat, in einem Land, das Menschen nach Hautfarben trennt? Und was bedeutet diese Verneigung?

Sie erläuterte Mima, was von ihr erwartet wurde: »Deine bisherigen Aufgaben bleiben bestehen. Wir lassen Dir Material zukommen und Adressen, Du verschickst es für uns. Details müssen Dich nicht interessieren. Je weniger Du weißt, desto weniger kannst Du verraten, sollte man Dich unter Druck setzen.« Mima nickte. »Folter ist mittlerweile zu einer gängigen Methode ihrer Ermittlungen geworden.«

Mima schluckte und nickte noch einmal. Ihr fehlte die Phantasie, um sich vorstellen zu können, jemals in so eine Situation zu geraten. Die Farbige beugte sich zu Berit, die in Mimas Armen schlief und erklärte: »Luchs meint, Frauen mit Kindern seien für den Kampf zu emotional. Wie denkst Du darüber?«

Sie sah Mima offen ins Gesicht, scheinbar ehrlich interessiert an ihrer Antwort. Mima zog scharf Luft durch die Zähne ein und versuchte gar nicht erst, ihre Empörung zu verbergen. Sie sah sich im Raum um und suchte den Mann, der sich Luchs nannte, konnte ihn aber nirgends entdecken. Sie wandte sich wieder ihrem Gegenüber zu. »Ich denke, Mütter sind Menschen, die unbedingt überleben wollen. Und zwar für andere. Das macht sie zu guten Kämpferinnen.«

Die Frau, die sich Kleopatra nannte, nickte und lächelte. »Ich mag Deine Antwort.« Einen Moment lang schwiegen sie beide. Kleopatra war sehr grazil, kleiner als Mima und jünger, vielleicht Anfang zwanzig. Sie trug enge Jeans und ein einfaches rotes T-Shirt. Ihre langen schwarzen Haare waren zu einem Zopf geflochten, in dem sie eine rote Blüte trug, der einzige Schmuck, den sie sich erlaubte.

»Ich möchte Dir Zoé vorstellen«, entschied sie jetzt und machte die Leiterin der Zelle mit einer kleinen Geste auf sich aufmerksam. Die beiden verständigten sich nur durch Blicke.

Zoé kam herüber und setzte sich auf einen Stuhl, den die Inderin eilig von einem Stapel Papiere befreit hatte. Mima wartete ab.

Zoé gab ihr die Hand und Mima erwiderte den festen Händedruck. »Wir haben eine neue Aufgabe für Dich. Gefängnisleitungen billigen nur sehr begrenzt Besuchszeiten für Angehörige von politischen Gefangenen. Sie gestatten aber, dass Geistliche, Anwälte und so genannte ›neutrale Bürger‹ Gefangene betreuen und so den Kontakt zur Außenwelt für sie halten. Du hättest gute Chancen, so eine Aufgabe wahrnehmen zu dürfen. Wir würden Dich gerne in das Frauengefängnis in Hilbrow einschleusen. Es geht uns dabei sowohl um die Betreuung an sich, als auch darum, dass Du Gesprächsinhalte, die Dir irgendwie wichtig erscheinen, meldest. Details zu Haftbedingungen, Regelverletzungen, Gerüchte unter Gefangenen, Hungerstreiks, das alles. Du würdest Kleopatra Bericht erstatten. Wenn Du einverstanden bist.« Herausfordernd sah Zoé Mima an.

»Danke für das Vertrauen«, sagte Mima. Zoé nickte.

»Kezia hat Dir vertraut. Sie hatte uns schon vor einiger Zeit den Tipp gegeben, Dich anzuheuern. Auch Sarah Rubin, die wohl regelmäßig Dein Café besucht, verbürgt sich für Dich. Auch Hilda und Rusty in New York haben Dich erwähnt. Aber Sukisa hat letztlich den Ausschlag gegeben. Wenn sie etwas sagt, hören wir sehr genau hin.«

Mima hörte die Namen und spürte tiefe Loyalität jedem einzelnen gegenüber. Sie nickte. »Ich müsste einiges organisieren. In meinem Café. Mit meinen Angestellten. Aber dann wäre es möglich.« Zoé hörte ihr aufmerksam zu, auch Kleopatra achtete auf jedes ihrer Worte. »Ich wünsche mir schon seit Längerem, mehr zu tun. Jemanden zu besuchen, wäre eine Aufgabe, die zu mir passt.«

»Dann sagst Du ja?«, fragte Zoé.

Und Mima sagte: »Ja!«

»Wir melden uns bei Dir, wenn es so weit ist. Danke.« Zoé reichte ihr ein weiteres Mal die Hand und verabschiedete sich und bat Kleopatra, mit ihr zu kommen.

Mima sah sich um. Suchte Sukisa oder Gavriel, irgendein bekanntes Gesicht. Ein Kitzeln in ihrem Nacken ließ sie zusammenzucken. »Habe ich eine Mitfahrgelegenheit zurück nach Rosebank?« Gavriel stand hinter ihr und flüsterte seine Frage in ihr Ohr. Sie drehte sich zu ihm um. Schweigend sahen sie sich an, mit noch mehr neuer Faszination füreinander. Dann begannen sie beide im selben Augenblick zu erzählen.

Gavriel flüsterte: »Meine Reise in die USA hat mich aufgeweckt« und Mima gestand ihm: »Dir hätte ich vielleicht eines Tages erzählt, dass ich...« Sie lachten und schwiegen dann wieder. Gavriel streichelte über Berits Kopf. Mima war, als gelte die Berührung ihr, als fühle sie seine Hand auf ihrer Haut.

»Eines Tages werde ich ihr Cello-Unterricht geben«, meinte er.

Die junge Farbige trat zu ihnen. »Hast Du einen Moment Zeit«, wandte sie sich an Gavriel und es war klar, dass die Frage einer Anordnung gleich kam. Gavriel stand zwischen den beiden Frauen und wusste für einen Moment nicht, was er tun sollte.

Mima sagte entschlossen: »Ich muss jetzt zurückfahren. Sofort. Das Mandelplatz wartet.« Sie griff nach ihrer Handtasche.

Gavriel hauchte einen Kuss auf ihre Wange. »Okay. Ich verstehe. Nächstes Mal nimmst Du mich mit. Bis bald.« Er wandte sich Kleopatra zu. Welche Aufgabe sie wohl für ihn hatte?

Sukisa begleitete Mima zur Tür. »Hector wird Dich zum Auto begleiten.« Mima sah sie fragend an. »Der Hund. Er wird bellen, wenn irgendetwas Ungewöhnliches geschehen sollte.« Mima schmunzelte und umarmte die Soldatin kurz. Sie ließ es zu, sah noch einmal Berit an. »Sie hat Deine Augen!«, sagte sie. »Aber sie sind gar nicht blau, sie sind dunkel. Fast schwarz.« Sie grinste. »Pass auf Euch auf.«

Und damit verließ Mima das Geheimtreffen. Der Boerboel wartete tatsächlich schon auf sie und blieb solange in ihrer Nähe, bis sie das Gelände der Schule verlassen hatte.

15 Rosebank, Johannesburg
1967

»Sie kann in der Küche frühstücken. Ich habe mein ganzes Leben lang hier gegessen oder im Café. Was soll daran plötzlich schlecht sein?«, fragte Mima aufgebracht und sah ihren Mann wütend an. Ezer stand in der Tür, Berit saß bei ihm auf der Hüfte wie ein Kletteräffchen und guckte mit ausdruckslosem Blick abwechselnd von ihrem Vater zu ihrer Mutter.

»Ein Kind braucht Ruhe bei den Mahlzeiten«, erklärte Ezer.

»Ja? Wer sagt das?«, wollte Mima wissen.

»Wir brauchen ein Esszimmer«, insistierte Ezer, ohne auf Mima einzugehen. »Ich werde mich darum kümmern. Platz genug haben wir doch.«

Mima zischte: »Ezer. Dieses Haus hat schon immer ein Esszimmer gehabt. Es liegt direkt neben dieser Küche. Es ist großzügig und geschmackvoll eingerichtet. Es bietet Platz für viele Gäste und es hat immer auch Platz für unsere Familie geboten.«

Berit legte ihren Kopf auf Ezers Schulter, nahm den Daumen in den Mund und schloss die Augen. Sie hatte Mimas helle Haut geerbt und ihre glatten dunklen Haare, aber ihr ganzer Ausdruck glich

Ezer. Dieselben dichten Wimpern und Augenbrauen schienen ihrem Gesicht seinen Charakter zu verleihen. Die Art, wie sie spielte, aß, sich bewegte, glich in allem Ezers Wesen, seiner eher vorsichtigen Art. Berit war kerngesund, aber sie wirkte oft trotzdem wie ein Kind, das bedächtiger war als andere, ganz wie ihr herzkranker Vater.

Mima zeigte auf ihre Umgebung. »Hier ist ein Tisch. Stühle. Hier gibt es leckeres Essen. Hier sind wir, Zanele, Thabo. Es ist perfekt. Es gibt früh morgens ein Frühstück. Es gibt auch in den vollsten Zeiten immer Obst und Kuchen. Frisches Brot. Es gibt warmes Essen. Wir sitzen hier als Familie, mit Batya und allen anderen. Wir haben selbst an stressigen Tagen immer noch genug Ruhe gefunden, das Segensgebet zu sprechen.«

Ezer schüttelte den Kopf: »Merkst Du gar nicht, dass sie Deine Mandelfeinkost gar nicht will? Sie strahlt, wenn sie eine Schüssel Cornflakes bekommt. Sie mag Toast mit salziger Butter und isst gerne Äpfel. Sie braucht keine Super-Sonder-Spezial-Bagels und keine kandierten Ingwerfäden.«

»Werd nicht unfair«, forderte Mima. »Sie kann auch hier essen, was sie möchte. Und viele Kinder würden sich glücklich schätzen, wenn sie so eine Auswahl hätten.«

Ezer kam näher und versuchte, ihre Hand zu greifen, aber Mima entzog sich. Werbend sagte er: »Sieh doch mal. Oben bei uns in der Wohnung wird die Kleine in Frieden sein. Hier ist es immer laut und unruhig. Wir könnten ein schönes Esszimmer haben nur für uns. Zeit für uns als Familie.«

»Aber wir sind doch den ganzen Tag lang zusammen. Wir arbeiten Seite an Seite. Wir verbringen so viel Zeit miteinander – da können doch die meisten Familien nur von träumen!«

»Du könntest Dein Schlafzimmer aufgeben und wieder zu mir kommen. Dann könnten wir außerdem ein gemütliches Wohnzimmer einrichten. Und Berit wüsste, wo sie hin gehört.«

»Hingehört? Du spinnst doch.« Mima war jetzt vollkommen außer sich und ihre Stimme wurde lauter: »Ich will, dass sie unter Leute kommt! Du schottest sie ab! Ich will, dass sie unsere Gäste sieht.

Den Betrieb. Batya, Zanele, Karen. Johi und Simson, Ma Msizi. Lieferanten. Schwarze und Weiße und Touristen. Ich wünsche mir, dass sie Geschichten hört. Und Fragen stellt.« Wütend schlug sie mit der flachen Hand auf den Tisch.

Ezer streichelte Berit über den Kopf. »Hast Du sie schon gefragt, ob sie das auch alles will?«, hielt er seiner Frau entgegen.

»Mein Gott, Ezer. Sie ist ein Kind. Wie soll sie wissen, was gut ist für sie? Wie könnte sie das entscheiden?«

Ezer zuckte nur mit den Schultern.

»Meine Eltern hielten es nicht für nötig, anderswo mit Doron und mir zu essen als genau hier.« Sie zeigte auf den großen Küchentisch. »Und sie hielten es auch nicht für bedenklich, wenn ich mal einen Kakao im Café trank. Und weißt Du was? Es war großartig für mich. Als Kind und als Jugendliche und immer noch, bis heute.«

»Aber Berit ist anders als Du.«

»Ach so«, sagte Mima patzig. »Ich sage Dir, was anders ist. Berit hat ein eigenes großes Zimmer. Sie kann im Garten spielen und zum Spielplatz gehen. Sie lebt in einer aufregenden bunten Welt. Sie hat so viel mehr als die allermeisten anderen Kinder in diesem Land. Sie lebt in Frieden, in Sicherheit, sie ist privilegiert. So anders ist ihr Leben als das der allermeisten Kinder in diesem Land.«

Ezer schwieg.

Mima war nicht zu stoppen. »Und das hier ist ihr Zuhause. Diese Küche ist immer der Mittelpunkt unseres Lebens gewesen. Hier besprechen wir alles. Du und ich haben immer hier gegessen. Warum sollten wir auf einmal alles ändern?«

Ezer räusperte sich. Leise sagte er: »Ich dachte, ein Kind würde etwas ändern. Aber von Anfang an hast Du so weitergelebt wie immer. Es war so peinlich, wie Du hochschwanger immer noch in der Öffentlichkeit warst. Und wie Du unser Kind ständig überall mithin geschleppt hast. In diesem Wickeltuch, wie eine Niggerin, eine Wilde.«

»Warum benutzt Du solche Worte? Hör Dir mal selber zu. Du redest ja wie ein Rassist!« Mimas Stimme klang schrill.

Aber Ezer ließ sich davon nicht beirren: »Und wie Du sie hier vor Zaneles und Batyas Augen gestillt hast.« Seine Worte klangen angewidert.

»Ach, ich bin diese Vorwürfe so leid«, winkte Mima ab. »Was hätte ich denn tun sollen? Was war denn Dein Plan? Was hattest Du Dir denn genau überlegt?« Sie schrie ihn jetzt an. »Was genau hätte ich tun sollen? Die Beine hoch legen, weil ich schwanger bin? Mich zurückziehen als hätte ich eine ansteckende Krankheit? Für teures Geld eine Köchin anstellen? Sie noch länger stillen? Nur aus Prinzip? Das Mandelplatz schließen? Verpachten? Abfackeln?«

»Abfackeln«, widerholte Ezer. »Da sagst Du was! Das kann einem heutzutage von ganz alleine passieren in diesem Land. Am Strand in Durban ist eine Bar in die Luft gesprengt worden. In Pretoria explodierte ein Mülleimer auf dem Campus der Universität. In Parktown wurde ein Bombenanschlag auf eine Polizeistation verübt. Diese Terroristen. Dieser verrückte Mandela. Es ist nur eine Frage der Zeit...«

Er beendete den Satz nicht, weil Mima keifte: »Was ist mit Mandela? Du verstehst überhaupt nichts. Du glaubst einfach, was man Dir im Radio erzählt. Ich warne Dich: Wenn meine Tochter diesen Blödsinn ebenfalls nachplappert so wie Du, dann lernst Du mich aber kennen!«

»Schrei doch nicht so«, bat Ezer sie. »Müssen wir vor der Kleinen streiten? Musst Du mich so ankeifen, wenn sie dabei ist? Du merkst ja nicht einmal mehr, wie laut Du bist.«

Mima sah ihn an, mit wütendem Funkeln und Tränen in den Augen. »Willst Du damit vielleicht sagen, dass eigentlich ich zu laut bin für unser Kind?« Ezer erwiderte nichts. Sie tastete sich langsam vorwärts zu ihrer Vermutung: »Du meinst gar nicht das Mandelplatz. Die Küche. Das Café. Du meinst mich! *Ich* bin zu laut. Ich bin viel für unser Kind. Meine Welt ist zu viel. Ja? Ist es das, was Du mir sagen willst? Ezer?« Sie sah ihm direkt in die Augen und sprach fassungslos weiter: »Du meinst mich? Ihre Mutter. Deine Frau. Du willst sie vor *mir* schützen?«

Er sah betroffen auf den Boden und mit bewusster Konzentration wieder zu ihr auf. »Die Art, wie Du lebst. Deine ständige Ungeduld. Die Anspannung, Deine Nervosität. Diese ganze verdammte Geheimnistuerei. Das alles. Es ist anstrengend für mich. Und es wirkt sich auf unsere Tochter aus.« Er wirkte verzweifelt und zugleich überzeugt und Mima erkannte mit jedem Satz mehr, dass es ihm ernst war. Ezer seufzte. »Weißt Du eigentlich, dass sie in der Gemeinde über Dich sprechen? Weißt Du, dass sie dem Rabbi einen Antrag vorgelegt haben? Mit der Bitte, Dich zu ermahnen? Einige wünschten sich sogar, man würde Dich augenblicklich ausschließen. Soweit ist es schon gekommen.«

Mima schluckte. Nein, das hatte sie nicht gewusst. Sie hatte geahnt, dass man nicht gut über sie redete. Aber ein Ausschluss? Wer mochte die treibende Kraft hinter so einem Anliegen sein? Leute, die sie kannte? Jakob Cremer? Noam?

Aber Ezer unterbrach sie in ihren Gedanken: »Denk nur mal an die Frau, die kurz vor Berits Geburt hier war. Diese Schwarze, die aussah wie eine Terroristin. Mit ihrer Narbe und der Militärjacke. Was denkst Du Dir denn bloß dabei, solche Gestalten in unser Zuhause zu lassen? Oder Zanele. Sie ist lieb, aber sie riecht doch. Ehrlich gesagt, sie stinkt. Nach Feuer und billiger Seife. Und Thabo. Er ist älter als Berit und braucht immer noch eine Windel. Er steckt alles in den Mund. Wer weiß, was er mitbringt von da, wo er herkommt.«

Mima war erschüttert. Fassungslos. In diesem Moment konnte sie sich nicht vorstellen, sich jemals wieder von ihm berühren, küssen oder halten zu lassen. Sie schüttelte den Kopf, setzte ein paarmal an, um etwas zu erwidern, fand aber die richtigen Worte nicht. Sprachlos sah sie zu, wie Berit gähnte, blinzelte und sich mit ihren kleinen Fäustchen die Augen rieb.

Ezer flüsterte ihr beruhigend zu: »Wir gehen nach oben spielen, Spatz. Papa kommt mit.« Er wandte sich zur Tür und Mima hörte, wie er weiter leise auf Berit einredete: »Mama hat noch zu tun. Sie ist sehr beschäftigt. Sie kocht.«

Sie hörte ihn lachen. In ihren Ohren klang es falsch.

16 | Brooklyn, New York
2009

Ester hatte das Schild immer und immer wieder gelesen: ›Bellbaum. Diamonds.‹ Sie hatte im Schaufenster von den vier berühmten C gelesen, Carat für das Gewicht, Color für Farbe, Clarity für Reinheit und Cut für den Schliff. Seit über einer halben Stunde tigerte sie jetzt bereits um das Ladengeschäft herum. War sie erst einmal über die Schwelle gegangen, würde es kein Zurück mehr geben. Sie hatte den Laden beobachtet und dabei niemanden, nicht eine einzige Person, den Laden betreten oder verlassen sehen.

Endlich gab sie sich einen Ruck. Mit dem Öffnen der Tür wurde ein Glockenspiel über dem Eingang bewegt, ansonsten wirkte der Laden leer. »Was kann ich für Sie tun, junge Dame?«, fragte eine Frau, die aus einer Seitentür kam und jetzt hinter der Ladentheke stand und verbindlich lächelte. Eine Fünfzigjährige mit einer auffälligen roten Hornbrille.

»Ich interessiere mich für Diamanten.«

»Da sind Sie, so allgemein gesprochen, zunächst einmal richtig hier, möchte ich sagen. Geht es um Ankauf oder Verkauf, wenn ich fragen darf?«

»Ankauf. Nein, Verkauf. Also, ich möchte verkaufen. Sie werden vielleicht ankaufen.« Ester ärgerte sich über ihre Nervosität und wagte einen Schuss ins Blaue: »Ist Herr Bellbaum vielleicht persönlich zu sprechen?« Die Dame zog kurz die Stirn in Falten, bat darum, sie kurz zu entschuldigen und verschwand durch die Seitentür.

Nur einen kurzen Moment später kam ein älterer Herr in den Laden. Er sah Ester neugierig an. Die langen grauen Locken, die vielen Falten, seine hohe Stirn und die kleine Nickelbrille ließen ihn wie einen Gelehrten erscheinen. Er reichte ihr die Hand. »Ich bin Jehuda Bellbaum. Sie wollten mich sprechen?« Ester nickte. Als sie nichts sagte, kam er ihr zu Hilfe. »Sie haben vielleicht eine Frage zu einem bestimmten Stein?«

Erleichtert merkte Ester, dass er es ihr nicht schwer machen wollte und nickte: »Ja. Ich würde Ihnen gerne etwas zeigen.« Sein aufmunterndes Nicken tat ihr gut. Und als sie jetzt auch eine gewisse Neugier in seinem Blick sah, griff sie in ihre Manteltasche und holte den kleinen Samtbeutel heraus, legte ihn vor sich auf den Ladentisch und wartete.

»Darf ich?« fragte er höflich und sie nickte. Vorsichtig nahm er den Beutel in die Hand und wog ihn in seiner rechten Hand, bedächtig, als spürte er mit einer inneren Waage den ersten Wert des Inhaltes. Er breitete ein weiches, dunkles Tuch auf der Theke aus, guckte in Esters große Augen und als er ein kleines Nicken sah, öffnete er den Beutel und schüttete den Inhalt auf dem Tuch aus.

Jehuda Bellbaum handelte schon sein Leben lang mit Diamanten. Er hatte das Geschäft von seinem Vater übernommen und plante, es irgendwann in den kommenden Jahren seinerseits an seine beiden Söhne weiterzuvererben. Schon 1920 war seine Familie aus Krakau nach New York gekommen. Er hatte eine Menge Steine und die unterschiedlichsten Kundinnen und Kunden gesehen, hatte dabei oft Gier in den Augen entdeckt und Verlangen. Er hatte erlebt, dass die Steine süchtig machen und ihr Glitzern einen Menschen verändern konnte. Er hatte es mit Weltenbummlern zu tun gehabt. Mit Künstlern und Kriminellen, Dieben und Unterhändlern, mit Glückspilzen. Mit sehr Wohlhabenden und mit armen Schluckern, mit Adel und Neureichen.

Er war bei seiner Arbeit oft seinen eigenen Leuten begegnet und hatte sich immer wieder gefragt, warum es wohl so viele jüdische Geschäftsleute im Diamantenhandel gab. Ob es Zufall war, weil Amsterdam und Antwerpen zum Beispiel schon seit langem Hochburgen jüdischen Lebens waren und gleichzeitig auch zentrale Umschlagsplätze für die kostbaren Steine? Oder lag es vielleicht daran, dass sich die Steine so leicht mitnehmen ließen, wenn es wieder mal zu einer Vertreibung gekommen war? War das der eigentliche Grund? Weil man mit Diamanten überall auf der Welt neu anfangen konnte? Hatten seine Leute intuitiv ein Produkt gewählt, von dem sie wussten, dass es überall auf der Welt beliebt sein würde? Auch wenn sie selber immer wieder von Ort zu Ort, von Zeit zu Zeit verhasst sein sollten?

Sein Vater hatte als Spalter gearbeitet und die meisten seiner Freunde auch. Er war ein wahrer Meister darin, einen Stein nach dem natürlichen Verlauf seiner Schicht zu teilen und ihm den besten Schliff zu geben. Heute beschäftigte das Familienunternehmen Bellbaum fast zehn Spalter. Sein ältester Sohn liebte es, zu reisen, Rohdiamanten anzukaufen, fertig geschliffene Steine zu vergleichen und sie Schmuckhändlern anzupreisen. Sein jüngerer Sohn hatte mehr sein eigenes Interesse geerbt. Ihn hatte immer die Arbeit mit dem Stein selbst gereizt. Er bangte noch immer jedes Mal darum, ob er wohl tatsächlich das Beste aus einem rohen Stein herausholen konnte. Er liebte es, in seiner Werkstatt zu sitzen, mit einer Lupe vor dem Auge, die verborgenen Schichten und Schlingen eines Steins zu entdecken, frei zu legen und ihn zum Strahlen zu bringen.

Für ihn waren die Steine Einzelstücke, wie Menschen, mit unterschiedlichem Charakter, feiner oder grober. Manche verbargen ihre wahre Schönheit. Andere versprachen an ihrer Oberfläche etwas, das sie in der Tiefe nicht halten konnten. Wieder andere schienen nur darauf zu warten, dass jemand kam, der an ihren Wert glaubte, der mehr in ihnen sah als auf den ersten Blick erkennbar. Manche enttäuschten, andere überraschten, einige wenige mochte man nie wieder hergeben. Auch einen edlen Stein musste man vorsichtig und mit Respekt behandeln, wenn man ihm näher kam. Eigentlich, so bildete er sich ein, hatte ihn seine Menschenkenntnis nur selten in seinem Leben im Stich gelassen und er hatte gelernt, seine Kunden schon nach den ersten Sekunden einzuordnen.

Diese junge schwarze Frau allerdings hatte etwas an sich, dass es ihm nicht leicht machte. Anerkennend nickte er beim Anblick der kleinen Steine, die jetzt vor ihm auf dem Tuch lagen. Er nahm jeden einzelnen zwischen die Spitze von Zeigefinger und Daumen, hielt ihn ins Licht und lächelte zustimmend.

Ester beobachtete fasziniert, wie behutsam er die Steine behandelte und dachte an die Hände ihres Vaters. Die Hände eines Arbeiters. So anders als die blassen zarten Finger ihrer Mutter. Hände, die sie getragen hatten. Das ganze Baby in der ausgestreckten Linken. Hände, die nicht oft für sie dagewesen waren. Die ihr manchmal, selten Halt gegeben hatten beim Laufenlernen. Die ihr ab und zu den Mond gezeigt hatten und die Sternbilder. Hände, die geschlagen worden waren, aber nie selber zuschlugen. Hände, die ihre Mutter umarmt, gestreichelt, erregt hatten. Die starken, geschickten Hände eines schwarzen Minenarbeiters.

Ihr Blick war weiter interessiert, aber fast regungslos, nur die Art, wie sie angespannt dastand, mit durchgedrücktem Rücken, verriet ihre Anstrengung. Ihr Atem ging flach, sie musste sich zwingen, ruhig zu bleiben.

»Zwölf feine Steine. Sie besitzen ein kleines Vermögen«, äußerte sich der Diamantenhändler endlich.

Ester atmete tief durch. »Wieviel?«

»Das kann ich noch nicht genau sagen. Dafür muss ich mir die Steine etwas genauer ansehen. Gewicht, Farbe, Reinheit, Schliff, das alles spielt eine Rolle.«

»Die vier Cs.″

»Ja, genau.« Er lächelte. Dann räusperte er sich und versuchte, ihren Blick einzufangen. »Und ein fünftes C kommt hinzu: Conflict oder Country fragt danach, woher die Steine kommen.« Er wartete ab, was sie sagen und ob sie überhaupt antworten würde.

»Die Steine sind ein Geschenk meiner Eltern für mich.«

»Haben Sie eine Kaufurkunde mit einer Herkunftsangabe?«

»Ich habe ein Dokument. Ja. Warten Sie.«

Er nickte. »Die Steine sind mit Sicherheit echt, so viel kann ich Ihnen jetzt schon sagen. Aber ohne eine entsprechende Urkunde wären sie nur halb so viel wert.«

Ester holte einen Umschlag aus ihrer Handtasche und entnahm ihm ein Blatt Papier. »Hier. Bitte. Das ist, was ich habe.«

Der Diamantenhändler sah sich das Dokument an. »So etwas habe ich noch nie gesehen«, meinte er. »Was nichts heißen muss. Aber ich werde es prüfen müssen.«

»Wie viel ist halb so viel?«, fragte Ester, die fürchtete, der Zettel, den sie hatte, würde nicht ausreichen oder wäre vielleicht gefälscht.

Jehuda Bellbaum schüttelte wieder den Kopf. »Ich weiß es wirklich nicht. Ich brauche wenigstens ein paar Stunden Zeit, um die Steine unter die Lupe zu nehmen. Könnten Sie Ihre Eltern nicht bitten, nach einer echten Kaufurkunde zu suchen?«

»Meine Eltern leben nicht mehr.«

Er sah sie aufmerksam an und fragte: »Woher kommen Sie denn?«

Ester, die sich nicht sicher war, ob er die Steine oder sie selbst meinte, antwortete: »Aus Südafrika. Die Steine und ich auch.«

Er nickte, im nächsten Moment schüttelte er den Kopf, dann nickte er wieder. »Verstehen Sie, bitte. Ich muss sicherstellen, dass die Steine nicht gestohlen wurden.«

»Sie sind ein Geschenk. Das einzige, was sie mir hinterlassen haben.«

Er sah sie nachdenklich an und seine weißen Locken tanzten um seinen Kopf. »Kommen Sie morgen früh wieder. Ich werde mir die zwölf Kleinen ansehen.«

Ester nickte. Dann sprudelte es plötzlich aus ihr heraus: »Diese zwölf kleinen Steine sind mein ganzer Besitz. Alles, was ich habe. Alles, was ich mitnehmen konnte.« Er hörte jetzt genauer hin. Diese Sätze waren ihm vertraut. Er hörte sie nicht zum ersten Mal. Sie sprach schnell. »Meine Heimat habe ich verlassen. Meine Eltern sind tot. Ich brauche das Geld, um ein Café zu eröffnen. Als Erinnerung an meine Großmutter. Um meinen Lebensunterhalt zu verdienen.« Sie hielt inne und er wusste, dass jetzt ihre dringlichste Frage kommen würde: »Bitte. Sagen Sie mir nur, ob sie genug wert sind, damit ich diesen Traum verwirklichen kann?«

»Morgen früh.« Sie merkte, dass das sein letztes Wort zu diesem Thema war und ließ die Schultern sinken. Sie wandte sich zum Gehen, aber da forderte er sie auf, sich die Abgabe der Steine quittieren zu lassen. »Wie lange sind Sie schon in New York?«

»Seit ein paar Tagen erst.«

»Sie sollten nicht so vertrauensselig sein.« Er schüttelte den Kopf, reichte ihr den Quittungsblock und zeigte ihr, wo sie ihrerseits unterzeichnen sollte. Ester schrieb und als er ihren Namen las, guckte er sie noch einmal fragend an.

»Mandelbaum. Ich dachte erst, ich müsse mich verhört haben. Ester Mandelbaum. Das klingt nicht gerade wie ein afrikanischer Name.«

»Es ist ein jüdischer Name.« Sie fragte sich, wie oft sie noch aussprechen musste, was doch so offensichtlich war und hoffte, dass er ihr glaubte, auch wenn ihre Hautfarbe ihn irritieren musste.

»Sie sind Jüdin?«

»So einfach ist es nicht.«

Er lachte sie an. »Ich würde nie behaupten, dass es einfach ist, Jüdin zu sein.« Ester musste nun auch lächeln. Sie wollte diesem Mann gerne vertrauen und hoffte, es nicht bereuen zu müssen, seinen Laden betreten zu haben. Da wurde sie von der nächsten Frage überrascht. »Wo wohnen Sie?«

»Hier in Borough Park. Sechzehnte Straße. In den Mosaic Suites. Bis ich eine feste Wohnung habe.«

»Das ist ganz in der Nähe. Kommen Sie doch heute zum Abendessen zu uns. So gegen acht Uhr. New Utrecht Avenue Nummer 33. Meine Frau kocht ausgezeichnet.« Und er ergänzte: »Koscher.«

»Danke. Das ist sehr freundlich von Ihnen. Ich komme gerne.« Sie versuchte es noch einmal: »Vielleicht wissen Sie ja heute Abend auch schon etwas mehr über meine Steine.«

Er lachte, reichte ihr die Hand und verabschiedete sie. »Auf Wiedersehen. Bis heute Abend, Miss Mandelbaum.«

Sie verließ den Laden, drehte sich noch einmal kurz um, winkte und lief die Straße herunter und blieb erst stehen, als ihr das Atmen wehtat. Die eisige Luft schnitt in ihre Kehle, ihr Herz schien nicht genug Platz zu haben und schlug gegen die Rippen. Der Kloß im Hals machte sich so breit, dass sie hustete, um nicht würgen zu müssen. Sie zitterte. Sie fühlte sich lebendig und frei. Gleichzeitig erschien ihr die Zukunft wie ein gefährlicher Riese. Hoffentlich hatte sie nicht alles falsch gemacht. War ihr Plan überhaupt zu realisieren? Oder war sie besessen von einer verrückten Idee? Die vielen tiefgreifenden Entscheidungen der letzten Monate liefen wie ein Kurzfilm an ihren Augen vorbei. Der Abschied von Mima. Sortieren, Verschenken und Packen. Der Tag, an dem sie den Flug gebucht hatte. Der Abschied von Zanele. Alles war neu, die Zukunft zu groß für sie, unüberschaubar. Goliath war einst mit einem kleinen Stein besiegt worden, erzählte man. Sie hatte die Geschichte nie gemocht, zumindest nicht in ihrer verniedlichten Form. Jetzt aber hatte der Gedanke an den kleinen David, der sich dem Riesen gegenüber gesehen hatte, plötzlich etwas Tröstendes. Sie atmete tief durch. Viele meiner Vorfahren haben sich mit dem großen König Israels identifiziert und es hatte ihnen Mut gemacht. Sie würde niemanden töten, sie hoffte nur, dass ihre Steine ihr Gewinn bringen würden.

Und heute Abend würde sie in einem richtigen Zuhause zu Abend essen. Nur eine Woche und sie hatte schon ihre erste koschere Einladung bekommen. Das war ein Erfolg! Mit neuem Elan ging sie weiter.

17 | Rosebank, Johannesburg
4. April 1968

Nur ein Tropfen. Ein kleiner Tropfen. Ein Tropfen auf den heißen Stein. Er fällt und fällt und trifft auf den Stein. Plitsch. Und verdampft. Pffft. Plitsch. Pffft. Mima wälzte sich in ihrem Bett und warf den Kopf mal auf die eine, dann wieder auf die andere Seite. Plitsch. Pffft. Aber vielleicht ist es kein Tropfen, der fällt. Sondern ein fliegender Stein. Ein Stein, der nach ihr geworfen wird. Der sie trifft. An der Stirn. Sie stöhnte und drehte sich um, versuchte den Kopf im Kissen zu vergraben. Nein, es ist eine Kugel. Aus einem Gewehr, das man auf sie richtet. Sie im Sucher, ihr Kopf das Ziel. Peng. Sie rennt und versucht, ihren Kopf zu schützen. Sie will sich die Ohren zuhalten, aber die Kugel kommt immer näher. Ganz allmählich dringt in ihr Bewusstsein, dass es keine Gewehrkugel ist und auch kein Tropfen. Jemand warf Steinchen an ihr Fenster.

Mit einem Schlag war sie wach. Er musste unten im Garten stehen. Wie war er dort hingekommen? Wer konnte das sein? Sie stand auf, griff zu ihrem Morgenmantel, den sie achtlos auf den Boden geworfen hatte, schlüpfte in ihre Hausschuhe und schlich zur Balkontür.

Erschrocken wich sie zurück, als in diesem Moment das nächste Steinchen auf das Glas traf. Vorsichtig guckte sie hinter dem Vorhang in Richtung Garten. Unten auf dem Rasen stand jemand, aber sie erkannte ihn nicht.

»Hey«, rief der Unbekannte jetzt und einem Impuls folgend öffnete Mima die Tür und trat auf den Balkon. »Hiobsbotschaft«, rief der Mann mit unterdrückter Stimme, gerade so laut, dass Mima ihn hören konnte. Er war ein Schwarzer. Sie konnte sein Gesicht nicht erkennen, aber als er den Kopf zur Seite wandte, erkannte sie ihn an seinen Ohren. Mima huschte die Wendeltreppe hinunter. Er stand jetzt im Schatten, nah an die Wand gedrückt, neben dem Türrahmen des Hintereingangs.

Als sie ihn vor sich sah, wusste sie nicht, was sie sagen sollte und brachte nur ein albernes »Hi«, heraus.

Er tippte kurz an seine Che-Guevara-Kappe und flüsterte ihr zu: »Wir bringen ne Lieferung. Wo ist das Versteck?« Mimas Gedanken überschlugen sich. Jetzt? Ohne Vorwarnung? Was könnte es sein? Wenn Luchs selber kam, sicher keine Briefe. Waffen? Was auch immer es war, im Keller würde sich Platz finden.

Selbstbewusster als ihr zumute war, erklärte sie ihm: »Ich gehe jetzt wieder nach oben und öffne dann von innen diese Tür.« Sie zeigte auf den Nebeneingang.

»Okay. Wohin dann?«

»Wenn Du reinkommst, geht es direkt rechts nach unten in den Keller. Ich zeige es Dir. Nur einen Moment.«

»Kein Licht!«, rief er hinter ihr her.

Mima eilte die Treppe hoch. Sie öffnete leise ihre Zimmertür und als sie sicher war, dass sie kein Geräusch aus Ezers Zimmer hörte, huschte sie die Treppe herunter ins Café bis zur Hintertür und öffnete. Luchs stand direkt vor ihr. Hinter ihm tauchten zwei weitere Schwarze auf. Sie trugen Uniformen in Tarnfarben. »Hier«, sie öffnete die Tür zum Keller. »Ich gehe vor«, sagte sie bestimmt und stieg die steile Kellertreppe hinunter. Sie hörte, dass Luchs einen kurzen Befehl gab in einer Sprache, die sie nicht verstand, dann folgte er ihr.

»Der Keller hat keine Fenster. Wir könnten also Licht anmachen, ohne dass die Nachbarn es sehen«, flüsterte Mima.

Aber Luchs erwiderte: »Und was, wenn Dein Mann aufwacht? Nein, kein Licht.« Im nächsten Augenblick hielt er eine Taschenlampe in der Hand und leuchtete mit dem schmalen Lichtkegel den Kellerraum aus.

Mima erklärte ihm, wo sie waren: »Die rechte Hälfte des Kellers steht voller Weinregale.« Luchs verfolgte ihre Worte mit dem Lichtstrahl. »In den Schränken hier neben der Tür wird Geschirr aufbewahrt. Auf der anderen Seite ist mehr Platz. Der Kartoffel-Verschlag wird nicht mehr benutzt.«

»Was ist in dem großen Ding da drüben?«

»Die Truhe ist leer.«

»Yepp.« Damit ließ er sie stehen, lief die Treppe herauf und raunte den anderen beiden kleine Befehle zu. Nur einen Moment später kamen alle drei, dicht hintereinander, schwer beladen, jeweils mit einer Kiste auf den Schultern, in den Keller. Einer lief ein weiteres Mal los, während Luchs begann, den Inhalt der drei Kisten in Mimas alte Truhe umzupacken. Der dritte Mann kam wieder und stellte noch eine vierte Kiste ab. Niemand beachtete sie und Mima versuchte zu sehen, was genau sie versteckten.

Sukisa war eine gute Lehrerin gewesen. Sie erkannte Zünder, Granatkörper, Patronen, Sprengkapseln und ahnte, dass man ihr Granatenwerfer ins Haus gebrachte hatte. Die kleinste Sorte, Sechzig-Millimeter-Mörser, vier Stück von der Sorte. Sie war eben auch eine aufmerksame Schülerin gewesen. Als sie an ihrem hellblauen Morgenmantel heruntersah auf ihre weißen Hausschuhe, musste sie grinsen. Die Männer arbeiteten konzentriert.

Als sie alles verstaut hatten, wandte sich Luchs wieder an Mima: »Leg irgendwas von Deinem Zeug oben in die Truhe. Kinderklamotten, Bettwäsche, sowas.« Er tippte wieder an seine Kappe. »Wenn Dir was Ungewöhnliches auffällt, mach Meldung. Wir holen die Lieferung bald wieder ab. Ich lass Dir ne Nachricht zukommen. Amandla!« Damit warf er die Faust in die Luft.

»Awetu«, erwiderte Mima etwas lahm. Und sie fragte: »Und was liegt jetzt da in meiner Truhe?«

»Je weniger Du weißt, desto besser.« Er nickte den anderen beiden zu. »Weg hier.« Sie liefen die Treppe hoch. Mima folgte ihnen und als sie oben ankam, waren die drei schon verschwunden. Sie verschloss die Tür zum Garten wieder. Im Café sah sie zum ersten Mal auf die Uhr. Es war kurz nach eins. Noch ein paar Stunden, um zu schlafen. Müde ging sie die Treppe hoch in ihr Zimmer, zog den Vorhang zum Balkon wieder zu und legte sich ins Bett. Sie nahm die Erlebnisse mit in den Schlaf. Ein Steinchen am Fenster. Eine Treppenstufe nach unten. Ein Tropfen. Plitsch. Pfft. Eine Kugel. Peng. Ein Schuss. Wieder schlief sie unruhig. Granatenhagel. Feuer. Ihr Fenster. Eine Stimme, die rief: »Mima!«

Sie schreckte hoch. Sprang auf, lief zum Balkon, sah in den Garten. Niemand. »Mima! Bist Du schon wach?« Die Stimme klang dumpf. Da verstand sie, dass jemand auf der Straße vor dem Café stehen musste, der sie rief. Jemand, der keine Angst hatte, aufzufallen, laut zu sein, andere zu wecken. Was für eine Nacht war das? Sie öffnete ihre Zimmertür und erkannte jetzt Batyas Stimme. Mima eilte nach unten und ließ ihre Freundin herein. »Mima. Stell das Radio an. Es ist etwas Furchtbares passiert.«

»Ist Mandela etwas zugestoßen? Haben sie ihn...?« Batya schüttelte den Kopf. Mima sah auf die Uhr. Es war kurz vor sechs. Sie stellte das Radio an, suchte den SABC und setzte sich zu Batya an einen kleinen Tisch.

»Hör es selbst. Sie bringen es in den Nachrichten zur vollen Stunde.« Eine Pop-Ballade ertönte und die Melodie sowie der seichte Text in Afrikaans passten so wenig zur Stimmung, dass Mima den Ton sofort leiser drehte.

»Warum bist Du so früh schon wach?«, fragte Mima.

»Ich konnte nicht schlafen«, antwortete Batya ausweichend.

Mima sah sie aufmerksam an. Wer weiß, dachte sie, vielleicht hatten in dieser Nacht mehrere Aktionen stattgefunden? Immer mal wieder hatte sie sich gefragt, wie aktiv Batya eigentlich war. Ihre

Blicke trafen sich, aber sie schwiegen. Als hätten sie eine heimliche Verabredung getroffen, nie wieder über den Kampf, nie wieder über Umkhonto zu sprechen. Endlich kam das Signal für den Start der Nachrichtensendung und Mima drehte die Lautstärke wieder höher. Das Englisch des Nachrichtensprechers hatte einen starken Afrikaans-Akzent. Drei andere, scheinbar wichtigere Nachrichten musste sie abwarten, bis sie endlich verstand, was Batya zu ihr getrieben hatte. Ohne dass in irgendeiner Art auf sein Lebenswerk, seine Botschaft und seine Motive eingegangen wurde, verkündete der Sprecher: »*Ein tödliches Attentat wurde auf den Negerbürgerrechtler Martin Luther King verübt.*« In Memphis, Tennessee, USA. Um 18 Uhr Ortszeit, ein Uhr in der Nacht unserer Zeit. Schwere Unruhen seien ausgebrochen.

Mima sackte in sich zusammen. Um ein Uhr nachts. Zufall. Eine tödliche Kugel. Peng. Er war tot. Er hatte alles gegeben. Und jetzt? Durfte sie trauern? Mit einem Waffenlager im Keller? Wie hatte sie nur jemals zustimmen können, den bewaffneten Kampf zu unterstützen? Oder war der gewaltlose Widerstand endgültig ins Unrecht gesetzt? Was, wenn Mandela in dieser Nacht getötet worden wäre? Würde der ANC sein Versprechen halten, keine Zivilisten zu töten? Sie fuhr sich durch die Haare und kam sich dreckig vor. Nicht nur, weil sie noch nicht geduscht hatte.

»Warum?«, fragte Batya wütend. Sie schlug mit der Faust auf den Tisch. »Warum jetzt? Wir brauchten ihn doch noch. Wir brauchten ihn so dringend.« Mit einer groben Bewegung wischte sie sich ihre Tränen weg.

Mima atmete tief durch. »Der Ton, mit dem unser Sender so eine Nachricht bekannt gibt. Die Häme. Die Genugtuung. Was hat er gesagt? ›Negerbürgerrechtler‹? Ha. Ich fasse es nicht.«

»Und kein bisschen Anerkennung. Als ob jedes gute Wort für einen Schwarzen eine Verschwendung wäre.«

»Rassisten.« Mima legte alle Verachtung in dieses Wort.

Und Batya schloss sich ihr an, indem sie das Wort »Miese Schweine!« ausspuckte.

Ein Geräusch aus der Küche sagte ihnen, dass Zanele und Thabo gekommen waren. »Erzähl Du es ihr« bat Mima ihre Angestellte. »Ich werde kurz nach oben gehen, um mich anzuziehen. Ich bin sicher, es wird voll heute. Nach solchen Nachrichten gibt es immer Leute, die reden wollen.«

Sie stand auf und wieder lief sie die Treppe hoch. Sie rief noch im Gehen: »Vielleicht müssen wir die Speisekarte ändern und etwas Einfaches anbieten.« Wenn es keine einfachen Antworten gab, wollte sie sich wenigstens die Arbeit etwas erleichtern. »Sonst stehe ich diesen Tag nicht durch«, sagte sie zu sich selbst und freute sich auf eine heiße Dusche.

18 | Rosebank, Johannesburg
1969

Sie waren zu zweit und nahmen Platz am Tresen. Der eine sah sich aufmerksam um, als wolle er im Stillen erraten, wohin die einzelnen Türen führten. Der andere nahm seine Mütze ab und trommelte ungeduldig mit seinen Fingern auf die Theke.

Als Mima aus der Küche kam, zuckte sie unwillkürlich zusammen und wusste, zumindest der eine von ihnen musste es wahrgenommen haben.

»Guten Morgen, Misses Mandelbaum.«

»Guten Morgen, Officer.«

»Das ist Officer Bette, ich bin Officer de Meurs.«

Mima nickte. Sie fand ihre Fassung wieder und fragte höflich: »Darf ich Ihnen etwas zu trinken anbieten?« Sie sah, wie der eine, der als Bette vorgestellt worden war, durch das Café schlenderte und blickte ihm unruhig nach. Er guckte einzelnen Gästen direkt ins Gesicht und schien es zu genießen, Irritation damit auszulösen.

Als Mima sah, wie er zunächst die Tür zur Herrentoilette öffnete und dann auch die zu den Damen, schnappte sie kurz nach Luft. Sie beobachtete, wie er weiter zum Plattenspieler ging.

Plötzlich packte Officer de Meurs sie an ihrem Handgelenk. Sein Griff schraubte sich wie eine Zwinge um ihren Arm. Sie schrie kurz auf. Aber niemand schien sie zu hören. Bette zog alle Aufmerksamkeit auf sich, denn er hantierte mit dem Plattenspieler und stellte die Musik lauter. Der Tresen trennte sie, aber de Meurs zog sie so heftig in seine Richtung, dass sein Gesicht ihrem jetzt ganz nah war. Ihr Oberkörper wurde gegen die Theke gequetscht, aber der Druck ließ nicht nach. Sie wehrte sich und er lockerte den Griff etwas.

Aber dann war er mit einem Ruck noch näher vor ihr und zischte: »Wir haben Gerüchte gehört. Und wir sind nicht blöd. Wir beobachten, was Du tust.« Und fügte verächtlich hinzu: »Kaffer-Freundin.« Sie spürte seine Speichelspritzer auf ihrem Gesicht und drehte den Kopf zur Seite.

Da ließ er den Arm los und packte sie mit voller Wucht am Kinn. »Guck mich gefälligst an, wenn ich mit Dir rede.« Sie ächzte kurz auf vor Schmerz, hielt seinem Blick aber stand. Da schnaubte er verächtlich und ließ sie los.

Bette hatte die Lautstärke wieder zurückgefahren und kam auf den Tresen zu. »Zwei Gläser von ihrem berühmten hausgemachten Ginger Ale für zwei durstige Polizisten, bitte.«

Mima sah von einem zum anderen, schenkte die gewünschten Getränke ein und stellte die Gläser vor sie auf den Tresen. Bette sprach weiter im Plauderton eines netten Gastes mit ihr: »Sie haben eine schwarze Küchenhilfe?« Mima nickte.

De Meurs hielt sich eine Hand ans Ohr. »Wie bitte? Ich habe sie nicht verstanden.«

Mima nickte noch einmal und sagte: »Ja, Zanele arbeitet hier bei mir im Mandelplatz.«

De Meurs äffte sie nach und wiederholte ihre Worte auf bewusst affektierte Art: »Hier bei mir im Mandelplatz.« Er machte eine Bewegung, als müsse er sich übergeben.

Bette fragte weiter: »Sie kennen doch das Gesetz?«

»Ich bin Jüdin, Officer. Ich bin mit dem Gesetz groß geworden. Mit dem mosaischen Gesetz.«

Bette grinste in Richtung seines Kollegen, der äußerlich ruhig blieb, aber Mima konnte die roten Flecken an seinem Hals sehen.

De Meurs sprang auf: »Wir sprechen nicht von Deiner miesen, minderwertigen, überholten Religion«, er spuckte jedes Wort einzeln aus, »sondern von den Gesetzen dieses Landes.«

Bette stieß ihn kurz in die Seite und dozierte dann: »Der Group Area Act Nummer 41 von 1950 untersagt Nichtweißen, in bestimmten Regionen zu leben. Das ist Ihnen doch sicher bekannt, oder?«

Mima nickte. »Zanele ist hier angestellt, aber sie wohnt nicht hier.«

»Wenn es keine Umstände macht, holen Sie sie doch bitte kurz her.«

»Sie arbeitet in der Küche.«

Wieder sprang de Meurs auf und diesmal wurde er laut: »Hol das Kaffern-Weib. Aber ein bisschen plötzlich! Ich kann Dir das Leben sehr unangenehm machen, wenn Du nicht spurst, kapierst Du das?« Er ließ sich zurück auf den Barhocker sinken. Mima bemerkte, dass ihre Gäste die Szene inzwischen mitverfolgten und das beruhigte sie etwas.

»Einen Moment, bitte«, sagte sie und ging, um Zanele Bescheid zu sagen. Manches Mal schon hatte sie sich gefragt, wie eigentlich man genau beschreiben konnte, dass Schwarze blass wurden. Zanele wirkte wie erstarrt, blutleer. Offensichtlich hatte sie das Gespräch hinter der Küchentür mitverfolgt.

»Die Polizei ist da« sagte Mima trotzdem.

»Ja, ich habe es gehört«, gab Zanele zurück.

»Wo sind die Kinder?«

»Thabo musste mal.«

»Was für ein Glück. Ein kleines Wunder.« Sie lachte kurz erleichtert auf. Dann ging sie auf Zanele zu und guckte sie aufmunternd an: »Komm, sie wollen Dich sehen. Verhalte Dich am Besten ganz ruhig. Ich bin bei Dir.«

»Was können sie denn bloß von mir wollen?«

»Es geht wohl eher um mich. Mach Dir keine Sorgen. Ich werde alles tun, um Dich da raus zu halten. Los! Gehen wir. Wir sollten sie nicht warten lassen, sie sind nicht gerade geduldig.«

Als sie aus der Küche traten, sahen sie, dass Bette auf ihre Seite der Theke getreten war. Er öffnete gerade die Schublade unter der Kasse und fuhr mit seinen Fingern flüchtig durch die Papiere. Sollte er sich ertappt fühlen, wusste er es gut zu verbergen.

»Ah. Da sind Sie ja wieder.« Er lehnte sich an die Theke und machte keine Anstalten, diesen Bereich zu verlassen.

»Haben Sie einen Durchsuchungsbefehl?«, fragte Mima. »Oder brauchen Sie so etwas nicht?«

»Ich brauche so etwas nicht«, antwortete er beiläufig. »Los. Zeigen Sie mir ihren Pass«, forderte er Zanele auf.

Die sah ihn erschrocken an, zögerte, schluckte und wandte sich abrupt wieder Richtung Küche. Mit einem Sprung war de Meurs bei ihr und packte sie am Arm. »Hey, nicht abhauen.«

Auf dem engen Raum hinter der Theke ergab sich ein Durcheinander und Gerangel, weil Zanele sich aus seinem Griff zu befreien versuchte und Mima gleichzeitig de Meurs am Arm packte und auf ihn einredete: »Sie will doch gar nicht abhauen. Sie holt doch nur ihren Pass, aus ihrer Tasche in der Küche. Glauben Sie mir.«

Im Café waren die Gespräche an den Tischen mittlerweile verstummt und Mima nahm aus den Augenwinkeln wahr, dass alle Gäste in ihre Richtung sahen. Aber niemand sagte etwas. Niemand fragte, ob sie Hilfe bräuchte. Niemand traute sich, näher zu kommen. Alle saßen da wie gelähmt, eingeschüchtert von dem Gebaren der Polizei. Warum war Ben Katz nicht hier? Er hätte ihr sicher geholfen.

Bette nickte seinem Kollegen zu und schlug vor: »Dann lassen Sie uns doch gemeinsam in die Küche gehen und nachsehen.«

Widerwillig ließ de Meurs Zanele los. Die hatte Tränen in den Augen, aber als Mima ihr zunickte, ging sie allen voran.

De Meurs folgte direkt hinter ihr, beobachtete jede ihrer Bewegungen und als sie in der Küche zu ihrer Handtasche griff, glitt seine Hand zu seinem Gürtel, als befürchte er, Zanele werde als nächstes eine Waffe ziehen. Die wühlte nervös und fahrig in ihrer Handtasche und reichte Bette ihren Pass. Er guckte sich das Dokument sorgfältig an, verglich das Foto ein paarmal mit Zanele, prüfte die Aufenthaltsgenehmigung peinlich genau und reichte ihr dann den Pass zurück.

»Scheint in Ordnung zu sein«, meinte er. Zanele sackte vor Erleichterung zusammen. Sie wirkte wie ein Luftballon, aus dem die plötzlich die Luft entwichen ist.

Mima aber spürte, dass irgendetwas nicht stimmte. Ohnehin fragte sie sich die ganze Zeit lang schon, was die beiden eigentlich suchten. Trotz Group Area Act waren in den weißen Vierteln viele Schwarze beschäftigt und arbeiteten als Gärtner, Chauffeure, Kindermädchen, Köchinnen, Putzfrauen und Näherinnen in weißen Häusern. Sie mussten lange Wege auf sich nehmen, sahen ihre eigene Familie meistens nur für einige Stunden in der Nacht. Es gab immer auch einzelne, Kindermädchen zum Beispiel, die ein eigenes Zimmer im Haus der Familie hatten. Oder das Gartenhäuschen bewohnten und nur am Wochenende in ihrem eigenen Zuhause waren. Viele schwarze Frauen, die weiße Kinder hüteten, sahen ihre eigenen Kinder nur ganz selten. Und da wusste Mima plötzlich, was sie suchten. Ihre bange Ahnung wurde noch im selben Moment bestätigt, denn de Meurs hob ein Spielzeug vom Boden auf, ein aus Draht gebogenes Fahrrad.

»Haben Sie Kinder?«, fragte Bette.

Zanele nickte stumm.

De Meurs ließ es ihr durchgehen, aber Bette hakte sofort nach: »Wie viele denn?«

»Drei.«

»Und wo sind Ihre Kinder, wenn Sie hier arbeiten?«

»Die beiden älteren gehen schon zur Schule. Abends kümmert sich meine Mutter um sie.«

»Und das Dritte?«

Zanele zögerte. Bette war die ganze Zeit über freundlich, lächelte, sah Zanele aufmerksam an, aber auf Mima wirkte er jetzt wie ein Tier, das sich an seine Beute heranpirscht. Vielleicht war der smarte Bette am Ende gefährlicher als de Meurs, der zwar aufbrausend, aber damit auch sehr berechenbar war. Wo war denn Ezer eigentlich? Warum kam er nicht? Warum half ihnen niemand?

»Wo ist das Dritte?«, fragte Bette noch einmal, quetschte die Worte zwischen zusammengebissenen Lippen heraus und baute sich jetzt drohend vor Zanele auf. »Los, sag schon.«

»Es ist hier.« Zanele klang so kleinlaut, dass Mima hätte schreien können.

De Meurs schaltete sich ein. »Hier?« Er sah von links nach rechts, machte ausladende Bewegungen mit den Armen, zuckte mit den Schultern. »Wo hier?« Dann drehte er sich zu Mima um und bellte sie an: »Wo sind die Kinder?« Der Plural alarmierte Mima. Die beiden wussten mehr, als sie offenbarten. Natürlich.

Bevor sie noch überlegen konnte, was das bedeutete, geschweige denn einen Plan entwickeln konnte, kamen Berit und Thabo zur Tür herein. »Mama. Thabo musste Pipi machen. Können wir jetzt aber endlich Kuchenteig rühren?«, fragte Berit launisch und kam langsam zu ihrer Mutter. Als sie die beiden fremden Männer sah, umklammerte sie ein Bein von Mima und sah mit großen Augen zu Bette auf. Thabo ging zu Zanele und versteckte sich hinter ihr. De Meurs wartete ab, was sein Kollege tun würde. Inzwischen war die Rangfolge zwischen ihnen völlig klar. De Meurs war für die anfängliche Einschüchterung zuständig, aber Bette war der eigentliche Wortführer.

Er sah sie abfällig an: »Verstoß gegen den Group Area Act. Sie beherbergen ein Kafferkind. Es hat keine Aufenthaltsgenehmigung für diesen Bezirk. Sie untergraben außerdem die Erziehung ihres eigenen Kindes, indem sie es mit Kaffern aufwachsen lassen. Sie verstoßen gegen das Gesetz.« Mit süffisantem Lächeln fügte er hinzu: »Auch gegen das mosaische Gesetz, denn Sie haben mich angelogen.«

Wann denn?, fragte sie sich selbst und laut sagte sie: »Das mosaische Gesetz schützt an alleroberster Stelle das Leben.« Sie wunderte sich, was in sie gefahren war, dass sie es wagte, zu widersprechen, mit ihm zu diskutieren. Im selben Moment spürte sie, wie ihr Kopf zur Seite geschleudert wurde und ihre Wange brannte.

Er hatte sie tatsächlich geschlagen. Auf ihrer Zunge schmeckte sie Blut, ihr Gesicht glühte. In ihr brodelte der Zorn hoch.

Auch Bette war wütend, quetschte die nächsten Worte heraus und sagte überdeutlich: »Mandelbaum. Ich könnte Dich sofort verhaften und für mehrere Jahre einbuchten. Ist Dir das eigentlich klar?« Die Ader an seinem Hals war angeschwollen und pochte. Sie nahm dieses Detail wahr. »Was für eine Mutter bist Du nur? Lässt Deine kleine Tochter in Gesellschaft von solchen da aufwachsen.« Er deutete mit einer Kopfbewegung in Richtung von Zanele. Dann setzte er seine Befragung fort: »Wo ist Dein Mann?«

»Er ist beim Postamt. Er müsste gleich wieder hier sein.«

»Ist er der Vater des Kindes?« Die unverschämte Frage machte Mima fassungslos und sie schnappte kurz nach Luft. Bette hatte wohl keine Antwort erwartet und fragte weiter: »Du bist berufstätig?«

»Mein Mann Ezer und ich führen das Mandelplatz gemeinsam.«

»Man muss Dein Kind vor einer Mutter wie Dir schützen. Wie soll es die Werte unserer Gesellschaft lernen, wenn seine Mutter nie Zeit hat?« Er schüttelte den Kopf. »Aber von einer Verräterin wie Dir kann man sowieso nichts erwarten. Eine weiße Mutter, die ihr Kind in Gesellschaft von Kaffern gibt – das ist unverantwortlich.«

Bette sah sich um, sah zu Thabo und zu Berit, schien unschlüssig. »Wir beobachten Dich«, sagt er. Ganz plötzlich kam er ihr wieder näher, sein Gesicht ganz nah an ihrem und stieß einen kurzen Laut aus. »Buh!«, sagte er und lachte sich kaputt, als sie erschrak und aufschrie. Dann rief er in Richtung von de Meurs: »Mitnehmen!«

Mima traute ihren Ohren nicht. »Nein!« schrie sie schrill.

Aber die beiden Männer ignorierten sie und schnappten sich je ein Kind, de Meurs nahm Thabo auf den Arm, Bette Berit. Alles ging so schnell, dass die beiden Mütter kaum reagieren konnten. Die Kinder zappelten. Berit kreischte: »Mama. Mama. Nein. Ich will nicht! Was macht der Mann mit mir?«

Thabo rief: »Mama, Du sollst mitkommen!«

Mima stürzte sich auf Bette und zerrte an seinem Arm, versuchte Berit aus seinen Fängen zu lösen, aber der drehte sich von ihr weg und lief aus der Küche. »Sie können doch nicht zwei kleine Kinder mitnehmen! Die beiden sind gerade einmal fünf Jahre alt.« Mima lief protestierend hinter ihm her. Sie weinte und versuchte immer wieder, Berit zu fassen zu kriegen. Aber Bette lief aus der Tür. Hinter ihnen kam de Meurs mit Thabo und Zanele, die weinte und bettelte: »Bitte, nicht mein Kind! Nehmen Die mich stattdessen mit. Was wollen Die denn von den Kindern? Was wollen Die denn von mir? Was haben wir denn überhaupt Schlimmes getan?«

Vor der Tür stand ein alter Bedford-Van, umgebaut für die Zwecke der Polizei, mit Platz für Gefangene im hinteren Teil des Wagens. Ein dritter Polizist kam aus dem Wagen gesprungen und öffnete die Türen. Bette zögerte keine Sekunde und hob die kleine Berit in den Wagen und setzte sie unsanft auf den Rücksitz. Mima stand hilflos daneben. Sie schrie: »Warum hilft uns denn niemand?« Aber die Straße war leer. Die Gäste standen an den Fenstern und beobachteten alles, aber niemand tat irgendetwas. Thabo wurde von de Meurs neben Berit gesetzt und dann wurden die Türen zugeschlagen.

Mima konnte einfach nicht fassen, was passierte. Die beiden Kinder klammerten sich von innen an das vergitterte Fenster und schrien wie am Spieß. Bette packte Mima am Arm und sorgte dafür, dass sie ihn ansah: »Wir befragen sie. Wir bringen sie wieder, wenn wir mit ihnen fertig sind.« Er wandte sich zum Gehen und drehte sich noch einmal um: »Vielleicht ist Dir das hier ein Denkzettel. Und Du wirst doch noch eine gute Mutter. Sonst muss ich erwägen, Dir Deine Tochter auf Dauer wegzunehmen. Zu ihrem eigenen Wohl und zum Wohl der Nation. Hast Du mich verstanden?«

Seine rechte Hand schnellte zum Gruß an seine Mütze. Dann stieg er ein, setzte sich neben de Meurs, der Fahrer startete den Wagen und sie fuhren los. Mima ging kurz dem Impuls nach, hinterherzulaufen, gestand sich aber ein, dass es sinnlos wäre. Einen Moment später schon konnte man nur noch eine Staubwolke sehen.

Mima ging langsam zurück ins Café. Niemand sagte ein Wort. Sie sah in die Runde, entdeckte ein paar bekannte Gesichter, einige andere. »Ich schließe den Laden für heute. Sie haben sicher Verständnis«, sagte sie und ging Richtung Küche. Im Weggehen rief sie noch: »Entschuldigen Sie bitte die Störungen. Wegen dieser Unannehmlichkeiten sind Sie heute eingeladen; machen Sie sich nicht die Mühe, zu zahlen.« Damit verschwand sie, hörte nur noch Gemurmel, das Rücken von Stühlen und wie die Tür ein paarmal ins Schloss fiel. Das Café war schnell leer.

In der Küche saß Zanele, leise weinend und in sich zusammengesunken auf einem Stuhl und tupfte sich mit einem Küchentuch die Augen. Mima ging zu ihr und legte den Arm um sie. Sie wollte trösten und brauchte selber Trost. Zanele aber wand sich und löste sich aus ihrer Umarmung. »Lassen Sie mich, bitte.«

»Zanele. Glaub mir, es tut mir leid.«

»Sie tun alles, um mich raus zu halten, ja? Ha!« Sie wurde lauter: »Es war nicht meine Idee. Die beiden Kinder so eng zusammen. Ich war von Anfang an dagegen. Sehen Sie, was Sie angerichtet haben. Was soll jetzt werden? Mein armer kleiner Junge.« Sie schluchzte ohne Hemmungen und lehnte alle Versuche von Mima, sich beruhigen zu lassen, ab.

Sie hörten, wie Ezer »Hallo?« rief. In seiner Stimme klang Unsicherheit mit. Das leere Café musste ihm geradezu unheimlich erscheinen. Er trat in die Küche und sah sie fragend an. »Was ist los?« Als sie beide schwiegen, sagte er drängender: »Mima. Sag mir, was los ist!«

Und Mima erzählte der Reihenfolge nach und fasste in kurzen nüchternen Sätzen zusammen, was geschehen war. Als sie erzählte, dass Berit und Thabo mitgenommen worden waren, verfiel Zanele wieder in ein lautes Weinen. Ezer sah sie beide ungläubig an. »Aber wieso?« Er stammelte, suchte nach Erklärungen. »Ich verstehe das nicht. Viele weiße Kinder wachsen doch zusammen mit den Kindern der Angestellten auf.« Er schüttelte den Kopf und war merklich erschüttert. »Mima. Ich begreife nicht.« Und dann machte er einen Vorschlag: »Lass uns zur Polizeistation fahren. Es muss sich um einen Irrtum handeln. Wir reden mit ihnen. Dann kommt alles in

Ordnung. Das sind doch vernünftige Leute.« Mima schüttelte innerlich den Kopf. Sie wusste, dass er glaubte, was er da gerade sagte. Sie konnte sich nur wundern, wie wenig er von ihr mitbekommen hatte in den letzten Jahren. Weniger als die Polizei. Weniger als Batya. Zanele und Ma Msizi! Weniger als Cathy und Sukisa. Wie wenig er wusste von dem, was in diesem Land passierte. Wie es wirklich war.

In Mimas Kopf rasten die Gedanken durcheinander. Sie hatten sie eine schlechte Mutter genannt. Genau das dachte auch Ezer. Und er hatte ja Recht. Berit in einem Polizeiwagen! Das hatte sie nicht gewollt. Das hätte sie nie gedacht. Dass sie ihr Kind... Sie schüttelte den Kopf und umklammerte sich selbst mit den Armen. Wie sollte es weitergehen? Wenn sie zuließ, dass Ezer zur Polizei ging, würde man ihm vielleicht von ihren Aktivitäten erzählen. Was wussten sie wirklich von ihren Kontakten zum ANC? Von ihrer Beteiligung am Widerstand? Seit Jahren hatte sie sich vorgenommen, ihm mehr zu erzählen. Was würde er tun, wenn er merkte, wie lange sie das alles schon vor ihm verheimlichte? Konnte so ein Vertrauensbruch jemals wieder gut gemacht werden? Und würde er jetzt nicht darauf bestehen müssen, Berit von ihr fernzuhalten? Ihr war klar, dass es der Polizei darum ging, sie zu bestrafen und zu schikanieren. Voller Verachtung, aber auch mit Sorge dachte Mima: Sie wollen mich leiden sehen, das verschafft ihnen Genugtuung. Beim Gedanken an Bette schüttelte sie sich vor Ekel. Zum ersten Mal bekam sie jetzt wirklich Angst. Was, wenn man sie dabehalten würde? Gefängnis wäre das Schlimmste. Was würde dann aus dem Mandelplatz, aus Berit, aus Ezer? Was würde aus ihr? Wäre sie stark genug, ihren Prinzipien treu zu bleiben? Würde ihre innere Kraft reichen, um nicht einzuknicken? Würde sie Namen verraten, wenn man sie unter Druck setzte? Mima gestand sich ein, dass sie die Antworten auf diese Fragen nicht wusste und sie nicht von ihrer Standhaftigkeit überzeugt war.

»Ezer«, sagte sie leise, und musste ihre Tränen herunterschlucken, »bitte, geh Du zur Polizei.«

Er kam auf sie zu und nahm sie fest in den Arm. »Ja. Ja, sicher. Das tue ich. Jetzt gleich. Lass mich das machen.« Da bemerkte er, dass ihr Gesicht geschwollen war. »Hat man Dich etwa geschlagen?« Er war so entgeistert, dass er Mima leid tat. Die Polizei hatte Veranstaltungen schon mit Tränengas aufgelöst, was war da eine Ohrfeige?

»Es ist nicht schlimm«, winkte sie ab.

»Aber das dürfen sie nicht. Das ist doch ungeheuerlich.« Er war empört. Gewalt kam in seiner Welt nicht vor. Vorsichtig streichelte er mit seinem Daumen über ihren Wangenknochen und Mima seufzte. Wann war er zuletzt so zärtlich zu ihr gewesen? Ihr war, als sei es das erste Mal, dass er sie von sich aus so berührte, so aktiv ihre Nähe suchte. Sie genoss es, sich in diesem Moment beschützt zu wissen, einmal nicht den Eindruck zu haben, die Stärkere und Aktivere sein zu müssen, sondern sich fallen lassen zu können. Diese Erfahrung war so köstlich, dass sie ihn nicht gehen lassen wollte. Sie schmiegte sich in die Beuge zwischen seinem Kopf und seiner Brust und seufzte. Mit Tränen in den Augen dachte sie, dass es vielleicht das letzte Mal war, dass sie sich so nah waren.

Ezer löste sich vorsichtig von ihr, straffte die Schultern und sagte entschlossen: »Ich werde jetzt gehen. Und ich werde sie zu uns zurückbringen. Verlass Dich drauf.« Sie spürte, dass er zuversichtlicher klang als er sich fühlte, aber sie war dankbar dafür, dass er ihr zuliebe stark erscheinen wollte.

Zanele sah ihm nach und machte sich dann daran, Walnüsse zu knacken. Mima verstand, dass sie sich ablenken wollte. Sie selber nahm sich einen Stuhl und rückte ihn in eine Ecke der Küche, wo sie für sich sein konnte, um in Ruhe nachdenken zu können.

»Warum lassen Sie uns nicht einfach in Ruhe?« Zaneles Frage riss sie aus dem Grübeln. »Was mischen Sie sich ein? Das Leben ist schwer genug. Sie wissen nichts von Soweto. Nur weil Sie ein paarmal da waren. Sie wissen nicht, wie das ist, schwarz zu sein. Wir kämpfen. Können wir das nicht wenigstens alleine tun? Auf unsere Art? Meinen Sie, wir brauchen die Hilfe von Weißen, wenn es um unsere Freiheit geht?« Obwohl sie so oft schon erlebt hatte, wie Zanele Abstand schuf und wütend ihr gegenüber war, traf es sie auch diesmal wieder.

Müde entgegnete sie: »Es geht auch um meine Freiheit. Ich werde in diesem Land erst frei sein, wenn Du es bist.«

»Das klingt ja toll. Ist bestimmt richtig. In der Philosophie oder Theorie, oder wie das heißt. Aber das interessiert mich nicht. Ich bin eine praktische Frau.«

»Kannst Du nicht sehen, dass ich auch für Dich kämpfe? Dass mein Engagement auch Dir gilt? Deinen Kindern, Deiner Mutter, Deinem Mann?«

»Sie geben mir Arbeit. Das ist gut. Es ist genug.«

»Eigentlich gibst Du mir Arbeit. Ich gebe Dir dafür Geld.« Zanele hatte gestutzt und kurz auflachen müssen.

Abschließend hatte sie gemeint: »Sie tun ja sowieso, was Sie wollen« und mit den Schultern gezuckt, als hätte sie sich damit abgefunden, Mima nicht beeinflussen zu können.

»Wir werden es nur gemeinsam schaffen. Schwarze, Farbige und Weiße. Leute aus Südafrika und aus dem Ausland. Sabotageakte, Informationsaustausch, Parteipolitik, Boykott-Maßnahmen, Presse. Wir können es uns nicht leisten, auf irgendeine Hilfe zu verzichten. Wir müssen alles versuchen. Wir müssen viele sein, um dieses menschenverachtende System zu überlisten. Zu überwinden.«

Zanele sah sie erstaunt an: »Sie klingen wie eine Politikerin.« Mima zuckte mit den Schultern. War sie dieses Mal zu weit gegangen? Was würde Zanele tun, wenn Thabo für ihren unerwünschten Aktionismus zahlen musste? Was würde Ezer tun, wenn Berit tatsächlich für das Engagement ihrer Mutter büßen musste? Was würde sie selber tun? Zanele ließ den Nussknacker auf den Tisch fallen. Das Geräusch ließ Mima zusammenzucken. Wie schreckhaft sie war.

Zanele hatte die Hände in die Seiten gestemmt: »Alle tanzen nach Ihrer Pfeife. Okay. Sie sind der Boss. Sie ziehen ihr Ding durch. Okay. So ist das eben. Ich mache meine Arbeit. Aber jetzt.« Sie kämpfte mit den Tränen. »Das ist zu viel. Mein kleiner Junge. Wie soll ich das aushalten? Wie denken Sie sich das?« Sie schluchzte laut auf und putzte sich die Nase mit einem Küchentuch. Mima hätte sie gerne in den Arm genommen.

Ein Geräusch, das sie nicht einordnen konnte, lenkte sie ab. Auch Zanele hatte es wahrgenommen. Unsicher sahen sie sich an und gingen vorsichtig ins Café. Mima schrie laut auf. Jemand hatte die Fenster beschmiert. Riesige rote Buchstaben überzogen beide Scheiben. Mima schloss die Tür auf und trat nach draußen auf den Bürgersteig.

Paolo, der schmierige Minenarbeiter stand neben dem Eingang. »Ist heute etwa zu?«, fragte er ausgesprochen höflich. Mima sah ihn angewidert an, antwortete nicht, ließ ihn stehen und las. Im linken Fenster stand das Wort ›Nigger‹, im rechten ›Flittchen‹. Die Farbe war noch nicht getrocknet und lief in Tropfen das Fenster hinunter, wie frisches Blut.

»Und«, näherte sich Paolo ihr, »darf ich fragen, ob es stimmt? Ist etwas dran an dieser ungeheuren Beschuldigung?«

Mima blieb vor ihm stehen mit den Händen in die Hüfte gestützt und sah ihn herausfordernd an: »Dass ich nicht schwarz bin, sehen Sie ja. Und ob ich ein Flittchen bin, werde ich Ihnen nicht verraten.«

Er lachte höhnisch. Dann drehte sie sich weg und rief ihm über die Schulter zu: »Mein Laden ist geschlossen« und ging wieder ins Café. Was konnte sie tun, um sich gegen Menschen wie Paolo zu wehren?

Zanele stand wie gelähmt hinter der Theke. »Hat er das gemacht?«, fragte sie und nickte in Richtung des Portugiesen, der immer noch in der Nähe des Eingangs herumstand.

»Nein, ich glaube nicht«, meinte Mima. »Aber ich kann nicht ausschließen, dass er etwas damit zu tun hat. Es würde zu ihm passen. Wenn, dann hat er jemanden dafür bezahlt. Er macht sich selten selber die Hände schmutzig.« Mima holte ihr Schürze aus dem Fach unter der Theke, band sie sich um und meinte: »Ich werde mir die Zeit mit Fensterputzen vertreiben.«

»Lassen Sie das doch jemand anders machen«, schlug Zanele vor. »Was denken sonst die Nachbarn, Misses? Die Gäste, die Sie sehen?«

»Vielleicht, dass ich ein Niggerflittchen bin.« Mima lachte hysterisch. »Nein, Zanele. Das werde ich ganz alleine beseitigen. Sollen mich ruhig alle sehen. Wer sich für mich schämt, gehört wahrscheinlich sowieso zu denen, die nie etwas sagen...« Damit ging sie in die Abstellkammer, kam mit Eimer, Seifenlauge und Schwamm zurück, ging nach draußen und begann, die Fenster zu putzen.

Paolo war nicht mehr zu sehen. Energisch und mit viel Wasser wischte sie die erste Scheibe und entfernte das ›N‹ von Nigger. Wer schrieb so etwas? Wer wollte sie beleidigen? Einschüchtern? Das Wasser vermischte sich mit weißem Schaum und roter Farbe, lief die Fensterscheibe herunter auf das Straßenpflaster und suchte seinen Weg zum Gully, um zu verschwinden.

Sie dachte an die Geschichten, die ihre Mutter erzählt hatte. Wie Schilder mit der Aufschrift ›Kauft nicht bei Juden‹ auf die Schaufenster jüdischer Geschäfte geklebt worden waren. Der Davidstern mit weißem Pinsel auf eine Tür gemalt. Und ihr Vater hatte einmal erzählt, wie mutigen Kunden, die sich nicht an diese Aufforderungen hielten, von SS-Angehörigen ein Stempel auf die Stirn gedrückt worden war, der sagte ›Wir Verräter kauften bei Juden‹.

Ihr Zorn verlieh ihr Energie und ließ sie zügig arbeiten. Sie würde tatsächlich den Fensterputzer bitten, es noch einmal für sie zu säubern, damit auch die letzten Spuren beseitig würden. Aber das hatte Zeit. Erst mussten Berit und Thabo zurückkommen. Schmierige Sprüche auf einem Fenster waren lästig, aber das eigene Kind in den Händen der Polizei zu wissen, war grausam. Sie rechnete eigentlich nicht damit, dass sie die Kinder über Nacht dabehalten würden und sie also heute noch zurückkämen. Aber vielleicht irrte sie sich auch. Eifrig ließ sie den Schwamm über die zweite Scheibe gleiten. ›Flittchen‹. Es war nur ein Schimpfwort, aber es traf sie. Es machte sie billig. Sie fühlte sich bloßgestellt, wie nackt auf der Straße. Ein Schauer lief ihr über den Rücken, wenn sie daran dachte, wie ihre kleine Tochter gezappelt und geschrien hatte. Niemand in diesem Land, das war ihr heute klar geworden, *ging* ins Gefängnis. Man wurde ins Gefängnis geworfen, geliefert, gesteckt.

Mima sah sich mit etwas Abstand das Ergebnis ihrer Arbeit an. Auch das zweite Fenster war jetzt wieder einigermaßen sauber.

Sie hatte Recht behalten, kein einziger Passant, keine einzige ihrer Kundinnen hatte sie angesprochen. Man war an ihr vorbeigegangen, hatte höchstens einen scheuen Blick riskiert. Ihr war klar, dass sich wiederholen könnte, was heute passiert war. Sie könnten jeden Tag kommen und jede Nacht, um ihr Haus zu beschmieren. Die Polizei könnte ihr Haus durchsuchen, sie verhaften, sie verhören. Aber das alles hatten sie bisher ja nicht getan.

»Mima?« Sie hörte, wie Ezer sie rief. Sie ließ ihren Schwamm fallen, schnellte ins Café und folgte den Stimmen in die Küche.

»Mama, Mama!«, rief Thabo mehrmals und Zanele schloss ihn in die Arme. Mima kniete sich neben Berit auf den Boden und drückte sie an sich und küsste sie mehrmals. Thabo plapperte und erzählte begeistert: »Wir haben Eiscreme bekommen. Wir durften fernsehen. Die haben Kasper-Theater für uns gespielt. Mit Kasper und einer Prinzessin und einem Polizisten. Und es gab ein Krokodil. Und eine böse Hexe. Die haben auch eine Rutsche und eine Schaukel in dem Polizeigarten.« Mima hielt sie etwas von sich weg und sah sie aufmerksam an.

Berit erzählte: »Sie haben uns Fragen gestellt. Manche davon sind ganz dumm gewesen.«

Thabo unterbrach sie: »Wenn ich groß bin, will ich Polizist werden.«

Dann zeigte Berit auf ihre Zöpfe. »Guck mal, eine Polizeifrau hat mir die Haare geflochten.«

Mima küsste sie auf die Stirn und strich ihr über die Wangen: »Ich bin froh, dass Du wieder da bist.« Sie konnte ihre Tränen nicht zurückhalten.

»Du musst nicht weinen. Es war gar nicht schlimm.«

Mima wusste nicht, was sie von diesem Satz ihrer Tochter halten sollte. Aber er sollte sich in ihr festsetzen. Tiefer, als sie in diesem Moment für möglich gehalten hätte. Es war nicht schlimm? Für wen nicht? Warum nicht? Für niemanden? Wer durfte das entscheiden? War es für einige schlimm, für andere nur ein Job, für wieder andere ein Spiel? Für die einen ein Abenteuer, für die anderen lebensgefährlich? Für die Kinder ein Spaß, für die Eltern eine Strafe? Sie suchte Ezer und ihre Blicke trafen sich. Unsicher kniete er sich ebenfalls neben sie. Ihre kleine Familie war wieder komplett und sie war doch nicht ganz. Sie wussten es beide.

Zanele wiegte Thabo in ihren Armen und zum ersten Mal, seit sie in der Küche vom Mandelplatz arbeitete, sagte sie: »Ich würde heute gerne eher nach Hause gehen.«

»Selbstverständlich«, erwiderte Mima nur. Der schlichte Satz ihrer Angestellten machte ihr klar, dass sie selbst bereits zu Hause war. Aber es fühlte sich nicht so an. Es war nicht mehr sicher.

19 | Rosebank, Johannesburg
1972

Sie kamen mit Zügen und Taxibussen, mit dem eigenen Auto und zu Fuß. Ein Jahr zuvor waren sie zweitausend gewesen, jetzt waren sie zehn Mal so viel. Eine Demonstration war verboten worden, und so schlenderten sie zunächst in kleinen Gruppen, zu zweit und zu dritt, durch die Stadt. Pretoria füllte sich mit Frauen, und alle bewegten sich langsam, aber stetig in Richtung des Regierungsgebäudes.

Mima sah sich um. Sie entdeckte nur einzelne Weiße zwischen einer Menge von Schwarzen. Einige winkten mit der schwarz-grün-gelben Flagge des ANC. Die meisten Frauen trugen passend schwarze Röcke und grüne Blusen, einige Inderinnen Saris in den Congress-Farben und einige Xhosa-Frauen ockerfarbene Roben und aufwendig verzierte Kopftücher. Andere zeigten sich in den typischen Uniformen von Reinigungskräften. Man unterhielt sich leise. Noch war keine Polizei zu sehen.

Mima ging alleine für sich und dachte an den gestrigen Abend zurück. Zanele hatte nicht mitkommen wollen. Obwohl sie es ihr nicht nur angeboten, sondern sie nahezu aufgefordert hatte, beim großen Marsch der Frauen mit dabei zu sein. Batya hatte schon vor

Wochen einen Urlaubstag beantragt und klargemacht, dass sie auf jeden Fall gegen die Pass-Gesetze demonstrieren würde. Sie hatte Mimas Angebot, sie im Auto mitzunehmen, gerne angenommen, sich dann aber schnell abgeseilt. Als Mima Toni Kunzmann gefragt hatte, ob sie auch mitwolle, hatte diese erschrocken abgelehnt. »Verzeih, Mima. Aber das traue ich mich nicht.« Sie hatte sie nicht drängen wollen.

Ezer hatte bis zuletzt nichts von dem landesweiten Aufruf der Frauenorganisationen mitbekommen und nur den Kopf geschüttelt, weil seine Frau offensichtlich unvernünftiger war als ihre schwarze Angestellte. Er hatte angeboten, das Café an diesem Tag alleine zu führen und Zanele hatte sofort zugestimmt, zu helfen: »Wir schaffen das. Wir beide zusammen. Nicht wahr, Sir?« Mima war angesichts dieser Vorstellung aus der Haut gefahren. Sie hatte bereits vor Wochen angekündigt, das Café an diesem Tag zu schließen und dabei bliebe es. »Ein Tag Urlaub für alle«, hatte sie bestimmt und jede weitere Diskussion abgelehnt. Zu Zanele hatte sie gereizt gesagt: »Wag es nicht, morgen hier aufzutauchen. Sonst hast Du die längste Zeit für mich gearbeitet.«

Sie hatte ihre Angestellte stehenlassen und sich gestern nicht von ihr verabschiedet. Dann hatte sie Ezer gegenüber die Überlegung geäußert, Berit mitzunehmen. »Sie ist jetzt ein Schulkind und würde sicher schon einiges verstehen können. Es wäre ein Erlebnis für sie.«

Aber Ezer hatte ihr augenblicklich gedroht: »Ich werde Berit vor diesem Unsinn beschützen. Und wenn ich sie vor Dir verstecken muss.«

Zum allerersten Mal war das Wort ›Scheidung‹ zwischen ihnen gefallen und er hatte es ausgesprochen: »Solltest Du jemals an Scheidung denken, ist wohl klar, wem sie das Sorgerecht zuerkennen würden. Ich denke, Deine Akte bei der Polizei wird eindeutig klären, wem man das Kind zuspricht.«

Sie hatte nicht diskutiert, sondern ihn nur gefragt: »Denkst Du nicht, dass wir schon längst geschieden wären, wenn das wirklich eine Lösung für uns beide wäre?« Er hatte nach Luft geschnappt und sie hatte kurz befürchtet, zu weit gegangen zu sein. Aber dann war sie auf ihr Zimmer gegangen, hatte sich mit dem Rücken gegen die Tür gelehnt und sich gezwungen, wieder ruhig zu atmen. Das Chagall-Bild mit der weinenden Frau war ihr wie ein Spiegel erschienen.

»Sister?« Eine schwarze Frau stupste sie in die Seite und reichte ihr ein kleines Liedblatt. Sie marschierte weiter. Neben ihr tauchte Zoé, die Lady, auf und nickte ihr kurz zu. Sie gingen eine Weile nebeneinander her. »Man muss uns nicht unbedingt zusammen sehen. Die Polizei hat ihre Augen überall. Aber ich freue mich, Dich hier entdeckt zu haben.« Mima drückte kurz ihre Hand. Dann drängelte sich Zoé weiter nach vorne.

Sie kamen jetzt allmählich zum Stehen und rückten immer enger zusammen. Jede von ihnen hatte die Petition unterzeichnet und war hierher gekommen, um mitzuerleben, wie der Text laut vorgelesen würde, vor den Ohren des Premierministers. Die Papiere wurden in Körben eingesammelt, junge Mädchen bahnten sich ihren Weg durch die Menge, als würden sie die Ernte einbringen.

Ein Chor mit etwa zwanzig schwarzen Frauen begann zu singen. Mehrstimmig, laut und trotzig:

Remember all our women in jails.
Remembeer all our women in campaigns.
Remember all our women over many fighting years.
Remember all our women für the triumphs and for their tears.
Erinnert Euch an alle unsere Frauen.

Die Pass-Gesetze waren eine Hauptwaffe der Apartheid. Viele der Männer arbeiteten außerhalb der Stadtgebiete, in den Minen. Aber die Frauen bewegten sich oft täglich zwischen schwarzen und weißen Wohngebieten hin und her, mussten flexibel sein. Die Pass-Gesetze schränkten ihre Bewegungsfreiheit enorm ein. Schon der kleinste Verstoß konnte mit Gefängnis bestraft werden, und Kinder mussten dann plötzlich und wochenlang ohne ihre Mütter zurechtkommen. Außerdem kam es bei den Kontrollen immer wieder zu Übergriffen und Belästigung von Frauen durch die Polizei. Alten Frauen, die ihre kläglichen Pensionsgelder abholen wollten, wurde gesagt »Kein Pass, kein Geld.« Lehrerinnen und Krankenschwestern, die sich weigerten, ihre Pässe bei sich zu tragen, wurden sofort entlassen. Jeder Weiße hatte jederzeit das Recht, einen Schwarzen nach seinem Pass zu fragen, eine weitere Demütigung.

Allmählich war in verschiedenen Frauenorganisationen die Idee entstanden, gemeinsam zu protestieren. Schon die Ankündigung hatte die Regierung nervös gemacht. Frauen galten als Mittelpunkt der Familie und hatten Beständigkeit zu garantieren, Sicherheit und Ruhe. Wenn sie plötzlich demonstrierten, würde die soziale Ordnung zutiefst in Frage gestellt. Alle waren dementsprechend angespannt.

Der Platz vor dem Regierungsgebäude war inzwischen voller Frauen. Der Zugang zu den vier großen Türen war versperrt, bewaffnete Sicherheitskräfte verhinderten, dass sie das Gebäude stürmten. In der ersten Reihe kletterten Lilian Ngoyi und Helen Joseph Hand in Hand auf ein kleines Podest und begrüßten die Frauen mit einem Megaphon. Einige Frauen begannen zu singen und die Menge stimmte mit ein:

Wathint' abafazi, strijdom.
Wathint' abfazi, wathint imbokodo, uza, kufa.
Nun, da ihr die Frauen angreift,
greift ihr einen Felsen an,
bringt ihr einen Felsen ins Rollen
und werdet davon zerdrückt.

Die Frauen tanzten, klatschten und sangen leidenschaftlich, mehrstimmig. Mima ließ sich mitreißen. Als klar wurde, dass niemand zu ihnen kommen würde, um die Petition entgegenzunehmen, stiegen Lilian und Helen vom Podest und gingen auf einen der Polizisten zu. Sie diskutierten eine Weile, bis er eine Hand in die Luft hielt. Fünf, fünf Frauen würde er einlassen, um ihr Anliegen vorzutragen und die Petition zu überreichen. Schnell waren drei weitere ausgewählt und die fünf betraten das Gebäude. Jede von ihnen hielt einen großen Korb voller Zettel unter dem Arm. Ein Jubeln ging durch die Menge. Aber schon nach wenigen Minuten traten die fünf Gesandten wieder auf die Straße.

Lilian gab durch das Megaphon bekannt: »Ein Regierungssprecher hat uns ausrichten lassen, der Premier sei heute nicht im Haus.« Die Menge buhte. Pfiffe wurden laut. »Wir haben die Petition überreicht. Wir empfinden es als Beleidigung, dass der Premier nicht bereit ist, uns anzuhören.«

In diesem Moment hörte man auf dem Platz, wie oben auf dem Dach des Gebäudes die Rotoren eines Hubschraubers ansprangen. Der Premier verließ das Gebäude auf seinem eigenen Weg. Er war ihnen entkommen. Eine Welle der Wut ging durch die Menge und entlud sich im Gesang des nächsten Liedes. Die Hymne des Widerstandes wurde angestimmt, die heimliche Nationalhymne der schwarzen Bevölkerung Südafrikas:

Nkosi Sikelel' iAfrika. Gott segne Afrika.

Die Frauen warfen die Faust in die Luft, Richtung Himmel, Richtung Hubschrauber, der sich schnell entfernte und bald nur noch als ferner Punkt zu sehen war. Mima entdeckte Ma Msizi in der Menge und winkte ihr.

Wie die anderen war Mima enttäuscht und zornig, aber trotzdem fühlte sie sich bestärkt. Es war richtig gewesen, hierher zu kommen. Lilian und Helen stiegen auf ihr Podest und Lilian forderte die Frauen dazu auf, eine halbe Stunde gemeinsam schweigend zu protestieren und dann zurück nach Hause zu gehen. »Geht wieder an die Arbeit. Zu Euren Familien. In Eure Gemeinschaften. Widersteht. Verbündet Euch. Danke für Eure Stärke. Amandla!«

Die Menge antwortete mit einem lauten »Awethu!«

Dann legte sich Stille über den Platz. Alle Gespräche wurden unterbrochen. Kein Laut war mehr zu hören, nur hin und wieder das Weinen von Babys. Mima fühlte, wie viel Kraft in diesem Moment lag. Das gemeinsame Schweigen berührte sie. Sie hob den Kopf, sah sich umgeben von anderen, die genauso schwiegen wie sie und schloss die Augen. Sie hatte lange nicht gebetet, suchte nach Worten und erinnerte sich an die Worte, die man im Judentum dann sprach, wenn man Geschöpfe von außergewöhnlicher Schönheit sah und murmelte:

Baruch Adonai, Elohenu melech ha-olam, schekacha lo beolamo.
Gepriesen seist Du, Ewiger, unser Gott; Du regierst die Welt.
Dies alles ist Bestandteil Deiner Welt.

Es war, als würde die Zeit stehen bleiben. Die Hauptstadt beherbergte an diesem Tag zwanzigtausend Frauen, die nur in diesem Moment schwiegen, aber ansonsten reden und widersprechen würden. Mima empfand seit Wochen wieder einmal so etwas wie Frieden. Weiter vorne wurde jetzt ein Lied angestimmt, das die Stille beendete.

Will the circle be unbroken.
Werden wir den Teufelskreis
jemals unterbrechen können?

Für Mima war der Gesang wie ein alter Psalm, klagend gefragt von Schwestern, die eine große Hoffnung teilten. Sie war froh, eine weitere Bekannte zu treffen: Die Aktivistin mit dem Decknamen Kleopatra kam mit ihrem typischen indischen Gruß auf sie zu, legte die Innenflächen ihrer Hände vor dem Oberkörper aneinander und neigte ihren Kopf. Mima erwiderte die Geste intuitiv.

»Premier Strijdom! Was für ein Feigling!«, sagte sie verächtlich und warf die Faust in die Luft. Die Wut kehrte zurück und mit ihr auch die Angst.

»Hast Du keine Sorge, dass man uns zusammen sehen könnte?«, fragte Mima.

Aber Kleopatra schüttelte den Kopf und lachte übermütig. »Sie können nicht zwanzigtausend verhaften.« Trotzdem verabschiedete sie sich, winkte Mima noch einmal und tauchte in der Menge unter.

Mima hatte ihren Cadillac in einem Parkhaus abgestellt und mit Batya verabredet, sie etwa eine Viertelstunde nach Veranstaltungsende dort zu treffen, um mit ihr zurück nach Rosebank zu fahren. Sie freute sich, als ihr klar wurde, dass sie einen freien Tag hatte und überlegte, was sie mit ihrer Zeit anfangen sollte. Zum Friseur gehen, im Garten arbeiten, die neuen Kräutersetzlinge einpflanzen und anschließend ein Bad nehmen. Die Aussicht war verlockend. Wenn sie überlegte, wohin ihr Rückweg die meisten anderen Frauen jeweils führte, empfand sie wieder einmal diese Mischung aus Scham, Zorn und Dankbarkeit. Sie nahm sich vor, Berit von diesem Tag zu erzählen.

Als sie ihren Cadillac sah, strahlte sie über das ganze Gesicht. Neben Batya stand ihre Mutter Salcia. Als die ältere Frau Mima näher kommen sah, nahm sie Haltung an, drückte ihre Schultern nach hinten und streckte das Kinn vor. Mit Kopfschütteln und Lachen nahmen die beiden Frauen sich in den Arm.

Die Fahrt zurück nach Rosebank legten sie schweigend zurück. Nur hin und wieder hörte Mima, dass Salcia neben ihr leise ›Nkosi Sikelel' iAfrika‹ summte. Das Lachen auf ihrem Gesicht wollte nicht gehen.

20 Rosebank, Johannesburg
29. November 1974

Sonia Isaacman, Sarah Rubin und Jean Alkin betraten das Café und blieben erwartungsvoll an der Theke stehen. Sonia hielt einen üppigen Strauß pinkfarbener Dahlien in der Hand, Jean ein kleines Päckchen mit bunter Schleife. Mima, die gerade damit beschäftigt war, Vanilletörtchen zu dekorieren, nahm sie gar nicht wahr und nickte nur kurz, als sie hörte, dass jemand gekommen war. Einen Moment später stolperte Salcia über die Türschwelle und stellte sich neben die drei Frauen.

Als Mima endlich aufblickte, rief sie fröhlich: »Guten Morgen zusammen. Was für eine Überraschung! Wie schön, Sie, Euch alle hier zu sehen. Und alle auf einmal!«

Die vier Frauen erwiderten den Gruß und Sonia fragte: »Ist heute ein ganz normaler Tag im Café? Läuft etwa alles so wie immer?«

»Ja.« Mima nickte und sah die Frauen erstaunt an, »warum auch nicht?«

Da streckte Sarah ihr den Blumenstrauß entgegen »Mazel tov!« und Salcia rief: »Happy birthday!« Sie stimmte das Geburtstagslied an, die Frauen sangen mit und es stimmten sogar einige der Gäste im

Café mit ein. Salcia rief, so laut, dass es jeder hören konnte: »Heute ist Mimas vierzigster!« Es wurde geklatscht.

»Herzlichen Glückwunsch, Mima«, sagte Batya in diesem Moment und kam mit einer Torte mit Kerzen aus der Küche und stellte sie vor Mima auf die Theke. »Die Reservierung am Familientisch ist Deine.« Sie zwinkerte Mima zu und zeigte auf den großen Tisch, den sie am Morgen gedeckt hatte. »Setz Dich einfach an den gedeckten Tisch! Die anderen wissen Bescheid, dass Du heute Vormittag nicht so arbeitest wie sonst. Genieß es.« Damit verschwand sie in der Küche. In den Keramikbechern steckten rosafarbene Papier-Servietten und jetzt sah sie, dass der Becher am Platz vor Kopf nicht mit einem Granatapfel verziert war, sondern ein pinkfarbenes »M« trug. Dankbar sah sie ihre Angestellte an. Wie hatte sie es geschafft, diese Feier vor ihr geheim zu halten? Und wie war es ihr bloß gelungen, genau die richtigen Leute einzuladen?

Am Morgen war Mima bereits früh in der Küche gewesen, um Rosinenbrötchen zu backen, als Ezer und Berit zu ihr gekommen waren und gratuliert hatten. Ezer hatte ihr rote Rosen überreicht: »Mazel tov, Liebling!« Und er hatte ihr einen leichten Kuss auf die Lippen gegeben.

»Mazel tov, Mama«, hatte Berit geträllert und sie umarmt. Sie hatten zu dritt an dem großen Küchentisch gesessen, Berit auf Mimas Schoß, hatten heiße Milch mit Honig getrunken und Mima beim Geschenkeauspacken zugesehen. Ein Armband mit kleinen cremefarbenen Perlen und ein Flacon Chanel N° 5 von Ezer. Ein selbstgemaltes Bild von Berit, das drei lachende, fliegende Granatäpfel an einem Sternenhimmel zeigte. Ein Päckchen von Doron, das den neusten Roman von Nadine Gordimer enthielt. Eine Grußkarte vom Rabbi, die wie jedes Jahr seine Segenswünsche ausdrückte. Und Ben Katz hatte, wie jedes Jahr, bereits einige Tage vorher ein Geschenk abgegeben. Er hatte dieses Mal einen Gedichtband von Breyten Breytenbach für Mima ausgewählt, ›Met ander woorde‹. Mima wunderte sich, dass er ihr Texte in Afrikaans schenkte, aber

Bücher, die Ben ihr schenkte, hatten ihr schon oft gut gefallen und ihr Interesse war schon deshalb geweckt. Irgendwann war Zanele erschienen und hatte ihr ein Paar selbstgestrickte, hellblaue Socken überreicht. Ezer war zum Markt gefahren, Berit in die Schule gegangen und sie selbst hatte sich auf einen ganz normalen Tag im Café gefreut.

Als hätte Batya gewusst, dass Mima ihren Geburtstag nicht feiern wollte, weil sie keine Toni Kunzmann und keinen Jakob Cremer um sich haben wollte, sich aber verpflichtet gefühlt hätte, genau diese Leute einzuladen, hatte sie einen Ausweg gefunden und die Feier einfach selbst in die Hand genommen. Dankbar sah Mima ihr zu, wie sie die Torte zum Tisch trug und alle aufforderte, sich zu setzen. Sie sah in die Runde und schüttelte den Kopf. »Die Überraschung ist Euch wirklich gelungen! Wow!« Sie strahlte und rief begeistert: »Und dann auch noch Pistaziencreme-Torte.«

»Ja, worauf warten Sie denn noch?«, fragte Sonia.

»Ja, puste die Kerzen aus«, forderte Salcia sie auf.

Mima schloss die Augen. Kindern erzählte man, dass ein Wunsch in Erfüllung ginge, wenn man es schaffte, alle Kerzen auf ein Mal auszupusten. Sie hielt nicht viel davon. Aber durfte man sich zum Geburtstag nicht etwas wünschen? Sie atmete tief ein, öffnete die Augen wieder und pustete die Kerzen aus. Alle klatschten und sahen sie an.

»Hast Du Dir etwas gewünscht?«, wollte Batya wissen.

Mima lachte: »Ehrlich gesagt, habe ich in dem Moment nur gehofft, dass ich genug Puste habe.«

»Das ist in diesem Land ein sehr guter Wunsch«, meinte Jean leise und die Leichtigkeit schien für einen Moment verflogen zu sein, war aber sofort wieder zurück, als Sarah rief: »Happy birthday und einen langen Atem!« Sie erhob das Glas und alle folgten ihr und riefen fröhlich: »Mazel tov! und »Le Chaim!«

Batya verteilte Tortenstücke und servierte ihnen Kaffee, Tee und Ingwerlimonade. Und dann kam Karen aus der Küche und brachte jeder von ihnen einen Vorspeisenteller: Avocadostreifen mit frischem Pfeffer, gebackener Ziegenkäse mit Aprikosen-Chutney, mit Lachs gefüllte Blinys, geschmorte Kapernäpfel, Kirschtomaten, verschiedene Sorten Oliven und frisches Sesambrot. Batya stellte eine große Platte mit Obst in die Mitte des Tisches, zurechtgeschnitten in kleine mundgerechte Happen. Zuckermelone, Kiwi, Feigen und Orangen. Die Frauen genossen das Essen und Mima machte es Spaß, ihnen dabei zuzusehen. Angeregt sprachen sie über Rezepte und Gewürze, über das Kochen zuhause und die Eigenheiten und Lieblingsessen ihrer Männer und Kinder.

Aber dann lehnte sich Sonia zurück in ihren Stuhl und erzählte: »Ich habe am Morgen auf BBC gehört, wie der Erzbischof von Canterbury sich auf seinen Besuch bei uns vorbereitet.«

»Ja«, prustete Sarah los, »das habe ich auch gehört.« Die anderen guckten die beiden neugierig an.

Sonia erklärte: »Er guckt sich im Spiegel an und übt dabei, nicht zu lächeln. Könnt Ihr Euch das vorstellen? Bloß nicht lächeln!« Sie selber musste grinsen.

Sarah ergänzte: »Er weiß, dass Vorster sich schöne Presse-Bilder mit einem freundlichen Bischof wünscht, aber er wird ihm den Gefallen nicht tun.«

»Bischof Ramsey ist als Anti-Apartheid-Gegner bekannt. Zumindest in Europa. Propaganda wird es mit ihm nicht geben«, meinte Sonia mit Überzeugung.

»Gibt es einen Anlass für seinen Besuch?«, wollte Salcia wissen.

»Die anglikanische Kirche feiert in diesen Tagen ihre hundertjährige Gründung in Südafrika. Aber Ramsey nutzt die Gelegenheit auch für andere Themen. Er äußert sich zu sozialen Fragen, zu politischen. Und macht immer wieder seine anti-rassistische Haltung klar. Der Mann ist großartig! Es tut sich was.«

»Ja, das stimmt zwar, aber längst nicht alles ist so positiv«, warf Jean ein. »Fatima Meer steht unter Bann, weil sie eine Demonstration mit Steve Biko geplant hat. Winnie steht wieder einmal unter Hausarrest. Zoé hat mir erst letzte Woche von zwei Briefbomben erzählt.

Die zwar alle keinen Schaden anrichten konnten, aber trotzdem. Es ist zurzeit wieder sehr gefährlich.«

»Aber es stimmt auch, dass die UNO Apartheid als Verbrechen definiert hat. Die Welt schaut nicht länger weg«, entgegnete Sonia.

»Und Südafrika ist von den Olympischen Spielen ausgeschlossen worden und vom internationalen Cricket. Und ganz kurzfristig auch vom Davis Cup. Das ist doch ein Erfolg. Waring, unser kleiner Sportminister, ist stinksauer«, meinte auch Sarah.

»Ja«, meinte Jean, »das stimmt alles. Der Druck von außen wächst. Aber trotzdem.« Sie zuckte mit den Schultern und wirkte müde.

Wie offen sie miteinander über diese Themen sprachen, wunderte Mima sich und guckte zu Salcia, die sich kaum geäußert hatte, aber ganz interessiert zuhörte.

»Mima, pack doch unser Geschenk aus«, bat Sarah, offensichtlich bemüht, die Stimmung zu verbessern. Mima nahm das kleine Päckchen, löste die Schleife und hielt dasselbe Buch in der Hand, das sie auch von Doron bekommen hatte. Sie las laut vor: »›Der Besitzer‹ von Nadine Gordimer.«

»Es ist großartig«, meinte Jean.

»Sie hat den diesjährigen Bookers Prize dafür bekommen«, ergänzte Sonia.

Mima nickte und schmunzelte.

»Oder hast Du es vielleicht schon?«, wollte Sarah wissen und Mima lachte: »Ja, ich habe es tatsächlich heute morgen schon ein Mal geschenkt bekommen. Von meinem Bruder. Es muss ein gutes Buch sein, hm? Oder Ihr wisst einfach alle, wie sehr ich Nadine Gordimer mag.«

»Und dass Du kaum Zeit findest, um Dir selber Bücher zu kaufen«, meinte Salcia und fragte: »Worum geht es denn in diesem Roman?«

Jean sah Salcia an und schien sie erst jetzt richtig wahrzunehmen. Mima merkte, dass sie eigentlich antworten wollte, aber etwas schien sie zurückzuhalten. Als sei sie plötzlich misstrauisch geworden, weil sie Salcia nicht kannte. Aber dann schien sie eine innere Entscheidung zu treffen und erzählte doch: »Mister Mehring, die

Hauptperson, ist ein reicher, weißer Geschäftsmann. Unzufrieden, gelangweilt. Typisch. Seine Frau lebt längst in Amerika. Sein Sohn ist homosexuell und lebt sein eigenes Leben. Aus einer Laune heraus entscheidet Mehring sich, eine Farm zu kaufen. Obwohl er vom Farmersein überhaupt keine Ahnung hat. Eigentlich sind es also seine schwarzen Angestellten, die die Farm für ihn betreiben. Er ist der Außenseiter, der Eindringling« und sie kommentierte zynisch: »Soweit also alles so wie immer. Aber dann«, sie senkte die Stimme, um die Spannung zu erhöhen, »wird auf der Farm eine Leiche gefunden. Ein toter Schwarzer. Niemand kennt ihn.« Jean trank einen Schluck Kaffee. »Weil er ja schließlich nur ein Schwarzer ist, gibt sich die Polizei natürlich keine Mühe, die Umstände seines Todes aufzuklären. Er wird schnell begraben. Auf der Farm.« Jean grinste: »Aber der Gedanke an diesen Toten lässt dem Farmer keine Ruhe. Er wird nervös, weil eine schwarze Leiche in seinem Boden liegt. Und dann wird bei einem Regenguss die Leiche wieder an die Oberfläche gespült.« Sie sah von einer zu anderen. »Wie es weitergeht, müsst Ihr selber lesen.«

Sie sah in die Runde und ihr Blick blieb bei Salcia hängen. »Würde so eine Geschichte Sie denn interessieren, Misses Zweig?«, fragte sie direkt.

Sie traut ihr nicht, dachte Mima und fragte sich, ob sie selbst es tat. Sowohl Jean als auch Salcia taten ihr leid. Weil Jean vorsichtig sein musste. Weil die Angst Freundinnenschaft verhinderte.

Aber Salcia reagierte gelassen: »Es klingt spannend, wie ein Krimi.« Sie sah von Mima zu Jean und auch sie schien sich einen Ruck zu geben: »Oder man liest es mehr wie eine Analyse. Und alles wird zum Symbol. Die Unruhe wächst, die Toten verfolgen uns, das Land, in dem wir sie oberflächlich vergraben, gehört uns nicht.«

Jean nickte. »Und was meinen Sie, wie es ausgeht?«

»Die Geschichte von Gordimer oder unsere Situation?«, fragte Salcia nach und Mima bewunderte ihre Kühnheit.

Jean blieb konzentriert: »Das Ende des Buches kenne ich ja schon.«

Salcia schwieg lange, bevor sie antwortete. Die Spannung am Tisch wirkte, als sei ein Film kurz vor dem Ende angehalten worden. Sarah schien es kaum aushalten zu können und sagte betont fröhlich: »Ich tausche das Buch um und suche etwas anderes aus, ja?«

Alle nickten kurz, sahen aber Salcia an und erwarteten ihre Antwort: »Ich bin Jüdin wie Sie. Aus unserer eigenen Geschichte weiß ich, dass nichts immer so weiter geht.«

»Ein Mose wird aufstehen und die Sklaven in die Freiheit führen?«

»Ein Nelson Mandela. Ja, warum nicht?« Die Erwähnung dieses Namens erschreckte Mima für einen Moment. Sie sah sich um, um festzustellen, ob jemand ihnen zuhörte.

Aber Jean nickte anerkennend. Dann hakte sie nach: »Mose war ein freier Mann. Mandela sitzt seit über zehn Jahren im Gefängnis.«

»Ja, es gibt Unterschiede, aber auch ein paar Parallelen.« Salcia sprach langsam weiter, um jedes ihrer Worte wirken zu lassen: »Mose wurde vom Pharao erzogen, Mandela stammt aus einer Königsfamilie der Xhosa, Mose wehrte sich, tötete sogar jemanden.« Sie hielt inne. »Und Mose musste dann viele Jahre lang die Schafherden seines Schwiegervaters hüten. Mandela wurde Rechtsanwalt.«

Sonia mischte sich ein: »Und auch jetzt wird er bestimmt nicht den ganzen Tag lang untätig abwarten. Er schmiedet sicher Pläne.«

Sarah warf ein: »Und seine Schwester hieß Miriam, wie unser Geburtstagskind.« Alle lachten kurz auf und griffen erleichtert zu ihrer Tasse oder nahmen sich noch ein Stück Obst. Die Spannung war verflogen, das Gespräch beendet.

In diesem Moment kam außerdem ein ganzer Schwung Gäste ins Café und Mima sah sich aufmerksam um, bereit, sofort wieder in die Rolle des Gastgeberin zu schlüpfen. Karen würde gleich gehen und sie würde Batya helfen müssen. Die hatte diesen Morgen für sie geplant und in der Küche ganz sicherlich alles organisiert, aber gleich würde sie ihr wieder helfen müssen. Ezer sah aus der Küche, irritiert sah er die Gäste an ihrem Tisch und winkte kurz. Mima wurde nervös. Die anderen Frauen schienen zu verstehen, was in ihr vorging.

Sarah stand als Erste auf: »Ein schöner Morgen war das. Danke.« Die anderen schlossen sich ihr an.

»Ja, wirklich. Und so lecker«, sagte Sonia.

Mima umarmte die beiden und verabschiedete sich dann von Jean. »Ich bin zurzeit wohl kein guter Party-Gast«, meinte die.

Aber Mima schüttelte den Kopf. »Ach, es liegt ja nicht an Ihnen. Die Zeiten sind kompliziert.« Jean nickte kurz und drehte sich weg. Die drei Frauen verließen gemeinsam das Café.

»Ich tausche das Buch um«, rief Sarah noch in der Tür.

Salcia war sitzengeblieben und kam erst jetzt zu Mima. »Ich habe auch noch ein Geschenk für Dich. Das Buch haben die drei ausgesucht. Ich gehöre ja nicht zu ihrem Kreis. Oder zu Eurem.« Sie lächelte schief und hatte plötzlich Tränen in den Augen. »Es ist so mies. Shit. Ich muss heulen. Ach, ich bin so narrisch.« Sie schluchzte kurz und sagte empört: »Es war wie ein Test. Ihre Fragen. Und ich verstehe sie ja sogar. Trotzdem.«

Mima gab ihr einen Kuss auf die Wange. Salcia zog die Schultern hoch: »Hier. Mein Geschenk. Ich weiß, Du musst in die Küche, aber pack es eben noch aus, bitte.«

Mima wickelte das Papier ab und nahm vorsichtig ein Bild in die Hand. Es zeigte einen Mandelbaum, gestickt aus weißem Garn, ein starker Stamm und sieben Zweige mit einundzwanzig goldenen Blüten. »Wunderschön. Hast Du es selbstgemacht?«

Salcia nickte. »Du kannst es vielleicht in das Fenster Deines Zimmers hängen.«

»Ja. Genau das mach ich. Danke sehr.« Mima umarmte sie noch einmal und wandte sich zum Gehen, als Salcia sie am Ärmel festhielt.

»Vertraust Du mir?«, fragte Salcia, »und kann ich Dir vertrauen?«

Mima sah sie offen an. Sie dachte daran, wie Salcia ›Nkosi Sikelel' iAfrika‹ gesummt hatte, auf dem Heimweg vom Protestmarsch gegen die Pass-Gesetze. Sagte nicht allein ihre Anwesenheit schon alles? Zoé, Kleopatra, Luchs hatten ihr Vorsicht eingeimpft. Aber wie selbstverständlich Salcia heute von Mandela gesprochen hatte. Das hatte sie überrascht, ja, überzeugt. »Ich vertraue Dir«, flüsterte Mima.

Stirn an Stirn standen sich die beiden Frauen gegenüber. »Kennst Du noch Schnibbeln, Knobeln, Schniekern?«, wollte Salcia wissen.

»Ja, sicher«, lachte Mima. »Schere schlägt Papier. Papier schlägt Stein. Stein schlägt Schere. Warum noch mal genau?«

»Die Schere schneidet das Papier, das Papier wickelt den Stein ein, der Stein macht die Schere stumpf. Ach, Mima.« Salcia gab einen Laut von sich, von dem Mima nicht sagen konnte, ob es ein Lachen oder ein Schluchzen war. »Weißt Du, mit Dir würde ich Schnibbeln, Knobeln, Schniekern sogar mit verbundenen Augen spielen. So sehr vertraue ich Dir.«

Damit wandte sie sich ab und winkte im Hinausgehen, aber ohne sich noch einmal umzudrehen. Mima sah ihr nach und räumte dann langsam ihren Geburtstagstisch ab.

In der Küche wurde sie von Ezer empfangen: »Wer war das?«

»Freundinnen von mir.«

»Ich kannte keine einzige.«

»Ezer, diese Frauen waren schon sehr oft hier bei uns zu Gast. Willst Du Dir bestimmte Gesichter einfach nicht merken? Sie sind Stammgäste! Du kennst doch Salcia?«

»Ja. Die schon. Aber die anderen. Wer waren die?«

»Freundinnen. Journalistinnen.« Sie hätte gerne ergänzt: Aktivistinnen. Genossinnen im Kampf. Jüdinnen wie ich. Aber nicht wie Du. Aber sie biss sich auf die Zunge. »Sie waren schon öfter im Café. Wir verstehen uns gut. Sie haben mir sogar das Buch geschenkt, das mir Doron auch geschickt hat. Komisch, hm?«

»Ah«, meinte Ezer nur.

Mima schob die Reste der Pistazientorte auf einen kleinen Teller. Mehr zu sich selbst sagte sie: »Ein zweites Buch, ein zweiter Mose, eine zweite Befreiung.«

»Was sagst Du?«, fragte Ezer.

»Ach nichts. Ich wurde nur daran erinnert, dass ich wie die Schwester von Mose heiße. Und dass ich heute vierzig geworden bin.«

Sie strahlte und Ezer reagierte herzlich: »Wir könnten heute Abend noch ein Glas Wein trinken. Zur Feier des Tages.«

»Nach vierzig Jahren kam das Volk ins gelobte Land, nicht wahr?«

»Ja, so wird es erzählt.«

»Gut.«

Einem plötzlichen Impuls folgend drückte sie Ezer einen Kuss auf die Wange. Er freute sich offensichtlich: »Ich suche einen richtig alten Wein aus. Einen edlen. Allée Bleue hat gerade geliefert.«

»Vielleicht einen L'Amour Toujours?«

»Ja! Gute Idee. Nur für uns.«

21 Rosebank, Johannesburg

16. Juni 1976

Rabbi Brom Seliger war ein unauffälliger Mann, klein, jetzt, in seinen Fünfzigern etwas übergewichtig geworden. Ein Intellektueller, bekannt für seine Belesenheit und Redegabe. Er wurde als liberal bezeichnet und wehrte sich nicht dagegen, war aber froh über jeden, der bereit war, sich ernsthafter mit ihm und seinen Ansichten auseinanderzusetzen. Aber leider, so musste er feststellen, schienen nicht viele Menschen Interesse an solchen Gesprächen zu haben. Einige hatten auch angedeutet, sich ihm und seiner Gedankenflut nicht gewachsen zu fühlen.

Als Mima ihren Besuch angekündigt hatte, war er daher ebenso überrascht wie erfreut gewesen, denn er schätzte sie als interessiertes Gegenüber und hatte den Austausch mit ihr immer genossen. Er begrüßte sie herzlich, als sie sein Büro betrat, bat sie, auf dem alten Ledersofa Platz zu nehmen, schenkte ihr unaufgefordert Tee ein und nahm ihr gegenüber Platz in seinem Lieblingssessel. Neugierig sah er sie durch die kleinen runden Gläser seiner Brille an und wartete. Mima hatte ihn erst zwei Mal persönlich aufgesucht, nach dem Tod ihres Vaters gemeinsam mit ihrer Mutter und etwas später, als auch ihre Mutter gestorben war. Ansonsten waren sie sich immer nur in der Synagoge begegnet, bei Veranstaltungen der Gemeinde, im Stadtteil und einige Male in ihrem Café. Das letzte längere Gespräch hatten sie anlässlich der Simchat Hieb geführt, der Feier für ihre Tochter Berit. Er hatte keine Ahnung, worüber sie heute mit ihm reden wollte. Einen Todesfall hatte es nicht gegeben, das hätte er mitbekommen.

Mima sah sich gespannt um. Der Raum war so, wie sie ihn in Erinnerung hatte, voller Bücher. Viele davon wirkten alt und wertvoll. Der Schreibtisch war beladen mit Papieren, Zeitschriften und weiteren Büchern. Einziges Bild im Raum war eine Bleistiftzeichnung des Baal Schem Tov. Mima hielt den Rabbi für einen klugen Mann. Seine kritischen Vorträge und Bibelauslegungen hatten ihr den Eindruck vermittelt, dass er auf der richtigen Seite stand, auch wenn er immer nur in Andeutungen sprach. Der Rabbi räusperte sich. Er wollte sie nicht drängen, aber vielleicht konnte eine erste Frage ja helfen.

»Was führt Dich denn zu mir, verehrte Miriam«, fragte er.

»Ich muss mit jemandem sprechen.« Sie sprach vorsichtig, das Taschentuch in ihrer linken Hand verriet, dass sie schon vorher geweint hatte oder damit rechnete, es nicht verhindern zu können.

Der Rabbi sah sie aufmunternd an. Mima trank einen Schluck Tee und dann erzählte sie. Nüchtern, mit einfachen Sätzen. Sie begann mit ihren Albträumen, in denen sich Bilder von Judenpogromen aus Erzählungen mit Polizeirazzien der Gegenwart vermischten. Der Blick des Rabbis war voller Verständnis und Wärme. Sie erklärte, dass Rassismus in keiner Form hinnehmbar für sie war. Sie offenbarte ihm ihren unbändigen Zorn auf die Apartheid-Gesetze. Auf das Regime, wie sie die Regierung nannte. Ihr Verständnis für den Widerstand und auch für den bewaffneten Kampf. Sie erläuterte kurz, wie ihr eigenes Engagement sich entwickelt hatte. Sie erzählte ihm auch, dass sie Papiere schmuggelte, belastende Informationen ins Ausland, Pläne des MK innerhalb Südafrikas, gefälschte Pässe, Nachrichten, Sabotage-Pläne, manchmal Waffen oder Material zur Herstellung von Sprengstoff. Dass ihr Café ein Treffpunkt geworden war für konspirative Sitzungen. Sie gab zu, dass sie den Gedanken an eine Hausdurchsuchung oder eine Verhaftung meistens verdrängte und dann jedesmal, wenn sie etwas tat, womit sie gegen die Gesetze verstieß, ganz plötzlich große Angst bekam und sich überwinden musste. Sie erwähnte, dass es einige Einschüchterungsversuche gegeben hatte, dass man ihr vor einigen Jahren Berit für ein paar Stunden weggenommen hatte, und dass sie wusste, dass man sie beobachtete. Sie erzählte von ihren Besuchen im Frauengefängnis und dass sie einfach nicht fassen konnte, wie demütigend und unmenschlich die Haftbedingungen waren und dass die Angst der Gefangenen ihr weitere Albträume bescherte. Weil sich ein Kreis geschlossen hatte, machte sie eine Pause, trank Tee und wartete, ob der Rabbi reagieren würde. Sie hatte langsam geredet und ihn kaum angesehen. Jetzt suchte sie seinen Blick. Sein Gesicht zeigte keine Überraschung, keine Missbilligung.

»Und Du bist zu mir gekommen, um das alles zu beichten?«, fragte er.

Mima sah ihn ruhig an. »Nein. Das war keine Beichte. Ich empfinde ja keine Schuld bei dem, was ich tue. Ich bereue es nicht. Ich denke, es ist richtig. Es ist bedeutend.«

»Bedeutender als das, was andere tun?«

»Wenn sie sich mit dem, was sie tun, immer nur um sich selber drehen? Ja.« Sie knetete ihre Hände und sah den Rabbi unschlüssig an.

»Du wolltest Dir also einmal alles von der Seele reden? Oder erwartest Du einen Rat von mir? Eine Einschätzung?« Er nahm seine Brille ab und putze die Gläser mit seiner wollenen Weste. Er kannte Mima, seit sie ein Kind war. Er hatte sie heranwachsen sehen, ihre Bat Mizwa gefeiert, ihre Eltern beerdigt. Er hatte sie und Ezer getraut und miterlebt, wie ihr Café immer mehr florierte. Er hatte Gerüchte gehört über ihre Nähe zu Aktivisten, ihre Sympathie für den Widerstand. Er hatte ihr Kind gesegnet. Er wusste, dass sie ungeduldig sein konnte, dickköpfig und stolz. Und er bewunderte sie. Er setzte sich seine Brille wieder auf und sah sie fragend an.

»Das war nur die Einleitung. Die Beichte kommt jetzt«, sagte Mima leise. Mit fester Stimme fuhr sie fort. Sie hatte sich vorgenommen, es zu erzählen und würde es jetzt auch tun. »Mein Zuhause hat sich verändert. Anfangs waren es nur kleine Meinungsverschiedenheiten. Ich war oft ungeduldig und empfindlich. Wir haben viel gearbeitet. Ich habe manches Mal trotzig reagiert. Ezer ist immer stiller geworden. Manchmal schiebt er es auf seine Herzkrankheit. Aber eigentlich wissen wir beide, dass es darum nicht geht. Sondern um etwas Seelisches, das zwischen uns geschieht. Er weiß nichts von meinem Engagement. Er kennt meine Kameradinnen nicht. Er will sie nicht kennen. Ich habe nie den Mut gefunden, mich ihm anzuvertrauen. Wir leben eng zusammen, aber wir sind uns fremd. Ezer ist mir fremd. Sein größter Wunsch ist es, nach Erez Israel auszuwandern, weil er glaubt, dass er nur dort wirklich Heimat finden kann. Ich teile diesen Wunsch und seine Hoffnung überhaupt nicht. Kein bisschen. Sein Vertrauen in unsere Regierung teile ich auch nicht. Aber das muss ich wohl eigentlich gar nicht erwähnen. Sein devotes, naives Verhalten Autoritäten gegenüber macht mich rasend. Seine Ahnungslosigkeit, sein Desinteresse gegenüber dem, was in unserem Land geschieht... Ach.« Sie machte eine wegwerfende Handbewegung. »Ich empfinde nur Kälte. Ich habe kein Verständnis für ihn. Es gibt kein Gefühl von Einheit oder Zusammengehörigkeit.«

Sie atmete tief durch, gespannt, was der Rabbi sagen würde. Er überlegte, dann meinte er: »Ein Ehepaar besteht immer aus zwei einzelnen Menschen, die sich auch für sich alleine weiterentwickeln. Nicht immer wachsen dabei die Gemeinsamkeiten genau so schnell wie die Unterschiede. Aber Ihr habt einen gemeinsamen Glauben, eine Tradition, ein gemeinsames Geschäft und ein gemeinsames Kind. Das ist viel.« Als er merkte, dass seine wohlmeinenden Worte ihr nicht weiterhalfen, beugte er sich vor und fragte: »Was ist denn das Schlimmste?«

Mima rieb sich die Schläfen. »Ich bin unberührbar geworden. Nicht mehr daran gewöhnt, dass man mir zärtlich begegnet. Ich öffne mich nicht. Ich bin innerlich kalt. Wenn mir jemand Vertrautheit zeigt, tut es mir weh, körperlich weh. Wenn mir Liebe entgegengebracht wird, in irgendeiner Form, habe ich nur die Wahl zwischen Mauern und Weinen. Da ich nicht dauernd heulen will, ziehe ich mich immer mehr zurück.« Sie sah ihn traurig an. »Früher war ich anders.«

Der Rabbi nickte. Als spürte er, dass sie noch nicht alles gesagt hatte, fragte er: »Und weiter?« Mima presste die Lippen aufeinander.

»Mein Kind«, sagte sie leise und begann zu weinen. Ihre Schultern bebten und sie konnte sich plötzlich gar nicht mehr beruhigen, putzte sich ein paarmal die Nase und schluchzte. Sie zerknäulte das Taschentuch in ihrem Schoß und versuchte, ruhiger zu atmen. Allmählich fasste sie sich. »Berit. Sie ist lieb. Sie übt Klavier. Sie spielt gerne Tennis. Sie mag Kleider und Haarbänder.« Sie schüttelte den Kopf über sich selber. »Das ist ja alles nichts Schlimmes. Sie ist ein Mädchen. Ein Kind. Gerade einmal zwölf.« Sie zuckte hilflos mit den Schultern. »Aber auch sie ist mir fremd. Ich zeige ihr Bilder von meiner Familie, es interessiert sie nicht. Ich erzähle ihr Legenden und Geschichten, sie möchte lieber spielen. Sie stellt keine Fragen.« Sie sah den Rabbi direkt an. »Es beunruhigt mich so sehr, dass sie nie Fragen stellt! Unser Land hat ein riesiges Problem, sie will nichts davon wissen.« Sie ließ ihren Blick durch das Zimmer schweifen und erzählte weiter: »Hinter der Theke bei mir im Café fühlt sie sich unwohl. Sie hat panische Angst vor Wespen – das ist vielleicht eine Erklärung. Für mich war es das Größte, neben meiner Mutter im Café zu sein und ein wenig mitzuhelfen. Sie behandelt Zanele wie ihre persönliche Dienerin. Die Küche mag sie nicht, als wäre dieser Ort nicht gut genug für sie. Als ich sie neulich gefragt habe, ob sie wisse, was ein Gast ist, hat sie gesagt ›Gäste wollen immer etwas von Dir. Sie sind laut und nervig‹. Können sie sich das vorstellen? Meine Tochter?«

Mimas Verzweiflung zeigte jetzt mehr Wut als Trauer. Sie versuchte, wieder nüchterner zu sein. »In unserer Tradition lernt doch die Tochter von der Mutter. So war es immer: das Haus, die Ordnung. Die Verarbeitung von Lebensmitteln und ihre Konservierung.

Herstellung von Stoffen und Kleidung. Zubereitung von Essen, Vorbereitung der Feste und des Sabbats. Das alles sollte von der Mutter an die Tochter weitergegeben werden. Und daher ist die Beziehung zwischen beiden von Vertrautheit bestimmt. So war es bei mir. Und so habe ich es mir für Berit und mich gewünscht. Ich habe es mir wirklich sehr gewünscht.« Abschließend sagte sie. »Dass ein Ehemann einem fremd werden kann, das hatte ich schon gehört. Aber das eigene Kind?« Ratlos lehnte sie sich zurück in das bequeme Sofa und hörte ihren eigenen Worten hinterher.

»Was Du erzählst, ist traurig«, meinte der Rabbi. »aber sie ist ja noch ein Kind. Sie hat ganz entscheidende Jahre ihrer Entwicklung noch vor sich. Denk doch nur daran, wie es bei Dir selber war.«

Mima nickte. »Ja. Ich weiß.« Und dann offenbarte sie mit einem Satz ihre ganze Enttäuschung und gab zu: »Ich hatte es mir nur so anders vorgestellt.« Ihre Erwartungen kamen ihr heute romantisch vor und waren ihr peinlich, gleichzeitig fühlte sie sich trotzdem betrogen.

»Bald wird sie ihre Bat Mizwa feiern. Vorher werde ich sie im Unterricht erleben. Der wird ein paar neue Ideen in ihr Leben bringen, hm?« versuchte der Rabbi sie aufzumuntern. »Versuch, etwas mit ihr gemeinsam zu unternehmen, was ihr Spaß macht. Du bist die Erwachsene. Bring Interesse auf für ihre Interessen und hoffe nicht nur, dass es umgekehrt passiert.« Mima nickte. Entschuldigend sagte der Rabbi: »Ich hoffe, es klingt nicht zu streng, wenn ich sage: Mima, unsere Treue ist nicht nur im Großen gefordert, sondern auch im Alltäglichen.« Er machte eine kurze Pause, bevor er sich dem nächsten Thema zuwandte: »Was Ezer angeht – ich meine, Du solltest versuchen, Dich etwas zu öffnen. Vielleicht beginnst Du nicht damit, dass Du ihm von Deinen konkreten Aktionen erzählst. Sondern teilst Deinen Zorn mit ihm, Deine Hilflosigkeit. Vielleicht beginnst Du, wie heute bei mir, mit Deinen Albträumen?« Mima hörte zu und wollte seinen Rat annehmen. Sie nahm es sich fest vor. »Und Dein Engagement...« Wieder machte er eine Pause und dann griff er mit seinen Händen ihre beiden Hände, quer über den Tisch. »Mach weiter. Wir sollen dankbar sein für jede Gelegenheit, die wir bekommen, Leben zu schützen und Recht zu schaffen. Das sind unsere hohen Ideale. Sie verdienen es.«

Mima nickte und stand auf. Sie dankte ihm für seine Zeit, sein Verständnis und seinen Rat. Versicherte ihm, er habe sie ermutigt und versprach, sich wieder bei ihm zu melden. Dann verabschiedeten sie sich voneinander. Als sie schon fast aus der Tür war, sagte er: »Ha Schem möge Dich segnen, Miriam.« Sie umarmte ihn kurz und machte sich auf den Weg nach Hause.

Der Stadtteil wirkte unruhig, sie spürte intuitiv, dass etwas Ungewöhnliches passiert sein musste. Ein Anschlag? In Rosebank? Eine Verhaftung? Es waren weniger Menschen unterwegs als sonst und die, die sie sah, wirkten nervös und so, als wollten sie schnell weiter, woandershin.

Das Café war fast leer, was allerdings nicht ganz ungewöhnlich für diese Zeit des Tages war. Die typische Zeit für ein Kaffeetrinken war vorbei, die Gäste zum Abendessen noch nicht erschienen. Es waren nur wenige Tische besetzt. Ben Katz saß in seiner Nische, in ein Buch vertieft. An einem anderen Tisch saß Sarah Rubin und winkte ihr zu. Mima rief, sie werde gleich zu ihr kommen. Batya stand hinter der Theke und säuberte die Kaffeemaschine.

»Was ist passiert?«, fragte Mima, aber Batya meinte nur: »Fragen Sie da« und deutete mit dem Kopf Richtung Küche.

Ma Msizi stand am großen Küchentisch und schnitt Kartoffeln in gleichgroße Stifte. Als sie Mima sah, kam sie auf sie zu, umarmte sie. Mima löste sich und fragte: »Was machst Du hier, Ma? Wo ist Zanele? Warum springst Du für sie ein? Das tust Du doch, oder? Was ist passiert?«

Ma Msizi begann sofort zu erzählen: »Kinder. Schülerinnen und Schüler. In Soweto. Tausende. Ein riesiger Protestmarsch. Gegen die neuen Gesetze. Sie wollen nicht länger Afrikaans lernen. Nicht in Afrikaans unterrichtet werden. Sie haben ganz friedlich protestiert. Immer mehr Schulen haben sich angeschlossen. Seit dem frühen

Morgen. Auch Lehrer sind mitmarschiert. Sie hatten Transparente dabei. ›Kein Afrikaans mehr!‹ und ›Wenn wir Afrikaans lernen, soll Vorster Zulu lernen‹ und ›Es lebe Azania‹. Sie haben getanzt und gesungen.«

Mima hörte gespannt zu und schlimme Ahnungen ließen ihr Herz höher schlagen. Ma Msizi sprach weiter: »Die Polizei sperrte die Straßen ab. Die Kinder nahmen einen anderen Weg als ursprünglich geplant. Sie waren friedlich. Diszipliniert. Sie marschierten nach Orlando, zur Highschool. Die Polizei kam mit Panzern. Mit Tränengas. Die nationalen Radiosender behaupten, die Schüler hätten mit Steinen geworfen. Radio Freedom meldet, die Polizei habe das Feuer eröffnet und einfach geschossen.«

»Geschossen?«, fragte Mima entsetzt.

Ma Msizi nickte und ihre Stimme versagte. Sie schluckte. »Sie schießen, Mima. Auf Kinder, die lernen wollen.« Sie schüttelte heftig den Kopf. »Diese Bestien. Es gibt Tote. Niemand weiß bisher, wie viele. Über Hundert.«

»So viele?« Mima konnte es nicht fassen. Sie stützte sich auf den Küchentisch. »Du bist hier, weil Zanele nach den Kindern sehen wollte«, stellte Mima fest und Ma Msizi nickte.

»Die Mädchen waren schon zuhause, Naledie und Nthati. Sie hatten Angst bekommen. Aber Thabo.« Ihre Stimme wurde ein Klagen. »Wir wissen nicht, was mit ihm ist. Oh Gott, Mima. Was, wenn er tot ist? Wie sollen wir weiterleben, wenn sie unsere Kinder erschießen?« Sie wischte sich energisch die Tränen weg. »Guten Tag, Mam«, nickte Ma Msizi in Richtung Tür.

Mima sah sich um. Sarah Rubin stand auf der Stufe zwischen Café und Küche. Sie nickte Ma Msizi zu. »Guten Tag.« An Mima gewandt meinte sie: »Es ist schrecklich. Aber diesmal wird die Weltöffentlichkeit nicht einfach zusehen. Nicht, wenn Kinder umkommen. Nicht bei diesen Zahlen. Diesmal sind sie endgültig zu weit gegangen.« Dann fragte sie: »Die anderen sind nicht erschienen, ich habe über eine Stunde gewartet. Ich bin beunruhigt. Gibt es einen Hinterausgang, durch den ich das Haus verlassen kann? Irgendeine Möglichkeit, dass ich nicht auf die Dale Avenue hinaus muss? Kann ich vielleicht durch eine andere Tür auf eine Seitenstraße entkommen?«

Mima schüttelte den Kopf und überlegte. »Durch die Garage kommen Sie auch nur auf die Hauptstraße.« Dann kam ihr eine Idee: »Sie können mein Auto nehmen. Wenn Sie ihre Sonnenbrille aufsetzen und ein Kopftuch umbinden, wird man Sie nicht erkennen. Außerdem kennt jeder im Stadtteil meinen Cadillac und wird denken, dass ich hinter dem Steuer sitze.«

»Würden Sie das wirklich für mich tun?«

»Aber natürlich. Warten Sie.« Sie wühlte in ihrer Handtasche. »Hier, der Schlüssel.«

»Vielen, vielen Dank, Mima. Ich sorge dafür, dass jemand den Wagen zu Ihnen zurückbringt. Heute Abend noch.« Mima führte sie in die Garage, wartete bis die Aktivistin eingestiegen war und öffnete dann das Garagentor. Sie winkte ihr, wartete bis sie verschwunden war und schloss es wieder.

Zurück in der Küche dankte Mima Ma Msizi, dass sie aushalf. »Am liebsten würde ich mit Dir nach Soweto fahren und gucken, ob wir irgendetwas tun können.«

»Nein, nein. Besser nicht. Zu gefährlich.«, widersprach Ma Msizi. »Außerdem haben Sie kein Auto mehr«, stellte sie nüchtern fest. Sie zwinkerte Mima zu, so dass diese kurz lachen musste.

»Du hast Recht«, gab Mima zu. »Ausgerechnet heute das Café zu schließen, wäre auch nicht gut. An so einem Tag wollen die Leute reden. Was meinst Du?«

Ma Msizi stimmte zu. »Mir tut es auf jeden Fall gut, hier zu sein. Zu reden. Zu arbeiten.« Ihre kleinen Sätze waren so wohltuend, freuten Mima. Wie leicht es mit ihr war. So viel leichter als mit Zanele.

Mima hakte nach: »Ich würde aber wirklich verstehen, wenn Du nach Hause willst.« Ma Msizi schüttelte den Kopf und versprach, ihr Bestes zu geben, um ihre Tochter zu vertreten und Mima zu unterstützen. »Danke«, sagte Mima. »Dann machen wir es so.« Sie band sich eine frische weiße Schürze um. »Ich würde Dich bitten, als nächstes schwarze Oliven-Tapenade auf schmale Baguette-Streifen zu verteilen. Dicker als Butter, großzügig. Anschließend werden dünne Blättchen Parmesan-Käse auf die Brote gestreut. Okay?«

»Ja. Es klingt lecker. So etwas habe ich noch nie gegessen.« Sie grinste schief.

Mima drückte ihre Hand. »Danke, Ma Msizi. Und probier alles, was Du willst. Iss, so viel Du magst.«

Noch war das Café leer. Mima fragte sich, ob die drei Reservierungen, die sie für diesen Abend hatte, wahrgenommen werden würden. Ob überhaupt Gäste kamen, oder ob ihre Vermutung stimmte, dass es am späteren Abend sogar richtig voll werden würde. Sie verordnete Batya eine Pause und machte sich daran, Vanillepudding in kleine Dessertgläser zu füllen.

»Du bist hier?«, fragte Ezer erstaunt.

»Ja. Ich war beim Rabbi. Das wusstest Du doch. Aber ich war pünktlich wieder hier, wie verabredet.«

Ezer sah sie kritisch an. »Ich dachte, ich hätte Dein Auto gesehen.«

»Ach deshalb. Ja, das ist möglich. Ich habe es verliehen.«

»Du hast was?«

»Mein Auto verliehen. Reg Dich jetzt bloß nicht auf.«

»Darf ich wissen, an wen?«

»Du kennst sie sowieso nicht.«

»Sie?«

»Wäre es besser, ich hätte es an einen Mann verliehen?«

»Ach, Mima. Hör doch auf. Ich möchte einfach nur wissen, wer mit Deinem Auto durch die Stadt fährt.«

»Es ist mein Auto. Und was Du nicht weißt oder Namen, die Du nie gehört hast, kannst Du auch nicht ausplaudern.«

»Was redest Du denn da?« Ezer war jetzt sichtlich irritiert und ungehalten.

Mima erinnerte sich an ihr Gespräch mit dem Rabbi und mahnte sich innerlich zur Ruhe. »Mein Auto ist doch jetzt nicht so wichtig. Hast Du Nachrichten gehört? Weißt Du, was heute in Soweto passiert ist? Oder immer noch passiert?«

Aber Ezer wandte sich zum Gehen. »Ich verstehe einfach nicht, dass Du Dein Auto verleihst. An eine wildfremde Person, die ich nicht mal kenne.« Kopfschüttelnd stieg er die Treppe hoch.

Sie schrie hinter ihm her: »Und ich begreife nicht, dass hier immer alle nur mit sich selbst beschäftigt sind! Mit ihrer kleinen Welt!« Aber er hörte sie wohl schon gar nicht mehr.

Na, das hat ja super geklappt. Der Rabbi wäre sicher stolz auf mich, dachte Mima und rief ihrem Mann hinterher: »Schickst Du bitte Berit nach unten zu mir?« Sie hoffte, dass wenigstens die Begegnung mit ihrer Tochter besser verlaufen würde.

»Hi, Mama!«

Mima gab ihrer Tochter einen flüchtigen Kuss auf die Wange. »Hallo, mein Schatz.«

Batya kam zu ihnen hinter die Theke. »Hi, Beritli«, sagte sie und wuschelte dem Mädchen durch die Haare.

»Lass das«, maulte Berit. Mima dachte, dass sie sehr bald schon eine junge Dame sein würde und kein Kind mehr. Sie war nicht mehr das kleine Mädchen, sie wurde schnell erwachsen.

»Batya, kannst Du bitte Joshi und Simson anrufen. Falls es heute Abend voll wird, bräuchte ich ihre Hilfe.«

Batya sah in das leere Café, sagte aber: »Wird erledigt.« Sie wusste, Mima hatte ein untrügliches Gefühl dafür, wann es voll würde.

An Berit gewandt, sagte Mima: »Komm, lass uns in die Küche gehen. Ich möchte, dass Du etwas erfährst.«

»Muss das sein?«, fragte Berit zurück.

»Ja«, sagte Mima schlicht. Sie verbot sich innerlich, ihrem Ärger über Berits mangelnde Neugier nachzugeben, schob ihre Tochter in die Küche und setzte sie auf einen Stuhl an den Küchentisch. Es war einfach zu wichtig, dass Berit begriff, was in ihrem Land los war.

Ma Msizi grüßte das Mädchen herzlich. »Hallo, Kleine. Du wirst ja immer hübscher.«

Berit reagierte nicht. »Schatz, Du kennst doch Ma Msizi. Sie ist Zaneles Mutter.«

»Hi«, sagte Berit lustlos. »Müssen wir hier sein?«, fragte sie. »Können wir nicht nach oben gehen?« Hatte ihre Tochter eben tatsächlich die Nase gerümpft?

Mima setzte sich neben ihre Tochter und bat Ma Msizi: »Ma, könntest Du Berit bitte erzählen, was Du mir vorhin erzählt hast? Was heute in Soweto passiert ist?« Sie berührte Berits Arm und hoffte, dass ihr nächster Satz vermitteln konnte, dass etwas Besonderes geschah: »Du wirst einen Bericht aus erster Hand erhalten.« Berits Blick verriet nicht, was sie dachte, sie wartete schlicht ab, was passieren würde.

Ma Msizi unterbrach ihre Arbeit und sah Berit an. Und dann erzählte sie noch einmal von den Schülerinnen und Schülern in Soweto. Vom Protestmarsch. Sie erläuterte die neuen Gesetze. »Es ist, als müsstest Du auf einmal Zulu lernen oder Tswana. Und Deine Prüfungen und Dein Examen in dieser Sprache machen.« Berit hörte zu und nickte hin und wieder. Ma Msizi betonte, dass die Kinder friedlich marschiert waren, dass es Tausende waren. »Kinder in Deinem Alter, einige jünger, andere älter.« Sie erklärte Berit, was die Transparente sagten und dann sprach sie von der Polizei. Von Straßensperren. Von Panzern und Tränengas. Von Schüssen und von Toten. Dann schwieg sie. In der Küche herrschte Stille.

Mima dankte Ma Msizi und wartete, wie Berit reagierte.

»Das ist schlimm für diese Kinder«, sagte sie. Weil sie spürte, dass es von ihr erwartet wurde? »Bei uns lernen zum Beispiel nur die jüdischen Kinder Hebräisch«, fuhr sie schleppend fort und sagte dann mit mehr Gewissheit in der Stimme: »Jeder sollte seine eigene Sprache sprechen. Dann redet man auch mit denen, die einen am Besten verstehen. Das fände ich fair. Nicht wahr, Mama?« Mima sah sie an. »In Israel zum Beispiel reden mehr Menschen Hebräisch.« Sie zuckte mit den Schultern. »Das wäre sicher noch schöner für mich, wenn die, die Hebräisch lernen, nicht nur so wenige wären.«

»Was möchtest Du denn eigentlich essen?«, unterbrach Mima sie. »Ich mache Dir ein Brot, wenn Du magst. Danach kannst Du auf Dein Zimmer gehen und noch etwas lesen, ja?«

Berit strahlte sie an. »Darf ich ein Toast mit Käse haben? Bitte?« Mima nickte. Sie hätte ihr jeden Wunsch erfüllt, solange sie nur aufhörte zu reden.

Berit aß ihr Brot, sah hin und wieder zu Ma Msisi und zu ihrer Mutter, die nebeneinander arbeiteten und Bleche mit kleinen Broten belegten. Als sie zwei Scheiben ihres Lieblingsbrotes gegessen hatte, stand sie auf und verabschiedete sich höflich. »Gute Nacht«, flötete sie und war verschwunden.

Entschuldigend sah Mima Ma Msizi an. »Sie geht auf eine weiße Schule. Eigentlich müsste dort auch protestiert werden. Eigentlich lernen die weißen Kinder auch nicht, was wirklich wichtig ist.« Sie setzte sich und gab ihren Gefühlen nach, legte den Kopf auf die Arme und weinte. Warme Tränen liefen auf ihre Haut. Sie ließ es zu.

Ma Msizi kraulte ihr den Nacken und flüsterte: »Sch...sch...sch. Unsere Töchter, unsere Kinder – sie sind nicht wir. Und wir sind nicht sie.« Mima genoss die Berührung der alten schwarzen Frau.

Sie richtete sich auf und sah sie dankbar an. Dann raffte sie sich auf. »Ich muss ins Café.«

Als Mima einen Moment später Klaviermusik aus der oberen Etage hörte, rannte sie die Treppe hoch, riss die Tür auf und fragte: »Was tust Du denn?«

Berit ließ sich nicht unterbrechen, antwortete aber: »Ich übe Klavier. ›Für Elise‹. Morgen habe ich Unterricht und es klappt noch nicht richtig.«

»Du spielst Beethoven? Dieses kleine Liedchen? Deutsche romantische Musik, an so einem Tag wie heute? Du denkst an Deinen Klavierunterricht, während andere Kinder in Deinem Alter dafür kämpfen, dafür sterben, dass sie... Ach, Berit.«

Das Mädchen hatte aufgehört zu spielen und saß zusammengesunken auf ihrem Klavierhocker, den Tränen nah. Trotzig und klagend sagte sie: »Die Mütter von den anderen Mädchen in meiner Klasse wären froh, wenn ihre Töchter mehr üben würden. Aber Du bist immer anders.«

Mima trat ans Klavier neben Berit und sagte resigniert: »Ich finde es toll, dass Du Klavier übst. Wirklich. Aber da draußen«, sie zeigte aus dem Fenster, »da draußen passieren schreckliche Dinge.«

»Es ist weit weg für mich. Ich kenne da doch niemanden. Es passiert nicht in meiner Schule«, erwiderte Berit trotzig.

»Aber Thabo«, sagte Mima, »Du kennst Thabo. Er geht in Soweto zur Schule.« Da wurde Berit blass. Mima begriff, dass ihre Tochter tatsächlich erst in diesem Moment begriff, dass Thabo betroffen sein könnte.

Mit großen Augen sah Berit ihre Mutter an. »Thabo. Ich habe nicht daran gedacht.« Sie biss sich auf die Unterlippe und lehnte sich an den Schoß ihrer Mutter. »Ihm wird doch nichts passieren, oder, Mama?«, flüsterte sie.

»Ich weiß es nicht. Ich hoffe es.« Berit weinte leise und zog die Nase hoch. Mima freute sich über diese Tränen. Vielleicht war sie wirklich anders als andere Mütter.

»Mima?« Batyas Rufen von unten aus dem Café riss sie aus ihren Gedanken. Sie streichelte Berit über den Kopf. »Magst Du mit ins Café kommen? Oder lieber noch ein bisschen spielen?«

Berit rutschte auf dem Hocker hin und her, unschlüssig, was sie wollte. »Am liebsten würde ich noch ein bisschen Klavier üben«, sagte sie und Mima erlaubte es ihr. Sollten doch alle bei sich bleiben. Sie konnte nichts erzwingen.

»Ich sehe gleich noch einmal nach Dir.« Damit verließ sie das Zimmer und ging die Treppe hinunter. Als Batya ein zweites Mal rief, wurde sie unruhig. De Meurs stand neben der Theke und sah ihr entgegen.

»Misses Mandelbaum«, grüßte er sie höflich.

»Officer«, nickte sie und verzichtete darauf, ihm die Hand zu reichen. Was konnte er von ihr wollen? Was hatten sie sich dieses Mal wieder überlegt? Waren alle Waren sicher verpackt?

»Sie fahren einen Cadillac mit Johannesburger Kennzeichen?«, fragte er. Sie bestätigte es und dachte sofort an Sarah Rubin.

Hoffentlich war sie in Sicherheit. »Kennzeichen JH 7/12?« Sie bejahte auch diese Frage. »Wissen Sie, wo der Wagen jetzt ist?«, fragte er.

»Nein«, gestand sie. »Ich habe mein Auto zurzeit verliehen.«

»Seit wann genau?«, wollte der Polizist wissen.

»Ich habe es am frühen Abend an eine Freundin verliehen.«

»Heute Abend?«, wollte er genauer wissen.

»Ja«, sagte sie. Warum sagte er nicht endlich, was los war?

»Ich muss Sie bitten, mitzukommen, um den Wagen zu identifizieren.«

Sie sah ihn fragend an. »Verraten Sie mir auch, warum das nötig ist?«

Er zögerte. Er schien es zu genießen, mehr zu wissen als sie. »Es hat einen Unfall gegeben.«, sagte er knapp. Und dann packte er sie am Oberarm. »Gehen wir?«

Mit einem Ruck riss sie sich von ihm los? »Bin ich verhaftet?«, fragte sie.

»Nein«, sagte er. In seinem Blick lag Bedauern.

»Dann behandeln Sie mich nicht so«, forderte sie mit einem Blick auf ihr Café. »Tun Sie wenigstens so, als wären Sie zu meinem Schutz da.« Sie griff nach ihrer Handtasche, bat Batya, Ezer Bescheid zu sagen und sich um alles zu kümmern und verließ mit hoch erhobenem Kopf ihr Café.

22 | Rosebank, Johannesburg
1980

Liebe Hilda, schrieb Mima,

> *ich habe den Eindruck, meine Briefe bräuchten von Mal zu Mal mehr Porto, denn sie werden immer schwerer. Das Mandelplatz ist mein Zuhause und mein großes Glück. Manchmal träume ich, es wäre bei Dir in New York, dann könnten wir uns sehen und wir könnten leicht miteinander sprechen. Hier aber fehlt mir jede Leichtigkeit. Das Café ist umgeben von Angst, Hass und Schikane. Du fehlst mir auch.*

Mima fragte sich, ob ihre private Post abgefangen wurde. Bisher war sie nicht davon ausgegangen. Sie war doch schließlich nur ein kleines Rädchen. Und die Sicherheitspolizei konnte schließlich nicht alles kontrollieren. Vorsichtshalber schrieb sie einen falschen Absender auf die Umschläge und bat immer Batya, ihre Post für sie einzuwerfen. Am besten, wenn sie an einem Postkasten in der Innenstadt vorbeikam. Diese Maßnahmen halfen ihr, wirklich das zu schreiben, was ihr auf dem Herzen lag.

Zu wissen, dass Du und viele andere die Geschehnisse hier in Südafrika mitverfolgen, ist wirklich ein großer Trost. Es bedeutet, dass wir nicht alleine sind. Dass das Regime nicht machen kann, was es will. Ich habe gehört, dass in England Hunderte am Trafalgar Square demonstriert haben und Hunderte in New York marschiert sind. Danke für Deine Briefe. Danke sehr, meine Liebe! Sie bauen mich jedesmal auf. Verzeih, dass ich nicht so oft schreibe wie Du, aber durch das Café und meine anderen Aktivitäten habe ich kaum freie Zeit für mich selbst.

Mima starrte auf die kleinen Schubladen ihres Schreibtisches vor sich. Ihr Blick ging ins Leere. Sie kaute auf dem Ende ihres Füllers. Was sie schreiben wollte, hatte sie bisher nur ihrer Verbindungsfrau, Kleopatra, erzählt, aber nicht vor einer Freundin ausgesprochen, einem Menschen, der ihr nahe stand.

Du hast sicher gehört, dass Sarah tot ist. Nach Kezia jetzt auch sie. Noch eine unserer Liebsten, einer unserer Besten. Sie kam bei einem Autounfall ums Leben, heißt es offiziell. Vielleicht hast Du über andere Kanäle erfahren, dass es kein gewöhnlicher Unfall war. In dem Wagen, mit dem sie unterwegs war, war eine Autobombe deponiert.
Hilda: Der Wagen war mein Cadillac. Sie hatte ihn sich an jenem Abend ausgeliehen. Es war der Abend der Schüleraufstände. Es ist nicht klar (oder man sagt es mir nicht), wann die Bombe in den Wagen eingebaut wurde. Wie der Zünder programmiert war. Details weiß ich nicht. Aber die Vermutung liegt wohl nahe, dass der Sprengstoff bereits im Wagen war, als Sarah hier losfuhr. Oder, wenn er später eingebaut wurde, trotzdem mir galt. Ich erinnere mich, dass ich ihr noch gesagt habe, jeder im Stadtteil kenne meinen Cadillac. Es schien so eine gute Idee: Sie sollte mit meinem Auto ungesehen aus Rosebank entkommen. Aber die Idee war tödlich für sie. Ich muss jetzt mit dem Gedanken leben, dass man mich vielleicht umbringen

wollte. Ich muss damit leben, dass ich Glück gehabt habe. Was für ein Glück ist das? Ich muss damit leben, dass Sarah an meiner Stelle starb. Dass es meine Idee war, die sie mit dem Leben bezahlen musste.
Ich weiß nicht genau, was Du über den bewaffneten Kampf denkst. Angesichts dieser jüngsten Erfahrung kommen mir Zweifel, ob die Angst, die wir verbreiten, wirklich der richtige Weg sein kann. Sarahs engste Freundinnen, Sonia und Jean, mit denen sie sich regelmäßig im Mandelplatz traf, machen mir keine Vorwürfe, aber sie haben das Café lange nicht mehr besucht. Ich bin noch einsamer geworden.

Mima wusste nicht, ob Hilda ihr eine Antwort geben konnte, die ihr weiterhelfen würde. Aber sie merkte, wie gut es tat, ihre Schuldgefühle und Zweifel aufzuschreiben und mit ihrer alten Freundin zu teilen.

Sarahs Tod geht mir tags und nachts durch den Kopf. Aber lass mich noch kurz erzählen, was mich sonst noch beschäftigt. Ich weiß nicht, wann ich wieder zum Schreiben komme: Das Frauengefängnis ist äußerlich das Hübscheste der Gefängnisse auf dem Constitution Hill, neben dem Fort und Gefängnis Nummer vier. Im Jugendstil erbaut, in roten Backsteinen, umgeben von Grünfläche, Blumen und einigen hochgewachsenen Palmen. Der Unterschied von außen und innen aber könnte nicht größer sein. Die Insassinnen nennen das Gefängnis ›Teufelsort‹. Schon als Besucherin erdrückt mich die Atmosphäre. Bei jedem Besuch gebe ich meinen Pass ab und habe Angst, ihn nicht wiederzubekommen. Dann beginnt die Durchsuchung. Sie nehmen alles auseinander. Sie wickeln die Schokolade aus dem Silberpapier. Ein paar Mal musste ich mich ganz ausziehen und stand nackt da, bis man mir meine Kleidungsstücke zurückgab. Und dann die vielen kleinen Details, mit denen die Frauen erniedrigt werden: Besuchsverbot, Leseverbot, Nahrungsentzug, Einzelhaft.

Die Willkür! Das Leiden hier ist unvorstellbar. Es ist immer kalt. Man sieht jeder einzelnen an, dass sie Hunger hat, keine Vitamine bekommt und zu wenig Sonne. Ach, Hilda. Wiederholt sich die Geschichte denn immer, immer wieder?
Zurzeit betreue ich eine Frau namens Ray. Als sie mir ihre Verhaftung schilderte, hat sie mich tatsächlich zum Lachen gebracht. Als sie die Polizei vor ihrer Tür hörte, hat sie Papiere die Toilette heruntergespült und gleichzeitig ein besonders belastendes Dokument zerkaut und verschluckt. Sie kann unglaubliche Grimassen schneiden! Es geht ihr gesundheitlich nicht gut. Man hat ihr wochenlang verboten, sich eine Stunde am Tag draußen im Hof zu bewegen. Indem wir die medizinische ›Versorgung‹ (eine ganze Seite voller Anführungsstriche wäre hier eigentlich nötig) öffentlich machen, erhöhen wir den Druck auf die Gefängnisleitung, die Verhältnisse zu verbessern. Ihr Mann wurde ebenfalls verhaftet; sie haben einen kleinen Sohn, der jetzt bei den Großeltern aufwächst. Ich versuche, sie abzulenken und ihr Mut zu machen. Aber ich weiß nicht, ob es mir gelingt.
Und sonst? Das alltägliche Allerlei eben. Berit wird ein junges Mädchen. Sie ist recht hübsch, eine gute Schülerin, spielt gut Tennis und noch besser Klavier. Sie wird Ezer immer ähnlicher, äußerlich und innerlich. Für das Café interessiert sie sich immer noch nicht, so dass ich kaum einen Zugang zu ihr finde. Der alte kluge Brom hat mir geraten, geduldig zu sein, aber Du kennst mich ja: Geduld war noch nie meine Stärke.
Ich schicke Dir Grüße. Auch an Rusty. Eines Tages werde ich Dich vielleicht besuchen, aber zurzeit werde ich wirklich hier gebraucht. Pass gut auf Dich auf.
Deine Mima.

P.S.: Gavriel scheint sich ernsthaft verliebt zu haben. Sie ist eine Farbige! Andernorts wäre das höchstens ungewöhnlich, hier ist es ein Skandal, ja, es ist rechtwidrig. Er fehlt mir. Aber vor allem freue ich mich für ihn. Immer, wenn er ins Café kommt, begrüßt er mich neuerdings mit einer Verneigung und wirkt damit richtig asiatisch und ausgesprochen höflich. Und leider auch distanziert.

P.P.S.: Ich habe ein neues Auto gekauft. Einen Jaguar, chic und schnell. Nächsten Monat wird er geliefert. Du siehst also, ich lasse mich nicht einschüchtern!

Sie schrieb einen falschen Namen und die erfundene Adresse auf einen Umschlag, faltete den Papierbogen, legte ihn hinein und verschloss ihn. »Ich lasse mich nicht einschüchtern.« Hoffentlich stimmte, was sie da geschrieben hatte.

23 Rosebank, Johannesburg
1980

Nur ein Tisch im Mandelplatz war noch besetzt, der sogenannte Familientisch. Zehn Gäste hatten hier gleichzeitig Platz und an diesem Abend wurde er tatsächlich von einer Familie belegt. Großmutter Sarah Zweig feierte ihren sechzigsten Geburtstag und hatte dazu ihre Kinder und Enkelkinder eingeladen. Mima ahnte, dass ihre Tochter Salcia oder ihre älteste Enkeltochter Batya sie auf die Idee gebracht hatten und freute sich, die beiden Frauen an diesem Abend einmal entspannt zu erleben. Sie selber würde in ein paar Jahren fünfzig, verspürte aber überhaupt keine Lust, das zu feiern.

Salcia bat Mima, ihnen eine letzte Runde Getränke zu servieren. »Bring uns doch noch etwas von diesem leckeren Pinotage, bitte. Und eine Runde Kaffee für alle.«

Mima fragte, ob sie Lust hätten, die übriggebliebenen Dessertgläser mit eingelegten Kirschen und Amaretto-Creme zu leeren, da sie die Nachspeise sonst wegwerfen würde und die ganze Runde freute sich über das Angebot. Mima schmunzelte. Die Zweigs konnten essen, das hatten sie heute Abend mal wieder bewiesen. Schön, wenn Gäste Appetit hatten und ihr Essen genießen konnten. Sie stellte ein großes rundes Tablett mit Dessertgläsern auf die Mitte des Tisches, verteilte Löffel, servierte Kaffee und goss Wein nach.

Aus den Augenwinkeln sah sie Berit die Treppe hochhuschen und sah kritisch auf die Uhr. Sie hatte um elf Uhr zuhause sein sollen, jetzt war es kurz vor Mitternacht. Nach Mimas Ansicht zu spät für eine Sechzehnjährige, die am nächsten Morgen zur Schule musste. Da Salcia gerade einen Trinkspruch auf Mima und das Mandelplatz aussprach, wurde sie abgelenkt und freute sich, dass die Zweigs ihr zuprosteten: »Le Chaim!«

»Le Chaim, Mima!«, sagten sie und Mima bedankte sich, dass die Gäste ihr schon seit so vielen Jahren die Treue hielten.

Die Zweigs sind feine Leute, dachte sie. Batya und Salcia, Tochter und Mutter waren damals beim Protestmarsch der Frauen gegen die Passgesetze mitgegangen. Das würde Mima nie vergessen. Endlich duzten sie sich, nach so vielen Jahren. Von Batya waren hin und wieder spitze Bemerkungen zur politischen Situation zu hören. Intelligente Kommentare, die zeigten, wie aufmerksam sie war und dass sie viel dafür tat, um sich eine Meinung zu bilden.

Sie hatten nie wieder über Umkhonto We Siswe gesprochen, keine von beiden hatte das Thema je wieder erwähnt, und das war wohl auch besser so. In diesen Zeiten war es ratsam, vorsichtig zu sein. Sie stellte sich vor, wie die Zweigs zuhause an ihrem Esstisch diskutierten. Wie gerne wäre sie ab und zu an so einem Tisch zu Gast. Auch an diesem Abend waren Namen genannt worden, hatte Mima kleine Hinweise gehört, die ihr deutlich zeigten, dass die Zweigs die Politik der Regierung ablehnten. Ob sie sich nur wünschten, dass die Apartheid beendet würde, oder auch selber aktiv waren, um ihr Ende voranzutreiben, hätte sie nicht sagen können. Aber allein zu wissen, dass sie einen ganzen Tisch voller Gäste hatte, die Verständnis aufbrachten, reichte ihr an diesem Abend. Batya und Salcia waren wirkliche Freundinnen für sie geworden.

Ich hätte die Tür abschließen sollen, dachte sie, als sie hörte, dass ein später Gast kam, aber als sie Gavriel erkannte, freute sie sich.

»Hi«, sagte er fröhlich.

Statt sie wie früher auf beide Wangen zu küssen oder sie zu umarmen, deutete er eine kleine Verneigung an. Mima grinste. Der Einfluss von Shanti, alias Kleopatra. Gavriel wirkte aufgeregt, fast euphorisch. Er nahm an der Theke Platz und bestellte zwei Gläser Champagner.

»Champagner?«, fragte Mima nach und lachte. »Gibt es etwas zu feiern?«

Gavriel strahlte sie an und nickte. »Das zweite Glas ist für Dich. Was trinken wir?«

Mima überlegte: »So etwas Besonderes habe ich nur im Keller. Ich kann Dir einen edlen »Red Brute« empfehlen, er hat ein leichtes Aroma von Johannisbeere. Ein heller roter Schaumwein, der nur für ganz kurze Zeit mit den dunklen Pigmenten in Berührung gekommen ist. Perlend, exzellent.«

»Genau der soll es sein!« orderte Gavriel und Mima beeilte sich, eine Flasche zu holen, gespannt, was der Grund für Gavriels gute Laune sein mochte.

Die Zweigs verabschiedeten sich, Salcia zahlte, einzelne Familienmitglieder verwickelten Gavriel in ein kurzes Gespräch. Batya fragte, ob Mima Hilfe brauche beim Aufräumen. »Morgen wieder. Heute war ein Feiertag für Dich.« Mima bedankte sich und schloss die Tür hinter ihnen. »Was ist es?«, fragte sie und öffnete die Flasche. Der Korken löste sich schnell und Mima goss das sprudelnde Getränk in zwei Kelchgläser.

»Du sollst raten«, bat Gavriel sie.

»Ist es etwas Politisches oder etwas Privates?«, fragte sie.

»Beides«, erwiderte Gavriel und für einen kurzen Moment lag ein Schatten auf seinem Gesicht.

»Hat es mit Musik zu tun?«

»Nein.« Gavriel zuckte mit den Schultern »Bisher jedenfalls nicht. Wer weiß?«

Mima fragte weiter: »Mit Shanti?«

»Ja.«

»Ihr heiratet?«

Gavriel zögerte. »Das ist in diesem Land nicht erlaubt«, erinnerte er Mima.

»Ihr heiratet woanders? In den USA? Ihr wandert aus?« Mimas Gedanken überschlugen sich.

»Nein«, unterbrach Gavriel sie, nahm sein Glas in die Hand und sagte feierlich: »Wir trinken auf Mohan Gavriel junior, meinen Sohn.«

Mima sah ihn mit offenem Mund an, fing sich, lachte und stieß mit ihm an. »Le Chaim! Meinen herzlichen Glückwunsch.« Sie nahmen beide einen großen Schluck. »Ich wusste nicht...«, begann Mima. »Ich habe Shanti seit ein paar Monaten nicht gesehen. Und Du hast mir nichts davon gesagt.« Sie sah ihn an. »Das ist kein Vorwurf. Ich weiß, dass es kompliziert ist für Euch.«

»Ja«, meinte Gavriel und rieb sich mit der Hand über sein Kinn und dann durch die Haare. Jetzt merkte Mima, dass er müde aussah, dass er sich seit einigen Tagen nicht rasiert hatte und sein weißes Hemd am Hals grau war. Er war jetzt Anfang vierzig, kein junger Vater. Nicht mehr nur ein bekannter Musiker, der in der Öffentlichkeit stand, sondern auch ein Aktivist im Verborgenen. Manche Künstlerinnen, Fotografen, Schriftstellerinnen, Maler, Theaterschauspieler nutzten ihre Popularität und ihre Kunst, um das Regime zu kritisieren. Sängerinnen wie Miriam Makeba. Die meisten von ihnen standen unter Bann. Aber sie schafften es doch immer wieder, sich zu äußern, vor allem dann, wenn sie auch international bekannt waren. Gavriel hatte bisher einen anderen Weg für sich gewählt. Seine Arbeit als Musiker und sein politisches Engagement waren zwei verschiedene Welten, die nicht miteinander in Berührung kamen.

Gavriel sah sich unsicher um, ob sie auch wirklich alleine waren. Dann erzählte er: »Es ist schwierig. Es gibt hier keinen Platz für uns, an dem wir legal leben könnten. Ich weiß keine Lösung. Vielleicht ein Farmhaus, etwas außerhalb. Aber das passt eigentlich überhaupt nicht zu uns. Die Zeiten haben sich geändert. Botha gibt Unmengen an Geld für die Polizei aus. Die Angst ist ein Ungeheuer, das viele einschüchtert.« Er schwieg und malte mit dem Zeigefinger über das beschlagene Sektglas. Seine Stirn zeigte jetzt tiefe Falten. »Ehrlich, Mima. Ich will das Land trotzdem nicht verlassen. Jetzt nicht. Für kürzere Reisen gerne, für Konzerte, aber nicht auf Dauer. Shanti denkt, dass sie im Ausland mehr bewirken kann als hier. Sie würde gerne gehen. Auch alleine. Sie war nicht gerade begeistert davon, Mutter zu werden. Ihr Leben gehört dem Kampf. Sie hat mir unmissverständlich erklärt, dass sie sich von Gefühlen und Bindungen nicht aufhalten lassen wird. Der Widerstand im Land ist geschwächt, aber der internationale Druck nimmt zu. Das ist eine Chance, die wir jetzt ergreifen müssen.«

Er rieb sich die Schläfen. Mima wartete, ob er weitersprechen würde. »Und ich? Ich weiß nur, dass ich Musik machen möchte und irgendwie diesem Land helfen, dass es gesund wird. Und ich möchte bei meinem Sohn sein. Aber wie kann ich einen farbigen Jungen großziehen? In einem Land, über das seit Monaten der Ausnahmezustand verhängt ist?« Er sah ins Leere. Dann trank er sein Glas aus. Mima schenkte ihm nach.

»Ist Shanti jetzt bei ihren Eltern in Westbury?«

»Ja. Mohan Gav ist dort am Sichersten.«

»Geht es ihr gut?«

»Ja. Sie lässt Dich grüßen.«

»Wie sieht er aus?«, fragte Mima, um ihn auf andere Gedanken zu bringen.

»Wie ein indischer Jude. Wie ein jüdischer Inder. Wie mein Sohn mit Mandelaugen. Und nicht so blass wie ich. Eindeutig kein weißes Kind.« Er lachte und deutete auf die Theke: »Er sieht aus wie Deine Karamelltörtchen.« Wieder trank er aus. »Ich habe Lust, mich zu betrinken.«

Mima leerte den Rest der Flasche in sein Glas. »Möchtest Du noch eine Flasche von diesem, oder etwas Stärkeres?«

Zanele sah aus der Küche ins Café. »Gute Nacht, Mam. Es ist alles aufgeräumt und vorbereitet für morgen. Ich gehe jetzt.« Sie nickte Gavriel zu und zog sich zurück.

»Danke, Zanele, bis morgen«, rief Mima hinter ihr her. Im Hintergrund der Küche sah sie Thabo. Mima war kurz irritiert. Was hatte er hier zu suchen? Hatte er seine Mutter abgeholt? Mima erinnerte sich daran, wie erleichtert Zanele gewesen war, als sie nach zwei Töchtern einen Sohn zur Welt gebracht hatte. Das war sechzehn Jahre her. Thabo war mittlerweile größer als seine Mutter. Ein gutaussehender junger Mann, der offensichtlich Wert auf sein Äußeres legte. Sie musste Zanele bald einmal fragen, was er für Pläne für die Zukunft hatte.

Als die Tür zur Garage ins Schloss fiel, wandte Mima sich wieder Gavriel zu. Sie füllte ein Glas mit Eiswürfeln und schenkte ihm ein großes Glas Amarula ein. Er nahm es gerne.

»Und Du?«, wollte er wissen.

Einem Impuls folgend, sagte Mima spontan: »Wollen wir tanzen?« Sie ging zum Plattenspieler und legte eine Platte auf. »Miles Davis mit Herbie Hancock, ein Geschenk von Hilda«, erklärte sie. »Nur ein Lied. ›Little One‹. Bitte!«

Gavriel nickte stumm, legte seinen rechten Arm um sie, griff mit der linken nach ihrer Hand und dann tanzten sie, langsam, schweigend, Wange an Wange. Die Musik gab den Takt vor und sie gingen beide ihren Gedanken nach. Mima schloss die Augen und ließ sich ausnahmsweise führen.

24 Rosebank, Johannesburg
1982

Sonia Isaacman betrat das Café, blieb im Eingang stehen und sah sich suchend um. Mima entdeckte sie dort, konnte die Überraschung und Freude nicht verbergen und umarmte den seltenen Gast. »Wie schön, Sie wieder einmal hier zu sehen«, meinte Mima und Sonia, offensichtlich froh über den Empfang, fragte spontan, ob Mima wohl Zeit habe, einen Kaffee mit ihr zu trinken. »Sehr gerne«, sagte sie und gab Batya und Karen, die hinter der Theke arbeiteten, ein kleines Zeichen. »Kann uns bitte eine von Euch zwei große Becher Milchkaffee bringen und einen Teller mit den neuen Keksen«, bat sie und folgte Sonia an den Tisch in der Nische, an dem sie früher so oft mit Sarah und Jean gesessen hatte.

Sie nahmen gegenüber voneinander Platz. Sonia zog ihre Strickjacke aus und hängte sie umständlich über die Stuhllehne. Mima beobachtete sie aufmerksam. Sie war älter geworden. Die Falten unter ihren Augen und um ihren Mund, Altersflecken auf den Händen, erste graue Haare zeigten, dass die Jahre ihre Spuren hinterlassen hatten. Sonia sah sich um. »Es sieht hier aus wie immer. Die schönen Farben, dieses frische Gelb und das Pink. Der Leuchter, der Granatapfel. Der Duft nach Brot und Zucker. Es ist alles so wohltuend«, sagte sie. »Ich bin froh, endlich mal wieder hierher gekommen zu sein.«

Karen servierte den Kaffee. Sie stellte eine Schale mit Keksen in die Mitte des Tisches. Mima bemerkte zufrieden, dass sie eine schöne Mischung aus Dattelplätzchen, Mandelecken und Zimtkringeln zusammengestellt hatte. Die beiden Frauen lächelten sich an, unsicher und abwartend.

»Wie geht es Ihnen?«, fragte Mima und war bereit, eine oberflächliche Antwort zu akzeptieren, auch wenn sie sich eine persönliche, ehrliche Antwort wünschte.

Sonia traten Tränen in die Augen. »Ich habe gerade Jean zum Flughafen gebracht.« Sie schwieg. Mima legte den Kopf schräg, um Sonia direkt ansehen zu können und ihr zu zeigen, dass sie bereit war, zuzuhören.

»Jean konnte nicht mehr. Sie war für zwei Jahre im Gefängnis. Das Komische daran ist, dass die Sicherheitspolizei von ihrem Engagement gar nichts wusste. Sie wurde verhaftet, weil sie ihre Tochter als politische Aktivistin entlarvt hatten. ›Beihilfe zum Verrat‹ hieß die Anklage, weil sie eine Terroristin bei sich wohnen ließ. Ihr eigenes Kind.« Sie schüttelte mehrmals den Kopf, verständnislos und traurig. »Man hat ihr im Gefängnis den Arm gebrochen. Drei Mal den rechten Arm. Sie war nicht gut verarztet worden und hatte große Schmerzen. Letzte Woche ist sie entlassen worden. Sie hat sofort ihre Sachen gepackt. Jetzt ist sie auf dem Weg nach England. Ihre Tochter ist bereits dort.«

Sie seufzte und wischte sich die Augen. »Ich selber bin einfach sehr müde«, fuhr sie fort, nippte vorsichtig an ihrem Kaffeebecher und umklammerte ihn mit beiden Händen. »Ich weiß nicht. Diese Zeiten sind sehr anstrengend. Es dauert alles schon so lange. So lange.«

Sie drehte den dünnen Ehering an ihrem Finger und blickte aus dem Fenster nach draußen, für einen Moment ganz abwesend. »Wissen Sie, dass Botha ›das große Krokodil‹ genannt wird?«

Mima nickte und Sonia sprach weiter, offensichtlich froh über die Gelegenheit, sich etwas von der Seele zu reden. »Neulich hat mich in einem Näh- und Stoffladen in der Innenstadt eine schwarze Verkäuferin bedient. Solche Ausnahmen sind jetzt möglich. Aber diese kleinen, neuen Zugeständnisse täuschen darüber hinweg, wie grausam Botha vorgeht. Wir leben jetzt seit Jahren im Ausnahmezustand. Wie lange noch?« Als wolle ihr Körper ihre Worte veranschaulichen, musste sie gähnen. Sie hielt sich die Hand vor den Mund und entschuldigte sich. »Verzeihen Sie, bitte.«

Mima sah sie verständnisvoll an. Sonia redete sich jetzt langsam in Rage. »Und außenpolitisch? Wir entwickeln jetzt ganz selbstbewusst Atomwaffen.«

»Ausgerechnet in Kooperation mit Israel.«, warf Mima ein.

»Ja. Nicht wahr? Ausgerechnet! Meine halbe Familie lebt dort. Wie ist das für Sie? Wenn Sie hören, dass Israel dem Regime zu Atomwaffen verhilft? Was sollen wir tun? Wir Jüdinnen, Südafrikanerinnen?« Sie erwartete wohl keine Antwort, sondern sprach konzentriert weiter, unterstrich ihre Äußerungen, indem sie ihren Zeigefinger dozierend in die Luft warf. »Wir rüsten auf. Gleichzeitig laufen weltweit Boykott-Maßnahmen gegen uns. Aber einzelne Nationen ignorieren das Waffenembargo scheinbar.«

Wieder ergänzte Mima sie: »Ausgerechnet Deutschland leiht uns immer wieder Geld.«

Abwechselnd nickte Sonia und schüttelte den Kopf. »Ja, die Deutschen finanzieren diesen Wahnsinn. Wie ist *das* denn für Sie? Ausgerechnet. Ausgerechnet.« Sie machte eine Pause und sagte dann nachdenklicher: »Es bleibt nur zu hoffen, dass alle Maßnahmen zusammen irgendwann Erfolg zeigen. Der Boykott von außen, der Widerstand von innen, das übertriebene Polizeiaufgebot, das unbezahlbar wird. Irgendwann.«

Mima schob die Schale mit den Keksen in ihre Richtung. »Ja. Irgendwann. Gönnen Sie sich etwas Süßes«, meinte Mima. »Es ist das Einzige, was ich Ihnen Gutes tun kann.« Neugierig sah sie sich die Auswahl an und Mima erklärte: »Die Dattelplätzchen sind die besten.

Die getrockneten Früchte werden mit Mehl und Grieß gebacken. Dazu kommen Vanilleschoten und Orangenblütenwasser.« Sonia probierte und nickte begeistert. »Die Mandelecken sind auch sehr lecker, eine neue Idee, erst seit kurzer Zeit überhaupt Teil unseres Angebotes. Das Geheimnis hier ist, dass ein Teil des Mehls durch gemahlene Mandeln ersetzt wird und ein Teil des Zuckers durch Feigengelee. Das macht sie so saftig.«

Mima wurde wieder ernster: »Es tut gut, jemandem zuzuhören, der meine eigenen Fragen ausspricht. Meine Familie kam aus Deutschland hierher. Mein Mann wünscht sich, nach Israel auszuwandern. Ich möchte bleiben. Vielleicht, weil ich ahne, dass es anderswo nicht besser ist. Vielleicht, weil ich hier wenigstens diesen Ort geschaffen habe. Das Mandelplatz.« Sie zuckte mit den Schultern.

»Ich hätte längst schon wieder einmal herkommen sollen, Mima«, sagte Sonia und sackte merklich in sich zusammen. »Aber die Erinnerung an Sarah...« Sie ließ den Satz unvollendet und schwieg. Ihre Schultern waren nach vorne geknickt und sie wirkte jetzt noch kleiner als vorher. Mima suchte ihren Blick. Sie hatte sich so sehr gewünscht, mit Sonia oder Jean über Sarahs Tod zu sprechen. Aber wie teilte man so eine Erfahrung? Langsam und bedacht sagte sie: »Wie lange ist es her? Sechs Jahre. Ich denke noch immer fast täglich an jenen Abend. Seit so vielen Jahren. Ich sehe mich in meiner Küche stehen und höre, wie ich den Vorschlag mache und ihr mein Auto anbiete. Ich sehe sie immer noch lächeln und spüre die Nähe zu ihr. Sie war nervös an jenem Abend. Vorsichtig. Wohl noch vorsichtiger als sonst. Sie wusste wie wir alle, dass sie beobachtet wurde und in Gefahr war. Sie rechnete vielleicht mit einer Verhaftung.« Sie stockte.

»Aber ganz sicher nicht mit ihrem Tod«, sprach Mima aus, was beide dachten, was zwischen ihnen stand und rührte abwartend in ihrem Kaffeebecher.

Sonia trank langsam, in kleinen Schlucken, und ihr Blick ging durch den Raum. »Ich weiß, dass Sie auch schwer daran zu tragen hatten. Haben. Ich weiß es, Mima. Ich kann es mir vorstellen.«

Sie griff zu ihrer Handtasche und nahm einen Briefumschlag heraus, rosafarben mit Blumen verziert. »Hier! Das ist von Jean. Ich sollte es Ihnen geben.« Mima wich kurz zurück, zögerte, aber Sonia sah sie aufmunternd an. »Ich weiß nicht, was genau sie geschrieben hat. Aber ich bin mir sicher, die Zeilen werden Ihnen gut tun. Jean mochte Sie und Ihr Café. Unsere Treffen hier zählten mit zum Schönsten, was wir in den letzten Jahren erlebt haben.«

»Danke«, sagte Mima und nahm den Brief entgegen. Sie würde ihn später lesen, in aller Ruhe. Jetzt musste sie gleich eigentlich weiter arbeiten, Batya und Karen unterstützen. Aber sie wartete auf einen letzten, erlösenden Satz. Sonia schien es zu spüren.

Sie flüsterte: »Sarahs Tod war nicht Ihre Schuld.« Sie kniff die Lippen zusammen. »Es war nicht Ihre Schuld, Mima. Es war nicht *Ihr* Hass, der sie getötet hat.«

Mima nickte ein paarmal und streifte kurz mit ihrer Hand Sonias Arm. »Danke, dass Sie das gesagt haben.« Ihre Stimme brach fast. Schweigend saßen sie eine Weile da.

»Ich halte Sie ja von der Arbeit ab«, sagte Sonia entschuldigend.

»Bitte. Tun Sie das. Halten Sie mich immer wieder mal von der Arbeit ab. Ich würde mich so sehr freuen, wenn wir uns häufiger sehen würden. Kommen Sie gerne wieder. Bitte.«

Sonia nickte. »Gerne. Ich nehme es mir fest vor.«

»Und nehmen Sie noch einen Keks. Die Zimtkringel müssen Sie noch probieren. Zimt und Zucker mit Kokos und Bitterschokolade. Ich werde Karen bitten, ein paar von den Plätzchen für Sie einzupacken. Welche mögen Sie am Liebsten?«

»Die Mandelecken«, erwiderte Sonia. »Die werden mich an sie erinnern. Vielen Dank.« Sonia hielt ihr beide Hände entgegen und Mima ergriff sie quer über den Tisch.

»Was haben wir nicht alles erlebt, hm?« Sonia nickte und sagte dann entschlossen: »Ich würde gerne noch einen Moment bleiben. Einen zweiten Kaffee trinken.«

»Sehr gerne. Ich bringe Ihnen auch die Karte. Vielleicht möchten Sie ja etwas essen. Ein spätes Frühstück? Sie sind mein Gast!«

Sie standen beide auf und umarmten sich zum Abschied.

Auf dem Weg zur Küche, entdeckte Mima Paolo, den Portugiesen, der breitbeinig an der Theke stand und sich schmeichelnd zu Karen beugte. Sie bekam eine Gänsehaut.

»Misses Mandelbaum«, rief er, als er sie sah. »Ich hoffe, es geht Ihnen gut?«

Mima nickte kurz in seine Richtung, schickte Karen zu Sonia und übernahm ihre Arbeit hinter der Theke. »Haben Sie schon etwas bestellt?«, fragte sie höflich.

»Ich habe eine Verabredung«, sagte er langsam. »Mit jemand, den Sie kennen.« Sie sah ihn ungerührt an. »Mit Thabo.« Er ließ diese Information einen Moment lang wirken. »Wissen Sie vielleicht, wo er bleibt? Wir wollten uns um elf Uhr hier treffen.«

Mima blieb äußerlich ruhig, aber in ihrem Kopf rasten die Gedanken durcheinander. Thabo. Paolo wollte ihn wahrscheinlich für die Minen anheuern. Thabo war ein junger Mann, für den die Schulzeit gerade zu Ende gegangen war und der nach einer Möglichkeit suchte, Geld zu verdienen. Aber wenn Thabo sich für Diamanten interessierte, sollte er ihrer Ansicht nach besser an die Universität gehen, wie Berit. Wenn ihn Diamanten interessierten, konnte er ja Geologie studieren, dazu Ökonomie oder Geschichte. Er war ein guter Schüler gewesen und würde vielleicht ein Stipendium bekommen. Sie würde ihn unterstützen. Vor allem, wenn sie ihn damit davon abhalten konnte, sich von jemandem wie Paolo verheizen zu lassen.

»Würden Sie freundlicherweise in der Küche nachfragen?«, unterbrach Paolo ihre Gedanken und Mima verschwand nur zu gerne. Zum wiederholten Mal fragte sie sich, wie sie und wie ihr Land mit brutalen Sadisten wie ihm umgehen sollten?

Auf dem großen Küchentisch türmten sich frischgebackene Olivenbagels. Zanele schnitt sie gerade in zwei Hälften. Tagesgericht auf der Mittagskarte waren Bagels mit Lamm, Petersilie und Hummus. Sie hatte noch ein paar Mehlspuren vom Backen im Gesicht und Mima musste schmunzeln.

»Ist Thabo hier?«, fragte sie direkt und Zanele sah sie unsicher an. Sie wirkte noch befangener und schüchterner als sonst. Was war denn jetzt schon wieder los? Mima versuchte erst gar nicht, geduldig zu wirken. »Was ist? Wo ist er?« Aber Zanele überraschte Mima.

»Mam. Ich hatte noch nie eine Bitte, oder? Aber jetzt bitte ich Sie.«

Mima nickte. »Natürlich, Zanele. Was kann ich denn tun?«

»Verbieten Sie es ihm«, bat Zanele sie.

»Ich will es versuchen«, versprach Mima.

»Dann sind Sie auch dagegen?«, fragte Zanele und die Erleichterung zusammen mit dem Mehl in ihrem Gesicht ließ sie aussehen wie eine seltsame Clownin.

»Ja. Ich denke, Thabo sollte studieren. In seine Zukunft investieren. Eine gute Ausbildung machen.«

Zanele nickte dankbar. »Ja. Das hier lenkt ihn nur ab. Das ist keine Zukunft.«

»Ich weiß natürlich nicht, ob er auf mich hören wird. Ich bin ja eigentlich nicht in der Position, ihm irgendetwas zu sagen.«

Zanele unterbrach sie: »Aber Miss Berit muss auf Sie hören.«

Mima war kurz irritiert. Was hatte Berit damit zu tun? Sie schüttelte ärgerlich den Kopf: »Du musst mich unterstützen. Und ihn ermutigen. Verstehst Du?«

Zanele nickte heftig. »Auf mich hört er nicht. Er ist ein kluger Junge. Meint, er ist schlauer als ich. Meint, er ist was Besseres.«

»Aber gerade dann...« Mima merkte, dass sie Thabo wirklich gerne in seiner Entwicklung fördern wollte. »Wir packen ihn bei seinem Ehrgeiz.« Zanele sah sie zweifelnd an.

Die Küchentür ging auf und Paolo stand im Eingang. »Und? Wo ist er?«, schnauzte er. »Ich hasse es, wenn man mich warten lässt.«

Mima zeigte mit den Händen auf die Küche. »Nun, hier ist er jedenfalls nicht. Er hat wahrscheinlich das Interesse verloren. Ich richte ihm aus, dass Sie da waren. Auf Wiedersehen.«

Aber Paolo ließ sich nicht wegschicken. »Und Du? Du bist doch die Mutter, oder?« Er sah Zanele herausfordernd an, aber sie reagierte nicht. »Weißt Du, wo er ist?«, bellte er noch einmal und Zanele zuckte zusammen, als hätte er sie geschlagen, schüttelte aber den Kopf. Da zuckte Paolo mit den Schultern. »Ich komme morgen wieder. Eine Chance hat er noch. Sagt ihm das.« Er verließ die Küche.

»Was wollte der denn?«, fragte Zanele leise.

»Das war Paolo, der Typ, der Thabo für die Minen anheuern will.«

»Die Minen?«, fragte Zanele irritiert. Mima sah sie aufmerksam an. Irgendetwas an ihrem Gespräch stimmte nicht.

Energisch sagte Mima: »Aber darüber reden wir doch die ganze Zeit. Dass wir nicht wollen, dass Thabo in die Minen geht. Dass ich ihm verbieten soll, dorthin zu gehen.«

Zanele sah auf die Bagels vor sich, wog einen Bagel in der linken, das Messer in ihrer rechten Hand und warf dann beides heftig auf den Tisch. »Nein, Mam. Ich rede über etwas anderes.« Sie stockte und betonte dann jedes einzelne Wort: »Er ist oben. In Ihrer Wohnung. Bei Miss Berit.« Mima sah sie mit offenem Mund an. »Sie müssen ihm verbieten, so oft zu Miss Berit zu gehen. Bitte.« Zanele sah sie eindringlich an und Mima sank auf einen Stuhl.

»Das wusste ich nicht.« Dann wiederholte sie es schrill: »Ich wusste es nicht!« Sie fuhr sich durch die Haare. »Seit wann?«, fragte Mima knapp.

Und Zanele antwortete ebenso kurz angebunden: »Seit Schuljahresende. Ein paar Wochen.«

Mima sprang auf und lief durch die Küche und ließ sich wieder auf den Stuhl fallen, nur um wieder aufzuspringen und sich wieder hinzusetzen. Allmählich entstanden konkrete Bilder vor ihrem inneren Auge. Thabo und Berit. Oben. In Berits Zimmer. Sie kannten sich, seitdem sie auf der Welt waren. Aber sie waren keine Kinder mehr. Sie waren achtzehn. Hatten die Schule hinter sich, langweilten sich. Es war Winter. Sie warteten auf den nächsten Schritt ins Erwachsenwerden. Sie sahen beide gut aus. Hatte sich Berit tatsächlich in einen Schwarzen verliebt? Noch war die Überraschung zu groß, der Schock angesichts ihrer eigenen Unwissenheit. Aber sollten die beiden es tatsächlich ernst meinen, würden sie natürlich mit ihrer, Mimas, Hilfe rechnen können. Botha hatte die Ehe zwischen Weißen und Schwarzen legalisiert und das Gesetz, das Schwarzen verbot, in bestimmten Gebieten zu wohnen, gelockert. Sie sah Zanele an, die weiter Bagels aufschnitt. Thabos Mutter würde so eine Beziehung wohl niemals gutheißen können. Sie seufzte. Erst mal abwarten. Die beiden waren jung. Sie musste sich eingestehen, dass sie Berit nicht zugetraut hatte, Begeisterung für einen Schwarzen empfinden zu können. Sie hatte es so wenig für möglich gehalten, dass sie nicht einmal bemerkt hatte, dass die beiden Zeit miteinander verbrachten.

Sie räusperte sich: »Weißt Du noch? Früher, als sie klein waren, haben sie immer ›Vater, Mutter, Kind‹ gespielt.« Sie schmunzelte.

Aber Zanele sagte nur: »Verbieten Sie es ihm.« Als sie die Bitte jetzt noch einmal hörte, klang sie anders und Mima war sich nicht mehr sicher, ob sie ihr entsprechen wollte.

»Ich muss nachdenken«, sagte sie in Zaneles Richtung, wandte sich zum Gehen und blieb in der Tür noch einmal stehen: »Warum hast Du nicht eher etwas gesagt?« Zanele schwieg und betupfte die Bagels mit Olivenöl. »Unsere Kinder sprechen miteinander, aber wir nicht?«, fragte Mima noch einmal.

Zanele blickte von ihrer Arbeit auf und antwortete: »Ich habe mit Ezer gesprochen.«

»Ach«, konnte Mima nur sagen. Sie nannte ihn Ezer? Sie sprach mit Ezer? Und warum sprach niemand mit ihr? »Na gut«, sagte sie und verließ die Küche.

Batya stand hinter der Theke und kochte Kaffee. Mima wollte sie nicht unterbrechen. Es zog sie weg von Zanele und der Küche. Und sie war noch nicht bereit, nach oben zu gehen und dort vielleicht Thabo anzutreffen. Thabo gemeinsam mit ihrer Tochter! Sie winkte Batya zu. »Ich bin kurz im Garten!«

Sie trat in die Sonne, genoss die Wärme auf ihrem Gesicht und ging ein paar Schritte über den Rasen. Sie ließ ihre Finger durch den Lavendel streifen und genoss den Duft und den Anblick der üppigen Teerosen und setzte sich auf ihre Bank. Ihre Tochter musste warten. Es gab Wichtigeres. Sie holte den Brief von Jean aus der Tasche ihres Rocks und las:

Liebe Mima.
Das Wissen, sehr viel Unerledigtes zurückzulassen, ist mir fast zu schwer. Aber bleiben kann ich auch nicht. Meine Knochen erzählen mir jeden Tag von Schmerz, Schrecken und Angst. Ich muss diesen Brief diktieren, denn ich kann nicht mehr schreiben. Sie haben der Journalistin nicht das Rückgrat gebrochen, aber der Rechtshänderin den Arm. Ich hoffe sehr, eines Tages nach Südafrika zurückkehren zu können.
Was noch erledigt werden kann, soll aber gesagt werden: Ich habe Ihnen nie die Schuld gegeben an Sarahs Tod. Mir ist sehr wichtig, dass Sie das wissen. Einzig das empfinde ich: Dass Sie weiterleben, ist seit Sarahs Tod noch bedeutender geworden. Also leben Sie, bitte!

Der letzte Satz war doppelt unterstrichen.

Meine Großeltern lebten wie Ihre auch in Berlin. Die Räume ihrer Wohnung waren hoch und mit Stuck verziert. Die Zimmer gingen eines in das andere über, nur durch Schiebetüren getrennt, die sich weit öffnen ließen. Der Parkettboden glänzte. Das Leder, die schweren Teppiche, die Bücher – alles erzählte von ihrer Kultur. Solche Räume gab es hier nie. Meine Großmutter deckte den Tisch am Sabbat mit weißen gestärkten Servietten aus Damast, mit Meißener Porzellan, Tafelsilber und Kristallkelchen. Auch das war hier nie zu finden. Wenn sie das frischgebackene Brot ins Zimmer brachte, war ich selig. Warum schreibe ich Ihnen das? Weil ich immer, wenn ich Ihr Café betrat, diesen Duft wiedererkannte und für einen Moment selig sein konnte. Dafür danke ich Ihnen. Es gab nicht viele solche Orte für mich in dieser schrecklichen Zeit. Ich wünsche sehr, diesen Duft eines Tages noch einmal wieder zu riechen.
Shalom! Ihre Jean

»Also leben Sie!« Mima las den Satz wieder und wieder.

25 | Brooklyn, New York
2009

Ester hatte ihre Turnschuhe angezogen und beschlossen, heute ihre nähere Umgebung kennen zu lernen. Nachdem sie in den letzten Tagen Manhattan erkundet hatte, durch den Central Park gelaufen war, Fifth Avenue und den Broadway entlang, auf dem Rockefeller Centre gestanden hatte und einen ganzen Tag lang im MoMA untergetaucht war, würde sie heute in Brooklyn bleiben. Sie hatte irgendwann aufgegeben, zu versuchen, ein Taxi anzuhalten, sie war einfach nicht schnell genug. Stattdessen hatte sie sich mit der New Yorker U-Bahn vertraut gemacht. Die steilen Treppen, die Massen von Menschen in die Tiefe beförderten, waren ihr anfangs zwar unheimlich, die Bahnsteige waren stickig und verdreckt, aber nachdem sie das System einmal verstanden hatte, war sie schnell zum Fan geworden. Sie hatte ein Monatsticket erworben und war bis hoch in die Bronx gefahren, kurz ausgestiegen und wieder zurück gefahren, um sich Soho und China Town anzusehen. Sie war aus lauter Spaß und um sich zu beweisen, dass sie sich zurechtfand, quer durch die ganze Stadt gefahren, war einmal in Central Park Süd in die Synagoge gegangen, um dann weiterzufahren bis Central Park Nord und sich Harlem Meer anzusehen, auf eine Bank zu setzen und die Enten auf dem Wasser zu beobachten. Sie hatte es genossen, neu hier zu sein, alles zum ersten Mal zu sehen und sich wie in einem Film gefühlt. Vielleicht ging das in dieser Stadt jedem so? Weil man sich immer wieder an Orten wiederfand, die man aus dem Kino kannte?

Das Wissen, zu bleiben, nicht nur zu Besuch zu sein oder im Urlaub, war ihr unwirklich erschienen. New York war in vielem so anders als Johannesburg, nur das enge Nebeneinander von Glamour und Verfall hatte sie an ihre alte Heimat erinnert. Aber New York war frei, war an Freiheit selbstverständlich gewöhnt, das war der große Unterschied. Sie hatte es genossen, wieder und wieder bewusst in eine Menschenmenge einzutauchen und zwischen Asiaten, Puertorikanern, Afroamerikanern, Italienern nicht aufzufallen. Sie hatte hundert verschiedene Sprachen gehört und mochte die Mischung sehr.

Irgendwann war sie müde geworden, und als sie am Nachmittag zu Fuß über die Brooklyn Bridge nach Hause gelaufen war, hatte sie plötzlich das Gefühl gehabt, tatsächlich nach Hause zu kommen. Sie war mitten auf der Brücke stehengeblieben, hatte sich umgedreht und die Skyline bestaunt. Hatte die Nähe der Freiheitsstatue als beruhigend empfunden, die alten Lagerhallen im Hafen bewundert und eine Weile den Schiffen zugesehen. Vor lauter Glück hatte sie angefangen zu singen: »Nkosi Sikelel' iAfrika. Gott segne Afrika.« Die Hymne der Schwarzen, das Lied des Befreiungskampfes, die Hymne Südafrikas. Sie war neugierig angesehen worden und sie hatte zurückgelacht und viele freundliche Gesichter gesehen.

Als sie sich schließlich auf den Weg nach Brooklyn gemacht hatte, war es noch einmal ein ausdrücklicher Schritt in ihre neue Heimat gewesen. Sie hatte beschlossen, in den nächsten Tagen in der Nähe ihrer Wohnung zu bleiben, in den Straßen, die bald schon vielleicht ihrem Café die Adresse geben würden.

So war sie an diesem Morgen bis zum River Café gelaufen und gönnte sich einen Kakao mit Sahne. Der Blick über die Bucht war atemberaubend. Von hier aus sah die Skyline so beeindruckend aus und überhaupt nicht mehr beängstigend, wie sie es gestern noch gewesen war, als sie zwischen den hohen Häusern immer wieder nach einem Stückchen Himmel gesucht hatte. Vielleicht war Brooklyn gemütlicher, weil es keine Bankenviertel gab, keine Wolkenkratzer, mehr Wohngebiete, mehr Künstler?

Rusty hatte ihr erzählt, über die Hälfte aller amerikanischen Juden hätte einmal in New York gelebt. »Diese Stadt hat uns beherbergt«, hatte er gemeint und das klang in Esters Ohren nach Geborgenheit. Er hatte geschwärmt: »Unsere Feiertage werden hier akzeptiert, Du wirst sehen. Am Jom Kippur und Rosch Haschana sind ganze Straßenzüge wie leergefegt. Mazzot gibt es zu Pessach in jedem Supermarkt und an allen großen jüdischen Feiertagen sind die öffentlichen Schulen selbstverständlich geschlossen. Bis heute leben in New York mehr Juden als in jeder anderen Stadt der Welt.«

In ihrem Haus lebten eine irische Familie, eine Italienerin, spanische Juden und ukrainische und ein paar Schwarze. Jehuda Bellbaum und seine Familie hatten sie freundlicherweise schon zweimal zum Essen eingeladen. Hilda und Rusty, ihre kleine gemütliche Wohnung, ihre Geschichten und Erinnerungen an Mima hatten die Rolle ihrer Familie übernommen. Das alles waren Anzeichen von Zuhause. Aber Ester wusste, dass noch mehr passieren musste, damit sie wirklich ankommen konnte.

Heute Abend würde sie einen ersten Besichtigungstermin mit Frau Gold wahrnehmen. Am Telefon hatte ihr die engagierte Immobilienhändlerin von einem interessanten Objekt in einer kleinen Seitenstraße mit dem Künstler-Flair von Flatbush vorgeschwärmt. Ester würde sich die Straße vorher schon einmal alleine ansehen.

Sie lief an roten Backsteinhäusern vorbei und an Sandsteinhäusern, sah orthodoxe Juden, Jogger mit kleinen Kopfhörern in den Ohren, Mütter mit modernen Kinderwagen, alte Menschen, Krippen, Cafés, ein koscheres Fitness-Studio, Antiquitätenläden, Buchhandlungen, Plattenläden, Supermärkte, sogar kleine Tante Emma-Läden. Es roch nach Popcorn, ein paar Meter weiter nach Grillwürstchen, nach asiatischen Nudeln, Zucker, frischgebackenem Brot und Fisch.

Sie hörte ekstatische Kirchengesänge hinter einer großen Pforte, Kneipenmusik, Swing. Wie jeden Tag, seit sie hier war, freute sie sich über die Vielfalt, hätte wieder jubeln können über das Nebeneinander der Nationen, der Hautfarben und dankte Gott für jede Einwanderungswelle, die eine weitere Gruppe in die Stadt gespült hatte. Sie sah auf ihren Stadtplan. Hier musste es sein. Henry Street, Springtree Street.

Sie mochte die Straße sofort. Die Häuser waren niedrig und die Bäume erinnerten sogar ein bisschen an die in Rosebank. Sie schlenderte, nahm sich Zeit, sah sich alles ganz genau an. Sollte dies ihre neue Nachbarschaft werden, wollte sie wissen, mit wem sie es zu tun haben würde. Auf der Ecke war ein großes Immobiliengeschäft, das sie nicht weiter interessierte. Ein Blick in das kleine Schaufenster von Thrifts Shop machte sie sehnsüchtig. Wenn sie erst Geld verdienen würde... Dann könnte sie sich neue Kleider kaufen, schöne Schuhe und eine neue Handtasche, sie würde sich Modeschmuck zulegen, bunte Ketten und Haarbänder.

Als Jehuda Bellbaum ihr den Preis genannt hatte, den er bei einem Verkauf der Steine erzielen könnte, hatte sie geschluckt. Es war weit mehr, als sie zu hoffen gewagt hatte. Er hatte sie beglückwünscht und ihr erläutert, dass die Steine wie erwartet echt waren, von ausgezeichneter Qualität und das Kauf-Dokument war ebenfalls ein Original. Sie hatten alles für den Verkauf in die Wege geleitet, und als sie ihm ihre neue Kontonummer diktiert hatte, war ihr klar geworden, dass eine große Hürde auf dem Weg zur Verwirklichung ihres Traums genommen war. Sie würde das Geld gut anlegen und es einzig in ihr Café investieren. Sie hoffte, dass ihr Businessplan die Bank überzeugen würde, aber da sie genug Eigenkapital mitbrachte, würde sie planen können.

Mit einem Blick auf die Kleider und Vasen und Bilder im Thrifts Shop bekräftigte sie innerlich ihren Entschluss, sich ihre anderen Wünsche erst dann zu erfüllen, wenn sie mit dem Café Geld verdienen würde und ihre Idee von einem Café erste Kundinnen gewonnen hatte. Nur zu Eröffnung könnte sie sich vielleicht ein neues Outfit gönnen. Ja, sie würde wohl tatsächlich später noch einmal wiederkommen, seufzte sie glücklich und schlenderte weiter.

Das Häagen Dazs nebenan wirkte chic, aber ungemütlich. Tenda war ein asiatisches Bistro, das Sushi, verschiedene Currys und Nudelsuppen empfahl. Die Einrichtung war einfach, wahrscheinlich war es um die Mittagszeit gut besucht. ›Sleepys‹ bot Matratzen, Bettdecken und Kissen. Sie sah sich die Sonderangebote im Schaufenster an und stellte zufrieden fest, dass sie für ihre neue Matratze nicht zu viel bezahlt hatte. Der nächste Laden sprach sie sofort an. ›Lassen und Hennings Feinkost‹ hatte die Auslage in den drei großen Fenstern so appetitanregend sortiert, dass ihr das Wasser im Mund zusammenlief. Sie las sorgfältig die Karte durch, entdeckt Omeletts, Muffins, Sandwiches, Bagels und Fingerfood. Der Eiffelturm-Sandwich gefiel ihr am besten: Geräucherter Truthahn, Schweizer Käse und Dijon Senf auf einem frischgebackenen Croissant. Aber noch hatte sie keinen Hunger.

Sie ging weiter und stellte fest, dass sie jetzt genau vor dem ›interessanten Objekt‹ stand, das Frau Gold ihr empfahl. Ein ehemaliges Starbucks-Café, das seit kurzem leer stand. Sie ging die vier Treppenstufen hoch, lehnte sich eng an die Tür und spähte hinein: Holzboden und eine große Theke waren vorhanden, stellte sie zufrieden fest. Die Größe stimmte auch. Die Fenster ließen viel Licht in den Raum. Und die Lage gefiel ihr. Ihr Herz schlug höher. Sie freute sich auf den Besichtigungstermin. Sie freute sich darauf, ein eigenes Café zu führen.

Ein Hightech-Laden war der direkte Nachbar. Mobiltelefone, mp3-Player, Laptops. Sie sah flüchtig über die Auslagen und ging zügig weiter. Ein Friseur, im Keller ein kleines Bagel-Restaurant. Es roch himmlisch nach geschmolzener Butter auf frischem Brot. Die Karte war klein, die Preise kamen ihr niedrig vor. Das hier könnte ihre Konkurrenz sein. Vielleicht würde sie den Laden heute Abend noch testen. Sie könnte ja Frau Gold zu einem Bagel einladen. Auch die Maklerin war zwar wieder einmal eine Person, die nicht in ihrem

Alter war, aber es könnte Spaß machen, der Geschäftsfrau etwas mehr von ihren Plänen zu erzählen. Sie spazierte zum nächsten Haus, blieb wieder stehen und sah an der schönen Fassade hoch. Hinter den hohen Fenstern lud eine Yoga-Schule zu Entspannung ein. Sie fühlte sich an Gavriel erinnert. Wie er sie immer begrüßt hatte, mit gefalteten Handflächen vor dem Oberkörper.

Und sie dachte daran, wie Gavriel an einem von Mimas Festabenden Cello für sie alle gespielt hatte. Sie war ein Kind und hatte, ohne dass Mima es ihr näher erläutert hätte, doch gespürt, dass der Musiker eine besondere Bedeutung für ihre Großmutter haben musste. Sie hatte eine merkwürdige Mischung aus Nähe und Rückzug beobachtet. Immer wieder war es zu zufälligen kleinen Berührungen gekommen, die aber nur dazu führten, dass beide sich voneinander entfernten, um sich dann nur wieder sehnsüchtig zu beobachten und hin und wieder tiefe Blicke zuzuwerfen.

Als er an jenem Abend zur Tür hereingekommen war, hatten ihn fast alle Anwesenden mit Namen begrüßt. Sein Cello hatte er an die Theke gelehnt und Mima je einen leichten Kuss auf jede Wange gegeben. Die hatte sich schnell durch die schmalen Gänge zwischen den vollbesetzten Tischen hin und her bewegt und war damit beschäftigt gewesen, alle Gäste mit Getränken und Tellern voller Spezialitäten zu versorgen. Sie dachte an Bliniys, gefüllt mit Honig, Datteln und Ziegenkäse, hatte Couscous-Berge vor Augen, Feigen, Apfel-Chutney und verschiedenste kleine Bagels.

Sie war zehn Jahre alt gewesen und hatte sich auf den Boden gesetzt, direkt vor Gavriels Cello und ihn mit großen Augen angesehen. Sie hatte das große Instrument bestaunt, den Holzbauch, der zwischen Gavriels Beinen ruhte. Später hatte er erklärt, sein Instrument sei nicht wie üblich aus Fichte oder Ahorn, sondern aus Kirschholz, so dass das Cello rötlich schimmerte. Er hatte gespielt, in sich versunken und dabei überaus präsent, und Ester war sofort gefangen gewesen. Präludium hieß dieser Anfang, auch das hatte er ihr erklärt. Sie hatte vom ersten Takt an mit dem Cello mitgefühlt, hatte in sich selber die Saiten schwingen gespürt und ihren Körper vibrieren. Im Schneidersitz, unauffällig zu seinen Füßen platziert, hatte sie nicht anders gekonnt, als sich immer wieder zu strecken, als führte der Blick auf die vier gespannten Saiten bei ihr automatisch dazu, sich selber gerade hinzusetzen, die Spannung in ihrem eigenen Körper zu steigern. Die wundersamen Töne, die Gavriel dem Cello entlockte, waren ihre Wirbelsäule entlang geglitten. Wo hätte sie bloß zuerst hinsehen sollen? Und woher genau kam die Musik denn eigentlich? Aus den Saiten, den beiden kunstvollen Schalllöchern, aus dem Ganzen, aus der Tiefe oder von außen? Fasziniert hatte sie versucht, Gavriels Bewegungen zu verfolgen, aber er war zu schnell gewesen. Präludium, Allemande, Courante, Sarabande, Menuet, Gigue. Der Bogen war über die Saiten gestrichen und die Finger seiner linken Hand waren über das Griffbrett geflogen. Wie wusste er, wo genau jeder Ton saß? Es musste doch geheime Zeichen geben, die ihm verrieten, wo die einzelnen Töne zuhause waren? Sie hatte sich abwechselnd auf sein Handgelenk konzentriert, seinen Unterarm, die einzelnen Finger und geahnt, dass alles zusammenspielte: Kraft aus dem Arm, Druck aus den Fingern, Gegendruck des Daumens. Flitzen, Schwingen, Drehen, Innehalten, Schweben, Niedersinken. Alles wirkte wie ein Tanz. Gavriel führte, gab Tempo und Richtung vor, Pause und Fortsetzung, sie selber lag in seinen Armen, atemlos, gespannt, fiebrig, mit heißen Ohren und rotem Kopf und wurde gleichzeitig immer müder. Zum Schluss hatte ihr Kopf auf dem Boden geruht, auf einer Strickjacke von Mima.

Als sie aufgewacht war, hatte sie genau vor sich den Stachel gesehen, der dem Cello Halt gab und hatte den letzten Tönen hinterher gehört. Sie hatte sich gefühlt, als sei sie voller Musik, als habe sie die Töne aufgesogen und in sich gespeichert und versteckt. Glücklich hatte sie Gavriel angesehen und er hatte ihr zugezwinkert. »Mima, sieh nur, Deine Kleine liegt mir zu Füßen«, hatte er fröhlich gerufen und in seinem Ton hatte sie Überraschung gehört und so etwas wie Dankbarkeit oder sogar Rührung. Mima hatte nichts erwidert, aber in ihre Richtung gelacht. Er hatte sich vor ihr verneigt, mit dieser kleinen Geste, die so typisch für ihn war, und die Respekt zeigte.

Sie wusste, dass seine Familie schon seit einigen Jahren auch hier in New York lebte. Für so genannte ›gemischte‹ Paare war es auch im neuen Südafrika noch immer nicht leicht. Mima hatte das nicht wahrhaben wollen. Wohl, weil für sie persönlich diese Unterschiede wirklich wenig Gewicht hatten. Wahrscheinlich war es überall auf der Welt eine besondere Herausforderung, zwei verschiedene Kulturen zu einer Einheit zu verbinden. Sicher, davon war Ester nach diesen wenigen Wochen schon überzeugt, war es in New York leichter als anderswo, einfach, weil es üblicher war. Shanti und Gavriel hatten, wie Esters Eltern auch, zwei Hautfarben und zwei Religionen verbinden müssen. Sie fragte sich, ob sie noch als Paar zusammenlebten. Sie dachte gerne an Gavriel zurück. Vielleicht würde sie ihn ja eines Tages treffen.

Ester zwang sich, weiterzugehen und merkte, dass sie allmählich Lust auf einen Kaffee hatte. Der letzte Laden auf der Ecke war ein Supermarkt. So ein Geschäft in der Nähe zu haben, war immer gut und sei es nur, um zwischendurch ein paar persönliche Dinge einkaufen zu können. Sie wechselte die Straßenseite. ›Blue Rose‹ bot exquisite Kleidung. Sie würde sich Zeit lassen, ihren Stil zu finden. Ein Kids Spa ließ sie den Kopf schütteln. War dies wirklich ein Friseursalon extra für Kinder? Sie ahnte, was Mima über so eine Einrichtung sagen würde. Eine UPS-Filiale, ein Thai-Restaurant, eine Parfümerie, eine Reinigung, ein Schuster. Sie blieb nicht mehr stehen, so sehr zog es sie zu dem Laden, der ihrem eigenen genau gegenüber liegen würde. Ein Muffin-Café, eine weitere Kette. Sie beschloss, hier eine Pause zu machen und war froh, einen Platz mit Blick auf die andere Straßenseite zu ergattern.

Sie bestellte Kaffee mit Makadamia-Sirup und ein Blaubeertörtchen und sah aus dem Fenster. Diese Stadt erzählte Geschichten von Tellerwäschern, die zu Millionären wurden. Sie machte Märchen wahr. Man konnte sein Restaurant ›Little India‹ nennen und so seine Heimat teilen mit anderen, oder ›Koscher Bagel‹, um klar zu machen, mit wem man es zu tun hatte. Sie überlegte, wie ihr Café heißen sollte und dachte wieder an Mima und den Abend mit

Cellomusik. Er hatte ihr Mima von einer anderen Seite gezeigt. Sie hatte leichter gewirkt, freier, offen und auch zerbrechlich, so sichtbar war sie gewesen. Das Mandelplatz hatte mit jedem ihrer Feste auch sie selbst gefeiert, die Gastgeberin, die ihre Gäste immer mit ihrem strahlenden Lächeln beschenkte. Mima liebte es, die jüdischen Feiertage auszurichten und Gäste wie Freunde an die alten Traditionen heranzuführen. »Liebe geht durch den Magen«, sagte sie oft mit einem Augenzwinkern, »und Religion tut es auch.«

Ganz offensichtlich hatte sie die Musik geliebt. Vielleicht auch den Cellisten. Ester war an solchen Abenden einfach nur stolz gewesen, dass diese beeindruckende Frau ihre Großmutter war. Und trotzdem, bei aller Nähe, hatte Mima eben doch nicht gewusst, wie es ist, eine Farbige zu sein. Sie sah auf die andere Straßenseite und überlegte, wie es aussähe, wenn die grünen Starbucks-Buchstaben verschwunden wären und stattdessen ein neuer Name dort stehen würde. »Mandelplatz«, flüsterte sie vor sich hin, um es auszuprobieren. »Mandelplatz Nummer Zwei«. Sie hörte dem Klang nach und dachte, dass der Name die Frage wecken würde, ob es auch ein ›Mandelplatz Nummer Eins‹ gäbe und sie dann die Gelegenheit haben würde, von früher zu erzählen und davon, wie die Geschichte angefangen hatte. Aber vielleicht würde sie irgendwann gar nicht mehr davon erzählen wollen, sondern sich mehr auf die Zukunft freuen. Nein, ganz zufrieden war sie noch nicht. Irgendetwas sagte ihr, dass noch etwas fehlte. Dass sie nicht einfach eine zweite Mima sein wollte. Ihr Café nicht einfach eine Kopie. Dann würde ihre schwarze Seite fehlen. Und die hatte sie schon viel zu lange vernachlässigt.

26 Rosebank, Johannesburg
1984

Ezer starb in der Nacht für sich.

Mima wunderte sich, als er um zehn Uhr immer noch nicht in der Küche erschienen war, fragte Zanele, ob sie etwas von ihm wisse, rief nach ihm und machte sich schließlich auf den Weg, die Treppe hoch, zu seinem Zimmer. Sie klopfte und öffnete die Tür. Er lag auf dem Bett, auf seiner Seite, angekleidet, die Hände gefaltet, wie zum Sterben hingelegt und sah glücklich aus. Als sie ihn sah, wusste sie sofort, dass er nicht mehr lebte. Die Farbe war aus seinem Gesicht gewichen, er, der Mann mit der Olivenhaut, der nie blass gewesen war, nie wirklich ein Weißer, wirkte jetzt bleich. Sie betrachtete ihn und dachte, dass er schon lange nicht mehr so erlöst ausgesehen hatte wie jetzt. Sie kniete sich neben sein Bett und wurde überwältigt von den unterschiedlichsten Gefühlen. Traurigkeit, Verlust, Angst, Erleichterung.

Ihre Tränen kamen langsam und liefen die Wangen hinunter. Sie weinte leise. Die Tränen zu spüren, hatte etwas Wohltuendes. Lange sagte sie nichts, dann begann sie, mit ihm zu sprechen. Vielleicht war seine Seele noch nicht ganz entschwunden und konnte ihre

Worte hören? »Ezer. Ezer bedeutet Hilfe.« Sie schluchzte laut auf. »Ich habe Dir viel zu selten gedankt. Aber ohne Dich hätte ich es nicht geschafft. Das Mandelplatz...« Sie suchte nach einem Taschentuch und putzte sich die Nase. Er sah so friedlich aus. »Ich habe oft nur gesehen, was Du nicht getan hast. Es tut mir leid.« Sie berührte seine Wange und schrak zurück, weil sie kalt war und sank in sich zusammen, neben ihm, reglos.

Wie lange hatte sie hier gesessen? Wie spät es wohl war? Wieder sah sie ihn an. Mein Mann. Oft so fremd. Aber immer treu. Ihr wurde warm, wieder kamen heiße Tränen und liefen ihr Gesicht herunter. Sie wischte sie weg und streckte sich, drückte die Schultern durch. »Du hast mich einmal gefragt, ob ich alles wieder so entscheiden würde. Ich habe das nie beantwortet. Es ist ja so vieles zwischen uns ungesagt geblieben. Aber ja. Ich würde das Café übernehmen. Ich würde ein Kind haben wollen. Ich würde das Regime bekämpfen.« Sie stand auf und sah von oben auf ihn herunter. »Ich werde Erde aus Eretz Israel in Deinen Sarg legen, das verspreche ich Dir.« Sie schluchzte heftig und umarmte sich selbst zur Beruhigung und wiegte sich selber hin und her. »Ich wünsche Dir so sehr, dass Du Dich da, wo Du jetzt bist, zuhause fühlst.« Sie nickte und presste die Lippen aufeinander. Mit einem letzten Blick auf Ezer verließ sie das Zimmer, huschte über den Flur und wusch sich in ihrem Bad das Gesicht.

Wahrscheinlich hatte sein Herz versagt. Er war nicht alt, aber sein Herz war müde. Sie sah ihr Spiegelbild an. Die Augen waren verquollen, ihre Haut fleckig. Ich bin eine Witwe. Eine neunundvierzigjährige Witwe. Alleine, für mich, verlassen, eine Hinterbliebene. Sie spürte den Worten nach. Toni und die anderen Frauen der Gemeinde würden meinen, eine Witwe sei ein unvollständiger Mensch. Keine von ihnen würde verstehen, dass es für sie auch Freiheit bedeutete. Außer Zanele vielleicht, aber die würde sich diesen schäbigen Gedanken nicht erlauben. Sie puderte sich das Gesicht. Ich habe schon viel getrauert um diesen Mann. Reichte das nicht? Vielleicht würde sie ihren fünfzigsten Geburtstag sogar feiern, mindestens heimlich für sich. Langsam ging sie zurück ins Café, Stufe für Stufe die Treppe herunter.

Mit nüchternen Worten informierte sie Batya und Zanele. Batya umarmte sie und wiegte sie einen Moment lang in den Armen. Sie rief den Arzt an und den Rabbi und leitete damit alles Nötige für die Beerdigung in die Wege.

Dann hinterließ sie bei Juwelier Cohen & Browns die Nachricht für Berit, sie möge so schnell wie möglich nach Hause kommen. Tote sollten innerhalb von vierundzwanzig Stunden beerdigt werden. So wollte es die Tradition und ihr war es Recht. Zuletzt telefonierte sie kurz mit Doron und bat ihn, das nächste Flugzeug zu nehmen, um als einziger männlicher Verwandter bei ihr zu sein. Doron versprach, sofort zum Flughafen zu fahren. »Ich weiß nicht, was ich sagen soll, Schwesterchen. Als ich das letzte Mal bei Euch war, wirkte es nicht gerade harmonisch zwischen Euch beiden. Ich beeile mich.« Sie war ihm dankbar. Der Flug von Kapstadt nach Johannesburg würde keine zwei Stunden dauern, so dass er, wenn alles gut ging, schon am frühen Nachmittag hier sein konnte.

Sie nahm ein weißes Blatt Papier und schrieb in großen Buchstaben ›Schiv'a‹ darauf und ›Heute ab mittags 12 Uhr geschlossen‹ und hängte den Zettel in die Tür.

Um die Gäste nicht zu erschrecken und sich selber abzulenken, kümmerte sie sich um die Frühstücks-Bagels. Mit einem Brotmesser schnitt sie die runden Hefekringel auseinander. Zwei Hälften, die zueinander passten, von einem Messer durchtrennt.

Sie war nie romantisch gewesen. Der Tod ihrer Eltern hatte sie schnell erwachsen werden lassen. Ezer zu heiraten, war ihr richtig erschienen. Ihre Freundinnen hatten tagelang über Hochzeitskleider, Schmuck und Dekoration reden können, sie hatte ein Café organisieren müssen und hatte die Selbständigkeit, die es ihr schenkte, immer mehr geschätzt als Gefühle von Verliebtheit und Zärtlichkeit. Ein Schnitt mit dem Messer zwischen Daumen und Zeigefinger ließ sie aufschreien. Sie ließ das Messer fallen und presste eine Serviette auf die Wunde.

»Lass mal sehen«, sagte Batya sanft und entfernte das Tuch. »Die Wunde ist nicht tief. Ich wasche sie und verbinde sie mit einem Pflaster.« Sie sprach beruhigend und Mima merkte, dass sie weinte. Batya nahm sie in den Arm und Mima legte ihren Kopf an ihre Schulter.

»Es tut weh«, sagte sie und Batya flüsterte: »Ja, ich weiß.«

Mima wischte sich die Augen. »Ich sollte sowieso aufhören zu arbeiten. Morgen ist die Beerdigung. Die Trauerzeit muss beginnen.« Sie zog die Schuhe von den Füßen, wie es Tradition war, und fragte sich, wo Berit blieb.

Die Gäste merkten wohl, dass etwas Unerfreuliches geschehen war und verabschiedeten sich einer nach dem anderen. Es war kein Bekannter dabei und Mima atmete erleichtert auf, als das Café leer war. Sie löschte einige Lichter im Café.

Doktor Mintz, der Arzt der Familie, kam und Mima bat ihn, alleine nach oben zu gehen. »Ja, sicher. Ich finde den Weg. Sein Herz war von Geburt an schwach. Es tut mir sehr leid.«

Mima dankte ihm und freute sich, Ben Katz zu sehen. Die ersten Trauergäste kamen also bereits, die Nachricht schien sich schnell herumgesprochen zu haben. Wie schön, dass der alte Freund der Erste war.

»Schöne Frau«, begrüßte er sie, genauso charmant und höflich wie immer.

»Guten Tag, Ben Katz. Danke, dass Sie hergekommen sind.«

Er überreichte ihr einen silbernen Becher. »Ein kleines Geschenk.«

»Donaco«, sagte sie und er strahlte sie an.

»Sie haben sich das Wort gemerkt?« Sie nickte. »Es ist ein Kidduschbecher. Er soll Sie daran erinnern, wie alt das Leben schon ist. Und wie jung wir einmal werden. In der neuen Welt.« Der Becher war verziert mit kleinen Ornamenten. Und jetzt entdeckte Mima auch die Gravur. ›Ezer‹ stand in der Mitte und am Rand entlang ein Vers aus den Tehillim, den Psalmen: ›Meine Hilfe kommt von HaSchem.‹

Sie dankte ihm und hauchte einen Kuss auf seine Wange. »Lassen Sie sich doch von Batya einen Kaffee geben.«

Toni Kunzmann marschierte durch die Tür und umarmte Mima theatralisch. Mima ließ es zu. Das Café füllte sich. Der Rabbi kam, begleitet von Sim Kunzmann, Noam und Sarah Kirsch. Zwei Ehepaare, die sie ein paarmal in der Synagoge gesehen hatte, die Schilds und die Goldmanns, hatten Tränen in den Augen, als sie Mima begrüßten. Alle umarmten sie und sagten ein paar freundliche Worte. Mima wusste kaum, wie ihr geschah. Alles ging schnell, folgte einer alten Tradition.

Als Salcia Zweig zu ihr kam, empfand sie zum ersten Mal echten Trost und suchte von sich aus die Umarmung. »Ich glaube, Du bist eine Person, die besser mit Veränderungen umgehen kann als viele von uns hier«, sagte die ältere Frau. »Auch wenn es andere Veränderungen sind, die Du Dir wünschst«, fügte sie hinzu. »Ich möchte Dir trotzdem sagen, dass ich an Deine Stärke glaube.« Mima dankte ihr. »Weißt Du? Dein Name, Mandelbaum passt so gut zu Dir. Es ist der ungeduldige Baum. Der zuerst blüht. Im Frühling. Der Eilige. Shaked, Shoked.« Mima versprach, später über dieses hebräische Wortspiel nachzudenken und ließ sich noch einmal von Salcia umarmen.

Jakob Cremer erschien als Letzter, reichte ihr förmlich die Hand und setzte sich schnell neben die anderen Männer. Da merkte Mima, was fehlte, was falsch war. Diese Menschen, die mit ihr trauerten, waren Ezers Freunde, aber nicht ihre. Sie sehnte sich nach der Nähe von echten Vertrauten. Nach Jean, nach Sarah Rubin, nach Sonia Isaacmann, nach Hilda. Jüdinnen wie sie. Weiß wie sie. Menschen, mit denen sie etwas verband, was noch stärker war, größer. Sogar Sukisa hätte sie getröstet. Aber ihre Anwesenheit wäre allen absolut unangemessen erschienen. So war sie es, die ihre Gäste als fehl am Platz empfand. Diese Leute hier waren Bekannte aus dem Stadtteil, aus der Gemeinde, aber nicht mehr. Sie gehörte irgendwie zu ihnen und wusste doch, dass vieles sie auch trennte. Beide Seiten wussten es, seit langer Zeit schon, auch wenn es niemand jemals offen ausgesprochen hatte.

Die Frauen hatten Essen mitgebracht. So regelten es ihre Trauerrituale. Alle schienen genau zu wissen, was zu tun war. Sie überlegte kurz, wie absurd es war, Essen in ein Restaurant mitzubringen, ließ aber alles geschehen. Vielleicht brachten die Gäste so die Trauer mit, die ihr fehlte.

Rabbi Seliger nickte ihr zu, stellte eine kleine Lampe als Seelenlicht auf und sprach ein kurzes Segensgebet. Toni stellte einen Korb auf den Tisch, packte ein Ei aus, pellte es und bestreute es mit Asche. Sie bat Mima, sich hinzusetzen. »Hier, meine Liebe. Iss.« Sie schob Mima das Ei hin und sie musste fast würgen, aß aber gehorsam. Alles, auch sich selbst, beobachtete sie wie von außen. Sie schloss die Augen. Ihre Gäste nahmen es als Zeichen, ihr Zeit zu lassen für sich und begannen, sich leise miteinander zu unterhalten. Mima dachte an die Beerdigung. Man würde ein Säckchen Erde aus Israel in den Sarg legen. So sehr sich Mima gewehrt hatte gegen Ezers Idee, dorthin auszuwandern, so sehr tröstete sie der Gedanke jetzt. Als wüsste sie, dass Ezer die Nähe der heiligen Erde spüren würde. Dann würde das Totengebet gesprochen, das Kaddisch. Aber es gab keinen männlichen Nachkommen, der es lesen könnte. Sie flüsterte die vertrauten Worte vor sich hin.

Erhoben und geheiligt werde sein großer Name auf der Welt,
die nach seinem Willen von Ihm erschaffen wurde –
sein Reich erstehe in eurem Leben in euren Tagen
und im Leben des ganzen Hauses Israel,
schnell und in nächster Zeit!
Sein großer Name sei gepriesen
in Ewigkeit und Ewigkeit der Ewigkeiten.
Gepriesen und gerühmt, verherrlicht, erhoben, erhöht, gefeiert,
hocherhoben und gepriesen sei der Name des Heiligen,
gelobt sei er, hoch über jedem Lob und Gesang,
jeder Verherrlichung und Trostverheißung,
die je in der Welt gesprochen wurde.
Der Frieden stiftet in seinen Himmelshöhen,
er stifte Frieden unter uns und ganz Israel.

Mima versuchte, sich auf die heiligen Worte zu konzentrieren. Wer würde das Kaddisch bei Ezers Beerdigung sprechen? Doron? Wahrscheinlich ja. Aber da in ihrer Gemeinde auch die Frauen zum Minjan gezählt wurden, zur Gemeinschaft der Zehn, die anwesend sein mussten, um Gottesdienst zu halten, dürfte sicher auch Berit das Gebet sprechen. Sie hatte immer viel Zeit mit ihrem Vater verbracht und nur in diesen allerletzten Wochen war es häufiger zu Spannungen zwischen den beiden gekommen. Für Ezer war die Vorstellung, dass seine Tochter, sein einziges Kind, sich in einen Goj, noch dazu einen schwarzen Heiden, verliebt hatte, ein Alptraum gewesen. Mima wusste, dass er ihr, der Mutter, die Schuld dafür gab. Sie hatte Zanele erlaubt, Thabo in ihr Haus zu bringen. Ihre Idee von Gleichheit überschritt die gesunden Grenzen, die Gesetze. »Es ist einfach unnatürlich«, hatte er in den letzten Wochen wieder und wieder gesagt. Oder: »Es ist abartig. Es hat etwas Krankes. Es ist gegen die Ordnung. Gegen unsere Berufung.« Und er war überzeugt gewesen, dass Berit niemals glücklich werden könnte, sollte sie ihren Gefühlen weiter folgen. Ezer hatte versucht, Berit zu überreden, ihr Praktikum bei ihrem Onkel Doron in Kapstadt zu machen, aber Berit hatte hier bleiben wollen.

Mima öffnete die Augen wieder, sah sich um und suchte nach Berit. Was sollte sie denken, wenn man ihr keine Zeit ließ, die Nachricht alleine zu hören, für sich? Sie müsste längst hier sein. Sie winkte Batya und bat sie, noch einmal im Juwelierladen anzurufen.

In diesem Moment kam Gavriel. Mima stand auf, er verneigte sich kurz vor ihr, nahm sie dann in den Arm und hielt sie lange fest an sich gedrückt. »Jetzt ist er endlich angekommen«, flüsterte er ihr ins Ohr und sie wunderte sich, wie treffend Gavriel ausdrückte, was auch sie für Ezer erhoffte. Noch leiser raunte er ihr zu: »Man beobachtet uns« und löste sich von ihr. »Bist Du okay?«, fragte er und sie nickte.

Herausfordernd wandte er sich um und sah in die Runde. »Rabbi Seliger. Toni. Sarah. Leyla. Eva. Salcia. Ben. Sim. Abram. Doktor. Noam. Victor. Jakob.« Er grüßte jeden einzelnen, nannte sie fast alle beim Vornamen und verneigte sich dabei jeweils in ihre Richtung.

»Batya.« Nur die Kellnerin erwiderte seine Geste. Die anderen standen mit verschränkten Armen da und ablehnenden Blicken. Würde es nicht so unpassend wirken, hätte Mima am liebsten laut gelacht.

Ob Ezer eifersüchtig gewesen war auf Gavriel? Ob er dieses Gefühl mit einem der anderen Männer geteilt hatte? Neugierig sah sie in die Runde. Jakob Cremer wirkte, als würde er sich vor Gavriel nahezu ekeln. Aber ja. Natürlich störte sie nicht nur die Vertrautheit Mima gegenüber. Gerüchte, Gavriel sei Vater geworden und habe ein farbiges Kind mit einer farbigen Frau, die keine Jüdin war, hatten sich in der Gemeinde ausgebreitet wie ein giftiger klebriger Sirup. Gavriel sah souverän in die Runde, einen Kopf größer als sie alle und lächelte freundlich. Salcia winkte verschmitzt und Ben Katz war schließlich der Erste, der auf Gavriel zukam und ihm die Hand reichte.

»Gavriel. Lange nicht gesehen. Was macht die Musik?« Gavriel lachte ihn an und erzählte. Mima ließ sich auf seinen Stuhl fallen und schloss wieder die Augen. So beachtete man sie am wenigsten. Diesmal sprach sie nicht das Kaddisch. Sie ließ ihren Gedanken freien Lauf. Sie glaubte nicht an ›Rasse‹. Diese Idee bedeutete für sie nur Schrecken. Sie schürte Ängste, Urteile und Vorurteile. Ihre Leute müssten doch am besten wissen, wie menschenverachtend so eine Einteilung war. Sie seufzte. Ihr war schwer ums Herz. Wann würde es bloß ein Einsehen geben?

Hatte Mima aber gedacht, dass ihre Trauergäste schon das Äußerste an Ablehnung gezeigt hatten, sollte sie sich getäuscht haben. Denn jetzt kamen Berit und Thabo ins Café. Gleichzeitig und Hand in Hand. Auch Mima hatte nicht gewusst, dass die beiden inzwischen so offen zeigten, dass sie ein Paar waren. Sie erkannte sofort, dass Berit wohl bereits vom Tod ihres Vaters erfahren hatte, denn ihre Wimperntusche war verlaufen und ihr Gesicht gerötet vom Weinen.

Die Gespräche verstummten. Schockiert sahen die Trauergäste das junge, ungleiche Paar an. Berit stand da, elegant, mit hellem Leinenkleid und Perlenkette, weil sie zurzeit ein Praktikum beim

Juwelier machte, ihr dunkles Haar zu einem eleganten Knoten im Nacken zusammengebunden. Thabo neben ihr wirkte groß und stark, seine dunkle Jeans und das gebügelte Hemd ließen auch ihn vornehm aussehen. Seine rechte hielt ihre linke Hand und sie rückten eng aneinander. Mima musste an Plastikfigürchen denken, die man auf Hochzeitstorten stellte.

Sie ging auf ihre Tochter zu und umarmte sie. »Mama«, murmelte Berit. Mima genoss das Gefühl der Nähe und den Augenblick, als Berit sich halten ließ. Wie lange hatte sie ihr Kind schon nicht mehr so umarmt? Sie streichelte über ihre Wangen und sah sie an. Sie sah hübsch aus, vielleicht etwas molliger als sonst, aber das stand ihr gut.

»Du kannst zu ihm gehen. Er liegt oben auf seinem Bett. Er sieht friedlich aus.« Berit nickte und kniff die Lippen zusammen. »Doktor Mintz sagt, es war das Herz. Er hat den Totenschein ausgestellt. Die Männer werden sicher gleich mit den Waschungen beginnen wollen.«

Sie sah Thabo an. Ach. Es war ja nicht nur die Hautfarbe, sondern auch die Religion, die sie unterschied. Ein Goj würde bei den Ritualen nicht teilnehmen und auch nicht den Sarg tragen dürfen.

»Es tut mir leid, Mam«, sagte Thabo mit seiner dunklen Stimme.

»Danke, Thabo. Vielleicht geht ihr zusammen nach oben?«, schlug sie vor und die beiden gingen an den Gästen vorbei die Treppe hoch. Mima sah ihnen nach. Eine kleine Ahnung ließ ihr Herz höher schlagen. Berit hatte sich das Kleid zu Beginn ihres Praktikums im Juweliergeschäft gekauft, jetzt saß es so knapp, dass Mima sich fragte, ob sie nicht nur Witwe geworden war, sondern vielleicht auch bald Großmutter würde. Ezer hätte sie jetzt ermahnt, sich nicht lächerlich zu machen mit ihren Ahnungen. Sie wischte den Gedanken fort. Vielleicht hatte Berit einfach zugenommen, weil sie zurzeit nicht mehr regelmäßig Tennis spielte.

Sim kam auf sie zu. Mima wusste, es war Zeit für die Tahara, für die Waschung und die Einkleidung. »Wir Männer würden jetzt auch gerne bald den Toten sehen. Ich meine natürlich Ezer. Ja? Ihn aufbahren und mitnehmen. Das verstehst Du, ja?«

Mima nickte. Sim und Jakob Cremer, Noam und Ben Katz würden die Tahara vollziehen, ihn waschen und ihm das Sargenes anziehen, das weiße Totenhemd.

Mima sah ihn ruhig an: »Natürlich. Aber Ihr werdet wohl den Kindern Zeit geben, sich in Ruhe zu verabschieden«, sagte sie.

»Ja, sicher«, murmelte Sim. »Berit soll... Wir warten.«

Mima sah ihn eindringlich an: »Berit und Thabo kannten Ezer ihr ganzes Leben lang. Beide. Also, bitte.« Sie sagte es so laut, dass alle es hören konnten. Toni japste nach Luft.

Sim nickte. »Selbstverständlich.« Und dann nahm er unauffällig ihre Hand und sagte eindringlich: »Mima, glaub mir, ich habe Respekt vor Dir. Mehr als Du Dir vorstellen kannst. Mehr als ich zeigen kann. Ich höre ja auch nur Gerüchte und weiß nichts Genaues. Manchmal wünschte ich, es wäre anders. Wer weiß, was dann wäre? Aber ich habe dagegen gestimmt, als sie Dich aus der Gemeinde ausschließen wollten. Ich wollte, dass Du das weißt. Und: es tut mir leid, dass Ezer nicht mehr bei uns ist.« Er ließ ihre Hand los.

Mima umarmte ihn kurz. »Danke, Sim. Wer weiß, vielleicht ergibt sich ja tatsächlich einmal eine Gelegenheit, um zu reden.«

An alle gewandt sagte sie laut: »Danke Euch allen, dass ihr Euch kümmert. Bleibt, solange Ihr wollt. Wenn die Kinder bei ihm waren, nehmt ihn mit. Wir sehen uns morgen bei der Beerdigung. Danke.« Es sollte kein Rausschmiss sein, aber es war ein Abschied.

Die meisten wichen ihrem Blick aus und sahen auf den Boden. Jakob Cremer stand auf, zog die Augenbraue hoch, streckte sein Kinn vor und sah Mima streng an. »Und nach der Trauerfeier morgen beginnt das Schiv'a-Sitzen. Hier.« Und noch energischer fügte er hinzu: »Eine Woche lang. Für alle, die um ihn trauern. Für alle Juden.«

Er sprach das letzte Wort laut aus, laut und gespreizt, und Mima hätte ihn am Liebsten angeschrien: Was bildest Du Dir ein, Du Schmock! Du und Deine Frau, die fromme Fettel! Wenn Du nicht Mal in der Lage bist, in einem Schwarzen einen Menschen zu erkennen. Wer seid Ihr? Die ihr nicht genug Herz habt, einen Freund zu trösten, wenn er lebt. Aber wenn er tot ist, macht ihr viele Worte. Ihr führt euer spießiges Leben und hofft, dass die Oberfläche immer schön sauber bleibt. Koscher und schön weiß! Ohne eine Spur von Farbe oder Schwarz. Sie sah ihn verächtlich an, man sah ihr an, dass sie zu platzen drohte.

Bevor sie etwas sagen konnte, berührte Gavriel sie am Arm, so dass sie sich beruhigte. »Mandelchen«, flüsterte er ihr ins Ohr und sie ließ es zu, sich von ihm ablenken zu lassen.

Salcia stand jetzt ebenfalls auf und meinte: »Ihr Lieben. Wir sind alle angespannt. Die Veränderungen, die das Leben uns beschert, nun – wir gehen unterschiedlich damit um. Ich bitte Euch um etwas mehr Respekt vor der Witwe. Wirklich. Überlegt doch, was sich für Mima verändert. Sie braucht jetzt unsere Unterstützung. Und unsere Freundschaft.« Die meisten nickten. Da erhob sich auch der Rabbi.

»Meine Lieben. Lasst mich auch noch etwas sagen. Ihr seid fast alle Säulen unserer Gemeinde. Wir alle leben seit Jahren im Ausnahmezustand. Politisch gesehen. Egal, wo wir stehen, es geht nicht spurlos an uns vorüber. Aber was wir heute erleben, ist ein privater Ausnahmezustand. Der Tod hat uns unterbrochen. Diese Erfahrung ist zutiefst menschlich und sollte uns einen und nicht noch weiter voneinander trennen. Bitte.«

Mima sah Salcia und Brom Seliger dankbar an. Ihre Worte und ihre Verbundenheit rührten sie. Sie spürte immer noch die bohrenden Blicke, aber sie waren jetzt leichter zu ertragen. Sie wandte sich ab, setzte sich an einen Tisch am Fenster und sah auf die Straße.

Gavriel setzte sich ihr gegenüber. »Ich kenne diese Blicke. Die Leute sind unsicher. Sie fühlen sich bedroht, verängstigt von dem, was ihnen fremd ist und neu. Lass sie. Gib ihnen Zeit.«

»Pfff«, sagte Mima nur, als wolle sie ihnen am liebsten überhaupt nichts geben. »Tut es Dir denn nicht weh?«, fragte sie wütend und sah Gavriel forschend an.

»Doch. Es tut weh.« Er fuhr sich mit der Hand durch die Haare. »Wenn sie mich anschauen und dann Mohan Gav und dann wieder mich und ich kann spüren, wie sie denken: ›Er hat eine Nichtweiße berührt. Eine Heidin.‹ Und sich ekeln. Und mich ausschließen aus ihrer Gemeinschaft.« Er lächelte. »Aber dann sehe ich Mohan Gav an und sehe meinen Sohn. Ein Karamell-Törtchen mit Mandelaugen. Und ich sehe eine andere Zukunft. Viele Weiße werden viel lernen müssen.«

Irritiert von leiser Unruhe sah Mima sich um. Berit und Thabo waren zurück im Café, standen am Ende der Treppe und wussten nicht, wohin. Schnell ging sie zu den beiden und bedeutete ihnen, sich zu Gavriel ans Fenster zu setzen. Die Männer gingen einer nach dem anderen an ihr vorbei, die Treppe hoch. Ben drückte kurz ihre Hand. Alles hatte seine Ordnung. Alles schien geplant. Alles war so, wie es immer war.

»Wo ist denn sein Tallit?«, rief Sim von oben.

»Der Gebetsmantel hängt an der Tür zum Bad«, antwortete sie. Sollten sie ruhig merken, dass sie in getrennten Zimmern gelebt hatten. Sollten sie es doch am Abend ihren Frauen erzählen.

Ein paar Minuten später kamen sie die Treppe herunter. Der Rabbi schritt vorne weg, die vier anderen Männer folgten, die Bahre mit dem Leichnam, verdeckt unter weißen Tüchern, zwischen ihnen. Sim und Ben vorne, Noam und Jakob hinten. Mima berührte kurz zärtlich das weiße Tuch und schloss die Augen bis sie hörte, dass die Tür ins Schloss gefallen war. Die Frauen folgten ihren Männern mit den Blicken. Mima sah sich nicht zu ihnen um.

Sie ging stattdessen zurück zu Gavriel, Berit und Thabo. Sie floh zu ihnen, auf deren Seite sie stand. Die drei hatten an einem größeren Tisch Platz genommen und Batya fragte sie, ob sie etwas trinken wollten. Treue Batya. Die Frauen packten im Hintergrund ihre Sachen zusammen und verabschiedeten sich eine nach der anderen mit einem Gruß, einem Winken, einem kurzen Ruf in Mimas Richtung. Mima ließ sie gehen.

Nur Salcia kam zu ihnen an den Tisch und umarmte erst ihre Tochter: »Mein Schatz.« Und dann Mima. »Meine Liebe.« Sie lächelte die Runde an. »Auf Wiedersehen. Bis morgen.«

»Danke für Deine Worte«, sagte Mima und Salcia nickte.

Batya brachte ihnen Kaffee und Wasser, eine Schale mit Schokomuffins, frische Aprikosen, Oliven, Brot und ein großes Stück Käse.

»Danke, Batya. Aber mach jetzt Feierabend. Das Café bleibt für eine Woche geschlossen. Ich werde mich immer freuen, Dich zu sehen, aber fühl Dich nicht verpflichtet.«

Batya drückte Mimas Schulter und drehte sich im Weggehen noch einmal um: »Zanele ist noch in der Küche.« Alle sahen sie erstaunt an. »Ihr kennt sie ja. Sie fühlt sich hier im Café nicht wohl.«

Mima stand auf und rief laut in Richtung Küche: »Zanele. Zanele, komm bitte her.« Die Küchentür öffnete sich und Zanele stand auf der Schwelle. Mit ein paar Blicken versuchte sie, die Situation zu erfassen. Die Gäste waren alle gegangen. Sie entdeckte ihren Sohn, Berit, sah Gavriel an und Mima. Ihr Gesicht und ihre Haltung zeigten deutlich, dass sie diese Mischung nicht mochte.

»Komm, setz Dich zu uns. Es ist nur noch Familie da. Die andern sind alle gegangen.« Zanele schien mit sich zu ringen und Mima befürchtete schon, sie würde sich wieder zurückziehen, aber sie überwand sich, kam langsam zu ihnen und nahm ächzend Platz auf einem Stuhl neben ihrem Sohn. Sie schien sich unwohl zu fühlen, aber sie war dabei. Mima atmete erleichtert auf.

»Ich werde die Trauerwoche abhalten, Gäste aus der Gemeinde empfangen, wie es sich gehört, auch wenn es mich anstrengt, und dann werde ich das Café wieder eröffnen. Vielleicht erscheint es Euch zu früh, heute schon darüber zu sprechen, aber ich muss an die Zukunft denken. Ich würde gerne eine Person anstellen, die sich um die Buchhaltung und eine andere, die sich um die Einkäufe kümmert. Sollte es jemanden geben, der beides kann, wäre das natürlich auch gut. Ezer hat so viel gemacht. So viel im Blick gehabt.«

»Das klingt vernünftig, Mama«, antwortete Berit.

Gavriel stimmte ihr zu: »Gut, dass Du so aktiv über die Zukunft nachdenkst. Du wirst das schaffen.« Mima reichte die Schale mit den Muffins herum.

»Und Eure Pläne?« Sie sah Berit und Thabo an. Berit wich ihrem Blick aus und biss in einen Muffin.

Thabo räusperte sich und setzte sich aufrecht: »Ich bin jetzt seit einigen Wochen in der Diamantenmine tätig.« Mima sah ihn neugierig an. »Ich werde Ingenieur.« Noch immer ruhten alle Blicke auf ihm, so dass Thabo sich ermutigt fühlte, weiterzusprechen und zu schwärmen begann: »Stellt Euch vor. Vor zig Millionen von Jahren feuerten Vulkane aus dem Innersten der Erde kristallisierten Kohlenstoff an die Oberfläche. Irgendwann wurden die Kristalle zwischen Sand und Geröll entdeckt und damit war nichts mehr wie vorher. Das Diamantenfieber brach aus. Zuerst versuchte man es mit den bloßen Händen, mit Sieben und Pinzetten. Dann sicherte sich De Beers die Schürfrechte. Und inzwischen werden mit modernstem Gerät Tonnen an Sand und Steinen umgeschichtet und zertrümmert. Das Granulat wird dann weiter mit kleineren Geräten durchsucht. Die Steine, die in unserer Mine gefunden werden, werden zu Bestpreisen verkauft. Sie zählen zu den begehrtesten Steinen der Welt.«

Gavriel warf ein: »Klingt wie die berühmte Suche nach der Stecknadel im Heuhaufen.«

Thabo nickte. »Ja. Aber es werden immer wieder Steine gefunden.« Als Thabo merkte, dass ihn alle immer noch interessiert ansahen, erzählte er begeistert weiter: »Es ist spannend. Die Mine liegt in einer Hochsicherheitszone. Jeder Schritt, jeder Handgriff, jede Bewegung wird überwacht. Überall sind Kameras angebracht. Besucher dürfen nur mit Sondererlaubnis überhaupt auf das Gelände. Am Krassesten ist es da, wo wir Arbeiter direkt mit den Steinen in Berührung kommen. Dort arbeite ich.« Stolz lag in seiner Stimme. »Bei einer ungewöhnlichen Bewegung wird sofort Alarm ausgelöst. Aber nur ein unbeobachteter Griff im richtigen Moment, ein bisschen Glück, ein winziger Stein von nur zwei Millimeter Durchmesser und Du hast einen Monatslohn in der Tasche. Allerdings«, er machte eine wirkungsvolle Pause, »werden wir am Ausgang geröntgt.«

Gavriel sah ihn irritiert an: »Ist das denn nicht gesundheitsschädlich?«, fragte er.

Thabo zuckte mit den Schultern. »Für de Beers ist jeder Arbeiter ein möglicher Dieb. Nach Schichtwechsel muss jeder durch die

Schleuse. Solltest Du also irgendwo in Deiner Hosentasche oder auch noch tiefer, wenn ihr versteht, was ich meine, einen Stein versteckt haben, wird er sofort auf dem Monitor entdeckt.«

Gavriel musste lachen bei der Vorstellung, wo überall Steine versteckt werden konnten, aber er hakte noch einmal nach. »Mensch Thabo. Jeden Tag geröntgt werden, das ist echt nicht ungefährlich. Du willst doch mal irgendwann Kinder zeugen.«

Mima sah intuitiv auf Berits Bauch, nur kurz, aber sie hatte es nicht verhindern können. Thabo erzählte schon weiter, aber Berit hatte ihren Blick bemerkt und sah ihre Mutter an. Etwas Weiches lang auf ihrem Gesicht und da wusste Mima, dass es stimmte. Ewiger, gelobt sei Dein Name, seufzte sie innerlich und dachte dann daran, dass die beiden noch nicht einmal volljährig waren. Sie würden ihre Erlaubnis brauchen und die von Zanele und Rapula.

Sie hörte nur noch mit einem Ohr zu, was Thabo erzählte: »Die Dosis ist viel niedriger als bei normalen Röntgenaufnahmen. Die Arbeit macht mir Spaß. Außerdem werde ich ja nicht für immer dort arbeiten.« Er trank einen großen Schluck aus seinem Wasserglas. »Früher, als es noch keine Röntgenschleuse gab, haben sie mit Lügendetektor gearbeitet, mit Pulsmonitor und Leibesvisitation. Manchmal wurden Verdächtige auch einfach so lange dabehalten, bis ein verschluckter Diamant verdaut war und wieder ans Licht kam.«

Er lachte. Berit sah ihn glücklich an und ergriff jetzt selbst das Wort: »Trotz dieser ganzen Sicherheitsmaßnahmen sind immer wieder Diamanten gestohlen und geschmuggelt worden. Man schätzt, dass bis zu 20 Prozent aller Steine verschwinden.«

»Ja«, lachte Thabo »einige hatten zum Beispiel die Idee, Pfeil und Bogen mitzubringen und haben gestohlene Steinchen in einem Beutel über die Zäune ins Niemandsland geschossen.«

Gavriel lachte wieder sein erfrischendes Lachen: »Eine tolle Idee!« Mima sah sich überrascht um. Wie Ezer sich wohl in dieser Runde gefühlt hätte? Sie lachten zusammen. Die Trauergäste und ihre Blicke waren fast vergessen. Berit und Thabo hatten es geschafft, sie auf völlig andere Gedanken zu bringen. Die beiden aßen Käse und

Brot, Gavriel vertilgte bereits seinen zweiten Muffin. Nur Zanele sah aus, als habe sie beschlossen, ihre Laune durch nichts und niemand heben zu lassen. Gavriel hatte sich anstecken lassen von Thabos Begeisterung und die beiden brüteten jetzt einen Plan aus für einen Diamanten-Coup.

»Tauben sind vielleicht eine Idee. Du versteckst eine Taube zwischen Deinen Klamotten in Deiner Tasche, lässt sie irgendwann den Stein verschlucken und dann schickst Du sie von irgendeinem Fenster aus in die Freiheit. Sie fliegt zu Dir nach Hause, Du hast den Stein.«

Er klatschte in die Hände und Gavriel grinste: »Und abends gibt es im Mandelplatz gefüllte Tauben.« Alle lachten jetzt. »Junge Schlachttauben, gefüllt mit Datteln, Äpfeln und einer Sesamkruste«, meinte Gavriel.

»Oder Tauben mit Aprikosen, braunen Linsen und Zwiebeln«, ergänzte Berit.

»Tauben mit Spinat, Pinienkernen und Knoblauch«, sagte Mima.

»Tauben gefüllt mit Diamanten«, rief Thabo gut gelaunt. Sogar Zanele konnte sich ein kleines Schmunzeln nicht verkneifen.

Auch Berit erzählte jetzt: »Ich lerne zurzeit jeden Tag, wie sehr die Leute die Steine lieben. Bei uns im Geschäft kann man Touristen sehen, die sich keine schönere Erinnerung an Südafrika vorstellen können, als einen echten Diamanten aus den Minen. Auch als Mitbringsel oder Weihnachtsgeschenk für Ehefrauen, die nicht mitreisen durften, sind die Schmuckstücke überaus beliebt.«

Mima sah ihre Tochter und ihren Freund nachdenklich an. Sie strahlten Einmütigkeit aus, zeigten ihre Nähe und eine verliebte Leichtigkeit. Mima freute sich. Gavriel zwinkerte ihr begeistert zu. Nur Zaneles Blick hatte sich wieder verfinstert. Sie trank Wasser aus einer alten Cola-Flasche. War es eigentlich seit Jahren dieselbe Flasche? Hatte sie jemals aus einem Glas getrunken? Aus einer Mandelplatz-Tasse?

»Eure Beziehung ist ungewöhnlich«, wagte Gavriel jetzt einen sehr offenen Satz und sprach endlich direkt an, was den ganzen

Tag schon im Raum stand. Zanele sagte etwas auf Tswana, was nur Thabo verstehen konnte, die typischen Schnalz-Laute knallten noch lauter als sonst.

Thabo schickte einen Kuss in ihre Richtung, aber Zanele schüttelte nur den Kopf. Weil er nicht erwartete, dass seine Mutter mehr sagen würde, wandte er sich Gavriel zu, sah ihn offen an: »Wir lieben uns.« Der schlichte Satz sagte alles. Zanele schnalzte noch einmal missbilligend mit der Zunge. »Du kennst es ja selbst. Deine Freundin ist keine Jüdin, keine Weiße. Dein Kind ist ein Mischling. Es ist kompliziert, aber nicht unmöglich.«

Zu Mimas Überraschung ergänzte Berit: »Es geht nicht nur darum, dass Thabo nicht jüdisch ist und nicht weiß. Es geht genau so auch darum, dass ich keine Schwarze bin und keine Christin. Ich passe genau so wenig nach Soweto, wie er hierher passt.«

Gavriel stimmte ihr zu: »Ja. Du hast Recht. Beide erfüllen nicht die Wunschvorstellungen der anderen Seite. Genau deshalb passen wir in keine der beiden Welten. Wir stören einfach überall.«

Mima warf ein: »Damit ist so eine Beziehung, wie Ihr sie führt, eigentlich eine politische Aussage. Ihr unterbrecht das System, statt es immer wieder zu bestätigen. Es ist kompliziert für Euch. Aber auch für Eure Umgebung. Für alle, die an den Schubladen festhalten wollen. Ihr schafft Fakten, an denen sie nicht vorbeisehen können.« Mima lächelte, als erfülle sie diese Erkenntnis mit großer Zufriedenheit, ja mit einer Art Triumph.

Berits Stimme klang kalt und bestimmt, als sie erwiderte: »Es ist keine politische Aussage. Es ist eine Beziehung. Nur, dass das klar ist.«

Wegen der Schärfe in ihrer Stimme versiegte das Gespräch für einen kurzen Moment, aber Gavriel überging ihren Kommentar und fragte: »Dann werdet Ihr also beide ins Diamantengeschäft einsteigen?«

»Beide auf unsere Art, ja«, antwortete Thabo.

»Aber doch hoffentlich legal. Oder wollt Ihr ins Schmuggelgeschäft einsteigen?« scherzte Gavriel.

»Wer weiß«, sagte Berit, »vielleicht habe ich ja doch die kriminelle Energie meiner Mutter geerbt.« Jetzt klang ihre Stimme wieder wärmer und Mima freute sich über die kleine Anmerkung.

»Für unsere Kinder ist es besonders komisch«, bemerkte Gavriel, »weil sie dunkler als die einen und heller als die anderen sind. Meistens. Die Natur hat ja immer auch ein paar Überraschungen bereit.« Eine kleine Pause entstand, in der Berit und Thabo sich ansahen und dabei offensichtlich ohne Worte zu einem Entschluss kamen.

Berit sagte: »Wir wissen es erst seit einer Woche. Meine Mutter ahnt es wohl schon. Wir erwarten ein Kind.«

Zanele stand abrupt auf und warf Thabo einen kurzen harten Satz entgegen. Obwohl niemand von ihnen Tswana verstand, war klar, was sie sagte und sie begriffen auch, dass Thabo mit seinen nächsten Sätzen versuchte, seine Mutter zu beruhigen oder irgendwie zu gewinnen. Aber Zanele stand da, die Hände in die Seiten gestützt, mit Tränen in den Augen, zornig und enttäuscht. Sie warf die Hände in die Luft, als wolle sie den Himmel anflehen und fing sich dann.

»Entschuldigung. Ich gehe jetzt nach Hause. Das ist sicher besser.« Fragend sah sie Mima an. »Misses? Ich kenne Ihr Schiv'a nicht, was im Fenster steht. Brauchen Sie mich?« Mima hatte Mühe, sich auf die Frage zu konzentrieren. Sie wollte ihrer Tochter gratulieren. Und Thabo. Sie hatte so viele Fragen. Und sie freute sich. Sie wollte Zanele umarmen und sich mit ihr gemeinsam freuen, dass sie Großmütter würden.

Aber als sie sah, wie viel Kraft es Zanele kostete zu bleiben, erklärte sie kurz: »Schiv'a-Sitzen ist unsere Art zu trauern. Ich freue mich, wenn Du mittrauerst. Du tust mir gut. Was man wahrlich nicht von allen Trauer-Gästen sagen kann. Deine Trauer ist echt, deshalb bist Du herzlich eingeladen. Aber die Küche bleibt zu. Und Du musst Dich, wie alle anderen Angestellten, nicht verpflichtet fühlen. Ich fände es sehr schön, wenn Du morgen zur Beerdigung kämst.«

Zanele nickte. Sie verabschiedete sich. Ihr letzter Satz galt Thabo und er klang etwa so, als hätte sie gesagt »Wir beide sprechen uns noch.«

Sie sahen ihr hinterher, dann aber stand Mima auf, ging zu Berit und umarmte sie: »Alles Gute, mein Schatz.« Sie stellte sich auf die Zehenspitzen und umarmte auch Thabo.

Gavriel beobachtete die Szene von seinem Platz aus, saß entspannt da, die Beine übereinander geschlagen und lächelte vielsagend. »Meinen Glückwunsch« sagte er herzlich. »Junge Eltern, ein Paar des neuen Südafrikas, das ins Diamantengeschäft einsteigt. Das klingt gut in meinen Ohren.« Anerkennend nickte er ihnen zu: »Ihr habt mich wirklich überrascht. Der Tag hatte so anders angefangen.«

»Ja«, sagte Mima, »Erst überrascht uns der Tod. Und dann überrascht uns das Leben.«

27 | Rosebank, Johannesburg 1985

Der Putz blätterte von den Wänden. Die untere Hälfte war rostrot gestrichen, die obere weiß, der Schimmel hatte überall hässliche Flecken hinterlassen. Hätte Mima den Geruch beschreiben sollen, sie hätte gesagt: Es stinkt nach Angst. Mima ging den düsteren Gang entlang zum Besucherraum, begleitet von zwei Wärterinnen in blauen Uniformen. Immer wieder kam sie in Berührung mit ihnen, denn die beiden hatten sie in ihre Mitte geklemmt, als befürchteten sie, Mima würde sonst weglaufen. Sie passierten eine weitere Sicherheitstür und Mima musste noch einmal ihre Tasche abgeben und ein zweites Mal durch ein Tor mit Metalldetektor gehen. Als wäre die Kontrolle am Eingang nicht gründlich genug gewesen. Eine Wärterin durchsuchte sie. Sie war zwei Köpfe größer als Mima und um einiges schwerer. Sie tastete ihre Arme und Beine ab und stutzte kurz, als sie den Bügel ihres BHs ertastete.

»Wat is dit?« Mima erklärte es ihr. »Neem dit af« wurde sie aufgefordert. Mima guckte kurz irritiert und nickte. Sie fingerte geschickt auf ihrem Rücken nach dem Verschluss des BHs, öffnete die zwei Ösen, griff durch den linken Ärmel ihrer Bluse nach einem Träger und zog daran, bis sie den BH in der Hand hielt und reichte ihn der Wärterin. Die grinste spöttisch. Mima sah ihr weißes Stück Wäsche mit Spitzen und Stickerei in den groben Händen der Wärterin. Der BH schien ihr zu gefallen. »Gaan op!« befahl sie und Mima wurde wieder eingeklemmt und weitergeführt.

Er wird Dir nicht passen, dachte sie im Weitergehen. Noch eine letzte Tür und sie war im Besucherraum angekommen. Man brachte sie zu einem Platz, zu einer der vielen Kabinen in einer langen Reihe. Sie wurde aufgefordert, sich still zu verhalten. Dieses Mal ließ man sie fast eine Stunde lang warten. Die reinste Schikane. Du willst Dich beschweren? Weil ein Häftling nicht pünktlich zum Gespräch erschienen ist? Versuch es doch. Man hat Dir Deinen BH weggenommen? Du vermisst ein Buch, das als Geschenk gedacht war? Kannst Du das beweisen? Meld es doch der Sicherheitspolizei. Die kümmern sich. Du hast keine Lust mehr dazu, Besuche im Gefängnis zu machen? Kein Problem. Was bedeutet schon ein bisschen Abwechslung, Unterhaltung und Kontakt zur Außenwelt, wenn man Monate lang oder für Jahre gefangen gehalten wird?

Mima sah sich um. Manche der Besucherstühle waren besetzt. Einige warteten wie sie. Von anderen sah man nur den gedehnten Rücken, der sich tief in die Kabine hineinbeugte, um auch geflüsterte Worte hören zu können. Um der Gefangenen nah zu sein. Einige der Männer besuchten wohl ihre Ehefrauen. Was, wenn sie Ezer jemals in diese Situation gebracht hätte? Auf dem Platz rechts neben ihr saß ein Junge in Schuluniform. Wahrscheinlich besuchte er seine Mutter. Sie sah den grauen Schulblazer, seine kurze graue Hose, seine weißen Beine. Er war höchstens zwölf. Die blauen Kniestrümpfe waren verrutscht. Eine Mutter hätte die Strümpfe sicher wieder hochgezogen, wäre ihm durch die blonden Haare gefahren, hätte ihm einen Kuss gegeben. Tapferer, kleiner Kerl.

Auf der anderen Seite der Kabinenreihe öffnete sich jetzt eine Tür. Mima wusste nie, wen sie besuchen würde. Nur ganz selten hatte sich ergeben, dass sie eine Gefangene zwei Mal oder gar mehrere Male besuchen durfte. Bei Ray war es so gewesen. Mima hatte für sie gekämpft. Für ihr Recht, von einer Ärztin untersucht zu werden. Für ihr Recht auf Zeiten im Innenhof, ihr Recht auf Sonnenlicht. Ihr Recht, ihre Medikamente zu bekommen. Zoé hatte dafür gesorgt, dass Rays Fall an die Öffentlichkeit kam. Ray war gesundheitlich so angegriffen gewesen, dass man sie schließlich in ein Krankenhaus verlegt hatte. Von dort aus war sie dann entkommen und untergetaucht.

Mima musste schmunzeln. »HaSchem möge Dich beschützen, liebe Ray«, flüsterte sie ein kurzes Gebet. Sie hatte nichts mehr von Ray gehört.

Die Frau, die jetzt ihr gegenüber Platz nahm, war jung. Jünger als alle Frauen, die sie jemals hier besucht hatte.

»Hi«, sagte sie zurückhaltend, aber freundlich.

»Hi«, erwiderte Mima.

»Ich bin Shamima.«

Mima lachte. »Und ich bin Mima. Mima ohne Sha. Eigentlich Miriam. Miriam Mandelbaum.«

Auch ihr Gegenüber musste lachen. »Mima und Shamima. Schön, dass Sie da sind. Ich habe mich wohl noch nie so sehr auf Besuch gefreut wie hier.« Sie zeigte ein gewinnendes Lächeln.

»Worüber möchten Sie sprechen? Sie dürfen wählen, es ist ihre Zeit. Möchten Sie erzählen, warum Sie hier sind? Gibt es etwas, das ich melden soll? Brauchen Sie irgendetwas?« Mima sah sie offen an. Die junge Frau war indischer Abstammung, aber ihr Name klang arabisch. Sie war höchstens 25 Jahre alt. Das Gefängnishemd, das sie trug, war ihr viel zu weit, sie verschwand fast darin. Ihre dünnen Finger spielten mit den Spitzen ihrer schwarzen, langen Haare.

Unsicher fragte sie: »Es ist wohl naiv, das zu fragen, aber kann ich Ihnen trauen? Verzeihen Sie, aber ich kenne Sie ja gar nicht. Vielleicht schickt Sie jemand... Ich will Sie nicht verletzten, aber Sie sind weiß und ich kenne mich nicht aus.«

Mima war diese Frage gewöhnt und konnte sie gut verstehen. Die Gefangenen waren misstrauisch und witterten überall Gefahr. Viele waren nur deshalb hier, weil sie verraten worden waren. Weil sie an irgendeiner Stelle einen Satz zu viel gesagt, sich in der Vertrauenswürdigkeit einer Person getäuscht hatten.

Mima antwortete: »Ich bin hier, um Sie zu besuchen. Zu mir gehören Personen, die sich für Gefangene engagieren. Wir sammeln Informationen, ja. Um sie zu veröffentlichen. Um sie zum Beispiel der Presse im Ausland zukommen zu lassen. Dass ich auf Ihrer Seite stehe, kann ich nicht beweisen. Aber vielleicht einigen wir uns so: Nennen Sie, wenn möglich, keine Namen, keine Details. Je weniger ich weiß, desto weniger kann ich verraten, sollte man mich unter Druck setzen.«

Was Mima sagte, schien ihre Gesprächspartnerin zu beruhigen. Sie kam etwas näher an das Gitter heran und begann zu erzählen. »Also ich bin noch keine drei Wochen hier. Ich wurde verhaftet, weil ich Flugblätter verteilt habe. Es ging um einen Aufruf zum Boykott. Gegen weiße Geschäfte.« Mima nickte. »Wir waren viele. Es waren Studentengruppen beteiligt, Blask Sash, andere Frauenverbände, die Gewerkschaften.«

»Wie viele wurden verhaftet? Und warum Sie?«

Shamima zuckte mit den Schultern. »Ich weiß es nicht. Vielleicht hat man mich schon länger beobachtet? Ich bin ziemlich – wie soll ich sagen? Ich bin ziemlich widerständig. Es ging alles sehr schnell. Die Polizei hat Tränengas eingesetzt, ich konnte fast nichts mehr sehen. Und es gibt keinen offiziellen Haftbefehl. Deshalb hoffe ich auch, dass man mich nur die üblichen neunzig Tage festhalten wird.«

»Ja, neunzig Tage. Das ist gesetzlich erlaubt, auch ohne formale Anklage. Der bloße Verdacht, Sie könnten Informationen besitzen, reicht. Was für ein schäbiges Gesetz.«

»Andere hier haben mir erzählt, dass es gängig ist, nach der Entlassung direkt auf dem Polizeirevier noch einmal für neunzig Tage festgenommen zu werden.«

»Ja, das ist leider wahr. Es passiert immer wieder.«

»Ich finde es ehrlich gesagt schon heute, nach 19 Tagen unerträglich. Es ist so hellhörig. Das Essen so schlecht. Der Gestank widerlich. Die Wärterinnen so gnadenlos.«

Mima hörte diese Klagen jedes Mal. Sie fragte: »Gibt es etwas, das Sie dringend brauchen?«

»Einen Koran.«, sagte Shamima sofort und ergänzte: »Sie kennen sicher Fatima Meer. Die Soziologin, die Aktivistin.«

Mima nickte. »Wer kennt sie nicht?«

»Sie ist mein großes Vorbild.« Shamima strahlte. »Ihr Beispiel hat mich immer ermutigt. Mich für meine Bildung zu engagieren und für meine Freiheit. Als Frau, als Muslima. Und als Farbige. Mich einzumischen.« Shamima sprach jetzt freier als vorher. »Auch Misses Meer wurde einmal verhaftet.«

»Nur ein Mal?«, fragte Mima.

»Nicht wahr, man traut ihr und diesem Regime zu, dass das schon mehrmals passiert sein könnte.« Die junge Frau lächelte wieder. »Misses Meer stand immer wieder unter Bann. Zurzeit auch wieder. Und ihr Mann wurde für viele Jahre verhaftet. Sie selber saß Monate lang ohne Verurteilung in Einzelhaft. Im Fort in Johannesburg. Zusammen mit Winnie Mandela und anderen Aktivistinnen.« Mima überlegte schon, warum Shamima ihr genau das erzählte, als sie erklärte: »Ich habe gelesen, was Misses Meer über ihre Zeit im Gefängnis geschrieben hat. Dass es ihr Kraft gegeben hat, zu beten, an ihrem Glauben festzuhalten. Deshalb.«

»Ich verspreche Ihnen, mich darum zu kümmern. Sie bekommen Ihren Koran. Es ist Ihr Recht, Ihre Religion auszuüben. Und ich persönlich glaube auch, dass Misses Meer Recht hat.«

»Sie sind Jüdin?«, fragte Shamima nach.

»Ja.« Die beiden Frauen sahen sich an. Und wieder fragte sich Mima, wo sonst sie diesem Menschen begegnet wäre, wenn nicht hier? Laut fragte sie: »Haben Sie sonst noch irgendeinen Wunsch?«

»Erzählen Sie mir doch bitte etwas von sich. Damit ich auf andere Gedanken komme.«

»Ja. Wenn Sie das möchten, gerne. Wie gesagt, ich bin Mima. Ich führe ein kleines Café. Das bedeutet, ich kümmere mich um Gäste, wir haben Platz für sechzig, um leckeres Essen, um die Atmosphäre, die Dekoration. Ich koche und backe auch manchmal selbst und ich serviere auch. Ich erfinde neue Rezepte, stelle Gerichte zusammen. Ich probiere viel.«

»Das klingt gut. Ich kann nur Toast und Rührei«, scherzte Shamima.

»Außerdem habe ich eine Tochter. Und ich bin seit kurzem Witwe.«

»Oh, das tut mir leid«, sagte Shamima erschrocken. »Wurde ihr Mann von der Polizei getötet?«

Fast hätte sie mit »Leider nein«, geantwortet, sagte aber nur: »Nein, er war nicht...« Wie sollte sie sagen, dass Ezer niemals in Konflikt mit der Polizei geraten wäre? Sich nicht verdächtig gemacht, nie außerhalb des Gesetzes engagiert hätte? Weil sie es nicht wusste, sagte sie schlicht: »Mein Mann war nur herzkrank.«

»Ah.«

»Und bald werde ich Großmutter«, ergänzte Mima stolz.

»Echt? So alt sehen Sie gar nicht aus.« Sie legte ihre rechte Hand auf ihren Mund. »Verzeihung.«

»Warum? Das war doch ein Kompliment«, erwiderte Mima. »Ich bin jetzt fünfzig. Meine Tochter ist eine junge Mutter.« Sie überlegte und fragte dann: »Und Sie? Gibt es einen Mann in Ihrem Leben? Jemand, der sich draußen um Ihre Angelegenheiten kümmert? Ihre Eltern? Wie alt sind Sie denn überhaupt?«

»Ich bin 25. Meine Organisation, der Name ist nicht so wichtig«, sie zwinkerte Mima zu, »kümmert sich um meinen Fall. Ich habe Arabisch und Psychologie studiert. Und hoffentlich werde ich einmal eine gute Journalistin.« Plötzlich sah sie glücklich aus und errötete etwas, als sie erzählte: »Bei meiner Verhaftung war da ein Mann, ein Mitgefangener. Wir saßen in einer Zelle und haben uns die ganze Zeit über unterhalten. Ich mochte ihn. Er roch nach Zitrone und Lavendel, wirklich, das war so gut. Wer weiß, vielleicht sehe ich ihn ja wieder.«

»Stop dit!« Die Zeit war immer zu schnell vorbei. Eine Wärterin schloss die Tür hinter den Kabinen auf und packte Shamima bereits am Arm.

»Danke für Ihren Besuch.«

»Gott schütze Dich, Shamima.«

»Allah yehdiek, Gott möge Dich leiten, Mima.« Sie winkte ihr kurz, mit ihren dünnen Fingern. Dann war sie außer Sichtweite, weg, wieder eingesperrt und auf sich allein gestellt. Auch Mima wurde abgeholt und diesmal von nur einer Wärterin zurück zum Ausgang gebracht.

Draußen blieb sie für einen Moment in der Sonne stehen und genoss die Wärme und die frische Luft. Noch einmal fragte sie sich: Wo sonst wäre ich einer Frau wie Shamima begegnet, wenn nicht hier? Wie hätten wir uns jemals kennenlernen, unterhalten, Gott anvertrauen können? Jedesmal, wenn sie einen ihrer Besuche im Gefängnis beendet hatte, war sie dankbar für die Begegnung. Und für ihre Freiheit. Langsam ging sie zum Parkplatz und fuhr wieder nach Hause.

Als sie die Tür zur Küche aufschloss, war Zanele gerade dabei, Kichererbsen für Hummus zu pürieren. Batya stand neben ihr und goss Olivenöl dazu. Beide strahlten sie an: »Mima!«, rief Batya. »Du bist Oma! Von einer Enkelin.«

Und Zanele schaffte es kaum, ihre Rührung zu verbergen, als sie sagte: »Ein gesundes Mädchen. Braun wie geschmolzener Zucker.«

Mima ließ sich auf einen der Küchenstühle fallen. »Wie heißt sie denn?«

Sie antworteten beide wie mit einer Stimme: »Ester Coretta.«

28 | Rosebank, Johannesburg
1985

Keine Zeitung. Die Rand Daily Mail war eingestellt worden. Ihre meisten Leser waren weiß, aber ihre Themen waren immer auch schwarz gewesen. Sie hatte über das Sharpeville-Massaker berichtet, über Zwangsumsiedlungen, über die Lebensbedingungen in Townships und Gefängnissen. Helen Zille war mit ihr bekannt geworden, hatte ihren spektakulären Durchbruch als Journalistin erlebt, weil sie mit ihrem Mut die Wahrheit und die Hintergründe von Steve Bikos Tod aufgedeckt hatte.

Mima hatte sich immer Mühe gegeben, jeden Tag Zeit zu finden, um wenigstens die Titelseite und den Leitartikel zu lesen. So hatte sie es von ihren Eltern gelernt und ihr Abonnement selbstverständlich übernommen. Der Besitzer der Zeitung hatte von seiner Redaktion wohl eine weniger kritischere Haltung gegenüber der Regierung gefordert, um mehr weiße Leser zu gewinnen. Aber diese Idee hatte sich nicht ausgezahlt. Und so war das Blatt eingestellt worden. Vielleicht würden einige Redakteure und Journalistinnen eine neue Zeitung gründen? Eine, die unabhängig gegen Apartheid Stellung beziehen könnte? Mima hoffte es.

So begann sie den Tag statt mit Zeitunglesen mit Kaffeekochen. Die alte Rowenta tat noch immer treu ihre Dienste. Neben der Theke stand seit einigen Wochen ein Korb, geflochten aus Bambus und Palmblattrippen. Berit hatte sich angewöhnt, ihr Baby hier abzulegen. Noch schlief die Kleine viel und Mima freute sich, sie in ihrer Nähe zu haben. Fast jeder, der das Mandelplatz besuchte, guckte kurz in den Korb und das Neugeborene zauberte ein Lächeln auf jedes Gesicht. Sie hatte dunkle Locken und ihre Haut sah tatsächlich aus wie geschmolzener Zucker. Sie war zierlich. Berit hatte wenig Geduld gehabt, sie zu stillen und früh beschlossen, es aufzugeben. In der Küche stand seither immer ein Milchfläschchen. Und Berit war schon nach diesem ersten halben Jahr wieder unabhängig und lebte fast genau so weiter wie vorher, als sie noch keine Mutter gewesen war.

Mima beobachtete das alles und hatte viele Fragen: Wie lange würde sie Mima wohl noch so selbstverständlich zum Babysitten in Anspruch nehmen? Sie hatte ihr Leben vollkommen darauf eingestellt, den ganzen Tag lang für ihre Enkeltochter verantwortlich zu sein. Berit kümmerte sich nicht. Zeigte kein Interesse. Zanele, die ja eigentlich genau so zuständig war, wurde von Berit gar nicht miteinbezogen. Was die schwarze Großmutter empfand, spielte wohl keine Rolle. Würde es eine Simchat Hieb, eine Feier für die Tochter in ihrer Synagoge geben? Oder würden sie ihr Kind taufen lassen? Wo wollten die beiden in Zukunft leben? Wollten sie denn nicht heiraten? Zusammen wohnen? Alltag teilen? Würde Thabo das Leben in den Minen nicht bald satt haben? Würden sie doch noch Lust bekommen zu studieren? Hatten sie Pläne, einen eigenen Juwelier-Laden zu eröffnen? War denn von ihren Genen, ihrer Leidenschaft gar nichts vererbt worden? So eine ›Mischehe‹ war ein Zeichen, ob ihre Kinder es so sahen oder nicht. Sie würde weiterhin dafür beten, dass die beiden endlich aufwachten. Sie traute sich nicht, das alles offen auszusprechen, weil sie die Beziehung zu ihrer Tochter nicht belasten wollte. Aber wie lange mochte das gutgehen?

Die ersten Gäste kamen und Batya nahm die Bestellungen auf.

Mima sah, dass Paolo wieder einmal da war. Immer noch kam er regelmäßig hier vorbei. Der Mann war Mima unheimlich. Von Mal zu Mal wurde er ihr unheimlicher, wirkte noch verrohter, grausamer. Er hatte Thabo überzeugen können, dass die Minen Glück bedeuteten. In seinem Fall, musste Mima zugeben, schien die Arbeit wirklich die richtige zu sein. Zumindest für den Moment. Sie selber hätte ihm gewünscht, er würde studieren, aber Thabo hatte kein Interesse gezeigt. Ebenso wenig wie Berit. Auch sie zog es vor, einer einfachen Tätigkeit als Verkäuferin in einem Juwelierladen nachzugehen. Was war denn bloß los mit ihren Kindern?

Sie selber hatte nie die Gelegenheit gehabt, an eine Universität zu gehen. Sie hatte damals Pläne gehabt, ein Praktikum in einer Schule gemacht, hatte davon geträumt, Lehrerin zu werden. Aber dann waren ihre Eltern gestorben und sie hatte das Mandelplatz übernommen. Sie mochte ihre Arbeit sehr. Aber der Gedanke daran, die Wahl zu haben, etwas lernen zu dürfen und diese Möglichkeit auszuschlagen, machte sie wehmütig. Und wütend. Ihrer Tochter schien einfach jeder Ehrgeiz zu fehlen. Das Leben, die Zukunft dieses Landes schien sie so wenig zu interessieren wie ihr Baby. Sie hatte sich gewundert, welche Namen sie für das Kind ausgesucht hatten. Zwei Namen. Den einer jüdischen Königin und den einer schwarzen Aktivistin. Mima hatte sich sehr gefreut. Ester, ›Stern‹, seit Generationen beliebt bei ihren Leuten. Und Coretta Scott King erinnerte doch eindeutig an den Traum, dass Schwarze und Weiße eines Tages in Frieden zusammen leben würden. Wenn ihre Kinder so einen Namen wählten, bedeutete das nicht, dass sie diesen Traum teilten? Sie war ebenso überrascht wie glücklich über diese Wahl. Sie war ihr Anlass zu der Hoffnung, dass sich ihre Kinder eines Tages engagieren würden, um diesen Traum zu verwirklichen. Aber zurzeit wollten beide stattdessen einfach nur ihrer Arbeit nachgehen und ihre Freizeit genießen. Berit spielte Tennis, traf sich mit Freundinnen im Kino oder im Park oder besuchte eine der großen Einkaufsmalls. Thabo arbeitet hart und war über Wochen lang weg in den Minen. Sobald er ein paar Tage frei hatte, waren die beiden zusammen, zogen sich zurück in ihr Zimmer oder liehen sich Mimas Auto und fuhren spazieren. Sie gingen beide gerne tanzen und entdeckten immer mehr neue Clubs, in denen Schwarze, Farbige und Weiße sich neuerdings gemeinsam trafen. Sie waren eben beide auch noch sehr jung, dachte Mima und wollte es vorerst dabei belassen.

»Guten Morgen, Mama«, rief Berit, als sie jetzt die Treppe herunterkam. Sie hielt die Kleine im Arm und legte sie vorsichtig in den Korb. »Ich lasse sie hier, ja?«, fragte sie und Mima nickte.

Batya kam aus der Küche und guckte in den Korb. »Sie ist so süß«, sagte sie anerkennend. Berit bedankte sich und zuckte zusammen, als sie Paolo entdeckte.

»Dieser widerliche Typ«, zischte sie und wies mit dem Kopf in seine Richtung. Als fühlte er sich gerufen, stand der Portugiese auf und kam zu ihnen zur Theke. Er beobachtete, wie Batya Muffins und Dessert-Gläser in die Theke stellte.

Eine Wespe hatte sich von dem Zucker anlocken lassen und bewegte sich aufgeregt hinter dem Glas. Als Berit einen kurzen, spitzen Schrei ausstieß, sahen alle Gäste erschrocken zu ihr. Berit drängte sich, wie um Schutz zu suchen, an die Wand und entschuldigte sich: »Es tut mir leid. Es ist nur die Wespe. Ich bin wohl etwas hysterisch«, erklärte sie.

Batya fing das Insekt mit einem Glas ein und brachte es vor die Tür. Berit war ihre Erleichterung anzusehen.

Paolo, der sie genau beobachtet hatte, sah sie belustigt an. »Nicht gerade ideale Voraussetzungen, um einmal diesen Laden zu schmeißen, he? Deine Berit hat ja ne höllische Angst vor den Viechern.«

Die Augen zu schmalen Schlitzen zusammengedrückt, forderte er Mima heraus, zu reagieren. Was sollte sie sagen? Ihm erklären, dass Berit allergisch auf die Stiche reagierte? Zugeben, dass sie selber auch genervt war von der übertrieben aufgeregten Reaktion? Sie sagte nichts.

»Und wen haben wir da?«, fragte er und beugte sich über den Korb. Mit einem breiten Grinsen rief er, so laut, dass es jeder im

Café hören konnte: »Der Bastard ist ja ganz braun. Hellbraun wie Scheiße. Oder wie eine Nazi-Uniform.« Er lachte so heftig, dass er husten musste und sich verschluckte.

Mimas Schweigen war lauter. Plötzlich herrschte eine unheimliche Ruhe im Café. Mima starrte Paolo an und zwang ihn mit ihrem Blick, sie anzugucken. Dann erklärte sie mit fester Stimme: »Verlassen Sie sofort mein Café. Und kommen Sie nie wieder. Wagen Sie es bloß nicht. Sie sind nicht mehr mein Gast.«

Paolo drehte sich, Unterstützung suchend, Beifall heischend um, aber keiner der Gäste kam ihm zu Hilfe. Er drehte sich weg und ging langsam Richtung Tür. »Das ist das Problem mit Euch Juden. Ihr versteht keinen Spaß. Und ihr könnt nicht vergessen.« Beim Blick zurück durch die Glastür spuckte er auf den Boden. So geräuschvoll, dass Mima kurz zusammenzuckte.

Ben Katz stieß mit ihm in der Tür zusammen. Mit einem Blick erfasste er, dass Mima in irgendeiner Weise bedrängt worden war und kam zu ihr an die Theke. »Mima. Ist alles in Ordnung? Brauchen Sie Hilfe? Miss Berit?«

Beide Frauen schüttelten den Kopf.

»Danke«, sagte Mima. »Schön, Sie zu sehen. Aber danke, es ist okay. Der hat ab jetzt Hausverbot.« Sie wies mit einer kleinen Kopfbewegung hinter Paolo her. Ob er sich an ihre Anweisung halten würde? Was hätte sie in der Hand, wenn er wiederkäme? Wie sollten sie mit Menschen umgehen, die nicht mit sich reden ließen? Als habe sie verstanden, was passierte, begann Ester Coretta in diesem Moment zu weinen. Als Berit nicht reagierte, nahm Mima sie auf den Arm und beruhigte ihre Enkelin: »Es ist alles gut, mein kleiner Schatz. Meine Süße. Wir beschützen Dich. Es ist alles gut.«

Ben Katz sagte mit Tränen in den Augen: »Ein wunderhübsches Kind. Gratulo! Meinen Glückwunsch! Wie heißt sie denn?«

Zu Mimas Erstaunen antwortete Berit: »Ester Coretta.«

»Ester Coretta. Wunderhübsch. Bela. Beleta!«, murmelte er und strahlte das Baby an. Mima dachte, dass der Kinobesitzer alt geworden war. Noch älter, als er ohnehin schon immer gewesen war. Sie fragte sich, was wohl im Kopf des Erzählers vor sich ging. Zärtlich flüsterte er: »Ester. Unsere Königin. Ein Stern am Himmel unserer Gemeinschaft. Ein Waisenkind, das die Regierung um den Finger wickelt. Coretta. Kore, Mädchen. Cora, Herz. Courage. Beherztes Herzchen. Kurago, mutig. Ebenfalls an der Seite eines Königs. Eine Kämpferin. Ester Coretta. Ecco. Ja, eine echte Ecco!«

»Ist das etwa Esperanto?«

»Ja. Ja. ›Ecco‹, das bedeutet Voilá! Da hast Du's. Sieh doch nur! Hier!«

Mima lachte. »Ecco«, widerholte sie und stupste der Kleinen mit ihrem Zeigefinger auf die kleine Nase. Sie gluckste.

Und so war schon nach wenigen Tagen aus dem Doppelnamen die Abkürzung Ecco geworden und die Kleine wurde seither von allen so genannt.

29 | Rosebank, Johannesburg
1989

Batya steckte den Kopf zur Tür hinein. »Die beiden Bewerberinnen sind da«, rief sie fröhlich. Mima hatte völlig vergessen, dass sie zwei neue Kellnerinnen zum Vorstellungsgespräch eingeladen hatte.

Batya deutete auf einen kleinen Tisch am Fenster. »Da vorne sitzen die beiden. Sie scheinen ein bisschen aufgeregt zu sein.«

»Haben Sie schon etwas zu trinken?«

Batya schüttelte den Kopf. »Ich glaube, sie haben sich nicht getraut, etwas zu bestellen.«

Mima erinnerte sich an den Tag, als Batya in ihrem Leben aufgetaucht war, um als Aushilfskellnerin bei ihr anzufangen. Damals war sie ein junges Mädchen, das auf seinen Studienplatz wartete. Mit der Zeit hatte sie zunehmend häufiger hier gearbeitet und die Universität war immer unwichtiger geworden. Schließlich hatte sie darum gebeten, eine volle Stelle im Café zu bekommen. Mima hatte die ganze Zeit über geahnt, dass Batya irgendwie politisch aktiv war und ihr die Veränderung des Landes wichtiger war als ihre eigene berufliche Zukunft. Mit den Jahren waren sie zu Vertrauten geworden und hatten immer mehr Hand in Hand gearbeitet. Nach Ezers

Tod hatte Mima die Freundin zur Partnerin gemacht. Heute waren sie enge Freundinnen.

Auch Batya erinnert sich zurück: »Ich weiß noch, wie ich damals hier saß. Mein erster Ferienjob. Salcia, meine Mutter und meine Oma Sarah haben mich hierher begleitet. Aber sie haben fast nichts gesagt. Sie haben die ganze Zeit mich sprechen lassen. Es war so aufregend!«

Die Erinnerung ließ beide Frauen lächeln. Batya lebte in ihrem Elternhaus, zusammen mit ihrer Mutter Salcia. Sie hatte nie etwas von einem Mann erzählt oder ob sie sich vorstellen konnte zu heiraten. Sie schien ihr Leben ganz dem Café und ihrer Familie zu widmen. Und vermutlich dem Widerstand. Aber das wollte Mima nicht genauer wissen. Denn was man nicht wusste, konnte man nicht ausplaudern. Mima dachte, dass sie hübsch war und zufrieden wirkte und zwinkerte ihr zu. »Bring ihnen doch Kakao und mir ein großes Glas Wasser, bitte. Und dann sehen wir mal.«

Die beiden Mädchen sprangen auf, als sie Mima näherkommen sahen und Mima begrüßte sie herzlich. »Ich bin Channah Naiman«, stellte sich die erste von ihnen vor. Sie war hübsch, hatte dunkle, glatte Haare und dunkle Augen, die sie mit etwas Kajal betonte. Sie war dünn, trug enge Jeans und eine rosafarbene Bluse.

»Ich bin Josra Chalid«, stellte sich das zweite Mädchen vor und Mima guckte sie interessiert an. Sie trug Jeans wie ihre Freundin, dazu eine grüne Tunika, die wilden Locken hatte sie zusammengebunden, ihre Haut war bronzefarben. Ihre ungewöhnlichen grünen Augen sahen sie aufmerksam an.

»Setzen wir uns«, meinte Mima fröhlich und als Batya im nächsten Moment Kakao und Wasser servierte, fragte sie: »Möchtet Ihr vielleicht etwas essen?« Die beiden schüttelten stumm den Kopf und Mima sagte an Batya gewandt: »Später vielleicht.«

Ihr Gespräch wurde zunächst von Mima bestritten. Sie erläuterte den beiden die Abläufe im Mandelplatz, wie am Morgen alles vorbereitet wurde. »Wasserkocher und Kaffeemaschine werden aufgeheizt. Als nächstes wird ein Deko-Vorrat angelegt, Zitronenscheiben, Minzblätter, Granatapfelsamen, angebratene Pinienkerne. Dann werden ein paar erste Frühstücksteller und Tabletts vorbereitet und die Theke wird frisch bestückt mit Kuchen, Muffins, Bagels, Dessertgläsern, Pralinen. In der Küche ist ein Kühlraum, unser Lager. Es gibt drei Tagesgerichte am Mittag und drei am Abend. Zanele arbeitet in der Küche. Wenn Zeit ist, unterstütze ich sie, oder auch Ihr. Je nachdem, was Euch Spaß macht, wofür Ihr am meisten Geschick entwickelt und wo gerade Hilfe gebraucht wird.«

Sie sah die beiden an. »Ihr müsst flexibel sein, ja?« Die beiden nickten. »Es gibt ein paar Erfahrungswerte, die uns helfen, zu planen, aber manchmal gibt es natürlich auch Überraschungen. Dann müssen zum Beispiel ganz schnell noch mehr Muffins gebacken oder mehr Orangen geschält werden. Oder wir brauchen plötzlich eine Menge Ingwer, weil alle Welt unsere Ingwerbrause trinken will.« Sie lachte und sah, dass ihre Begeisterung auf die Mädchen übersprang. »Mittags rührt Ihr Salatsauce an und belegt Bagels. Die Rezepte beschreiben in kleinen Schritten, was zu tun ist. Aber ich bin ja sowieso da und erledige vieles selbst.

Nathi ist unser Einkäufer und kümmert sich um die Vorräte. Wenn Ihr merkt, dass etwas fehlt, schreibt Ihr es auf die große Tafel in der Küche. Gegen zwei wird es meist etwas ruhiger, aber manchmal kommen auch Touristen und das Café ist plötzlich voll. Zum Kaffee backen wir jeden Tag einige Bleche Kuchen. Und dann kommt der Abend mit drei weiteren Tagesgerichten und einer ganz anderen Sorte Getränke. Ich werde Euch die Bar zeigen und den Weinkeller. Kaffee gibt es den ganzen Tag über.

Die Kaffeemaschine ist unsere eifrigste Mitarbeiterin, sie ist alt, aber kein bisschen empfindlich, denn sie wird gut gepflegt.« Mima lachte. »Ach ja. Das Mandelplatz ist ein jüdisches Café. Ich bin Jüdin. Es wird koscher gekocht. Am Sabbat haben wir geschlossen. Die Feiertage, zumindest die hohen, werden bedacht, wir schmücken das Café oder bieten eine besondere Speisekarte an. Aber unsere Gäste sind natürlich nicht alle jüdisch. Einige schon, aber das Café ist offen für alle. Habt Ihr Fragen?«

Mima drehte sich um, als sie jetzt eine Bewegung in ihrem Rücken wahrnahm. Mehrere Gäste wandten ihre Blicke in Richtung Theke. Eine Frau am Nachbartisch gab ihrem Mann einen Stups, ein kleines Zeichen, damit auch er sich umdrehte. Berit und Thabo waren gemeinsam die Treppe herunter von der Wohnung ins Café gekommen und standen jetzt bei Batya und warteten auf eine Tasse Kaffee.

Mima beobachtet ihre Gäste. Auf ihren Gesichtern war Überraschung zu sehen, offene Neugier. Sie hatte früher auch schon Ekel wahrgenommen, Zorn, Aggression, aber heute konnte sie kein Zeichen von Ablehnung entdecken, höchstens Irritation.

Das Land änderte sich. Vor wenigen Jahren noch wäre das junge Paar illegal gewesen und geächtet worden. Aber es gab Gerüchte über Verhandlungen. De Klerk sollte angeblich sogar Mandela getroffen haben. Aus Terroristen wurden Gesprächspartner. Noch waren die Freiheitskämpfer Gefangene, aber auch das konnte wohl nur noch eine Frage der Zeit sein. Zwar hatte die große Margaret Thatcher neulich noch gesagt, jeder der meinte, der ANC würde jemals in Südafrika die Regierung stellen, müsse in Wolkenkuckucksheim leben, aber wer die Nachrichten verfolgte, wusste, dass in Südafrika radikale Änderungen vor sich gingen. Es war Spätherbst und in diesem Jahr fühlte es sich auch für Mima so an, als würde tatsächlich eine große Ernte eingefahren werden. Bei der Parlamentswahl vor einigen Wochen war Frederik Willem de Klerk zum Präsidenten gewählt worden. Er hatte alle überrascht, so offen sprach er inzwischen von Reformen. Es machte sich Hoffnung breit, dass seine Wahl die letzte unter der Vorzeichen der Apartheid gewesen sein könnte. Es gab Weiße, die ihre Sachen packten, um nach Australien oder Neuseeland zu gehen, weit weg, in ein letztes Refugium. Es gab Weiße, die Angst vor einem Bürgerkrieg hatten, vor einem Rachefeldzug der schwarzen Mehrheit. Mima sah sich um. Ihre Gäste waren bis auf einen jungen Inder und eine farbige Dame alle weiß. Sie hoffte, auch das würde sich mit der Zeit ändern. Viele Schwarze hatten Angst vor Weißen, weil so viele ihrer Begegnungen mit ihnen negativ waren. Viele Weiße dagegen hatten Angst vor

Schwarzen, weil es bisher fast nie zu echten Begegnungen mit ihnen gekommen war.

Sie spürte, dass die Mädchen sie beobachteten. »Entschuldigt mich einen Moment, bitte«, bat Mima sie und ging zur Theke.

»Hallo, guten Morgen. Setzt Euch doch für einen Moment ins Café«, begrüßte Mima ihre Tochter und gab ihr einen leichten Kuss auf die Wange. »Hallo, guten Morgen, Thabo«, ergänzte sie freundlich.

»Wir wollen los. Die Kleine schläft gerade«, erwiderte Berit.

»Aber Ihr habt doch noch gar nicht gefrühstückt«, versuchte Mima sie zu überzeugen. »Es gibt heute Omelett mit Laban-Bällchen. Das mögt Ihr doch so gerne.«

»Eine Tasse Kaffee reicht uns, Mama.« Berits Stimme klang sehr entschieden.

Thabo berührte sie kurz am Arm und sah Mima fröhlich an: »Meine Urlaubstage sind gezählt. Wir wollen die Zeit genießen. Zwei Stunden nur für uns.«

»Aber es ist doch so schön für mich, wenn Ihr hier seid«, wiederholte Mima. »Ich sehe Euch so selten. Ich freue mich, wenn Ihr im Café seid.«

»Ich bin nicht so wie Du«, meinte Berit gereizt.

»Ja, ja. Aber es macht mich glücklich, wenn ich Euch sehe.«

»Warum denn eigentlich? Nur, weil mein Freund schwarz ist? Oder weil er Thabo ist? Du kennst ihn doch eigentlich gar nicht.« Berits Stimme klang spitz.

Da wandte sich Thabo an Mima. »Mima, wirklich, ich schätze das alles sehr. Ihre Ideale. Ihr Engagement. Nur ganz wenige Weiße haben jemals gesehen, wie wir in Soweto leben. Respekt, wirklich Respekt. Aber das hier ist etwas Privates. Es ist persönlich. So wollen wir es.«

Mima sah ihn aufmerksam an. Gab es tatsächlich auch Schwarze, die so unpolitisch waren? Aber das wäre fatal. Wenn jetzt jeder nur daran dachte, wie er persönlich profitieren konnte, was dann? Sie sah streng aus, als sie sagte: »Kein Mensch darf nur profitieren von dem, was andere für ihn erkämpft haben. An Freiheit, an Rechten. Du nicht, Berit, und Du auch nicht, Thabo. Das ist keine Frage des persönlichen Geschmacks. Hier geht es nicht um Tennis oder Ballett, Berit. Ich sähe lieber, Ihr würdet Euch nicht immer so zurückziehen. Es enttäuscht mich, dass Ihr Euch so auf Euch selbst konzentriert.« Die roten Flecken am Hals ihrer Tochter verrieten Mima, dass sie zu weit gegangen war.

»Vielleicht setzen wir uns gleich ins Schaufenster? Als Dekoration? Oder als so genanntes ›Statement‹? Wir könnten auch eine Art Performance sein? Eine Inszenierung der großen Polit-Künstlerin Mima Mandelbaum.« Ihre Stimme zischte.

»Berit, bitte. So war es doch nicht gemeint.«

Aber Berit ließ sich nicht beruhigen: »Oder wir nehmen Eintritt dafür, dass man uns angucken kann? Warum lassen wir die Leute nicht bezahlen, wenn sie dieses Wunder unserer neuen Regenbogen-Nation sehen dürfen? Plus zwei Rand extra, wenn sie uns berühren wollen. Plus vier Rand, wenn sie uns eine Frage stellen.«

»Berit. Schatz«, flüsterte Thabo.

Berit zuckte mit den Schultern. »Sie soll mich einfach in Ruhe lassen.«

Batya hatte die Szene verfolgt und meinte: »Aber es ist doch wahr! Kein Mensch lebt auf der grünen Wiese, nur für sich.«

Berit schüttelte den Kopf. Abwechselnd sah sie Mima und Batya an und sagte müde: »Lasst mich einfach nur in Ruhe mit Eurer Politik. Das interessiert mich alles nicht. Hier geht es um Liebe. Ende. Und jetzt gehen wir.«

Sie nahm ihre kleine Handtasche. Mit einer schnellen Bewegung griff Mima nach beiden Handgelenken ihrer Tochter und sah sie eindringlich an. Sie hatte offensichtlich Mühe, sich zu beherrschen.

»Berit, bitte hör mir zu. Das Land braucht Euch. Es passiert so viel. Leute wie Ihr...« Aber sie wurde unterbrochen.

»Ich sage es noch ein Mal. Hier geht es um Liebe. Ausschließlich. Kein Statement. Keine Politik. Nur Liebe zwischen einem Mann und einer Frau. Wenn Du überhaupt weißt, was das ist.«

Mima zuckte zusammen, als wäre sie geohrfeigt worden. Einen Moment lang sahen sich die beiden an, abwartend, stumm. Dann wandte Berit sich ab, griff Thabos Hand und die beiden verließen das Café.

»Es gibt immer einige, die kämpfen. Und viele, die einfach nur leben wollen. Das müssen wir akzeptieren.« Batyas Worte holten Mima zurück aus ihrer Erstarrung.

»Ja, ich weiß. Du hast Recht. Aber es geht auch um die Zukunft dieser Nation. Um nicht weniger.«

Auf dem Weg zurück zum Vorstellungsgespräch dachte Mima, dass es ja immerhin auch um die Zukunft ihres Enkelkindes ging. Sie wischte die Gedanken weg und setzte sich wieder zu den beiden Mädchen.

»Entschuldigt, bitte. So ist das hier manchmal. Also. Habt Ihr noch Fragen?«

Channah faltete einen kleinen Zettel auseinander, überflog ihn und meinte: »Wie viele Stunden vor Öffnung müsste man da sein? Und wie lange müsste man am Abend bleiben?«

»Jeweils eine Stunde vorher, also um acht Uhr am Morgen ist genug. Und genauso eine Stunde, nachdem wir abends geschlossen haben, was meistens gegen elf Uhr ist, es kann aber auch mal Mitternacht werden. Für mich ist selbstverständlich, dass ihr pünktlich seid.«

»Und müssten wir eine bestimmte Kleidung tragen?« Wieder war es Channah, die fragte und Mima bemühte sich, beim Erzählen trotzdem beide Mädchen anzusehen. »Jeans und Bluse, was Ihr heute tragt, ist schon passend. Zum Bedienen tragt ihr eine Schürze, beim Kochen eine andere. Wichtig ist, dass die Schuhe bequem sind. Ich freue mich, wenn Ihr hübsch ausseht und ordentlich, gut duftet, wenn die Haare nicht stören.« Sie zeigte zur Theke. »Seht zum Beispiel Batya an. Sie schminkt sich ein bisschen, trägt meistens Jeans und einfache weiße Shirts oder Blusen, die Schürze sitzt wie angegossen. Und sie lächelt!« Mima lächelte jetzt auch. »Lächeln ist das Wichtigste. Den Gästen gegenüber freundlich zu sein, entgegenkommend und aufmerksam. Es ist das größte Glück für mich als Gastgeberin, zufriedene Gäste zu sehen. Und sie sollen das merken. Sie sollen mir ansehen, dass es mein Glück ist, ein Privileg.«

Mima bemerkte, dass beide ihren Kakao kaum angerührt hatten. Warum waren sie denn nur so angespannt? »Habt Ihr noch eine Frage?«

Channah nickte: »Könnten wir denn auch gemeinsam arbeiten, oder bräuchten Sie jeweils nur eine von uns?«

Mima fiel auf, dass sie wieder im Konjunktiv sprach, als sei ihre Anstellung im Mandelplatz nur eine Möglichkeit, aber noch keinesfalls sicher. Ob Channah aus Höflichkeit so sprach? Oder gab es noch Hindernisse, die erst aus dem Weg geräumt werden mussten?

»Ihr könnt auf jeden Fall in den ersten Wochen zusammen arbeiten. Dann sehen wir uns gemeinsam den Dienstplan an. Batya und Zanele haben eine volle Stelle, ich sowieso. Karen arbeitet stundenweise hier, Nathi erledigt die Einkäufe und es gibt immer ein paar Aushilfskellner, die abends da sind, Schüler der höheren Jahrgänge, die ein bisschen Geld verdienen wollen. Wir versuchen, beim Dienstplan alle Wünsche zu berücksichtigen. Wir haben an sechs Tagen in der Woche geöffnet. Am Freitag schließen wir um 18 Uhr und öffnen wieder um 18 Uhr zum Sabbatende. Der Sonntag ist eigentlich immer der bestbesuchte Tag.« Channah und Josra sahen sich an und nickten sich zu.

Mima konnte sich nicht erklären, warum sie so unsicher wirkten. War sie selber zu ungeduldig? Zu angespannt? Sie mochte die beiden und beschloss, nachzuhaken.

»Dann hätte ich noch ein paar Fragen«, sagte sie und die beiden Mädchen wirkten überrascht. »Ihr seid beide gerade mit der Schule fertig geworden?« Beide nickten.

»Ich war auch auf Sharonlea«, sagte Channah, »wie Ihre Tochter. Und Josra ist nicht aus Rosebank, sie kommt aus Westbury.«

Als sage ihr der Ortsname nichts, stellte Mima ihre nächste Frage: »Warum das Mandelplatz? Bewerbt Ihr Euch auch in anderen Cafés, oder soll es dieses sein? Und wenn ja, warum?«

Channah und Josra tauschten schnell einen Blick und wieder antwortete Channah. »Ich kenne Batya. Also eigentlich sogar die ganze Familie Zweig. Aber Batya hat mir den Tipp gegeben.«

Mima nickte. »Batya schickt Euch also?« Die beiden nickten. »Aber was denkt Ihr selber über das Café?«, fragte Mima nach.

»Das Mandelplatz gefiel mir schon als Kind. Schon rein äußerlich. Sonntags sind wir manchmal hierhergekommen. Die riesige Auswahl an süßen Sachen war ein Traum. Aber ich mag das Café auch wegen dem, was man sonst noch damit verbindet.« Channah geriet ins Stocken und Mima sah sie neugierig an. Das Mädchen gab sich einen Ruck: »Man hört, dass sie schon lange gegen die Apartheid sind. Und wir suchen nach einem Platz, wo wir beide zusammen arbeiten können.«

Mima nickte Channah zu. Sie ahnte jetzt, warum das zweite Mädchen so still und zurückhaltend war. Sie sah Josra aufmunternd an: »Du kommst aus Westbury und heißt Chalid. Was steht denn in Deinem Pass? Wenn ich das fragen darf?«

»Farbig«, antwortete Josra bereitwillig und die Röte stieg ihr ins Gesicht. Blicke flogen über den Tisch.

»Was bedeutet Dein Name?«

Josra lachte kurz überrascht auf: »Es ist ein arabischer Name. Chalid bedeutet ewig, Josra bedeutet Reichtum oder Schatz. Mein Vater. Daher.«

Mima nickte anerkennend. »Ein sehr schöner Name. Und wie habt Ihr beide Euch kennengelernt?«

Channah wollte schon ansetzen, zu reden, aber Josra unterbrach sie: »Meine Mama arbeitet für Channahs Mutter. Seit vielen Jahren. Sie hat mich oft mitgenommen. Mama ist Malaiin, Kapmalaiin sagt man. Seit die Gesetze nicht mehr so eng sind, ist es leichter für mich, Channah zu besuchen.« Sie sprach jetzt recht frei und Mima sah sie offen an. »Unsere größte Frage wäre also eigentlich, also, ob Sie überhaupt bereit wären, eine Farbige anzustellen.«

Intuitiv schüttelte Mima den Kopf und sah aus dem Fenster. Toni Kunzmann eilte draußen auf dem Gehweg vorbei, ohne nach links und rechts zu gucken. Sie war schon lange nicht mehr im Café gewesen. Nicht bei allen hatten sie und das Mandelplatz einen guten Ruf.

Sie wandte sich wieder den beiden Mädchen zu und sagte: »Ich glaube nicht an Hautfarbe. Mich interessiert, ob Ihr gut arbeitet und dass Ihr es gerne tut. Ich zahle zwölf Rand Stundenlohn. Essen und Getränke sind frei. Wärt Ihr damit einverstanden?« Die beiden nickten eifrig. »Und wann könntet Ihr anfangen?«

Die beiden jungen Mädchen strahlten sie an. »Sobald Sie wollen«, antwortete Channah.

»Kommt gleich nach dem Essen zu mir in die Küche, dann besprechen wir die Details.«

»Der Stundenlohn ist gut«, ergänzte Josra.

»Und«, Mima neigte sich zu ihnen, »trinkt Ihr euren Kakao noch irgendwann, oder soll ich etwas anderes bringen lassen?«

»Der Kakao ist lecker«, sagte Channah.

»Auch kalter Kakao schmeckt«, meinte Josra.

Mima lachte. Die beiden waren ihr sympathisch. Sie forderte sie auf, eins der Tagesgerichte für sich auszuwählen und sobald sie satt waren, zu ihr zu kommen. »Willkommen in meinem Team!« Die beiden standen auf und bedankten sich.

Mima zog eine kleine Runde durch das Café und ging an den Tischen der anderen Gäste vorbei. Der Ausnahmezustand war aufgehoben. Alle atmeten wieder leichter. Viele trauten sich wieder eher, einkaufen zu fahren, ins Kino zu gehen oder in ein Café. Nelson Mandela war Thema in vielen Gesprächen. Und immer wieder wurde auch Mimas Essen gelobt.

»Verraten Sie mir das Rezept für die Laban-Bällchen?«, bat eine junge Frau.

»Wir machen den Schafskäse selber. Joghurt aus Schafsmilch wird mit Salz, Olivenöl, Oregano und Thymian gewürzt, in ein Baumwolltuch gegeben und einen ganzen Tag lang über einer Spüle aufgehängt und dann noch einmal für 24 Stunden in den Kühlschrank. Bis nichts mehr tropft. In einem hohen Glasgefäß mischen wir kaltgepresstes Olivenöl mit Chiliflocken. Erst jetzt werden die kleinen Bällchen geformt und in das Gefäß gelegt. Und das Ganze stellen wir für ein paar Monate an einen dunklen Ort.«

»Monate?«, fragte die Frau nach und Mima bestätigte es: »Ja, mindestens vier, besser fünf oder sechs.«

Mima sah plötzlich die kleine Ecco auf der untersten Treppenstufe stehen und gespannt ins Café gucken. Sie trug ein knallrotes kurzes Frotteekleid und war barfuß. Eine süße Fünfjährige. Ihre Locken waren zu straff am Kopf liegenden Zöpfen geflochten. Sie sah verschmitzt aus und schielte um die Ecke. Als sie Mima entdeckte, strahlte sie, kam auf ihre Großmutter zugelaufen und ließ sich von ihren Armen auffangen und hochheben.

»Können wir Bagels essen und Kakao trinken?«, fragte sie.

»Ja, mein kleiner Schatz«, antwortete Mima ganz entschlossen. Wenn ihre Tochter schon nicht bei ihr frühstücken wollte, ihre Enkelin jedenfalls schien das Mandelplatz zu mögen. Es war ihr kurz unheimlich, wie intensiv sie bei diesem Gedanken ein Gefühl der Genugtuung überkam.

30 Brooklyn, New York
2009

Heute würde sie ein kleines Bronzeschild neben der Eingangstür anbringen: ›Café Mandelplatz № 2. Inhaberin: Ester Coretta Mandelbaum.‹ Sie hatte bereits vor einigen Tagen einen Zettel ins Fenster gehängt: ›Café Mandelplatz. World Food & jüdische Spezialitäten. Chefkellner gesucht. Gerne Ausländer. Ohne Angst vor Wespen. Aushilfs-Kellner/innen gesucht.‹ Und dann würde sie weiter die Küche putzen und einräumen. Und am Abend Hilda besuchen, die Tischdecken für sie nähte.

Noch konnte sie nicht kochen und hatte auch kein fließendes Wasser im Laden und so setzte sie sich mit einer großen Flasche Ginger Ale auf die breite Fensterbank. Das zweite Café Mandelplatz sollte möglichst so aussehen wie das erste. Den Holzboden und die Möbel würde sie grau lasieren lassen, Zitronengelb und Pink würden die Akzente setzen. Sie würde Schwarz-Weiß-Fotos mit afrikanischen Motiven an die Wände hängen und hatte außerdem Ben Katz angerufen und ihn gebeten, Fotos vom Mandelplatz in Rosebank zu machen und ihr zu schicken. Der Erzähler, wie ihn Mima immer genannt hatte, war mittlerweile über siebzig und hatte sein Kino geschlossen.

Aber ohne Bilder konnte er wohl nicht leben und hatte jetzt im Alter das Fotografieren für sich entdeckt. Die Bilder aus der Heimat, aus der Vergangenheit würde sie in einer Reihe von kleineren Rahmen, schwarz-weiß, gegenüber der Theke platzieren. Noch hatte sie keine Idee, wo sie eine Menora und einen großen Granatapfel herbekommen sollte, jeweils zu einem vernünftigen Preis, aber sie hatte ihre neuen Bekannten alle über ihre Suche informiert. Sie staunte immer wieder, wie gut vernetzt die Gemeinschaft um Hilda und Rusty war, eine Gruppe von Familien, liberale Juden, die ihre Traditionen ebenso sehr schätzten wie die Freiheit, die Amerika ihnen bot und die sie herzlich in ihre New Yorker-Runde aufgenommen hatten. Die zwei Arbeiter waren fertig, packten ihr Werkzeug zusammen und verabschiedeten sich. Sie schloss die Tür hinter ihnen ab und setzte sich wieder ins Fenster. Ein schöner Platz.

Wenn sie die Augen schloss, konnte sie sich zurückträumen und sah wieder alles genau vor sich: Mima, elegant gekleidet, resolut, ungeduldig, leidenschaftlich. Sie ging in ihrer Rolle als Gastgeberin genauso auf wie in der Verantwortung, die sie als Großmutter trug. Zanele, immer liebevoll ihrer Enkelin gegenüber, gleichzeitig distanziert, unsicher, weil sie Angestellte blieb und ihre Rolle in der Familie nicht fand. Batya, eine Art junge Tante oder ältere Schwester. Und weiter weg in ihrer Erinnerung, ihre Eltern, Berit und Thabo, die selten Zeit mit ihr verbracht hatten. Und natürlich das Mandelplatz, ihr Zuhause.

Als Baby hatte sie in einem Korb auf der Theke gestanden und war von allen bewundert worden. Wie oft hatte man ihr erzählt, dass alle Gäste, die sich neugierig in den Korb beugten, unwillkürlich lächeln mussten. Und zwar alle, ob Weiße, Farbige, jüdische Freundinnen oder weitgereiste Touristen. Später hatte sie einen Laufstall gehabt mit einer Menge Spielzeug und hatte sich stundenlang genügsam mit ihren Puppen und Bilderbüchern selbst unterhalten. Zwischendurch war sie immer in die Küche gegangen, in Mimas spannende große Welt, und hatte neugierig beobachtet, wie Mima,

Zanele, Batya, Karen, Nathi, Channah und Josra Hand in Hand arbeiteten, sich schnell zwischen Töpfen, Schüsseln, Holzbrettchen und Blechen hin- und herbewegten, mit Salzstreuer und Pfeffermühle hantierten, geschickt mit großen Messern umgingen, mit Saftpressen, Salatschleuder und der Küchenmaschine.

Koscher wurde gekocht. Jedes Jahr wieder kam ein Rabbi und stellte ein Zertifikat aus, nachdem er sich die Küche ganz genau angesehen, einiges probiert und sich hatte erklären lassen, wie Mima die Küchengeräte für Milch- und Fleischspeisen sorgfältig auseinanderhielt. Sie erinnerte sich an Rabbi Winner, dessen strenger Blick immer weich geworden war, sobald Mima ihm einen Teller mit in gemahlenen Mandeln geschmortem Hühnchen mit Rosinen-Chutney vorgesetzt hatte.

So streng koscher würde das Mandelplatz № 2 nicht kochen, hatte Ester beschlossen. Sie würde zwar niemals Schweinefleisch auf die Karte setzen und auch andere nicht-koschere Tiere nicht, keinen Hummer, keinen Tintenfisch. Die Rezepte ihrer Großmutter, die ihr so selbstverständlich von der Hand gingen und mit denen sie in Zukunft weiter experimentieren wollte, waren dagegen alle koscher. Aber sie würde nicht Milchiges und Fleisch getrennt voneinander kochen und kein separates Kochgeschirr verwenden. Die hohen Feiertage dagegen würde sie halten, besondere Festtags-Speisen anbieten und am Sabbat schließen.

Manchmal hatte man sie verscheucht. Hatte ihr zu verstehen gegeben, dass ein Kind nun leider wirklich im Weg war. Vor allem in den Boomzeiten. Dann war sie entwischt, heimlich zu den Gästen gegangen. Und war weiter in die Welt der Erwachsenen eingetaucht. Immer kleiner als alle anderen. Beobachtend, abwartend, ob man auf sie reagieren und ihr ein Wort, ein Spiel oder einen Keks anbieten würde. Sie war glücklich gewesen und hatte sich sicher gefühlt.

Als die Schulzeit vorbei gewesen war, hatte sie endlich im Café arbeiten dürfen. Sie liebte es, Bestellungen aufzunehmen. Empfehlungen dabei auszusprechen. Den Gästen zu helfen, sich für das Tagesgericht zu entscheiden, um dann zu sehen, wie der Duft des frischen Essens, das sie servierte, den Appetit noch zu verdoppeln schien. Sie liebte die bewundernden Blicke, Komplimente und die oft großzügigen Trinkgelder. Aber sie erinnerte sich auch an anzügliche Blicke und rassistische Bemerkungen. Ihre Heimat war ein Land, in dem Vorurteile und Demütigungen zum Alltag gehörten. Aber der Moment, wenn sich ein Gast mit Heißhunger daran machte, sein Essen zu kosten, war etwas Besonderes für sie. Sie konnte nicht genug davon bekommen zu sehen, wie sie jeweils die Augen schlossen, dem Geschmack nachspürten, nickten, noch eine Gabel nahmen und den Teller leer aßen.

Ihre Eltern hatten ihr zwar immer wieder zu verstehen gegeben, dass sie sich wünschten, es zöge ihre Tochter auch an Orte wie den Tennisclub, weg vom Mandelplatz in die Bibliothek, zu Freundinnen in den Garten, an den Pool, aber da sie selber nicht aktiv geworden waren und sie nicht zu solchen Orten begleitet hatten, war es bei bloßen Wünschen geblieben. Und so hatte Ecco von Anfang an das Naheliegende getan und sich unter die Fittiche ihrer Großmutter geflüchtet. In Mimas Welt hatte sie das Leben entdeckt, Menschen, ihre Geschichten und Ansichten, Rezepte und Kultur, Bilder und Musik. Aber ihre Hautfarbe, die hier überhaupt nicht störte, hatte immer wieder dazu geführt, dass ihr Zuhause ihr fremd gewesen war und sie sich in ihrer eigenen Familie wie eine Ausländerin gefühlt hatte.

Und so hatte sie es gewagt. Sie war gegangen. Zuerst nach San Francisco. Um zu lernen. Im ›Chez Panisse‹ hatte sie eine Menge Rezepte und Zutaten für sich gefunden. Die Abläufe in Küche und Café waren ihr vertraut gewesen. Vor allem aber hatte sie dort über den Zusammenhang von Essen und Ethik nachgedacht. Sie war wachgerüttelt worden. Das war, so musste sie es im Nachhinein sagen, der größte Gewinn dieser Zeit gewesen. Sie hatte regionales und saisonales Essen entdeckt. Slow Food. Faire Textilien. Natürliche Keramik. Und nebenbei viel Fachwissen über Wein und Aperitifs erworben. Sie hatte ein Schulprojekt betreut und viel über gesunde Ernährung gelernt. Aber jetzt hatte sie ihr eigentliches Ziel erreicht.

Sie war endlich nach New York gekommen. Um ihren eigenen Laden zu eröffnen.

Ein Klopfen an der Tür riss sie aus ihren Gedanken. Durch die Glasscheiben sah sie einen jungen Mann, der auf den Zettel im Fenster deutete. Sie sprang auf und öffnete die Tür.

»Hi!« sagte er. »Ich habe gerade den Zettel gelesen.«

»Hi«, erwiderte Ester und reichte ihm die Hand. »Ich bin Ester Coretta.«

»Echt? Die Inhaberin? Die Besitzerin des Ladens?«

»Ja«, sagte sie schlicht und ignorierte seine Überraschung. »Und wer bist Du?«

»Ich werde Mo genannt.«

»Okay, Mo. Und Du interessierst Dich für eine Stelle als Kellner?«

»Ja. Ich mochte den Laden, der vorher hier war. Vor dem Starbucks. Es war ein indisches Schnellrestaurant, das das leckerste Nan in ganz Brooklyn machte. Aber die Besitzer sind irgendwann zurück nach Delhi gegangen. Ich komme seitdem immer wieder hier vorbei. Um zu sehen, was aus dem Laden wird.« Er redete schnell und viel.

Sie entschuldigte sich, dass sie ihm noch keinen Kaffee anbieten konnte und fragte, ob sie sich nicht ins Fenster setzen wollten. Er wirkte unkompliziert und setzte sich.

»Chefkellner oder Aushilfskellner?«, hakte sie nach.

Er feixte: »Am liebsten natürlich Chef. Mit Aufstiegschancen als Partner.« Ester schmunzelte innerlich. Der war ja selbstbewusst. War er nur eingebildet oder wusste er, dass er talentiert war? Sie wollte wissen, mit wem sie es zu tun hatte.

»Und was machst Du so? Hast Du eine Ausbildung im Gastronomiebereich?«

»Ehrlich gesagt, nein«, gestand er. »Aber ich habe ein bisschen Erfahrung als Kellner.« Und mit einem Grinsen sagte er: »Und ich sehe ausländisch aus und habe keine Angst vor Wespen. Ich dachte, da hätte ich vielleicht eine Chance.« Sie sah ihn zweifelnd an. Er sollte nicht meinen, dass sie jung und unerfahren war und sich von seinem Charme beeindrucken ließ. Etwas vorsichtiger sagte er: »Ich suche einfach einen Job.«

»Und Du hast schon als Kellner gearbeitet?« Sie hoffte, sie würde streng wirken. Denn er gefiel ihr, aber sie brauchte jemanden, auf den sie sich verlassen konnte. Jemanden, der sie wirklich unterstützen würde. »Also hast Du?«

»Ja«, sagte er. »Ich hab es Dir doch gesagt.«

»Und wo, wenn ich fragen darf?«

»Bei McDonald's«, sagte er und gab sich Mühe, nicht zu kleinlaut zu klingen. Ester prustete los und da lachte auch er. Sie sah ihn genauer an. Er war ein paar Jahre älter als sie. Wie sie, eine Mischung aus weiß und farbig, aber eher asiatisch als afrikanisch. Seine dunklen, welligen Haare trug er kurz, sein schwarzes Hemd war ungebügelt, aber sauber, seine Jeans sehr modisch. Er hatte eine Tasche aus bunter LKW-Plane bei sich. Am besten gefielen ihr seine Hände, lange schmale Finger ohne Ring. Sie merkte, dass auch er sie genauer ansah und wohl ebenfalls feststellte, dass sie ein Mix war aus Schwarz und Weiß. Etwas jünger als er, sehr jung für die Inhaberin eines Cafés, eigenwillig gekleidet mit einem weiten knallblauen Wollpullover über einer engen, schwarzen Leggings. Ihr einziger Schmuck ein dicker Goldring am Daumen und eine Spur goldener Lidschatten.

»Was für ein Laden soll das hier denn werden? Ich meine, welche Richtung?«

»Ein Café und ein Restaurant. Geöffnet von zehn bis 22 Uhr etwa. Ich plane, ein ganz eigenes, feines Angebot. International, World-Food. Frühstück, frische Salate, Bagels, Muffins. Ich will bekannt sein für guten Kaffee, selbstgemachte Ingwerbrause und leckeren, selbstgebackenen Kuchen.« Sie machte eine Pause. »Und für jüdische Spezialitäten.«

»Ja?« Er wirkte erfreut.

»Ja«, sagte Ester und sah ihn aufmerksam an: »Warum?«

Er winkte ab. »Nichts. Ich steh drauf. Ich liebe Latkes. Und Hummus. Erzähl weiter«, wiegelte er ab.

Sie zögerte und zählte dann auf: »Also, ich meine damit Latkes. Gefüllte Bliniys und gefüllte Tauben. Dattel-Nougat-Eis. Fladen mit Lamm und Hummus und verschiedene Bagels.«

Mo strahlte sie an: »Das klingt großartig. Mir läuft das Wasser im Mund zusammen.« Ester freute sich über seine Reaktion. Er wirkte ehrlich, natürlich. »Und was hat es mit den Wespen auf sich?« Neugierig und schmunzelnd sah er sie an.

»Ich habe einfach Angst vor Wespen. Aber die Süßigkeiten, der Duft ziehen sie an. Ich brauche jemand, der sie für mich vertreibt.«

»Du brauchst jemanden, der bereit ist, für Dich zu töten«, stellte er übertrieben nüchtern fest. Sie musste lachen. Flirtete er mit ihr?

Sie legt den Kopf schräg. »Und, Mo von McDonald's, warum sucht man in Deinem Alter nach einem Job als Kellner? Hast Du nichts Anständiges gelernt?«

»In dieser Stadt braucht man mehrere Jobs. Manche Leute. Recht viele Leute eigentlich. Ich bin Musiker. Ich bin echt ganz gut. Aber man verdient nicht genug damit. Ich verdiene nicht genug. Noch nicht.«

»Dann willst Du also eigentlich lieber Musik machen?«

»Nicht zwischen zehn und 22 Uhr.« Er lachte sie an. »Da möchte ich lieber kellnern.«

»Chefkellnern, hm?« Sie lachten beide, lachten auch mit den Augen, sahen sich neugierig an. Ihre Blicke blitzten und zeigten Interesse.

Ester brach das Schweigen: »Ich öffne am ersten Juni. Das ist Montag in drei Wochen. Wenn Du magst, bist Du dabei. Zur Probe. Ich muss Dich mindestens zwei Tage lang beobachten dürfen und will keinen Stress mir Dir, falls ich zu dem Ergebnis komme, dass es nicht passt. Ich zahle Dir acht Dollar die Stunde. Dein Trinkgeld behältst Du selbst. Essen und Trinken sind frei. Einverstanden?«

Er nickte. »Du bist echt fair. Danke für die Chance. Ich werd Dich bestimmt nicht enttäuschen.« Sie lächelte ihn an und reichte ihm die Hand. Er nahm sie und drückte fest zu. Sie hatten eine Verabredung getroffen.

»Lässt Du mir Deine Handynummer da? Für den Fall, dass sich irgendetwas ändert?«

Er wühlte in seiner Tasche und fand ein Kaugummipapier, schrieb ›Mo‹ und seine Telefonnummer darauf und gab ihr den kleinen Zettel.

»Okay dann«, sagte Ester.

»Ja, ich geh dann mal.« Er winkte lässig und sie hätte ihn eigentlich gerne aufgehalten, um sich noch ein bisschen mit ihm zu unterhalten. Aber es war wohl professioneller, das nicht zu tun. Also sah sie ihm tatenlos nach. Sie hatte eine Telefonnummer von ihm. Und nicht mal einen Namen, wie ihr jetzt auffiel. ›Mo‹, ob das eine Abkürzung von Mohammed war, damit er nicht direkt als Moslem angeschaut wurde? Sie wusste, dass viele ihre arabischen Namen verkürzten, ans Englische anglichen oder sich Spitznamen zulegten. Sie würde ihn das nächste Mal fragen, wie er wirklich hieß. In drei Wochen würde sie ihn wiedersehen. Sie beschloss, für heute genug gearbeitet zu haben. Morgen kämen die Tische. Und hoffentlich eine ganze Reihe arbeitssuchende Studentinnen, die gerne als Kellnerin für sie arbeiten würden.

Sie verließ den Laden, schloss die Tür ab, nickte sich aufmunternd zu, als sie ihren Namen im Fenster las und machte sich auf den Weg nach Hause.

In ihrer kleinen Wohnung hatte sie inzwischen einen Lieblingsplatz. Sie setzte sich auf die Matratze, lehnte sich an die Wand und sah aus dem Fenster mit der Feuerleiter. Sie wusste, irgendwo dahinten lag Borough Park. Um sie herum lebten Leute wie sie. In ihren kleinen Wohnungen, mit ihren Träumen. Sie fühlte sich zuhause. Besonders mochte sie es, abends die Sonne untergehen zu sehen, genoss dabei oft ein Glas Wein und las weiter in den Tagebüchern ihrer Großmutter.

Ihren Großvater Ezer hatte sie nie kennengelernt. Er hatte, so viel wusste sie, immer davon gesprochen, eines Tages nach Eretz Israel auszuwandern, war aber doch geblieben und dann ganz plötzlich gestorben. Mima hatte nie viel über ihn gesprochen und Ester hatte nicht nach ihm gefragt.

Gavriel war regelmäßig im Mandelplatz gewesen. Sie hatte nie ganz verstanden, was genau Mima und er füreinander empfanden. Er war immer viel gereist, wochenlang unterwegs, um dann überraschend wieder im Mandelplatz aufzutauchen. Sie hatte ihn gemocht, ihn und seine Musik, seine weltgewandte Art. Die Vertrautheit zwischen ihm und Mima hatte sie irritiert. Irgendetwas daran war nicht ganz richtig gewesen. Aber es hatte sie doch fasziniert, wie nah die beiden einander offensichtlich waren.

Ben war eigentlich der Mann gewesen, der am Beständigsten da gewesen war. Zwar nicht jeden Tag, aber mit Ausdauer. Ben Katz, der Erzähler. Der Mima verehrte und immer Geschenke mitbrachte. Ben, der Esperanto sprach. Ben, der lauter rührende Geschichten aus einem osteuropäischen Schtetl kannte. Aus einer anderen Zeit. Wahre Märchen, die von einer eigenartigen Mischung aus Armut und Fülle lebten. Jiddisch hatte man dort gesprochen und in der Schul war der ein König, der noch eine Frage wusste. Es gab eine Synagoge und eine Mikwe, ein Badehaus.

Immer mal wieder gab es aber auch Übergriffe und eine judenfeindliche Meute kam in das jüdische Viertel gezogen, warf Schaufenster ein, riss Türen aus den Angeln, plünderte Geschäfte und schlug alle zusammen, die sich nicht schnell genug verstecken konnten. Manches Mal hatte es Tote gegeben. Das Schtetl bot am Ende keinen Schutz. Lumpen hatten sie getragen, aber ihre jüdischen Feste mit einer Feierlichkeit begangen, die seitdem anscheinend so nie wieder möglich gewesen war. Die Gassen und Häuser unvorstellbar eng, aber die Apfelschalen fielen den Müttern in ganzen Kringeln in die Küchentücher im Schoß und die Mädchen trugen Blumenkränze aus Gänseblümchen in den dichten dunklen Locken.

Ben erzählte von einer Welt, die weit weg, in seinem Herzen aber lebendig war und Ester lauschte. Sie stellte sich eine Welt vor, in der alles jüdisch war, die Kleidung, das Essen, die Sprache, alle Rituale und Gebräuche. Die Bilder, die Ben in ihre Gedanken malte, gaben ihr ein Gefühl von Vertrautheit, von Heimweh und Geborgenheit. »Tradition«, erklärte ihr Ben, »das ist das gemeinsame Erbe einer Erzählgemeinschaft.«

Sie griff nach einem der Tagebücher, wie die anderen in rotes Seidenpapier gewickelt, dicht beschrieben mit Mimas Handschrift, in großen gleichmäßigen Buchstaben. Es war das letzte Tagebuch und es war nicht bis zu Ende beschrieben. Nach den Ereignissen Ende des Jahres 1992 hatte Mima aufgehört, ihre Gedanken aufzuschreiben.

30.12.1991. Wir werden das neue Jahr begrüßen. Für uns geht ja eigentlich das Jahr 5751 zu Ende. Gavriel hat sich angekündigt und wird sein Cello und vielleicht auch seinen Sohn mitbringen. Ben Katz hat versprochen, einige Geschichten zum Besten zu geben. Fast alle Tische sind reserviert, das Café wird sehr voll sein. Batya, Karen und Josra sind das beste Team. Und auch die kleine Ecco wird wahrscheinlich helfen – wenn ihre Eltern nicht andere Pläne für sie haben.

Ester grinste. ›Die kleine Ecco‹, das war sie. Ein Kind, schmal und klein, gerne ein Mädchen. Soweit sie sich erinnern konnte, war sie an jenem Abend im Mandelplatz gewesen. So musste es gewesen sein. Was für Pläne hätten ihre Eltern wohl auch sonst für sie haben können?

Paolo hat sich in den letzten Tagen wieder im Stadtteil herumgetrieben und ich hoffe inständig, dass er sich nicht im Café blicken lässt. Der Kerl ist mir unheimlich. Die Art, wie er Berit mit seinen Blicken auszieht. Seine anzüglichen Bemerkungen. Und dass Ecco ihn scheinbar anekelt. Das alles macht mir Gänsehaut. Er hasst mich. Aus irgendeinem Grund hasst er mich. Ich weiß nicht, ob er sich an mein Hausverbot hält. Wie könnte ich mich wehren gegen solche Menschen?

Das Silvester-Essen: Gefilte Fisch. Couscous mit Lamm. Piroggen mit Räucherlachs, Möhren-Apfel-Salat, Feigenkuchen mit kandierten Walnüssen, Schokoladenkuchen mit Rum-Pflaumen.

Dann las Ester den letzten Eintrag. Ein Satz aus dem jüdischen Gebetsbuch der Frauen, der letzte Satz aus dem uralten Gebet der Schwangeren. Mima musste verzweifelt und tief beunruhigt gewesen sein:

Und in der Zeit, wenn ich mein Kind habe, soll mir nichts geschehen an meinem Leib und an meines Kindes Leib. Amen.

Die letzten Seiten des Buches waren leer. Hatte Mima an diesem Abend eine Ahnung gehabt? Eine konkrete Befürchtung? Oder mehr ein vages Gefühl?

Ester sah aus dem Fenster. Die Sonne war ein pinkfarbener Ball und erinnerte sie an die schönen Farben im Mandelplatz, die Kissen, die kleinen Symbole auf den Tassen. Überrascht merkte sie, dass sie dabei jetzt zum ersten Mal an ihr eigenes Café und nicht an das ihrer Großmutter dachte.

31 Rosebank, Johannesburg
Februar 1990

Das Kino war genau der richtige Ort. Als Sukisa nach einem Treffpunkt gefragt hatte, war Mima sofort das ›Arthouse‹ eingefallen. Die Vorstellung, die schwarze Soldatin im Café zu Gast zu haben, sie dieses Mal nicht zu verstecken, sondern in der Öffentlichkeit mit ihr Kaffee zu trinken, war für Mima selbst zwar sehr vergnüglich gewesen, aber sie war sich sicher, Sukisa hätte sich dort nicht wohlgefühlt. Außerdem mochte sie den Gedanken, dass hier einmal alles angefangen hatte und so heute auch hier beendet würde.

Die beiden unterschiedlichen Frauen hatten nebeneinander in den bequemen Kinosesseln Platz genommen. Sie hatten zwei Plätze in der Mitte gewählt. Der Raum lag im Halbdunkel. Sie waren alleine, zweihundert leere Plätze um sie herum, die erste Vorstellung würde erst am späten Nachmittag beginnen. Ihr Treffen hatte etwas Verschwörerisches, auch wenn die Heimlichkeit nicht mehr nötig war.

Sukisa wirkte, als sei sie betrunken. Sie lachte, sie kicherte. Aber die Soldatin hatte seit Jahren keinen Alkohol angerührt. Niemals hätte sie riskiert, die Kontrolle zu verlieren. Und selbst die Freude über die jüngsten Ereignisse würde sie ganz sicher nicht mit einem

Glas Sekt feiern. Immer wieder schlug sie sich mit der Hand auf den Schenkel und stupste Mima in die Seite. »Ich fass es nicht«, rief sie und »Das glaubt man kaum.« Mima brauchte einen Moment, um zu verstehen, was mit ihr los war, bis sie merkte: Sukisa war glücklich.

Und da lachte auch Mima und erlaubte sich zum ersten Mal, seit sie die Nachricht im Radio gehört hatte, ihre Gefühle zuzulassen. »Du siehst zehn Jahre jünger aus«, meinte Mima.

»Nur zehn? Nicht vielleicht siebenundzwanzig?« Sie kicherte wieder. Dann wurde sie ernster. »Ich bin frei«, meinte Sukisa knapp, »Ich. Verstehst Du? Ich!« Und wieder lachte sie ihr tiefes Lachen.

Mima gab ihr Recht. »Ja, es fühlt sich tatsächlich so an, als wäre nicht nur er endlich frei, sondern wir alle.«

Sukisa räkelte sich aus dem Sessel hoch und gab Mima ohne jede Vorwarnung einen schmatzenden Kuss auf die Wange. »Hm, Blauauge? Ich werde Dich ein bisschen vermissen.«

Nelson Mandela war nach insgesamt 27 Jahren Haft aus dem Gefängnis entlassen worden.

»Du kannst Dir das nicht vorstellen. Was bei uns los war! Alles viel früher als erwartet. Wir haben es nur ganz knapp vorher erfahren.« Präsident de Klerk hatte den Befehl gegeben und dann war plötzlich alles ganz schnell gegangen. Flugblätter wurden gedruckt, Menschen mobilisiert. »Das war ein Schreck. Stell Dir vor, er kommt raus und da ist niemand. Das wär doch nicht gegangen.«

Mit gestreckter Faust und seiner Frau Winnie an der anderen Hand hatte Mandela das Gefängnis in Kapstadt verlassen. Eine jubelnde Menschenmenge hatte ihm einen gebührenden Empfang bereitet. Als er näher kam, hatten sich plötzlich alle Anwesenden, Polizei, Genossen, Gefängniswärter an den Händen gehalten. Alle Berichte und Kommentare waren sich einig, dass sein erster Auftritt würdevoll war, staatsmännisch, und dass er keine Anzeichen von Verbitterung zeigte.

»Frei! Frei! Frei!«, jubelte die schwarze Frau und Mima sah, wie ihre Narbe auf der Stirn pochte.

»Freunde, Genossinnen, Genossen, liebe Mitbürger, ich grüße Euch im Namen von Frieden, Demokratie und Freiheit.«

Mandelas erste Worte an die Nation waren mit Beifall und Freudentränen aufgenommen worden.

»Und wie geht es jetzt bei Dir weiter?«, fragte Mima.

Die Soldatin streckte die Beine aus und legte die Arme hinter dem Kopf zusammen. »Ich kann nur eins. Kämpfen. Vielleicht geh ich in die Armee. Wer weiß? Vielleicht Berufsarmee. Da wär ich bei, wenn's eine gibt. Oder Bodyguard. Für den Präsidenten. Ein Traum.« Sie schmunzelte. »Aber erstmal wählen. Amandla!« Sie riss den Arm mit der Faust hoch und Mima erwiderte laut: »Awetu!« Beide Frauen brachen in Lachen aus.

Und auch, als Ben Katz plötzlich vorne hinter den schweren Vorhängen auf die Bühne trat, beruhigten sie sich nur ganz allmählich. »Guten Morgen«, grüßte er freundlich. Falls er irritiert war, eine Frau wie Sukisa neben seiner alten Freundin Mima zu sehen, ließ er sich jedenfalls nichts anmerken. Mima hatte ihn gebeten, sich hier mit jemandem treffen zu dürfen und Ben hatte sofort zugestimmt.

Neugierig kam er zu ihnen. »Guten Morgen, Ben Katz«, erwiderte Mima. »Darf ich Ihnen Sukisa vorstellen? Sie ist, nun, sie ist eine Genossin.«

Ben reichte Sukisa die Hand und drückte sie fest: »Und das ist Ben Katz, der Besitzer dieses Kinos, ein alter Freund.«

Sukisa nickte. »Is was Schönes, so'n Kino«, meinte sie und Ben strahlte über das ganze Gesicht.

Mima wandte sich an Sukisa: »Du kannst das nicht wissen, aber hier hat für mich alles angefangen. Ben Katz hatte sein Kino gerade eröffnet. Ein junger Star unter den Intellektuellen, hieß es. Es war mein einundzwanzigster Geburtstag. Am Abend gab es hier eine Lesung. Mit Nadine Gordimer.«

Sukisa zeigte keine Spur von Erkennen.

»Sie ist eine Schriftstellerin. Eine Weiße.«

»Ach«, lachte Sukisa. »Du meinst, sie ist ein Blauauge? Aber ein gutes?«

Mima nickte. »Ja, ein sehr gutes.«

»Okay. Und dann?«, wollte Sukisa wissen.

»Dann entdeckte ich am nächsten Morgen eine Nachricht. Von Kezia. Kezia Weiss. Wir haben uns verabredet und dann war ich dabei!«

»Gut gemacht«, sagte Sukisa. Dann wälzte sie sich aus ihrem Sessel hoch und stand auf. »Also dann.« Die beiden standen sich gegenüber. Sukisa beugte sich zu Mima und umarmte sie mit einer kurzen, starken Bewegung. »Danke noch mal«, murmelte Sukisa.

»Pass gut auf Dich auf.«

»Mach's gut, Blauauge. Ich find allein raus.«

Mima sah ihr nach, wie sie die Sitzreihen entlang zum Ausgang marschierte und rief ihr hinterher: »Und mach Dein Kreuz an der richtigen Stelle!«

Sukisa drehte sich noch einmal um und rief zurück: »Du auch! Sonst lernst Du mich kennen!«

»Sie waren mutig«, sagte Ben leise.

Mima sah ihn offen an. »Sie haben auch immer Stellung bezogen. Mit Ihrem Programm hier. Zum Beispiel damals, als Sie ›End of dialogue‹ gezeigt haben? Der ganze Stadtteil sprach darüber.« Und sie fragte ihn: »Hatten Sie nie Angst, sie könnten Ihr Kino schließen?

»Jeden Tag«, gab er zu. »Aber das hat niemand gesehen. Ich habe ja im Dunkeln gearbeitet. Das Leben war so eng. ›Malvasta‹. Kein schönes Wort.«

Mima hatte ihn noch nie erlebt, dass er so über sich sprach. »Sagen wir Du?«, fragte er und ergänzte: »Wie Genossen?«

»Genossen. Geschwister.« Mima nickte. »Sehr gerne. Das wurde auch wirklich Zeit!« Sie lachten beide kurz auf.

Dann lenkte Mima ihr Gespräch weg von der Vergangenheit in die Gegenwart: »Ich habe gelesen, Du zeigst in dieser Woche jeden Abend einen besonderen Film.«

Ben legte den Kopf schräg und sah Mima noch genauer an. Am Ende hielt er die Stille nicht aus. »›Weiße Zeit der Dürre‹, ›Schrei nach Freiheit‹, ›Come back, Africa‹, ›Das Tagebuch der Anne Frank‹. Solche Filme.«

»Großartig. Das gefällt mir.« Sie umarmte ihn kurz. »Viel Glück!«

»Das wünsche ich Dir auch. Feliĉo. Fortuno.«

Mima machte sich auf den Weg zurück zum Café. Nach der Dunkelheit im Kino blendete sie die Mittagssonne. Die letzten Tage hatten viel in Bewegung gebracht. Freiheit und Beteiligung waren kein Traum mehr für die schwarze Mehrheit, sie wurden Wirklichkeit. Es würden Wahlen stattfinden. Menschen, die noch vor einigen Monaten oder Wochen gemieden worden waren, galten plötzlich als Helden. Das wiederholte Auftauchen ihrer Namen in den Reden der Freiheitskämpfer machte sie bekannt. Ihr Engagement wurde anerkannt. Geheimnisse kamen ans Licht, aus dem Untergrund in die Zeitungen, in Interviews, auf Bühnen. Die Geschichtsbücher wurden umgeschrieben. Auch für die Weißen würde sich vieles ändern.

Mima erlebte plötzlich, dass man ihr Respekt entgegenbrachte und das Mandelplatz wurde mit Publicity belohnt. Gleichzeitig musste sie auch mit ansehen, wie einige Bekannte und Gäste sich zurückzogen. Jakob Cremer zum Beispiel hatte jetzt endgültig beschlossen, nach Neuseeland auszuwandern.

Und, auch das prägte diese Tage: Plötzlich gab es viele, die auch immer schon dagegen gewesen waren. Eigentlich, persönlich, heimlich. Und es gab andere, die es gewöhnt waren, zu dominieren und andere einzuschüchtern, die aber über ihre Verunsicherung sprechen wollten und offen überlegten, welche Rolle sie in einer Regenbogen-Nation spielen könnten. Dann wieder gab es schöne Entdeckungen: Batya und ihre Mutter Salcia hatten sich seit vielen Jahren schon bei Black Sash engagiert. In seiner ersten Rede hatte Mandela die Organisation als Gewissen des weißen Südafrikas geehrt.

Gavriel kam wieder häufiger im Café vorbei und ein paarmal war auch Shanti dabei gewesen. Sie hatte sich sofort gut mit Batya verstanden. Die Erleichterung, in aller Freiheit über den Zorn, eigene

Ängste und über die Zukunft sprechen zu können, war ein weiterer Gewinn dieser Tage.

Als sie die Dale Avenue herunterkam, sah sie, dass Batya auf dem Gehweg stand und von weitem winkte. Sie sah unglücklich aus. Als sie näherkam, sah Mima, warum. Wieder hatte jemand mit roter Farbe die beiden Fensterscheiben beschmiert. Auf der einen Seite stand ›Juden plus Nigger‹, auf der anderen ›Chaos plus Terror‹. Wie war das möglich? Mitten am Tag? Hatte niemand etwas gesehen, niemand das verhindern können?

Batya zuckte mit den Schultern und sah Mima ratlos an. »Wer auch immer das war, muss echt schnell gewesen sein. Ich war kurz in der Küche, das Café war gerade leer, und als ich zurückkam, war das Geschmiere da.«

»Ich hole Wasser und Seife.«

»Ich dachte, so was wäre jetzt vorbei.«

»Es zeigt nur die Realität dieses Landes. Es ist so tief gespalten.«

Eine Stunde später standen Mima und Batya hinter der Theke und bereiteten die Kaffeezeit vor. Batya verteilte Puderzucker auf Erdnuss-Muffins und Mima füllte kleine Portionen Dattel-Nougat-Eis in Dessertgläser. »Hallo, Ecco«, rief Batya, als das Mädchen die Treppe herunterkam.

»Kann ich mitmachen?«, fragte Ester und stellte sich auf ihre Zehenspitzen, um zu sehen, was genau in der Welt der Erwachsenen passierte. »Was gibt es zum Abendessen?«

»Chakalaka. Das magst Du doch, oder?«

»Ja. Es ist Oma Zaneles Lieblingsessen.«

»Wo sind denn Mama und Papa?«, fragte Mima.

»Oben. Sie reden über die Arbeit.«

»Über Mamas Arbeit oder über Papas?«, wollte Mima wissen.

»Sie arbeiten doch zusammen«, antwortete Ester selbstbewusst und umklammerte Mimas Beine. »Bubba, bitte. Mir ist langweilig.« Mima setzte sie neben sich auf die Theke. »Sie arbeiten zusammen?«

»Ja!« Ester nickte mehrmals heftig. »Sie und die Diamanten.«

Diesen Blick nannte man wohl neunmalklug, dachte Mima und schmunzelte. »Da draußen winkt mir ein Mann«, rief sie in diesem Moment ganz entzückt. Paolo stand auf der anderen Straßenseite, guckte in ihr Fenster und grinste breit. Er winkte wild mit der einen Hand. Auf Ecco wirkte es lustig, auf Mima albern und verlogen.

»Ecco, wink nicht zurück. Der Mann ist böse.«

»Woran siehst Du das?«

»Ich weiß es einfach.«

»Aber der Mann winkt mir«, Esters Stimme klang weinerlich.

»Du darfst niemals mit ihm mitgehen, hörst Du?«

»Ich gehe mit niemand mit«, protestierte das Mädchen. »Nur mit Mama, mit Papa, mit Oma Zanele, mit Batya und mit Dir, Bubba.«

»Gut.« Mima drückte ihr einen Kuss auf die Stirn. »Willst Du mit in die Küche kommen?«, lockte Batya sie und Ester ließ sich in ihre Arme fallen und mitnehmen.

Mima sah aus dem Fenster. Paolo stand weiterhin da und sah zu ihr hinüber. Was wollte er? Wartete er auf Thabo? Er wusste, er durfte das Café nicht betreten. Warum hatte er sich ausgerechnet sie ausgesucht? War er nur ein Spinner oder war er gefährlich? Einfach ein Mann mit einem harten Job, der gerne ab und zu seine Stärke demonstrierte? Oder hatte er sich aus irgendeinem Grund sie und ihre Familie ausgewählt? Aber warum? Und wozu würde das führen?

32 | Rosebank, Johannesburg
1991

›Sharonlea‹. Der Name der Schule war schon von Weitem zu sehen. Vor zwanzig Jahren hatte Mima Berit an ihrem ersten Schultag hierher begleitet, heute war sie als Großmutter mitgekommen. Berit hatte sie um Rat gefragt und sie hatten gemeinsam entschieden, dass die Mädchenschule auch für Ester das Beste sein würde. Der Schulweg war nicht lang, sie könnte ihn alleine gehen und würde in ihrer Klasse Mädchen aus der Nachbarschaft treffen. Der jüdische Hintergrund, der bis heute den Schulalltag prägte und auch der Direktorin und vielen anderen Lehrerinnen und Lehrern wichtig war, würde Ester helfen, sich zurechtzufinden.

Die Schulgebühr war hoch, aber dafür machte Sharonlea auch viele Angebote: Wettbewerbe, kulturelle, sportliche und religiöse Feste, eine eigene Bibliothek, ein großes Schwimmbad und mehrere Tennisplätze, Theatergruppen, Lesezirkel, Sprachkurse und Klassenfahrten. Thabo war einverstanden gewesen. Nur Zanele hatte angemerkt, sie wolle die Kleine in Zukunft hin und wieder mit in ihre Kirche nehmen. Zu ihren Tanten Naledie und Nthati. Mima hatte ihre Angestellte selten so resolut erlebt und hatte die Idee sofort unterstützt. Mit ihrer anderen Großmutter Zeit zu verbringen, außerhalb der Küche, würde Ester sicher guttun.

Sie gingen die Hoeken-Ave entlang. Aus allen Richtungen kamen Erwachsene mit kleinen Erstklässlerinnen an der Hand auf das Schulgebäude zu. Thabo hatte keinen Urlaub bekommen für diesen Tag und so hielt Ester ihre Mutter an der rechten und Mima an der linken Hand. Sie hüpfte und schien sich zu freuen. Stolz hatte sie am Morgen ihre Schuluniform angezogen: ein türkisfarbenes, knielanges Kleid mit weißem Kragen, weiße Söckchen, schwarze Lackschuhe und den schwarzen Blazer mit türkisfarbenem Schulabzeichen auf der Brusttasche. »Guck mal, Bubba, da ist Amber«, rief Ester und winkte einem anderen Mädchen zu.

Am Schultor warteten zwei Lehrerinnen, um Eltern und Kinder zu begrüßen. Ihre Namensschilder wiesen sie als Miss Dunnhauser und Misses Jones aus. Vor ihnen in der Reihe wurden gerade die Zwillinge Kayleen und Shayleen Morgan begrüßt. Ihre Mutter machte sich Sorgen, die beiden könnten sich auch in der Schule einen Spaß daraus machen, sie zu verwechseln. »Kayleen ist etwas größer, aber das sieht man nur im direkten Vergleich.«

Misses Jones hörte zu und nickte. Sie war eine große Frau, noch keine fünfzig, mit sehr kurzen grauen Haaren und rotem Lippenstift. Sie versuchte die Mutter zu beruhigen: »Wir finden sicher einen Weg, um uns aneinander zu gewöhnen und kennen zu lernen.« Sie führte die Mutter mit ihren beiden Mädchen zur nächsten Tür, wo sie von einer älteren Schülerin in Empfang genommen wurden.

»Guten Morgen«, wurde Berit jetzt von der zweiten Lehrerin angesprochen. Sie war einige Jahre jünger als ihre Kollegin und viel dünner, hellblond und blass. Mit einem suchenden Blick in ihre Unterlagen meinte sie: »Ich habe hier gar keinen, äh, farbigen, äh, Afro... Namen?« Irritiert sah sie von Berit zu Ester und zu Mima.

»Ester Coretta Mandelbaum«, sagte Berit und Miss Dunnhauser schnappte kurz nach Luft: »Aber natürlich.«

Sie setzte einen Haken vor Esters Namen und sah sich suchend nach ihrer Kollegin um. »Misses Jones ist ihre Klassenlehrerin. Wir beginnen heute in der Aula. Eine Schülerin wird Ihnen den Weg dorthin zeigen.

»Wir kennen den Weg«, sagte Berit. »Ich war selber hier Schülerin.« Miss Dunnhausers Blick musterte Berit, von unten nach oben und schnellte zwischen Ester und ihr hin und her.

»Na dann kennen Sie sich ja aus. Bis später.«

Misses Jones kam auf sie zu. »Mandelbaum«, raunzte Miss Dunnhauser ihr zu und wandte sich dann an die Nächsten in der Reihe.

»Herzlich willkommen, ich bin Misses Jones, die Klassenlehrerin. Susan, eine Schülerin aus dem letzten Jahrgang, begleitet Sie zur Aula. Dort begrüßt uns gleich unsere Direktorin. Danach verabschieden sich die Eltern und wir gehen in unser Klassenzimmer.« Sie sah Ester direkt an: »Alles in Ordnung?«

»Ja. Ich bin Ester Coretta, aber Du kannst Ecco zu mir sagen. Das machen alle.«

»Okay. Das will ich mir merken. Vielleicht kannst Du mich später in der Klasse nochmal erinnern, ja?« Sie winkte und Ester nickte. Dann zog sie ihre Mutter und Großmutter weiter. »Kommt endlich. Ich will in die Schule rein.«

In der Aula liefen ältere Schülerinnen, Eltern und Schulanfängerinnen durcheinander, unterhielten sich, suchten einen Platz, zupften das Kleid zurecht oder die Söckchen, steckten Zopfspangen fest, winkten ihren Bekannten oder stellten sich ihren Sitznachbarn vor. Mima und Berit setzten sich in eine freie Reihe und sahen zu, wie sich Ester von der aufgeregten Stimmung anstecken ließ.

»Da vorne sitzt Amber, ich gehe kurz zu ihr«, rief Ester und weg war sie.

Als sie wiederkam, erzählte sie: »Stella ist auch da. Und die beiden Zwillinge hab ich nochmal gesehen. Wir sind in einer Klasse.« Sie setzte sich zwischen Berit und Mima und sah sich neugierig um. Eine Familie mit Großeltern, Vater, Mutter und einem blonden Mädchen nahmen in der Reihe vor ihnen Platz.

Als die alte Dame Ester sah, verzog sie das Gesicht. »Jan-Peter, gibt es etwa Bruinmense in dieser Schule?«

»Setz Dich, Mutter«, flüsterte der jüngere Mann, der ganz offensichtlich ihr Sohn war. Sie nahmen alle Platz.

Ihre Schwiegertochter sagte: »Sie ist nicht in Anna-Sophies Klasse.« Sie sprach laut und überdeutlich, da die alte Dame wohl schwerhörig war. An ihren Mann gewandt sagte sie mit einem schelmischen Lächeln: »Das hat Miss Dunnhauser mir gesteckt.«

Eine Glocke läutete und sorgte dafür, dass alle Platz nahmen und zur Bühne guckten. Eine Frau trat ans Rednerpult. Klein und drahtig, etwa fünfzig Jahre alt, mit einer Hochsteckfrisur und einem schlichten blauen Kostüm. »Guten Morgen und herzlich willkommen hier in Sharonlea. Besonders herzlich begrüße ich alle neuen Schülerinnen, die heute in die Klassen 1A und 1B eingeschult werden. Ich bin Judith Zernik, die Direktorin. Ich freue mich, dass Sie unsere Schule für ihre Töchter ausgesucht haben. Bevor ich uns an einige Regeln dieser Schule erinnere und Miss Dunnhauser und Misses Jones die Mädchen dann in ihren Klassenzimmern begrüßen, erlauben Sie mir, diesen Tag mit einem Satz zu beginnen, der mir selbst viel bedeutet. In den Tehillim, im 119. Psalm heißt es im 99. Vers: ›Verständiger als meine Lehrer bin ich geworden‹.«

Einige Leute lachten. »Das meint doch wohl: Es gibt Schülerinnen, die mehr wissen als ihre Lehrerinnen. Es gibt Erstklässlerinnen, die etwas verstehen, wovon ich als Direktorin keinen blassen Schimmer habe. Tatsächlich! Das habe ich schon oft erlebt. Der berühmte Rabbi Michal von Zloczow sagt zu diesem Wort der Tehillim: ›Nicht von denen allein ist zu lernen, die als Lehrer wirken, sondern von jedem Menschen. Auch von dem Unwissenden, ja auch von dem Bösen, kannst Du eine Einsicht erlangen, wie Du Dein Leben zu führen hast.‹ In diesem Sinne heiße ich Euch herzlich willkommen, liebe Schülerinnen der ersten Klassen. Wir wollen hier in Sharonlea miteinander lernen. Auch ich lerne jeden Tag. Und ich sage Euch: Es macht Spaß!«

Es gab Applaus. Ester klatschte begeistert mit. Sie rutschte auf ihrem Stuhl hin und her, so dass ihre Locken wippten, ihre Augen wanderten durch den Raum und schienen ständig etwas Neues zu entdecken. Mima erinnerte sich, wie ruhig Berit an diesem Tag auf ihrem Stuhl gesessen hatte und schüttelte innerlich den Kopf.

»So. Und jetzt möchte ich uns an ein paar Regeln erinnern: Respekt ist selbstverständlich für uns alle. Höflichkeit. Aufmerksamkeit. Ihr tragt bitte immer eure Schuluniform, gewaschen und gebügelt, im Unterricht und bei jeder Art von Schulveranstaltung. Beim Sport die entsprechende Sportuniform. Andere Kleidung ist nicht gestattet. Bitte, tragt auch keine Mützen oder Kappen und keinen auffälligen Schmuck. Erscheint bitte pünktlich. Die erste Stunde beginnt um zehn Minuten vor acht. Seid also bitte aller-, allerspätestens um viertel vor acht hier. Schulsprache ist Englisch. Egal, was ihr Zuhause sprecht, hier einigen wir uns auf Englisch. Es wird nicht geflucht. Auf den Gängen bitte nicht laufen, sondern gehen. Wir sorgen alle dafür, dass auf dem Gelände und in den Räumen kein Müll herumliegt. Ihr verlasst das Schulgelände erst nach Unterrichtsende oder mit der Erlaubnis einer Lehrerin. Ihr bleibt nicht alleine im Klassenraum, sondern verbringt die Pausen in der Halle oder auf dem Hof. Wenn Ihr eine Frage habt oder irgendein Problem, wendet Euch zuerst an Eure Klassenlehrerin. Oder kommt zu mir.«

Berit beugte sich zu Mima: »Ich glaube, bei meiner Einschulung wurden dieselben Regeln genannt. Es hat sich überhaupt nicht verändert.« Sie schmunzelte und strich Ester durch die Haare. Mima sah sich um. Und ob sich etwas verändert hatte. Vor zwanzig Jahren wäre Ester an dieser Schule nicht aufgenommen worden. Sie hätte eine der schwarzen Township-Schulen besucht. Erst neuerdings war jede Schule dazu verpflichtet, Schüler aller Hautfarben aufzunehmen. Natürlich versuchten einige weiße Traditions-Einrichtungen den Zugang zu beschränken, indem sie höhere Gebühren einführten. Aber Stipendien hatten sogar solche Pläne schon durchkreuzen können. Für Berit hatte sich nichts geändert. Für Ester alles.

»So, das war eine ganze Menge. Alles Übrige erklären Euch dann gleich Eure Lehrerinnen. Darf ich Sie bitten, zum Gebet aufzustehen.« Die Menge in der Aula erhob sich und einige neigten den Kopf. »Der Ewige segne uns und behüte uns. Sein Antlitz hülle uns in Licht und sei uns zugeneigt. Sein Antlitz wende sich uns zu und schenke uns Frieden, wenn wir heute miteinander lernen. Amen.«

Im nächsten Moment füllten Abschiedsgespräche den Saal und wurden noch einmal von der Direktorin unterbrochen. »Bitte, einen Moment noch. Klasse 1A trifft sich hier vorne rechts mit Miss Dunnhauser und Klasse 1B hier links mit Misses Jones. Ich darf aber einige Kinder mit ihren Familien vorher noch für einen Moment zu mir bitten: Anjali Bhatt, Amina Kandula und Ester Mandelbaum. Auf Wiedersehen den Eltern. Und Euch Mädchen wünsche ich einen schönen ersten Schultag.«

»Das bin ich«, hatte Ester gesagt, als sie ihren Namen hörte und Mima und Berit hatten sich verwundert angesehen.

Als sie zur Bühne aufbrechen wollten, stieß Mima fast mit der älteren Dame zusammen, die vor ihnen gesessen hatte. Sie hob ihren Zeigefinger und sagte: »Ich sage immer: ›Kaffee bleibt Kaffee. Du kannst Milch reingießen, dann wird er heller, aber Kaffee bleibt es doch.« Ihr Sohn nahm ihren Unterarm, nickte höflich und zog sie mit sich fort.

»Was meint das, was die Frau sagt?«, fragte Ester.

Aber Berit lenkte sie ab: »Guck mal, da an der Bühne stehen zwei Mädchen, die Du noch nicht kennst.« Sie gingen mit Ester in der Mitte nach vorne. Zwei andere Mädchen und zwei Frauen warteten.

Ach, dachte Mima, die farbigen Kinder unter sich. Die anderen beiden Mädchen hatten offensichtlich indische Vorfahren. Thabo fehlte. Er wäre der einzige Schwarze gewesen.

»Wer ist Anjali?«, fragte Misses Zernik, die von der Bühne herunter zu ihnen gekommen war, freundlich.

Ein Mädchen mit langen, schwarzen Zöpfen meldete sich. »Ich bin Anjali.«

»Und Sie sind Misses Bhatt?«, fragte die Direktorin die Frau neben ihr.

»Nein, ich bin ihre Nanny. Anjalis Eltern arbeiten. Sie sind beide im Parlament «, antwortete sie.

»Ach ja, ich erinnere mich. Okay. Amina? Wer ist Amina?«

Das andere Mädchen hob schnell die Hand.

»Kandula. Jalila Kandula. Ich bin ihre Mutter«, stellte sich die Frau neben ihr vor.

Die Direktorin nickte und guckte neugierig in die Runde: »Dann musst Du Ester sein.« Sie sah noch einmal auf ihren Zettel und verbesserte sich: »Ester Coretta.«

»Ja, das bin ich«, sagte Ester und wiederholte, was sie schon ihrer Klassenlehrerin gesagt hatte: »Du kannst Ecco zu mir sagen, das machen alle.« Misses Zernik lächelte. »Und das ist meine Mama und das ist meine Bubba.«

»Ja, guten Tag alle zusammen. Miss Mandelbaum, Sie waren ja selbst Schülerin dieser Schule, nicht wahr?

Berit nickte. »Ja. Ich bin sicher, meine Tochter wird sich hier wohlfühlen. Auch wenn sie in vielem ganz anders ist als ich.«

»Ja. Und das ist eine gute Überleitung.« Sie sah in die Runde. »Wir möchten, dass Ihre Töchter sich wohlfühlen. Auch wenn sie ein bisschen anders sind. Also, keine weißen Mädchen. Es ist für uns der erste Jahrgang, in dem wir auch farbige Schülerinnen unterrichten. Manche im Kollegium müssen sich erst noch daran gewöhnen. Wir werden zum Beispiel in der Projektwoche eine Fahrt zu einer Schule in Soweto organisieren. Ich hoffe, wir haben alle etwas Geduld miteinander. Ich persönlich verspreche Ihnen, mein Bestes zu tun, damit alle gleich behandelt werden. Sollte es Schwierigkeiten geben, kommen Sie zu mir. Einverstanden?«

»Ich hatte mehr farbige Mädchen erwartet«, sagte Misses Kandula.

»Alle drei sind in einer Klasse, in der 1B bei Misses Jones. Sie ist eine sehr erfahrene Lehrerin.« Misses Zernik zeigte zur Tür. »Hier entlang, bitte. Ich würde die Mädchen jetzt gerne zu ihrer Klasse bringen.« Sie ging los in Richtung Ausgang.

»Diese Sonderbehandlung. Ist das nötig? Halten Sie das für gut? Sie kommen fünf Minuten später als alle anderen. Sie werden doch jetzt direkt auffallen«, beklagte sich Misses Kandula. Ester sah, wie Amina die Augen verdrehte und musste kichern. Sie zwinkerte ihr zu und das Zwinkern wurde zurückgeschickt.

Die Direktorin blieb stehen. »Wirklich, ich tue mein Bestes. Bitte, geben Sie uns ein bisschen Zeit.«

Misses Kandula warf ihre Haare nach hinten und zuckte mit den Schultern: »Na, wir werden sehen. Amina ist es gewöhnt, gleichberechtigt zu sein. Sie ist in einem sehr liberalen Umfeld aufgewachsen.«

Mima berührte sie kurz am Arm. »Wollen wir die Kinder hier lassen? Ich lade Sie zu einem Kaffee ein, nicht weit von hier. Was meinen Sie?«

Ein dankbarer Blick aus den Augen der Direktorin streifte sie und Misses Kandula nickte zu Mimas Überraschung: »Ja. Ja, gerne.«

»Anjali, Amina, Ester, bitte verabschiedet Euch dann jetzt.« Es gab ein paar Küsse, Umarmungen, kleine Aufmunterungen. Ester warf ihnen einen Handkuss zu und dann gingen die drei Mädchen hinter Misses Zernik den Gang entlang. Sie hielten sich an den Händen, Ester in der Mitte.

Vor dem Schultor verabschiedete sich Anjalis Nanny von ihnen und auch Berit sagte, sie wolle sich beeilen, um zur Arbeit zu kommen. »Mama, ich erwarte ein Päckchen. Von Thabo. Kannst Du darauf achten? Danke.« Sie winkte und ging mit schnellen Schritten in Richtung Einkaufsstraße.

»Ich bin Jalila. Danke für die Einladung. Ich muss auf andere Gedanken kommen.«

»Mima. Schön, Sie kennenzulernen.«

»Und wohin gehen wir?«

»Ins Mandelplatz.«

33 Rosebank, Johannesburg
Februar 1992

»Es ist einfach nicht mehr dasselbe.« Jakob Cremer saß an der Theke und hatte gerade sein fünftes Glas Whisky bestellt. Er sah sich um, bereits etwas unsicher auf seinem Barhocker. »Auch hier ist man nicht mehr unter sich.«

Batya stellte das Glas vor ihn hin. »Das ist der letzte. Danach bestellen Sie wohl besser Ingwerlimonade.«

Jakob brauste auf: »Du hast mir gar nichts zu sagen. Kaffern-Shickse. Du warst doch auch eine von denen. Du falsches Stück. Wie Mima, diese Zecke.«

Batya ignorierte ihn und gab Mima ein Zeichen, die gerade weiter hinten im Café Essen servierte.

Das Mandelplatz war rappelvoll und am Morgen hatten Batya und Mima überlegt, eine dritte Kraft anzustellen, vielleicht einen Mann, vielleicht einen Farbigen. Das Café war bunter geworden und bei Touristen sehr beliebt. Aber auch aus dem Stadtteil kamen weiterhin viele Gäste, besonders an Abenden wie diesem. ›Tu be Schewat‹, das neue Jahr der Bäume, wurde im Mandelplatz mit ausgesuchten Speisen und Getränken gefeiert.

Mima war selig. Gavriel hatte zwei Freunde mitgebracht. Er selber spielte Cello, Jeremy Klarinette und Dhevan hatte eine Djembe zwischen den Knien, Kastagnetten in der rechten Hand und Klanghölzer, einen Schellenkranz und einen Shaker um sich herum verteilt. Seit drei Wochen schon hatten sie keine weiteren Reservierungen mehr annehmen können. Der Abend war nach Sabbatende mit einem kleinen Ritual eröffnet worden: Grüne Blätter waren auf die Tische verteilt worden. Batya und Josra hatten Kerzen auf hohen Leuchtern angezündet. Gavriels Trio hatte ›Shir Hama'alot‹ gespielt und die Stimmung war wie das Lied selbst immer fröhlicher geworden.

Dann hatte Ester zum ersten Mal die Fragen zum Fest stellen dürfen. Sie war auf einen Stuhl geklettert, hatte ihr weißes Kleid glatt gestrichen, sich gerade hingestellt und mit ihrer Kinderstimme laut und deutlich gefragt: »Warum feiern wir das neue Jahr der Bäume? Warum ehren wir heute nicht Menschen oder Ereignisse, sondern die Bäume? Warum essen wir heute Früchte, die in Israel wachsen? Warum pflanzen wir überhaupt neue Bäume?«

Sie hatte in die Runde gestrahlt, die Wangen gerötet, die Nase hoch gestreckt und Mima hatte ebenfalls gestrahlt und ihre Gäste aufgefordert, zu feiern: »Le Chaim! Guten Appetit und gute Gespräche!«

Auf der Tageskarte fanden sich wie jedes Jahr zu Tu be Schewat Gerichte mit Walnüssen, Orangen, Äpfeln, Feigen, Avocados und Datteln und besondere Fruchtsäfte. Die meisten jüdischen Gäste folgten außerdem der Tradition und tranken abwechselnd roten und weißen Wein, um zu feiern, dass nach der dunklen immer die hellere Jahreszeit folgte. Das Tagesgericht ›Gefüllte Tauben in Apfel-Nuss-Creme‹ war der Renner des Abends.

Mima hatte inzwischen mehr als achtzig Teller aus der Küche gebracht. Es läuft alles, dachte sie. Gavriels Musik klang lebhaft, jazzig, frei. Ester hatte sich in eine Ecke verzogen und tanzte, tief versunken in ihre Bewegungen. Mima hoffte, sie würde später noch ein wenig Zeit mit ihr gemeinsam haben. Sie war heute weinend aus der Schule gekommen. Sie hatte sie nur gehört, aber noch nicht mit ihr gesprochen und wollte gerne wissen, was diesmal wieder passiert war. Aber zuerst mussten die Gäste versorgt werden. Batya servierte gerade Vorspeisen, Josra Getränke. An dem einen Tisch wurde über die Gemeinsamkeiten von Menschen und Bäumen philosophiert. Nebenan wurde über Umweltprogramme diskutiert, über Pflanzungen in Eretz Israel oder eigene Gärten. Tu be Schewat hatte offensichtlich nicht nur das jüdische Publikum inspiriert.

Ben Katz hatte schon frühzeitig den Familientisch für diesen Abend reserviert. Er saß in der Mitte, so dass seine Gäste ihn alle gut hören konnten und erzählte eine Geschichte nach der anderen. Mima sah erstaunt, dass sein Bart inzwischen grau geworden war. Er wirkte jetzt noch mehr wie eine Figur aus einem Märchen.

»Baruch Ata Adonai Elohenu Mäläch HaOlam Bore Pri HaAdam«, rezitierte Ben gerade das Gebet für die Früchte der Erde.

Mima wartete, bis das Gebet beendet war und alle wieder ihre Augen geöffnet hatten, dann grüßte sie die Runde. »Willkommen. Und guten Appetit.«

»Mima. Bezaubernd wie immer.« Ob er sie selbst, den Abend oder das Mandelplatz meinte, war nicht klar. Ben hob ein Glas mit rotem Wein: »Einen Baum zu pflanzen ist Ausdruck des Vertrauens. Einen Kern in die Erde zu stecken und auf Wachstum zu warten, erfordert unseren Glauben. Ich trinke auf die Früchte unseres Vertrauens. Le Chaim!« Seine Gäste stießen mit ihm an. Mima kannte keinen von ihnen. Sie dachte an Intellektuelle, Gelehrte, Rabbiner und wartete geduldig.

»Kann ich die Bestellungen aufnehmen?«

»Das Tagesgericht für alle. Zwölf Mal Apfel-Nuss mit gefüllten Tauben«, wünschte Ben.

Mima notierte es und bedankte sich.

»Mit unseren Gebeten zu Tu be Schewat wollen wir gutmachen, was Adam und Eva getan haben«, erklärte Ben. »Denn wir verbinden die Früchte mit ihrem Schöpfer. Wir genießen. Und zwar mit Dankbarkeit. Ich kann mir keinen besseren Ort vorstellen, um diese Einstellung zu üben, als diesen.« Er strahlte sie an. Und zu ihrer Verwunderung hauchte er ihr einen Kuss zu.

Mima lachte. »Ich bringe Ihnen eine Vorspeisenplatte, die Sie sich teilen können. Dann wird Ihnen die Zeit nicht so lang. Wir bereiten alles frisch vor. Bis gleich.« Sie winkte und ging beschwingt zurück Richtung Küche.

Als sie zur Theke kam, sah Jakob sie herausfordernd an. Er legte die rechte Hand an seine Schläfe und salutierte. Mima merkte, dass er betrunken war. »Die Shickse will mir keinen Whisky geben. Was ist das für ein Laden?«

»Jakob, soll ich Eva anrufen, damit sie Dich abholt?« Jakob drohte vom Stuhl zu fallen und Mima ging zu ihm, um ihn zu stützen. Er war alt geworden, seine Haare waren dünn, Mima konnte seine Kopfhaut sehen, zwei tiefe Falten ließen seinen Mund bitter aussehen.

»Lass mich. Pack mich nicht an. Ich gehe alleine.« Ungelenk riss er sich von Mima los. »Ich gehe. Wusstest Du das schon? Nach Neuseeland. Bevor hier die Terroristen an die Macht kommen. Und die Kaffer.« Mima spürte kleine Speichel-Spritzer auf ihrem Gesicht und wich einen Schritt zurück.

»Jakob, geh jetzt. Bitte.« Sie nickte ihm zu und deutete zur Tür.

»Krieg ich etwa auch Hausverbot? Wie Paolo?« Jakob rutschte vom Hocker. »Nee. Ich gehe freiwillig.« Er sah sie direkt an: »Zecke. Du hast uns verraten.« Dann torkelte er aus dem Café.

Mima sah Batya offen an: »Lass uns einen Mann ins Team holen. Vielleicht einen jungen Koch. Wirklich. Typen wie Jakob sind mir nicht geheuer. So kalt und gemein. Paolo ist noch unheimlicher. Wenn ich nur seinen Namen höre, krieg ich eine Gänsehaut.«

Batya nickte: »Ja. Wir brauchen Verstärkung.« «

Gavriel kam zur Theke. »Jakob. Macht er Schwierigkeiten?«

»Er *ist* in Schwierigkeiten«, antwortete Batya. »Weil nichts mehr so ist wie früher. Er weint dem alten System nach. Was für ein Idiot.« Sie trocknete sich die Hände ab und warf das Spültuch unwirsch auf die Arbeitsfläche.

»Meine beiden Freunde fühlen sich sehr wohl hier. Dhevan kannte das Mandelplatz bisher gar nicht. Er ist vorher nie in diese Gegend der Stadt gekommen.«

»Eure Musik ist hinreißend«, meinte Batya und verschwand in der Küche, um die ersten Desserts zu holen.

Gavriel wandte sich Mima zu und sagte: »Ein schöner Abend. Danke für die Einladung.«

»Danke fürs Kommen.« Sie merkte, wie sie rot wurde. »Dein Trio trifft den Nerv.«

»Ja, nicht wahr? Ich bin auch echt zufrieden. Melancholie, Rhythmus und Feingefühl.«

»Du bist das Feingefühl?« Es war eine Frage, klang aus Mimas Mund aber wie ein Kompliment. Fast wie ein Kosename. Aber Gavriel nahm es als nüchterne Feststellung.

»Ja, Jeremy spielt mit jüdischer Seele und Dhevan bringt das Tempo mit.« Er schwieg. Sie hatten sich seit Monaten nicht gesehen. Forschend sahen sie sich an, um eventuelle Veränderungen zu entdecken, Hinweise, Spuren, die sie noch nicht kannten. Sein Blick wurde weicher. »Ich habe Dich vermisst.«

»Wie geht es Shanti und Mohan Gav?«

»Sie leben sich ein. Im schönen Amerika.«

»Aber warum?« Mimas Reaktion war spontan und etwas lauter als geplant. Leiser sagte sie: »Warum jetzt? Jetzt wird es leichter?«

Gavriel zuckte mit den Schultern. »New York ist eine tolle Stadt. Offen.« Mima berührte ihn kurz am Unterarm und sein Tonfall änderte sich: »Sie hatte keine Kraft mehr. Bis zum Wechsel hat sie gepowert. Bis zur Erschöpfung. Als Mutter nicht, aber als Anwältin hat sie alles gegeben. Der Tag, an dem sie Mandela in Kapstadt sah, fiel sie in sich zusammen. Alle um sie herum haben es mitangesehen. Als ob aus einem Ballon die Luft entweicht.«

Mima sah ihn besorgt an.

»Sie hat gesagt ›Jetzt bin ich dran‹ und hat ihre Sachen gepackt.«

»Und Du?«

»Ich? Ich spiele Cello. Du hörst es ja, ich bin okay.«

»Und Mohan Gav?« Seine Stimme wurde brüchig: »Er ist bei ihr. Sie ist Anwältin und rechnet sich in New York gute Chancen aus. Ich bin nur Musiker. Unsicheres Einkommen, ständig unterwegs.«

Batya kam mit Dessert-Tellern aus der Küche und sah Mima bittend an: »Da drin warten noch ein paar.«

Mima nickte ihr zu: »Sofort.«

»Ich spiele noch ein bisschen. Musik hilft. Vielleicht reden wir später noch?« Er beugte sich kurz zu ihr und gab ihr einen flüchtigen Kuss auf ihr rechtes Ohr. »Es tut gut, hier zu sein, Mandelchen«, flüsterte er und ging zurück zu seinen Kollegen.

Mima hätte gerne jetzt mit ihm gesprochen, Fragen gestellt, sich nach seinen Zukunftsplänen erkundigt und nach seinen Träumen. Und, gestand sie sich ein, seine Stimme an ihrem Ohr gehört, seinen Atem. Ob er auch nach New York gehen würde? Zu Shanti? Zu seinem Sohn? Oder würde er bleiben? In der neuen Nation? Oder in ihrer Nähe? Sie seufzte einmal tief, raffte sich auf und holte ein großes Tablett mit Desserts aus der Küche und servierte.

Die meisten Gäste hatten Aprikosen-Törtchen mit karamellisierten Pecan-Nüssen bestellt. Sie nahm sich zum Ende des Abends Zeit, um von Tisch zu Tisch zu gehen und nahm dabei gerne Lob für ihr Essen entgegen. Aus den Augenwinkeln sah sie, dass die Gäste am Familientisch sich verabschiedeten. Nur der Stuhl am Kopf des Tisches blieb besetzt. Und neben Ben Katz hatte Ester Platz genommen. Die beiden schienen sich ganz vertraut zu unterhalten. Ein schönes Bild. Erleichterung überkam sie. Es war wieder einmal alles gut gegangen. Das Essen hatte gereicht und geschmeckt. Die Stimmung war feierlich und offen. Sie könnte sich jetzt selber einen Teller holen, sich zu Ester und Ben setzen und eine kleine Pause einlegen. Oder zunächst Batya und Josra diese Pause gönnen und eine weitere Runde Getränkebestellungen aufnehmen.

Aber da wurde sie in ihren Überlegungen unterbrochen, denn Sukisa kam ins Café. Sie blieb auf der Schwelle stehen und Mima eilte auf sie zu: »Hi! Mit Dir hätte ich nun wirklich nicht hier gerechnet.«

Sukisa trug einen blauen Anzug. »Bin nur die Begleitung, Blauauge«, sagte sie und guckte sich aufmerksam um. Sie schob ihr Jacket ein wenig zur Seite, so dass Mima den breiten Gürtel mit einem Halfter und einer Waffe an der Seite sehen konnte. »Mein Boss will was Leckeres essen.«

»Dann hast Du es also geschafft?«

»Yepp. Abteilung Sicherheit. Mein Boss hat gute Chancen auf nen hohen Posten. Darf ich?« Sie durchquerte das Café, sah hinter Säulen und Ecken, öffnete die Türen zu den Toiletten. Wie eine Raubkatze, pirschend, unauffällig. Mima war fasziniert, vor allem, weil keiner der Gäste Sukisa überhaupt nur zu bemerken schien. Außer Gavriel, dem sie zuwinkte und der sich, ohne sein Spiel zu unterbrechen, kurz vor ihr verneigte.

»Sibusiso Bengu«, sagte Sukisa jetzt, »ein feiner Kerl. Hast Du Platz für ihn?«

»Der große Tisch ist frei. Fast. Ein Stammgast und meine Enkelin sitzen dort, aber ich werde sie bitten, sich woanders hinzusetzen.«

Sukisa nickte. »Ist die neue Gleichbehandlung«, grinste sie und verließ das Café. Mima bat Ben und Ester, ihren Platz zu räumen und sich an die Theke zu setzen.

»Ich erkläre es Euch später«, versprach sie und gab Batya ein Zeichen, als Sukisa jetzt zusammen mit ihrer Schutzperson zurückkam.

»Mister Bengu«, sagte Mima und führte ihn zu seinem Platz. »Willkommen.« Sukisa verschwand zwischen Küchentür und Treppe und behielt ihn im Blick.

Er setze sich, sah sich um und strahlte Mima an: »Ich bin noch nicht sehr lang wieder im Land. Aber Ihr Mandelplatz wurde bereits mehrmals erwähnt. Von verschiedenen Personen. Also, hier bin ich. Was bieten Sie mir an?«

»Als Vorspeise Rote Bete- und Avocado-Würfel mit Gorgonzola. Dann gefüllte Taube in Apfel-Nuss-Creme. Dazu unser selbstgebackenes weiches Maisbrot, gegrillt. Zum Dessert Aprikosen-Törtchen mit karamellisierten Pecan-Nüssen.«

»Mir läuft das Wasser im Mund zusammen.«

»Darf ich fragen, ob Sie privat hier sind oder beruflich?«

»Sie wollen wissen, ob ich nur Wasser trinke?«

Mima lachte: »Ja. Oder Wein?«

»Was trinken die Gäste, die die beste Wahl treffen?«

»Wenn Sie meiner Tradition und Empfehlung folgen, beginnen Sie mit einem Sauvignon Blanc, der den salzigen Käse ergänzt mit einem Aroma von Guave, Birne und Passionsfrucht. Zum Hauptgang würde ich Ihnen einen Rotwein servieren, einen Delheim Shiraz, vollmundig, beerig. Zum Nachtisch einen lieblichen Seidelberg. Er sieht aus wie Honig und hat den Geschmack von Marzipan.«

»Genau so.«

»Oder warten Sie. Mir fällt ein, ich habe da noch einen Shiraz Chalkboard. Der würde doch zu Ihnen passen. Er schmeckt nicht nach Tafelkreide, er heißt nur so. Er ist dunkel und vanillig.«

»Sie kennen mich?«

»Ich lese Zeitung.«

»Und Sie sind eine Aktivistin.«

»Sie kennen mich?«, fragte Mima lachend zurück.

»Ich habe eine Leibwächterin.« Sie lachten beide. In diesem Moment tauchte Ester neben Mima auf und drückte sich nah an ihr Bein. »Wen haben wir denn da?«, fragte der neue Gast.

»Ich bin Ecco.« Sie lugte hinter Mimas Rock hervor. »Und wer bist Du?«

»Ich bin Sibusiso Bengu.«

Ester trat von einem Bein aufs andere. »Der Tisch ist doch viel zu groß für Dich, oder?«

Mima legte eine Hand auf Esters Kopf und sagte mahnend: »Ecco, Schatz.« Und erklärte dann: »Entschuldigen Sie, bitte. Meine Enkelin kann sehr forsch sein.«

Aber er winkte ab und wandte sich wieder an Ester: »Du hast ja Recht. Würdest Du mir denn Gesellschaft leisten?« Ester sah fragend hoch zu Mima. »Vielleicht zusammen mit Deiner Großmutter?«

»Und zusammen mit Ben?«, fragte Ester und zeigte auf Ben Katz, der alleine an der Theke stand.

Sibusiso Bengu schmunzelte und Mima machte eine entschuldigende Geste. Er gluckste: »Einverstanden« und lachte ein tiefes Lachen. »Ich hatte schon gehört, dass Ihr Café bemerkenswert ist.«

Mima dankte ihm. »Sie sind sehr freundlich. Ich schlage vor, dass ich als erstes Ihre Bestellung weitergebe und dann kommen wir für einen Moment zu Ihnen.«

»Ich bin schon ganz gespannt.« Er nahm seine Brille ab, lehnte sich zurück und schloss die Augen.

Mima besprach sich kurz mit Ben und ihren Angestellten und meinte abschließend: »Er ist zurück aus dem Exil. Ich habe es in der Zeitung gelesen. Er wird sicher Mitglied des Parlamentes.«

»Also, Mima. Das ist jetzt wirklich mal ein aufregender Gast«, meinte Batya und schnalzte mit der Zunge. »Und endlich einer, der so richtig schwarz ist.« Sie grinste.

Mima sah zu ihm. »Er scheint sich ganz wohl zu fühlen.« Sie ging in die Küche, um Zanele zu sagen, sie solle sich besonders viel Mühe mit dem nächsten Teller geben.

Ester und Ben schlenderten zu ihrem Platz zurück und setzen sich. Batya brachte eine Serviette, Besteck und Gläser, Josra stellte die Vorspeise vor ihn hin, Batya goss den Weißwein ein. Der Gast setze seine Brille wieder auf. »Es sieht köstlich aus«, seufzte er und begann zu essen.

Ester beobachtete ihn. »Onkel Ben hat ein Kino. Er zeigt Filme. Auf einer ganz großen Wand. Mit über hundert Sesseln davor. Ich habe da schon mal Pan Tau gesehen. Wenn der so macht«, sie tat so, als würde sie am Rand ihres Hutes entlangfahren, »dann passiert etwas Gutes. Aber nur im Märchen. Und was machst Du?«

»Ich bin verheiratet. Ich habe vier Töchter und einen Sohn. Und ich bin Lehrer.«

»In einer richtigen Schule?«

»An einer Universität.«

»Und warum muss dann jemand auf Dich aufpassen?«

»Du stellst gute Fragen, kleines Fräulein.« Er lachte wieder und nahm mit Appetit eine volle Gabel. »Weißt Du, jetzt bin ich ein Politiker. Und da ist es manchmal besser, wenn man nicht alleine ist.« Während er noch kaute, fragte er: »Und Du? Gehst Du gerne zur Schule?«

Ein Schatten legte sich über Esters Gesicht und Sibusiso Bengu nahm es wahr. »Ist etwas nicht in Ordnung?«

Ben Katz räusperte sich. »Sie geht eigentlich gerne. Sie lernt auch ganz gut. Aber in ihrer Schule ist sie eine der wenigen Farbigen.«

Der Gast nickte. Nachdenklich trank er einen Schluck Wein. Intuitiv fragte er: »Ist vor kurzem vielleicht etwas Blödes passiert?« Er sah Ester mitfühlend an.

Aber sie schwieg und Ben entschloss sich, für sie zu antworten: »Sie kam heute nach Hause und der weiße Kragen von ihrer Schuluniform war dreckig. Mit brauner Farbe beschmiert. Das hat sie mir vorhin erzählt.«

Ester sagte leise: »Lisanne meinte, der Kragen soll zur Haut passen.« Mit großen Augen sah sie den Mann an, den sie eigentlich gar nicht kannte.

Und der fragte: »Und dann? Was ist dann passiert?«

»Im Kunstraum. Mit Wasserfarbe. Sie haben mich festgehalten und mich angemalt.« Sie fing leise an zu weinen. »Erst mein Gesicht und den Hals. Und dann den Kragen. Und sie haben dabei gelacht.«

»Und war denn keine Lehrerin da?«

Ester schüttelte den Kopf: »Ich bin weggelaufen.« Mister Bengu reichte ihr ein Taschentuch und Ester putzte sich die Nase. »Mein Gesicht ist wieder sauber. Aber immer noch braun. Und den Kragen muss meine Bubba waschen.« Geknickt saß sie auf ihrem Stuhl.

»Wie heißt denn Deine Schule?«

»Sharonlea.«

»Und Du gehst sonst eigentlich gerne hin?«

Ester nahm sich Zeit mit der Antwort und sagte dann: »Ja. Ich mag sehr gerne schreiben. Nicht so gerne rechnen. Aber lesen gefällt mir. Ich mag gerne verschiedene Geschichten. Und Musik. Und beim Laufen bin ich die Schnellste.« Jetzt sah sie stolz aus und lächelte wieder. »Anjali und Amina sind auch ein bisschen so wie ich. Wir halten immer zusammen. Und Amber, die kannte ich von vorher, die ist nicht mehr sehr nett. Aber Misses Jones, das ist meine Klassenlehrerin. Die ist sogar obernett.«

»Vielleicht wirst Du ja eines Tages auch eine Lehrerin?«

Ester kicherte. »Vielleicht.« Sie warf ihre Arme in die Luft: »Aber dann ist die Schule hier.« Die beiden Männer mussten bei der Vorstellung lachen.

Mima kam zu ihnen und brachte das Hauptgericht, eine Portion für ihren Gast und eine für sich. »Na, unterhaltet Ihr Euch?« Verwundert sah sie das zerknüllte Taschentuch in Esters Hand, aber sie sah jetzt ja ganz vergnügt aus.

Ihr Gast schien den Blick auf seinen neuen vollen Teller sehr zu mögen. »Taube mit Äpfeln und Nüssen sagten Sie?« Mima nickte. »Ihre Enkelin hat mir gerade bei einer wichtigen Entscheidung geholfen.«

»Ach ja?« Mima sah fragend von Ester zu Ben zu ihrem Gast. Sie schenkte den Erwachsenen Rotwein ein und setzte sich. »Und was ist das für eine Entscheidung, wenn ich das wissen darf?«

Er brach sich ein Stück Brot ab, tunkte es in die Sauce und genoss den ersten Bissen. »Ich wurde vor einigen Tagen gefragt, ob ich bereit wäre, bei einem Wahlsieg des ANC Bildungs-Minister zu werden.« Er aß mit Appetit. Dann sprach er weiter. »Und gerade wurde mir klar, dass ich zusagen sollte.«

Mima sah in die Runde. »Ich bin gespannt, mehr zu hören. Von Euch allen.« Sie sah Ester an. »Aber jetzt. Trinken wir.« Sie erhob ihre Stimme: »Auf die Früchte unseres Vertrauens. Auf den Wahlsieg des ANC.«

34 | Brooklyn, New York
2009

Ester ging mit ihrem Handy in der Hand zielstrebig in Richtung Norden. Sie ließ die Brooklyn Bridge hinter sich, überlegte kurz, ob sie noch im River Café einen Espresso trinken sollte, entschied sich aber dagegen. Das River Café war ihr mittlerweile vertraut, fast alltäglich, ein bisschen Heimat. Ein Ort, an dem sie oft schon für einen Kaffee eingekehrt war. Man grüßte sie hier mit Namen und oft ergab sich ein kurzes Gespräch mit einer der Kellnerinnen. Aber heute war etwas Neues dran. Sie ging durch die Park Row und traf auf den Broadway, blieb kurz stehen, um die Vesey Street hinunterzuschauen und sich zu überzeugen, dass der Freedom Tower schon wieder gewachsen war und schlenderte weiter. Sie würde sich heute etwas gönnen und im ›Spice Market‹ essen. Es sollte nach allem, was sie gehört hatte, das beste, trendigste Restaurant sein, das New York derzeit zu bieten hatte. Rechts tauchte die City Hall auf, das alte Rathaus. Die New York-App sagte ihr, dass ›City Hall Station‹ als die schönste Haltestelle der New Yorker U-Bahn galt, allerdings schon lange nicht mehr in Betrieb war. Ester zog es vor, zu Fuß zu laufen, auch wenn sie sich inzwischen an das riesige U-Bahn-Netz gewöhnt hatte und es fast täglich nutzte. Aber oberhalb der Straße fühlte sie sich freier und konnte immer etwas Neues entdecken. Sie trug ein kurzes, trenchfarbenes Hemdblusenkleid, Sneaker in der gleichen Farbe und war froh, dass sie den Abend zum Anlass genommen, sich endlich etwas Neues zum Anziehen zu kaufen.

An der White Street blieb sie vor der Synagoge stehen. Ihr Herz schlug höher. Sollte sie hineingehen? Sie hatte gelesen, dass das Gebäude als ›Synagoge der Künste‹ gerühmt wurde. Und tatsächlich, schon die Front hob sich aus der Häuserfront heraus, kam wie eine Welle auf sie zu und lockte sie, unter ihr Dach zu tauchen. Sie duckte sich tatsächlich, als sie durch das Portal hineinging, aber innen richtete sie sich gerade auf, denn sie spürte: alles hier atmete Weite. Das Design lebte für die Kultur, zeigte Platz und viel Himmel. Außen und Innen, Stein und Luft, Kunst und Natur waren geschickt ineinander verwoben.

Ein Pfeil wies sie in Richtung Ausstellung und Galerie, ein anderer in Richtung Restaurant und Schule. Hilda und Rusty hatten ihr erzählt, die Synagoge sei ursprünglich von Geschäftsleuten gegründet worden, die in der Mittagszeit einen Platz zum Beten gebraucht hatten. Heute war sie ein Treffpunkt für jüdische Familien, Künstler und Suchende, Spirituelle aller Richtungen geworden. Hilda und Rusty hatten sie schon ein paarmal eingeladen, eine der Veranstaltungen zu besuchen. Aber bisher hatte sie sich gescheut. Ein kurzer Blick in den Gottesdienstraum gab ihr das Gefühl, in einem großen Zelt zu stehen. Die Abendsonne füllte den Raum mit warmem Licht. Ja, hier würde sie vielleicht beten können. Aber nicht jetzt.

Eine Tafel mit Fotos und Einladungen zu verschiedensten Events weckte ihr Interesse. Rabbi Glass hatte ein freundliches Gesicht. Er wurde vorgestellt als Mann mit weitem Herzen, der sowohl der ultraliberalen Avantgarde und Künstler-Szene als auch den Orthodoxen ein Zuhause schaffen wollte und sich darauf verstand, Brücken zwischen den Welten zu bauen. Etan Butler, der Präsident der Synagoge, wirkte jung und dynamisch. Er war Vater von drei Kindern, Veganer mit Interesse an Spiritualität, Mystik und Yoga. Er und seine Frau, eine Schauspielerin, hatten das Sabbat-Yoga-Programm der Synagoge entwickelt. Was Mima wohl dazu sagen würde? Ester fühlte sich angelockt. Vielleicht sehen wir uns, dachte sie und beschloss, jetzt aber erstmal weiterzugehen, um pünktlich zum Dinner an ihrem reservierten Tisch zu sitzen.

Sie verließ die Synagoge, bog nach links in die Canal Street ein und lief dann ein langes Stück die 7th Avenue entlang. Sie ging jetzt schnell und ohne viel nach links und rechts zu gucken. Als sie endlich auf die Greenwich-Street stieß, war sie außer Atem. Sie musste bald da sein. Mit dem Zeigefinger suchte sie die Straße. ›Spice Market‹ sollte zwischen Neunter und Washington Street sein. Ja, sie war da.

Als sie das Restaurant betrat, wusste sie nicht: War das New York? Oder Bangkok? Singapur? Erinnerte es nicht vielmehr an Bilder aus Bombay, Jakarta, Rangun? Sie war in Südost-Asien gelandet, in einem Palast. In einer anderen Welt aus dunklem Holz und goldenem Licht mit lila-, petrol- und orangefarbenen Akzenten. Exotisch, war das erste Wort, das ihr in den Sinn kam. Die Möbel mochten aus Birma kommen, die Teppiche aus Indien, die Wandbehänge aus Malaysia. Antike Einzelstücke wurden von modernen Lampen angestrahlt. Ledersessel im Kolonialstil fanden sich neben modischen Gardinen und Orchideen in japanischen Porzellanvasen. Sitzkissen neben Holzschemeln mit bronzenen, verzierten Tabletts. Die Hintergrundmusik floss durch den Raum. Das Halbdunkel ließ sie aufmerksam gehen, ihre Füße auf den groben Teakholz-Planken, auf denen vielleicht vor hunderten von Jahren eine thailändische Prinzessin getanzt hatte.

»Reserviert?« Ein Kellner in einem orangefarbenen kimonoartigen Gewand lächelte sie an.

»Mandelbaum, für zwanzig Uhr«, sagte Ester. Er fand ihren Namen und nickte.

»Hier entlang, bitte.« Sie folgte ihm in einen Raum mit niedrigen Tischen, Sofas und Sesseln und nahm an einem kleineren Tisch in einer Nische Platz.

Einen Moment später kam eine Kellnerin, in einem enganliegenden orangefarbenen Kleid mit freiem Rücken und reichte ihr die

Karte. Sie stellte sich als Kiara vor und sagte: »Spezialität ist heute Abend eine Ananas-Ingwer-Schorle, wenn Du magst?« Sie mochte und bestellte ein Glas. Neugierig begann sie, die Karte zu lesen.

»Hi«, rief da jemand hinter ihr. »Bist Du es, Easy?« War sie gemeint? Konnte sie ›Easy‹ sein?

Sie drehte sich um und entdeckte Mo. »Hi«, rief sie fröhlich, überrascht.

»Hi.«

»Was machst Du denn hier?«

»Ich war mit einem Kumpel verabredet. Und Du?«

»Ich will was essen.«

»Da bist Du hier richtig.«

»Magst Du auch?«

»Es ist nicht ganz billig.«

»Ich lade Dich ein.«

Er zögerte. »Wenn ich mich bald irgendwie revanchieren darf.«

»Essen wir doch erstmal, dann sehen wir weiter.« Er ließ sich neben sie in den zweiten Sessel fallen.

»Ein Mal Ananas-Ingwer«, flötete Kiara und stellte ein hohes Glas mit einem Strohhalm und einer Limettenscheibe am Rand vor Ester.

»Hi, Mo.« Sie winkte ihm zu.

»Für mich dasselbe«, sagte er. Sie nickte und ging.

»Man kennt Dich hier?«

»Ich hab ein paarmal hier Musik gemacht.«

Ester sah ihn neugierig an. »Es ist *das* Szene-Restaurant.«

»Ich bin eben angesagt.« Er grinste sie an.

»Und da willst Du bei mir arbeiten?«

»Essen wir doch erstmal, dann sehen wir weiter«, meinte er und beugte sich zu ihr über die Karte.

»Was bedeutet denn ›Family Style‹?«, fragte Ester.

»Teilen. Es bedeutet, dass wir teilen. Die Teller werden in die Mitte des Tisches gestellt und jeder nimmt von jedem. So kann man verschiedene Gerichte probieren. Wie in einer so genannten ›richtigen Familie‹.«

»Das klingt aber verächtlich, so wie Du es sagst. Magst Du Deine Familie nicht?«

»Wie wäre es mit Lachs Sashimi als Vorspeise? Komm, jeder sucht eine aus.«

Ester sah ihn aufmerksam von der Seite an. Sie hatten zwei Mal miteinander telefoniert und sie wusste bereits: Mo konnte reden, mochte aber auch nicht über alles reden. Wie bei ihrem ersten Treffen trug er ein schwarzes Hemd und Jeans. Er sah gut aus. Sie vertiefte sich wieder in die Karte.

»Und was bedeutet Sashimi? Tut mir leid, ich hab echt keine Ahnung.«

»Sashimi, das ist ein bisschen so wie Sushi, aber ohne Reis. Lachs Sashimi, das sollte roher Fisch sein, ganz frisch, in kleine dicke Filets geschnitten, ungewürzt.« Ester verzog das Gesicht. »Nein, nein. Dazu gibt es Wasabi-Creme, die ist köstlich scharf. Echt, das schmeckt super.«

»Okay. Bestellen wir. Und was noch? Ich will möglichst viele unterschiedliche Gerichte probieren.«

»Hast Du Hunger?«

»Ja. Richtig Appetit. Wie ist das hier? ›Papaya-Salat mit geschmorten Bohnen und Tamarinden-Dip‹. Ich habe keine Vorstellung davon, wie das schmecken könnte.«

»Ist bestimmt lecker. Und als Hauptgericht?«

Sie saßen eng nebeneinander, studierten die Karte und Ester las laut vor: »Lammfilet mit Chilli-Schaum. Hühnchen mit Kokos-Sambal. Barbecue-Tofu mit Minz-Sauce. Schweine-Soja-Spießchen.«

»Schwein esse ich nicht«, kommentierte Mo, »alles andere klingt super.«

»Ich auch nicht«, sagte Ester. Sie sahen sich an. Abwartend, vorsichtig. Ester hätte gerne nachgefragt. Kommt Mo von Mohammed? Was ist mit Deiner Familie? Bist Du religiös?

Aber etwas hielt sie zurück. Stattdessen fragte sie: »Wie hast Du mich genannt? Easy?« Sie sah ihm direkt in die Augen.

»Weil Du doch Ester und Co. heißt.«

»Ester Coretta.«

»Ja. Ja, ich weiß. Ich hab meiner Ma von Dir erzählt und habe Deinen Namen abgekürzt und EC gesagt. Sie hat ›Easy‹ verstanden und das gefiel mir. Es passt zu Dir.«

»Wie kommst Du denn da drauf?« Sie lachte und ließ sich zurück in den Sessel fallen.

»Weil Du einfach ein Café aufmachst. Weil Du Sachen bestellst, die Du nicht kennst. Weil Du mich spontan zum Essen einlädst.« Er legte den Kopf schräg. »Du bist interessant, Easy.« Sie langte nach ihrem Glas. Über den Strohhalm sah sie ihn an. »Ich nehme Hühnchen«, sagte Mo. Ester setzte sich wieder gerade hin und entschied sich für Barbecue-Tofu. »Gute Wahl, Tofu ist hier tierisch lecker.«

»Aber nicht sau-lecker, hm?« Wieder eine Gelegenheit, mehr zu fragen. Wieder scheute sie sich. Lag es nur daran, dass alles Religiöse für sie so persönlich war und so kompliziert? Oder hatte sie Angst, seine Rückfragen nicht beantworten zu können? Sie wich seinem Blick aus und war erleichtert, dass Kiara Mo jetzt gerade sein Getränk brachte. Sie nahm ihre Bestellung entgegen.

»Nachtisch?«, fragte sie.

Mo sah Ester fragend an. »Später vielleicht«, meinte sie.

»Ja, essen wir doch erstmal...«

»Dann sehen wir weiter«, ergänzte Ester den Satz. Sie mussten beide lachen. Ester ließ sich wieder zurück in den Sessel fallen. »Du hast also mit Deiner Mutter über mich gesprochen?«

»Na klar.« Er grinste. »Ich habe gesagt: ›Mama, ich habe die Frau meines Lebens gefunden!‹«

Sie sah ihn entrüstet an. »Hast Du nicht.«

Er lachte und fuhr sich durch die dunklen, welligen Haare. »Nee. Hab ich nicht.« Er stupste sie in die Seite: »Ey, Easy. Es war nur wegen der Stelle. Ständig drängelt sie, dass ich mir Arbeit suchen soll.«

Ester entspannte sich. »Und? War sie einverstanden?«

»So ist es nicht. Ich muss sie nicht um Erlaubnis bitten. Aber sie fragt eben nach.«

Ester sah ihn. Er wirkte jetzt ungeduldig. Wenn er nicht lächelte, sah er älter aus. »Und was hat sie gesagt?«

»Es ist okay. Aber eigentlich nichts Richtiges. In ihren Augen. Ach. Sie selber ist halt Rechtsanwältin. Noch dazu bei UN Women.«

»Deine Mutter arbeitet bei der UNO?«

»Ja. ›Fachstelle für Gleichstellung und Frauenförderung‹. Klingt wichtig, hm?«

»Ehrlich gesagt, ja. Es klingt interessant.«

»Arbeit muss für meine Ma vor allem sinnvoll sein. Kellnern ist nur ein Job. Was Vorübergehendes. Eigentlich eine Sackgasse. Und Musik ist noch schlimmer. Eigentlich nur ein Hobby.«

»Aber Du spielst im ›Spice Market‹, in diesem Szene-Laden. Du musst gut sein.«

»Nicht gut genug.« Sie konnte nicht weiterfragen, was er damit meinte, denn Kiara brachte ihre Vorspeisen.

»Wow. So geil dekoriert.« Ester sah sich die beiden Gerichte genau an. Die Lachsfilets lagen da wie ein Fächer, neben einigen Blättern Wasabi-Rauke und schmalen Mango-Stücken, grüne Wasabi-Tupfen über den Teller verteilt. Die grüne Papaya und die Bohnen wirkten wie ein kunstvoll aufgebautes Nest, überzogen von Ringen einer dickflüssigen, braunen Sauce.

»Großartig!«, schwärmte Ester und nahm mit ihrem Finger eine kleine Kostprobe von der Wasabi-Creme. »Lecker! Los, lass uns anfangen.« Sie führte eine Gabel mit Papaya und Bohne zu ihrem Mund und schloss die Augen. »Hm. So lecker.«

»Ich liebe Frauen, die gerne essen«, flüsterte Mo.

Sie öffnete die Augen, strahlte ihn an, stibitzte mit ihrer Gabel ein Stück Fisch von seinem Teller und kaute genüsslich. Sie aßen schweigend, bis Mo beiläufig fragte: »Und was macht Deine Ma?«

Ester zuckte kurz zusammen. »Meine Eltern leben nicht mehr.«

»Oh. Das tut mir leid.« Ester drehte den goldenen Ring an ihrem Daumen. Mo sah sie hilflos an.

»Meine Mutter hat in einem Juwelier-Laden gearbeitet. Ich glaube, sie wäre gerne noch Goldschmiedin geworden. Aber dazu kam es nicht mehr. Für sie war wichtig, etwas Schönes zu tun, etwas Leichtes. Bloß nichts, das mit großen Fragen zu tun hat. Also ungefähr das Gegenteil von dem, was Deine Mutter macht.« Sie nahm einen letzten Bissen von ihrer Vorspeise. »Und Dein Vater?«

»Wollen wir noch was trinken? Zeig mal die Karte.«

Ester las. »Sieben Sorten Bier. Da fällt die Wahl nicht leicht.«

»Du nimmst ein Bier?«

»Warum nicht?«

»Nichts. Es ist nur nicht...«, er suchte nach dem passenden Wort, »typisch.«

»Und was ist so toll daran, typisch zu sein?«

Überrascht von ihrer wütenden Reaktion, erwiderte er geknickt: »Ich dachte nur.«

»Oder findest Du ›typisch‹ vielleicht wichtig?«, brauste sie noch einmal auf. »Dann sag es besser gleich.«

»Was hast Du denn? Ich dachte nur, Du bestellst Prosecco oder Wein oder einen Cocktail.«

»Mach *Du* doch.«

»Mach ich auch.« Mo winkte Kiara und bestellte: »Für mich bitte einen Hibiscus Fizz.«

»Und für die Lady?«

»Ein Golden Ale, bitte«, sagte Ester.

Kiara nickte und räumte die Teller ab. »Hauptgang kommt sofort.«

»Das ist das teuerste Bier von der Karte. Mehr als drei Mal so teuer wie ein Singha.«

»Sag mal.« Empört schüttelte Ester den Kopf. »Ich bestelle, was ich will.«

»Du kannst ja richtig sauer werden, Easy.«

Ihre Augen blitzen. Er nahm ihre Hand und hielt sie so, als wolle er ihr einen Handkuss geben. Feierlich sagte er: »Du bist nicht typisch, kapiert. Und Du trinkst, was Du willst.«

Langsam entzog sie ihm ihre Hand und sagte ruhig: »Heute will ich mir was gönnen. Ich trink doch sonst den ganzen Tag nur Espresso und Wasser. Außerdem kommt es aus Brooklyn.« Er guckte fragend. »Das Bier, das Golden Ale. Es kommt daher, wo ich auch herkomme.«

»Und ich dachte, Du kommst aus Afrika.«

Sie atmete tief durch. Nein, für heute hatte sie genug erzählt. »Und was ist überhaupt ein Hibiscus Fizz?«

»Sekt, Wodka, Zitrone, Agave, Aloe und Hibiskus.«

Sie schmunzelte. »Das klingt mal echt nach einem Frauen-Drink.«

Er piekte sie in die Seite, kitzelte sie, so dass sie zusammenzuckte und lachen musste. »Ehrlich gesagt«, neckte sie ihn weiter, »das könnten auch die Zutaten einer Nachtcreme sein.« Sie kicherte, wusste, dass sie albern war, ließ sich in den Sessel fallen und lachte weiter.

Er kitzelte sie noch einmal. »Du lachst mich aus?« Er beugte sich über sie und ihre Gesichter waren plötzlich nah beieinander. »Du bist schön«, seine Stimme klang rauchig. »Easy. Untypische Easy.«

Sie küssten sich, kurz und schüchtern. Mo strich ihr mit seiner Hand über die Wange.

»Barbecue-Tofu mit Minz-Sauce und ein Golden Ale. Hühnchen mit Kokos-Sambal und ein Hibiscus Fizz«, flötete Kiara.

Ester und Mo setzen sich aufrecht in ihre Sessel. »Essen wir doch erstmal«, meinte Ester.

Mo sah sie von der Seite an: »Und dann? Küssen wir weiter?«

35 | Rosebank, Johannesburg
1992

Das Café lag im Dunkel. Alle Lichter waren gelöscht. Mima hatte sich eine Pfeife angezündet und stand im Café, an die Theke gelehnt, das Fenster gekippt, damit der Rauch abziehen konnte.

»Soll ich wirklich nicht bleiben?«, fragte Batya.

Mima schüttelte den Kopf. »Vielleicht irre ich mich ja.«

Sie hatten es den ganzen Abend über diskutiert. Am Anfang war sie verärgert gewesen, weil sich Berit einfach nicht angewöhnen wollte, Bescheid zu sagen, wenn sie später kam.

Als sie nach Sonnenuntergang immer noch nicht zurück gewesen waren, hatte sie sich allmählich Sorgen gemacht. Schließlich war Ester es gewohnt, spätestens um acht Uhr im Bett zu liegen. Morgen hatte sie Schule und würde übermüdet sein.

Als es zehn Uhr war, hatte sie sich Batya anvertraut.

Aber die Freundin hatte sie beruhigt: »Sie haben einen Sonntagsausflug unternommen. Da kann man sich schnell mal verspäten.«

Da hatte Mima Zanele gefragt: »Weißt Du, wohin sie heute wollten?« Aber ihre Antwort war ihr so absurd erschienen, dass Mima sie auch jetzt immer noch für undenkbar hielt.

»Vielleicht heiraten sie?«, hatte Zanele ganz trocken gesagt.

»Was?«, hatte Mima sie angeblafft.

»Vielleicht.«

»Ohne uns? Ohne ihre Familie? Sie sollten hier heiraten. Hier mit uns feiern. In der Synagoge, in Rosebank, im Mandelplatz.«

»Oder in Soweto. In der Kirche. Bei ihrer Familie.«

»Ja, oder so. Auch okay.«

»Tatsächlich?« Zanele hatte sie ruhig angesehen und gar nicht erst versucht, ihren Spott zu verbergen. »Na dann« hatte sie geseufzt, sich auf ihren Hocker gesetzt, »warten wir's ab.« Ihr Kittel war weitgeschnitten und Mima konnte Zaneles ausgewaschenen BH sehen. Sie hatte ihre Angestellte plötzlich verabscheut. Sie war so zornig gewesen, dass sie Zanele am liebsten geohrfeigt hätte. Für ihren Spott. Und dafür, dass sie Recht hatte. Das hier war die Strafe für ihre Arroganz.

Sei ehrlich, sagte sie zu sich selbst. Solltest Du mitbekommen, dass Berit und Thabo eine kirchliche Hochzeit in Soweto planten, Du würdest alles tun, um es zu verhindern. Du würdest toben. Und drohen. Aber womit? Als ihr darauf keine Antwort eingefallen war, hatte sie sich in Arbeit gestürzt. Sie hatte Essen serviert, Teller wieder abgetragen, Getränke ausgeschenkt, Plätze neu eingedeckt, ihren Gästen Interesse geschenkt, Sonderwünsche erfüllt. Aber innerlich hatte sie gewütet. Ja, sie wünschte sich für ihre Tochter, dass sie eine echte Kala, eine Braut sein dürfte. Rabbi Brom Seliger sollte die Zeremonie leiten. Nicht irgend so ein Goj. Berit sollte unter einer Chuppa stehen, in Weiß gekleidet, als Zeichen der Ehrlichkeit. Sie wollte einen Schleier. Und Segenssprüche. Und den Wein. Und dass ein Glas zerbrochen würde als Erinnerung an die Zerstörung des Tempels. Sie wollte ein großes Festmahl kochen und feiern und tanzen. Sie wollte die Leuchter anzünden. Hier im Mandelplatz. Sie wollte, dass sie wieder hier war. Sie wollte ihre Tochter in ihrer Nähe wissen. Sie wollte, dass alles gut würde. Sie wollte nicht weinen.

Jetzt war es kurz nach Mitternacht. Nein, es passte überhaupt nicht zu Berit, so spät noch nicht zuhause zu sein.

»Wen könnte ich anrufen? Die Polizei?«, fragte sie Batya zum wiederholten Mal.

Aber Batya hielt sie davon ab: »Viel zu früh. Die Kleine ist mit ihren Eltern unterwegs, sie sind erwachsen.«

»Warum bin ich bloß so unruhig?«, fragte sich Mima.

»Bitte, Mima. Versuch doch, ein bisschen zu schlafen«, meinte Batya und verabschiedete sich: »Bis morgen. Ruf mich an, wenn Du was brauchst.«

»Ja. Bis morgen.« Mima blieb gedankenverloren am Fenster stehen. Draußen kamen Autos vorbei, die Scheinwerfer, tanzende Lichter. Hoffentlich sind sie nicht Richtung Natal gefahren. Dort gibt es doch zurzeit so viele Unruhen. Sie versuchte sich abzulenken und begann, alle Tische im Café abzuwischen. Sie ging nach oben in ihr Zimmer und holte sich eine Strickjacke und griff beim Gehen noch nach ihrem Tagebuch. Zum wiederholten Mal ging sie ihre Erinnerungen durch.

Am frühen Morgen hatte Mima gehört, wie Berit und Thabo oben in der Wohnung stritten. Sie hatte nicht verstehen können, worum es ging, aber es schien ernst zu sein. Irgendetwas war zu Boden gefallen, zwei Mal war eine Tür zugeknallt worden, die beiden hatten sich angeschrien. Ester hatte neben Zanele am großen Tisch gesessen und beide hatten so getan, als würden sie nichts von der Auseinandersetzung mitbekommen. Geduldig hatte Ester eine Dattel nach der anderen entkernt, die dann von Zanele anschließend mit Lammschinken umwickelt worden war.

»Ester!« Berit hatte ihren Namen gerufen und die Kleine war unwillig aufgestanden. Berit war die einzige, die sie nicht ›Ecco‹ nannte.

Mima erinnerte sich, dass ihre Enkelin sich aus der Tür gelehnt und nach oben gerufen hatte: »Mama?«

»Komm jetzt bitte nach oben und zieh Dich an.«

»Ich bin schon angezogen.«

Es war Sonntag und Mima mochte es, Ester einmal nicht in ihrer Schuluniform zu sehen, sondern in Jeans und rotem Polo-Shirt.

»Komm jetzt, bitte.« Berits Stimme hatte ungeduldig geklungen.

»Aber ich mag bei Bubba und Oma bleiben.«

»Ecco«, Thabos tiefe Stimme war ruhig gewesen, aber bestimmt. Da war Ester mit hängenden Schultern aus der Küche nach oben gegangen. Mima und Zanele hatten sich kurz angesehen, aber als Zanele nur ein Achselzucken von sich gegeben hatte, hatte auch Mima beschlossen, nichts zu sagen und keine Fragen zu stellen. Keine der vielen, die ihr keine Ruhe ließen. Was war bloß mit ihrer Tochter los? Wollte sie ihr Elternhaus nicht endlich verlassen und etwas Eigenes einrichten? Musste sie sich nicht danach sehnen, mit dem Vater ihres Kindes zusammenzuleben? Warum verbrachten die beiden so wenig Zeit mit Ester? Und was war heute plötzlich anders? Und warum?

Sie hatte sich auf Esters Platz gesetzt und weiter Datteln entkernt, Seite an Seite mit Zanele, so wie sie es gewohnt waren. Jede war ihren eigenen Gedanken nachgegangen. Im Radio wurde immer noch darüber diskutiert, dass Mandela sich von seiner Frau Winnie getrennt hatte. Aber Mima hatte nur mit einem Ohr zugehört. Die drei waren die Treppe heruntergekommen und hatten einen Moment später bei ihnen in der Küche gestanden.

»Ihr seht ja so chic aus«, hatte Mima überrascht bemerkt. Berit hatte ein helles Leinenkleid getragen und ihren Perlenschmuck, Thabo einen braunen Anzug und ein beiges Hemd. Ester war umgezogen worden und hatte eine rosafarbene Bluse an, die Mima nicht kannte und einen dazu passenden kurzen Rock. »Was habt Ihr denn vor?«

»Nichts Besonderes«, war Berits kurze Antwort gewesen.

»Nur einen Ausflug. Wir wollten schon lange mal einen Ausflug machen«, hatte Thabo gesagt.

»Zu dritt«, war Berits Ergänzung. »Wir nehmen Ester mit.«

Als wäre sie geweckt worden, hatte die Kleine gefragt: »Und wohin fahren wir?«

Das sei eine Überraschung, hatte Thabo ihr geantwortet und sie an die Hand genommen. Mima sah sie vor sich: Berit, die angespannt wirkte und in Eile. Thabo, der seine Tochter anlachte und mit dem Zeigefinger auf ihre Nase stupste: »Hm? Mama, Papa und Du. Nur wir drei.«

Aber Ester hatte weiter gequengelt: »Aber ich mag lieber bei Bubba und Oma bleiben.«

Berit hatte sie angetrieben. »Mama, wir nehmen den Wagen.« Mima hatte nur kurz nicken können.

Zanele aber war aufgestanden und hatte gefragt: »Wollt Ihr ein paar Brote mitnehmen? Etwas Obst? Saft für die Kleine?«

»Wir sind spät dran. Wenn nötig, können wir ja unterwegs was kaufen«, hatte Berit nur gemeint und war Richtung Garagentür gegangen.

»Danke«, war Thabos Antwort und er hatte seiner Mutter immerhin noch einen kurzen Kuss auf die Wange gegeben. Ester an seiner Hand hatte ihnen halbherzig gewinkt. Die Autotüren, der Motor, das Öffnen des Tors und dann waren sie weggewesen und in der Küche hatte eine merkwürdige Leere geherrscht. Erst war es ihr nicht aufgefallen. Aber dann hatte sie begonnen, die kleine Ecco zu vermissen. Und schließlich hatte sie Angst bekommen.

Mima war wieder hinter die Theke zurückgekehrt und stopfte erneut ihre Pfeife. Um irgendetwas zu tun. Um in der Nähe des Telefons zu stehen. Um die Straße im Blick zu behalten. Sie suchte nach einem Hinweis. Hatte sie irgendetwas übersehen? Könnte es denn tatsächlich sein, dass sie vorhatten zu heiraten? Waren sie durchgebrannt? Hätten sie Ester nicht dabei gehabt, hätte sie es für möglich gehalten. Aber so? Als sie ein junges Paar waren und keine einundzwanzig, hätten sie die Erlaubnis ihrer Eltern gebraucht. Ob Zanele und ihr Mann zugestimmt hätten? Mima wusste es nicht. Aber mittlerweile waren acht Jahre vergangen. Eine Heirat war niemals auch nur erwähnt worden. Zumindest nicht ihr gegenüber, stellte sie nüchtern fest. Weil sie wussten, dass Mima sich einmischen würde? Und versuchen würde, ihre Vorstellungen durchzusetzen?

Sie las die letzten Einträge in ihrem Tagebuch, konnte sich aber kaum konzentrieren.

Um sich zu beruhigen, schrieb sie ein kurzes Gebet auf, einen Satz aus dem jüdischen Gebetsbuch der Frauen:

Und in der Zeit, wenn ich mein Kind habe, soll mir nichts geschehen an meinem Leib und an meines Kindes Leib. Amen.

Als das Telefon klingelte, schrak Mima zusammen. Das konnte nichts Gutes bedeuten. Sie legte ihre Hand auf ihr Herz und versuchte, ruhig zu atmen. Sie nahm den Hörer ab und sagte ihren Namen.

»Hier ist Doktor Adelstein. Ich rufe aus Harrismith an. Aus dem Krankenhaus.« Mima versuchte zu verstehen, was er sagte. Harrismith war dreihundert Kilometer entfernt. »Sind sie Miriam Mandelbaum? Die Mutter von Berit Mandelbaum, Dale Avenue, Johannesburg?« Mima bestätigte es. »Ich muss Sie bitten, herzukommen. Es hat einen Unfall gegeben.«

»Was ist passiert?«

»Wir wissen es noch nicht genau.« Er machte eine Pause. »Kommen Sie bitte, ja? Ich möchte mit Ihnen persönlich sprechen. Können sie das organisieren?«

Mima sagte: »Ja. Ich finde jemanden. Ich mache mich auf den Weg. Bitte, können Sie mir mehr sagen?«

»Bitte, kommen Sie«, sagte Doktor Adelstein und legte auf.

Mima stand reglos da. Harrismith. Was war passiert? Sie wollte sich verbieten nachzudenken. Krankenhaus. War Berit schwer verletzt? Und Ecco? Thabo? Wen könnte sie bitten, sie jetzt dorthin zu fahren? Salcia? Gavriel? Batya? Würde Doktor Adelstein auch versuchen, Zanele anzurufen? Aber sie hatte kein Telefon. Sie trank einen Schluck Wasser direkt aus dem Hahn. Wer hatte Zeit? Und ein Auto? Wer war frei? Konnte schnell bei ihr sein?

Ben. Sie würde Ben Katz anrufen. Er war der Einzige. Sie wusch sich das Gesicht und zwang sich, durchzuatmen. Dann wählte sie Bens Nummer. Sie musste nicht lange warten, erzählte ihm das Wenige, das sie wusste und er versprach, in wenigen Minuten bei ihr zu sein. »Pack ein bisschen Kaffee ein, ja? Und etwas mit Zucker. Bis gleich.«

Sie fuhren durch die Nacht, immer Richtung Süden, auf der Autobahn, die Johannesburg mit Durban verband. Ben saß am Steuer seines alten Citroens und ließ sich von Mima erzählen, was passiert war. Sie erzählte vom Streit am Morgen und von Zaneles Andeutung, ihre Kinder könnten heimlich heiraten.

Über weite Strecken schwiegen sie, bis Mima die Stille mit neuen Vermutungen unterbrach. »Vielleicht sind sie in die Unruhen geraten. Mit Anhängern der Inkhata Partei«, sagte sie. Oder: »Berit ist eigentlich eine gute Autofahrerin, aber wer weiß, was auf der Straße los war?« Ben hörte zu, sagte wenig, bat nur ab und zu um einen Becher mit Kaffee oder ein Stück Kuchen. Mima war unruhig: »In ein paar Stunden muss ich Batya anrufen. Sie wird sich sonst wundern. Sie muss sich kümmern. Um das Café.« Sie verschränkte die Arme vor der Brust. »Batya muss auch Zanele Bescheid sagen. Sie muss es doch auch wissen.« Schließlich, als die Ausfahrt nach Harrismith näher kam, sagte sie leise: »Ich habe Angst.« Ben drückte ihre Hand. »Danke, dass Du mitgekommen bist.«

»Kompreneble. Selbstverständlich«, flüsterte er.

Es war vier Uhr, als Doktor Adelstein sie in der Eingangshalle in Empfang nahm. Sie stellten sich einander vor und er sagte: »Kommen Sie, bitte.« Mit dem Aufzug fuhren sie in die zweite Etage zur Kinderstation. »Hier entlang.« Der Arzt ging vor ihnen her. Mima wagte nicht, eine Frage zu stellen. Ben hatte seine Hand in ihren Rücken gelegt.

Der Arzt öffnete die Tür und sie betraten das Zimmer. Ester sah klein und friedlich aus. Als Mima sie sah, kamen ihr endlich die Tränen.

»Sie schläft. Keine inneren Verletzungen, keine Brüche. Sie war bewusstlos. Ist aber vor wenigen Stunden aufgewacht.«

Mima sah ihn mit verschleiertem Blick an. »Wird sie wieder gesund?«

»Sind Sie die Großmutter? Bevor ich ihre Fragen beantworte, muss ich wissen, in welchem Verhältnis Sie zu dem Mädchen stehen.«

Mima nickte. »Ja. Sie ist meine Enkelin. Ich habe meinen Pass. Warten Sie.« Sie begann in ihrer Handtasche zu suchen. »Aber ihre Eltern können Ihnen ja auch sagen, wer ich bin.« Endlich hatte sie das Dokument gefunden und reichte es dem Arzt. Doktor Adelstein schien das Interesse daran verloren zu haben, blättert es halbherzig durch. Er bat sie, sich zu setzen und nahm auf dem Stuhl neben ihr Platz.

»Im Auto waren eine junge weiße Frau und ein junger schwarzer Mann. Wir haben bei Berit Mandelbaum ihren eigenen Pass gefunden, den Kinderpass des Mädchens und Ihre Adresse und Telefonnummer, Misses Mandelbaum.«

»Wo ist Berit? In der Cafeteria?«

»Wir konnten nichts mehr für sie tun.« Mima sah ihn an. »Es tut mir leid, Misses Mandelbaum.«

Sie würgte und hielt sich die Hand vor den Mund, schmeckte Galle und schluckte. »Sie ist tot?«

Der Arzt nickte. »Ich konnte es Ihnen nicht am Telefon sagen.« Mima nickte. »Es tut mir wirklich sehr leid.«

»Und Thabo?« Aber sie konnte die Antwort in seinem Blick lesen.

»Wir konnten nichts mehr für sie tun. Ester dagegen«, er deutete mit dem Kopf zu ihrem Bett, »wird wieder schnell gesund werden. Körperlich. Aber sie hat einen Schock. Sie hat keine Erinnerung an das, was passiert ist. Noch nicht. Ich muss Sie bitten, sehr gut auf sie aufzupassen. Und Sie müssen entscheiden, wie viel Sie ihr erzählen wollen.«

Mima nickte. »Können wir sie mitnehmen?«

»Ich würde sie gerne noch einen Tag beobachten, aber ich denke, morgen Nachmittag kann ich sie entlassen.« Mima nickte. »Der Farmer, der den Notdienst gerufen hat, hat gesagt, der Wagen sei ins Rutschen gekommen. Er hatte so etwas wohl noch nie gesehen. Er hat sehr schnell reagiert, sehr vernünftig. Der leitende Polizist, der die Unfallstelle begutachtet hat, hat eine Autopsie veranlasst und eine genaue Untersuchung des Wagens.«

»Kann ich Berit sehen?«, fragte Mima.

Der Arzt nickte. »Sie sind wahrscheinlich beide an ihren Kopfverletzungen gestorben. Genaueres wissen wir noch nicht.« Er stand auf: »Sie sind bereit?« Mima nickte. Er ging wieder voran, drehte sich dann noch einmal kurz zu ihnen um: »Ach ja, eins noch. Ich weiß nicht, was es bedeutet. Aber ihre Tochter hat mehrere Wespenstiche.«

Mima riss die Augen weit auf, würgte wieder, lief zum Waschbecken und übergab sich. Sie suchte Halt und klammerte sich am Rand des Waschbeckens fest. Ben nahm sie am Arm und führte sie wieder zurück zu ihrem Stuhl. Ben reichte ihr ein Taschentuch, aber sie nahm es nicht wahr. Mima gab kehlige, klagende Laute von sich.

»Sie, sie hatte Angst. Sie war allergisch«, brachte sie mühsam hervor. Ihr war plötzlich kalt und sie zitterte.

»Ich gebe Ihnen etwas zur Beruhigung«, sagte der Arzt. »Einen Moment.«

»Bubba?« Esters Stimme zu hören, war zu viel und Mima begann, hemmungslos zu weinen. Aber sie stand auf und setzte sich auf den Rand von Esters Bett. »Bubba, warum weinst Du denn?«

36 | Rosebank, Johannesburg
10. April 1993

Das Mandelplatz wurde vorübergehend geschlossen. Mima musste sich um Ester kümmern. »Zwei Monate Pause. Danach sehen wir weiter«, sagte sie und schickte alle Angestellten und sich selbst in Urlaub.

Batya unterstützte ihre Entscheidung: »Ecco braucht Dich jetzt. Und Du musst auch an Dich selbst denken.«

Sie einigten sich darauf, dass Batya einen Innenanstrich der Küche und des Cafés organisieren würde. Wer aus dem Team mithelfen wollte, sollte weiter entlohnt werden. Mima würde einen Teil ihrer Rücklagen verwenden, um Auszeit und Renovierung zu bezahlen, aber als sie die Kosten überschlug, merkte sie, dass ihr Plan gut machbar war. Die Rückendeckung von Batya, Karen und Channah tat ihr gut. Ob Zanele weiter im Mandelplatz arbeiten würde, war dagegen noch unklar. Die Gespräche zwischen ihnen waren kurz und hinterließen bei Mima nur den bitteren Eindruck, Zanele gebe ihr die Schuld am Tod ihrer Kinder.

Berit wurde in der Synagoge in Rosebank verabschiedet, Thabo in einer Kirche in Soweto. Ester saß zwischen ihren beiden Großmüttern und erlebte, wie sich die eine jeweils dort unsicher und fremd fühlte, wo die andere sich zuhause wusste. Wenn sie weinte, ließ sie die Tränen still die Wangen herunterlaufen, ohne sie wegzuwischen, bis eine von ihnen ihr ein Taschentuch reichte. Rabbi Seliger und Pastor Molebatsi gaben beide ihr Bestes, um sie zu trösten und Mima war ihnen dankbar, dass sie nicht versuchten, Antworten zu geben auf die ungelösten Fragen. Rabbi Seliger kamen während seiner Traueransprache für Berit ein paarmal die Tränen. Sein Mitleid hatte für Mima etwas Tröstliches und beim gemeinsam gesprochenen Gebet empfand sie einen Gemeinschaftssinn, den sie jahrelang vermisst hatte und merkte, wie diese Erfahrungen sie milde stimmten.

Beim Aufgang der Sonne und bei ihrem Untergang
erinnern wir uns an sie.
Beim Wehen des Windes und in der Kälte des Winters
erinnern wir uns an sie.
Beim Öffnen der Knospen und in der Wärme des Sommers
erinnern wir uns an sie.
Beim Rauschen der Blätter in der Schönheit des Herbstes
erinnern wir uns an sie.
Zu Beginn des Jahres und wenn es zu Ende geht,
erinnern wir uns an sie.
Wenn wir müde sind und Kraft brauchen,
erinnern wir uns an sie.
Wenn wir verloren sind und krank in unserem Herzen,
erinnern wir uns an sie.
Wenn wir Freude erleben, die wir so gern teilen würden,
erinnern wir uns an sie.
So lange wir leben, werden sie auch leben,
denn sie sind nun ein Teil von uns,
wenn wir uns an sie erinnern.

Zanele weinte laut und hemmungslos um ihren Sohn. Ihr Mann Rapula neben ihr gab keinen Laut von sich und reagierte auch nicht, als Mima ihn begrüßte. Naledie und Nthati stützten ihre Mutter und waren ihrerseits von ihren Kindern umgeben. Ma Msizi war eine alte Frau geworden und der Tod ihres Enkels schien wie eine zusätzliche Last auf ihrem ohnehin schon krummen Rücken zu liegen. Sie umarmte Mima schweigend und gab ihr und auch Ester einen Kuss auf die Wange.

Als die zwei unterschiedlichen Beerdigungen hinter ihr lagen, hatte Mima plötzlich keine Kraft mehr, um auch nur die kleinsten Alltagsentscheidungen zu treffen. Doron buchte Flüge für sie, und Mima und Ester reisten zu ihm und Joela nach Kapstadt. Zwei Wochen lang saßen sie vor allem auf der Terrasse und schauten aufs Meer.

Ester malte, las und schlief viel. Sie wirkte, als habe sie eine Wand um sich herum, durchsichtig, aber doch stark dämmend. Wie ein gläsernes, schalldichtes Zimmer. Wenn sie sprechen wollte, kündigte sie es an, legte den Kopf schräg, kniff die Augen zusammen, räusperte sich, als klopfe sie von innen an die gläserne Wand und äußerte dann meistens eine Frage: »Sind Mama und Papa in einem Himmel oder in zwei verschiedenen?« Sie wollte wissen: »Können sie mich sehen, auch wenn ich sie nicht sehen kann?« und sie überlegte: »Wenn ich vergesse, wie sie ausgesehen haben, heißt das, dass ich sie nicht mehr lieb habe?« Manchmal setzte sie sich auf Mimas Schoß, legte ihren Kopf an ihren Hals und schlief mit dem Daumen im Mund ein. Sie war klein und leicht für eine Achtjährige.

Abends, wenn Ester im Bett lag und Doron und Joela zuhause waren, saßen sie zu dritt zusammen, tranken Weißwein-Schorle und aßen frischen Fisch. Mima stellte fest, dass ihr Bruder ein guter Koch geworden war. Er servierte Kingklip, Forelle, Viktoriabarsch, Thunfisch, Sardellen, würzte mit viel Chilli, Curry und Knoblauch und genoss es offensichtlich sehr, wenn es seiner Schwester schmeckte. Mima merkte, dass sie beide versuchten, sie auf andere Gedanken zu bringen und sie war ihnen dankbar dafür.

Joela erzählte von ihrer Arbeit als Fotografin. Jahrelang hatte sie vor allem Kinder fotografiert und schwangere Frauen. Zunächst in der jüdischen Gemeinschaft, dann in anderen weißen Familien. Über eine Freundin war sie in Verbindung mit einem Projekt gekommen, das sich um Aids-Waisen kümmerte. Eine erste nationale Untersuchung hatte 1990 ergeben, dass fast ein Prozent aller Schwangeren HIV-positiv waren. Eine große Fundraising-Aktion einer Partner-Organisation in Europa hatte sie in die schwarzen Townships gebracht und die Begegnungen dort hatten ihre ganze Arbeit verändert. »Ich weiß nicht, was ich deutlicher spüre, die Verzweiflung oder die Begeisterungsfähigkeit.«

Mima konnte ihr ansehen, dass sie zufrieden war mit dem, was sie tat. Doron wusste immer Geschichten zu erzählen aus seinem Juwelierladen, Begegnungen mit Reichen und Neureichen, mit Verliebten und Geizhälsen, mit Goldschmieden und Diamantenhändlern. Je später der Abend wurde, desto mehr reisten sie in die Vergangenheit, in ihre Kindheit und zu den Erinnerungen an die Verstorbenen. Mima erzählte, wie sie Ezer kennengelernt hatte.

Doron beschrieb, wie er bei Ezers Beerdigung Berit und Thabo zum ersten Mal als Paar begegnet war. »Der Anblick war damals so ungewöhnlich. Aber ja, in ihrem konkreten Fall dann doch stimmig«, meinte er und Mima nickte.

Aber sie stellte ihrem Bruder und ihrer Schwägerin auch ihre Fragen: »Aber was ist dann passiert? Was meint Ihr? Wohin waren die beiden unterwegs? Niemand scheint es zu wissen. Haben sie wirklich nur einen Sonntagsausflug unternommen? War es wirklich nur ein blöder Unfall? Oder hat der Druck von außen sie in den Tod getrieben? Oder ihre eigene innere Zerrissenheit?« Mit zusammengepressten Lippen sah sie aufs Meer, als sei die Antwort in seinen Tiefen verborgen.

Oft wachte Ester noch vor Mitternacht das erste Mal auf und die Erwachsenen hörten sie jammern. Mima nahm sie dann auf den Arm und brachte sie in ihrem Nachthemd auf die Terrasse, in eine Decke gehüllt und wiegte sie wieder in den Schlaf.

Als am ersten April gemeldet wurde, dass es gelungen war, die politischen Kräfte zu Mehrparteien-Verhandlungen zusammenzubringen, öffnete Doron eine Flasche Champagner und sie feierten. Jede Erwähnung von Mandela gab Mima etwas von ihrer Unbeschwertheit zurück. Sie merkte, dass sie wieder Energie hatte und sehnte sich irgendwann plötzlich nach dem Mandelplatz.

Wieder zu Hause zu sein, bedeutete, mit Berit und ihrem Alltag in Berührung zu kommen. Mima merkte, dass sie noch keine Kraft hatte, sich um die Kleidung oder Bücher ihrer Tochter zu kümmern. Ester schien daran kaum Interesse zu haben. Sie lenkten sich ab, spielten Federball im Garten, gingen spazieren, lasen sich gegenseitig Geschichten vor oder besuchten das Kino und genossen es, wenn Ben ihnen eine Sondervorstellung gab. Zu ihrer Verwunderung und Erleichterung stellte Ester keine Fragen zu dem Unfall. Sie schien selber nichts darüber zu wissen. In allen Gesprächen mit der Psychologin hatte sie nur erzählt, dass sie am Mittag in Rosebank zu einem Ausflug aufgebrochen waren, zu dritt. Sie waren lange gefahren. Esters letzte Erinnerung war, dass sie irgendwann auf dem Weg bei Nando's einen Hühnchen-Burger gegessen hatten. Mima beschloss, ihr nicht mehr zu erzählen, weil es sie nur verstören würde. Zum ersten Mal in ihrer langen Freundschaft mit Ben hatte sie deshalb Streit mit ihm. Er war der Meinung, sie müsse Ester alles erzählen, was sie wusste.

»Erinnern ist bedeutend«, sagte er eindringlich. Und: »Wenn Du ein einziger Überlebender bist, fragst Du irgendwann, wo die anderen sind. Das darf nicht verschwiegen werden. Unsere Mischpoche hat immer erzählt. Auch vom Unsagbaren.«

Auf der Suche nach einer beruhigenden Beschäftigung für sie beide landeten sie eines Mittags in der Küche und verbrachten von da an Stunden damit, zu kochen und zu backen. Sie begannen mit Mimas Lieblingsrezepten und Ester zeigte Interesse und Geschick. Sie kochten kleine Portionen und probierten viel aus. Mima war inspiriert von Dorons Fischgerichten und kochte ein neues Gericht mit Wildreis und Thunfischsteaks. Ester entdeckte Gewürze, die sie bisher nur geschmeckt hatte. Sie ließ Pastinaken anbrennen und lachte, als ihr zu viel Salz in einen Brotteig geriet. Ihr Limetten-Chutney war so lecker, dass Mima es auf ihre Liste von Mandelplatz-Spezialitäten setzte. Manchmal wurden sie besucht von Batya, Salcia, Ben oder Gavriel und saßen dann zusammen in der Küche und probierten, gaben ihre Kommentare ab und wählten aus, was sie am Leckersten fanden.

»Hast Du schon mal über einen Kochkurs nachgedacht?«, fragte Ben eines Abends.

Und die Idee wurde begeistert von Batya unterstützt. »Ja. Es scheint Dir ja viel Spaß zu machen.«

Und Ben meinte: »Du schließt das Restaurant nicht nur am Sabbat, sondern an einem zweiten Tag, hast etwas mehr Zeit für Dich und bietest dann am Abend einen Kurs an, den Du Dir gut bezahlen lässt. Na, wie klingt das?«

Mima hatte zwar noch keine abschließende Meinung zu dem Thema, merkte aber, wie wohltuend es war, Pläne für die Zukunft zu schmieden.

Doktor Mintz war zufrieden mit Esters Entwicklung und hielt es für möglich, dass sie bald auch wieder die Schule besuchen könnte. Ester schien die Aussicht zu freuen.

»Und Du Mima?«, fragte er. »Wie geht es Dir?«

»Ich bin müde. Aber sobald Ester wieder in die Schule geht, werde ich das Café wieder öffnen. Ich glaube, die Arbeit wird mir gut tun.«

Aber zunächst wollte Mima alles regeln, damit es Ester gut ging. Sie ließ sich einen Termin bei Misses Jones geben und besuchte sie nach Schulschluss. Die Klassenlehrerin begrüßte sie sehr herzlich, bot ihr Kaffee an und erkundigte sich dann nach Ester.

Mima erzählte, was sie beobachtete: »Ester hat keine Erinnerung an den Unfall. Sie verarbeitet, dass ihre Mutter und ihr Vater nicht mehr leben. Das alleine ist schwer genug. Dabei wird sie immer wieder unterbrochen. Weil sie plötzlich Angst bekommt. Weil sie nachts aufwacht. Aber sie findet keine Worte für das, was sie dann erlebt. Sie hat keine Bilder. Sie ist äußerlich gesund, aber...«

Mima wusste nicht, wie sie den Satz beenden sollte.

»Sie lernt gerne« ermutigte Misses Jones sie.

»Wie hat sich das Verhältnis der Mädchen zueinander entwickelt?«, wollte Mima wissen.

»Es gibt wenige Einzelne, die sehr auf Hautfarbe und Herkunft achten. Und es gibt andere, die sehr aufpassen, dass Vorurteile oder böse Bemerkungen keine Chance haben. Insgesamt bin ich dankbar für die Klassengemeinschaft.«

»Sie muss zwei Monate Lernstoff aufholen. Kann sie es schaffen?«

»Ecco ist keine Einser-Kandidatin, aber eine gute, wache Schülerin. Ich glaube, ja, sie kann es schaffen. Sie hat ihre starken Fächer, Lesen, Schreiben, Musik, Geschichte. Sie wird bei den Sport-Wettbewerben ein paar Erfolgserlebnisse haben. Vielleicht braucht sie beim Rechnen etwas Hilfe. Aber ja, ich denke, es wird sicher heilsam für sie sein, wieder ihr normales Leben zu führen.«

Ihre Zuversicht tat Mima gut und da Misses Jones sich wirklich zu freuen schien, Ester bald wieder unterrichten zu können, stimmte Mima ihr zu: Ester sollte wieder zur Schule gehen.

Auf dem Rückweg von Sharonlea beschloss sie spontan, auch etwas für sich zu tun und ging zum Haus des Rabbis.

»Ich hatte gehofft, dass Du mich besuchst«, begrüßte er sie. Er bot ihr Tee an und sah sie aufmerksam an.

Mima sagte ihm direkt, was sie am meisten beschäftigte. »Man spricht manchmal von brennenden Fragen. Erst, wenn man sie hat, erlebt man, dass sie wirklich brennen. Wie eine kleine Flamme, die an Deiner Haut zündelt, an einer Stelle, die ohnehin dünn ist.« Der Rabbi nickte. »Wohin waren die beiden unterwegs? Es scheint niemanden zu geben, der das weiß. Wollten sie vielleicht wirklich heiraten? Wenn es so war, wüsste ich nicht, ob ich mich für sie freuen sollte oder enttäuscht wäre.« Rabbi Seliger hörte zu und Mima redete sich alles von der Seele: »Ich habe mich auch schon gefragt, ob sie sich vielleicht selbst töten wollten. Weil die Welt um sie herum einfach noch nicht weit genug war für ihre Beziehung.«

»Warst Du selbst bereit?«, fragte der Rabbi nach.

»Ich denke schon.« Mima nickte ein paarmal. »Ja. Ich habe ihre Beziehung akzeptiert. Ich hätte sie sogar gerne noch mehr unterstützt. Allerdings wollte Berit das ja gar nicht.« Sie schluchzte kurz. »Wir waren uns nicht vertraut. Bis zuletzt nicht. Wenn ich nur wüsste, was passiert ist.«

»Und Ester? Wie geht es ihr?«

»Sie ist stark. Sie hat keine Erinnerung. Ich dachte erst, es sei irgendwie schädlich für sie, dass sie vergessen hat, was passiert ist. Aber die Ärzte und die Psychologin haben gesagt, dass die Verdrängung sogar ihre Rettung sein kann.«

»Als würde ihre Seele damit genau das Richtige tun, um weiterleben zu können?«

»Ja, genau so.« Sie schwiegen einen Moment. Dann erzählte Mima: »Wir kochen neuerdings zusammen. Nur wir zwei. Ester ist für mich so wie Berit nie sein wollte. Sie liebt die Küche, sie ist neugierig.«

»Wenn Du das erzählst, strahlst Du, Mima«, bemerkte der Rabbi.

»Ja«, sagte Mima nur.

Der Rabbi sah sie aufmerksam an. »Gibt es noch etwas, das Du erzählen möchtest?«

Mima wartete mit der Antwort. Dann sagte sie leise: »Thabo hat Zanele zum Abschied noch einen Kuss gegeben. Ich habe die ganze Zeit diese Szene vor Augen. Sie hatte angeboten, ihnen ein Lunch-Paket zu machen, oder so. Aber Berit mahnte zum Aufbruch. Und er bedankte sich bei seiner Mutter mit einem Kuss.«

»Aber Berit ging einfach so, ohne Abschied?«

»Ja«, schluchzte Mima. »Und deshalb will ich glauben, dass es ein Unfall war. Denn wenn sie sich wirklich das Leben nehmen wollten, dann hätte meine Tochter mich doch hoffentlich noch einmal umarmt, oder?« Auch diese Frage brannte und tat weh. Und Mima widerholte müde das Ergebnis ihrer Überlegungen: »Wenn ich doch nur wüsste, was passiert ist.«

Rabbi Seliger umarmte sie zum Abschied und bot ihr an, dass sie ihn jederzeit besuchen könnte. »Wann immer Dir danach ist, zu reden, Deine Fragen mit jemandem zu teilen oder etwas zu besprechen, Du bist mir willkommen.« Sie bedankte sich und machte sich auf den Weg zurück zum Café. Sie erinnerte sich daran, wie sie vor vielen Jahren in ähnlicher Stimmung denselben Weg gegangen war. Berit hatte zuhause Klavier geübt, während in Soweto bei den Schüleraufständen Kinder erschossen wurden. Sie dachte auch daran, dass sie ein paarmal erlebt hatte, dass ihre Fensterscheiben beschmiert worden waren mit Schimpfworten und rechten Parolen. Heute aber schien alles ruhig zu sein.

Die Renovierung des Cafés ging zügig voran. Die Wände waren wieder in einem hellen Schiefer-Grau gestrichen und der Holzboden in derselben Farbe frisch lasiert worden. Alle Kissenbezüge waren zurzeit in der Wäscherei. Das Geschirr war aussortiert worden, das Besteck gesichtet, neue Servietten und Kerzen angeschafft worden. Mima freute sich inzwischen auf die Wiedereröffnung. Die Küche war weiß gestrichen worden, alle Herdplatten, Backöfen, Arbeitsplatten und die Kühlräume waren gereinigt worden.

Als Mima den Raum betrat, erschrak sie kurz, denn Ester war alleine hier und kochte. Eine Achtjährige allein in der Küche! Sie hatte sich eine Schürze umgebunden, sich auf einen Stuhl gestellt und stand am Herd. Im Hintergrund lief das Radio, ganz so wie an einem normalen Café-Tag. Im Topf vor ihr begann das Wasser langsam zu kochen. Mima musste schmunzeln.

»Heute gibt es Süßkartoffeln«, sagte Ester stolz und Mima guckte staunend in den Kochtopf. Als in diesem Moment auch Batya in die Küche kam, lud Ester sie zum Essen ein: »Ich koche für Euch. Süßkartoffeln. Mit salziger Butter, Knoblauch und Pinienkernen.« Ester lächelte sie an. »Bitte, Batya, Du musst es probieren. Ich koche es auch ganz lecker.« Sie sah zu Mima und meinte: »Nicht wahr, Bubba, Du hilfst mir ein bisschen?« Mima nickte und hoffte, dass die Kleine ihre Tränen nicht sah.

Batya sprach aus, was sie dachte: »Sie hat sich gut erholt. Und sie macht das ganz prima.«

»Bubba, kannst Du Pinienkerne in die Pfanne tun, bitte?«

Mima holte das große Glas und fragte: »Und wie viel?«

Ester überlegte kurz und antwortete dann: »Drei Ecco-Hände voll.« Vorsichtig schüttete Mima drei Mal Kerne in die kleinen Hände und ließ ihre Enkelin dann in Ruhe weiterkochen.

Die beiden Frauen setzten sich und sahen zu, wie Ester die Kerne röstete. Sie tranken Wasser und besprachen das Menü für die Wiedereröffnung. Mima erzählte ihr von einem Telefonat mit Zanele.

»Zanele wird vielleicht doch zurückkommen. Sie will wieder arbeiten. Aber in Zukunft nur noch bis zum späten Nachmittag. Sie sagt, sie sei alt geworden.«

»Seien wir froh, dass sie überhaupt zurückkommt.«

»Ich habe sie bei ihrer Tochter erreicht, bei Naledi. Die meinte aber, ihre Mutter solle ganz aufhören. Die Fahrt sei zu anstrengend. Und sie sei so mitgenommen. Und habe es verdient, etwas verwöhnt zu werden. Zeit mit den Enkelkindern.« Sie sah zu Ester, die eifrig am Herd kochte. Ester war auch ein Enkelkind und sie würde Zanele vermissen. Ihre Oma war der einzige Kontakt zu ihrem Vater.

Batya überlegte: »Wir sollten die Suche nach einer dritten Kraft wieder aufnehmen. Ich könnte eine Stellenanzeige aufgeben. Was meinst Du?«

Mima nickte. »Ein Mann im Haus wäre gut. Ein Koch mit ein bisschen Erfahrung. Wir sollten es jetzt ernsthaft versuchen.«

Da unterbrach der Nachrichtensprecher ganz abrupt die Musik und gab bekannt: »*Heute wurde ein Attentat verübt auf den Generalsekretär der Südafrikanischen Kommunistischen Partei Chris Hani. Hani war außerdem Stabschef von Umkhnoto we Sizwe und ranghohes Mitglied des ANC. Er lebte viele Jahre im Exil und war erst vor drei Jahren nach Südafrika zurückgekehrt. Der Attentäter wurde inzwischen gefasst und wird verhört. Die Ermordung von Hani hat in einigen Gegenden des Landes große Unruhen ausgelöst. Wieder einmal werden die Verhandlungen auf dem Weg zu einer neuen Verfassung durch einen Akt der Gewalt erschüttert. Nelson Mandela ließ mitteilen, dass er sich entschlossen für eine*

Fortsetzung der Versöhnung einsetzen werde. Er wird Gelegenheit zu einer Fernsehansprache haben, um sich an alle Bürgerinnen und Bürger Südafrikas zu wenden.«

Ester schien die Nachricht nicht erreicht zu haben, sie rührte weiter in der Pfanne. Batya hielt ihre Hände vor den Mund gepresst. Ihre Augen standen voll Tränen.

»Genosse Hani«, flüsterte sie leise und lehnte sich an Mimas Schulter.

Mima streichelte über ihren Kopf. »So viele Tote. So viel Gewalt. Er war so sympathisch. So jung. Hatte so eine unglaubliche Ausstrahlung«, flüsterte sie. Mima dachte an Berit und Thabo und dann an Sarah Rubin und Kezia. »So viele Tote. So viele Fragen.«

»Sie wollen, dass wir das Chaos so schlimm finden. Dass wir uns die alte, falsche Ruhe zurückwünschen.

»Niemand hat behauptet, der Übergang würde leicht werden.«

Ester drehte sich zu ihnen um und nickte mit ihrem Kopf, so dass die Locken wippten.

Sie tritt aus ihrem gläsernen Zimmer ins Leben, dachte Mima.

Und Ester sagte voller Überzeugung: »Ein Mann im Haus wäre gut.«

37 Rosebank, Johannesburg
27. April 1994

Mima hatte sich für acht Uhr früh mit Salcia und Batya vor dem Wahllokal verabredet.

»Du hast Dich aber hübsch angezogen«, bemerkte Ester, als sie sich auf dem Flur in die Arme liefen.

»Du Dich aber auch«, erwiderte Mima.

Ester hatte ein rotes Kleid an und drei Zopfspangen mit roten Rosen im Haar. Mima trug ein hellblaues Kleid und elegante Sandalen.

»Heute ist ja auch ein Festtag«, sagte Mima. Und es klang, als würde sie singen und Ester meinte feierlich: »Ja, ich weiß. Heute wählen wir nämlich Mandela.«

Der Tag war zum Nationalen Feiertag erklärt worden. Seit der Wiedereröffnung hatte das Mandelplatz noch einmal einen Aufschwung erlebt, denn das Café profitierte von den Veränderungen im Stadtteil. Ein Straßencafé, eine Bar mit großem Cocktail-Angebot, ein modisches kleines Restaurant, das mit ›World-Food‹ warb, ein Club, der schnell für seine Live-Musik bekannt geworden war, belebten die ganze Nachbarschaft. Außerdem hatte ein Laden mit gebrauchten Büchern und antiken Möbeln eröffnet und bald sollte in einem leerstehenden Geschäft noch eine kleine Galerie mit afrikanischer Kunst dazukommen. Rosebank war lebendig und das Mandelplatz mittendrin verband auf besondere Weise eigene Tradition mit dem Zeitgeist des neuen Südafrikas. Heute Abend würde Mima eine kleine geschlossene Gesellschaft beherbergen und am Familientisch ein festliches Mahl servieren.

Sie liefen die Treppe hinunter, nahmen in der Küche ein schnelles Frühstück zu sich und liefen dann in Richtung Bowling Club. Das kleine Lokal war die nächstliegende Wahlstation. Am gestrigen Tag hatten bereits Senioren, Menschen mit Behinderung und schwangere Frauen ihre Stimme abgeben können. Alle Nachrichten-Sendungen zeigten lange Warteschlangen. Insgesamt war von fast 21 Millionen Wahlberechtigen die Rede, von denen 16 Millionen nie zuvor in ihrem Leben gewählt hatten. Mima hoffte, dass sie früh genug unterwegs war, um nicht stundenlang warten zu müssen. Aber als sie ihrem Ziel näher kamen, mussten sie feststellen, dass die Wartenden bereits eine lange Reihe bildeten. Salcia und Batya winkten ihnen zu.

»Guten Morgen, Ihr beiden«, rief Mima und sie umarmten sich.

»Amandla!«, sagte Batya mit ausgestreckter Faust und Mima antwortete: »Awethu!«

Ester sah sie neugierig an. »Was ist das? Warum sagt Ihr das?«

Batya beugte sich hinunter zu Ester und erklärte ihr: »›Amandla‹ das bedeutet Macht. Und ›Awethu‹ heißt Volk. Wer das ruft, meint damit, dass das Volk die Macht haben soll. Wir alle zusammen, nicht nur einige, wenige Menschen.«

Ester reckte die Faust und rief: »Mandela!« und brachte die drei Erwachsenen zum Lachen. Gemeinsam stellten sie sich in die Reihe.

»Erinnerst Du Dich, wie es früher war? Kein Vergleich, hm?«, fragte Salcia.

»Knapp zwei Millionen Leute haben an der letzten Wahl 1989 teilgenommen. Ich muss zugeben, ich war nicht dabei«, sagte Mima.

»Eine Million Weiße wollten nicht wählen, viele Millionen Schwarze durften nicht«, bestätigte Salcia.

»Wir waren früh hier«, sagte Batya. »Es scheint irgendein Problem zu geben. Jemand sagte, die Wahlzettel seien noch nicht da.« Obwohl die Wahlstation noch nicht geöffnet hatte und immer mehr Menschen dazukamen, blieben alle gelassen.

»Hast Du heute Morgen schon Nachrichten gehört?«, fragte Batya und als Mima verneinte, erzählte sie: »Am Flughafen ist eine Bombe explodiert. Hier an Jan Smuts. Um sieben Uhr früh, pünktlich zur Eröffnung der Wahllokale. Eine Autobombe.«

Salcia ergänzte: »Tote gab es nicht, Gott sei Dank, aber zehn Personen wurden verletzt.«

Und Batya bemerkte noch: »Die ›Afrikaner Weerstandsbeweging‹ hat sich zu dem Attentat bekannt. Sie tun alles, um das Land ins Chaos zu schicken. Aber sie werden nicht gewinnen.«

»Mandela soll gewinnen«, sagte Ester. Mima streichelte ihr über den Lockenkopf. Weiter hinten in der Warteschlange reihte sich eine große Gruppe Schwarzer ein.

»In den Townships müssen die Reihen noch erheblich länger sein. Nur schlau, dass sie zu uns kommen«, meinte Mima.

»Herzlich willkommen in Rosebank«, rief Batya in Richtung der schwarzen Gruppe und sie wurde mit Winken und Trillern zurück gegrüßt.

»Dürfen sie wirklich hier wählen?«, fragte eine Dame vor ihnen in der Reihe an Batya gewandt.

»Nicht, dass ich dagegen bin«, stellte sie schnell klar. »Nur, dass alles auch richtig läuft.«

Batya erläuterte ihr die Besonderheiten dieses Tages: »Es gibt keine Wahlregister. Alle können wählen, wo immer sie wollen. Ein gültiger Ausweis reicht.«

»Und wie wird dann sichergestellt, dass man nicht mehrmals wählt?«

»Jeder bekommt einen Fingerabdruck. Also jeder muss einen Daumen auf ein Kissen mit Zaubertinte drücken. Die ist nicht abwaschbar.« Die Dame verzog das Gesicht.

»Für ein paar Tage«, grinste Batya. »Ist doch eine gute Idee.«

»Na, dann könnte es doch jetzt eigentlich losgehen« meinte die Unbekannte und drehte sich wieder von ihnen weg. Die Schwarzen begannen zu singen: »We are the children of Africa. Zulu, Xhosa, Sotho unite.«

»Wir haben bei den Wahl-Workshops echt hundert Mal die gleichen Fragen beantwortet«, erzählte Salcia lachend. »Gerade in den ländlichen Gebieten gab es ein großes Misstrauen. Leute, die nicht lesen und schreiben können, haben Vorbehalte. Bei einem Seminar für Frauen sagte eine alte Mama, ihr Mann würde für sie wählen gehen. Sie konnte kaum glauben, dass sie tatsächlich eine eigene Stimme hat.«

Batya meinte: »Johnny Clegg hat bei seinem Konzert in Johannesburg zuerst ›One man, one vote‹ gesungen und dann ›One woman, one vote‹. Die Leute waren begeistert.«

Sie standen jetzt seit über zwei Stunden an. Ester spielte ›Hinkekästchen‹, die Erwachsenen warteten alle geduldig. Weiße Afrikaander waren hier zurzeit noch in der Mehrheit. Die Wahlen und die Neuerungen nahmen sie scheinbar gelassen, wie etwas Unausweichliches. Wer sie noch nicht akzeptiert hatte, war an diesem Tag woanders, nicht in einer Warteschlange vor einem Wahllokal. Mima machte sich keine Illusionen. Die meisten der hier Anwesenden vor ihr in der Schlange würden die Nationale Partei wählen. Sie schüttelte den Kopf. So richtig es war, dass de Klerk den Prozess mitangestoßen hatte und er sich den Friedensnobelpreis mit Mandela teilte, sie blieben doch die Baumeister der Apartheid. Sie wusste, die Weißen hier konnten unmöglich den ANC wählen, weil sie die Partei der Schwarzen immer noch für eine Gruppe von Terroristen hielten, Menschen, die Gewalt rechtfertigten für ihre höheren Ziele.

Mima sah sich um. Einige Farbige mischten sich bereits in die Reihe und immer mehr Schwarze kamen dazu. Es gab keine Klagen, keine lauten Beschwerden. Man unterhielt sich und wartete ab. Trotz unterschiedlicher Überzeugungen war allen Beteiligten klar, dass dieser Tag in die Geschichte eingehen würde. Die ersten freien Wahlen in Südafrika waren das größte Thema in allen Nachrichtensendungen der Welt. Bei allen Befürchtungen, die manche mit der Zukunft verbanden, leuchtete doch auch immer wieder Stolz auf. Stolz auf eine Nation, die ein ungerechtes System hinter sich ließ und dafür weltweite Anerkennung bekam.

Mima sah sich um. In Soweto musste die Stimmung ungleich feierlicher sein. Menschen, die ihr Leben lang darauf gewartet hatten, wählen zu dürfen, erlebten diesen Tag natürlich ganz anders. Eine alte Frau war gestern auf allen Sendern zu hören gewesen. »Ich fühle mich, als hätte ich Zwillinge geboren«, hatte sie gejubelt. Und der junge Journalist hatte nachgefragt: »Und die heißen Mandela und de Klerk?« Da hatte die alte Frau laut gelacht und sich auf die Schenkel geschlagen. »Nein, sie heißen Würde und Freiheit.« Ihr Jubel war so ansteckend gewesen, dass Mima jetzt wieder lachen musste.

»Was Hilda und Rusty heute wohl tun?«, fragte Salcia.

»Sie werden vor dem Fernseher sitzen«, meinte Mima.

»Aber live ist es besser, hm?«

»Es ist großartig«, bestätigte Mima. Sie sah Ester an. Auch sie würde einmal sagen können ›Ich war dabei‹.

»Es riecht nach Boerewors«, meinte Batya, rümpfte die Nase und reckte sich, um zu sehen, woher der Geruch kam. »Dort hinten hat jemand einen Grill aufgebaut.«

»Ich habe Sandwiches dabei, wenn jemand möchte«, bemerkte Salcia und öffnete ihre Umhängetasche.

»Au ja«, rief Ester und nahm sich ein Käse-Sandwich.

»Was gibt es denn heute Abend zu essen?«, fragte Salcia.

Mima zählte auf, was sie vorbereitet hatte: »Pfefferschoten, gefüllt mit Schafskäse, gebraten, mit Sesamkruste. Fleischklößchen aus Huhn. Mit Mangold, Sellerie und Lauch. Und zum Nachtisch ein Himbeer-Sorbet.«

Salcia fuhr sich mit der Zunge über die Lippen. »Zur Feier des Tages!«

Mima nickte »Ja, wir feiern« und strahlte ihre Freundin an.

»Und wer wird dabei sein?«

»Du«, sagte Mima als erstes. »Batya und ihre Freundin Fiona. Und Ben kommt natürlich. Und Gavriel mit seinem Kollegen Dhevan. Sonia Isaacman hat leider abgesagt.« Sie überlegte und nannte weitere Namen: »Ach ja sicher, unser neuer Koch, Ananda.«

»Ein Inder, nicht wahr? Batya hat mir von ihm erzählt.«

»Ich glaube, wir haben wirklich Glück mit ihm. Er arbeitet ganz anders als Zanele.«

»Er ist genau die Person, die wir gesucht haben. Ein junger, eifriger Koch«, mischte Batya sich ein und wandte sich dann wieder Ester zu, um mit ihr zu spielen.

»Und dann wird noch eine Freundin von Ester dabei sein, Amina, eine Klassenkameradin. Mit ihren Eltern. Du erinnerst Dich? Ich habe Dir von Jalila Kandula erzählt.« Salcia nickte. »Und Josra Chalid und Channah Naiman. Beide mit ihren Müttern.«

»Schön bunt«, meinte Salcia.

»Wie ein Regenbogen«, lachte Batya.

Mima zog die Stirn in Falten: »Ich habe auch Zanele eingeladen. Wir haben kurz telefoniert. Aber sie hat weder zugesagt noch abgelehnt. Ich weiß also nicht.«

»Oma kommt heute?«, fragte Ester.

»Vielleicht, mein Schatz.«

Ein Polizeiwagen fuhr vor. Ein alter Bedford-Van mit Platz für Gefangene im hinteren Teil des Wagens. Mima zuckte kurz zusammen und erinnerte sich an den Tag, als Berit und Thabo in genau so einem Wagen mitgenommen worden waren. Diesmal kam die Polizei in friedlicher Absicht, aber eine Gänsehaut bekam sie doch. Drei Polizisten lieferten dicke Pakete an. Die Wahlzettel waren da. Jetzt kam Bewegung in die Wartenden.

»Bist Du müde, Ecco?«, fragte Batya. Aber Ester schüttelte energisch den Kopf.

Noch einmal zwei Stunden später stand Mima endlich in der Wahlkabine. Ihr Daumen war blau von der Tinte. Man hatte ihre zwei Wahlzettel ausgehändigt, eine landesweite und eine regionale Liste.

Man wählte Parteien, nicht Kandidaten, aber jede Partei hatte eine Rangliste mit Delegierten vorbereitet. Nelson Mandela strahlte sie an. Ganz unten auf dem Wahlzettel war die Inkhata-Partei zu finden, die erst vor wenigen Tagen beschlossen hatte, doch noch an den Wahlen teilzunehmen und die Organisatoren damit vor eine logistische Herausforderung gestellt hatte. Der Kugelschreiber, mit dem sie ihre zwei Kreuze machen sollte, kam ihr billig vor. Sie hätte besser ihren eigenen Füllfederhalter mitbringen sollen, das wäre angemessener gewesen. Mima kreuzte den ANC an. Ja. Eindeutig. Sie wollte, dass der neue Präsident Nelson Mandela hieß. Sie sprach ein kurzes Gebet:

Ewiger, Schöpfer des Universums.
Segne unser Land und seine neue Regierung.
Südafrika möge ein Segen sein für alle Nationen.
Ein Beispiel für Freiheit, Recht, Versöhnung und Frieden.
So dass das Wort des Propheten Jesaja wahr wird:
›Kein Volk wird mehr gegen ein anderes sein Schwert erheben, und niemand wird mehr Kriegshandwerk lernen.‹ Amen.

Dann gab sie ihren Wahlzettel ab.

Als sie nach draußen in die Sonne trat, fühlte sie sich erleichtert. Das Kämpfen war vorbei, jetzt durften sie feiern. Batya und Salcia umarmten sie kurz.

»Geschafft«, sagte Salcia.

Ester griff nach ihrer Hand. »Komm, Bubba, wir kochen«, sagte sie. Mima freute sich auf die Gesellschaft am Abend im Café. Sie würde einen Tisch für zwanzig Personen decken, eine große Tafel, die einer Regenbogen-Nation würdig wäre. Ob sie sich freuen sollte oder fürchten, dass Zanele kommen könnte? Sie wusste es nicht.

Sie gingen an der langen Reihe der Wartenden vorbei. Ein alter Mann winkte Ester zu und sie winkte zurück. Er hatte Tränen in den Augen und sagte: »Dass ich das noch erlebe. Ich wähle meinen Präsidenten.«

»Mandela«, rief Ester und warf die Faust in die Luft. Die Umstehenden lachten und applaudierten. Einige Frauen begannen zu tanzen und stießen ihre Triller-Laute aus. Ester war entzückt und wollte nicht weitergehen. Ein junger Schwarzer verkaufte Getränke, Mima holte eine Flasche Cola für ihre Enkelin und lockte sie weiter. Sie gingen in Richtung Dale Avenue nach Hause. Sie wollte, dass der Abend perfekt würde.

»Gavriel kommt auch, sagtest Du?« Batyas Frage riss Mima aus ihren Gedanken. »Du wirst ja richtig rot« meinte Batya und stupste sie in die Seite und grinste: »Rot fehlte noch im Regenbogen.«

38 | Brooklyn, New York
2009

»Über Geld denkst Du wohl nie nach, was?« Mit dieser Frage hatte ihr Streit begonnen.

»Wieso?«, hatte Ester zurückgefragt und sich einen Vortrag anhören müssen.

»Weil Du ganz offensichtlich genug Geld hast. Weil Du nicht rechnest. Nie. Du kennst das gar nicht. Du scheinst noch nie knapp bei Kasse gewesen zu sein. Immer großzügig. Immer ist alles machbar, he?«

»Ich habe Glück gehabt«, hatte sie lahm erwidert. Glück im Unglück, hatte sie gedacht, aber das hatte sie Mo nicht sagen wollen.

»War Deine Familie immer wohlhabend? Hast Du nie hart arbeiten müssen? Bist Du Dein Leben lang verwöhnt worden? Konntest Du Dir immer alle Wünsche erfüllen? Kennst Du das überhaupt, ›Geldsorgen‹?«

Sie hatte ihn unterbrochen: »Wo ist denn das Problem?«

»Das Problem ist, dass ich nicht klar komme«, war seine Antwort gewesen und er hatte aufgelegt. Ester hatte ihr Handy angeguckt und hätte es beinah auf den Boden geschmissen.

Seitdem lief sie durch ihre kleine Wohnung. Die Wohnung war wirklich klein! Kein Luxus, sondern ein bescheidener Anfang. Vierzig Quadratmeter, gemietet. Und sie besaß noch nicht einmal alle Möbel, nur eine Matratze, einen Tisch und 2 Stühle. Sie kochte sich Tee. Sah aus dem Fenster. Setzte sich und versuchte, zu lesen. Stand wieder auf. Betrachtete sich im Spiegel. Ja, sie hatte sich einen Friseurbesuch gegönnt. Sue hatte ihre Haare nicht so kurz geschnitten, wie Ester es gewöhnt war und ihr den Bob vorne zu fünf kleinen Zöpfen aus der Stirn geflochten. Sie mochte, was sie sah und sie mochte Sue, die erste Bekannte in der Nachbarschaft.

Ja, es stimmte, sie war regelmäßig zu Gast im River Café, aber sobald sie selber ihr Café eröffnet haben würde, wäre damit Schluss. Und schließlich war so ein Café-Besuch an manchen Tagen ihre einzige Kontaktaufnahme mit Menschen, rechtfertigte sie sich. Und sie trank außerdem meistens nur einen Kaffee. Sie guckte auf ihr Handy, überprüfte, ob der Klingelton auch laut genug war, damit sie hören würde, falls er wieder anrief. Sie hatte sich ein einziges neues Kleid und ein paar Sneaker gekauft, ansonsten trug sie ihre alten Klamotten. Ihre Röhrenjeans und der weite königsblaue Pulli wirkten hier so eigen, dass man sie auch für extravagant halten konnte. Sie kaufte sich manchmal eine New York Times. Sie war im ›Spice Market‹ essen gegangen, aber das war eine Ausnahme gewesen. Oft aß sie nur Obst und Brot, Äpfel, Orangen und Bagels mit Käse, abends trank sie manchmal ein Glas Wein.

Was meinte er denn? Was hatte sie ihm noch erzählt? Sie hatte den Yoga-Kurs in der Synagoge besucht, aber der Eintritt war frei gewesen. Sie ging zwei Mal die Woche joggen, das kostete auch nichts. Und sie lief überhaupt viel zu Fuß, nahm immer eher die U-Bahn, bevor sie sich ein Taxi leistete. Okay, sie war schon drei Mal im MoMA gewesen und der Eintritt kostete jedes Mal fünfundzwanzig Dollar. Aber bald würde sie hart arbeiten. Dann wäre kaum noch Zeit für Museumsbesuche. Und ja, sie freute sich auf die Arbeit. Was also wollte er von ihr? Nun, sie öffnete ein Café. Und wenn ihm das einfach zu viel war? Ja sicher! Ihr eigenes Café. Und sie würde ihn bezahlen. Wenn das sein Problem war, dann wüsste sie allerdings auch nicht weiter. Sie war nun mal die Besitzerin, die Chefin. Wenn er damit nicht umgehen konnte? Tja. Sie kroch in sich zusammen. Hatte sie sich in ihm getäuscht? Sie hatte erwartet, dass er sich auf die Arbeit mit ihr zusammen freuen würde. Sie setzte sich auf die Matratze, lehnte sich an die Wand und umarmte ihr Kissen. Sie war wieder die kleine Ecco.

Als es klingelte, rechnete sie mit Post, aber nicht damit, dass Mo vor der Tür stehen würde.

»Hi«, sagte er und streckte ihr seine Hand mit einer weißen Rose entgegen.

»Hi.« Sie nahm die Rose an.

»Darf ich reinkommen?«

»In meine Luxus-Suite?«, fragte sie schnippisch.

»Tut mir leid«, meinte er.

»Was tut Dir leid?«

»Was?«, fragte er erstaunt.

»Ja, was genau?«, wollte Ester wissen.

Mo überlegte. »Dass ich aufgelegt habe.«

Sie lächelte ein bisschen. »Okay. Das hast Du wieder gut gemacht. Schließlich stehst Du hier.«

Sie schwiegen und Mo sah sich aufmerksam um. »Ist ja wirklich nicht besonders groß hier«, meinte er.

»Ach. Wer hätte das gedacht.« Ester ging Richtung Küchenzeile und fragte. »Möchtest Du was trinken?«

»Was hast Du denn?«

»Einen Luxus-Drink aus Brooklyns Wasserleitungen. Oder edelsten Tee. Rotbusch-Tee aus einem fernen Land.«

Er grinste sie an: »Du bist echt sauer.«

»Ist es schwierig für Dich, dass ich Dich bezahle?«

»Ich hätte gerne Tee.«

»Mo. Wir werden das ausdiskutieren. Also weich mir nicht aus.«

»Ich will Dir gar nicht ausweichen. Ich bin hier.«

Sie reichte ihm eine Tasse mit Tee und setzte sich auf einen der beiden Stühle, er nahm ihr gegenüber Platz.

»Also. Hast Du ein Problem damit, dass ich Dich bezahle?«

»Hm. Ich weiß nicht. Du bezahlst mich ja noch gar nicht. Das Café eröffnet ja erst in ein paar Wochen. Wir werden sehen. Aber ich glaube, das ist sehr okay für mich.« Er grinste sie an und fügte noch hinzu: »Solange Du mich nur fürs Kellnern bezahlst. Und nicht für meine... äh, Zärtlichkeit.«

Ester tippte sich mit dem Zeigefinger gegen die Stirn. Er lehnte sich zurück auf seinem Stuhl.

»Ehrlich, Easy. Schätzt Du mich so ein? Bin ich ein Macho?«

»Woher soll ich das wissen?«

»Hab ich mich jemals Dir gegenüber wie ein Macho benommen?«

»Es gibt solche Geschichten. Gerade bei Arabern. Da wird der Mann in der Ehe ein echtes Monster.«

»Du willst mich heiraten?« Sie wurde rot und er langte kurz nach ihrer Hand, streichelte ihre Fingerspitzen. »Was Du sagst, ist echt rassistisch. Es ist dumm.«

Sie gab sich einen Ruck: »Aber wenn Du ein Araber bist, werden unsere Familien sich hassen. Vielleicht nicht die nächsten Angehörigen, aber die übernächsten...«

Mo schüttelte den Kopf: »Was redest Du denn da? Araber, Machos, also wirklich, Easy.«

»Ach, vergiss es«, meinte Ester und verschränkte ihre Arme. Forschend sah sie ihn an: »Was ist es denn nun?«

Er nahm einen Schluck Tee und setzte sich gerade hin. »Dass Du so verwöhnt bist.«

»Und woher willst Du das wissen?«

»Ich beobachte Dich. Die meisten Leute, die hier ankommen, beginnen bei Null. Wie der berühmte Tellerwäscher, der einen Traum hat. Aber Du, Du lässt direkt die anderen Deine Teller waschen.«

»Die Teller meiner Gäste«, protestierte sie, aber er bat mit einer Geste darum, ihn aussprechen zu lassen.

»Viele Leute hier suchen einen Job oder haben mehrere Jobs. Und oft ist ihr Traum-Job nicht dabei. New York ist teuer. Eine der teuersten Städte der Welt. Du kommst an und Du hast Geld. Und ich weiß nicht, ob ich damit umgehen kann.«

»Weil?«

»Weil es so anders ist. Ich bin Musiker. Ich habe kein Problem damit, wenig Geld zu haben, mal mehr, mal noch weniger.« Er zog die Achseln hoch. »Ich weiß, dass ich klar komme. Weil meine Ansprüche nicht hoch sind. Weil ich immer Geld verdienen musste. Weil man mir nie etwas geschenkt hat. Ich bin noch jung, es wird schon werden. Aber ich habe keine reichen Eltern, die mir den Weg mit Gold gepflastert hätten.«

»Das stimmt so nicht. So einfach ist es nicht«, versuchte Ester noch einmal, zu widersprechen.

»Und wie ist es dann?«, fragte Mo, lehnte sich über den Tisch und drückte kurz ihre Hand. »Weißt Du, das ist nämlich das andere Problem. Du erzählst nichts von Dir. Nicht wirklich. Nichts Persönliches. Vielleicht, wenn ich wüsste, wo Dein Geld herkommt. Wo *Du* überhaupt herkommst. Wo bist Du geboren? Wie bist Du aufgewachsen? Wer sind Deine Eltern? Du machst aus allem ein Geheimnis.« Er sah traurig aus. »Du magst Deine Gründe haben. Aber Fakt ist, Du vertraust mir nicht.« Zu ihrer Überraschung hatte er plötzlich Tränen in den Augen. Aber er wischte den Gedanken weg und sagte mit einem schiefen Lachen: »Wenn Du mir vertrauen würdest, könnte ich sogar damit leben, dass Du reich bist.«

Ester fühlte ihr Herz schlagen. Er hatte Recht. Und sie hatte Angst. Sie wollte, dass er ging, damit sie sich auf ihre Matratze legen könnte und ihr Kissen umarmen. Sie wollte, dass er blieb und sie in den Arm nahm. Sie wollte, dass sie stark war und sie wollte ihm ihre Geschichte erzählen. Alles. Von Mima und Zanele, von Berit und Thabo. Von Rosebank und Soweto. Vom Jüdisch-Sein und vom Farbig-Sein. Aber sie wusste nicht, wie sie anfangen sollte.

Er stand auf und kniete sich vor ihren Stuhl und sah sie an: »In Deinem Gesicht ist etwas Trauriges, das hat mich von Anfang an sehr angezogen. Aber da ist immer auch ein bisschen Spott. Und damit hältst Du mich auf Abstand.« Er streichelte sie, ihre Stirn, die Schläfe entlang zur Wange bis zum Kinn. »Und dann sehe ich noch Neugier und Lebensfreude und Verletztheit und große Schönheit. Du interessierst mich.« Er stand auf. »Aber wenn Du mir nicht vertraust, geht es nicht.«

Ester sah zu ihm hoch und stand langsam auf. Sie standen sich gegenüber und sie ging noch einen Schritt näher, nah zu ihm. Sie fuhr den gleichen Weg auf seinem Gesicht entlang wie er bei ihr. Ihren Zeigefinger auf seiner Stirn sagte sie: »Du hast Recht. Mit vielem.« An seiner Schläfe sagte sie: »Und ich habe Angst.« Sie drehte eine Kurve auf seiner Wange. »Und Du bist echt mutig.« Und blieb mit ihrem Finger auf seinem Kinn stehen. »Aber ich weiß nicht, wie ich über meinen Schatten springen soll.«

»Aber Du würdest gerne?«

Sie nickte. Er beugte seinen Kopf zu ihrem. »Wir springen zusammen.« Sie dachte, er würde sie küssen, aber er umarmte sie nur kurz und trat dann einen Schritt zurück, um sie anzugucken.

»Gehst Du mit mir zu einem Konzert?«, fragte er in lockerem Ton.

Ester schüttelte sich kurz. »Ein Konzert? Wann denn?«

»Jetzt.«

»Oh. Ach so. Wo denn? Und was für ein Konzert?« Sie war immer noch etwas durcheinander und sah ihn unschlüssig an.

»Folk und Jazz. In einer Kirche. Direkt hier in Brooklyn Heights, Pierrepont Straße. Du bist sicher schon dran vorbeigelaufen. Gotischer Bau, rote Ziegelsteine. Ich spiele auch.«

»Oh, warum hast Du das nicht gleich gesagt? Das ist doch eine Ehre.«

»Es ist ein Zeichen von Vertrauen, Easy. Du wirst mich hören, mich spielen sehen. Außerdem wirst Du ein paar Musiker-Freunde kennen lernen und ich mag die Typen in der Kirche.«

»Okay. Ja, ich komme mit. Kann ich so gehen?« Sie zeigte auf ihre Jeans und ihren Pulli.

»Perfekt.«

»Jetzt sofort?«

Mo nickte. Aber Ester zögerte. »Ist irgendetwas nicht in Ordnung?«

Ester musste plötzlich lachen, ging zu ihm und küsste ihn kurz entschlossen direkt auf den Mund. »Der fehlte irgendwie noch«, meinte sie.

»Der war, der war vielversprechend«, meinte Mo.

39 | Rosebank, Johannesburg
1997

Durch die hohen Fenster fiel Sonnenlicht in das Gebäude. Die Plätze in den Bänken waren fast alle besetzt. Vorne vor den Stufen des Altarraums waren drei Tische und sechs Stühle aufgebaut, vor zweien stand ein Mikrofon. Links und rechts vom Altarraum waren zwei Filmkameras positioniert. Mehrere Journalisten mit Schreibblöcken, Aufnahmegeräten und Kameras saßen am Rand des Kirchenraums. Doktor Stone kam in Begleitung einer schwarzen Frau und eines schwarzen Mannes durch eine Tür hinter dem Altar und setzte sich auf den Platz direkt in der Mitte. Seine beiden Begleiter nahmen rechts und links von ihm Platz.

»Ich begrüße Sie alle. Mein Name ist Peter Stone und ich bin heute mit der Aufgabe betraut, diese Anhörung zu leiten, bei der es sich um eine Anhörung mit der Bitte um Amnestie handelt. Wir werden die Opfer- und die Täter-Seite hören. Mit mir hier vorne sitzen John Baptist Kekane und Khumo Modise. Danke an unsere Gastgeber, die ›Central Methodist Mission Church‹. Danke für diesen Raum. Danke vor allem an alle, die bereit sind, mit ihrer Anwesenheit heute hier unserem Land zu mehr Wahrheit und Versöhnung zu verhelfen. Ich grüße Sie im Namen des Präsidenten unserer Nation Nelson Mandela und im Namen des Vorsitzenden dieser Kommission Erzbischof Desmond Tutu.«

Er sah sich um. »Danke auch an Misses Ndebele, sie wird am Vormittag protokollieren, was heute hier zur Sprache kommt.« In der ersten Reihe stand eine ältere schwarze Dame auf und nahm neben Doktor Stone Platz. »Das Fernsehteam und die anwesenden Journalisten bitte ich, alles so aufzuzeichnen, dass es dem Anliegen der Kommission dient.«

Mima bewunderte den Vorsitzenden. Er strahlte Ruhe aus, sein ganzes Wesen schien Respekt zu vermitteln und Güte. Auch seine weißen Haare, seine breiten Schultern und sein Alter gaben ihr das Gefühl, in guten Händen zu sein. Sie saß neben Sonia Isaacmann. Vor einigen Wochen hatte sie im Mandelplatz angerufen und Mima aufgeregt erzählt, dass Sarahs Fall vor der Wahrheits- und Versöhnungs-Kommission verhandelt würde.

»In Johannesburg. Ich muss dabei sein. Aber alleine schaffe ich es nicht. Würden Sie mitkommen?«

Mima hatte sofort zugestimmt. Schließlich geht es auch um meinen Wagen, hatte sie gedacht. Laut gesagt hatte sie: »Ich würde mich freuen, wenn wir uns endlich duzen.« Und Sonia hatte gerne Ja gesagt.

Jetzt saßen sie nebeneinander und Mima dachte an ihren vierzigsten Geburtstag zurück. An die gelungene Überraschung. Das war jetzt über zwanzig Jahre her. Sie dachte auch an das Misstrauen, dass die drei Genossinnen gegenüber Salcia Zweig gezeigt hatten. Die Angst, die diese Zeit beherrscht hatte, war so giftig gewesen. Sonia, Jean und Sarah waren immer Intellektuelle gewesen. In gewisser Weise hatten sie sich immer für die wahren Aktivistinnen gehalten. Und sie waren Kommunistinnen, Sozialistinnen. Salcia war auch eine Aktivistin gewesen, aber gläubige Jüdin. Irgendwo da verlief eine Grenze, die in ihrer Generation immer wieder über wahre Zugehörigkeit entschieden hatte. Bald würde sie dreiundsechzig werden. Vielleicht würde sie ihren Geburtstag endlich einmal wieder feiern.

Doktor Stone pustete kurz in sein Mikrofon: »Wir beginnen mit dem Fall von Sarah Rubin. Ich bitte zunächst die Beteiligten auf der Opferseite zu sprechen. Ich bitte die Person, die Sie gewählt haben, um Ihren Fall darzustellen, nach vorne.« Er sah in die Kirche und wieder stand in der ersten Reihe eine Frau auf.

Mima schlug sich die Hand vor den Mund. Die junge Frau musste Sarahs Tochter sein, sie sah aus wie ihre Mutter vor zwanzig Jahren.

Der Vorsitzende deutete auf den Platz am Tisch neben sich und sah die junge Frau freundlich an: »Herzlich willkommen.« Er wartete, bis sie sich gesetzt hatte. »Wir alle danken Ihnen für ihre Bereitschaft, Ihre schmerzhafte Geschichte mit uns zu teilen. Sie sind Rebecca Gafner, geborene Rubin? Die Tochter von Sarah Rubin?« Die junge Frau nickte. »Wohnhaft in Bramfontein, geboren in Pretoria am 20. Mai 1960.« Wieder nickte sie. Ein junger Mann stellte ein Glas Wasser vor sie hin, dankbar nahm sie einen Schluck. »Erzählen Sie uns bitte die Geschichte ihrer Mutter.«

Rebecca setzte sich aufrecht hin und sah mit konzentriertem Ausdruck in die Menge. Sie schreckte für einen kurzen Moment zurück, als bemerkte sie erst jetzt, dass viele Blicke auf ihr ruhten. Dann faltete sie einen Zettel auseinander, glättete ihn und erzählte ruhig und mit ausgesuchten Worten: »Meine Mutter war ein großartiger Mensch. Meine Familie, wir alle, mein Vater und meine drei Geschwister, wir haben sie geliebt. Sie fehlt uns. Seit sie aus dem Leben gerissen wurde.«

Sie machte eine Pause. »So fühlt es sich an, wie gerissen.«

Sie schwieg wieder und sah auf das Blatt vor sich auf dem Tisch. »Seit ihrem Tod ist wohl kein Tag vergangen, an dem wir nicht an sie gedacht hätten. Unsere Erinnerungen sind voller Dankbarkeit. Meine Mutter war eine sehr belesene Frau, aber gleichzeitig auch ganz bodenständig. Wir konnten Unterstützung in vielen Bereichen von ihr erfahren. Viele Menschen haben erlebt, wie sie ihnen zu Recht half mit einem klugen Rat. Oder unter die Arme griff mit praktischer Hilfe. Aber unsere Erinnerungen sind nicht nur dankbar, sondern verbunden mit Unruhe. Weil die Umstände ihres Todes im Dunkel liegen.« Sie sah zu einem Mann in der ersten Reihe und er nickte ihr zu. Es mochte ihr Mann sein oder einer ihrer Brüder. Dann sah sie zu Doktor Stone und auch er nickte. Ebenso die beiden Beisitzer neben ihm.

»Erzählen Sie weiter, bitte. Sie machen das sehr gut.«

»Meine Mutter kam aus einer jüdischen Familie. Sie wurde in Riga geboren, in Lettland. Im Jahr 1931. Sie war ein junges Mädchen, acht Jahre alt, als ihre Familie hier in Südafrika ankam. Sie war vor den Schrecken in Europa geflohen. Vor dem Rassenwahn, vor den Todesfabriken. Meine Mutter sprach Jiddisch, genauer gesagt einen lettischen, ostjiddischen Dialekt, außerdem Lettisch und Russisch. Hier lernte sie Afrikaans und schließlich Englisch an der Universität. Bei uns zuhause sprachen wir Jiddisch und Englisch. Einige ihrer Angehörigen waren nach Kanada oder in die USA ausgewandert. Ein großer Teil der Familie kam in Konzentrationslagern, in den Todesfabriken ums Leben. Ich erwähne ihren Hintergrund, weil ich glaube, dass er sie aufmerksam machte für den Schrecken, den wir dann hier in diesem Land erlebt haben.«

Der Vorsitzende nickte. »Was hat Ihre Mutter beruflich gemacht?«

»Meine Mutter hatte Literatur studiert, aber weil sie vier Kinder hatte, war sie eine Zeit lang vor allem als Familienfrau zuhause. Mein Vater war Anwalt.« Sie stockte und diesmal brach ihr die Stimme weg. »Mein Vater starb vor drei Jahren. Wir hatten gehofft, dass er diesen Tag noch erleben würde. Fast zwanzig Jahre lang habe ich ihn sagen hören: ›Wenn ich doch nur wüsste, was passiert ist‹.«

Mima spürte, wie ihr schwindelig wurde. Ihre Hände kribbelten, als gehe das Gefühl verloren. Sie sah helle, weiße Punkte und schloss die Augen. Die Anhörung bedrückte sie, so dass ihr die Luft zum Atmen fehlte. Wie gut sie diese Frage kannte. Diesen Wunsch. Endlich zu wissen, was geschehen ist.

»Nun. Meine Mutter hatte einen ausgeprägten Sinn für Gerechtigkeit. Meine Eltern waren beide Mitglieder der Kommunistischen Partei Südafrikas. Als wir Kinder in den Kindergarten kamen, engagierte sie sich für einen Kindergarten für schwarze Kinder in

Atteridgeville. Ein schwarzes Township. Später engagierte sie sich für bessere Bedingungen einer schwarzen Schule an diesem Ort. Dann für Hilfe für Kinder mit Behinderungen. Einer meiner beiden Brüder ist fast taub und sie machte sich dafür stark, dass auch schwarze Kinder Gebärden-Sprache lernen können. Sie organisierte auch eine Schulspeisung. Und Weihnachtsgeschenke. Meine Mutter stand jahrelang unter Bann. Und sie wurde mehrmals verhaftet, weil sie ihren Bann brach. Weil sie sich nicht an die Auflagen hielt. Dann...« Sie stockte wieder und sah wieder zu dem Mann in der ersten Reihe.

Doktor Stone beugte sich in ihre Richtung: »Sprechen Sie weiter, bitte. Ich ahne, wie schwer es Ihnen fallen muss. Aber, bitte.«

Sie nickte. »Meine Mutter hatte ein paar Freundinnen. Man könnte wohl auch sagen Genossinnen. Sie trafen sich regelmäßig, um sich auszutauschen. Zwei von ihnen waren Journalistinnen. Eine war, so viel ich weiß, eine Aktivistin im Untergrund. Ich denke, dass meine Mutter sich manchmal sehr einsam fühlte. Und es muss ihr viel bedeutet haben, diese Verbündeten zu haben. Sonia Isaacman, Jean Alkin und Misses Mandelbaum, den Vornamen der dritten kenne ich leider nicht.« Mima und Sonia warfen sich einen kurzen Blick zu.

»Am sechzehnten Juni 1976. Ein Tag, den auch unsere Nation nie vergessen wird. Am sechzehnten Juni verließ sie das Haus, um sich mit den anderen zu treffen. Ich hatte jedes Mal Angst, wenn sie wegging. Sehen Sie, ich war damals erst sechzehn und ich verstand noch nicht alles, was meine Eltern diskutierten. Ich war natürlich intuitiv auf ihrer Seite. Und ich spürte, dass wir bedroht wurden. Ich weiß noch, dass sie mir versprach, zum Abendessen würde es Apfelpfannkuchen geben, mein Lieblingsessen.« Rebecca flüsterte jetzt nur noch, mit erstickter Stimme ergänzte sie: »Sie kam nie wieder.«

Doktor Stone putzte sich die Nase. Misses Modise neben ihm ließ ihre Tränen einfach über ihre Wangen laufen. »Vielen Dank. Danke für alles, was Sie erzählt haben. Wie haben Sie dann vom Tod ihrer Mutter erfahren?«

»Zwei Polizisten kamen. Wir dachten zuerst, sie wollten kontrollieren, ob sie zuhause sei. Aber sie sagten uns, dass sie tot sei.

Eine Autobombe. Man konnte fast nichts erkennen.« Rebecca brach wieder die Stimme weg. Sie sah noch einmal auf ihren Zettel: »Ihr eigenes Auto fanden wir Wochen später. Wir waren natürlich davon ausgegangen, dass die Bombe in ihrem eigenen Auto angebracht gewesen war. Als ihr Wagen gefunden wurde, hatten wir nur noch mehr Fragen. Ich, wir möchten gerne vergeben. Um weiterleben zu können. Aber wir wissen gar nicht, wem.«

»Vielen Dank, Misses Gafner. Danke, dass Sie heute hierher gekommen sind. Danke für ihre Bereitschaft. Ihre Tapferkeit. Ihre überlegten Worte. Sie können wieder auf Ihren Platz zurückkehren. Wir machen eine Pause von fünfzehn Minuten.« Er nickte der Menge zu und verschwand durch die Tür hinter dem Altar. Seine beiden Begleiter und die Protokollantin folgten ihm.

»Möchtest Du zu ihr gehen?«, fragte Sonia.

»Später vielleicht. Jetzt passt es nicht. Sie ist aufgewühlt«, meinte Mima. Sonia nickte. »Sie hat Dich ›eine Aktivistin im Untergrund‹ genannt.«

»Ja.« Mima knetete ihre Hände. Sie holte die kleine Wasserflasche aus ihrer Handtasche und trank ein paar kleine Schlucke.

»Ist Dir nicht gut?«, fragte Sonia.

»Es geht schon wieder.«

»Er macht das gut, dieser Doktor Stone, nicht wahr? Ein protestantischer Pfarrer. Ein weißer Apartheid-Gegner.«

Sonia nickte anerkennend und teilte Mima mit, was sie über die Idee der Kommission dachte: »Die Aussicht, dass der oder die Täter am Ende um Amnestie bitten und vielleicht straffrei ausgehen, fällt mir immer noch schwer.« Sie atmete einmal tief durch. »Wenn sie alle Fakten offen legen. Und wenn sie nachweisen können, dass die Tat politisch motiviert war. Und sie auf Anordnung hin handelten. Und sie öffentlich alles bekennen. So dass alle, auch ihre eigenen Leute, es hören. Naja.«

Vorne hatten alle wieder Platz genommen und Doktor Stone rief zur Aufmerksamkeit. »Wir hören nun die Täter-Seite. Ich bitte zuerst General-Leutnant de Fries nach vorne.«

In einer der hinteren Reihen erhob sich ein älterer Mann, hochgewachsen und sportlich gekleidet. Er ging durch den Mittelgang nach vorne und setzte sich hinter das Mikrofon. Der Vorsitzende nickte ihm zu.

»Auch Ihnen danken wir, dass sie der Wahrheit und der Versöhnung dienen wollen.« An die Zuhörenden gewandt sagte der Vorsitzende: »Ich bitte uns alle weiterhin um Respekt. Auch wenn wir vielleicht Dinge hören, die weh tun. Wenn Sie eine Unterbrechung wünschen, äußern Sie das, bitte. Ich kann dann gerne eine Pause einrichten.

Er wandte sich dem Zeugen zu: »Sie sind Henrik de Fries.« Er nickte. »General-Leutnant der südafrikanischen Polizei.«

Er nickte wieder und ergänzte: »Im Ruhestand.«

»Wohnhaft in Pretoria, geboren ebendort am zwölften Oktober 1929.« Wieder nickte er. »Mister de Fries. Erzählen sie uns doch bitte, was genau während der 1970er und 1980 er-Jahre Ihre Aufgabe war.« Auch diesmal kam ein junger Mann und stellte ein Glas Wasser vorne auf den Tisch.

Henrik de Fries streckte das Kinn nach vorne. Er sah gepflegt aus, sonnengebräunt und gut trainiert. »Ich gehörte zu einer Sondereinheit, die verdächtige Personen zu beobachten hatte.«

»Was bedeutete das genau?«

»Es bedeutete, dass wir bestimmte Personen, die von der Regierung als gefährlich angesehen wurden, beobachtet haben.«

»Beobachtet.«

»Ja.«

»Und weiter?«

»Es konnte auch bedeuten, dass wir Befehl bekamen, solche so genannten Abweichler unter Bann zu stellen und darauf zu achten, dass sie sich entsprechend verhielten.«

»Sie sprechen von ›Abweichlern‹. Was für Menschen habe ich mir vorzustellen?«

»Kommunisten.«

»Etwas genauer, bitte.«

»Kritiker der Regierung. Ganze Parteien und Organisationen. Oder auch Einzelpersonen. Anwälte, Lehrer, Hochschullehrer, kirchliche Amtsträger, Schriftstellerinnen.«

»Und Familienfrauen, die sich für bessere Lebensbedingungen für schwarze Kinder einsetzten?«

»Wenn die Regierung sie für gefährlich hielt, war auch das möglich.«

»Erklären Sie uns doch bitte, was genau es bedeutet, unter Bann zu stehen.«

»Das ist von Fall zu Fall sehr verschieden. Es kann sich dabei um eine Art Hausarrest handeln. Oder um das Verbot, Texte, Bücher, Reden zu veröffentlichen. Oder auch um ein Zitierverbot durch Dritte. Besuchsverbot, Versammlungsverbot. Reiseverbot.«

»Und wie haben Sie entschieden, wer unter Bann gestellt wird?«

»Oh nein. Ich habe das nicht entschieden. Der Justizminister allein war ermächtigt, solche Entscheidungen zu treffen.«

»Gab es denn im Falle eines Banns eine Gerichtsverhandlung? Eine Möglichkeit, Widerspruch einzulegen?«

»Wie gesagt. Es oblag allein dem Justizminister.« Ein Raunen ging durch die Kirche.

»Und was passierte also, wenn Sie merkten, dass eine Person unter Bann sich nicht an ihre Auflagen hielt?«

»Dann kam es meistens zu einer Verhaftung.«

»Auch im Fall einer Familienfrau, Mutter von vier Kindern, von denen das eine fast taub war?«

»Wenn die Regierung sie für gefährlich hielt, war auch das möglich.«

»Haben Sie diese Maßnahme als angemessen empfunden?«

»Diese Frage habe ich mir nicht gestellt.«

»Warum nicht?«

»Es war geltendes Recht. Und ich war ein Diener dieses Rechts. Ich hatte ja einen Amtseid geschworen.« Diesmal war das Raunen lauter. Henrik de Fries trank einen Schluck Wasser.

»Kommen wir zu diesem konkreten Fall.«

Der Zeuge sah in Rebecca Gafners Richtung und wandte sich dem Vorsitzenden zu. »Ja.«

»Wissen Sie, warum Sarah Rubin unter Bann stand?«

»Sie war Kommunistin. Sie war also Mitglied einer verbotenen Partei. Wir wussten, dass sie sich regelmäßig in Schwarzen-Siedlungen aufhielt. Man sagte mir, Rubin interpretiere die Gesetze nach eigenem Gutdünken. Also, sie akzeptierte die natürlichen Grenzen der Gesellschaft nicht.«

Mimas Hände kribbelten wieder und sie knetete sie. Hochkonzentriert hörte sie dem Dialog der beiden Männer zu.

»Wie erklären sie sich den Tod von Sarah Rubin?«

»Ich habe keine Erklärung.«

»Lassen Sie mich anders fragen: Wenn eine Person unter Bann stand, mehrmals verhaftet worden war und nicht abließ von ihrem Verhalten. Wurden dann weitere Maßnahmen ergriffen?«

Henrik de Fries zögerte, bevor er antwortete: »Wenn die Regierung eine Person für gefährlich hielt, war auch das möglich.«

»Was für Maßnahmen wurden ergriffen?«

»Es konnte angeordnet werden, sie zunächst zu bedrohen.«

»Was war Inhalt so einer Drohung?«

»Weitere Uneinsichtigkeit könnte gefährlich werden.«

»Lebensgefährlich? Auch im Fall einer Familienfrau?«

Alle rechneten schon mit der immer selben Antwort, aber de Fries überraschte sie: »Es lag im Ermessen des Justizministers, so eine Sonderbehandlung zu befehlen.«

»Einen Mord zu befehlen?«

»Es gab eine Sondereinheit zur Entfernung zersetzender Personen.«

In der Kirche wurden Rufe laut und Doktor Stone wartete, bis wieder Ruhe eingekehrt war.

»Entfernung bedeutet?«

»Entfernung bedeutet Tötung.«

»Es gab also einen Befehl, Sarah Rubin zu töten?«

»Nein. Von so einem Befehl weiß ich nichts.«

Rebecca Gafner sprang auf: »Sie lügen doch!«

»Mister de Fries. Beantworten Sie bitte meine Frage: Erhielten Sie oder Ihre Spezialeinheit den Befehl, Sarah Rubin zu töten?«

»Mir ist kein solcher Befehl bekannt.«

»Wie erklären Sie sich dann den Tod von Sarah Rubin?«

»Ich habe keine Erklärung.«

In der Kirche entstand Unruhe. Einige murmelten unwillig, andere protestierten laut.

»Was soll das?«, rief ein junger Mann.

Mima holte ein kleines Notizheft aus ihrer Tasche und fächelte sich damit Luft zu. »Ich gehe für einen Moment nach draußen«, teilte sie Sonia mit.

»Soll ich mitkommen?«

»Es geht schon. Ich komme gleich zurück.«

Sie eilte aus der Kirche und hörte im Weggehen noch, dass Doktor Stone gegen sein Mikrofon klopfte und sagte: »Ich werde Mister de Fries aus dem Zeugenstand entlassen und eine weitere Person aufrufen.«

Mima atmete ein paarmal tief aus und ein. Sie lehnte sich an den Rahmen der Kirchentür, massierte sich die Schläfen und knetete zum wiederholten Mal ihre Hände. Dann ging sie zurück in die Kirche.

Als sie sah, wer vorne Platz genommen hatte, knickten ihr fast die Beine weg und sie stützte sich auf die letzte Bankreihe, um nicht umzukippen. Officer Bette hatte sich damals Berit geschnappt, in einen Polizeiwagen gesperrt und weggebracht. Officer Bette hatte sie geohrfeigt. Er hatte sie angeekelt gefragt, was für eine Mutter sie sei. Der Vorsitzende hatte gerade erst mit seiner Befragung begonnen. »Sie sind Willem Bette.«

Er sagte laut: »Ja.«

»Colonel der südafrikanischen Polizei.« Er bejahte wieder. »Wohnhaft in Johannesburg, geboren in Boksburg am dritten Mai 1941.«

»Ja.«

»Mister Bette. Was genau war Ihre Aufgabe als Polizist?«

»Ich gehörte ebenfalls zu einer Sondereinheit, die verdächtige Personen beobachtete.«

»Und können Sie etwas zur Klärung dieses Falls beitragen? Wissen Sie etwas über die Autobombe, die Sarah Rubin tötete?«

»Ich hatte Befehl bekommen, Sprengstoff in einem bestimmten Wagen zu deponieren.«

Rebecca Gafner stieß einen spitzen Schrei aus.

Doktor Stone sah vor sich auf den Tisch. »Kam das häufiger vor? Dass Sie solch einen Befehl bekamen?«

»Es kam vor.«

»Es war also Ihre Aufgabe, die passende Gelegenheit zu finden, um Sarah Rubin durch eine Autobombe zu töten.«

»Nein«, sagte Bette jetzt ungeduldig. »Es gab keinen solchen Befehl. Die Bombe war ja auch nicht in ihrem Auto.« In die Kirche kam Bewegung. Es wurde getuschelt, unruhig rückte man auf den Bänken hin und her. Viele der Anwesenden sahen sich irritiert an.

»Sie verwirren uns. Was bedeutet das? Was war denn dann der Plan?«

»Der Befehl«, er betonte dieses Wort, »der Befehl war, die Besitzerin des Wagens zu töten.«

»Aber das war nicht Sarah Rubin.«

»Nein. Wie wir alle wissen.«

»Sondern?«, fragte Doktor Stone sichtlich aufgewühlt.

Bette sah geradeaus über die Bankreihen und seine Blicke trafen sich mit Mimas. »Sie steht dort hinten.«

Die versammelte Zuhörerschaft drehte sich zu ihr um. Auch eine der Kameras fuhr direkt zu ihr herum. Mima stützte sich mit beiden Händen auf die Bank und atmete schwer. Schweiß stand auf ihrer Stirn. Sonia sprang auf, kam zu ihr und half ihr, sich in eine Bank zu setzen.

»Ich unterbreche die Anhörung für eine halbe Stunde«, ordnete der Vorsitzende an.

Die Pause erlebte Mima wie einen Film. Doktor Stone kam zu ihr und bat sie, sich in seinem Zimmer hinter dem Altar mit ihm zu besprechen. Sie trank ein Glas Wasser und beantwortete seine Fragen.

»Schaffen Sie es, weiter zuzuhören?« Sie nickte. »Unvorbereitet ist so eine Enthüllung wohl noch schwerer zu verkraften. Es ist schon einige Male vorgekommen, dass während einer Anhörung ein weiterer Fall ans Licht gekommen ist«, erläuterte er und fragte dann direkt: »Haben Sie niemals vermutet, dass die Bombe für Sie bestimmt war?«

Mima zögerte und gab dann ihre Überlegungen wieder: »Sarah passte genau ins Bild.«

Der Vorsitzende nickte. »So ging es uns allen hier ja auch.« Mister Kekane und Misses Modise nickten beide.

Mima erklärte: »Und zwischen dem Moment, in dem ich das Auto an Sarah verlieh und der Nachricht von ihrem Tod lagen Stunden. Ich meine, wäre es in meiner Garage in die Luft geflogen, dann...« Sie zuckte mit den Achseln. »Ich hielt mich wohl auch nicht für so wichtig.«

»Das berührt meine nächste Frage. Was haben Sie denn getan, dass die Spezialeinheit Sie im Blick hatte?«

»Tja«, sagte Mima nur. »Da gab es wohl so einiges.« Sie fasst kurz für ihn zusammen: »Ich hatte gute Kontakte. In Soweto. Zu Umkhonto we Sizwe. Ins Frauengefängnis in Hilbrow. Mein Café eignete sich für Treffen. Um Nachrichten weiterzugeben, Pläne. Um Waffen zu verstecken.« Er hörte ruhig zu. »Und...«

»Ja? Das ist eine Menge. Was gibt es noch?«

»Meine Tochter und der Sohn einer schwarzen Bekannten. Sie waren ein Paar.«

»Waren?«

»Ja. Sie starben bei einem Autounfall.«

»Ach. Wie schwer. Das tut mir alles sehr leid.«

»Es gibt ein Kind aus dieser Beziehung.«

»Ah.«

Mima erzählte ihm von ihrer ersten Begegnung mit Bette.

»Sie haben mir damals gedroht. Ich ahnte, dass ich beobachtet würde. Aber ich bin nie verhaftet worden. Ich wurde nie unter Bann gestellt.«

»Hören wir, was er zu sagen hat. Sind Sie bereit?«

»Ja. Gehen wir.«

Mima wählte einen neuen Platz und setzte sich in die erste Reihe. Sonia nahm neben ihr Platz und berührte sie sanft am Arm. Rebecca sah von der anderen Seite des Mittelganges zu ihr hinüber. Fragend? Anklagend? Ihr Gesicht war aufgequollen. Sie hielt sich ein Taschentuch unter die Nase. Bette schien die ganze Pause über seinen Platz nicht verlassen zu haben.

»Setzen wir die Anhörung fort«, sagte Doktor Stone.

»Mister Bette. Sie hatten also Befehl erhalten, Sprengstoff im Wagen von Miriam Mandelbaum zu deponieren.«

»Ja.«

»Aber Sarah Rubin lieh sich den Wagen und starb. Und Sie mussten feststellen, dass Sie Ihr Ziel nicht erreicht hatten. Was geschah, als Sie Meldung machten?«

»Aus dem Justizministerium war nur zu hören, dass es in solchen Fällen nie die Falschen trifft. Die andere, Rubin, hatte es auch verdient.«

»Mörder!«, rief ein junger Mann und sprang auf.

Bettes Gesicht glich einer Maske. »Ich hatte Befehl«, sagte er. »Befehl ist Befehl. So lief das.«

»Mister Bette. Wir sind inzwischen etwas ungeduldig. War, beziehungsweise ist der Fall damit erledigt? Wir sind heute hier, um die Wahrheit herauszufinden. Und um Versöhnung möglich zu machen. Sie haben um Begnadigung gebeten, um General-Amnestie. Sie wissen, dass Sie dazu alle Fakten, die sich auf Ihre Straftat beziehen, offen legen müssen. Und die politische Motivation. Was also haben Sie uns noch zu sagen?«

Bette sah Mima direkt an. Sein linkes Auge zuckte. Er trank einen Schluck Wasser und räusperte sich: »Ich möchte zuerst noch einmal klarstellen, dass ich Colonel der Polizei war und auf Befehl hin handelte. Und ich möchte ein Geständnis ablegen.«

»Bitte.« Der Vorsitzende sah ihn erwartungsvoll an. Mima wurde wieder schwindelig. Sie tupfte sich den Schweiß von der Oberlippe und setzte sich aufrecht hin. Sie wollte nicht so wirken, als habe sie Angst vor Bette.

Er wandte sich an den Vorsitzenden: »Mandelbaum, Misses Mandelbaum war eine Abweichlerin. Man schätzte sie als besonders gefährlich ein. Denn nach außen wirkte sie wie eine tüchtige Geschäftsfrau, ganz etabliert. Nicht verdächtig. Aber wir wussten, dass sie Kontakte hatte. Wir bezahlten Informanten, die uns berichteten. Wir beauftragten Handlanger, sie unter Druck zu setzen. Wir ließen zum Beispiel ihre Fensterscheiben mit eindeutigen Parolen bemalen. Wir machten ihr Angst und nahmen ihr Kind mit auf die Wache.«

Mima war geschockt. Jeder neue Satz traf sie wie seine Ohrfeige. Sie biss sich auf die Lippe, bis sie tatsächlich wie damals Blut schmeckte. Sonia neben ihr legte den Arm um ihre Schulter.

»Als der Anschlag 1976 misslang, wurden wir zunächst zurückgepfiffen. Aber Mandelbaum, Verzeihung, Misses Mandelbaum zeigte sich nicht einsichtig. Im Gegenteil. Wir hatten sie gewarnt, aber die Situation eskalierte.«

Er sprach jetzt langsam und sehr deutlich. »Mandelbaums Tochter hatte ein Verhältnis mit einem äh, mit einem Schwarzen. Ein Bastard wurde geboren. Also, unehelich. Er war natürlich farbig. Ein Mischling. Ich bekam ein zweites Mal Befehl zur Entfernung zersetzender Personen.«

Mima japste nach Luft und starrte ihn an. Sie konnte nicht glauben, was sie hörte.

»Wir wussten, dass Miss Mandelbaum und ihr schwarzer Lebensgefährte heiraten wollten. Unser Informant hatte einen Blick auf den Urlaubsantrag werfen können. Diesmal sollte ich es wie einen Unfall aussehen lassen. Es war ja immerhin das Jahr 1992 und auch das Ministerium war vorsichtiger geworden. Der Informant brachte mich auf die Idee. Ich ließ diesmal keine Bombe im Kofferraum deponieren. Sondern ich entschied mich für ein Wespennest im Handschuhfach.«

Mima würgte, verschluckte sich und hustete. Sie krümmte sich in der Bank zusammen.

»Pause?«, fragte Doktor Stone.

Mima richtete sich wieder auf und stieß dabei einen langen klagenden Laut aus. Sie rief: »Nein. Weiter. Er soll es zu Ende erzählen.«

Der Vorsitzende sah sie zweifelnd an, nickte dann aber und stellte seine Fragen: »Sie hatten also Befehl, Misses Mandelbaums Tochter zu töten?«

»Wir sollten Misses Mandelbaum schaden. Egal, wie.«

»Sie hätte also auch selbst umkommen können.«

»Wie gesagt, in diesen Fällen trifft es nie die Falschen«, antwortete Bette und ergänzte: »Hieß es aus dem Justizministerium.«

»Und was passierte dann also?«

»Miss Mandelbaum junior, ihr Lebensgefährte und ihre Tochter fuhren mit dem präparierten Wagen. Es kam zu einem Unfall. Die Eltern starben. Das Mädchen überlebte.« Er schwieg und sah vor sich auf den Tisch.

»Willem. Warum?«, weinte eine weiße Frau und rannte aus der Kirche. Bette presste die Lippen aufeinander. In der Kirche war Schluchzen zu hören. Viele sahen in Mimas Richtung. Sie starrte weiterhin Bette an. Als würde sie nur allmählich begreifen. ›Wenn ich doch nur wüsste, was passiert ist‹, hatte sie oft gesagt. Tag für Tag und vor allem nachts hatte sie sich Fragen gestellt. Jetzt wusste sie die Wahrheit. Sie sickerte nur langsam in ihr Bewusstsein.

Es war kein Unfall gewesen, sondern Mord. Berit und Thabo hatten sich nicht selbst töten wollen, sie hatten tatsächlich vorgehabt zu heiraten und waren getötet worden. Berits Allergie, ihre panische Angst vor Wespen hatte einen Informanten auf eine lebensgefährliche Idee gebracht. Was ganz genau passiert war, konnte sie sich nur ausmalen: Panik, als irgendwann das Handschuhfach geöffnet worden war und Hunderte Wespen sich im Auto ausgebreitet hatten.

Schmerzen, als die ersten Stiche kamen. Ein allergischer Schock, Kreislaufversagen. Ein schrecklicher Tod.

Mima schluchzte und begann heftig zu weinen. Auch Doktor Stone weinte leise. Rebecca Gafner kam zu ihr und setzte sich neben sie. Ihre Nähe tröstete Mima. Leise fragte sie: »Wie alt wäre Ihre Tochter heute?«

»Sie wäre dreiunddreißig. Ester, meine Enkelin, ist dreizehn.«

Was sollte sie Ester erzählen? Musste sie ihr alles sagen, was sie heute gehört hatte? Würde sie es ohnehin erfahren? Aus der Zeitung vielleicht? Sie würde es gerne verhindern und Ester vor diesem Wissen schützen. Nur mit Ben Katz müsste sie sprechen, er hatte ein Recht, zu erfahren, was geschehen war. Und Zanele natürlich. Der Gedanke nahm ihr wieder die Luft. Wie würde ihre ehemalige Angestellte reagieren?

Sonia streichelte ihren Arm. »Er ist doch ein Sadist. Ein kreativer Sadist.«

Und dann begann auch Bette zu weinen. Sein Mikrofon war an und alle in der Kirche hörten, wie er sagte: »Es tut mir leid. Ich kann Ihnen nicht sagen, wie leid es mir tut. Bitte, glauben Sie mir. Ich schäme mich. Vor meiner Frau und meiner Familie. Vor Ihnen.« In der Kirche herrschte Stille. »Wenn Sie mich begnadigen, muss ich trotzdem mit meinem Gewissen leben. Manchmal wünschte ich, ich wäre tot.

Doktor Stone sammelte sich. »Wir kommen zum Schluss dieser ersten Anhörung heute. Für mich ist dieser Teil immer schwierig. Gleichzeitig schätze ich die bemerkenswerte Idee, die hinter unserer Kommission steckt. Wir glauben, dass Wahrheit und Versöhnung möglich sind. Wir glauben, dass es möglich ist zu verzeihen, allmählich und nach dem Durchleben von Wut, Anklage und Trauer. Nur mit Wahrheit und Vergebung können wir eine gemeinsame Zukunft haben. Wir wollen an diese gemeinsame Zukunft glauben und die trennende Vergangenheit hinter uns lassen. Wir wollen alle Beteiligten, die, die verletzt wurden und die, die sich schämen, vor einem Rückfall in die Gewalt bewahren. Die Kommission wird der Bitte von Mister Bette um Begnadigung prüfen. Ich hoffe und wünsche uns allen, dass das Wunder der Güte uns miteinander verbindet und verwandelt. Danke besonders an Sie, Misses Gafner und Sie, Misses Mandelbaum. Leben Sie wohl. Wir machen eine Pause von einer Stunde, bevor die nächste Anhörung beginnt. Ich danke Ihnen allen für Ihre Unterstützung, Ihre Geduld und Ihre Disziplin.«

Einige der Anwesenden standen schnell auf und verließen die Kirche, andere blieben sitzen und unterhielten sich. Statt sich zurückzuziehen kamen Doktor Stone, Mister Kekane und Misses Modise zu Mima, Rebecca und Sonia. Bette saß zusammengesunken auf seinem Platz. Mima sah in seine Richtung.

Misses Modise beobachtete sie und meinte: »Tutu sagt immer ›Amnestie wurde nicht für nette Menschen erdacht‹.« Nacheinander umarmten die drei Kommissions-Beauftragten die drei Frauen.

»Vorher mussten wir mit den Fragen leben, jetzt müssen wir lernen, mit der Wahrheit zu leben«, sagte Mima.

»Dass Sie leben, ist ein Wunder. Ich wünsche Ihnen alles erdenklich Gute«, sagte Doktor Stone.

40 Rosebank, Johannesburg
2002

»Warum redest Du denn so laut, Oma?«, fragte Ester. »Ich bin doch nicht schwerhörig.«

Zanele grinste sie an. »Das machen wir Tswana-Frauen so. Du sprichst immer so laut, dass Dich alle hören. Dann weiß man, dass Du nicht lügst. Oder lästerst. Oder Geheimnisse ausplauderst.«

»Wer leiser spricht, macht sich also verdächtig?«, lachte Ester.

»Nur, wenn Du eine Tswana-Frau bist.«

»Und das bin ich nicht, he?«, fragte Ester zurück. Es hatte leicht klingen sollen, aber sie klang zu ihrer eigenen Überraschung bitter. Zanele drehte sich weg und begann Milch auf dem Herd zu kochen. Der Satz stand zwischen ihnen und Zanele tat beschäftigt.

Ester sah sich in Ruhe in dem kleinen Häuschen um. Es bestand aus einem einzigen Zimmer, einer Wohn-Küche. Ein weiterer Raum war nur durch einen Vorhang abgetrennt, Ester konnte ein Bett erahnen. Sie saß an einem Tisch mit fünf weiteren Stühlen. Es gab einen Herd, einen Kühlschrank, ein paar Hängeschränke. Ein breites Sofa war mit einem Schonbezug aus Plastik überzogen. An einer Wand hingen mehrere Kleiderbügel mit Blusen, Röcken und Kleidern. Darunter stand ein Bügelbrett. Über dem Vorhang war eine Decke eingezogen worden, so dass zusätzlicher Stauraum entstand. Der Steinboden war glänzend sauber. Die zwei kleinen Fenster wurden von bunten Gardinen geschmückt. Über dem Sofa hingen ein paar Bilder: Ein Jesus mit heller Haut, langen blonden Locken und blauem Umhang. Ein Hochzeits-Bild von Zanele und Rapula in jüngeren Jahren. Ein großes Portrait von Thabo, das eine schwarze Schärpe trug. Ein Bild der drei Geschwister, Thabo in der Mitte umarmte seine beiden Schwestern Naledi und Nthati. Ein Foto, auf dem Naledi auf einem Stuhl saß, angelehnt an ihren Mann, auf dem Schoß ein Baby, neben ihr zwei kleine Jungen im Alter von etwa vier und sechs Jahren. Ein ähnliches Foto von Nthati mit fünf Kindern. Und dann endlich entdeckte Ester ein kleines Passfoto, das sie selbst zeigte, in ihrer Schuluniform mit weißem Kragen. Es war an den Rand eines anderen Bildes geklemmt, ein Schwarz-Weiß-Druck, der einen schwarzen Krieger mit einer Straußen-Feder in der Hand zeigte. Von Berit gab es kein Foto.

Zanele hantierte mit einem Kaffee-Filter und zwei Bechern. Sie trug einen Kittel. Ester hatte sie nur bei der Beerdigung von Thabo jemals in einem Kleid gesehen.

Dhevan hatte sie hergebracht. Sie hatte Mima gegenüber den Wunsch geäußert, ihre andere Großmutter wiederzusehen. Und da Zanele jetzt seit einiger Zeit gar nicht mehr im Mandelplatz arbeitete, würde sie sie zuhause besuchen. Gavriel und Dhevan waren gerade dagewesen. Mima hatte ihnen erzählt, dass sie einige Jahre lang jeden Donnerstagmorgen nach Soweto gefahren war, um einer Suppenküche Brot und Kuchen zu bringen.

»Heute habe ich ein bisschen Angst, dorthin zu fahren. Es liegt wohl am Alter«, hatte sie entschuldigend erklärt.

Da hatte Dhevan angeboten, sie zu fahren. »Ich kenne mich aus. Komme selbst von da.« In seinem alten Toyota hatte Ester zwischen einigen Trommeln nur mühsam Platz gefunden. »Das ist eine Dundun, eine Sangba und eine Kenkeni. Das ist eine Djembe. Und noch eine. Sozusagen meine Kinder.« Er hatte die ganze Fahrt über bei offenem Fenster geraucht, laute Musik gehört und sie schließlich direkt vor der Tür von Zaneles Haus abgesetzt. »Ich hol Dich abends wieder ab. Viel Spaß.«

Und so hatte sie dagestanden und ihr war mit einem Schlag klar geworden, dass sie die Welt ihres Vaters kaum kannte. Mima hatte ihr nie verboten, nach Soweto zu fahren. Und Zanele hatte ihr nie vermittelt, dass sie willkommen war. Aber sie wurde älter. Es war nicht mehr alleine entscheidend, was die Erwachsenen wollten. Schon bald wäre sie keine Schülerin mehr. Sie dachte jetzt viel darüber nach, was aus ihrem Leben werden sollte und sehnte sich danach, mehr über ihre Wurzeln zu erfahren.

Zanele stellte einen Becher mit Milchkaffee vor sie hin und einen Zuckertopf. »Früher hast Du viel Zucker gegessen. Aber vielleicht ist es jetzt anders.« Sie setzte sich und lächelte Ester an. »Ke itumetse. Ich bin glücklich. Danke, dass Du mich besuchst.«

»Du fehlst mir, Omalein«, sagte Ester zärtlich.

»Ee. Ke go thhologetse. Ja. Ich vermisse Dich auch.«

Ester trank einen Schluck Kaffee.

»Du bist groß geworden. Eine kleine Dame.«

»Ich bin jetzt achtzehn.«

»Ee. Ja. So groß schon. Und die Schule?«

»Noch ein halbes Jahr.« Sie sagte stolz: »Ich bin die beste Läuferin in Sharonlea.«

»Das ist gut. Aber singst Du auch im Chor? Haben sie überhaupt einen Chor dort?«

»Ja, natürlich gibt es einen Chor. Aber nein, ich bin kein Mitglied.«

»Naledi und Nthati singen. Und die kleine Khumo auch schon.«

Ester sah zu den Fotos über dem Sofa. Von ihr aus hätte Jesus schwarze Haut haben dürfen. Sie hatte solche Bilder schon gesehen, die einen afrikanischen Christus zeigten. Er hätte aber auch gerne mehr wie der jüdische Teil ihrer Sippe aussehen dürfen, Bruder ihrer Mischpoke, der er war. So kam ihr das Bild unpassend vor.

Zanele riss sie aus ihren Gedanken: »Wenn Du magst... Wie lange bleibst Du überhaupt? Dann können wir uns die Chorprobe anhören.

In meiner Kirche. Ich gehe samstags meistens hin. Jede Probe ist wie ein Konzert. Es klingt gut in der Kirche.« Ester stimmte zu.

»Bubba Mima sagte, sie sei früher öfter hierher gekommen.«

»Nicht hierher.« Sie pochte mit dem Zeigefinger auf den Tisch. »Nach Emdeni. Das ist da drüben. Die Jaca runter. Da ist eine große Kirche. Katholisch. Deine Urgroßmutter war auch manchmal dort. Aber sie passte nicht hierher.«

»Mima passte nicht hierher?«

»Das hier ist Soweto. Verstehst Du? Emdeni oder Dobsonville. Jabulani oder Orlando. Soweto ist schwarz. Da drüben in Diepkloof wohnen die Snobs. Die es geschafft haben. Aber auch die sind schwarz. Und in Kliptown sind die ganz armen Hunde. Da geh besser nicht hin. Die sind auch schwarz.«

»Und unser Präsident ist auch schwarz«, warf Ester ein.

»Ee. Ja. Das ist gut«, seufzte sie und schnalzte mit der Zunge.

»Und Du? Hast Du denn nach Rosebank gepasst?«

»Kleines. Wir passen uns an. Wir kommen zu Euch. Ihr kommt nur selten zu uns.«

»Es ist weit von hier bis nach Rosebank. Ich dachte, es wäre näher. Aber es sind fast dreißig Kilometer. Und Du bist so viele Jahre lang jeden Tag von hier nach dort gekommen?«

»Die letzten Jahre, da war ich nur selten da. Aber vorher, mehr als vierzig Jahre. Fast jeden Morgen hin. Abends zurück. Zum Glück gab es die Taxibusse. Aber immer auch ein Stück zu Fuß.«

»Jetzt kommst Du gar nicht mehr, oder?«

»Ich bin alt, meine Kleine. Über siebzig. Meine Töchter sorgen jetzt für mich. So wie ich früher für sie. So ist es richtig. Nein, ich bin alt.«

»Tust Du manchmal etwas, das früher nicht möglich war? Ich meine früher, in der Apartheid? Irgendetwas?« Zanele sah sie überrascht an und Ester erklärte: »Na, ich meine, Schwarze dürfen jetzt doch alles. Also, alle Dinge, die früher nur Weiße durften.«

»Sie dürfen, wenn sie es bezahlen können.«

»Gehst Du zum Beispiel manchmal in den Park?«

»Nein, ich gehe nicht in den Park. Aber Dobsonville hat ein Einkaufszentrum. Und etwas, wo man Bücher leihen kann. Und einen Pool. Und das Stadion. Das ist gut. Für die Kinder. Für meine Enkelkinder. Ja.«

»Und Deine Enkelkinder dürfen alle studieren, wenn sie wollen.«

»Ee. Ja. Vielleicht wollen sie das mal.«

»Ich will.«

»Was willst Du?«

»Ich möchte gerne studieren.« Sie erzählte begeistert: »Am liebsten an der Wits. An der Witwatersrand-Universität. Wenn ich einen Platz bekomme. Und wenn es finanziell klappt. Am liebsten Wirtschaftswissenschaften. Oder ich gehe auf eine Handelsschule und werde Hotelfachfrau.« Leiser sagte sie: »Ich bin doch auch Dein Enkelkind. Dein Ältestes.« Sie lächelte Zanele bittend an und fragte: »Du hast an die anderen gedacht, hm?« Wieder guckte sie zu den Fotos.

»Ich habe an die schwarzen Enkel gedacht. Darüber haben wir doch gesprochen«, antwortete Zanele.

»Aber ich bin auch... Ich bin nicht weiß.«

»Du siehst aus wie Deine Mutter und wie Dein Großvater Ezer. Nur die Haare. Die hast Du von meinem Thabo. Ich habe sie ihm immer ganz kurz rasiert. Weil er sie nicht kämmen wollte.«

»Wie war er? Früher, als Kind?«

»Lass, meine Kleine.« Sie schloss die Augen und Ester dachte, sie würde gleich einschlafen.

»Und wirst Du uns einmal wieder besuchen?«

»Nnyaa. Nein. Nein. Ke lapile. Ich bin müde. Ich bin zu müde, meine Kleine.«

»Gehen wir dann jetzt zur Chorprobe?«

Sie öffnete die Augen wieder und stand dann mit einem Ruck auf. »Ja. Komm. Das machen wir. Du besuchst meine Kirche.«

Sie verließen zusammen das Haus. Ester hakte sich bei Zanele unter und die alte Frau ließ es zu. Sie liefen an kleinen roten Ziegelhäusern vorbei. Etwas weiter weg von der Straße, in den Hinterhöfen waren Blechhütten. Es roch nach Feuer und Kohle. Kinder spielten auf der Straße. Zanele rief einigen einen Gruß zu und viele winkten ihr. Vor einem Haus wurde gerade Müll verbrannt. Daneben goss eine alte Dame die blühenden Tagetes in ihrem kleinen Vorgarten.

Schon vor der Kirche hörte Ester den Gesang des Chores. Ester dachte, dass mindestens hundert Leute sangen, so gewaltig erschien ihr der Klang. Aber als sie in die Kirche kamen und in einer Bankreihe Platz genommen hatten, zählte sie, dass der Chor nur aus etwa dreißig Mitgliedern bestand. Viele der Frauen trugen traditionelle afrikanische Kleider aus bunten Kentestoffen und einen Duku auf dem Kopf. Alles klang harmonisch, obwohl es viel spontaner und improvisierter wirkte als das, was der Chor der Synagoge vorführte.

Khumo winkte ihrer Großmutter. Sie war ein kleines Mädchen mit Zöpfen und sang mit Lachen in den Augen und weit aufgerissenem Mund in der ersten Reihe. Die Stimmen wurden von einer elektronischen Orgel und einem Schlagzeug begleitet. Zwischendurch tanzte der Chor, klatschte oder stampfte mit den Füßen auf. Die Akustik begeisterte Ester und sie ließ sich von dem Rhythmus mitnehmen. Sie schnipste mit den Fingern und hörte fasziniert zu.

»Was singen sie denn?«

»›Ke na le modisa, ke tla be ke hlokang?‹ Es bedeutet: Der Herr ist mein Hirte. Wie sollte mir etwas fehlen?«

»Das ist aus den Tehillim.« Zanele sah sie abwartend an. »Aus den Psalmen.«

»Ja. Das stimmt. Psalm 23 aus der Bibel.«

»Aber es klingt hier anders.« Ester musste kichern. Eine Solistin, eine hochgewachsene junge Frau sang eine Zeile und der Chor antwortete ihr. Ihre Frage klang immer drängender, wurde lauter, die Töne stiegen höher und der Chor reagierte immer enthusiastischer. Ester hatte Rabbi Seliger vor Augen, wie er zur Tehillim-Lesung vor der Gemeinde stand und mit seiner tiefen Stimme die vertrauten Worte betete: ›Haschem ro'i lo echzar‹. Sie mochte es, wie er den Shabbat feierte. Und diese Musik mochte sie auch. Musste sie sich eigentlich ständig entscheiden?

41 | Rosebank, Johannesburg
2002

Stolz band sich Ester ihre Schürze um und strahlte Josra an: »Meine erste eigene Schicht.«

»Willkommen im Team«, sagte Josra und umarmte Ester kurz. »Ich hab auch mit achtzehn hier angefangen. Und zehn Jahre später bin ich immer noch hier. Wer hätte das gedacht. Wer weiß, wie lange Du bleibst, Ecco!«

»Weiß ich noch nicht. Ich weiß nur: Nie wieder eine Uniform«, sie jubelte und warf beide Arme in die Luft.

»Stand Dir aber immer gut«, meinte Josra.

»Danke. Und die Theorie ist auch echt berauschend. Alle Kinder sehen gleich aus. Und man merkt überhaupt gar nicht und niemals, wie viel Geld Deine Eltern haben.«

»Bis sie zum Beispiel mit einem Auto vorfahren«, meinte Josra und die beiden lachten.

»Wie ich es gehasst habe, so auszusehen wie sie. Nur, dass aus den türkisfarbenen Ärmeln meines Kleides leider braune Arme herausguckten und in den weißen Söckchen braune Beine steckten. Und über dem weißen Kragen saß immer mein eigener Kopf.« Sie schüttelte sich und guckte dann Ananda über die Schulter. »Was duftet denn eigentlich so köstlich?«, fragte sie.

»Das ist Payasam.«

»Das Mandelplatz wird ein bisschen indischer, hm?« Sie zwinkerte ihm zu. Er nahm einen kleinen Löffel und reichte ihre eine Portion zum Probieren. »Köstlich. Verrätst Du mir, wie man es zubereitet?«

»Du wählst Reis aus, eine kurze, runde Sorte. Kochst ihn in Kokosmilch und Milch, zu gleichen Teilen. Du fügst braunen Zucker hinzu und Kardamom.«

»Ah, *das* duftet so.«

»Und außerdem Cranberries, Pistazien und Mandeln. Manche nehmen auch Rosinen und Cashewnüsse. Fertig ist ein Nachtisch, exotisch, aber einfach.«

»Wie macht Ihr es bloß, dass Ihr nicht dick und rund werdet bei dem ganzen leckeren Essen?«

Josra piekste sie in die Seite. »Du hast Dich doch schon immer im Mandelplatz durchgefuttert. Dein Leben lang, Ecco. Für Dich wird sich also nichts ändern.«

Die beiden taten so, als würden sie miteinander kämpfen, bis Ananda rief: »Zwiebeln, bitte. Kleingehackt. Und Knoblauch, gepresst. Und Litschis in dünne Streifen schneiden, bitte.«

Sie prusteten beide los, fingen aber sofort gehorsam an, ihre Arbeit zu machen. »Komm, frag mich ab«, bettelte Ester.

Josra verdrehte die Augen. »Okay. Wenn's sein muss. Was kostet eine weiße Schokolade?«

»Dreiundzwanzig Rand.«

»Was für Kaffee-Sorten bieten wir an?«

»Filterkaffee, Espresso, Cappuccino, Cappuccino Creme, Milchkaffee. Hab ich was vergessen?«

»Ohne Koffein. Egal. Weiter. Jetzt die Sirup-Sorten.«

»Schoko, Brûlée, Zimt, Mandel, Karamell, Haselnuss, Vanille.«

»Sehr gut. Empfiehl mir ein alkoholfreies kaltes Getränk.«

»Empfehlen? Natürlich unsere hausgemachte Ingwer-Limonade.«

»Und sonst?«

»Cola natürlich. Und Lemon Twist.«

»Und Säfte?«

»Orange, Mango, Apfel, Ananas. Granatapfel. Und alles gerne auch als Schorle.«

»Was ist heute Mittag Tagesgericht?«

»Käse-Omelett. Mit – ich hab's vergessen.«

»Mit Minze und schwarzem Pfeffer.«

Mima kam in die Küche und rief Ananda zu: »Doch keine Pause. Am Familientisch hat gerade nochmal eine große Gruppe Platz genommen. Zum Abschluss vom Mittagessen noch zehn Mal das Tagesgericht.«

»Käse-Omelett mit Minze und schwarzem Pfeffer«, lachte Ester und gab ihrer Großmutter einen schmatzenden Kuss auf die Wange.

Mima lachte sie an: »Hübsch siehst Du aus.« Und schon war sie wieder weg.

»Gewöhn Dich dran, bei der Arbeit kann sie sehr, sehr ungeduldig sein. Und kurz angebunden. Ich geh raus und helfe ihr. Du bereitest am besten zehn Teller für die Omeletts vor. Kleiner Salat, übliche Deko.«

»Wird erledigt.« Sie holte die Teller und verteilte kleine Portionen Salat aus Rucola, Champignons, Gurken, Kirschtomaten, Äpfeln und Radieschen. Aus den Augenwinkeln sah sie fasziniert zu, wie Ananda mit fünf Pfannen gleichzeitig hantierte. »Und wofür brauchst Du Zwiebeln, Knoblauch und Litschis?«

»Für mein berühmtes Pirili-Hühnchen. Es steht morgen Abend auf der Karte.«

»Bitte, erzähl mehr. Wie genau macht man das?«, bettelte Ester.

»Die Filetstreifen werden über Nacht in eine scharfe Marinade eingelegt. Aus Kokosöl, Salz, dazu Zwiebeln, Knoblauch und Piri-Piri-Schoten, alles kleingehackt und natürlich die Litschis.« Er warf die ersten beiden Omeletts in die Luft und fing sie mit der Pfanne wieder auf. Er drehte sich zu ihr um: »Sag mal, willst Du das Mandelplatz eines Tages übernehmen? Oder warum willst Du immer alles so genau wissen?«

»Übernehmen?« Ester kicherte. »Was für eine lustige Frage an meinem ersten Arbeitstag.« Sie setzte sich an den Küchentisch und schälte weiter Zwiebeln.

Ein paar Minuten später waren zehn Omeletts fertig, zehn Teller servierfertig, mit Lauchzwiebel-Ringen dekoriert, Josra kam, um das Essen aus der Küche zu den Gästen zu bringen und ließ sich dann neben Ester auf den Stuhl fallen. »So. Die sind versorgt. Jetzt wird es ruhiger.«

»Nicht hier bei mir«, rief Ananda und gab die nächsten Anordnungen: »Wenn Ihr damit fertig seid, kann eine von Euch den Hefeteig durchkneten; der geht gerade im hinteren Ofen. Und eine andere kann Sahne schlagen für die Mandarinen-Creme.«

Mit dem Nachmittag kamen Gäste zum Kaffeetrinken. Und irgendwann bot Josra an, sie könne in der Küche bleiben und Ester könne im Café servieren. »Wenn Du magst. Und wenn Du Dir eine neue Schürze umbindest.«

Ester sprang auf, wechselte die Schürze, wusch sich die Hände, sah kurz in den Spiegel und legte Lippenstift auf. »Danke!«

Mima nickte ihr zu, als sie kam. »Hinten links. Die vier Herren sind gerade erst gekommen.«

Ester ging zu ihren Gästen. Das Café war gut besucht, aber nicht voll. Sie grüßte freundlich, fragte nach den Wünschen und nahm die Bestellung auf. Vier Mal Milchkaffee, eine große Flasche stilles Wasser. Zwei Mal Mandarinen-Kuchen. Ein Mal Obstsalat. Der vierte Gast konnte sich nicht entscheiden. Er sah sie eindringlich an: »Was empfiehlst Du mir denn? Ich mag es gerne süß.« Er rieb sich das Kinn und musterte sie von oben bis unten.

»Die Muffins sind echt lecker«, meinte Ester und wunderte sich, dass ihre Stimme piepsig klang.

»Ein Schokoladen-Muffin, ja, vielleicht habe ich da Appetit drauf.« Er lehnte sich in seinem Stuhl zurück. »Oder lieber ein Karamell-Muffin.«

»Oh. Tut mir leid. Das gibt es leider nicht. Wir haben nur Apfel-Zimt-Muffins und welche mit Feigenmarmelade.«

Er fiel ihr ins Wort. »Aber Du siehst mehr nach Karamell aus.« Er lachte laut.

»Jetzt bestell schon«, sagte einer der anderen drei.

»Also, Schokolade. Auch wenn ich eigentlich nichts Dunkelbraunes mehr sehen kann.«

»Kommt sofort. Danke«, sagte Ester.

Er wandte sich seinen Freunden zu und erzählte laut seinen nächsten Witz: »Wisst Ihr was ich echt nicht leiden kann? Rassisten und Schwarze.«

Ester hörte ihn lachen und wusste, sie ging schneller als sie eigentlich sollte.

»Alles in Ordnung?«, fragte Mima und sah sie besorgt an.

»Ja, ja. Nur ein dummer Spruch über Schokolade und Karamell.« Sie beobachtete, wie ein älterer Herr vom Nachbartisch aufstand und sich an einen anderen Tisch setzte. Schmunzelnd sagte sie zu Mima: »Mister Cassirer sucht sich einen neuen Platz, weit weg von diesem Rassisten. Richtig so.«

Sie holte Kuchenteller aus der Küche, goss Getränke ein, servierte. Dann begrüßte sie weitere Gäste, nahm neue Bestellungen auf, gab Empfehlungen, räumte ab, kassierte, bedankte sich für Trinkgeld, brachte der Vierer-Gruppe einen Aschenbecher, setzte frischen Kaffee auf, wischte Tische ab, unterhielt sich kurz, mal mit Gästen, dann mit Josra oder Mima. Sie lief und sah, wie zwei Bleche Mandarinen-Kuchen sich leerten.

»Na endlich, sie gehen«, seufzte sie, als der Wortführer der vier Herren sie zu sich winkte und »Zahlen, bitte« rief. Eifrig machte sie die Rechnung fertig.

»Ich bin übrigens Derek«, stellte er sich vor. »War nett hier. Fürs nächste Mal wünsche ich mir Black Forrest Cherry Cake.« Ester sah ihn unsicher an. »Da vernasch ich Dich, mit nem Sahnehäubchen und zwei Kirschen auf den Nippeln.« Ester sah hilfesuchend zur Theke, aber Mima bemerkte sie nicht.

»Sie wollten ja gerade bezahlen«, sagte Ester, legte die Rechnung auf den Tisch und wartete ab. »286 Rand.«

Derek prüfte jeden einzelnen Posten. »Vier Mal Latte. Wasser. Zwei Stücke Kuchen. Obstsalat. Muffin. Zweite Runde Kaffee. Sieht okay aus.«

Er reichte ihr zwei Geldscheine, Ester bedankte sich und gab ihm das Wechselgeld. »Vierzehn Rand zurück.«

»Aber ich hab Dir vierhundert gegeben.«

»Sir, Sie haben mir dreihundert gegeben. Einen Zweihunderter-Schein und einen Hunderter.«

»Ich weiß ja wohl, was ich für Geld bezahle.«

»Und ich kann einen Leoparden von einem Büffel unterscheiden.«

Er wandte sich an seine Freunde. »Ha. Habt Ihr das gehört? Der war gut. Die kleine Bantu kann Leoparden von Büffeln unterscheiden.« Feixend sah er Ester an: »Werd bloß nicht frech, Du kleines Nigger-Fräulein.« Und dann rief er laut durch das ganze Café: »Chefin? Kommen sie mal, bitte? Ihre Nigger-Kellnerin will mich bestehlen.«

Mima strahlte Ruhe aus, als sie zu ihnen kam. »Miriam Mandelbaum, die Besitzerin dieses Cafés«, stellte sie sich freundlich vor und reichte Derek die Hand.

»Derek Brasmit. Von Brasmit-Casinos«, erwiderte er freundlich.

»Was ist denn passiert, Mister Brasmit?«, fragte Mima.

»Ich geb ihr vierhundert, sie behauptet, es waren dreihundert.«

Mima wandte sich an Ester. »Im Zweifelsfall für den Gast«, sagte sie und fischte einen Hundert-Rand-Schein aus Esters Portemonnaie.

Derek grinste sie an. »Sie wissen noch, was sich gehört. Wir dürfen uns von denen nicht übers Ohr hauen lassen. Mit so einer Nigger-Kellnerin werden Sie wenig Freude haben. Auch nicht im neuen Südafrika.«

»Verlassen Sie jetzt bitte mein Café«, sagte Mima bestimmt. Sie nickte in Richtung von Ester. »Und sie ist übrigens meine Enkeltochter.«

»Ach«, lachte Derek überrascht. »Wie das? Ein mieser Unfall, he? Da konnte wohl Ihr Sohn nicht die Finger vom Dienstmädchen lassen.« Er lachte wieder.

»Gehen Sie jetzt, bitte. Ihren Namen habe ich ja. Und meine Anwältin wird ihn auch bald kennen. Rassismus ist neuerdings nämlich strafbar. Wenn Sie so weitermachen, werden *Sie* im neuen Südafrika wenig Freude haben.«

Er glotzte sie an. »Was?« Seine drei Freunde drängten ihn, aufzubrechen und zogen ihn Richtung Tür. »Was labert sie?«, rief er noch einmal. Mima ging hinter ihnen her, um ihr Tempo zu beschleunigen und lotste sie vor die Tür.

»Respekt«, sagte ein älterer Herr. Und Mima sah, dass einige andere Gäste zustimmend nickten.

Sie ging zu Ester, die in die Küche geflohen war. Die haute gerade mit der Faust auf den Tisch: »Nigger, Bantu, mieser Unfall, Black Forrest mit Sahne-Scheiße. So ein Mistkerl, elender Shmendrik!«

Ananda stellte eine kleine Schüssel vor sie hin: »Probier mal. Leckeres Payasam. Das beruhigt auch die Nerven«, sagte er.

»Ich will mich aber gar nicht beruhigen.« Sie raufte sich die Haare. »Es ist doch total verrückt. Meine eigene Oma betrachtet mich als Weiße. Und dieser Mistkerl behandelt mich als minderwertig, weil ich schwarz bin. Die spinnen doch alle. Man kann mich doch nicht je nach eigener Laune – irgendwie einsortieren! Mal dieses Label, mal das Gegenteil.«

Mima stellte sich hinter sie und legte die Hände auf ihre Schultern.

Ester sah zu ihr hoch. »Hast Du das ernst gemeint mit der Anwältin, Bubba?«

»Es wäre doch einen Versuch wert, oder?«

»Aber wissen wir denn überhaupt seinen Namen?«, fragte Ananda zweifelnd.

»Oh ja. Bubba tut so höflich, aber dabei ist sie schlau«, sagte Ester bewundernd.

42 Rosebank, Johannesburg

2002

»Shabbat Shalom.« Ben rief fröhlich und winkte. Er stieg von seinem Fahrrad, stellte es vor der Theke im Mandelplatz ab und kam in die Küche. »Bin ich etwa der Erste?« fragte er verwundert. »Wo sind denn die anderen alle?«

Ester umarmte ihn zur Begrüßung. »Sind alle unterwegs hierher.« Ester breitete eine weiße Tischdecke über den Küchentisch aus. Wo sonst Teig ausgerollt, Gemüse geschnitten und gefüllte Tauben zubereitet wurden, würde an diesem Abend eine Festtafel entstehen. Sie legte die zwei Challot-Brote auf den Tisch, bedeckte sie mit einer Serviette, stellte den Weinbecher daneben und einen kleinen Salztopf.

»Ich meine, das Brot duftete am Sabbat immer besonders lecker, hm?«, sagte Ben und setzte sich.

»Onkel Doron ist auch da. Er war in Pretoria und reist erst übermorgen zurück«, erzählte Ester.

»Ah, Doron, ich freue mich, ihn zu sehen.«

»Und Bubba ist noch im Bad. Sie hatte heute wieder ihren Tick, ›Alles muss am Sabbat sauber sein‹ und hat das ganze Haus geputzt. Zum Schluss putzt sie noch sich selbst.«

Ester grinste und Ben zwinkerte ihr zu. »Schön, schön«, seufzte Ben und streckte sich. »Wirklich schön, dass Doron da ist. Und Du? Wie geht es Dir?«

»Machst Du Dir schon wieder Sorgen um mich, Onkel Ben? Musst Du nicht.« Sie sah ihn liebevoll an und stellte ein Glas Ingwerbowle vor ihn hin.

»Multan dankon. Erzähl mir ein bisschen. Vom Studium, von Deinen Plänen.«

Während sie den Tisch deckte mit Tellern, Besteck und Servietten, plauderte sie weiter: »Ich lerne fleißig. Und ich arbeite drei Mal die Woche im Mandelplatz. Beides macht Spaß. An der Hochschule ist es tausendmal besser als in der Schule. Die Kurse sind wirklich gemischt. Und die Themen interessieren mich sehr.« Sie setzte sich für einen Moment neben ihn: »Mathe war ja nie mein Ding. Aber jetzt klappt es ganz gut. Volkswirtschaftslehre, Finanzbuchhaltung, sogar Statistik macht Spaß und Controlling. Ein bisschen Jura kommt im nächsten Semester dazu. Mal sehen. Am besten gefallen mir natürlich die spezielleren Fächer wie Hotel Marketing, Restaurant-Management, Personalwesen. Ich überlege auch, ob ich noch eine Sprache lerne, Französisch vielleicht. Dann mache ich ein Praktikum in Paris und lerne die französische Küche kennen.«

»Lern doch Esperanto. Das ist die Zukunft. Estonteco.«

»Ach, Onkel Ben.« Sie lachten beide. Ester stand auf, ging zur Arbeitsplatte neben einem der Waschbecken und begann, den bronzenen Kerzenleuchter zu putzen.

»Und wenn Du fertig bist?«

»Ich habe doch gerade erst angefangen.«

»Das ist keine Antwort auf meine Frage.« Er klang fast beleidigt. »Ich meine, was wünschst Du Dir denn? Wovon träumst Du?«

»Ganz ehrlich?«

»Ja. Bitte. Ehrlich wäre schön.«

»Amerika.« Leiser, fast flüsternd sagte sie: »Erzähl es niemand, bitte. Aber mein Traum ist Amerika. Vielleicht kann ich ein Praktikum machen in New York? Oder Los Angeles? Oder San Francisco?

Im ›Chez Panisse‹? Ein ganz modernes Café und Restaurant. Wenn das klappen würde! Das wäre großartig. Vielleicht bewerbe ich mich einfach. Vielleicht klappt es ja und sie nehmen mich? Das wäre doch fantastisch.«

»Amerika«, wiederholte Ben nachdenklich.

»Und? Was denkst Du? Hältst Du mich für meschugge?«

»Ich kenne Dich mein Leben lang, liebe Ecco. Ich kannte Ezer. Und Deine Eltern. Berit. Und Thabo auch. Die ganze Geschichte. Wir haben einiges gemeinsam, Du und ich. Amerika ist gut. Meine Mischpoke hätte sich dorthin retten sollen, ehe es zu spät war.«

Bevor er mehr erzählen oder Ester nachfragen konnte, kam Ananda mit vier Flaschen Wein im Arm in die Küche. »Im Keller muss eine Glühbirne gewechselt werden«, sagte er und nahm erst dann wahr, dass schon ein Gast anwesend war. »Oh. Guten Abend, Mister Katz.

»Ananda! Shabbat Shalom«, sagte Ben fröhlich. »Wenn Du mir einen Korkenzieher gibst, öffne ich die Weinflaschen.

»Danke. Das ist freundlich.«

Ester legte ihren Zeigefinger vor die Lippen, um Ben zu zeigen, dass er schweigen solle und er nickte mehrmals.

»Ah. Ein ›Allesverloren‹.«, murmelte er. »Wie passend. Hat auch was mit uns beiden gemeinsam. Ein guter Shiraz.«

»Was sagst Du da?«, fragte Ester nach.

»Das Weingut, das uns diesen Shiraz liefert, heißt ›Allesverloren‹. Die ersten Besitzer, die auf diesem Stückchen Land den Weinbau kultivierten, waren manchmal tagelang mit ihren Planwagen unterwegs. Auf den damals noch unebenen Straßen von Stellenbosch. Vielleicht waren sie auch auf dem Weg zur Kirche. Jedenfalls, als sie eines Tages zurückkamen, war ihr Haus niedergebrannt und die Farm zerstört. Sie nannten ihr Anwesen ›Allesverloren‹. Von da entwickelte sich die Geschichte dann aber zum Besseren. Heute liefern sie Wein in die ganze Welt. Und dieser Shiraz wird mir heute gut schmecken, das weiß ich schon. Mima ist wirklich eine großzügige Gastgeberin. Donaceme. Ja.« Er seufzte wieder behaglich.

»Du erinnerst mich an einen alten, zufriedenen Kater, der in der Sonne schnurrt«, lachte Ester.

In diesem Moment kamen Mima und Doron in die Küche, dicht gefolgt von Batya und Fiona.

»Da seid Ihr ja!«

»Shabbat Shalom.«

»Schön, Dich zu sehen.«

Alle begrüßten sich. Ester stellte den Leuchter auf die Mitte des Tisches und legte die Streichhölzer an Mimas Platz. Fiona stellte Blumen in eine Vase.

»Weiße Lilien, wie schön«, bedankte sich Mima für das Mitbringsel. Mima freute sich über die festlich gedeckte Tafel. »Nehmt doch alle Platz«, sagte sie einladend. »Josra fehlt noch. Und Gavriel. Während wir noch warten, begrüße ich schon mal Ananda. Willkommen. Es ist Deine erste Sabbat-Feier bei uns. Meine Großmutter hätte Dich einen ›Haymishen‹ genannt, einen Freund des Hauses, einen Vertrauten der Mischpoke.«

Ananda verneigte sich. »Danke, ich bin so gerne hier ein Koch. Danke vielmals für die Einladung in Ihre Runde, die für mich auch haymish ist. Um ein Wort von der Großmutter zu gebrauchen«, erwiderte er und alle lachten und applaudierten. Ester schenkte allen Gästen Wasser ein. Mima stand vor Kopf des Tisches.

Als sich die Tür öffnete, rief sie: »Ah, jetzt sind wir komplett. Willkommen, Josra. Und Gavriel. Shabbat Shalom.« Josra setzte sich neben Ananda. Gavriel packte zunächst sein Cello aus und nahm dann neben Mima Platz, das Instrument dicht bei ihm. Alle sahen die Gastgeberin aufmerksam an.

»Die Sonne geht gleich unter. Ich begrüße Euch alle. Schön, dass wir den Sabbat zusammen feiern.« Ester sah sich um. Ihr Leben lang feierten sie Sabbat. In dieser Küche, als Familie, mit Gästen. Manches Mal war sie früher auch mit Mima, Ezer und Berit allein gewesen. Heute Abend waren sie neun Leute. Ben war jetzt seit einigen Jahren immer mit dabei, Batya auch meistens. Sie hatten ihre festen Plätze und einige hatten feste Aufgaben. Ananda und Mima hatten gekocht, eine große Portion Tschulent stand im Backofen, Süßkartoffel-Suppe köchelte auf dem Herd, die kalten Speisen warteten auf Servierplatten, fertig angerichtet in der Kühlkammer.

Mima stand auf und zündete die beiden Kerzen auf dem Leuchter an. Sie hielt ihre Hände erst über die Kerzen, dann vor ihr Gesicht und sprach den Sabbatsegen:

Gelobt seist Du, Ewiger, unser Gott, König der Welt,
der uns mit seinen Weisungen heiligt
und geboten hat, das Sabbatlicht anzuzünden.

Sie setzte sich. In Südafrika ging die Sonne schnell unter, es gab keine Dämmerung. Über dem Herd und im Backofen brannten kleine Leuchten, aber ansonsten war es dunkel. Die Kerzen tauchten die Küche in ein feierliches Licht. Ben stand auf und zitierte den 29. Psalm:

Mizmor leDavid. Ein Psalm. Von David.
Havu laAdonai bnei elim.
Gebt dem Ewigen die Ehre, ihr Gottheiten.
Havu La'Adonai kavod va'oz.
Gebt dem Ewigen Gewicht und Macht.
Verneigt Euch vor dem Ewigem in heiligem Schmuck.
Der Ewige thront über den Himmelsfluten.
Der Ewige thront königlich für immer.
Der Ewige gebe seinem Volk Macht.

Ben grinste und ergänzte: »Amandla Awetu« und schloss sein Gebet mit dem letzten Satz des Psalms: »Der Ewige segne sein Volk mit Frieden. Paco.« Er seufzte tief. »Das wäre ein Wort, das jeder kennen sollte. ›Paco‹, Frieden«, sagte er und setzte sich. Doron berührte ihn kurz am Arm, wie um ihm zu danken.

Gavriel spielte eine Melodie und gemeinsam sangen sie das Lied, mit dem der Sabbat begrüßt wird wie eine Braut. Josra und Ananda hörten zu. Der Gesang klang warm und andächtig. Gavriels Begleitung sorgte für das richtige Tempo und für einen heiteren Ton.

Lecha dodi likrat kalah,
p'nei Shabbat nekabelah.
Komm, mein Freund, der Braut entgegen,
lasst uns den Sabbat begrüßen.

Gavriel spielte leise ein bisschen weiter. Immer wieder wunderte sich Ester, dass er dieses Instrument mit nur vier Saiten zum Schluchzen bringen konnte und zum Lachen, zum Tanzen, Jubeln und Atmen.

Als der letzte Ton leise verschwand, nahm Mima den Weinbecher in die Hand und sagte in die Stille hinein: »Es wurde Abend, es wurde Morgen: der sechste Tag. So wurden Himmel und Erde und alles, was in ihnen kämpft, zum Abschluss gebracht. Gott aber brachte das eigene Werk am siebten Tag zum Abschluss, indem Gott am siebten Tag von all seinem Werk ruhte, das Gott getan hatte. Und Gott segnete den siebten Tag und machte ihn heilig.« Sie hob den Becher hoch. »Gelobt sei Gott, König der Welt, der Schöpfer, der uns die Frucht des Weinstocks geschenkt hat.«

Die Runde antwortete mit »Amen«, Mima trank einen Schluck Wein und reichte den Becher an Gavriel weiter. Während der Becher von einem zum nächsten ging, deckte Mima das Brot auf, brach beide Brotlaibe in der Mitte durch, nahm sich dann ein kleines Stück und bestreute es mit Salz. »Gelobt sei Gott, der uns den Sabbat geschenkt hat. In Liebe, als unser Erbe, zu Erinnerung an sein Schöpfungswerk.« Sie reichte das Brot weiter und jeder brach für sich ein Stück von dem frischgebackenen Laib ab.

Ester reichte den Teller an Josra weiter und zwinkerte ihr zu. Die beiden waren Freundinnen geworden. Sie arbeiteten zusammen, konnten sich aufeinander verlassen, sprangen für die andere ein, wenn es Terminprobleme gab. Und sie sprachen auch über persönliche Fragen. Sie beide hatten in den letzten Wochen bemerkt, dass Ananda sich zu Josra hingezogen fühlte, aber Josra war unsicher, ob sie sich verliebt hatte, oder ob sie den jungen Koch vielleicht nur mochte wie einen Kumpel. Ester jedenfalls mochte es, die beiden so nebeneinander sitzen zu sehen, an einem Abend ohne Arbeit.

Noch aufregender war es allerdings, Gavriel und Mima zu beobachten. Gavriel hielt sich sehr gerade, er hatte graue Schläfen bekommen, war aber mit dem Alter noch charmanter geworden. Die Blicke, die er Mima zuwarf, funkten und Mima wurde rot wie ein junges Mädchen. Auch Doron schien die beiden genauer anzusehen. Als sich Esters Blicke mit denen ihres Onkels trafen, mussten sie beide schmunzeln.

Mima sah in die Runde und wählte ein paar eigene Worte: »Wir sollen nicht vierundzwanzig Stunden und sieben Tage lang ohne Unterbrechung leben. Wir brauchen Pausen. Unsere Arbeit ist ein Geschenk, aber unsere Freiheit ist es auch. Heute wird nicht gekocht, das Essen ist bereits fertig. Wir haben aufgeräumt, jetzt genießen wir. Wir feiern, wir erzählen Geschichten, singen, spielen, schweigen. Wir sind einmal anders. Wir feiern, dass es eine Zeit gibt, die Gott gehört und in der wir nichts schaffen müssen. Wir erinnern uns, dass wir geschaffen wurden.« Sie schwieg einen Moment.

Dann strahlte sie die Runde an: »Shabbat Shalom. Ester und ich servieren jetzt das Essen. Und dann ›Guten Appetit‹.«

Gavriel packte sorgfältig sein Cello weg. Mima ging in den Kühlraum und brachte einige Platten mit kalten Vorspeisen. Laban-Bällchen, Avocado-Würfel mit frischem Pfeffer, mit Lachs gefüllte Blinys, Oliven-Tapenade mit Parmesan, Rote Bete-Scheiben mit Gorgonzola, Hummus, gebackener Ziegenkäse mit Aprikosen-Chutney. Alles war dekoriert mit Kirschtomaten, geschmorten Kapernäpfeln, Oliven, Feigen und Datteln. Dazu wurde Sesambrot und Knoblauch-Nan gereicht.

Immer, wenn sie Menschen sah, die ihr Essen genossen, wusste Ester, dass sie den richtigen Beruf lernte. »Lasst noch Platz für meinen Tschulent und die Suppe«, bat sie.

»Nan, das ist neu«, sagte Ben und sah den indischen Gast an.

Ananda räusperte sich: »Es ist unsere indische Art, Brot zu backen. Du brauchst Hirse. Weizen geht auch. Und Hefe und Joghurt. Du brauchst auch etwas Geduld, dass der Teig sich entwickelt. Die Fladen bestreichst Du dann mit Butter und etwas schwarzem Zwiebelsamen und Knoblauch. Dann kommt es in den Ofen. Eigentlich, zuhause, wird es über dem offenen Feuer gebacken.«

Ben nickte anerkennend. »Lecker.«

»Und was ist Tschulent?«, fragte Ananda zurück.

Mima antwortete: »Das hier ist ein Rezept meiner Großmutter. Vegetarisch. Mit Lokschen, also Nudeln. Dazu kommen Graupen, grüne und weiße Bohnen, Zwiebeln, Eier, saure Sahne und viel Pfeffer und Muskatnuss. Es ist ein typisches Sabbat-Essen, weil man es früh vorbereiten soll. Ein zwei Tage alter Tschulent schmeckt nämlich am besten.«

Ben sagte: »Im Hebräischen sagen wir ›Chamin‹, das bedeutet heiß. Chalant ist ein altes französisches Wort für heiß. Vielleicht kommt daher der Name, chalant, tschulent. Aber eine andere Geschichte erzählt, Tschulent würde Schul-Ende bedeuten, weil es das Essen ist, das nach Ende des Synagogenbesuchs beim Bäcker abgeholt wurde.«

»Onkel Ben kann zu jedem Wort eine Geschichte erzählen«, meinte Ester. »Vorhin hat er mir erklärt, warum unser Wein ›Allesverloren‹ heißt. Das Weingut, meine ich.«

Sie sah, wie Mima Ben einen fragenden, strengen Blick zuwarf.

»Räumen wir doch die Vorspeisen ab und Ester serviert uns den Tschulent und die Suppe, ja?« schlug Mima vor, stand auf und sammelte die Teller ein.

»Bubba, es ist Sabbat. Wir haben Zeit«, protestierte Ester und sah ihre Großmutter kurz irritiert an. Aber sie stand trotzdem auf und holte den großen Tontopf aus dem Backofen.

»Platz da«, rief sie, als sie zurück zum Tisch kam und Josra und Gavriel rückten zur Seite. Mima stellte die Suppe auf den Tisch.

»Das duftet aber lecker«, sagte Batya und die anderen stimmten zu. Ester und Mima füllten die Teller und es wurde weiter geschmaust.

»Wer weiß noch eine Geschichte?«, fragte Ben in die Runde.

Ester war überrascht, als Fiona anfing, zu erzählen: »Unsere Vorfahren haben ja oft Geschichten mit Namen verbunden«, sagte Fiona. »Meine Eltern haben mich Fiona genannt und dabei als orthodoxe Juden an den biblischen Phineas gedacht, der wohl besonders gesetzestreu war. Hebräisch bedeutet das so viel wie braun oder dunkel, denn ich hatte schon als Baby diese schwarzen Locken.«

Sie fuhr sich durch ihre Haare, etwas schüchtern, als sei es ihr selber nicht ganz geheuer, dass sie auf einmal so viel redete. »Bei Black Sash habe ich eine Irin kennen gelernt, die erzählte mir von Fionn, einem legendären irischen Helden. Und sie sagte, ›fion‹ bedeute weiß, hell, blond. Also ganz das Gegenteil von braun und dunkel. Nun, aber weiß bin ich ja auch.« Sie lachte ein sympathisches Lachen. »Ich heiße also dunkel und hell, schwarz und weiß. Als Südafrikanerin fühle ich mich damit sehr wohl.« Sie sah in die Runde und genoss die freundlichen Blicke.

Doron sagte: »Eine schöne Geschichte.«

Ester sah sie fasziniert an. Fiona war für sie bisher immer nur die Freundin von Batya gewesen. ›Batyas Fiona‹, ›Batyas Liebe‹, sagten sie alle. Und Batya war die Freundin ihrer Großmutter. Die beste Tante, die sie sich wünschen konnte. Aber Fiona kannte sie eigentlich gar nicht.

»Ein wirklich schöner Name«, sagte Ester. »Du heißt so, wie ich mich fühle. Schwarz und weiß. Mal bekomme ich das eine, mal das andere Etikett.«

Fiona sah sie mit offenem Blick an. »Bei Black Sash habe ich gelernt, darin eine Aufgabe zu entdecken. Zu verbinden. Gegensätze zu vereinen.«

Ben ergänzte: »Wie bei Yin und Yang, Südufer eines Flusses und Nordhang eines Berges, schattige Ebene und sonnige Anhöhe. Es meint Ergänzung, Ausgleich, Balance. In Esperanto, hela und malhela.« Ben wurde mit Interesse und Kopfschütteln bedacht.

Und Batya fügte noch hinzu: »Deshalb hat Black Sash an schwarze und weiße Parteien appelliert, die Kommission ins Leben zu rufen. Die Wahrheits- und Versöhnungskommission. Um zu verbinden.«

»Habt Ihr eigentlich den Eindruck, dass sie wirklich etwas bewirkt?«, fragte Ester.

Einen Moment lang sagte niemand etwas.

Und so plauderte Ester weiter: »Ich habe neulich nochmal gelesen, dass die Witwe von Steve Biko Angst davor hatte, die Mörder ihres Mannes würden begnadigt werden. Fünf Polizisten haben vor der Kommission zugegeben, ihn getötet zu haben und einen Antrag auf Amnestie gestellt. Sie sind tatsächlich begnadigt worden. Ihr Trost ist, dass sie jetzt zumindest weiß, dass es kein Selbstmord war und er nicht durch einen Unfall bei seiner Verhaftung ums Leben kam.«

Alle sahen Ester an. »Was habt Ihr denn?«, fragte sie. »Warum guckt Ihr mich denn so an?«

Ben wandte sich an Mima. »Du hast Ihr nichts...?«

Aber Mima fiel ihm ins Wort. »Ich möchte den Sabbat nicht mit diesen schweren Erinnerungen belasten. Kann nicht noch jemand eine schöne Geschichte erzählen? Was bedeutet denn Dein Name, Ananda?«

Ananda spürte die Blicke auf sich, bemerkte aber auch, dass Ester unruhig geworden war. »Was ist denn, Bubba?«, fragte sie.

Aber Mima versuchte, sie zu beruhigen: »Nichts, Ecco. Wir sprechen später darüber.«

Ben stieß einen ächzenden Seufzer aus.

»Okay«, meinte Ester und damit hatte Ananda das Wort.

»Ananda bedeutet Glück«, erzählte er und machte mit seinem Lächeln seinem Namen in diesem Moment alle Ehre. »Ananda ist ein Vetter von Buddha und einer seiner treuen Begleiter. Man sagt, er habe viele seiner Äußerungen wörtlich zitieren können. Außerdem ist Ananda dafür bekannt, dass er sich dafür eingesetzt hat, dass auch Frauen einen Orden gründen können, also Nonnen werden dürfen. Darauf war meine Mutter immer besonders stolz. Für mich ist wichtig, dass der Name mit Glück verbunden wird.«

Er drehte sich nach links und sprach ganz direkt Josra an: »Und Dein Name? Ich kenne keine andere Person, die so heißt wie Du. Das ist ganz einzigartig.«

Josra wich seinem Blick erst aus, sah ihn dann aber doch an: »Mein Name ist arabisch und bedeutet Vermögen, Leichtigkeit. Auch Erlösung. Oder so etwas wie ›die Retterin‹.«

Die beiden sahen sich tief in die Augen.

Gavriel holte sein Cello und begann, eine leise Melodie zu spielen, die wie ein Duett klang, wie ein Für und Wider. Batya legte ihren Kopf auf Fionas Schulter. »Schöne Musik.«

Doron erzählte eine lustige Geschichte von Joela, aber Ester mochte dem Gespräch nicht mehr folgen. Sie sah von einem zum anderen. Sie lächelten, hörten versonnen Gavriels Spiel zu, nickten, erzählten. Ester fühlte sich unterbrochen, wie abgewürgt. Sie beschloss, den Andeutungen von Ben auf den Grund zu gehen. Sie vermutete fast, dass er genau das hatte bewirken wollen. Mit seinen Bemerkungen zu ›Allesverloren‹ und zu ihren Gemeinsamkeiten. Und jetzt gerade hatte er fast erschrocken gewirkt. Als habe Mima etwas getan, das er nicht fassen konnte. Ihre Großmutter stand auf und holte den Nachtisch. Sie sah müde aus. Aber Ester konnte jetzt kein Mitleid mit ihr haben. Sollte sie müde sein. Sie selbst war hellwach.

Mima kochte eine große Kanne Kaffee und servierte dazu Marzipantörtchen mit Mandeleis. Der Abend neigte sich dem Ende zu. Josra verabschiedete sich als Erste und Ananda bot eifrig an, sie nach Hause zu bringen. Als sie die Küche verlassen hatten, schmunzelten alle.

»Die Liebe«, meinte Doron. »Es ist doch immer schön, Frischverliebte zu sehen. Ich gehe nach oben. Danke für den Abend. Immer schön, Euch alle zu sehen.« Er verabschiedete sich, um Joela noch anzurufen.

»Grüß Deine Frau von uns«, meinte Batya.

Und Mima rief ihm hinterher: »Schlaf Dich morgen aus. Frühstück gibt es bis zwölf Uhr.«

Batya und Fiona nutzten die Gelegenheit, sich ebenfalls zu verabschieden, umarmten erst Mima und dann Ester. »Danke. Du bist eine wirklich gute Köchin geworden.« Das Kompliment tat ihr gut.

So saßen am Ende des Sabbatabends Ben, Gavriel, Mima und Ester zusammen. Ester suchte den Blick ihrer Großmutter.

»Bubba?«, fragte sie.

Mima sah sie an. Ihr Blick war verschleiert. »Ich kann nicht.« Sie sah vor sich auf den Tisch und begann leise zu weinen.

Gavriel legte seine Hand in ihren Nacken und mit seiner rechten drückte er kurz Esters Hand und verband sie so miteinander.

»Onkel Ben?« Ester sah bittend zu Ben.

Der setzte sich gerade hin, goss sich noch ein Glas Rotwein ein und begann: »1993. Das Jahr hatte gerade begonnen. Es war ein Sonntag. Du warst mit Deinen Eltern zu einem Ausflug aufgebrochen. Sie wollten heiraten.« Ester sah ihn fragend an.

»Ja. Sie hatten das wohl geplant. Auf dem Weg von hier nach Natal kam ihr Wagen von der Straße ab. Sie wurden beide tödlich verletzt. Du hast überlebt. Am späten Abend bekam Mima einen Anruf und wurde ins Krankenhaus nach Harrismith gebeten. Ich fuhr mit ihr hin. Du hattest keine Brüche, nur ein paar Prellungen. Das war schmerzhaft, aber nicht gefährlich. Du konntest Dich an nichts erinnern. Wir hatten viele Fragen. Eine Vermutung war, dass es ein Unfall war. Eine anderen, dass sie sich selbst töten wollten. Weil sie als gemischtes Paar keine Zukunft sahen.«

Ester kamen die Tränen.

Ben erzählte weiter. »Wir dachten, dass es besser wäre, möglichst wenig mit Dir über das Unglück zu sprechen.«

Mima unterbrach ihn: »Ehrlicherweise muss man sagen, dass es meine Entscheidung war. Du warst ein Kind. Acht Jahre alt. Die Psychologin meinte, zu vergessen, könnte ein Schutz sein. Ich habe es gut gemeint. Ben war schon immer anderer Meinung.«

Ester sah Mima an: »Du wolltest nichts erzählen, Bubba. Ob ich nichts hören wollte, kann ich nicht sagen. Ich weiß es nicht. Aber jetzt will ich.«

Ben erzählte weiter: »Im März 1998 fand eine Anhörung vor der TRC statt. Mima ging hin, weil der Tod von Sarah Rubin zur Sprache gebracht werden sollte. Bei der Verhandlung wurde klar, dass Sarah deshalb in Mimas Auto gestorben war, weil die Bombe in ihrem Cadillac eigentlich für Mima bestimmt gewesen war.«

»Bubba«, flüsterte Ester fassungslos.

»Im weiteren Verlauf, als alle Fakten des Verbrechens offen gelegt wurden, wurde außerdem klar, dass Deine Mutter und Dein Vater keinen Unfall hatten. Und es war auch keine Selbsttötung geplant. Sondern das Justizministerium hatte einen Mord in Auftrag gegeben. Um Mima zu schaden, zu treffen. Einzuschüchtern. Eine Sondereinheit der Polizei ließ ein Wespennest im Auto verstecken. Damit wurde mindestens riskiert, dass irgendjemand irgendwann in Bedrängnis kommen würde. Vor allem Berit, die allergisch auf die Stiche reagierte.

»Ah«, rief Ester jammernd. »Ja. Da waren überall Wespen.« Sie sprach langsam weiter, als fände sie den Weg erst im Gehen: »Und Mamas Schreien. Mama am Steuer. Ich wurde gestochen. Papa rief um Hilfe. Das Auto wurde hin und her geschleudert. Und Mama schrie und schrie und schrie. Und dann war es plötzlich ruhig.« Sie sah die drei Älteren entsetzt an. »Ich erinnere mich wieder.« In der Küche herrschte Stille. Ester klammerte sich am Küchentisch fest und atmete schwer. »Und wie ging die Anhörung aus?«, wollte sie wissen.

»Der verantwortliche Polizist hat um Verzeihung gebeten. Und um Begnadigung. Sie wurde geprüft. Und bewilligt.«

Ester nickte. »Wie bei Steve Biko.« Sie sah Mima an. »Sie wollten aber nicht meine Eltern töten? Nicht mich? Sondern Dich treffen?«

Mima zuckte mit den Schultern. »Ja«, flüsterte sie nur.

Ester suchte Bens Blick. »Deshalb hast Du gesagt, dass wir etwas gemeinsam haben? Weil wir beide ›einzige Überlebende‹ sind?«

Ben nickte. »Alle kamen in Auschwitz um, in Theresienstadt, Mauthausen, in Buchenwald. Darum zu wissen, ist unendlich schwer. Es gibt keine Worte dafür, in keiner Sprache der Welt. Nicht mal die Sprache der Tränen reicht. Aber auch das: Möglichst viel darüber zu wissen, hat mir immer Kraft gegeben. Fakten zu sammeln. Zeugnisse von anderen Betroffenen. Von Überlebenden. Sogar von Tätern zu lesen und von Täterinnen. Zu erfahren, was sie antrieb. Ich wollte den Hass verstehen. Es hat mir geholfen weiterzuleben. Und ich wollte die Erinnerungen bewahren. Es nicht zu vergessen, das war mir wichtig. *Sie* nicht zu vergessen. Deshalb war ich immer der Meinung, man müsse mit Dir reden.« Er wandte sich an Mima: »Aber ich habe Deine Haltung immer respektiert. Du hast aus bester Überzeugung so entschieden. Und nicht ohne Angst, dass Du eines Tages doch darüber sprechen müsstest.«

Ester sah die Erwachsenen sprachlos an. Dann fragte sie vorsichtig: »Aber Du erinnerst Dich an Deine Mischpoke, oder, Onkel Ben? Ja, ich weiß, dass Du es tust. Du hast mir immer vom Schtetl erzählt. Von der Synagoge und der Schul. Von der Welt Deiner Vorfahren. Von Deinen Eltern, Deinen Lehrern.«

»Ja, ich erinnere sie. Mit ihren Geschichten. Ich sehe sie vor mir. Viele. Ich halte sie lebendig. Und sie geben mir Halt. Wie die Wurzeln einem Baum Halt geben.«

Ester sah Mima direkt an. »Ich glaube, das ist es. Ich möchte, dass meine Eltern erinnert werden. Ich will über sie sprechen. Ich will, dass sie mehr sind als eine Lücke. Mehr als etwas, an das man nicht gerne zurückdenkt.«

»Aber mir ist es selbst so schwer, über ihren Tod zu sprechen«, erklärte Mima.

Da brauste Ester auf: »Verdammt nochmal! Ich meine nicht ihren Tod. Ich meine ihr Leben. Bubba, bitte. Du sprichst *nie* über sie. Ich kann sogar verstehen, dass Du über den Unfall geschwiegen hast. Aber sie kommen nicht vor. Sie haben keinen Platz in meinem Leben. Und das ist nicht fair.«

»Was wirfst Du mir vor? Ich habe alles dafür getan, dass es Dir gut geht.«

»Nein, Bubba. Das hast Du nicht. Du hast sehr viel getan. Danke, danke, tausend Mal Danke. Ich bin wahrscheinlich die verwöhnteste Enkelin der Welt. Ich liebe Dich. Aber Berit und Thabo sind meine Wurzeln. Und die hast Du mir nicht gezeigt.«

43 | Rosebank, Johannesburg
2005

Als Ester der Dale Avenue näher kam und sie das Mandelplatz sah, konnte sie kaum glauben, wen sie sah. Ihre Großmutter Zanele saß an einem Fenstertisch, eine Tasse vor sich und schaute die Straße herunter.

»Oma«, rief Ester und ging zu ihr. Die alte Frau war dünn geworden. »Was machst Du denn hier? Schön, Dich zu sehen.«

Zanele ließ sich umarmen und hielt Ester einen Moment länger fest als erwartet. Sie setzten sich beide.

»Du hast bald Geburtstag«, begann Zanele.

»Nächste Woche, ja. Bist Du deshalb hier? Warum denn?«

»Es gibt Gründe. Einmal das: Ich bringe Dir ein Geschenk.«

»Wow. Danke. Egal, was es ist, ich freue mich. Vor allem, weil Du da bist. Und an mich gedacht hast. Danke. Wollen wir einen Kaffee trinken? Oder was möchtest Du?«

»Kakao. Ich hätte gerne einen Kakao.«

Ester nickte, ging kurz zur Theke und bat Josra um einen Kakao und einen Milchkaffee. »Ich nehm die Tassen gleich selbst mit. Meine Oma ist da«, raunte sie ihr zu.

»Deine Oma ist immer da«, erwiderte Josra, die nicht von der Orangenpresse aufschaute.

»Nein, nicht Bubba. Die andere.«

Sie wies mit dem Kopf zu Zanele und Josra fragte erstaunt: »Was macht sie hier?«

»Noch weiß ich auch nichts. Später mehr. Danke für die Getränke.« Sie nahm die beiden Tassen und ging zurück zu Zanele.

»Hier. Kakao für Dich.«

»Danke. Also. Das Geschenk ist von meinem Thabo«, fuhr sie fort. Ihre Stimme klang dumpf. »Er hat es mir für Dich gegeben. Zum Verwahren.«

Ester sah sie abwartend an. »Okay. Danke. Das ist eine echte Überraschung. Und wieso? Hattest Du sie jetzt lange genug verwahrt? Oder, wieso?«

»Das ist das andere. Es geht mir nicht gut.«

Erst jetzt sah Ester sie genauer an. Sie hatte sehr stark abgenommen. Ihr Gesicht war eingefallen, neben dem Mund zwei tiefe Falten. Ihre ganze Gestalt wirkte wie geschrumpft. Die Haut ihrer Oberarme hing wie Lappen an ihren Knochen. Ihr Oberkörper war flach. Ihre großen Brüste fehlten. Sie trug einen Duku, aber Ester ahnte, dass ihr vielleicht die Haare ausgefallen waren.

Zanele folgte ihren Blicken und nickte. »Was sagt Dein Arzt?«

»Dass ich noch Zeit habe, um mich zu verabschieden.« Ester schluckte. Entschlossen sagte Zanele: »Und was zu erledigen. Was noch erledigt werden soll. Also.« Sie schob eine viereckige Zigarrenkiste, mit einem Bindfaden zugeknotet, über den Tisch zu Ester hin.

»Was ist drin?«

»Ich weiß es nicht. Jedenfalls wohl keine Zigarren.«

»Du hast nicht reingeguckt?«

»Ich durfte nicht. Ich habe es ihm versprochen. Hoch und heilig. Es ist das Letzte, was ich noch für ihn tun kann.« Sie wischte sich unwirsch über die Augen.

Ester fragte: »Gibt es keine Erklärung? Keinen Brief?«

»Vielleicht in der Kiste?« Zanele zog die Achseln hoch.

Sie trank ihren Kakao und leerte die Tasse, ohne sie noch einmal abzusetzen. »Gott segne Dich, meine Ester Coretta«, sagte sie und stand auf. Sie umarmten sich und Zanele verließ das Café mit hinkendem Gang. Nicht durch die Küche, sondern durch den Haupteingang. Sie sah sich nicht um. Ester sah Zanele zur Bushaltestelle gehen. Die Zigarrenkiste lag vor ihr. Sie musste wissen, was ihr Vater ihr hinterlassen hatte.

Nachdem sie die Tassen abgeräumt und kurz mit Josra gesprochen hatte, lief sie die Treppen hoch, nahm zwei Stufen auf einmal und stürmte in ihr Zimmer. Sie verschloss die Tür und setzte sich auf ihr Bett. Wenn das Geschenk doch nur eine Spur enthalten würde, einen Hinweis auf das, was ihr Vater von ihr erwartete. Sie knotete den Bindfaden auf und öffnete vorsichtig die Kiste. Obenauf lagen zwei zusammengefaltete Blätter Papier. Eine Urkunde. Die würde sie sich später ansehen. Und ein Bogen von Berits Briefpapier. Sie atmete jetzt schneller und las:

Liebe Ester Coretta,
was auch immer geschehen ist und was auch immer geschieht, Du sollst wissen, dass wir Dich lieben. Wir haben immer geglaubt, dass Du in Berits Elternhaus die besten Bedingungen haben und die besten Aussichten für Deine Zukunft finden würdest. Solltest Du eines Tages ein Startkapital brauchen, um auf eigenen Füßen stehen zu können, nimm dafür dieses Geschenk von uns beiden.
Wir sind dankbar, dass wir beruflich so gut zusammenarbeiten konnten. Das erlaubt es uns, Dir dieses Erbe zu vermachen. Unser Rat ist, dass Du dieses Geschenk niemandem zeigst. Du solltest es nicht behalten, sondern an einen Händler verkaufen. Du bekommst auf jeden Fall mehr dafür, wenn Du es nicht in Südafrika, sondern in Europa oder den USA verkaufst. Wenn möglich.
Fühl Dich frei, das zu tun, was Du Dir wünschst. Wir wünschen Dir das Beste.
Deine Eltern, Berit und Thabo Kefilwe

In der Kiste lag ein kleiner dunkelblauer Samtbeutel. Sie öffnete die Kordel und schüttete den Inhalt in ihre Hand. Glitzernde Steine. Diamanten. Sie konnte es nicht fassen und schloss die Augen. So fühlte es sich dann wohl an, wenn Glück überwältigend war. Sie zählte. Zwölf Stück. War sie jetzt reich? Wieder schloss sie die Augen und murmelte ein Gebet, das Gebet für Wunder:

Al hanissim v'al hapurkan.
V'al hagvurot V'al hot'shuot.
Dank für die Wunder, für die Befreiung,
für die Allmachttaten, für die Siege und für die Kämpfe,
die Du unseren Vätern in jenen Tagen
zu dieser Zeit bewirkt hast.

Sie sah die Steine zärtlich an und wog sie in einer Hand. Ihr Funkeln brachte sie zum Träumen. Sie würde Geld bekommen für diesen Schatz. Geld, das nur ihr gehörte. Ob es für einen Flug reichen würde? Aber sie sollte die Steine ja nicht hier verkaufen. Sie würde tun, was ihre Eltern sich gewünscht hatten. Sie könnte wirklich nach Amerika gehen. Zuerst ein Praktikum machen, sich dann einen Job suchen. Im Chez Panisse. Sie würde lernen und dann irgendwann nach New York gehen. Und ihr eigenes Café eröffnen. Das Startkapital hätte sie jetzt. Das wäre ein Traum. Zu schön, um wahr zu sein. Noch immer konnte sie kaum glauben, was ihr gerade geschehen war. Ein Erbe! Freiheit! Egal, was die Steine genau wert waren, ihre Eltern hatten daran geglaubt, dass sie eines Tages einen Neuanfang wagen würde.

44 | Brooklyn, New York
November 2009

Über der Tür wurden gerade die einzelnen Leuchtkästen angebracht. Strahlende Buchstaben. Ester sah sich die Arbeiten vom Gehweg der gegenüberliegenden Straßenseite aus an, das Ergebnis schon vor ihrem inneren Auge: ›Café Mandelplatz № 2‹ sollte über dem Eingang stehen. Zufrieden nahm sie wahr, dass die vorbeieilenden Fußgänger neugierig einen Blick darauf warfen und einige sogar stehenblieben, um genauer hinzusehen. Sobald diese Arbeiten erledigt waren, wäre alles fertig.

Sie genoss den Moment, als sie die Tür zu ihrem Laden aufschloss. Die Lampen waren gerade noch rechtzeitig angebracht worden und tauchten alles in warmes Licht. Die Möbel waren vor einer Woche geliefert worden. Ester sah sich zufrieden um: Quadratische Tische, bequeme Stühle in hellgrauem Holz, der Boden in derselben Farbe lasiert, brachten eine kühle Harmonie in ihren Laden und boten einen schönen Kontrast zu den pinkfarbenen und zitronengelben Kissen, die Farbe und Sonne lieferten. Drei große Schwarz-Weiß-Fotografien, Nahaufnahmen von einem Leoparden, einem Zebra und einer Antilope erinnerten an ihre Heimat. Und die große, bronzene Menora im Fenster. Hilda hatte sie vor einigen Tagen mit dem Leuchter überrascht. »Ein Geschenk. Von Rusty und mir.« Sie hatten sich umarmt und für einen Moment hatte Ester sich wieder wie ein kleines Mädchen in den Armen ihrer Großmutter gefühlt. Ben hatte ihr Fotos vom Mandelplatz in Rosebank geschickt und sie hatte die Bilder von Zuhause in einer Reihe von kleinen Rahmen gegenüber der Theke platziert. Fehlte noch ein Granatapfel, aber der Betrieb würde auch ohne dieses Detail laufen.

»Hallo?«, rief eine Stimme. Im Eingang stand ein junger Inder, den Arm voller Blumen. Ester bat ihn, sie auf die Theke zu legen und bezahlte. »Komm heute Abend doch vorbei. Ich eröffne«, sagte sie herzlich. Der Lieferant bedankte sich, murmelte freundlich irgendetwas Unverbindliches, winkte und ging. Ester wickelte die Blumen aus dem Papier. Rosafarbene Gladiolen für die hohe Vase auf der Theke. Pinkfarbene Gerbera für die Tische. Zusammen mit Lavendel und Salbeiblättern, die sie im Gemüseladen gekauft hatte, würde die Dekoration nicht nur frisch aussehen, sondern auch gut duften. Sie holte die Väschen aus dem Geschirrschrank und füllte sie mit Wasser. Sie waren wie die Teller, Tassen und Schüsseln aus grau glasierter Keramik und hatten einen pinkfarbenen Granatapfel als Farbtupfer. Genau so wie im Mandelplatz ihrer Großmutter.

Noch fünf Stunden. Gleich würde ihr Team kommen. Sie hatte drei Kellnerinnen gefunden, Elin und Caro, zwei Studentinnen und Neil, einen älteren, erfahrenen Barkeeper, der jahrelang in einem Szene-Club gearbeitet und Lust auf etwas Neues hatte. Alle drei hatten den Zettel im Ladenfenster gesehen und sie angerufen. Die beiden Küchenkräfte hatte sie über eine Online-Stellenanzeige gefunden. Malak war ein vierzigjähriger Araber, der zuletzt als Aushilfe einen Döner-Spieß bedient hatte und auf eine Chance hoffte, seine wahren Kochkünste unter Beweis zu stellen. Ester und er hatten in den letzten drei Wochen fast jeden Tag zusammen gekocht. Sie hatte ihm ihre Rezepte nahegebracht. Nebenbei hatten sie gemeinsam die Küche nachgebessert, mehr Pfannen gekauft, einige zusätzliche

Gewürze, eine Arbeitsplatte gekürzt und die Müllentsorgung besser geregelt. Ester war inzwischen davon überzeugt, dass sie gut zusammenarbeiten würden. Mo war oft dabei gewesen, hatte ihnen beim Backen, Braten und Abschmecken über die Schulter geguckt, probiert und seine Kommentare abgegeben. Lia würde Malak unterstützen. Die junge Schweizerin lebte seit fünf Jahren in New York und hatte in verschiedenen Restaurants gejobbt. Ester hatte sich bei der Auswahl ihres Personals von ihrer Intuition leiten lassen. Sie hatte ein paar Lebensgeschichten zu hören bekommen, oft innerlich den Kopf geschüttelt, sich aber auch in einigen Erfahrungen wiedergefunden. Die Bewerbungen und Zeugnisse hatte sie aufmerksam gelesen, aber dann darauf geachtet, ob ihr jemand sympathisch war, Erfahrung mitbrachte, Neugier und Tatendrang. Dann hatte sie Ja gesagt. Sie hatte ihre Entscheidungen Mo gegenüber begründet und er hatte irgendwann schmunzelnd gesagt: »Die glatten Typen interessieren Dich nicht, hm? Du willst die anderen.« Er hatte Recht.

Mo hatte mitentschieden, was jetzt am Ende auf der Karte stand. Auch das Eröffnungs-Menü hatten sie gemeinsam geplant. Sie mochte seine Nähe. Er wollte ein Partner werden, im Café und in ihrem Leben und so verhielt er sich. Sie lernten sich besser kennen, umgingen einige Themen, diskutierten viel, gingen spazieren und richteten das Café ein. Sie holte Kreide und schrieb das Eröffnungs-Menü auf die Tafel.

Zur Begrüßung würde es heute Abend hausgemachte Ingwerlimonade geben, Prosecco und Aperol Spritz, jeweils serviert in breiten Gläsern mit Limettenscheibe. Das Menü würde aus drei Gängen bestehen. Als Vorspeise gab es Forellen und Kürbis-Chilli-Salsa. Zum Hauptgang Hühnchen-Filet und Feigen vom Grill, serviert mit Knoblauch-Nan, Panisse und Chicorée-Mandarinen-Salat mit Minz-Dressing. Zum Nachtisch dann Pfirsich-Kompott mit Anis-Sahne. Alles war gut vorbereitet. Es würde einen südafrikanischen Wein geben und Espresso, dazu alles, was sonst auf der Getränkekarte stand. Sie würden üben und am Ende des Abends ein erstes Fazit ziehen.

»Hi, Easy Ecco«, rief Mo. Er küsste sie und hielt sie dann an den Schultern, einen Meter von sich entfernt, um sie genau zu begutachten. »Du sieht aus wie eine Frau, die einen großen Abend vor sich hat«, sagte er und gab ihr noch einen Kuss auf die Stirn.

»Ich werd mich später noch umziehen.«

»Du wirst toll aussehen.« Sie kuschelte sich kurz an seine Schulter.

»Danke. Schön, dass Du da bist.«

»Was kann ich tun?« Er las, was sie auf die Tafel geschrieben hatte. »Panisse? Was ist das? Habe ich das auch probiert?«, fragte er.

»Das sind diese fluffigen Fritten. Aus Kichererbsenmehl. Eine Hommage an die französische Küche. Und ein Zugeständnis an die amerikanische. Eine kleine Erinnerung an San Francisco.«

»Okay. Ist sicher lecker. Also, was kann ich tun?«

»Du könntest die Kerzen in die Menora stellen. In den Leuchter. Das Ding im Fenster.« Mo nickte.

»Ich weiß, was eine Menora ist.«

»Ja?«, fragte Ester.

Mo sah sie aufmerksam an. »Menora, hebräisch für Leuchter. Er hat sieben Arme. Ein Symbol des Judentums, das es bis ins Staatswappen von Israel geschafft hat. Sieben wie die sieben Tage der Schöpfung. Vollkommenheit. Licht, weil der Ewige das Licht schuf und wir Licht für die Welt sein sollen. Der Leuchter ist aus Gold, Silber oder Bronze und sieht aus wie ein Baum mit Wurzeln, Stamm und Ästen. So steht er gleichzeitig für das Gleichbleibende und die Veränderung. Die Menora ist der Baum des Lebens. Sie erinnert uns an das Paradies. Der Tempel erinnert uns an unsere Aufgabe, die Welt in ein Haus Gottes zu verwandeln.«

Ester sah ihn staunend an. Mo grinste und sprach weiter.

»Die Chanukkia dagegen hat acht oder neun Arme. Der neunte in der Mitte ist der Diener, Schamasch, mit dem die anderen angezündet werden. Wenn wir Chanukka feiern. Nachdem die Segenssprüche gebetet wurden.« Er nahm ihre Hand. »Du guckst so merkwürdig. Was ist denn?«

»Woher weißt Du das alles?«

»Ich habe es gelernt. Als Kind. Von meinem Vater.«

»Mo kommt nicht von Mohammed? Du bist kein Moslem?«

»Nein.« Er schüttelte den Kopf und sah sie belustigt an.

»Du bist Jude?«

»Mein Vater ist Jude. Meine Mutter Humanistin. Ich suche noch. Aber mein Vater hat mich sehr geprägt. Ja.«

»Du siehst nicht jüdisch aus.«

»Guck Dich mal an.«

»Woher weißt Du, dass ich Jüdin bin?« Ihre Stimme klang spitz.

»Ach komm, Ecco! Ich bitte Dich«, sagte er mit einer Mischung aus Lachen und Ermüdung. Und dann musste er laut lachen und konnte sich einen Moment lang nicht beruhigen. Sie sah ihn überrascht und abwartend an.

»Ich merke ja, dass Du keine Lust hast, darüber zu sprechen. Du willst nicht erzählen, wo Du herkommst. Okay. Aber Du heißt Ester. Du nennst Dein Café Mandelplatz, das klingt doch irgendwie jüdisch. In meinen Ohren. Du bietest jüdische Spezialitäten an. Das stand auch auf Deinem ›Suche Kellner‹-Zettel im Fenster. Es hat mich angezogen und neugierig gemacht. Ich denke, unsere Mischpoke reagiert überall auf der Welt auf solche kleinen Bemerkungen.«

»Du wusstest es von unserem ersten Treffen an?«

»Ich hatte so eine Ahnung. Außerdem hast Du lange darüber nachgedacht, ob Du koscher kochen sollst. Es zieht Dich immer wieder in die Synagoge. Du sagt, Du gehst zum Yoga-Kurs, aber die werden ja auch an tausend anderen Orten angeboten. Im Fenster steht die Menora. Ein Granatapfel soll auch noch dazukommen. Das sind alles kleine Zeichen. Nein, ehrlich gesagt, sie sind *riesig*! Und Du scheinst nahezu Panik davor zu haben, dass ich Araber sein könnte. Weil, wie sagst Du immer? ›Weil unsere Familie sich dann hassen würden‹.«

»Nicht die nächsten Angehörigen, aber die übernächsten. Und auch das nur vielleicht«, sagte Ester kleinlaut und meinte noch: »Malak ist Araber. Das ist überhaupt kein Problem. Aber er ist mein Koch, nicht mein Freund.«

Mo fuhr ihr durch die Locken. »Warum ist es so kompliziert? Warum sagst Du nicht einfach, wer Du bist? Hier in New York sind so viele von uns. Viele mit jüdischer Herkunft. Und die anderen sind auch nett. Und alle sind sie neugierig. Hör doch auf, Dich zu verstecken.« Er ließ die Arme sinken und sah sie hilflos an.

»Verstehst Du nicht? ›Jüdin‹, das legt mich fest. Und es ist okay. Denn es stimmt ja. Aber irgendwie nur zur Hälfte. ›Farbige‹ das bin ich auch. Das sieht jeder. Aber eigentlich habe ich die schwarze Seite lange vernachlässigt. Ich will aber beide Seiten, wie soll ich sagen? Anerkennen?«

»Ernst nehmen? Würdigen?«, schlug Mo vor.

Ester nickte. »Du verstehst es vielleicht doch. Weil Du es ja auch kennst. Ehrlich, das macht es leichter für mich.« Mo nickte Richtung Straße.

»Da kommt die Küche. Jetzt eröffnen wir erstmal das Café. Und dann reden wir weiter, hm?«

Malak und Lia brachten kalte Luft mit in den Laden.

»Es wird Winter«, meinte Malak und begrüßte Ester mit einem angedeuteten Küsschen für jede Wange.

»Es sieht schon sehr festlich aus«, sagte Lia. »Die Kerzen, die Blumen. Wirklich schön.«

Die beiden verschwanden in der Küche. Ester besprach noch einmal die Reihenfolge des Menüs mit ihnen. Dann gab sie ein paar letzte Anweisungen: »Wichtig ist, dass die Pannisse-Fritten heiß sind. Beginnt mit dem Minz-Dressing, es muss etwas durchziehen. Und, Lia. Bitte, nimm für das Obst immer eigene Messer. Neulich schmeckte die Limette nach Knoblauch. Das geht gar nicht.«

Als Neil, Elin und Caro eine Stunde später kamen, diskutierten sie laut, als sie den Laden betraten.

»Es heißt Mandelplatz, weil sie Mandelbaum heißt«, sagte Elin energisch.

»Ich bin doch nicht blöd«, erwiderte Caro. »Lies doch selbst.«

»Was ist denn los?«, fragte Ester.

Neil antwortete für alle: »Wir diskutieren, wie das Café heißt.«

»Mandelplatz«, antwortete Ester.

»Nummer Zwei«, ergänzte Mo.

»Aber in der Zeitung steht ›Mandelaplatz‹.«, sagte Neil. »Neueröffnung in der Springtree. Café Mandelaplatz. Dazu ein tolles kleines Interview mit Dir.«

»Was?«, rief Ester verwirrt.

Elin zog die Achseln hoch. »Ein Druckfehler?«

Mo wandte sich ab, ging zum Fenster und stellte die Kerzen in die Menora. Die anderen folgten Ester in die Küche. »Vielleicht, weil Du so viel aus Südafrika erzählst. Da dachten sie an Mandela«, meinte Neil. Ester dachte an den Anruf des Redakteurs der kleinen Szene-Zeitschrift. Sie hatte sich vielleicht zwanzig Minuten lang mit ihm unterhalten, am Telefon. Sie hatte vom Mandelplatz Nummer Eins erzählt, von ihrer Zeit im Chez Panisse und sie hatten sich ein bisschen über World Food unterhalten. An mehr konnte sie sich nicht erinnern und sie hatte den Artikel selbst nicht gelesen. Sie wischte den Gedanken zunächst weg, konzentrierte sich auf die Eröffnungsfeier und lachte ihr Team an: »Ich öffne die Tür in anderthalb Stunden. Nach Sonnenuntergang, nach Sabbatende. Um acht. Ihr begrüßt alle Gäste mit Getränken. Wir haben achtzehn Reservierungen, rechnen aber mit mehr. Wir lassen ihnen einen Moment Zeit, damit sie sich umsehen können. Die Leute suchen sich einen Platz. Ich halte eine ganz, ganz kurze Rede.« Sie kicherte. »Eigentlich sage ich nur ›Herzlich willkommen‹. Dann servieren wir zügig die Vorspeise und der Abend nimmt seinen Gang. Ich halte mich aus dem Ablauf heraus, solange Ihr gut klarkommt. Eigentlich möchte ich den Abend nutzen, um von Tisch zu Tisch zu gehen. Ein bisschen Small-Talk machen, Kontakte knüpfen. Alles okay?« Alle fünf nickten und Ester machte sich daran, die Theke einzuräumen.

»Kommst Du klar? Ich muss noch mal kurz weg«, sagte Mo.

Ester sah ihn überrascht an. »Jetzt?«

»Ich bin sofort zurück.«

»Okay.«

Sie sah ihm nach, wie er die Straße hinunter lief. Was konnte jetzt noch wichtig sein? In nicht mal einer Stunde würden die Gäste kommen. Sie sortierte Marmeladengläser ein, Apfelkraut, Orangenmarmelade, Feigenmarmelade mit Prosecco, Pfirsichkompott, Nussnougatcreme mit Minze. Ab morgen würden hier außerdem frische Bagels liegen, Törtchen und Muffins und Gläser mit Desserts. Alles zubereitet nach den Rezepten ihrer Großmutter. Ihrer jüdischen Bubba. Ihre schwarze Oma war vor ein paar Jahren gestorben. Ester seufzte. Jetzt konnte sie nicht an sie denken. An keine von beiden. Sie musste sich noch umziehen.

Sie sah in der Küche nach, ob alles lief und freute sich über den süßen Duft von gegrillten Feigen. Elin und Caro banden sich gerade ihre Schürzen um, Neil bereitete Limetten vor. Alles lief nach Plan. Wenn Mo nur gleich wiederkommen würde. Sie zog sich für ein paar Minuten in ihre kleine Kammer hinter der Küche zurück. Hier stand ein kleines modernes Sofa, an der Tür hing ein Spiegel, in der Ecke war ein Waschbecken. Sie hatte sich ein zweites Hemdblusenkleid gekauft. Der Schnitt betonte ihre sportliche Figur, der Stoff war einem afrikanischen Kente-Muster nachempfunden, dunkelblau mit goldenen Streifen und roten durchwebten Fäden. Dazu trug sie dunkelblaue Stiefeletten. Sie legte ihren goldenen Lidschatten auf, etwas Lippenstift und sah sich im Spiegel an. Sie mochte, was sie sah. Irgendwann im Laufe des Abends würde sie ihre Bubba anrufen. Im Mandelplatz Nummer eins wartete man auf Nachrichten von der Eröffnung.

Es klopfte und Mo kam ins Zimmer. »Wow. Du siehst toll aus«, sagte er und pfiff anerkennend. »Afrikanisch«, sagte er. »Und sexy.« Er nahm sie in den Arm und küsste sie. »Du musst unbedingt mit raus kommen«, sagte er. »Warum musstest Du weg?«

»Ich habe mein Cello geholt. Ich möchte für Dich spielen. Ich habe heute viel an meinen Vater gedacht und da kam mir die Idee.«

»Eine tolle Idee. Danke. Wirklich.«

»Komm mit nach draußen. Du musst Dir etwas angucken.«

»Was denn? Eine Überraschung?«

»Ja, könnte man sagen.« Mo nahm ihre Hand und zog sie durch das Café vor die Tür. »Es fängt an zu schneien«, rief Ester entzückt. Einzelne, schwere Flocken fielen. Sie schmolzen sofort, aber Ester fand den Anblick wunderbar. Mo zog sie weiter mit sich auf die andere Straßenseite. »Wohin gehen wir denn? Mo! Die Gäste kommen gleich. Was machst Du denn?« Sie blieben stehen und Mo drehte sie so, dass sie ihren Laden sehen konnte. »Das Mandelplatz mit Schneeflocken«, sagte sie und ließ sich zurückfallen.

»Lies genau«, forderte er sie auf.

»Café Mandelplatz Nummer Zwei«, sagte Ester. Und dann sah sie es. »Mandelaplatz«, stöhnte sie. »Sie haben tatsächlich Mandela geschrieben. Auch hier. Wie konnte das passieren?«

»Es ist Dir nicht aufgefallen?«

»Sie waren noch nicht fertig, als ich kam. Und dann habe ich wohl gesehen, was ich sehen wollte. Was ich eben erwartet habe.«

»Und? Wie findest Du es?«

»Es ist falsch. Es muss geändert werden. Es muss Mandel heißen.«

»Aber Du willst doch Deine schwarze Seite stärken. Das passt doch. Mandela mit Menora. Das ist großartig. Das ist New York. Juden werden es lieben und Afro-Fans ebenso.«

Ester sah ihn skeptisch an. Dann lächelte sie. »Vielleicht hast Du Recht. Ich muss darüber nachdenken.«

»Mandela. Mein Vater hätte sein Leben für ihn riskiert.«

»Meine Bubba auch.«

»Du kommst also wirklich aus Südafrika.« Er sah sie fragend an, forschend.

»Mist. Es ist gleich acht. Los«, rief Ester und sie eilten über die Straße zurück ins Café.

Sie zündeten gemeinsam die Kerzen an. Und dann öffnete Ester pünktlich um acht Uhr die Tür.

Hilda und Rusty waren die ersten. Sie sahen sich staunend um und lobten viel. »Mazel tov, liebe Ecco«, rief Hilda. »So eine shaineh Café.«

Ester begrüßte ihre Friseurin Sue und Angela, eine Kellnerin aus dem River Café. Misses Gold von der Immobilienagentur war begeistert, was Ester aus dem Ladencafé gemacht hatte. Es kamen Fremde, die in der Zeitung von der Neueröffnung gelesen hatten und aus der Nachbarschaft und auch Laufpublikum. Lea und Denise, zwei Frauen, die sie im Yoga-Kurs kennen gelernt hatte, begrüßten sie überschwänglich. »Du siehst toll aus.«

»Ja, der Afro-Style steht Dir echt gut.«

Jehuda Bellbaum kam in Begleitung seiner Schwiegertochter, grüßte höflich und sah sich anerkennend um. Elin und Caro liefen mit ihren Tabletts durch die Menge und reichten die Getränke. Einige Gäste standen vor Bens Fotos und sprachen über einzelne Details und Entdeckungen. Ester ging zu ihnen.

»Das ist das Mandelplatz Nummer Eins«, sagte sie. »In Rosebank. Bei Johannesburg. In Südafrika.«

»Daher Ihre Idee?«

»Ja. Ich bin dort aufgewachsen. Meine beiden Großmütter arbeiteten in diesem Café.«

Mo begann, auf seinem Cello zu spielen und die Gäste fühlten sich aufgefordert, sich zu setzen. Ester zählte achtundvierzig Gäste. Sie war zufrieden.

Sie klopfte an ihr Glas. »Ich begrüße Sie alle zur Neueröffnung meines Cafés. Heute geht für mich ein Traum in Erfüllung. Das Café Mandelplatz in Rosebank war viele Jahre lang mein Zuhause. Hier habe ich alles über Gastfreundschaft gelernt, was ich weiß. Und alles, was man über Salz wissen kann, über Chilli, Zucker, Vanille, über Hefe und Olivenöl. Meine beiden Großmütter bereiteten in diesem Café unzählig viele Mahlzeiten zu. Meinen Eltern verdanke ich es, dass mein Traum von einem eigenen Café in dieser offenen Stadt, in New York, Wirklichkeit werden konnte. Ihr Erbe ist der Mut, den eigenen Weg zu gehen und etwas Neues zu beginnen. Ich danke allen, die mich unterstützt haben. Genießen Sie den Abend. Wenn es Ihnen geschmeckt hat, kommen Sie wieder und empfehlen Sie uns weiter. Stoßen Sie bitte mit mir an. Le Chaim! Guten Appetit.«

Sie hob das Glas und trank dann einen großen Schluck. Es wurde applaudiert. Und dann servierten Elin und Caro die Vorspeise. Mo spielte und die Live-Musik, verträumte kleine Melodien, verzauberten die Stimmung. Ester unterhielt sich, erklärte und erzählte. Das Team arbeitete Hand in Hand. Neil schenkte Getränke aus. Der Hauptgang wurde serviert. Die Gäste schmausten. Immer wieder hörte Ester, wie jemand ›Lecker‹ sagte oder ›Köstlich‹.

Kurz bevor der Nachtisch serviert wurde, machte Mo eine Pause und flüsterte ihr ins Ohr: »Was für ein Erfolg, Easy Ecco.« Sie strahlte ihn an. Das Pfirsich-Kompott war der krönende Abschluss des Menüs. Die Gäste mochten den Wein und die Ingwerlimonade. Ester nahm viele Glückwünsche entgegen. Wer sich verabschiedete, versprach, bald wiederzukommen und noch Gäste mitzubringen. Einige Gäste baten um einen Nachschlag vom Nachtisch und Ester selbst verteilte die Extra-Portionen. Am Ende saßen einige wenige Gäste da, die noch Wein tranken. Und als auch sie gezahlt und sich für den schönen Abend bedankt hatten, kam das Team an der Theke zusammen.

Alle lachten sich an. »Das war großartig. Vielen Dank! Alle waren an ihrem Platz. Ihr habt echt gute Arbeit geleistet.«

»Es hat Spaß gemacht. Die Leute wollten trinken. Die Ingwerlimonade ist der Hit«, meinte Neil.

»Sie mochten das Essen und die Atmosphäre«, meinte Elin.

»Es waren sehr freundliche Gäste«, ergänzte Caro. »Und großzügig. Sie haben gutes Trinkgeld gegeben.«

»Sogar in der Küche klang die Musik wunderschön«, meinte Lia.

»Haben wir gut gekocht«, sagte Malak und nickte ein paarmal. »Hab ich auch selber das Essen probiert. War es alles lecker.« Die anderen stimmten zu.

»Weiter so«, lachte Ester. »Morgen früh um zehn Uhr öffnen wir fürs Frühstück und es folgt ein ganz normaler, langer Tag. Ein Sonntag, von daher könnte es schon zum Frühstück gut besucht sein. Wir werden sehen. Ruht Euch aus. Bis morgen. Neil und Denise, wir sehen uns am Abend. Shalom. Danke Euch allen.«

Sie war mit Mo alleine. »Danke.«

»Bitte.« Sie küssten sich. »Ich muss meine Bubba anrufen. Sie wartet sicher schon.« Ester guckte auf die Wanduhr. »Mitternacht. Das heißt, es ist sechs Uhr früh und sie ist gerade wach geworden.«

Ester wählte Mimas Nummer. »Bubba?«

»Ecco, mein Kind.«

»Es ist alles gut gegangen. Es war ein Erfolg. Achtundvierzig Gäste. Zwanzig Flaschen Wein. Viele Komplimente. Ein gutes Team.«

»Bist Du glücklich?«

»Sehr.«

»Und es heißt wirklich Mandelplatz Nummer Zwei?«

»Tja. Eigentlich schon. Aber momentan gibt es noch ein A zu viel. So heißt es Mandelaplatz. Ich weiß nicht, wie das passieren konnte. Ein Fehler. Aber vielleicht gewöhne ich mich auch daran. Vielleicht mag ich den neuen Namen. Ich weiß es noch nicht. Ich muss erst mal schlafen.«

»Mandela ist ein guter Name. Mandela ist eine große Seele. Wir verdanken ihm so außerordentlich viel.«

»Du möchtest nicht lieber Deinen Namen über meinem Eingang wissen?«

»Früher vielleicht. Da hätte ich es mir gewünscht. Jetzt nicht mehr.«

»Danke, Bubba. Das bedeutet mir viel.« Sie zwinkerte die Tränen weg und räusperte sich. »Bist Du glücklich, Bubba?«

»Ja. Ich bin sogar sehr glücklich.« Mima kicherte. Im Hintergrund hörte Ester eine Männerstimme.

»Bubba?«, fragte sie. »Bist Du alleine?«

»Nein. Ich bin nicht alleine. Ich habe gerade Kaffee gekocht. Zwei Tassen.«

»Oh. Oh. Das ist schön.«

»Gavriel ist bei mir.« Ester schluckte. Wie alt war Mima jetzt? Über siebzig? Und Gavriel? Ein paar Jahre jünger. Sie hörte ein Telefon klingeln und Getuschel. »Und Du?«, fragte Mima. »Bist Du alleine?«

»Nein. Ich bin auch nicht alleine. « Sie lachte. Sie sah, dass auch Mo jetzt telefonierte. »Ich habe Dir ja erzählt, dass ich jemanden kennengelernt habe.«

»Wie ist er? Ist er ein Goj?«

»Bubba! Wirklich. Das ist doch nicht das Wichtigste.«

»Also ist er ein Goj. Ich will es ja nur wissen. Damit ich es mir vorstellen kann.«

»Nein, er ist kein Goj. Er ist Jude. Halb, so wie ich halb bin. Sein Vater ist Jude.«

»Warte mal einen Moment, Ecco, ja?« Sie hörte wieder Getuschel und stellte sich ihre Großmutter vor. In ihrem hellblauen Morgenmantel. Mit ihren hellblauen Socken. Gegenüber der charmante Onkel Gavriel. Sie tranken Kaffee zusammen, am frühen Morgen. Sie erinnerte sich, wie er sie manchmal ›Mandelchen‹ genannt hatte und sie dann rot geworden war. Seit wann waren die beiden ein Paar?

Mo kam auf sie zu, das Handy am Ohr. »Bist Du? Die Enkelin?«, fragte er.

Ester sah ihn irritiert an und hörte wie Mima fragte: »Ecco? Spielt der junge Mann Cello?« Sie setzte sich und sah Mo genauer an. Und dachte in diesem Augenblick an Gavriel. Sie sah Mos Augen, sein Kinn, die Bartstoppeln, seine Hände, die langen Finger. Sie dachte ihn sich blasser, ohne die Farbe seiner Mutter. Sie rief sich vor Augen, wie er das Cello zwischen den Beinen hielt. Wie sein Vater.

»Mo kommt von Mohan?«, fragte sie.

Er nickte und ließ sich neben sie auf den Stuhl fallen. »Es ist Ecco«, sagte er in sein Telefon. »Es sind tatsächlich wir beiden. Wir haben uns gefunden.«

In Rosebank ging gerade die Sonne auf und im Café Mandelplatz war der erste Kaffee gekocht worden. In New York war Nacht. Das Mandelaplatz würde für ein paar Stunden schließen. In Rosebank blühten die ersten Kirschbäume, hier schneite es. Ester und Mohan sahen sich an. »Lass uns gehen«, sagten sie beide gleichzeitig.

Danke!

Die Idee vom Café Mandelplatz brachte sich seit vielen Jahren immer wieder in meine Erinnerung. Eigentlich wohl schon seit meinem zweiten Besuch in Südafrika und meiner ersten Tasse Kaffee in Rosebank im Jahr 1993.

Irgendwann beschloss ich, die Geschichte dieses Ortes zu erzählen. ›Café Mandelplatz‹ ist ein Roman. Die Orte und Ereignisse sind frei erfunden. Historisches, das durchaus eine Rolle spielt, wurde fiktionalisiert. Die meisten Personen, auch meine Hauptfigur Miriam Mandelbaum, leben nur in meiner Phantasie.

Aber die Geschichte hat einen wahren, ganz eigenen Ursprung. Als ich in Südafrika lebte, arbeitete ich bei einer schwarzen NGO. Das Team, zu dem ich gehörte, war einmalig. Die Gastfreundschaft im Township bewegend. Und der Großmut derer, die mich eingeladen hatten, mit ihnen zu leben, sehr besonders. Aber manchmal hatte ich trotzdem Heimweh. Insbesondere an den Festtagen. Ich vermisste meine Familie. Lieder und Bräuche. Vollkornbrot und die Weihnachtskekse meiner Mutter. Manchmal floh ich heimlich in eine andere Welt. In ein Café im jüdischen Viertel. Es war so lecker! Und so gemütlich! Und es war merkwürdig, als Deutsche an diesem Ort zu sein. Denn schon bei meinem ersten Besuch hörte ich die Geschichte einer Flucht. Von Heimweh und Heimat. Von Widerstand und Engagement. Von diesem wahrhaftigen Ort wurde ›Café Mandelplatz‹ inspiriert.

Beim Schreiben habe ich viel gelesen: Bücher, Zeitungsartikel, Webseiten. Unbedingt erwähnen möchte ich neben den beeindruckenden Biografien von Nelson Mandela und Desmond Tutu: ›Der Auftrag‹, die Biografie von Denis Goldberg, Sohn jüdischer Einwanderer und Weggefährte Mandelas im Kampf gegen das Apartheidregime. ›In No Uncertain Terms‹, die Erinnerungen von Helen Suzman, Tochter litauischer Juden, Politikerin in Opposition zur Apartheidregierung, jahrelang die einzige Frau im Parlament und eine der ersten Weißen, die Nelson Mandela in Robben Island besuchte. ›Sabbat im Café‹ von Lauren F. Winner. ›Jüdische Frauen im New Yorker Exil‹, Begegnungen, aufgezeichnet von Elfi Hartenstein. Das bewegende Zeitzeugnis ›Beim Gehen entsteht der Weg‹ von Hanna Mandel. Und ›No Future Without Forgiveness‹, das persönliche Buch über die Arbeit der Wahrheits- und Versöhnungskommission von Desmond Tutu. Wer nach Anregungen zum Kochen sucht, dem empfehle ich gerne das südafrikanische Kochbuch ›Another week in the kitchen‹, von Karen Dudley. Das Jerusalem-Kochbuch von Yotam Ottolenghi und Sami Tamimi. Und ›Granatapfel, Sumach & Zitrusduft‹ von Silvena Rowe.

Danke an die, die mich nach Südafrika gebracht und dort mit mir gearbeitet und gelebt haben. Allen voran Khumo Nthla, Caesar Molebatsi und ihre ganze Sippe. An Bettina von Clausewitz und Rolf Zwick. An Moss Nthla, Anne Adams, Cathy Shinta, Detlev Riecke und Gisela Nicholson. Eine ganze besondere Erfahrung war, mit Khumo zusammen um Nelson Mandela zu trauern, seine Beerdigung zu erleben und mich dann vor ihm, aufgebahrt in seinem Sarg, zu verneigen. Khumo, geübt im Widerstand, hat uns beiden den Weg gebahnt – durch mehrere Polizeiabsperrungen hindurch.

Ein besonderer Dank gilt Anja Lerz. Als Lektorin brachte sie eine Menge Verbesserungen ein. Sie war eine riesige Hilfe, ein waches Gegenüber. Ihre Mischung aus Ermutigung, Kritik, Scharfsinn und der Liebe zu Büchern ist eine besondere Gabe, durch die ich mich sehr beschenkt weiß.

Danke an Erika J.M. Brudereck, die Korrektur gelesen und das Manuskript durchsucht hat. Alle übrigen Tipp- und anderen Fehler im fertigen Buch gehen auf meine Kappe.

Danke an Erich Koslowski, ohne den ich schon meinen ersten Roman gar nicht geschrieben hätte. Und ohne den es zweitens weniger Präsenz dieses Buches im Buchhandel geben würde.

Danke an Katharina und Johann Köhn, die mir zwei Sommer lang eine Wohnung in ihrem Haus zur freien Verfügung stellten und mir in jeder Begegnung zeigten, wie gerne sie Schriftstellerinnen in ihrer Schreibzeit zu Gast haben.

Danke an Sarah, Leo und Nil vom Café Oliv in meinem Stadtteil und an Morteza, der ihre Tradition beherzt fortführt.

Danke an Gavriel Lipkind für den Soundtrack (lipkind.info). Insbesondere seine Bach-Interpretationen haben über meine Ohren Kopf, Gemüt und Finger in die richtige Stimmung versetzt.

Danke an unsere Agentur JoussenKarliczek für allen Einfallsreichtum und alle Passion! Die Begabungen einzelner und die Anregungen, die in diesem besonderen Team entstehen, sind ein Schatz für mich. Ein besonderer Dank gilt Thomas Joussen, der dieses ganze Projekt wie eine gute Freundin behandelt hat.

Danke an unsere PR-Agentin Corina Panitz, die direkt nach dem ersten Lesen Granatäpfel kaufte, an dieses Buch glaubte und mit ihren Ideen und Verbindungen Rückenwind in Person ist.

Ich bin umgeben von Freundinnen und Freunden, die mein Schreiben mit Wohlwollen begleiten und in kritischen Momenten ermutigen. Danke immer wieder an meine Familie. An Nicola, Ka und Sanne. Die Kommunität Kirubai. Meine Gemeinde. Die Leute meines Stadtteils und weit darüber hinaus. Danke für Euch alle. Für das Glück und die Tiefe, die Ihr in mein Leben bringt. Für Flügel. Kaffee. Grünen Tee. Bücher. Blumen. Torte. Oldtimer. Kinotipps. Saunabesuche. Falken, Libellen und Einhörner. Indien, Java und Birma. Essen. Tafeln. Rezepte. Kräuter. Schokolade. Gottesdienste, Meditation und Yoga. Pippi Langstrumpf. Balladen, Jazz und Soul. Hochzeitsfeste. Einladungen. Kinder. Chuzpe.

Und Danke an Ben. Ohne den es dieses Buch so nicht gäbe. Er hat das Schreiben begleitet. Hat seitenlang zugehört. Ehrlich reagiert. Gelobt und gemeckert und mich angefeuert. Er hat mit mir gemeinsam unseren Verlag gegründet. Aus vielen schönen Vorschlägen den Titel und das Cover ausgewählt. Und die Schrift. Von mir kommen die Sätze, von ihm der Satz. Und vor allem das: Ohne seine Liebe hätte ich eine andere Geschichte erzählt.

Miriam.
She was the well.
(Orach Chajim 299,10)

Die von uns, die auf Miriams Stimme hören, wissen,
sie kann nicht für immer zum Schweigen gebracht werden.
Wenn der Brunnen der Miriam zurückkehrt,
wird ihre Prophetie uns wieder erleuchten.
(Jill Hammer, The Jewish Book of Days)